LAUREN ASHER

LOVE UNWRITTEN

LAKEFRONT BILLIONAIRES

BAND 2

ROMAN

Aus dem Amerikanischen
von Bettina Hengesbach

WILHELM HEYNE VERLAG
MÜNCHEN

Die Originalausgabe LOVE UNWRITTEN
erschien erstmals 2024 bei Bloom Books, USA.

MIX
Papier | Fördert
gute Waldnutzung
FSC® C014496

Penguin Random House Verlagsgruppe FSC® N001967

Deutsche Erstausgabe 08/2024

Redaktion: Melike Karamustafa
Umschlaggestaltung: zero-media.net
nach dem Originalcoverdesign von Books and Moods
Satz: satz-bau Leingärtner, Nabburg
Druck und Bindung: GGP Media GmbH, Pößneck
Printed in Germany
ISBN: 978-3-453-42953-6

www.heyne.de

PLAYLISTS

Love Unwritten by Lauren Asher

Scan to listen

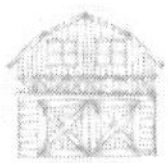

Love Unwritten
Playlist

Forever Favorites
Playlist

Strawberry Season
Playlist

Astrid and the Treble Makers
Playlist

E.S. Originals
Playlist

Diese Liebesgeschichte enthält explizite Inhalte
und potenziell triggernde Themen.
Für eine detailliertere Liste mit Content Warnings
scannt den QR-Code oder besucht:
https://laurenasher.com/love-unwritten-contentwarnings

Für alle, die sich gebrochen fühlen.
Ich hoffe, ihr findet jemanden, der eure Narben bewundert
und als das betrachtet, was sie sind: Zeichen eures Kampfes
und ein Beweis für eure Stärke.

KAPITEL EINS
ELLIE

»Unglaublich.« Da ich mich offenbar gern selbst quäle, scrolle ich auf meinem Computer weiter durch den Artikel und ignoriere die Tatsache, dass sich mein Magen mit jeder Zeile heftiger zusammenzieht.

America's Sweetheart und weltbekannter Folk-Popstar Ava Rhodes soll Angaben zufolge diesen Sommer ihr zweites Album bei MIA Records veröffentlichen. Darius Larkin vom Label hat sie entdeckt, als sie bei einem Open-Mic-Abend in einer Bar in Los Angeles ein Cover von Lies and Stolen Lullabies *sang. Noch im gleichen Jahr veröffentlichte Ava ihr hochgelobtes Debütalbum* Looking Glass, *das ihr zum Durchbruch verhalf und einen Grammy einbrachte.*

Im weiteren Verlauf des Artikels wird Avas Weg zum Ruhm detaillierter beschrieben. Album of the Year war die Kategorie, in der sie gewonnen hat – mit einem Album, an dem ich mitgeschrieben habe, obwohl das niemand weiß, da mein Name nirgendwo erwähnt wird.

Dank des unsichtbaren Dolches, den Ava mir vor einem Jahr in den Rücken gerammt hat, kehrt der dumpfe Schmerz in meiner Brust zurück.

»Alles okay?«

Als ich aufschaue, stelle ich fest, dass mich ein Paar dunkelbraune Augen eingehend mustert. Die Farbe und die vollen Untertöne mögen warm und freundlich wirken, der Mann, dem die Augen gehören, ist jedoch das genaue Gegenteil.

Nachdem ich nun schon seit acht Monaten als Nanny für Rafael Lopez' Sohn arbeite, sollte man meinen, ich hätte mich an diesen einschüchternden Blick gewöhnt, aber er hat immer noch dieselbe Macht über mich wie bei unserer ersten Begegnung. Objektiv betrachtet sieht mein Boss gut aus. Er hat ein Gesicht, das einem Zeitschriftencover entsprungen sein könnte, eine tiefe Stimme, die von ruhiger Autorität zeugt, und er ist groß und muskulös genug, um mich – das hochgewachsene Mädchen aus dem Ort – klein und zierlich wirken zu lassen.

Heißer Single-Dad mit mehr emotionalem Gepäck als London Heathrow kurz vor Weihnachten? Check.

Brillanter Tech-Milliardär, der mit seinem Cousin Dwelling, die beliebteste Immobilien-App auf dem Markt, entwickelt hat? Check.

Peinlich klischeehaft und trotzdem beeindruckend? Check, check.

Philanthrop mit der Mission, misshandelte Tiere aufzuspüren und sie in seiner Scheune aufzupäppeln? Dreifach-Check *und* Dreifach-Gefahr.

Ich könnte die nächste halbe Stunde damit verbringen, Rafaels Qualitäten aufzulisten, aber nichts – und ich meine absolut *nichts* – könnte das aufwiegen, was dagegenspricht. Er ist mein Vorgesetzter. Meine alberne Schwärmerei für ihn, seitdem wir Teenager waren, spielt keine Rolle mehr, seitdem ich meinen Job als Nanny seines Sohnes angetreten habe.

Obwohl mein Herz zu Beginn jedes Mal schneller schlug, wenn mein alter Highschool-Crush mich ansah, bedurfte es nur ein paar Begegnungen, um die Fantasie auszulöschen, die ich von dem einsamen alleinstehenden Vater aus Lake Wisteria hatte. Dass ich meine Meinung über ihn revidiert habe, hat nichts damit zu tun, dass er seit seiner Scheidung vor zwei Jahren ständig im Holzfäller-Look rumläuft, sondern eher etwas damit, wie sich sein Charakter verändert hat. Mit seiner unfassbar großen Sammlung an Flanellhemden und dreckigen Cowboystiefeln kann ich leben, jedoch nicht mit seiner dauerhaft finsteren Miene, dank der ich mich ständig unerwünscht fühle, obwohl ich nun schon seit mehr als einem halben Jahr für ihn arbeite.

Auf der anderen Seite der Kücheninsel stützt er sich nun auf der Arbeitsplatte ab. »Was ist los?«

Ich zucke zurück. »Warum fragst du?«

Er kratzt sich den dichten, kurzen Bart, der die Hälfte seines Gesichts und Halses bedeckt. »Spielt das eine Rolle?«

Irgendwie schon, wenn man bedenkt, dass er mir diese – oder eine ähnliche Frage – noch nie gestellt hat. Anstatt mich also zu öffnen und verletzlich zu zeigen, bleibe ich bei meiner üblichen Antwort, die ich den meisten Leuten in solchen Fällen gebe. »Mir geht's gut.« Mit einem überraschenden Maß an Selbstbeherrschung klappe ich meinen Laptop zu.

»Wenn du mir schon ins Gesicht lügst, dann schau mir dabei wenigstens in die Augen.«

»Ich lüge nicht.« Eilig wende ich mich halb ab.

»Netter Versuch. Beim nächsten Mal solltest du den Blickkontakt halten.«

Kurz stelle ich mir vor, meine Hände um seine Kehle zu schließen. Ich bin kein aggressiver Mensch, aber irgendetwas an Rafael bringt meine schlimmste Seite zum Vorschein.

Nun verengt er seine Augen. »Stellst du dir wieder vor, mich umzubringen?«

»In den schillerndsten Farben.«

»Mit Gift?«

»Ich würde dich erwürgen.«

In seinen Augen blitzt etwas auf. »Mal was anderes.«

»Es war Nicos Idee.«

»Mein Sohn gibt dir Mordratschläge?«

»Überrascht dich das ernsthaft? Sein Lieblingscomic handelt von einem Bösewicht.«

Seine Mundwinkel biegen sich ganz leicht nach oben. Eine winzige Bewegung, die meine schlechte Laune vertreibt, in die der Artikel über Ava mich versetzt hat. »Du hast gelächelt!«

»Nein.« Er presst die Lippen zu einem Strich zusammen, doch es ist zu spät.

»Ich weiß, was ich gesehen habe.«

Mit einem unterdrückten Grinsen gehe ich zur beschreibbaren Magnettafel am Kühlschrank und setze einen Punkt unter die Kopie seines Fotos aus seinem Highschool-Jahrbuch.

Ich war erst in der neunten Klasse, als er in der zwölften war, aber jeder wusste, wer Rafael Lopez war. Alle an der Wisteria High waren besessen von ihm, ich eingeschlossen, obwohl ich das niemals zugegeben hätte. Tatsächlich war es unmöglich, nicht von ihm angetan zu sein, denn er sah unglaublich gut aus, war ein grandioser Sportler und ebenso charmant wie nerdy.

Obwohl Nico und ich nun schon eine ganze Weile mitzählen, wie oft Rafael lächelt, habe ich das strahlende Grinsen aus den Highschool-Jahren bisher noch nicht wieder gesehen. Das Foto dient als Beweis, dass es einst existiert hat.

Es ist nur schwer zu glauben, dass der Typ, der in der Schule den Best-Smile-Award gewonnen hat, in den letzten drei Monaten, das heißt seitdem ich offiziell mitzähle, um die Anspannung im Haus zu vertreiben, lediglich zwölfmal – jetzt dreizehnmal – gelächelt hat.

Da Nico seinen Vater stets auf Abstand hält und Rafael alles dafür tut, um unangenehme Situationen mit seinem Sohn zu vermeiden, können die beiden eine Extraportion Humor in ihrem Leben gut gebrauchen. Ich bin zwar eher die Freundin, an die sich die Menschen wenden, wenn sie einen Schnaps brauchen oder sich ausweinen müssen, als diejenige, zu der sie kommen, wenn sie herzhaft lachen möchten, aber ich tue mein Bestes.

»Eines Tages werde ich dieses Foto in tausend Stücke reißen«, verkündet Rafael hinter mir.

»Dann hänge ich stattdessen ein Babyfoto von dir auf.« Ich schließe den Stift und befestige ihn über der Tafel.

Wieder verengt er die Augen. »Wovon sprichst du?«

»Deine Tante hat eine ganze Menge Fotoalben mit Bildern von dir.«

Er blinzelt zweimal. »Die hat sie dir gezeigt?«

»Jepp. Bevor sie die alten Home-Videos rausgeholt hat.« Mein Blick huscht zu ihm. »Für jemanden, der so mürrisch und eigenbrötlerisch ist, hast du als Kind ganz schön viel Aufmerksamkeit gebraucht. Aber deine Karaokemaschine war auch tatsächlich legendär.«

»Die hat Lily gehört, nicht mir.«

»Wirklich? Dafür hast du aber ziemlich viel gesungen.«

»Sie und Dahlia haben mich gezwungen.«

Die Tatsache, dass er seine Kindheitsfreundinnen als Ausrede benutzt, weckt in mir den Wunsch, ihn weiter bloßzustellen, auch wenn ich weiß, dass die Karaokemaschine tatsächlich den Muñoz-Schwestern gehört hat.

»Aber bestimmt hat dich niemand gezwungen, so viel Leidenschaft in deine Spice-Girls-Darbietung zu legen.«

Mittlerweile ist er knallrot angelaufen. »Ich habe keine Ahnung, wovon du sprichst.«

Augenblicklich hole ich mein Handy hervor. »Ich hab da dieses Video, falls ich deinem Gedächtnis auf die Sprünge helfen muss. Gib mir nur einen Moment …«

»Du hast es abgefilmt?«

»Aber klar doch. Wenn Nico und ich einen schlechten Tag haben, sorgt dein Sporty-Spice-Outfit immer wieder für gute Laune.«

»Ich war schließlich selbst Sportler.«

»Der zufällig auch den gesamten Text von *Wannabe* auswendig kannte.«

Er seufzt, als wäre ich die größte Bürde in seinem Leben. »Warum hab ich dich noch mal eingestellt?«

»Weil du deinen Sohn mehr liebst, als deine Aversion gegen mich groß ist.«

Eine tiefe Falte bildet sich auf seiner Stirn. »Ich hab keine Aversion gegen dich.«

»Magst du mich denn?«

Er fährt sich mit der Hand über seinen kurzen Bart. »Ich bin noch unentschlossen.«

»Kann ich irgendetwas tun, um den langen Entscheidungsprozess zu beschleunigen?«

»Kündigen?«

Als ich leise lache, fällt sein Blick auf meine Lippen.

»Was?«, frage ich und wische mir mit der Hand über den Mundwinkel.

Er schüttelt den Kopf. »Nichts.«

Ich ziehe mein Handy hervor und überprüfe zur Sicherheit, ob ich irgendetwas zwischen den Zähnen habe.

»Ellie!«

Als ich Nico vom anderen Ende des Hauses meinen Namen rufen

höre, gleitet mir das Handy aus der Hand und landet klappernd auf dem Boden. Leise fluchend bücke ich mich, um es aufzuheben. Dabei fällt mir mein blondes Haar vor das Gesicht und versperrt mir die Sicht auf alles außer mein Handy. Als mein Nacken zu kribbeln beginnt und ich über die Schulter sehe, stelle ich fest, dass Rafael seinen Blick auf meinen Hintern gerichtet hat.

O mein Gott, warum schaut er mich an?

Ich bewege mich leicht, um zu testen, ob sein Blick mir folgt, was tatsächlich der Fall ist.

Wäre er jemand anders, würde ich es als Kompliment auffassen, zu viele Jahre habe ich damit verbracht, mich über meine kleinen Brüste, meinen zu kleinen Hintern und meine kaum vorhandenen Kurven zu beschweren. Aber wir reden hier von Rafael. Dennoch spüre ich einen Anflug von Aufregung.

Ich richte mich so schnell wieder auf, dass mir kurzzeitig schwindelig wird.

Ehe ich die Chance habe, auch nur ein Wort zu sagen, wirkt sein Blick nicht mehr brennend, sondern mit einem Mal gelangweilt.

Wäre ich nicht so schockiert über sein Interesse an mir, wäre ich beeindruckt, wie schnell er zu einer neutralen Miene zurückkehren kann. In all den Monaten, in denen ich für Rafael arbeite, hat er weder Interesse an mir noch an irgendeiner anderen Frau im Ort gezeigt. Gerüchten zufolge war er seit der Scheidung von seiner Ex-Frau Hillary vor mehr als zwei Jahren mit keiner anderen mehr zusammen. Nachdem ich nun schon acht Monaten für ihn arbeite, kann ich bestätigen, dass er nicht einmal versucht, eine platonische Bindung aufzubauen, auch wenn er der begehrteste Junggeselle des Ortes ist.

Nico ruft erneut nach mir, diesmal ungeduldiger.

»Ich komme!« Im nächsten Moment steuere ich auf die Küchentür zu.

»Eleanor?« Rafas tiefe Stimme lässt mich innehalten.

Eine Gänsehaut bildet sich auf meinem Rücken, als ich mich zu dem mürrischen Riesen umdrehe. »Warum nennst du mich immer so?«

Ich bin überrascht, dass er trotz seiner Muskelmasse so mühelos mit den Schultern zucken kann.

Ich verkneife mir eine bissige Bemerkung. »Alle nennen mich Ellie.«

»Das weiß ich«, erwidert er nach einer langen Pause.

»Und dennoch bestehst du darauf, mich aus irgendeinem irritierenden Grund mit meinem vollen Namen anzusprechen.« Normalerweise bin ich ein gelassener Mensch, aber Rafael treibt mich immer wieder zur Weißglut.

»Hast du ein Problem damit?« Sein trockener Tonfall macht mich noch wütender.

Ich bin mir nicht sicher, ob ich ihm aufrichtig antworten oder seinen offensichtlichen Versuch, mich zu ärgern, ignorieren soll.

»Ellie!«, ruft Nico nun lauter.

»Jetzt komme ich wirklich!« Nachdem ich ein paar Schritte in Richtung Flur gemacht habe, halte ich erneut inne. »Wolltest du irgendwas?«, frage ich Rafael betont freundlich.

»Nicht mehr.« Er geht zum Kühlschrank und reißt dermaßen energisch die Tür auf, dass die Flaschen klappern.

Seine abweisende Antwort nehme ich nicht persönlich, denn immerhin hat er in den letzten paar Minuten mehr mit mir gesprochen als in der gesamten bisherigen Woche.

Rafael war schon immer launisch, aber im vergangenen Monat konnte ich ihn kaum dazu bringen, mehr als ein paar Worte am Stück zu sagen. Die meisten Unterhaltungen enden damit, dass ich mich frage, warum ich mir überhaupt die Mühe gemacht habe, ihn anzusprechen. Menschen wie Rafael und Menschen wie ich passen nicht zusammen. Ich fühle zu viel, und er hat kaum Gefühle. Gegensätze ziehen sich nicht an, ganz egal, was uns unsere Lehrer im Wissenschaftsunterricht der vierten Klasse mithilfe von Magneten weismachen wollten.

Ich verlasse die Küche, ehe Nico mich suchen muss. Meine flauschigen rosa Socken, die er mir zu Weihnachten geschenkt hat, weil er der Ansicht war, dass ich zu viel Schwarz trage, dämpfen meine Schritte, als ich durch den langen Flur ans andere Ende des Hauses gehe.

Obwohl Rafael genug Geld hat, um auch noch seine Ur-Ur-Ur-Urenkel zu Milliardären zu machen, hat er ein Grundstück am Rande von Lake Wisteria gekauft – weitab von dem beliebten See und der begehrten Aussicht. Zuerst habe ich vermutet, dass er diese Entscheidung getroffen hat, weil er Platz für den Schuppen und die vielen Tiere brauchte, aber mittlerweile kenne ich die Wahrheit. Rafael versteckt sich vor der Welt. Doch trotz der Abgelegenheit herrscht im Haus dank der lebhaften Farben, die Nico ausgesucht hat, des Kinoraums mit den bequemen verstellbaren Sesseln, der neuesten Blockbuster, die wir ausgesucht haben, und meines Zimmers, das dreimal so groß ist wie meine frühere Wohnung in Los Angeles, eine warme Atmosphäre. Ich habe sogar meinen eigenen Eingang, einen privaten Wohnbereich, ein wunderschones Spa-ähnliches Badezimmer und ein Himmelbett, in dem ich mich wie eine Prinzessin fühle.

Ich finde Nico neben dem Fahrstuhl vor, den Rafael hat einbauen lassen, damit sich sein Sohn besser in dem dreistöckigen Haus zurechtfindet. Mit genervter Miene klopft er mit seinem Turnschuh auf den Holzfußboden. Aufgrund der Gene seines Vaters ist er größer als die meisten Kinder seines Alters, sodass er häufig älter geschätzt wird.

»Warum hast du so lange gebraucht?« Er packt meine Hand und zieht mich in den Aufzug.

»Ich wurde aufgehalten.«

»Wovon?«

»Dein Dad hat gelächelt.«

»Echt?« Nico starrt mich hoffnungsvoll an.

Dieser Blick ist der Hauptgrund dafür, dass ich begonnen habe mitzuzählen, wie oft Rafael lächelt; denn auch wenn ihm das vielleicht nicht bewusst ist, macht er seinen Sohn damit unendlich glücklich. Ein Lächeln bedeutet Hoffnung und Frohsinn – Dinge, die in letzter Zeit in diesem Haus gefehlt haben, auch wenn ich nicht genau weiß, warum.

Ich greife über Nicos dunklen Haarschopf hinweg und betätige die Taste für den Keller. »Es war nur ein kleines Lächeln, aber mir ist es nicht entgangen.«

»Wow. Zwei Tage hintereinander«, merkt Nico ungläubig an.

»Sieht aus, als könnte ich die Wette tatsächlich gewinnen«, necke ich ihn halbherzig.

Wenn Rafael dreißig Tage hintereinander lächelt, hat Nico versprochen, mir einen Monat lang seine Lieblings-Actionfigur auszuleihen. Für ein Kind ist dieser Einsatz mehr wert als für mich ein Lottogewinn, der es mir ermöglicht, mich mit fünfundzwanzig zur Ruhe zu setzen.

»Oh nein«, sagt er gespielt besorgt.

»Es ist okay, wenn du verlierst. Wir können uns auf geteiltes Sorgerecht einigen.«

Er stupst mich lachend mit der Hüfte an, worauf ich ihm das dunkle Haar verwuschele. Doch auf einmal verschwindet sein Lächeln, und er sieht mich aus schmalen Augen an.

»Was ist los?«

»Nichts.« Sein abweisender Tonfall überrascht mich. Bei seinem Vater würde mich diese Art von Reaktion nicht überraschen, für Nico dagegen ist sie absolut ungewöhnlich. Er nimmt stirnrunzelnd seine

Brille ab und wischt die Gläser mit dem Saum seines blauen T-Shirts ab. Seine Outfits wählt er immer selbst aus. Heute hat er sich für ein rotes Brillengestell entschieden, das zu seinem Comic-T-Shirt und den roten Sneakers passt.

Die Fahrstuhltür öffnet sich, doch er ist zu sehr darauf fokussiert, seine Brillengläser zu reinigen, also halte ich eine Hand in die Lichtschranke und warte. Obwohl er sichtliche Mühe mit der Aufgabe hat, sehe ich davon ab, ihm zu helfen, ganz egal, wie sehr ich es will. Wie jedes andere achtjährige Kind möchte Nico eigenständig sein, besonders seitdem er vor anderthalb Jahren die Diagnose Retinitis pigmentosa erhalten hat. Laut meinen nächtlichen Google-Recherchen ist es wichtig, ihm seine Eigenständigkeit zu lassen, besonders weil er immer mehr auf die Hilfe anderer angewiesen sein wird, je schlechter seine Augen werden.

Schließlich setzt er sich die Brille mit zusammengepressten Lippen wieder auf.

»Alles okay?«, frage ich.

»Jepp.« Er kneift die Augen zusammen und schaut mir ins Gesicht.

»Bist du dir sicher?«

»Ja«, erwidert er scharf, ehe er sich an mir vorbeidrängt und den Fahrstuhl verlässt.

Ich bin überrascht, wie sehr sein schroffer Tonfall dem seines Vaters ähnelt, schüttele den Gedanken jedoch eilig ab. »Alles klar, Sir. Kannst du bitte nett mit mir reden, sonst zwinge ich dich heute dazu, Blockflöte zu üben«, scherze ich.

Meine Bemerkung scheint ihn aufhorchen zu lassen. Schließlich seufzt er. »Tut mir leid.«

»Schon in Ordnung. Wir sind alle mal grummelig«, beschwichtige ich und folge ihm in den Keller.

Kurz nachdem ich von Nicos nachmittäglicher Musiklehrerin zu seiner Nanny befördert wurde, hat Rafael den unfertigen Keller in ein Musikstudio für seinen Sohn umgebaut. Dort kann er unter anderem auf dem Schlagzeug spielen, das ihm seine Patentante geschenkt hat. Die Wände sind schallisoliert, und alles wurde nach den neuesten Standards der Technologie entworfen. Außerdem gibt es so viele Instrumente, dass ich hier ein ganzes Album aufnehmen könnte, wenn ich wollte. Angesichts des Gedankens zieht sich mein Magen zusammen, doch ich rufe mich schnell zur Räson.

Ich drehe den Ring an meinem kleinen Finger, der das Tattoo bedeckt. »Was möchtest du heute spielen?«

Nicos Blick huscht zwischen den Streich- und Blechinstrumenten an der Wand und dem Schlagzeug hin und her, ehe er auf den Flügel deutet. »Klavier.«

»Wirklich?«

Wenn Rafael nicht darauf bestehen würde, dass Nico mindestens zweimal pro Woche Klavier und Geige übt, würde er sich vermutlich mit nichts anderem beschäftigen als dem Schlagzeug. Oft muss ich ihm die Drumsticks förmlich aus den Händen reißen.

»Heute will ich was Neues ausprobieren.« Der gequälte Blick, mit dem Nico den Klavierhocker ansteuert, versetzt mir einen Stich ins Herz.

Während ich mich neben ihn setze, unterdrücke ich den Drang, ihn zu fragen, was los ist. »Dann zeig mal, was du draufhast, kleiner Rockstar.«

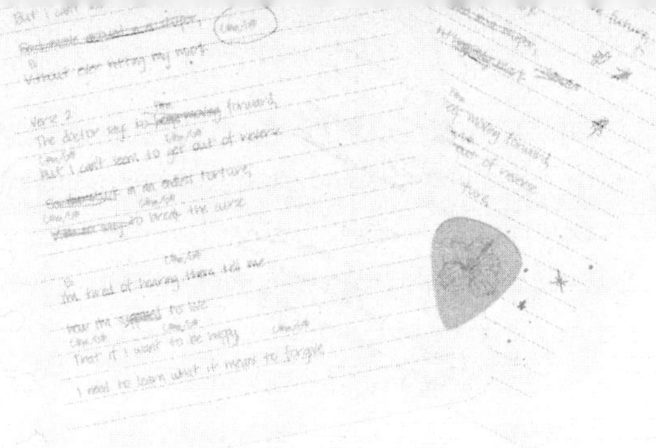

KAPITEL ZWEI
ELLIE

Als ich Nico an diesem Abend ins Bett bringe, bin ich vollkommen erschöpft von unserer besonders langen Musikstunde. Nico soll für seinen Auftritt auf dem Erdbeerfest im Juli üben; heute habe ich gespürt, dass er zusätzliche Zeit braucht, um seinen Gefühlen freien Lauf zu lassen, sodass ich ihm Gesellschaft geleistet habe, während er seine Wut an den Klaviertasten ausgelassen hat. Wenn Nicos Herzschmerz einen Klang hätte, wäre es eine sentimentale Progression – voller Emotionen und so hoffnungsvoll, dass es sich anhören würde wie eine quälende Sehnsucht. Selbst die Musik, die er heute beim Duschen gehört hat, war melancholisch, aber ich habe so getan, als würde es mir nicht auffallen, obwohl mir kein Ton entgangen ist, während ich in seinem Zimmer nebenan Wäsche gefaltet habe.

»Kannst du mir was vorlesen?«, fragt Nico nun.

Ich werfe einen Blick auf die Superhelden-Uhr auf seinem Nachttisch. »Das würde ich gern, aber es ist spät, und du hast morgen Schule.«

»Bitte.« Er legt flehend seine Hände zusammen. »Nur eine Geschichte, versprochen.«

Ich hatte schon immer Schwierigkeiten, Nico einen Wunsch abzuschlagen. Es ist eine meiner größten Schwächen, besonders wenn mich kleine Kinder mit Hundeblick ansehen und ihre guten Manieren als Superkraft einsetzen. Wenn Rafael hier wäre, würde er die Augen verdrehen und mir einen Vortrag halten, aber er hat sich heute in seinem Büro verschanzt.

Seit ein paar Monaten ist das Abendritual mit Nico meine Aufgabe. Ich weiß, dass Rafael aufgegeben hat, weil zwischen ihm und seinem Sohn ständig diese unangenehme Spannung herrscht. Obwohl ich versucht habe, ihn zu einem weiteren Versuch zu überreden, behauptet Rafael, dass Nico nur Geschichten von mir hören möchte.

Der Junge und ich standen uns nicht immer so nahe, denn er hat große Probleme damit, anderen Menschen zu vertrauen. Doch unsere ursprüngliche Verbindung über die Musik hat sich langsam, aber sicher auch auf andere Aspekte unseres Lebens ausgeweitet. Wir haben beide geschiedene Eltern und lieben Formel 1. Mittlerweile haben wir eine Bindung zueinander aufgebaut, die ich sehr zu schätzen weiß.

»Ellie?« Nico tippt mir auf die Schulter.

Ich stoße ein schweres Seufzen aus. »In Ordnung. Rutsch rüber.«

Vorsichtig nimmt er die Actionfiguren von der linken Seite seines Bettes und stellt sie in einer Reihe auf seinem Nachttisch auf. Im Gegensatz zu all seinen anderen Spielsachen, die unbeachtet im Haus herumliegen, bis er wieder bereit ist, mit ihnen zu spielen, gibt er sich besondere Mühe mit den Figuren, die Rafael mit seinem 3-D-Drucker für ihn gemacht hat. Er hat sie selbst entworfen und angemalt – eine Tatsache, die ich entschlossen verdränge, weil sich bei dem Gedanken daran, dass er monatelang für seinen Sohn daran gearbeitet hat, ein warmes und kribbeliges Gefühl in mir ausbreitet.

Nico klopft neben sich auf die Matratze und grinst.

Ich greife nach den beiden neuesten Büchern im Regal und halte sie ihm hin. Da er sich zwischen einem Comicbuch über seinen Lieblingssuperhelden und einem kurzen Kapitel in Blindenschrift entscheiden kann, weiß ich schon jetzt, auf was seine Wahl fallen wird.

»Wonach fühlst du dich heute Abend?«

Mit zusammengekniffenen Augen betrachtet er lange beide Cover. Wenn man bedenkt, dass er schon seit einem Monat davon redet, wie sehr er sich auf den neuen Comic freut, lässt er sich ganz schön viel Zeit mit seiner Entscheidung.

»Ich gebe dir drei Sekunden. Eins … zwei …«

Als er nach dem Buch in Blindenschrift greift, ziehe ich die Brauen zusammen und lege den Handrücken an seine Stirn. »Bist du krank?«

»Nein.« Er schiebt meine Hand weg und schlägt entschlossen das Buch auf.

Ehe er die Chance hat, einen Satz zu lesen, nehme ich ihm das Buch wieder ab und setze mich auf die Bettkante. »Hey!« Er versucht, mir das Buch zu entreißen, aber ich halte es außer Reichweite.

»Was ist los mit dir?«

»Nichts.« Er starrt geradeaus.

»Ich will dich nicht bedrängen …«

»Dann lass es.«

»Ich mache mir aber Sorgen um dich.«

Er schweigt und erstickt mich fast mit der Anspannung, die auf einmal zwischen uns herrscht. Falls sich Rafael ähnlich fühlt, wenn Nico sich vor ihm verschließt, kann ich verstehen, warum er oft so schlecht drauf ist.

»Du kannst immer mit mir sprechen. Über alles. Ganz egal, wie schlimm es ist.«

Er senkt den Blick auf seine geballten Fäuste, mit denen er die Decke umklammert. »Nein, kann ich nicht. Nicht darüber.«

Sanft lege ich ihm meine Finger unter das Kinn und zwinge ihn, mir in die Augen zu sehen. »Warum nicht?«

»Weil ich Angst habe.« Seine gepresste Stimme ist beim Rauschen der Klimaanlage kaum zu hören.

»Wovor?« Ich warte geduldig, während er tief durchatmet, nur um enttäuscht zu werden, als er schweigt. »Hat es etwas mit deiner Mom zu tun?«, frage ich vorsichtig.

Er schüttelt heftig den Kopf.

»Mit deinem Dad?«

Seine Unterlippe bebt, und seine Augen füllen sich mit Tränen.

Oh verdammt. Was hat Rafael getan?

Ich beiße mir auf die Lippe, um diese und zehn weitere Fragen nicht laut auszusprechen.

»Versprichst du, nichts zu sagen?« Seine Stimme ist kaum zu hören.

Mein Magen zieht sich vor innerer Zerrissenheit zusammen. Eigentlich sollte ich Versprechen dieser Art nicht geben, aber im Moment ist es der einzige Weg, Nico zum Reden zu bringen.

Schließlich nicke ich. »Klar.«

Es dauert weitere dreißig Sekunden, während denen mein Herz rast, ehe er sein Schweigen bricht. Eine einzelne Träne läuft seine Wange hinab.

»Ich kann immer weniger sehen. In letzter Zeit ist es schwer, im Dunkeln Dinge zu erkennen, und der Tunnelblick wird stärker.«

Ich fühle mich, als hätte mir jemand die Faust in den Magen gerammt. »Ach, Nico.«

Eine weitere Träne löst sich aus seinem Augenwinkel. »Das macht mich nervös.«

»Natürlich.« Ich atme tief durch. »Warum hast du deinem Dad nichts davon erzählt?«

»Weil ich ihn nicht wieder traurig machen möchte.«

Mein Herz zieht sich zusammen, als ich in seine schmerzerfüllte Miene blicke. Da ich nicht weiß, was ich sagen soll, drücke ich ihn an mich und wünschte, ich könnte etwas anderes tun, als rumzusitzen und darauf zu warten, dass ihm die Zeit auch das letzte bisschen Sehkraft raubt.

Eines Tages wird Nico kaum noch etwas sehen können, wenn er nicht sogar vollkommen blind wird. Ein Kind hat es verdient, sein Leben ohne so eine schreckliche Diagnose zu genießen, die es ständig daran erinnert, dass es sich von anderen unterscheidet.

Ich streiche ihm das Haar aus den Augen. »Dein Dad würde bestimmt wissen wollen, wenn dich etwas bedrückt.«

»Nein, würde er nicht.«

»Doch, natürlich. Warum glaubst du das?«

Nico braucht so lange, um zu antworten, dass ich schon glaube, er sei eingeschlafen. »Beim Arzt hat er geweint«, erwidert er schließlich mit zittriger Stimme.

Ich erstarre. »Wann?«

»Im Januar.« Sein Kinn bebt. »Ich habe ihn … auf der Toilette gehört.«

»Bist du dir sicher?«

Er nickt.

Mich überrollt eine neue Welle Mitgefühl für die beiden Lopez-Männer, denn ich weiß, dass sie still leiden, obwohl sie einander Halt geben könnten. Egal wie sehr ich versuche, ihre Bindung zueinander zu stärken, weigern sie sich starrsinnig.

»Er hat keine Ahnung, dass ich es mitbekommen habe.« Nico schnieft.

Ich drücke ihn ein wenig fester. »Es ist okay, zu weinen. Das ist vollkommen normal und kann sogar gesund sein.«

»Ja, nur nicht dann, wenn man selbst der Grund dafür ist.« Er senkt den Blick.

»Aber *du* hast ihn nicht zum Weinen *gebracht*, sondern er hat *um* dich geweint.«

Ich bin mir nicht sicher, was mein Herz mehr schmerzen lässt – Rafael, der wegen der Krankheit seines Sohnes zusammenbricht, oder Nico, der seinen Vater bei einem vermeintlich geheimen Gefühlsausbruch erwischt. Ich finde es schwer, mir meinen emotionslosen Boss weinend vorzustellen.

Auch wenn es nicht das erste Mal ist, denn plötzlich kommt mir eine lange vergessene Erinnerung in den Sinn. Einmal habe ich Rafael als Teenager an Heiligabend weinend in seinem Wagen auf einem Parkplatz gesehen. Ihm war nicht bewusst, dass ich in dem Auto neben ihm saß. Zu dem Zeitpunkt hatte ich keine Ahnung, warum er weinte, aber mittlerweile weiß ich Bescheid, denn Josefina hat einmal erwähnt, dass der Todestag seiner Mutter der dreiundzwanzigste Dezember ist.

Die Erinnerung verblasst, als Nico einwendet: »Das macht es aber nicht besser.«

Ich schließe die Arme noch fester um ihn. »Es tut mir leid.«

Er schmiegt sich an mich. »Es ist nicht deine Schuld.«

»Nein, aber es tut mir trotzdem leid. Die ganze Zeit hast du das alles mit dir herumgeschleppt …«

Ich hätte ihn doch mehr bedrängen, ihm häufiger Fragen stellen und mir mehr einfallen lassen sollen, als zu zählen, wie oft Rafael lächelt, um Nico und seinen Dad wieder zusammenzubringen.

Ich nehme einen tiefen Atemzug, ehe ich das ausspreche, was Nico garantiert nicht hören will. »Du wirst ihm davon erzählen müssen.«

Er umschlingt mich fester. »Das werde ich.«

»Und wann?«

Er zuckt zusammen. »Nach unserem Trip?«

Ich ziehe mich zurück, um ihn besser anschauen zu können. »Nein, damit kannst du auf keinen Fall drei Wochen warten.«

»Warum nicht?«

»Weil er dein Dad ist und es verdient hat, zu erfahren, was mit dir los ist. Damit er dir helfen kann.«

»Es ihm zu erzählen, wird aber keinen Unterschied machen.« Er lässt die Schultern sinken, als würde ihn die Last der gesamten Welt runterziehen. »Dadurch werden meine Augen auch nicht besser.«

Sosehr ich mir wünsche, ich könnte ihm widersprechen, gibt es an seiner Diagnose nichts zu rütteln, da hat er recht. Aber das bedeutet noch lange nicht, dass Nico die Sache allein durchstehen muss. Er kann darauf zählen, dass wir ihn unterstützen.

»Wenn du Angst hast, kann ich gern mit ihm reden.«

Ein Anflug von Panik huscht über seine Züge, während er die Finger in meinen Arm gräbt, direkt über der Stelle mit den winzigen Schmetterlings-Tattoos. »Nein! Bitte, bitte, *bitte*, Ellie. Bitte sag ihm noch nichts! Warte wenigstens bis nach der Reise.«

»Warum willst du so lange warten?«

»Heute hat er gelächelt, und gestern hat er gelacht!«

Wieder zieht sich meine Brust zusammen, als ich an den Klang zurückdenke, der mich vollkommen überrascht hat. Auch wenn Rafaels Lachen nicht laut war, wirkte es glücklich und hat Nico für den Rest des Tages ein Lächeln ins Gesicht gezaubert.

»Sonst lacht er gar nicht mehr.« Als ich in Nicos feuchte Augen blicke, beginne auch ich zu weinen. »Ich will vor der Reise die Stimmung nicht ruinieren.«

Mein tiefer Atemzug hat zwar nicht die gewünschte beruhigende Wirkung, aber verschafft mir einen Moment, um einen klaren Kopf zu bekommen. »Ich möchte, dass du ehrlich bist und mir erzählst, wie schlimm es seit der Untersuchung im Januar geworden ist.«

Er erklärt mir, dass sein Sichtfeld an den Rändern mittlerweile dunkel geworden ist, als würde er die Welt durch ein Fernglas betrachten – ein Symptom, vor dem der Arzt Rafael gewarnt hat, da es anzeigt, wie weit die Krankheit bereits fortgeschritten ist. Sein Tunnelblick ist zwar nicht so schlimm, wie ich angenommen habe, bereitet mir angesichts seiner jungen Jahre aber dennoch Sorgen.

Auch wenn ich nur ungern meinen Job riskiere, indem ich meinem Boss etwas verschweige, bin ich mir nicht sicher, ob ich eine Wahl habe, wenn ich will, dass Nico mir auch in Zukunft vertraut. Stünde seine Sicherheit auf dem Spiel, würde ich, ohne mit der Wimper zu zucken, mein Versprechen brechen. Aber in diesem Fall ist es etwas anderes.

Schließlich stoße ich ein schweres Seufzen aus. »Ich gebe dir bis nach deiner Geburtstagsparty Zeit.«

Sein Gesicht wird bleich. »Aber die ist schon in einer Woche!«

»Das ist mein letztes Angebot, sonst erzählen wir es ihm gleich heute Abend.« Es widerstrebt mir, so hart durchzugreifen, besonders als Nico die Unterlippe vorschiebt.

»Ich möchte aber nicht, dass er vor unserem Urlaub traurig ist.«

»Das kann ich gut verstehen, aber du weißt, dass es nicht richtig ist, ihm so etwas zu verschweigen.«

Seine Antwort besteht aus einem schweren resignierten Seufzen.

Wieder lege ich ihm die Finger unters Kinn, damit er mich ansieht. »Es kann sein, dass er kurzzeitig traurig wird, aber auf der Reise wird sich seine Laune schon wieder bessern.«

»Glaubst du?«

»Das weiß ich sogar.« Okay, ich weiß es vielleicht nicht mit Sicherheit, aber ich habe noch von keiner einzigen Person gehört, die sich in Hawaii nicht prächtig amüsiert hat.

Rafael hat sich besondere Mühe gegeben, die Reise für seinen Sohn zu planen, und sogar die ursprünglich angedachte Europareise abgesagt, weil Nico seit diesem Jahr vollkommen besessen von Hawaii ist und sich unzählige Dokumentationen darüber angesehen hat. Ich hoffe also, dass alle den Urlaub genießen werden.

»Okay, na schön. Dann erzähle ich es ihm nach dem nächsten Wochenende.«

Dieser Mini-Lopez wird noch mein Untergang sein, denn während Rafael häufig schroff und missmutig ist und sein Herz hinter einer Mauer aus Eis verbirgt, trägt Nico sein Herz auf der Zunge. Ich würde alles dafür tun, ihn zu beschützen, selbst wenn das bedeutet, ihm zuliebe ein Geheimnis für mich zu behalten.

KAPITEL DREI
RAFAEL

Ich hasse es, eine Nanny im Haus zu haben, die mir in meinem Alltag ständig in die Quere kommt, aber für Nico würde ich fast alles tun. Auch wenn ich meinen Sohn mühelos mit der Hilfe meiner Familie großziehen könnte, bin ich der Ansicht, dass er eine Person in seinem Leben braucht, die rund um die Uhr für ihn da ist. Er braucht *Ellie*, so ungern ich das auch zugebe.

Genau das rufe ich mir einmal mehr in Erinnerung, als ich mich an die Wand ein Stück neben der Zimmertür meines Sohnes lehne und auf meine Richard-Mille-Uhr hinabschaue, wobei ich mit jedem Moment genervter werde. Die auffälligen Diamanten, die das Ziffernblatt einschließen, funkeln, während sich der kleine Zeiger unaufhaltsam auf die Zehn zubewegt. Normalerweise bin ich nicht sonderlich streng, was Schlafenszeiten angeht, aber in letzter Zeit war Nico reizbarer als sonst, woran ich seiner blonden Nanny die Schuld gebe, die ständig alle Regeln bricht. Ihr leises Lachen ist durch die Tür zu hören und schallt durch den Flur, gefolgt von Nicos hellem Kichern. Nur um diesen Klang zu hören, habe ich eine Frau ohne jegliche Vorerfahrung eingestellt, die mich noch dazu in den Wahnsinn treibt.

Seitdem Hillary vor mehr als zwei Jahren weggezogen ist, hat sich Nico verändert. Obwohl ich Verständnis dafür hatte, dass er launisch und leicht reizbar war, war sein Verhalten besonders deshalb unerträglich für mich, weil ich mich dafür verantwortlich fühlte. Ich bin derjenige, der die Scheidung eingereicht hat, und auch wenn Nico mir niemals explizit die Schuld dafür gegeben hat, dass seine Mom gegangen ist, hege ich trotzdem den Verdacht, dass er es insgeheim tut.

Seitdem er vor achtzehn Monaten die Diagnose bekommen hat, ist unser Verhältnis noch angespannter. Mit der Zeit wurde es immer schwieriger, seine Krankheit zu ignorieren, denn seine Sehkraft verschlechterte sich deutlich. Er vernachlässigte alles, was er vorher geliebt hatte – Freundinnen und Freunde, Familie, Musik und mich. Da Musik immer Nicos Art war, seine Gefühle herauszulassen, habe ich mich vor knapp einem Jahr entschieden, ihn für Musikstunden bei The Broken Chord anzumelden. Zuerst hat sich Nico geweigert, ein Instrument anzurühren, aber mit Ellies Hilfe hat er sich langsam wieder geöffnet.

Vier ganze Monate fühlte es sich an, als würden Nico und ich wieder gut miteinander klarkommen, aber seit Beginn des Jahres hat sich unser Verhältnis erneut verschlechtert. Ihn zu fragen, was nicht stimmt, hat bisher zu nichts geführt, und wenn ich ihm jeden Wunsch von den Lippen ablese, bessert sich seine Stimmung immer nur kurzzeitig. Die Europareise abzusagen und stattdessen einen Trip nach Hawaii zu buchen, hat mir zwar ein kleines Lächeln und ein geflüstertes »Danke« von ihm eingebracht, aber auch in dem Fall hat seine bessere Laune nicht lange angehalten. Zumindest nicht mir gegenüber.

Ellie reißt mich aus meinen Gedanken, als sie aus seinem Zimmer kommt, die Tür leise hinter sich schließt und sich dagegenlehnt. Ihre grünbraunen Augen sind geschlossen, und sie stößt ein schweres Seufzen aus. Das lange blonde Haar, das ihr bis zur Taille reicht, glänzt im Mondlicht, das durchs Fenster scheint, fast silbern.

Nur selten bekomme ich die Gelegenheit, Ellie anzuschauen, ohne dass sie es bemerkt. Normalerweise registriert sie jeden Blick, jedes Lächeln und jede Bemerkung von mir, als wäre ich ein Forschungsprojekt. Statt mich also sofort bemerkbar zu machen, nutze ich die Chance, sie eingehend zu mustern.

Ellie steht nicht auf bunte Accessoires oder auffällige Designerkleidung wie Dahlia Muñoz, mit der mein Cousin seit neun Monaten zusammen ist. Sie hält sich auch nicht über die neuesten Make-up- oder Haartrends auf dem Laufenden wie Lily, die andere Muñoz-Schwester. Genau genommen ist Ellie ausgesprochen gut darin, ihren Charakter im Verborgenen zu halten, wobei ihre in Schwarz, Weiß und Grau gehaltene Garderobe ihr Übriges tut. Ich bin überrascht, dass sie ihr Haar nicht schon dunkel gefärbt hat, denn das würde gut zu ihrem Edgy-Barbie-Look passen. Hätte sie nicht all diese kleinen filigranen Tattoos auf ihrem Körper, würde ich sie so interessant finden wie eine leere Leinwand.

Lügner.

Na schön. Sie ist so interessant wie eine Leinwand, die nur in einer Farbe bemalt wurde.

In Schwarz.

Ein voller dunkler Tintenton, der zu der Musik passt, die sie spätabends spielt, wenn sie glaubt, dass alle schlafen. Dabei ahnt sie nicht, dass ich manchmal heimlich lausche, denn es fällt mir schwer, der Anziehungskraft zu widerstehen, die sie auf mich ausübt. Ihre Musik spricht zu mir, wie es Worte niemals könnten.

Wenn es nur um die Musik geht, wie erklärst du dir dann, dass du besagte Anziehungskraft auch jetzt spürst?

Dieser Gedanke rüttelt mich aus meiner Starre, und ich trete aus dem Schatten der Wand, wobei eine Diele unter meinem Stiefel knarrt.

Ellie reißt erschrocken die Augen auf. »Mein Gott! Wie lange stehst du schon da?«

Trotz meines rasenden Herzens halte ich meine Miene neutral. »Lange genug, um zu wissen, dass Nico heute viel zu spät ins Bett gegangen ist.«

Sie strafft die Schultern. Obwohl sie größer ist als die meisten Frauen im Ort, reicht sie mir ohne Schuhe gerade bis zum Kinn. »Wir haben Blindenschrift geübt.«

»Ich bin überrascht, dass ihr trotz des ganzen Kicherns so viel geschafft habt.«

Ihre Augen verengen sich. »Ich bin mir sicher, dass Humor für dich ein fremdartiges Konzept ist, aber die meisten Menschen lachen, wenn sie etwas Lustiges lesen.«

»Was du nicht sagst«, bemerke ich trocken.

Was immer sie erwidern wollte, bekomme ich nicht mehr zu hören, denn in dem Moment muss sie gähnen. »Ich sollte auch schlafen.« Sie macht Anstalten, an mir vorbeizugehen.

Ohne nachzudenken, halte ich sie am Ellbogen fest. Die Wärme ihrer Haut sickert durch meinen dünnen Schutzwall und jagt mir ein heißes Prickeln durch den Körper. Ich will sie loslassen und vor der Empfindung davonlaufen, doch mein Griff an ihrem Ellbogen bleibt fest.

»Wie läuft es?«

»Was meinst du?« Sie senkt den Blick auf die Gänsehaut, die sich auf ihrem Arm zeigt.

Ich lasse sie los und trete einen großen Schritt zurück. »Wie läuft es mit der Blindenschrift?«

»Ach so.« Sie schüttelt den Kopf. »Gut, auch wenn er leider deine Ungeduld geerbt hat.«

Ich mustere sie forschend. »Hat er Schwierigkeiten?«

»Ein bisschen, aber wir arbeiten dran. Wenn du ab und zu etwas Zeit erübrigen könntest, um auch mal mit ihm zu üben, würde es sicher nicht schaden.«

Die dauerhaft lauernde Angst löst Übelkeit in mir aus, und schon im nächsten Moment ertrinke ich in negativen Gedanken. Ich habe mich so sehr bemüht, mit Nico zu üben, aber mein Sohn hat sich in den letzten Monaten langsam immer mehr vor mir verschlossen, und ich weiß nicht, warum.

Nach den Weihnachtsferien hat sich irgendetwas verändert, und ganz egal, wie hartnäckig ich nachgebohrt habe, ich konnte den Grund dafür bisher nicht finden.

Du könntest Ellie fragen, was sie dazu meint.

Sofort verdränge ich den Gedanken, denn sie würde es nicht verstehen; immerhin haben sie und Nico eine ganz andere Art von Beziehung zueinander. Auf der einen Seite gefällt mir das, auf der anderen Seite widerstrebt es mir. Ich beneide Ellie um die sorglose, unkomplizierte Bindung, die sie zu meinem Sohn aufgebaut hat, auch wenn ich weiß, dass es unfair ist, deshalb einen Groll gegen sie zu hegen. Ellie bekommt genau das, wonach ich mich sehne. Nico liebt es, Zeit mit ihr zu verbringen, während er mich ausschließt, sodass ich mich oft nutzlos und zurückgewiesen fühle – zwei Emotionen, vor denen ich mich seit Jahrzehnten fürchte.

»Warum liest du nicht morgen Abend mit uns?«, fragt sie mit dieser sanften Stimme, die immer wieder droht, meinen Schutzwall einzureißen.

»Nein.« Ich klinge noch schroffer als sonst.

»Warum nicht?« Unter ihrem Blick wird mir unbehaglich zumute – nicht wegen der Art, wie sie mich ansieht, sondern weil ich Angst davor habe, was sie entdecken könnte, wenn sie zu genau hinschaut. Einen Feigling, der seine Scham lieber hinter einer Lüge verbirgt.

»Ich bin nicht sonderlich gut«, erwidere ich.

Die nachdenklichen Fältchen um Ellies Augen verschwinden. »Ich bin auch keine Expertin. Immer wenn ich ein Wort oder einen Satz nicht entziffern kann, sage ich stattdessen etwas Lustiges und bringe Nico damit zum Lachen.«

»Muss schön sein.« Ich kann meinen Sohn kaum dazu bewegen, sich länger als ein paar Minuten mit mir zu unterhalten, während Ellie ihn mühelos zum Lachen bringt.

Ihr eisiger Blick kehrt zurück. »Was soll das denn heißen?«

»Nichts. Ich würde ja gern, aber ich habe für morgen Abend schon Pläne mit Julian.«

Sie rümpft die Nase, so wie immer, wenn ich sie verärgert habe. »Seit wann?«

Seit zehn Sekunden. »Seit heute.«

»Danke, dass du mir in letzter Minute Bescheid gibst.«

»Hast du was Besseres zu tun?« Noch während ich die Frage ausspreche, höre ich, wie falsch sie klingt.

»Kein Wunder, dass du keine richtigen Freunde hast.«

»Es gibt Leute, die es vorziehen, keine Zeit mit bedeutungslosen Beziehungen zu verschwenden.«

Statt sich von meiner Bemerkung noch mehr auf die Palme bringen zu lassen, liegt nun etwas in Ellies Blick, das ich zu oft in den Augen der Menschen im Ort erkenne, wenn sie mich ansehen.

Mitleid.

»Leute wie du tun mir leid«, bestätigt sie meine Vermutung. »Du setzt alles daran, deine Mitmenschen auf Abstand zu halten, obwohl dir nur eine Person Grund dazu gegeben hat.«

Eher drei Personen, von denen zwei meine Eltern sind, denke ich, spreche es jedoch nicht laut aus. Stattdessen sage ich gar nichts. Es ist einfacher, meine Gefühle im Zaum zu halten, wenn ich ihnen nicht hinterherhänge. Man mag es Feigheit oder Verdrängung nennen, aber ich bevorzuge den Begriff *Überlebensinstinkt*. Wenn ich zu viel nachdenke, beginne ich, etwas zu empfinden, und ich bin mir nicht sicher, ob ich damit aufhören kann, wenn ich erst einmal angefangen habe.

Meine toxische Eigenschaft ist nicht die Tatsache, dass ich keine Gefühle habe, sondern dass ich zu viel auf einmal empfinde und meine Emotionen verdränge, statt zu lernen, damit umzugehen. So war ich schon immer, selbst lange bevor meine Mutter ihre Koffer gepackt und meinen Vater und mich verlassen hat.

Ellie schüttelt den Kopf. »Wie dem auch sei … Wenn du mich entschuldigen würdest, ich möchte ins Bett.« Sie geht an mir vorbei, doch der Duft von fruchtigem Duschgel hängt noch lange, nachdem sie fort ist, in der Luft.

KAPITEL VIER
RAFAEL

Ich habe einen langen Arbeitstag, denn Dwelling, meine Immobilien-App, hat technische Probleme, über die sich ein Investor beschwert hat, sodass ich Nico immer noch nicht sehen konnte.

Zu dem Zeitpunkt, zu dem ich Feierabend mache und mein Homeoffice verlasse, liegt er bereits im Bett, und Ellie ist nirgends zu sehen. Einen kurzen Moment bleibe ich vor seiner Zimmertür stehen und lasse mir noch einmal Ellies Worte von gestern Abend durch den Kopf gehen.

Wenn du ab und zu etwas Zeit erübrigen könntest, um auch mal mit ihm zu üben, würde es sicher nicht schaden.

Ehe ich die Chance habe, es mir anders zu überlegen, klopfe ich an Nicos Zimmertür.

»Ellie?«

Mit einem Kloß im Hals drehe ich den Türknauf. »Nein. *Soy yo**.«

---

* *Soy yo: Ich bin's.*

Nicos Lächeln verschwindet. »*Hola, Papi**.«

Schmerz trifft mich wie ein gleißender Blitz in die Brust, als ich seine Enttäuschung erkenne, die ich jedoch ignoriere, während ich einen zögerlichen Schritt in den Raum mache. »*Vine a decirte buenas noches.***«

Er zieht sich die Decke bis zum Kinn. »*Buenas noches.****«

Als ich auf der Bettkante Platz nehme, fühle ich mich mehr wie ein Fremder als wie sein Vater. »Sollen wir zusammen eine Geschichte lesen, bevor ich mich mit Onkel Julian treffe?«

»Nein«, erwidert Nico eilig.

Obwohl die Zurückweisung wehtut, lasse ich mich nicht abwimmeln. »Ellie meinte, es wäre gut, wenn wir zusammen Blindenschrift üben.«

Panik huscht über seine Züge. »Warum?«

»Wahrscheinlich weil ich nicht sonderlich gut darin bin.«

Er stößt erleichtert die Luft aus. »Oh.«

Ich nehme das Buch von seinem Nachttisch. »Was meinst du?«

Er schüttelt den Kopf. »Ich möchte nicht mit dir üben.«

Obwohl er den Satz geflüstert hat, hätte er ihn ebenso gut brüllen können.

»Nicolas …« Ich atme so tief ein, dass meine Lunge schmerzt, um all meinen Mut zusammenzunehmen. »Habe ich etwas falsch gemacht?«

Er starrt verzweifelt auf das Buch in meinen Händen. »Nein.«

»Warum willst du dann keine Geschichten mehr mit mir lesen?«

Er presst die Lippen zusammen.

»Mit Ellie liest du doch auch.«

---

* ***Hola, Papi:*** *Hallo, Dad.*

** ***Vine a decirte buenas noches:*** *Ich bin gekommen, um dir Gute Nacht zu sagen.*

*** ***Buenas noches:*** *Gute Nacht.*

Sein bebendes Kinn lässt mein Herz schmerzen.

Du machst alles nur noch schlimmer.

Mit steifen Bewegungen lege ich das Buch zurück auf den Nachttisch und gebe Nico einen Kuss auf den Kopf. »Mach dir keine Gedanken. Ich werde allein üben und dich am Ende mit meinen Lese-Skills beeindrucken.«

Er kuschelt sich noch tiefer unter die Decke. »Ich hab dich lieb.«

Das dumpfe Pochen in meinem Kopf wird schwächer. »*Te quiero, mijo. Con todo mi corazón.**«

»Es tut mir leid«, murmelt er, als ich schon fast an der Tür bin.

»Dir muss nichts leidtun. Ich möchte nur, dass du weißt, dass ich immer Zeit für dich habe, wenn du mit mir lesen möchtest.«

Dein eigener Sohn will dich nicht in seiner Nähe haben, sagt eine Stimme in meinem Kopf. Zurückweisung ist nie leicht zu ertragen, aber es gibt nichts Schmerzhafteres, als sie von seinem eigenen Kind zu erfahren.

Sohn, Ehemann, Vater – ich bin bereits in so vielen Rollen gescheitert, dass ich nur mir selbst die Schuld daran geben kann. Ich war zu beschäftigt damit, meine Firma zu expandieren, sodass sich meine Frau einen anderen gesucht hat, der ihr die Aufmerksamkeit geschenkt hat, die ich ihr nicht geben konnte. Womit ich nicht gerechnet habe, war, dass meine Ex die Scheidung zum Anlass nehmen würde, mit ihrem neuen Freund nach Oregon abzuhauen und all ihre Pflichten zurückzulassen. Und damit auch ihren musikliebenden, heldenhaften Sohn.

Nico reißt mich aus meinen Gedanken. »Kannst du Ellie holen, bevor du gehst?«

Ich umklammere den Türknauf mit eisernem Griff. »Natürlich.«

---

* *Te quiero, mijo. Con todo mi corazón: Ich liebe dich, Sohn. Von ganzem Herzen.*

»Ich war überrascht, als du mir gestern geschrieben hast, dass du dich heute mit mir treffen möchtest.«

Mein Cousin Julian lässt sich gegenüber von mir auf die lederne Bank der Sitznische fallen. Nach einem langen Arbeitstag auf einer seiner Baustellen sieht er erschöpft aus. Sein schwarzes Hemd ist mit Sägemehl bestäubt, und seine Wangen sind von der Sonne, die nun, Anfang Juni, stärker brennt, gerötet. Wir sind zwar keine Brüder, ähneln uns aber so sehr, dass man es ohne Weiteres annehmen könnte. Unsere braunen Augen, das dunkle Haar und den markanten Kiefer haben wir von unseren Vätern geerbt.

»Sag mal, besitzt du eigentlich eine Bürste?«, fragt er unvermittelt. Während Julian seine Wellen zähmt, indem er seine Haare kurz trägt, sind meine länger und müssten unbedingt mal wieder geschnitten werden – woran mich Julian jedes Mal erinnert, wenn er mich sieht.

»Ja.«

»Soll ich dir mal zeigen, wie man sie benutzt?«

Ich fahre mit den Händen durch mein dichtes Haar. »Deine Mom schneidet mir morgen die Haare.«

»Gut, denn du bist nur eine Woche von Man-Bun-Länge entfernt.« Er erschaudert übertrieben.

»Ich würde niemals zulassen, dass meine Haare *so* lang werden.«

Er wirft mir einen bedeutsamen Blick zu.

»Zumindest nicht noch einmal«, korrigiere ich mich.

Nachdem ich die Scheidung eingereicht und von Nicos Augenerkrankung erfahren hatte, habe ich mich selbst vernachlässigt. Ich hatte zu viele Probleme, um an irgendetwas anderes zu denken als meine gescheiterte Ehe und mein leidendes Kind.

»Wenn Ma ohnehin zum Schneiden vorbeikommt, könnte Dahlia sie begleiten und sich deinen Kleiderschrank ansehen. Sie würde dir auch liebend gern dabei helfen, ein paar Outfits für Hawaii zusammenzustellen, wenn du sie lässt.« Julians Augen leuchten. Immer wenn er über seine Partnerin Dahlia Muñoz spricht, die außerdem eine gute Freundin unserer Familien ist, bekommt er diesen albernen verklärten Blick.

Obwohl ich ihn am Anfang gewarnt habe, dass er sich von ihr fernhalten sollte, waren meine Sorgen unbegründet; mein Cousin war nie glücklicher als in den neun Monaten, seitdem er mit Dahlia zusammen ist. Im Gegensatz zu mir ist Julian niemals mit der falschen Frau ins Bett gegangen, nur um seine innere Leere zu füllen. Er war verantwortungsbewusst und geduldig, während ich unbedacht war und dringend eine Therapie nötig hatte. Verdammt, ich könnte immer noch eine Therapie gebrauchen, aber diese persönliche Reise habe ich kurzzeitig unterbrochen, denn ich bin noch nicht bereit, mich meiner Vergangenheit zu stellen. Es war schon schwer genug, herauszufinden, warum ich mich an jemanden wie Hillary gebunden habe. Daher brauche ich ein wenig Zeit, um all das zu verarbeiten, bevor ich die Therapie fortsetze. Vielleicht sogar ein paar *Jahre*.

Ich ignoriere den Kloß in meiner Kehle und frage: »Was stimmt denn nicht mit meinen Klamotten?«

Klar, früher habe ich mir mehr Mühe mit meinem Äußeren gegeben, aber nur weil mir die Meinung anderer Leute viel zu wichtig war. Ich wollte, dass man mich mag, mich *begehrt*. Jetzt möchte ich einfach nur meine Ruhe haben.

Er mustert mich von oben bis unten. »Willst du meine ehrliche Meinung hören?«

Eigentlich nicht, aber das hält Julian normalerweise nicht davon ab, sie mir trotzdem zu unterbreiten. Ich bin mir nicht sicher, warum sich meine Familie überhaupt um meine Outfits und meine Erscheinung schert, aber so oder so sind ihre Sorgen unbegründet. Nur weil ich nicht mehr versuche, andere mit meinem Äußeren zu beeindrucken, heißt das noch lange nicht, dass ich am Boden bin – zumindest diesmal nicht.

Er deutet auf mein Holzfällerhemd. »Deine Garderobe könnte vor dem Urlaub ein kleines Update vertragen.«

»Wer sagt das?«

»Alle, die dich lieben.«

Ich verdrehe die Augen. »Ihr liegt mir nur in den Ohren, weil ihr nichts Besseres zu tun habt.«

»Falsch. Wir liegen dir in den Ohren, weil wir durchschauen, was du tust.«

Automatisch verspanne ich mich. »Und das wäre?«

»Du verbirgst deine Unsicherheit hinter grässlicher Kleidung, zerzausten Haaren und deiner schroffen Art.«

»Kann ich mir wenigstens ein Bier bestellen, bevor du mir meine psychischen Probleme auseinandersetzt?«

»Um die zu besprechen, bräuchten wir was Härteres.«

»*Pendejo**«, murmele ich.

»*Cabeza dura***.« Julian stößt ein leises Lachen aus und hebt die Hand, um dem Barkeeper ein Zeichen zu geben. Ehe ich die Chance habe, mein Portemonnaie rauszuholen, hat mein Cousin bereits seine schwarze Kreditkarte gezückt und ordert zwei Bier von einer Brauerei aus der Gegend. Dann verschränkt er die Arme vor der Brust, woraufhin ein wenig Sägemehl durch die Luft rieselt. »Also, was ist der wahre Grund für deinen Anruf?«

»Brauche ich einen Grund, um mit meinem Cousin abzuhängen?«

Er hebt eine Augenbraue. »Nein, aber in letzter Zeit hast du eher nach Ausreden gesucht, um *nicht* mit mir abzuhängen.«

Das Loch in meiner Brust wird größer. »Sorry. Die letzte Zeit war … hart.«

In den vergangenen Monaten fand ich es einfacher, mich von meiner

---

* *Pendejo: Idiot*

** *Cabeza dura: Sturkopf*

Familie fernzuhalten, als ihre Fragen über mein Verhältnis zu Nico zu beantworten. Ich weiß, dass sie es nur gut meinen und ich dankbar für ihre Liebe und Aufmerksamkeit sein sollte, nachdem ich die ersten zehn Jahre meines Lebens damit verbracht habe, mir eine Familie wie sie zu wünschen, aber zuweilen fühle ich mich eingeengt. Besonders wenn es sich anfühlt, als würde ich nicht nur Nico im Stich lassen, sondern auch sie.

»Was ist los?«, fragt Julian.

Ich atme tief durch und stelle mich meiner Angst. »Nico und ich haben Probleme.«

Seine Augen werden groß. »Wirklich?«

Ich seufze. »Ja.«

»Ist das der Grund, warum du sonntags nicht mehr zu den Muñoz' kommst?«

»Jepp.«

Die Muñoz' und Lopez' verbringen schon seit unserer Kindheit jeden Sonntag zusammen, aber in letzter Zeit habe ich alles darangesetzt, diesem Familienritual zu entgehen, indem ich an dem Tag Aktivitäten für Nico und Verabredungen mit seinen Freundinnen und Freunden geplant habe.

»Was bedrückt dich?«, fragt Julian.

»Nico verschließt sich vor mir und verhält sich merkwürdig, ich komme aber nicht dahinter, woran es liegt.«

Er reibt sich das Kinn. »Wann hat das angefangen?«

»Ungefähr zu Jahresbeginn.«

»Also zur gleichen Zeit, als seine Mutter ihren Besuch im Ort abgesagt hat?«

Ich nicke. »Und es kamen auch noch ein paar andere Dinge hinzu.« Zum Beispiel, dass Nico darauf bestanden hat, dass Ellie uns in den Sommerurlaub begleitet, obwohl ich mich deutlich dagegen ausgesprochen habe.

»Hast du ihn gefragt, was nicht stimmt?«

»Klar.«

»Und?«

»Er will nie darüber reden, sondern macht einfach dicht.«

»Der Apfel fällt nicht weit vom Stamm.«

Ich funkele ihn an.

Julian richtete den Blick ins Leere und nippt an seinem Bier. »Hast du eigentlich in letzter Zeit mal daran gedacht, Ellie darauf anzusprechen?«

»Nein.« Das Wort kommt mir barscher über die Lippen als beabsichtigt.

»Meinst du Nein, du hast noch nicht darüber nachgedacht, oder Nein, du verhältst dich lieber weiterhin wie ein starrsinniger Idiot und vermeidest es um jeden Preis, um Hilfe zu bitten?«

Ich beiße die Zähne zusammen.

Julian legt den Kopf schief. »Letzteres also. Hab ich mir schon gedacht.«

Es missfällt mir, wie leicht Julian mich durchschauen kann. Da ich ihn schon fast mein ganzes Leben kenne, bin ich daran gewöhnt, aber das macht es nicht weniger nervig.

»Ich bezweifele, dass sie mir irgendwie helfen kann.« Wenn überhaupt, würde ich mich nach einem Gespräch mit ihr nur noch mehr wie ein Versager fühlen.

Er lehnt sich vor und stützt die Ellbogen auf den Tisch. »Erzähl mir nicht, du bist zu stolz, um sie zu fragen.«

»Das hat nichts mit Stolz zu tun.«

»Bist du dir sicher?«

»Absolut.« Ich habe nämlich keinen Stolz – den habe ich vor langer Zeit zusammen mit meinem Selbstvertrauen verloren.

Julian lacht leise in sich hinein. »Für jemanden, der so verdammt schlau ist wie du, kannst du dich manchmal echt dumm anstellen.«

Ich hebe mein Glas zu einem Toast. »Auf dich ist echt Verlass, wenn es darum geht, mich aufzuheitern.«

»Wir waren immer ehrlich zueinander. Ich fange jetzt bestimmt nicht damit an, dich anzulügen, nur um deine Gefühle nicht zu verletzen.«

»Aber deswegen musst du nicht gleich so hart zu mir sein.«

Julians Mundwinkel heben sich. »Ich mache es dir schwer, weil du mir wichtig bist.«

»Das ist mir klar.« Ich würde das Gleiche für ihn tun, selbst wenn er anschließend wütend auf mich wäre.

Er atmet tief durch. »Im Grunde weißt du, dass du mit Ellie sprechen musst, selbst wenn du nicht willst.«

Mit einem resignierten Seufzen lasse ich den Kopf in den Nacken sinken. »Ja. Ich weiß.«

KAPITEL FÜNF
RAFAEL

Fast habe ich gehofft, dass Ellie schon schlafen würde, wenn ich nach Hause komme. Macht mich das zu einem Feigling? Absolut, aber zumindest hätte es mir mehr Zeit verschafft, mich auf eine so tiefgründige Unterhaltung vorzubereiten.

Ich war immer gut darin, Empfindungen, die mir Unbehagen bereiteten, zu unterdrücken. Zuerst war es reiner Überlebensinstinkt, weil ich meiner Tante und meinem Onkel keinen Grund geben wollte, mich rauszuwerfen. Also habe ich gelernt, meine Gefühle in Bezug auf meine leiblichen Eltern mit ungesunden Verdrängungsmechanismen zurückzuhalten, und war bereit, alles für andere Menschen zu tun. Ein toxisches Verhalten, denn damit habe ich mit aller Macht dafür gesorgt, dass mich andere so sehr brauchten, dass sie mich nicht verlieren wollten. Ich war Captain des Fußballteams, Klassensprecher des Abschlussjahrgangs und Prom-King. Geliebter Neffe, aufopferungsvoller Vater und treuer Ehemann. Dadurch habe ich mich unbesiegbar und vollkommen gefühlt, zumindest bis mein Lügengerüst eingestürzt ist und ich innerhalb von wenigen

Monaten mehr über mich selbst gelernt habe als in den einunddreißig Jahren zuvor.

Sanfte Gitarrenklänge begrüßen mich, als ich das Haus betrete. Ich folge dem Geräusch und bleibe schließlich in der Nähe der Wohnzimmertür stehen. Ellie hat mich noch nicht bemerkt, so wie immer, wenn sie in ihre Musik vertieft ist.

Obwohl es sich anfühlt, als würde ich in ihre Privatsphäre eindringen, möchte ich den Moment nicht ruinieren, indem ich mich bemerkbar mache, bevor sie die Chance hat, den Popsong zu Ende zu spielen, den ich sofort erkenne. Mir ist bewusst, dass es eine lahme Ausrede dafür ist, in der Dunkelheit zu lauern, besonders wenn man bedenkt, dass sie meist nahtlos von einem Song zum nächsten übergeht.

Ehe ich mich versehe, habe ich eine halbe Stunde gelauscht. Ihre Musik schafft es, meine Schutzmauer zu durchbrechen. Dass sie aufhört zu spielen, weil sie weiß, dass ich im Haus bin und zuhören könnte, will ich mit allen Mitteln verhindern. Allein der Gedanke daran, dass sie sich unwohl in meiner Gegenwart fühlen könnte, beunruhigt mich fast genauso sehr wie der andere Grund dafür, dass ich in Ellies Nähe verweile, ohne dass sie etwas davon ahnt.

Sie hat etwas an sich, das mich fasziniert und nichts mit Musik zu tun hat. Ich weiß selbst nicht recht, ob mein Interesse etwas mit ihrer Schönheit oder den Geheimnissen zu tun hat, die sie hinter ihrem schüchternen Lächeln und den Liedern versteckt, die mein Herz schmerzen lassen. Unter anderem auch, weil ich es nicht wissen *will*. Ich weiß nur, dass sie für jemanden mit einem so fröhlichen Lächeln und goldenem Haar, das mich an Sonnenstrahlen erinnert, verdammt gut darin ist, all das hinter herzzerreißenden musikalischen Progressionen und schwermütigen Melodien zu verbergen – die mir noch lange durch den Kopf gehen, nachdem sie abends aufgehört hat zu spielen. Ihre Musik hat eine melancholische Note, wodurch sie sich stark von den fröhlichen Liedern unterscheidet, die Nico für gewöhnlich spielt; und ich frage mich immer wieder, wer oder was sie zu diesen traurigen Melodien inspiriert.

Nachdem ich ein paarmal mit den Füßen aufgestampft habe, verstummt die Musik abrupt. Ein paar Sekunden später betrete ich das Wohnzimmer.

»Ich bin zu Hause«, verkünde ich.

Ellie dreht sich auf der Couch zu mir um und schaut mich an. »Ich dachte, du wolltest erst spät wiederkommen.«

»Hab's mir anders überlegt.« Ich nehme auf dem Sofa gegenüber von ihr Platz.

»Wahrscheinlich sollte ich schlafen gehen. Nico möchte, dass ich morgen vor der Schule ein paar Geburtstags-Cupcakes für seine Freundin kaufe.« Sie erhebt sich und greift nach ihren Noten.

»Warte! Hast du einen Moment Zeit?«

»Klar.«

»Ich brauche deinen Rat.«

Sie deutet auf ihre Brust. »Meinen?«

»Ja«, presse ich zwischen zusammengebissenen Zähnen hervor.

Ein paar Sekunden starrt sie mich an, ehe sie nickt. »Äh … okay.« Sie setzt sich wieder und legt ihre Gitarre auf den Beistelltisch. »Möchtest du einen Drink?«

»Verdammt, ja«, antworte ich, ohne nachzudenken.

Sie geht zum Barwagen und füllt ein Glas mit meinem Lieblings-Bourbon, den sie sich offenbar gemerkt hat. Als sie mir den Drink reicht, streifen sich unsere Finger, was meine Haut zum Prickeln bringt.

Eilig zieht sie ihre Hand weg.

»Danke.« Ich trinke einen Schluck.

»Besser?« Sie nimmt wieder Platz.

»Nein.«

»Wie schwer war es auf einer Skala von eins bis zehn, das zuzugeben?«

»Mindestens acht.«

Das schelmische Funkeln kehrt in ihre Augen zurück. »Besser als zehn.«

»Gib mir Zeit, da komme ich noch hin.« Meine Lippen zucken, aber ich reiße mich zusammen, ehe Ellie es noch als Lächeln für ihre alberne Liste wertet.

»Also, wozu brauchst du denn meinen Rat?«

Ich stoße den Atem aus. »Bestimmt ist dir aufgefallen, dass ich momentan keinen guten Draht zu Nico habe.«

Sofort ist ihre Belustigung zusammen mit dem Funkeln in ihren Augen verschwunden. »Ja.«

Ich hatte mit mehr gerechnet als mit einem Ja.

Du wusstest doch, dass es eine schlechte Idee war, sie um Hilfe zu bitten.

Julian hat sich getäuscht. Aufgrund der Tatsache, dass ihre Beziehung zu Nico eine ganz andere ist, wird sie mir nicht helfen können.

»Das tut mir leid«, fügt sie mit gesenktem Blick hinzu, ehe sie mich wieder ansieht.

»Hat er mit dir darüber gesprochen?«

»Nicht wirklich.«

»Aber er hat irgendwas erwähnt?«

Sie braucht einen Moment, um zu antworten, was mein Unbehagen nur noch steigert.

Vielleicht ist es schlimmer, als du gedacht hast.

Sie wickelt sich dreimal das Band ihres Hoodies um den Zeigefinger, bevor sie erwidert: »Hast du ihn gefragt, was los ist?«

»Ja, aber damit komme ich nicht weiter.«

»Vielleicht solltest du es noch mal versuchen.«

»Was soll das bringen? Er findet immer einen Weg, mich abzuweisen.«

Auf einmal scheint ihr alles klar zu werden. »Ach, Rafa. Das tut mir leid.«

Angesichts des Mitleids in ihrer Stimme zieht sich mein Magen zusammen, und auf einmal schäme ich mich. »Vergiss es.«

Sämtliche Farbe weicht aus Ellies Wangen. »Ich wünschte, ich könnte dir mehr sagen, wirklich …«

»Dann hat er … dir irgendetwas erzählt?«

Sie wird noch blasser. »Wie gesagt: nicht wirklich.«

»Das heißt nicht Nein.«

»Stimmt, aber es heißt auch nicht Ja. Wir reden nicht viel über dich.«

Falls das ein Versuch war, mich aufzuheitern, ist sie kläglich gescheitert. »Dann kannst du mir also nicht helfen«, stoße ich hervor.

»Hey, ich verstehe ja, dass du wütend bist, aber …«

»Wütend? Du glaubst, *das* ist Wut?« Mit einem Mal vergesse ich jegliche Vernunft und verliere die Selbstbeherrschung. »Mein Sohn will kaum noch Zeit mit mir verbringen. Immer wenn ich es versuche – ob es nun darum geht, ein Buch zu lesen, einen Film zu schauen oder Videospiele zu spielen –, macht er dicht und weist mich ab. Und weißt du, nach wem er stattdessen fragt?«

Sie weicht meinem Blick aus. »Nach mir?«

»Ja. Und weißt du auch, welches Gefühl das in mir auslöst?« Ich mache mir nicht die Mühe, meinen Zorn zu verbergen. Keine Ahnung, ob ich wütender auf sie oder auf mich selbst bin, aber mit einem Mal fühle ich mich dermaßen hilflos, dass ich alles an ihr auslasse. »Hass. Auf dich.«

Die Worte auszusprechen, fühlt sich falsch an. Meine Tante hat mir beigebracht, niemanden zu hassen, meine Eltern eingeschlossen. Aber mir fällt kein anderer Weg ein, den brennenden Schmerz in meiner Brust zu beschreiben, den ich immer dann empfinde, wenn ich Ellie anschaue. Eifersucht, Wut und Scham scheinen sich in einer merkwürdigen Art von Sodbrennen zu manifestieren, gegen das keine Tablette hilft.

»Du hasst mich also?« Ihr monotoner Tonfall trifft mich.

»Ja«, erwidere ich, klinge dabei aber weniger überzeugend als zuvor.

Sie schweigt so lange, dass ich fast damit rechne, dass sie nichts mehr erwidert. »Das glaube ich nicht. Denn wäre das der Fall, hättest du mich längst gefeuert.«

Ich versuche, die Tatsache, dass ich beeindruckt von ihrer Ehrlichkeit bin, zu verbergen, indem ich die Zähne zusammenbeiße und meine Augen verenge.

Eine weitere lange Pause folgt, ehe sie weiterspricht. »Ungeachtet deiner fehlgeleiteten Wut auf mich möchte ich dir gerne in Bezug auf Nico helfen.«

»Warum?«

»Weil ich weiß, dass du tief in deinem Herzen ein guter Mensch bist, auch wenn du dich noch so sehr anstrengst, das Gegenteil zu beweisen.«

Es fühlt sich an, als würde mich Ellie auf einem Operationstisch sezieren, um all die zerbrochenen Teile freizulegen, die ich verberge. Es stimmt – früher war ich ein guter Mensch, doch das ist irgendwann zu einer Schwäche geworden. Einer Bürde. Auf netten Kerlen wird ständig herumgehackt.

Ich senke den Blick, während sich Scham durch meinen Körper frisst und jegliches Selbstvertrauen tilgt.

Seufzend erhebt sich Ellie, und ich wappne mich innerlich, dass sie den Raum verlässt, doch überraschenderweise geht sie um den Tisch herum und setzt sich neben mich.

Als sich unsere Oberschenkel streifen, schießt Hitze mein Bein hinauf. So nahe war ich ihr noch nie zuvor. Bisher habe ich stets dafür gesorgt, dass es nicht so weit kommt, denn mir war klar, wohin es führen würde.

Ich hole scharf Luft, und mit einem Mal fällt mir ein weiterer Grund dafür ein, warum ich Ellies Nähe meide. Sie riecht nach frisch gepflückten Erdbeeren und einem Hauch von Nicos Lieblings-Badebombe – was ein solches Chaos in meinem Kopf und meinem Herzen auslöst, dass ich erneut tief durchatmen muss.

Ich hatte schon immer dieses … Interesse an ihr. Jedes Mal, wenn ich Nico für seine Musikstunde bei The Broken Chord abgesetzt habe, haben Ellies Augen gefunkelt, und sie hat mir ein strahlendes Lächeln geschenkt, das mich vollkommen aus dem Konzept gebracht hat. Ich bin mir sicher, dass sie meine Schweigsamkeit und das mürrische Gebaren als Teil meines Charakters betrachtet. Was zwar nicht ganz falsch ist, doch sie ahnt nicht, dass sie zum Teil die Schuld daran trägt. Meine anfängliche Faszination für sie hat sich jedoch schnell in etwas Unschönes verwandelt, als sich mein Verhältnis zu meinem Sohn verschlechterte.

In Eifersucht.

Mein erster Impuls ist, von ihr abzurücken, doch sie schockiert mich, indem sie mir eine Handfläche auf den Rücken legt und mit kreisenden Bewegungen darüberstreicht. Die Geste ist eher tröstlich als nervig, was mir Sorgen bereitet. In ihrer Nähe zu sein, ist eine Sache, aber Berührungen? Vollkommen unangemessen und unprofessionell. Dennoch kann ich mich nicht dazu bringen, aufzustehen und das Zimmer zu verlassen. Stattdessen sitze ich starr wie eine Statue da, während Ellie versucht, *mich* zu beruhigen – einen Mann, der ihr Mitleid oder Mitgefühl nicht verdient hat. An guten Tagen bin ich allerhöchstens höflich zu ihr, an schlechten Tagen dagegen ein mürrisches, unsicheres Arschloch, das seine Launen an ihr auslässt. Doch all das ist mit einem Mal vergessen, während sie mich tröstet und mein Körper sich mit jedem Kreis, den sie mit der Handfläche auf meinem Rücken beschreibt, mehr und mehr entspannt.

In einer Sekunde stehst du auf, versichere ich mir, während ich mich in ihre Berührung sinken lassen.

»Ich weiß aus erster Hand, was einen schlechten Vater ausmacht, und ich kann dir versichern, dass du keiner bist. Ganz egal, wie sehr du versuchst, dir das Gegenteil einzureden.«

Ihre Worte sickern durch meine Schutzmauer und setzen einen zerbrochenen Teil in mir zusammen.

Eine ganze Minute lang schweige ich, und als mir dann ein »Manchmal fühle ich mich hilflos« über die Lippen kommt, wünsche ich mir in der nächsten Sekunde, stumm geblieben zu sein.

»Ich kann mir nicht einmal annähernd vorstellen, wie es sein muss, in deiner Lage zu stecken.« Sie drückt meine Schulter. Von ihrer Seite eine rein platonische Geste, aber mein Herz setzt einen Schlag aus.

Ich wende mich ihr zu, bereue es jedoch sofort, als mich ihre Augen in ihren Bann ziehen. Das schwache Licht bringt das Grün und Braun in ihren Iriden zur Geltung, sodass ich meinen Blick nicht abwenden kann. Augen wie ihre habe ich noch nie gesehen, und vielleicht war das auch besser so, denn bei jedem Blick prickelt meine Haut. Ich würde gern dem Alkohol die Schuld zuschieben, aber mir ist bewusst, dass es eine lahme Ausrede wäre. Ich selbst bin das Problem, nicht das Bier oder die wenigen Schlucke Bourbon.

Ehe ich die Chance habe, meine Reaktion weiter zu analysieren, ertönt ein dumpfer Knall von der anderen Seite des Hauses und erregt unsere Aufmerksamkeit.

Ellie schnappt erschrocken nach Luft, und mein Herz setzt einen Schlag aus, als ein spitzer Schrei die Stille durchbricht.

»*¡Papi!*«

»Nicolas!« Ich stoße gegen den Couchtisch und stolpere in Panik über meine eigenen Füße. »Ich komme!« Mein Herz schlägt mir bis zum Hals, als ich losrenne.

Ellie ist mir dicht auf den Fersen.

Nicos Zimmer fühlt sich auf einmal unendlich weit entfernt an, während ich mich dem Klang seiner Schreie nähere. Ich stoße die Tür auf, ohne mich darum zu scheren, dass der Türknauf eine Delle in der Wand hinterlässt, und stürme ins Zimmer.

Meine zitternden Beine drohen, unter mir nachzugeben, als ich sehe, dass sich Nico auf dem Boden zusammengerollt hat. Blut tropft von seinem aufgeplatzten Kinn und sickert zusammen mit Tränen in seinen Dinosaurierschlafanzug. Den Blutspuren am Fußende des Bettes und dem an einer Ecke umgeklappten Teppich nach zu urteilen, muss Nico gestolpert und mit dem Kinn gegen das Holz geprallt sein, bevor er zu Boden gefallen ist.

»Oh Gott.« Ellies Stimme reißt mich aus meiner Starre.

Schnell gehe ich vor Nico in die Knie. Ich habe nicht einmal die Chance, ihn zu warnen, dass er sich nicht rühren soll, denn schon wirft er sich mir schluchzend in die Arme.

Es zerreißt mich innerlich, dass ich ihn wegschieben muss, um ihn besser anschauen zu können. »Tut es sonst noch irgendwo weh?«

»Nein.« Seine Stimme ist heiser vom Weinen.

Nun kniet sich auch Ellie neben Nico auf den Fußboden und setzt ihm seine Brille wieder auf.

Mit zitternden Händen untersuche ich ihn auf weitere Verletzungen, während er weiter vor Schmerzen weint. Jede Träne, die ihm über die Wange läuft, trifft mich wie eine Kugel in die Brust. Als mein Blick erneut auf seine Wunde fällt, bin ich für einen Moment schockiert, wie viel Blut daraus hervortritt. Auf einmal wird mir schlecht.

Ist das ein Knochen …

Ellie gräbt die Nägel in meinen Arm und reißt mich aus meinen Gedanken. »Wir müssen ihn ins Krankenhaus fahren.«

Nico protestiert schluchzend.

Ich schlucke gegen den Kloß in meinem Hals an. »Ich … Er …«

»Aber erst müssen wir die Blutung stoppen. Ich hole was. Bleib du bei ihm.«

Nico klettert auf meinen Schoß und schlingt die Arme um meinen Hals.

Ellie durchsucht das Badezimmer, während ich behutsam die Arme unter Nicos Beine und Rücken schiebe, damit ich ihn tragen kann, ohne sein Kinn zu berühren.

Aus tränenerfüllten Augen schaut er zu mir hoch. »Es tut mir leid. So, so leid.«

»Du musst dich für nichts entschuldigen.« Seine bedrückte Miene und die Tatsache, dass er ständig darauf beharrt, sich entschuldigen zu müssen, lassen mich jedoch hinterfragen, ob das stimmt.

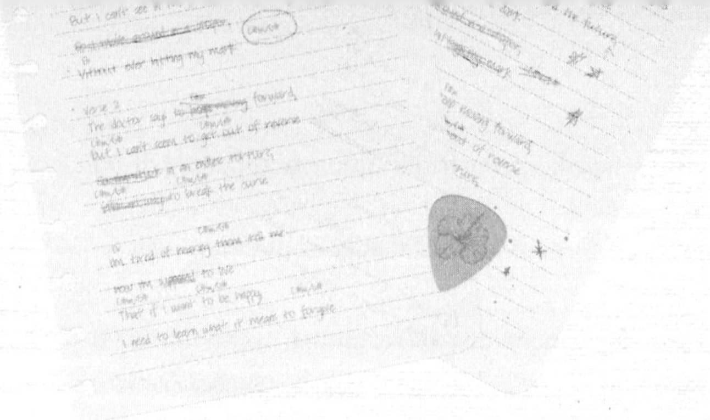

KAPITEL SECHS
ELLIE

Schuldgefühle halten mich davon ab, Rafael in die Augen zu schauen. Seitdem wir das Krankenhaus betreten haben, ist mir übel, und das hat nichts mit Nicos blutigem Kinn oder der Tatsache zu tun, dass ich dabei zusehe, wie die Ärztin die Wunde näht.

Zum Glück sieht Nico schon viel besser aus als zu dem Zeitpunkt, zu dem wir ihn blutend auf dem Fußboden seines Kinderzimmers vorgefunden haben. Seinen Augen fehlt allerdings das typische Funkeln, obwohl die Ärztin alles tut, um ihn mit lustigen Geschichten über ihre eigenen Kinder aufzuheitern.

»Fertig«, verkündet sie schließlich, entsorgt die verwendeten Materialien in einem medizinischen Abfalleimer und erklärt uns, dass sie gleich wieder da ist.

Nico schaut sich etwas auf Rafaels Handy an, während wir Erwachsenen unbehaglich schweigend dasitzen und darauf warten, dass die Ärztin zurückkommt.

Mittlerweile bin ich so nervös, dass sich Ausschlag auf meinem

Dekolleté ausbreitet, doch egal, wie viel ich kratze, der Juckreiz verschwindet nicht. Ich stoße ein frustriertes Knurren aus.

»Alles in Ordnung?« Rafaels Blick fällt auf meinen schwarzen Hoodie.

Als Nico mich aus großen Augen ansieht, schiebe ich die Hände in die vordere Tasche des Pullovers. »Ja, mir geht's gut.«

»Wenn du kurz raus…«

»Ich hab gesagt, mir geht's gut.«

Rafael schürzt die Lippen und beschließt offenbar, keine weiteren Fragen zu stellen.

Wenige Minuten später kommt die Ärztin zurück und stellt ein paar Fragen über Nicos Verletzung und seine Schmerzen.

Mit jeder Antwort, die Nico ihr gibt, wird der Knoten in meinem Magen fester, bis ich kurz davor bin, mich zu krümmen. Rafael schaut mich immer wieder aus dem Augenwinkel an, was meine Bauchschmerzen nur noch verschlimmert.

Anschließend weist die Ärztin Nico an, dem Licht ihrer Minitaschenlampe mit seinem Blick zu folgen. »Wie steht es um deine Sehkraft?«

Nico zuckt zusammen.

Rafaels Blick huscht zu mir, aber ich reagiere nicht und schaue starr geradeaus.

»Wann war der letzte Sehtest?«

»Im Januar«, antwortet Rafael an Nicos Stelle.

»Hast du seitdem irgendwelche Veränderungen bemerkt?« Die Ärztin überfliegt das Krankenblatt.

Rafael bleibt stumm, während sich jeder Muskel in meinem Körper anspannt.

Nico ignoriert die Taschenlampe und blickt stattdessen hinunter auf seinen Schoß. »Ja.«

»Davon hast du mir gar nichts erzählt«, sagt Rafael.

»Es tut mir leid.« Nico – der liebe, unschuldige Nico – schaut Hilfe suchend zu mir, womit er mich gleichzeitig verrät.

Ich bemühe mich um eine neutrale Miene, obwohl meine Hände in der Hoodie-Tasche zittern.

Rafael sieht mich an, als sei ich seine größte Feindin. »Du wusstest davon?«

Mit einem Mal scheint mir die Sprache abhandengekommen zu sein.

»Wusstest du davon?«, wiederholt er barsch.

Ich schaue auf meine Füße und wünschte, ich könnte ihm seinen von Misstrauen und Abscheu getränkten Ausdruck aus dem Gesicht wischen. »Ja.«

Eine gute Stunde später fahren wir endlich vor dem Haus vor. Rafael stellt den Motor ab und löst möglichst leise seinen Sicherheitsgurt.

Ich tue es ihm gleich, steige aus dem Truck und inhaliere die frische Luft, die nicht von Rafaels Zorn und seinem betörenden Duft geschwängert ist.

Er hebt Nico vom Rücksitz und drückt ihn an seine Brust, wobei er darauf achtet, ihn nicht aufzuwecken.

Steif wie ein Roboter folge ich den beiden ins Haus.

»Warte hier«, flüstert Rafael, noch ehe ich das Foyer durchquert habe.

Gehorsam bleibe ich in der Nähe des Eingangs stehen und krampfe meine Hände in der Tasche zusammen, während ich auf das Unumgängliche warte.

Rafael lässt sich Zeit damit, Nico bettfertig zu machen, während mein Herz droht, mir aus der Brust springen. Obwohl ich definitiv einen Hanfkeks vertragen könnte, um meine Anspannung zu lösen, würde es alles nur noch schlimmer machen, wenn ich mich nun davonstehlen würde.

Geht schlimmer überhaupt?

Ich fluche leise, als ich höre, wie eine Tür geschlossen wird. Eine Gänsehaut breitet sich auf meinem Körper aus, während Rafaels Schritte von der gewölbten Decke widerhallen. Schließlich tritt er aus dem dunklen Flur und bedeutet mir, ihm ins Wohnzimmer zu folgen.

Es fühlt sich an, als würde ich durch Treibsand laufen.

»Setz dich.«

Ich befolge seinen Befehl, indem ich mich gegenüber von seinem Lieblingsledersessel auf die Couch fallen lasse.

Er geht zum Barwagen in der Ecke und schenkt sich einen Drink ein, ehe er schräg gegenüber von mir Platz nimmt.

Keiner von uns beiden sagt etwas, als er das Glas zu seinen Lippen führt und einen Schluck trinkt. Er sieht mir fest in die Augen, sein Adamsapfel hüpft.

Als ich merke, dass ich bis zu den Ohren erröte, schaue ich schnell weg. »Ich kann es erklären.«

»Das kannst du dir sparen.«

»Aber …«

Er stellt das Glas auf seinem muskulösen Oberschenkel ab. »Ich habe eine Frage an dich.«

»Okay.«

»Du wusstest es.«

»Das ist eine Feststellung.«

Er presst den Kiefer so fest zusammen, dass ich mir Sorgen um seine Backenzähne mache. »Als ich gestern mit dir über ihn gesprochen habe, wusstest du es da schon?« Er betont jedes einzelne Wort voller Abscheu.

»Ja, aber …«

»Mehr muss ich nicht wissen.« Eis klirrt, als er das Glas erneut an seinen Mund führt.

»Es tut mir so leid. Ich wünschte, ich könnte es rückgängig machen. Wenn ich geahnt hätte, dass so etwas passieren …« Als er mir einen eisigen Blick zuwirft, halte ich inne. »Aber du *kannst* es nicht rückgängig machen.«

»Nico hat mich angefleht, nichts zu sagen.«

»Würde ich eine Erklärung wollen, hätte ich dich darum gebeten.«

»Ich verdiene eine Chance, zu …«

»Du verdienst nichts«, zischt er leise.

Hätte ich mein Versprechen gegenüber Nico gebrochen, würden wir jetzt nicht hier sitzen und dieses Gespräch führen.

Aber nun ist es zu spät.

Ich hole tief Luft, um mich zu beruhigen. »So oder so tut es mir leid. Dass Nico hingefallen ist, war nur ein Ausrutscher.«

»Und es war auch ein Ausrutscher, dich einzustellen.«

Mein scharfes Einatmen scheint ihn nur noch wütender zu machen. Er macht sich nicht einmal die Mühe, mich anzusehen.

»Jemandem wie dir hätte ich niemals vertrauen dürfen.«

Die Welt um mich herum scheint stillzustehen, während ich seine Worte verarbeite. »Was?«

»Du hast keinerlei Erfahrung mit Kindern, was sich nun eindeutig gezeigt hat.«

Tief durchatmen, Ellie. Er hat jedes Recht, wütend zu sein, gieß also nicht noch mehr Öl ins Feuer.

Ich balle die Hände zu Fäusten. »In der ganzen Zeit, in der ich hier arbeite, habe ich *einen* einzigen Fehler gemacht …«

»Einen Fehler, durch den mein Sohn im Krankenhaus gelandet ist!«

»Es tut mir leid.« Ich versuche weiter, meinen Zorn zu unterdrücken.

»Du hast Glück, dass ich dich nicht verklage.«

»Wie bitte?« Meine Stimme bebt nun ebenso heftig wie meine

Hände. Ich hasse mich selbst dafür, dass ich Schwäche zeige, aber es gelingt mir nicht, meine Reaktion zu verbergen.

Rafaels Miene wirkt ungerührt, als er sich einen unsichtbaren Fussel von der Hose zupft. »Wenn das alles ist …«

Seine kalte Reaktion weckt eine Erinnerung an Ava. Daran, wie sie mich abgewiesen hat, als wäre ich ihr nie wichtig gewesen. Als wären wir nicht seit fünfzehn Jahren befreundet gewesen, als sie zugelassen hat, dass sich ein Mann mit seinen Lügen zwischen uns stellt … Gott, diesen Schmerz werde ich niemals vergessen.

»Morgen übernachte ich mit Nico bei meiner Tante. Das sollte dir genügend Zeit geben, dein Zimmer zu räumen.«

Ich muss mich verhört haben. »Wie bitte?«

»Ich werde Nico für die Schule fertig machen und ihn selbst hinfahren. Es ist am besten, wenn du währenddessen in deinem Zimmer bleibst.«

»Kann ich mich wenigstens von ihm verabschieden?«

»Nein«, erwidert Rafael schroff.

Ich muss mehrmals blinzeln, um meine Tränen unter Kontrolle zu bringen. »Das war's? Ich bin entlassen?«

»Nein, Eleanor. Du bist gefeuert.«

KAPITEL SIEBEN
ELLIE

Willow, die meine beste Freundin ist, seitdem ich in der Middle School nach Lake Wisteria gezogen bin, hat keine Fragen gestellt, als ich mitten in der Nacht mit tränenüberströmtem Gesicht und einem Auto mit all meinen Habseligkeiten vor der Tür ihres Bungalows am See aufgetaucht bin. Ich hatte mir vorgenommen, bis zum Morgen zu warten, ehe ich meine Sachen packe, aber dann habe ich darüber nachgedacht, wie es sich anfühlen würde, mich still zu verhalten, während Nico seiner morgendlichen Routine nachgeht und keinen blassen Schimmer hat, dass ich nicht mehr seine Nanny bin. Also bin ich genau wie damals, als Ava mich als ihre Songwriterin gefeuert hat, mitten in der Nacht verschwunden. Diese Option erschien mir besser, als Rafael zur Seite zu ziehen und anzubetteln, dass er mir meinen Job zurückgibt, denn ich bin mir nicht sicher, ob ich eine weitere Unterhaltung wie unsere letzte überleben würde. Im Grunde mag ich keine Konfrontationen. Klar, ich kann Widerworte geben – immerhin bin ich die Tochter meiner Mutter –, aber wenn es hart auf hart kommt, laufe ich viel lieber weg, als mich gegenüber jemandem, der mich verletzt hat, zu behaupten. Selbst wenn es bedeutet, dass ich niemals damit abschließen kann.

Als ich am Morgen aufwache, ist Willow bereits in der Küche und schenkt uns gerade Kaffee ein.

Nachdem ich ein paar Schlucke getrunken habe, fasse ich ihr kurz zusammen, was genau passiert ist.

Willow lehnt sich stirnrunzelnd an die Küchenzeile. »Dann hat er dich also einfach gefeuert? Ohne dir die Chance zu geben, dich zu erklären?«

»Jepp.«

»Was für ein Arschloch.«

»Was du nicht sagst.«

»Ich meine, klar, er hat das Recht, wütend auf dich zu sein, weil du ihm die Sache mit Nico verschwiegen hast. Die Situation hätte er trotzdem anders handeln können.«

Ich zucke mit den Schultern. »Nun ist es ohnehin gelaufen. Ich hab einen Fehler begangen, und das hab ich jetzt davon.«

Willow runzelt die Stirn und streicht sich eine rötliche Strähne hinters Ohr. »Auch wenn es sich gerade schrecklich anfühlt, bist du ohne Rafael besser dran. Er hat dich und deine Zeit immer als selbstverständlich betrachtet.« Abscheu steht ihr in das sommersprossige Gesicht geschrieben. Ihre blassen Wangen, die von ihrer morgendlichen Joggingrunde bereits rosig sind, nehmen einen noch dunkleren Ton an.

Seit Beginn unserer Freundschaft in der Middle School habe ich es noch kein einziges Mal erlebt, dass Willow mit ihrer Meinung hinterm Berg hält, daher bin ich überrascht. »Warum hast du nie was gesagt?«

»Weil du nach der Sache mit Ava und dem Plattenlabel zum ersten Mal seit Monaten wieder glücklich gewirkt hast. Du hattest eine Aufgabe. Nico und du, ihr habt einander gutgetan, auch wenn sein Vater zu starrsinnig ist, um das zu erkennen.«

Im Gegensatz zu Willow, die sich keinen Moment lang hat ausbremsen lassen, nachdem Ava sie gefeuert hatte, weil sie *meiner* Geschichte über Darius Glauben geschenkt hat, hatte ich daran zu knacken. Und zwar sehr. Ich fühle mich immer noch schuldig, weil Willow wegen mir ihren Traumjob verloren hat. Obwohl sie steif und fest behauptet, dass sie ohnehin gekündigt hätte, weil unsere Freundschaft für sie an erster Stelle stehe. »Wo immer du hingehst, ich folge dir«, waren ihre Worte, bevor sie ihre Habseligkeiten zusammengepackt hat und mit mir zurück nach Lake Wisteria gezogen ist.

Das dumpfe Pochen in meiner Brust verwandelt sich in einen starken Schmerz.

Als ich schweige, fährt Willow fort: »Es ist mir egal, ob Rafael das Recht dazu hatte, dich zu feuern, es war nicht richtig von ihm, dir zu verbieten, dich von Nico zu verabschieden.«

»Es ist nicht so, als hätte ich ihm Zeit gegeben, sich umzuentscheiden, bevor ich abgehauen bin.«

»Er hat dich nicht verdient.« Willow tätschelt meine geballte Faust. »Ich bin überrascht, wie lange du dir das hast bieten lassen.«

»So schlimm war er nicht.«

»Aber nett auch nicht, oder?«

Ihre Frage lässt mich stutzen. In gewisser Hinsicht war Rafael gut zu mir. Er hat mir trotz meiner mangelnden Erfahrung einen Job gegeben, doch natürlich hat mir seine mürrische Art oft zu schaffen gemacht. Ich war bereit, mir einiges bieten zu lassen, weil mir Nico am Herzen liegt und ich aufgrund des großzügigen Gehalts finanzielle Freiheit gewonnen hatte. Dank meines monatlichen Einkommens und der kostenlosen Unterkunft habe ich das meiste Geld gespart und darauf gehofft, Ava eines Tages verklagen zu können. Doch zuerst muss ich über meine Scheu, andere Leute zu konfrontieren, hinwegkommen und einen Anwalt finden, der sich auf Urheberrecht spezialisiert hat und nicht schreiend davonläuft, wenn ich Avas Namen erwähne.

Ein Klopfen an der Haustür lässt mich zusammenschrecken. »Wer ist das?«

»Lorenzo.«

»Er besucht dich jetzt zu Hause? Seid ihr befreundet oder so?«

Seit Kurzem ist Lorenzo Vittori, der neueste Milliardär des Ortes, Willows PR-Klient. Die Entscheidung, mit ihm zu arbeiten, ist ihr leichtgefallen, denn meine beste Freundin liebt Herausforderungen. Und Lorenzo ist die größte, vor die sie je gestellt wurde. Er hat sich vorgenommen, den aktuellen Bürgermeister Ludlow, dessen Familie seit der Ortsgründung im neunzehnten Jahrhundert hier ansässig ist, im nächsten Wahlkampf zu schlagen.

Im Gegensatz zu den Ludlows, die ihre Kinder mit silbernen Löffeln und Benimmregeln aus dem *Knigge* großziehen, steht der Name Vittori für Ausschweifungen und ein milliardenschweres internationales Glücksspielimperium. Mit ihren Luxuscasino-Hotels in der ganzen Welt hat sich die Familie Vittori auf alle sieben Todsünden spezialisiert. Zu behaupten, Lorenzo sei für den Posten des Bürgermeisters nicht geeignet, wäre eine Untertreibung. Aber im Gegensatz zu mir lässt sich Willow von Gegenwind nicht abschrecken.

Sie lacht. »Nein, wir sind nicht wirklich befreundet, aber ich glaube, er könnte ein paar Freunde gebrauchen.«

»Was macht er dann so früh hier?«

»Ich will nicht, dass irgendjemand mitbekommt, wie wir uns über *Operation Fake-Verlobung* unterhalten. Du weißt ja, wie schnell so was im Ort die Runde macht.«

Meine Augenbrauen schießen in die Höhe. »Dann ist es jetzt also offiziell deine Mission, ihm eine Fake-Verlobte zu suchen?«

»Ja, aber wir sind noch in der Planungsphase, also keine Sorge.«

»Warum sollte ich mir Sorgen machen?«

»Weil Lorenzo wahrscheinlich versuchen wird, dich für die Aufgabe zu gewinnen, sobald er hört, dass du auf der Suche nach einem Job bist. Aber als deine beste Freundin muss ich darauf bestehen, dass du Nein sagst. Er ist kein Ehemann-Material. Vertrau mir.« Damit lässt Willow mich stehen, um ihm aufzumachen.

Ich höre, wie die beiden leise ein paar Worte an der Tür wechseln, ehe sie gemeinsam in die Küche kommen.

Sofort sinkt die Temperatur im Raum um ein paar Grad, und mir läuft eine Gänsehaut den Rücken hinab, als Lorenzos Blick mich trifft. Auch wenn ich Willows Warnung zu schätzen weiß, würde ich ohnehin niemals die Verlobte eines Mannes spielen, auf den mein Körper auf diese Weise reagiert. Ganz egal, wie attraktiv oder reich er ist.

»Hey.« Er nickt mir zu, was seinen markanten Kiefer zur Geltung bringt, und bleibt auf der gegenüberliegenden Seite der uralten Kücheninsel stehen.

Mit seinem maßgeschneiderten Anzug, den Designer-Accessoires und dem makellosen Haarschnitt wirkt er vollkommen fehl am Platz – und dennoch sieht er dank seines ausgeprägten Selbstbewusstseins aus, als würde er sich hier ganz wie zu Hause fühlen. Etwas, worum ich Lorenzo beneide. Jemand wie er scheint sich nie Gedanken darüber zu machen, was andere Leute von ihm denken könnten.

Ich lehne mich auf meinem Stuhl zurück und verschränke die Arme. »Wie ich höre, suchst du eine Frau.«

Er wirft Willow einen vernichtenden Blick zu. »Ich dachte, wir hätten uns darauf geeinigt, dass das unser Geheimnis bleibt.«

»Du kannst ihr vertrauen.«

»Ich vertraue niemandem.«

Empört zeige ich auf mich selbst. »Hallo, ich sitze direkt vor dir.«

Der Blick aus seinen dunklen Augen huscht kurz interessiert über mich. »Bist du Single?«

»Ja.«

»Würdest du gern Milliardärin werden?«

Mir entfährt ein Lachen. »Wer würde das nicht?«

»Ich habe einen Vorschlag.«

»Den kannst du dir sparen. Kein Geld der Welt könnte mich dazu bringen, deine Frau zu werden.«

Er sieht nicht beleidigt aus. Schließlich würde das nach einer Gefühlsregung verlangen, bei der es sich nicht um Gleichgültigkeit handelt. Stattdessen hebt er leicht das Kinn. »Wie dem auch sei, ich stehe ohnehin nicht auf Blond.«

Willow schnaubt. »Das schließt die Hälfte der Frauen im Ort aus.«

Sein kalter Blick fällt auf sie. »Und auch nicht auf Rothaarige.«

»Sie ist seit der achten Klasse vergeben.« Ich ignoriere den Schmerz in meiner Brust, den ich angesichts Willows sehnsüchtigen Blicks empfinde, den ich immer an ihr sehe, wenn sie an ihren Verlobten denkt, der gerade seine Facharztweiterbildung zum Chirurgen in Washington macht. Ich beneide sie nicht um ihre Fernbeziehung, aber ich wünsche mir ihre Art von Partnerschaft. Die gleiche Beziehung, die meine Mom zu meinem Stiefvater hat. Stattdessen bietet mir ein Soziopath an, seine Verlobte zu spielen, weil ich Single und arbeitslos bin.

Zum dritten Mal, seit er angekommen ist, schaut Lorenzo auf seine Armbanduhr, was mir zu verstehen gibt, dass ich besser gehen sollte. Ich falle Willow ohnehin schon genügend zur Last.

»Es ist zwar echt lustig mit euch …« Ich rutsche von meinem Hocker und bewege mich langsam auf die Tür zu.

»Wo willst du hin?« Willow deutet auf meine halb volle Cornflakes-Schale.

»Zu meinen Eltern. Ich möchte dort sein, bevor meine Mom zur Arbeit aufbricht.«

»Ich dachte, du übernachtest bei mir?«

»Ich fürchte, eine weitere Nacht auf deiner Gästematratze würde meine Wirbelsäule endgültig ruinieren.« Ich hebe eine Hand und massiere mir den verspannten Nacken.

»Du kannst bei mir im Bett schlafen.«

»Danke, aber bei deinem Schnarchen bekomme ich kein Auge zu.«

Sie zeigt mir den Mittelfinger, und ich breche in Gelächter aus.

»Schreib bitte *kein Schnarchen* auf meine Kriterienliste«, sagt Lorenzo gedehnt.

Willow sieht ihn wütend an, ehe sie ihren Blick wieder auf mich richtet. »Bist du dir sicher?«

»Ja. Absolut.«

»Falls du es dir anders überlegst, mein Gästezimmer steht dir immer zur Verfügung.« Willow umarmt mich.

Das gleiche Angebot hat sie mir schon unterbreitet, als wir zusammen zurück nach Lake Wisteria gezogen sind.

Ich erwidere ihre Umarmung. »Danke.«

»Ich würde sogar eine neue Matratze kaufen, um dir die Sache schmackhafter zu machen.«

Ich muss wieder lachen, obwohl sich Tränen in meinen Augen sammeln. »Spar das Geld lieber für deine Hochzeit. Bei deinem Geschmack kannst du es gut gebrauchen.«

KAPITEL ACHT
RAFAEL

Nachdem ich in der letzten Nacht viel zu lange wach war, um an einem weiteren 3-D-Superhelden für Nicos Sammlung zu arbeiten, komme ich kaum aus dem Bett. Ich war noch nie ein Morgenmensch, Ellie dagegen …

Verdammt.

Für eine Sekunde wünsche ich mir aus rein egoistischen Gründen, dass sie immer noch hier wäre, um mir zu helfen. Es ist ein alberner Gedanke, für den ich mich innerlich verfluche, während ich unter meiner Decke hervorkrieche und nach unten gehe, um Nico Frühstück zu machen. Nach dem gestrigen Abend scheinen mir Pancakes die beste Wahl zu sein, also sammele ich die Zutaten zusammen und mache mich daran, Nicos Lieblingsgericht zuzubereiten. Normalerweise mache ich nur samstags ein großes Frühstück, wenn Ellie freihat, aber der heutige Tag schreit nach etwas Besonderem.

Bestechung.

Ich zerbreche mir so heftig den Kopf darüber, wie ich Nico die

Neuigkeiten schonend beibringen kann, dass ich zwei Pancakes anbrennen lasse. Wenn Ellie hier wäre, würde sie mich aus meiner eigenen Küche scheuchen und die Aufgabe übernehmen, denn im Gegensatz zu mir kocht sie gern. Sie probiert sogar mit Begeisterung neue Rezepte aus, während ich mich meist an die bewährten Familienfavoriten halte: grüne Spaghetti, Mole de olla, Pozole und Filet Mignon vom Grill.

Als ich an Ellie denke, fährt erneut ein Schmerz in meine Brust, doch ich lenke mich ab, indem ich Nicos Brotdose fülle, bis es Zeit ist, ihn zu wecken.

Nico murrt und zieht sich die Decke über den Kopf, als ich seine Rollos öffne, womit er mich stark an mich selbst erinnert.

»Ich hab dir Pancakes gemacht.« Ich hebe die Decke an und kitzele ihn unter den Füßen.

»Hör auf!«, zischt er und tritt mich weg.

»Erst wenn du aufstehst.«

Er stöhnt und schnauft, während er sich mit zerzausten Haaren und einem angsteinflößenden Gesichtsausdruck aus dem Bett rollt.

»Für jemanden, der Blaubeer-Pancakes zum Frühstück bekommt, siehst du ziemlich schlecht gelaunt aus.«

Er kneift die Augen zusammen. »Mit Schlagsahne?«

»Ja.«

»Und Erdbeeren?«

»Du willst Erdbeeren?«, frage ich gespielt ahnungslos.

Ächzend lässt er den Kopf in den Nacken fallen.

Ich schiebe ihn Richtung Tür. »Natürlich gibt es auch Erdbeeren. Als würde ich dein Lieblingstopping vergessen.«

Als er mir schweigend folgt und wir an Ellies Zimmer vorbeikommen, wappne ich mich. Mit einem Mal überkommt mich erneut eine solche Angst, dass ich unbewusst langsamer gehe, bis Nico mich überholt. Ich bin so abgelenkt, dass ich erst bemerke, dass die Tür nur angelehnt ist, als Nico sie aufstößt.

»Ellie?« Er macht einen Schritt in den Raum und bleibt stehen. »Bist du da? Dad hat Pancakes gemacht.«

Im Gegensatz zu Nico bin ich seit Ellies Einzug noch nie in ihrem Zimmer gewesen, aber ich bemerke schnell, dass irgendetwas nicht stimmt. Der Kleiderschrank mit den leeren Bügeln und der Haustürschlüssel auf der Kommode verraten mir, dass Ellie bereits ausgezogen sein muss.

»Wo sind Ellie Sachen?« Nico schaut mich mit zusammengezogenen Brauen an.

Ich antworte ihm nicht, da ich nicht weiß, was ich sagen soll. Das Letzte, womit ich gerechnet habe, war, dass Ellie mitten in der Nacht verschwindet. Andererseits habe ich ihr auch keinen Grund gegeben, zu bleiben. Auch wenn ich immer noch wütend bin, dass Ellie mir verschwiegen hat, wie es um Nico steht, fühle ich mich schlecht wegen der Art und Weise, auf die ich sie rausgeworfen habe. Gestern Abend habe ich ihr vierundzwanzig Stunden Zeit gegeben, auszuziehen, ohne darüber nachzudenken, ob sie überhaupt irgendwo anders unterkommen kann. Sie hat eine beste Freundin, die im Ort lebt, aber hat die ein Gästezimmer? Und ich weiß, dass ihre Mutter irgendwo in Lake Wisteria wohnt. Aber Ellie hat nie viel über sie gesprochen, daher habe ich keine Ahnung, wie das Verhältnis der beiden zueinander ist.

Was kümmert dich das? Sie ist nicht mehr dein Problem.

Wenn das wahr ist, warum fühlt sich meine Brust dann auf einmal so eng an? Und wie erkläre ich mir den Kopfschmerz, der mit jedem Schlag meines Herzens hinter meinen Schläfen pulsiert?

Nico schüttelt mich am Arm und reißt mich damit aus meinen Gedanken. »Warum ist ihr ganzes Zeug weg?« Beim letzten Wort bricht seine Stimme.

Mir bleibt die Antwort im Hals stecken, während er mit tränenerfüllten Augen zu mir aufschaut. Mir war klar, dass dieses Gespräch schwierig werden würde. Aber ich habe gehofft, es erst führen zu müssen, nachdem ich ihn mit Pancakes sowie einem neuen Superhelden aus dem 3-D-Drucker besänftigt und ihm einen Vortrag darüber gehalten habe, wie wichtig es ist, dass wir ehrlich zueinander sind.

»Du hast dafür gesorgt, dass sie geht, oder?« Ein düsterer Ausdruck, der mich viel zu sehr an mich selbst erinnert, huscht über sein Gesicht und bewirkt, dass sich mein Magen zusammenzieht.

Ich gehe vor ihm in die Knie, um mit ihm auf Augenhöhe zu sein. »Ich weiß, dass dir Ellie wichtig ist. Aber ich kann nicht zulassen, dass sie sich weiterhin um dich kümmert, nachdem sie mir die Wahrheit verschwiegen hat.«

Statt den Tränen freien Lauf zu lassen, stößt mich Nico mit aller Kraft weg, sodass ich kurz ins Wanken gerate, ehe ich meine Balance wiederfinde.

So aggressiv habe ich meinen Sohn noch nie erlebt. Nico ist ein sanftmütiges Kind, kein Schläger, daher bin ich vollkommen verblüfft über seine Reaktion. Und bedrückt, obwohl ich den Schmerz in meiner Brust ignoriere, als ich versuche, ihn an mich zu ziehen.

Er windet sich aus meinen Armen. »Du hast ihr gesagt, dass sie gehen soll?«

»Ja.«

»Warum? Warum? Warum?« Er schubst mich erneut, doch diesmal bin ich besser vorbereitet, sowohl körperlich als auch seelisch.

Sanft umfasse ich seine Handgelenke. »Benutze Worte, nicht deine Hände.«

Er versucht, sich aus meinem Griff zu befreien. »Nein!«

»Nicolas«, sage ich flehend. »Du weißt, dass ich sie nach dem, was passiert ist, wegschicken *musste.*«

»Sie ist meine beste Freundin.« Mittlerweile klingt er regelrecht verzweifelt.

»Sie war deine Nanny!«

»Nein! Du verstehst das nicht!« Wieder versucht er vergeblich, sich aus meinem Griff zu befreien. »Sie wollte es dir erzählen, aber ich habe es ihr verboten.« Eine einzelne Träne läuft ihm über die Wange.

Ich hasse mich selbst dafür, ihn so verletzen zu müssen, und Ellie hasse ich noch mehr dafür, dass sie mich überhaupt erst in diese Lage gebracht hat. Wäre sie nicht mitten in der Nacht verschwunden, hätte ich mehr Zeit gehabt, um Nico darauf vorzubereiten.

»Sie ist die Erwachsene, du bist das Kind. Du magst es nicht besser gewusst haben, sie aber schon.«

Er schüttelt immer wieder den Kopf. »Du hast mir meine beste Freundin genommen.«

»Ich kann dir eine bessere Nanny …«

»Nein! Ich will Ellie!«

»Das geht aber nicht.«

»Immer vergraulst du alle!«

Ich lasse ihn los. Zu schockiert von den Worten, die er mir entgegengeschleudert hat, um irgendetwas anderes zu tun, als reglos zuzusehen, wie mein Sohn zurück in sein Zimmer stürmt und so fest die Tür zuschlägt, dass die Wand bebt.

Ich bin mir nicht sicher, wie viel Zeit vergeht, aber ich stehe erst auf, als der Schmerz in meinen Knien genauso stark ist wie der in meinem Herzen.

Immer vergraulst du alle.

Nicos Worte gehen mir nicht mehr aus dem Kopf. Meine Mom. Meine Ex-Frau. Ellie. Es werden immer mehr. Und damit wächst auch mein Widerwille, anderen zu vertrauen.

Da ich als Kind zu oft hungrig ins Bett gegangen bin, hasse ich es, Lebensmittel zu verschwenden, daher esse ich Nicos und meine Portion, wobei mir nur meine Wut auf mich selbst Gesellschaft an der Kücheninsel leistet.

Ein Dienstag wie jeder andere.

KAPITEL NEUN
ELLIE

Ich fahre zum Haus meiner Mom im Süden des Ortes, weitab von den schillernden Anwesen und Willows Bungalow am See. Es hat die Zeit überdauert, obwohl Rafaels Cousin, der Immobilienentwickler Julian Lopez, versucht hat, es zu kaufen.

Meine Mom und mein Stiefvater wohnen an der südlichen Spitze des Ortes in der Nähe von Nicos Schule und dem Festplatz, auf dem die berühmten Festivals zu den einzelnen Jahreszeiten stattfinden. Die Gegend ist heruntergekommen und nicht mal annähernd so glamourös wie der Rest des Ortes, aber meine Mom hat sich große Mühe gegeben, das verwahrloste Vierzimmerhaus in ein Zuhause zu verwandeln, in dem ich sie sehr gern jede Woche besuche.

Mein Stiefvater Burt öffnet mir mit einem breiten Grinsen die Tür. »Ellie Sophia Sinclair. Was für eine nette Überraschung!«

»Ist es das?« Ich werfe einen Blick in das leere Wohnzimmer.

Seit meiner Kindheit hat es sich stark verändert, da meine Mom ständig neue Einrichtungsideen hat und Burt bereit ist, sich darauf einzulassen, obwohl er körperliche Arbeit und die stundenlangen Fahrten in den Lieblingseinrichtungsladen meiner Mom hasst.

»Was verschafft uns die Ehre deines spontanen Besuchs? Es ist doch gar nicht Samstag.«

Mein Lächeln verblasst. »Ich bin gefeuert worden.«

Seine grauen Augenbrauen ziehen sich zusammen. »Mit wem muss ich ein ernstes Wörtchen reden?«

Was als Lachen gedacht war, kommt mir als Schluchzen über die Lippen.

»Oh nein, bitte keine Tränen. Du weißt, dass ich das nicht ertragen kann.« Mein Stiefvater zieht mich in eine seiner berühmten Bärenumarmungen, bei denen ich mich jedes Mal wieder fühle wie ein Kind, obwohl ich ihn schon seit meinem zwölften Lebensjahr um ein paar Zentimeter überrage.

»Beatrice! Komm schnell. Unsere Tochter braucht deine Hilfe, während ich losziehe, um ihren Boss zu ermorden.«

»Ex-Boss.«

Er drückt meine Hand. »Das wollen wir doch erst mal sehen.«

»Was?« Meine Mom kommt aus der Küche geeilt, wobei ihr eine Mehlwolke hinterherweht. »Ellie? Was tust du hier?«

»Hi, Mom.« Ich winde mich aus Burts Umarmung und wische mir die Tränen aus dem Gesicht.

Burt schiebt mich sanft in Richtung meiner Mutter. »Behalt sie im Auge, während ich meine Axt suche.«

»Sie ist in der Garage. Unten links im Regal neben den Farbeimern.«

»*Mom.*«

»Was ist denn los?« Sie umfasst mein Gesicht mit den Händen und gibt mir einen Kuss auf die Stirn.

»Das erzähle ich dir, aber zuerst musst du Burt davon überzeugen, Rafael nicht umzubringen.«

Burt richtet sich zu seiner vollen Größe von einem Meter siebzig auf. »Ich wollte ihn doch ohnehin nicht ermorden.«

»Du sollst ihm aber auch keinen körperlichen Schaden androhen«, füge ich hinzu. »Was soll Mom machen, wenn du im Gefängnis landest?«

Mom zwickt mich sanft in die Wange. »Er würde warten, bis ich einen Weg gefunden habe, mich zu ihm zu gesellen.«

»Ihr zwei seid unverbesserlich.« Ächzend werfe ich mich auf die Couch.

»Zum Glück.« Burt zieht Mom an sich und küsst sie aufs Haar.

Sie schmiegt sich mit einem albernen Grinsen an ihn.

Als Kind fand ich es eklig, das meine Mom in meinen Musiklehrer verknallt war, der mir irgendwann kostenlosen Privatunterricht gegeben hat, weil er sie auch mochte. Mittlerweile bewundere ich ihre Liebe. Es ist schön zu wissen, dass meine Mom mit jemandem zusammen ist, der sie genauso liebt, wie ich es tue, besonders nach ihrer zerrütteten Ehe mit meinem leiblichen Vater.

Wir sprechen nicht viel über ihn, nachdem wir beide hart daran gearbeitet haben, mit den Folgen seiner psychischen Misshandlungen umgehen zu können. Das heißt aber nicht, dass ich niemals an ihn denke, besonders wenn mir auffällt, wie viel netter und geduldiger Burt ist.

Mom und er helfen mir dabei, den Wagen auszuladen, und tragen meine Habseligkeiten in mein altes Kinderzimmer. Sofort beginne ich auszupacken, und als ich damit fertig bin, lege ich mich auf meine rosafarbene Rüschentagesdecke und schaue hinauf zu den Klebesternen an der Decke.

Es ist ein merkwürdiger Gedanke, dass ich mir noch vor einem Jahr eine Wohnung mit Ava und Willow in Los Angeles geteilt, tagsüber Songs komponiert und abends gekellnert habe, um die Rechnungen bezahlen zu können, während ich auf meinen großen

Durchbruch gewartet habe. Und jetzt bin ich wieder in meinem alten Kinderzimmer, als wäre ich nie weg gewesen.

Alles sieht noch genauso aus wie früher – an den Wänden hängen Konzertposter und Lichterketten, die Burt angebracht hat, als ich in der Middle School war. Selbst mein Nachttisch und die Tagebücher in der unteren Schublade sind noch am gleichen Ort.

Meine Mom betrachtet meinen frisch eingeräumten Kleiderschrank voller Hoodies, Leggings und T-Shirts. »Musst du so viel Schwarz tragen?«

»Ich hab auch ein paar weiße Klamotten.«

»Und dunkelblaue.« Burt zwinkert mir zu.

»Du kleidest dich, als wärst du in Trauer.«

»Perfekt, immerhin trauere ich in nächster Zeit meinem Job hinterher.«

Burt grinst. »Was hältst du davon, wenn wir ein bisschen Musik machen?«

»Ich weiß nicht …«

»Komm schon. Ich hab eine neue Gitarre, die du unbedingt ausprobieren musst.«

Ich presse die Lippen zusammen.

»Hab ich dir erzählt, dass ich sie gebraucht bei *Another Man's Treasure* gefunden habe? Sie trägt sogar Autogramme von Cole Griffin und Phoebe Montgomery.«

»Du machst Witze.«

»Nein. Die Ladenbesitzerin hat mir bestätigt, dass sie echt sind.«

Ich springe aus dem Bett. »O mein Gott, die musst du mir zeigen!«

Ich habe keinen blassen Schimmer, wie eine Gitarre, die vom legendären Songwriter und Folk-Musiker Cole Griffin signiert wurde, im Secondhandshop unseres kleinen Ortes gelandet ist, aber ich muss sie mir dringend anschauen.

Burt lacht in sich hinein, als ich ihm in sein improvisiertes Musikzimmer folge, das meiner Mom außerdem als Homeoffice dient. Der Raum weckt viele schöne Erinnerungen an die Zeit, in der er mir diverse Instrumente beigebracht hat, in denen ich heute Nico unterrichte.

Unterrichtet *habe.*

Meine Kehle schnürt sich zu.

Tief durchatmen, Ellie.

»Du siehst aus, als hättest du in eine Zitrone gebissen. Woran denkst du?«, fragt Burt.

»An nichts.« Ich schaue mir die Akustikgitarre mit Coles und Phoebes Signaturen an, als mir plötzlich etwas einfällt. »Oh nein!«

»Was?«

»Ich hab meine Gitarre bei Rafael Lopez vergessen.«

Burt wird bleich. »Willst du, dass ich sie für dich hole?«

»Nein«, antworte ich eilig.

»Mir macht es nichts aus, hinzufahren. Ab und zu ist es nett, sich anzusehen, wie die andere Hälfte der Menschheit so lebt.«

»Die gehören nicht zur anderen Hälfte, sondern zu den obersten null Komma null null null eins Prozent.«

»Warum drückst du es so mathematisch aus, wenn du einfach ›verdammt reich‹ sagen könntest?«

Lachend schüttele ich den Kopf. »Danke, dass du mir deine Hilfe anbietest, aber nein. Ich mache schon genug Umstände.«

»Umstände? Wem? Lass mich ein Wörtchen mit diesen Leuten reden.« Er sucht übertrieben verwirrt den Raum nach weiteren Personen ab.

Irgendjemand muss diesen Mann um jeden Preis beschützen, denn er ist ein Nationalheiligtum.

»Ich will euch nicht zur Last fallen.«

Burt wirft mir einen gespielt genervten Blick zu, während er mir die Gitarre hinhält. »Das tust du nicht. Aber wenn du unbedingt helfen willst, dann solltest du dir bald einen neuen Job suchen. Unsere Wasserrechnung wird sich nächsten Monat dank deiner langen Duschen verdoppeln.«

Ich zupfe mit meinem Mittelfinger an den Gitarrensaiten, was ihm ein herzliches Lachen entlockt. »Sucht ihr noch Aushilfen für den Musikladen?«

»Dich stellen wir jederzeit ein, obwohl ich dich warnen muss – ein paar der neuen Kids, die Musikunterricht bei uns nehmen, sind ziemlich tough. Daran gebe ich diesen Millionären die Schuld, die darauf schwören, dass ihre Kinder allesamt die nächsten Chopins und Beethovens sind.«

Ich verziehe das Gesicht. »Ich hoffe, die kann ich handeln.«

»Ich weiß, dass du das kannst – du bist schließlich eine Sinclair.«

Mir wird warm ums Herz. Mein Stiefvater ist der aufrichtigste, gütigste Mensch, den ich je kennengelernt habe, und ich kann mich glücklich schätzen, wenn ich einen Partner finde, der nur halb so gut ist wie er. Zwar habe ich ihn niemals Dad genannt, aber er ist auf jede Art, die zählt, mein Vater, weswegen ich seinen Nachnamen angenommen habe.

Burt beginnt, unser Lieblingslied zu spielen, und dann musizieren wir zusammen, bis ich vergesse, was in meinem Leben gerade vor sich geht und welche Probleme mich erwarten – zum Beispiel, wie ich meine Lieblingsgitarre zurückbekomme.

KAPITEL ZEHN
RAFAEL

Auf der Fahrt zum Haus am See, das meiner Tante gehört und sich im nördlichen Teil des Ortes befindet, versuche ich dreimal, ein Gespräch mit Nico zu beginnen. Ich habe gehofft, dass er mir erzählen würde, an welchem Sommercamp er gern teilnehmen möchte oder was für einen Kuchen er sich für seine Geburtstagsparty wünscht, aber er ignoriert mich vollkommen. Einmal setzt er sich sogar seine Superhelden-Kopfhörer auf, während ich rede.

Auch meiner Tante, die es sonst immer schafft, Nico zum Lachen zu bringen, gelingt es nicht, ihn aufzuheitern, als wir bei ihr eintreffen. Er ist so in seine Gedanken vertieft, dass er sie nicht einmal richtig begrüßt, ehe sie ihn daran erinnert.

Mit einem genervten Stöhnen küsst er sie widerwillig auf die Wange, bevor er sich von uns beiden abwendet.

»Was ist passiert?« Josefina sieht Nico hinterher, als er sich mit seiner Reisetasche ins Gästezimmer zurückzieht. Ihr dunkles professionell gefärbtes Haar und ihre strahlende Haut lassen sie jünger wirken als siebenundfünfzig. Wenn ihr seltenes Stirnrunzeln nicht ein paar Fältchen zum Vorschein bringen würde, würde ich sie auf ungefähr vierzig schätzen.

Ich fahre mir mit der Hand durch das unordentliche Haar. »Er hatte gestern Abend einen Unfall und musste in die Notaufnahme.«

»Ich meine nicht seine Verletzung.« Sie sieht mich mit hochgezogener Augenbraue und vor der Brust verschränkten Armen an.

Ich stoße ein schweres Seufzen aus. »Das ist eine lange Geschichte.«

»Perfekt. Die kannst du mir erzählen, während ich dir die Haare schneide.« Mit diesen Worten zieht sie mich in die Küche.

Als ich sehe, dass Tamale auf dem Herd köchelt, läuft mir das Wasser im Mund zusammen, und mein Magen beginnt zu knurren.

»Zuerst der Haarschnitt, dann das Abendessen.« Sie schiebt mir einen Hocker hin und sammelt ihre Utensilien zusammen, zu denen Kämme, eine Sprühflasche mit Wasser und eine Schere gehören. Das Haarschneidegerät, das sie nun an die Steckdose anschließt, funkelt in der Sonne, die durch das Fenster mit Ausblick auf Lake Wisteria hereinfällt, und scheint mich zu verspotten.

Manchmal bin ich versucht, Josefina zu bitten, mir auch den kurzen Bart abzurasieren, verwerfe den Gedanken aber fast immer schnell wieder. Früher habe ich mich mindestens zweimal pro Woche rasiert, mittlerweile fühlt es sich wie eine Last an, mich um meinen Bart zu kümmern. Wenn Nico es nicht hassen würde, wenn er zu lang wird, würde ich ihn wahrscheinlich gar nicht mehr trimmen.

Meine Tante drückt beruhigend meine Schulter. »*No te preocupes.** Das Gerät benutze ich nur, um die äußeren Ränder zu kürzen.«

Ein Teil der Anspannung weicht aus meinen Schultern. Josefina kümmert sich schon seit der Middle School um meine Frisur, nachdem

* *No te preocupes: Mach dir keine Sorgen.*

ein Haarschnitt fürchterlich schiefgegangen war, daher vertraue ich darauf, dass sie es nicht vollkommen vermasselt. Sie zieht mich zwar immer wieder damit auf, dass ich mir einen guten Barber suchen soll, da ich mir durchaus einen leisten könnte, aber ich weiß, dass sie es insgeheim liebt, mir zu helfen. Daher habe ich mir bisher nicht die Mühe gemacht, sie zu ersetzen. Genau wie Julian und ich mag sie es, sich gebraucht zu fühlen, selbst wenn es um etwas so Simples wie einen Haarschnitt geht. Und ich möchte nichts lieber, als meine Tante für den Rest ihres Lebens glücklich zu machen, denn das hat sie verdient nach allem, was sie für mich getan hat. Sie hat mich großgezogen wie ihren eigenen Sohn, nachdem mein Vater kurz nach dem Tod meiner Mutter ebenfalls gestorben war.

Ich setze mich auf den Hocker neben der Arbeitsplatte und warte darauf, dass sie beginnt.

»*Dime lo que está pasando.*«* Sie greift nach der Sprühflasche.

»Ich habe Ellie entlassen.«

Meine Tante zielt mit der Öffnung auf mein Gesicht und spritzt mir Wasser in die Augen.

»Hey!« Stirnrunzelnd wische ich mir die Tropfen weg. »Was sollte das denn?«

»Wie konntest du ihr das antun?«

»Wie *ich ihr* das antun konnte? Frag doch erst mal, was *sie mir* angetan hat. Und Nico.«

Sie hebt die Augenbrauen. »Was meinst du damit?«

Während Josefina meine Haare kämmt, berichte ich ihr, was in den letzten vierundzwanzig Stunden passiert ist. Als ich fertig bin, werfe ich ihr einen Blick über die Schulter zu.

»Du hast recht, sie hätte Nicos Gesundheitszustand nicht vor dir geheim halten sollen.«

---

* *Dime lo que está pasando: Sag mir, was los ist.*

Erst jetzt wird mir klar, wie sehr ich es gebraucht habe, dass jemand meine Gefühle ernst nimmt. Da Nico mich wie seinen Erzfeind behandelt, hatte ich schon begonnen, meine Entscheidung infrage zu stellen.

»Ich weiß«, erwidere ich mit einem Seufzen.

*»Pero …«** Sie lässt das Wort in der Luft hängen.

»Erzähl mir jetzt nicht, dass du sie verteidigen willst«, murmele ich.

Meine Tante ersetzt den Kamm durch die Schere und bedenkt mich mit einem wissenden Blick. »Will ich nicht. Was sie getan hat, war falsch. Aber ich bin mir sicher, sie hatte einen guten Grund für ihr Handeln, wenn sie bereit war, dafür ihren Job aufs Spiel zu setzen.«

Ungläubig schüttele ich den Kopf. »Kein Grund der Welt könnte das rechtfertigen.«

»Für dich nicht, aber für Nico wahrscheinlich schon, deshalb hat er sie ja überhaupt erst darum gebeten, nichts zu verraten.«

Ich denke für den Rest des Tages über die Bemerkung meiner Tante nach und frage mich, warum Nico es für nötig gehalten hat, das Geheimnis vor mir zu wahren. Und – noch schlimmer – warum Ellie offenbar seiner Meinung war.

Im Kindertisch-Gruppenchat, in dem ich mit Julian und den Muñoz-Schwestern bin, erscheinen drei neue Nachrichten. Kurz ziehe ich es in Erwägung, sie zu ignorieren und mit meinem Pferd auszureiten, so wie ich es geplant hatte, aber schließlich gewinnt meine Neugier. Ich tätschele Penelopes Flanke und bitte sie, ein paar Minuten zu warten, ehe ich mein Handy hervorhole.

---

* *Pero: aber*

Lily: *Du hast Ellie gefeuert?!*

Dahlia: *Was? Kann nicht sein.*

Lily: *Doch.*

Ich: *Wer hat dir das erzählt?*

Meine Tante hat versprochen, nichts vor dem Wochenende zu sagen, an dem Nico und ich endlich wieder zum Mittagessen kommen, nach den vielen Sonntagen mit seinen Freundinnen und Freunden. Keine Ahnung, wie Lily es herausgefunden hat.

Und ich habe auch keine Chance, eine Liste mit möglichen Verdächtigen anzulegen, weil mein Handy schon wieder eine neue Nachricht anzeigt.

Lily: *Das spielt keine Rolle. Bleib beim Thema.*

Dahlia: *Ich mochte sie.*

Lily: *Ich auch. Sie macht die besten Chocolate-Chip-Cookies.*

Dahlia: *Und Brot, Pasta und Pizza. Ganz im Ernst, die Frau hat mehr Rezepte als Betty Crocker.*

Lily: *Vergiss nicht ihre Pozole. Wenn ich es nicht besser wüsste, würde ich denken, sie ist auch Mexikanerin.*

Lily: *Ich würde fast behaupten, dass es besser schmeckt als bei Josefina.*
Lily hat eine Nachricht zurückgerufen.

Dahlia: *Smooth.*

Dahlia: *Hab längst 'nen Screenshot gemacht.*

Lily sendet ein Wasserpistolen-Emoji, das auf ein Smiley zielt.

Julian: *Ihr zwei wisst schon, dass das ein Gruppenchat ist, oder?*

Beide antworten mit einem simplen *Ja*.

Ich: *Wie schön, dass ihr euch dafür interessiert, warum ich sie gefeuert habe.*

Mein Cousin sendet mir eine private Nachricht, statt in der Gruppe zu antworten.

Julian: *Dann ist das Gespräch mit Ellie also nicht gut gelaufen?*

Ich: *Leider mussten wir es abbrechen, um Nico in die Notaufnahme zu bringen.*

Julians Name erscheint zusammen mit seinem Kontaktbild auf meinem Display. Kurz überlege ich, ob ich die Mailbox drangehen lassen oder den Anruf annehmen soll. Schließlich entscheide ich mich für Letzteres.

Mein Cousin spart sich das Hallo und fragt stattdessen: »Geht es ihm gut?«

»Ja. Er musste nur mit ein paar Stichen am Kinn genäht werden.«

»Gott sei Dank. Was ist denn passiert?«, fragt er in seinem typisch sachlichen Tonfall.

Ich erzähle ihm die gleiche Geschichte, jedoch ohne so ins Detail zu gehen wie bei meiner Tante. Dabei erwähne ich auch, dass ich mir seinen Rat zu Herzen genommen und mich in Bezug auf meine Gefühle geöffnet habe, nur um festzustellen, dass sie mein Vertrauen missbraucht hat.

»Verdammt.« Julian stößt ein leises Pfeifen aus.

»Jepp.«

»Was willst du jetzt tun?«

»Nach unserer Reise muss ich jemanden finden, der sie ersetzen kann.«

»Hm.«

»Was?«

»Bist du dir sicher, dass die Reise noch stattfindet?«

»Warum?«

»Weil Nico mir vor nicht allzu langer Zeit eine Nachricht geschickt und gefragt hat, ob ich Interesse hätte, nach Hawaii zu fliegen. Ich habe es für einen Witz gehalten, aber jetzt ergibt es Sinn.«

Fluchend reibe ich mir über das Gesicht. »Wessen Handy hat er sich geliehen?«

»Das meiner Mutter.«

Das gedehnte Seufzen, das ich ausstoße, ist eines von der Sorte, die Eltern vorbehalten ist. »Ich hab ihr nicht umsonst gesagt, sie soll ein Auge auf ihn haben.«

»Ja, aber du weißt ja, dass sie gern die coole Grandma spielt.« Mein Cousin lacht. »Außerdem hat er mich informiert, dass seine Geburtstagsfeier ausfällt, es sei denn, seine Nanny wird wieder eingestellt.«

»Er hat *was*?«

»Dahlia und Lily haben die gleiche Nachricht bekommen. Ach, und am besten horchst du mal nach, ob seine Mutter nicht ebenfalls eine erhalten hat. Aber wahrscheinlich wäre sie ohnehin nicht gekommen. Auf den letzten zwei Feiern hat sie sich ja auch nicht blicken lassen.«

Hinter meinen Schläfen setzt ein Pochen ein, das erste Anzeichen dafür, dass ich Kopfschmerzen bekomme. »Verdammt.«

»Ach, und wo wir gerade dabei sind – gerade hat mich Nico gefragt, ob wir meinen statt deinen Privatjet nehmen können. Soll ich Ja sagen? Ich wollte schon immer mal nach Hawaii, und jetzt hab ich den perfekten Grund.«

Ich reibe mir die Schläfe mit dem Daumen. »Unglaublich.«

»Du musst zugeben, dass er ganz schön clever ist.«

»Ja. Wenn er sich nur die gleiche Mühe bei seinen Hausaufgaben geben würde.«

Julian lacht leise. »Was hast du nun vor?«

»Ganz ehrlich? Keine Ahnung.«

Sehr zu meinem Verdruss stellt sich heraus, dass Nico nicht der Einzige ist, dem Ellie fehlt. Ich vermisse sie auch – womit ich niemals gerechnet hätte. Obwohl ich versuche, sie zu vergessen, machen es mir die vielen kleinen Dinge im Haus, die mich an sie erinnern, unmöglich.

Ein vergessener Hoodie im Trockner. Die Edelstahlwasserflasche, die sie als ihre mentale Stärkungsflasche bezeichnet hat, die zum Trocknen neben der Spüle stand. Ihre Gitarre auf dem Couchtisch, die seit Nicos Unfall niemand mehr angerührt hat. Die letzten paar Abende bin ich stets in der Erwartung nach unten gegangen, Gitarrenmusik zu hören, doch mir begegnete nur Stille.

Vielleicht verschwinden meine Schuldgefühle, wenn ich ihre Sachen loswerde. Bei dem Gedanken treffe ich die spontane Entscheidung, ihr zu schreiben.

Ich: *Du hast deine Gitarre und ein paar andere Dinge hiergelassen. Sollen wir uns irgendwo treffen, damit ich sie dir wiedergeben kann?*

Die nächsten fünf Minuten warte ich auf eine Antwort, die aber nicht kommt, obwohl sie meine Nachricht gelesen hat.

Ich: *Nico hat sich übrigens deine Wasserflasche unter den Nagel gerissen, könnte schwer werden, sie ihm wieder abzuluchsen.*

Ich stöhne auf, weil ich so armselig klinge.

Um mich davon abzuhalten, ihr noch einmal zu schreiben, male ich die kleine Figur an, die ich für Nico entworfen habe. Für meine neueste Kreation habe ich zwei Wochen gebraucht und hatte dabei so viele Fehlversuche, dass ich fast meinen dreißigtausend Dollar teuren 3-D-Drucker ruiniert hätte. Nicos Lieblingshelden zu kreieren, war den Aufwand jedoch wert.

Erst als meine Hand zu schmerzen beginnt und mir vor Erschöpfung die Augen zufallen, schalte ich die Schreibtischlampe aus, gehe ins Schlafzimmer und sehe auf meinem Handy nach, ob eine neue Nachricht eingegangen ist.

Während im Lopez-Muñoz-Gruppenchat zwanzig Nachrichten angezeigt werden und in der Kindertisch-Gruppe zehn, hat Ellie mir nicht geantwortet.

Ich bin enttäuscht, dass sie mich ignoriert, obwohl mir das nicht zusteht, und ich weiß nicht recht, was das zu bedeuten hat.

KAPITEL ELF
RAFAEL

Die Entschlossenheit meines Sohnes ist bewundernswert. Ich bin mir sicher, ich wäre beeindruckt, wie viel Mühe er sich gibt, mich dazu zu bringen, noch einmal über meine Entscheidung nachzudenken, wenn mich sein Verhalten nicht derart frustrieren würde. Zuerst hat er seine Geburtstagsparty abgesagt und meine Tante gebeten, sich mit dem Freizeitpark in Verbindung zu setzen, damit sie mir meine Anzahlung erstatten. Dann hat er meine Assistentin Ariel angerufen, deren Nummer ich ihm für Notfälle gegeben habe, und sie gebeten, unseren Familienurlaub zu canceln. Laut meiner Tante hat er auch Ellie angerufen, doch sie ist nicht drangegangen.

Es heißt, man soll mit Terroristen nicht verhandeln, aber was, wenn es mein achtjähriger Sohn ist, der mich terrorisiert? Soll ich seinen Forderungen nachgeben oder hart bleiben, auch wenn ich mir unsicher bin, ob es richtig war, Ellie zu feuern? Kommt irgendwann der Zeitpunkt, zu dem ich über meinen Schatten springen, das Handtuch werfen und mir sagen sollte, dass Ellie einen Fehler begangen hat, ich ihr aber verzeihen muss?

So verlockend diese Option auch klingt, ich darf nicht nachgeben. Ich habe generell große Probleme damit, Menschen zu vertrauen, und Ellies Heimlichtuerei hat alte Wunden aufgerissen.

»*¿Papi?*«

Nachdem Nico so lange nicht mit mir gesprochen hat, erschreckt mich seine Stimme dermaßen, dass ich den Pinsel fallen lasse und von dem Miniaturbösewicht, an dem ich arbeite, aufschaue.

»Was gibt's?« Ich bemühe mich um einen unbekümmerten Tonfall und lehne mich auf meinem Stuhl zurück.

»Ich muss mit dir sprechen.«

»Wirklich?« Meine Stimme klingt aufgeregt.

Mit ernster Miene und ohne jegliches Funkeln in den Augen nickt er.

Du wusstest, dass er sich wieder einkriegen würde.

»Komm, wir setzen uns.« Ich entferne mich von meinem Schreibtisch und steuere die Couch auf der anderen Seite meines Hobbyraumes an.

Widerwillig schlurft mir Nico hinterher und nimmt in seinem Lieblingssessel Platz; seine Füße baumeln in der Luft, weil er sich ganz nach hinten schiebt, und seine Sneakers leuchten auf, als die Sohlen einander berühren.

Ganz egal, wie reif er sich aufführt, für mich wird er immer mein kleiner Sohn bleiben.

Ich nehme Platz. »Was ist los?«

Er betrachtet das gefaltete Stück Papier auf seinem Schoß. »Es tut mir leid.«

Ich blinzele. »Was?«

»Dass ich dir das mit meinen Augen verschwiegen habe.«

»Schon in Ordnung.«

»Nein, ist es nicht.« Er faltet das Papier auf.

Ich schmecke Galle, als eine Träne von Nicos Wange auf die von Ellie fotokopierte Seite aus meinem Highschool-Jahrbuch fällt.

Am unteren Ende des Blattes verläuft ein Riss, der mein Gesicht in zwei Hälften teilt. Ich habe mich so darauf fokussiert, Ellies Lächel-Liste zu hassen, dass ich vollkommen vergessen habe, wie viel es meinem Sohn bedeutet.

Noch eine Sache, mit der du ihn enttäuscht hast.

»Ich wollte einfach nur, dass du glücklich bist.« Das Papier zittert in seiner Hand.

»Ich *bin* glücklich.« Ich erhebe mich von der Couch und knie mich vor ihn.

»Nein, bist du nicht.« Er schüttelt den Kopf. »Du bist traurig und wütend und ängstlich, aber niemals glücklich. Zumindest nicht richtig.« Er deutet auf das Bild, auf dem ich lächele, nachdem ich in der elften Klasse die Fußball-Staatsmeisterschaft gewonnen habe. »Nicht so wie damals.«

Mein Herz wurde schon öfter gebrochen, aber so hat es sich noch nie angefühlt. Der Schmerz, den ich empfinde, als ich zwischen dem Foto in Nicos Schoß und seiner Miene hin- und herschaue, ist unerträglich.

In gewisser Hinsicht hat er recht – ich bin nicht mehr so glücklich wie damals, aber auch nur, weil es ohnehin nicht echt war. Früher habe ich das zwar geglaubt, aber das Leben hat mich eines Besseren belehrt. Aufrichtig glücklich zu sein – auf die sorglose Art, bei der man nichts überdenken oder infrage stellen muss –, ist nicht einfach für mich. Vielleicht wird es das auch nie sein, aber eines weiß ich ganz sicher.

»Am glücklichsten bin ich, wenn ich mit dir zusammen bin.« Meine Stimme bricht. »Vergiss das nie.«

»Stimmt das wirklich?« Seine Unterlippe bebt.

Ich tippe mit einem Finger auf das Foto. »Nur weil ich es nicht mehr auf die gleiche Art zeige, heißt das nicht, dass ich nicht so empfinde.«

»Selbst wenn ich dich zum Weinen bringe?«

»Wie bitte?« Ich muss mich verhört haben. »Wovon sprichst du?«

»Ich habe es mitbekommen«, flüstert er. »Ich hab dich gesehen.«

Ein Schauer läuft mir am Rücken hinab. »Wann?«

»Beim Arzt. Im Januar.«

Verdammt. Ich musste im Leben schon viele Rückschläge erleiden, aber dieser zählt definitiv zu meinen Top drei. An jenem Tag bin ich davon ausgegangen, dass es eine gewöhnliche Routineuntersuchung wegen seiner Retinitis pigmentosa werden würde, und habe schlimmstenfalls mit einer neuen Brille gerechnet, doch musste schließlich herausfinden, dass sich Nicos Zustand so rapide verschlechtert, dass er vermutlich mit zwanzig offiziell als blind gelten wird. Höchstwahrscheinlich wird seine Sicht nicht vollkommen schwarz werden, dennoch wird er für den Rest seines Lebens auf Hilfe angewiesen sein. Ich habe mich immer schuldig gefühlt, weil ich, ohne es zu wissen, das Gen für die Krankheit an meinen Sohn weitervererbt habe, aber an jenem Tag war ich vollkommen am Boden zerstört.

Ich schlucke gegen die Säure in meiner Kehle an. »Hast du Ellie davon erzählt?«

Er nickt.

*Mierda.** Ist das der Grund, aus dem Ellie mir verschwiegen hat, dass sich Nicos Zustand verschlechtert? Wollte sie es mir ersparen, mich noch einmal zu blamieren? Ich schäme mich und bin angewidert von mir selbst, weil ich vor den beiden so viel Schwäche gezeigt habe.

Ich nehme Nicos Hand und drücke sie beruhigend. »Es tut mir leid, dass du mich so gesehen hast.«

Es fühlt sich an, als würde die Entschuldigung nicht ausreichen, besonders da ich jetzt weiß, dass Nico die Sache schon seit mehr als

---

* ***Mierda:*** *Scheiße*

fünf Monaten mit sich herumschleppt. Kein Wunder, dass er auf Abstand gegangen ist und mich um jeden Preis gemieden hat. Ich habe mit meinen eigenen Emotionen zu kämpfen und kann ihm nicht helfen, sodass er sich eine andere Person dafür suchen musste.

Nico atmet tief durch. »Und es tut mir leid, dass ich krank bin.«

»Du bist perfekt, und zwar genau so wie du bist – Retinitis pigmentosa hin oder her.«

»Aber wenn ich perfekt wäre, würdest du nicht weinen. Dann wäre Ellie immer noch hier, weil sie das Geheimnis nicht vor dir verborgen hätte.«

Noch nie habe ich mich so sehr gehasst wie in diesem Moment. »Nichts von alledem ist deine Schuld, hörst du?«

Er umklammert das Papier in seiner Hand fester. »Doch, ist es. Sie wollte es dir erzählen, aber ich habe sie dazu überredet, es dir zu verschweigen.«

In diesem Moment wird mir bewusst, dass ich diesen Kampf niemals gewinnen werde, ganz egal, was ich sage oder wie oft ich versuche, ihn zu beruhigen – ich kann nicht erwarten, dass ein Achtjähriger meine Logik versteht. Nico wird sich immer die Schuld dafür geben, was mit Ellie passiert ist. Wahrscheinlich würde ich das Gleiche tun, wäre ich in seiner Lage. Also muss ich meine Vertrauensprobleme überwinden und Ellie verzeihen, wenn ich meinen Sohn nicht noch mehr verletzen möchte. Es wird mir schwerfallen, aber ich werde versuchen, Ellie für Nico eine zweite Chance zu geben, denn er ist alles, was zählt. Das einzige Problem könnte sein, dass sie vielleicht nicht zurückkommen *will.*

Als Nico an diesem Abend im Bett ist, rufe ich Ellie an. Es scheint ewig zu klingeln, und schließlich springt die Mailbox an. Statt ihr eine Sprachnachricht mit all meinen verworrenen Gedanken zu hinterlassen, schreibe ich ihr eine Nachricht.

Ich: *Hey. Können wir reden?*

Nach fünf Minuten, die mir vorkommen wie fünf Stunden, erhalte ich eine Antwort.

Eleanor (Nanny): *Es gibt nichts, worüber wir sprechen müssten. Bitte lösch meine Nummer.*

Da ich mich nicht auf irgendwelche sinnlosen Diskussionen einlassen will, komme ich direkt zum Punkt.

Ich: *Es geht um Nico. Es geht ihm nicht gut.*

Als Ellie mich daraufhin anruft, gehe ich sofort dran.

»Was ist los? Habt ihr neue Infos vom Augenarzt?«

Ihre Sorge klingt so aufrichtig, dass ich mich noch schlechter fühle. Ungeachtet meiner eigenen Vorbehalte gegenüber Ellie macht sie sich Sorgen um Nico, obwohl sie nicht mehr für uns arbeitet – diese Art von Loyalität kann man mit Geld nicht kaufen. Das weiß ich aus erster Hand, da ich seiner Mutter Hunderttausende Dollar zahle und sie sich dennoch nicht die Mühe macht, ihren Sorgerechtspflichten nachzukommen.

»Es geht ihm gut«, antworte ich.

»War er schon bei seinem Arzt?«

»Noch nicht. Wir haben erst für morgen einen Termin bekommen.«

Sie stößt so scharf die Luft aus, dass es im Lautsprecher meines Handys knistert. »Das ist gut. Hältst du die Wunde an seinem Kinn sauber?«

»Ja.«

»Reinigst du sie zweimal am Tag?«

Das winzige Schmunzeln, das mir auf den Lippen liegt, fällt mir erst auf, als es schon zu spät ist, etwas dagegen zu unternehmen. »Sogar dreimal am Tag, da er sich beim Essen ständig bekleckert.«

»Noch besser. Und du verwendest auch keinen Alkohol? Das soll schlecht für die Fäden sein.«

»Keine Sorge.«

»Hast du schon einen Termin zum Fädenziehen?«

»Ja.«

»Gut. Hoffentlich heilt die Wunde vor eurem Urlaub.«

»Was das betrifft …« Ich zögere einen Moment, doch sie sagt nichts. »Bist du noch dran?«

»Hm? Ja.«

»Ehrlich gesagt würde ich dieses Gespräch lieber von Angesicht zu Angesicht führen.«

»Nein.«

»Ell…«

»Ich bin froh, dass es Nico gut geht, aber ich hab kein Interesse an einem Gespräch.«

»Was, wenn du deinen Job zurückbekommst?«

Sie schweigt.

»Eleanor?« Ich schaue nach, ob sie den Anruf beendet hat.

»Ich arbeite nicht wieder für dich.«

»Nicht mal, wenn ich mich dafür entschuldige, wie ich dich gefeuert habe?«

»Nicht einmal dann.«

»Warum nicht?«

Ihr Seufzen kann nichts Gutes bedeuten. »Hör zu, auch wenn ich nicht damit einverstanden war, *wie* du mich gefeuert hast, hattest du jedes Recht dazu. Ich bin zwar selbst keine Mutter, aber ich kann mir ungefähr vorstellen, wie ich reagiert hätte, wenn mein Kind durch das Verschulden einer anderen Person verletzt worden wäre.«

Ich brauche ein paar Sekunden, um ihre Bemerkung zu verarbeiten, denn ich habe nicht damit gerechnet, dass sie mich verstehen würde. Dafür bin ich dankbar, immerhin tilgt es zumindest einen Teil meiner Schuldgefühle.

»Es tut mir wirklich leid, dass ich dir nichts gesagt habe«, fährt sie fort. »Ich hätte es dir erzählen sollen. Zwar bereue ich nicht, dass ich mein Versprechen Nico gegenüber gehalten habe; aber ich wünschte, ich hätte dadurch nicht das geringe Vertrauen verloren, das du in mich hattest.«

Mit diesen Worten legt sie auf, und ich verbringe den Rest des Abends damit, mir den Kopf darüber zu zerbrechen, wie ich sie dazu überreden kann, zurückzukommen.

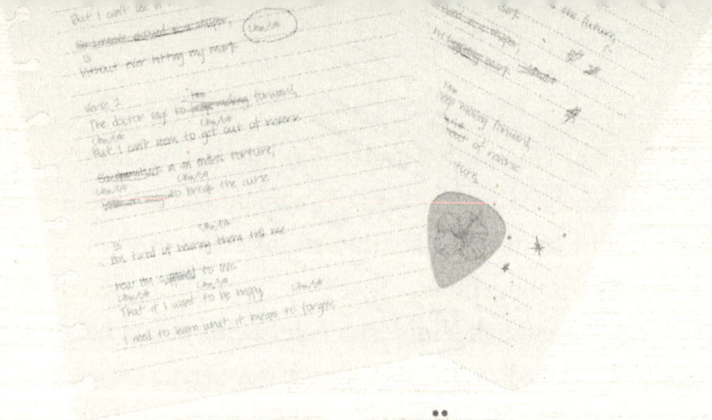

KAPITEL ZWÖLF
ELLIE

»Nein, wir hatten einen Deal.« Ich grabe meine Absätze ins Gras und stöhne angesichts der prallen Nachmittagssonne, dank der ich in meinen Leggings jetzt schon schwitze, obwohl ich gerade erst aus dem Auto gestiegen bin.

Willow hakt sich bei mir ein und zieht mich in Richtung Park Promenade, wo sich bereits eine Schlange aus Wartenden gebildet hat, die Tickets für das heutige Charity-Softballspiel kaufen möchten.

Nachdem bekannt geworden ist, wer gegen Lorenzos Team antreten wird, haben die Leute offenbar beschlossen, früh einzutreffen, um sich Sitze auf den Bänken und die besten Plätze auf dem Gras zu sichern. Einige haben sogar ihre eigenen Stühle, Bier und etwas zu essen mitgebracht.

Alle wissen, dass Julian Lopez Lorenzo Vittori nicht ausstehen kann, und obwohl es scheint, als hätten die beiden ihre Differenzen hinter sich gelassen, hält der ganze Ort noch immer an der Rivalität fest. Es werden bereits Wetten abgeschlossen, wer als Erster zuschlägt.

Willow zieht mich in Richtung Spielerbänke. »Komm schon, ich hab Lorenzo und unserem Team versprochen, dass wir sie nicht im Stich lassen.«

»Du hast aber gesagt, dass ich mir das Spiel von der Tribüne aus ansehen darf.« Jetzt wird mir klar, warum sie darauf bestanden hat, dass ich ein Vittori-Team-Trikot trage.

Sie errötet. »Einer der Spieler ist auf dem Weg aus Detroit im Stau stecken geblieben, und du springst ein, bis er hier ist.«

»*Willow.*«

Ihr Verlobungsring funkelt in der Sonne, als sie die Hände in die Luft wirft. »Es wird bestimmt lustig.«

»Wer sagt das?«

Sie deutet zu den Kindern, die auf dem Feld hinter den Spielerbänken herumrennen. »Schau dir doch mal die Kids an, die sich freuen, dass Geld für ihren neuen Spielplatz gesammelt wird.«

»Müssen wir wirklich Tickets für ein Spiel verkaufen und um Spenden bitten? Kann Lorenzo nicht einfach einen neuen Spielplatz bauen lassen?«

»Könnte er. Aber das ist nicht so beeindruckend, wie alle Leute im Ort dazu zu bringen, sich für einen guten Zweck einzusetzen, oder?«

Ich runzele die Stirn. »Du hast recht.«

Sie zwinkert mir zu. »Schön, dass wir uns einig sind. Und jetzt sei keine Spielverderberin, sondern hilf mir bitte.«

»Na gut.« Ich höre auf, Widerstand zu leisten, und lasse mich von ihr zu dem Schild ziehen, auf dem das Spiel angekündigt und erklärt wird, dass die Einnahmen in die Entwicklung eines neuen Parks im südlichen Teil des Ortes fließen werden, wo die meisten Leute leben.

Ich schnaufe, während ich ihr folge. »Ich hasse Teamsport.«

»Das erklärt auch, warum du die erste Person in der Geschichte der Wisteria High warst, die in Sport durchgefallen ist.«

»Der Lehrer hatte was gegen mich.«

»Das kannst du dir ruhig einreden.«

Ich werfe ihr einen vernichtenden Blick zu, doch sie lacht nur.

»Pass auf, alles was du tun musst, ist, im Außenfeld zu stehen und hübsch auszusehen, während Burt, Lorenzo und meine Brüder die ganze Arbeit machen.«

»Na gut.« Ich seufze ergeben.

»Großartig. Du bist die Beste.« Sie zieht mich in eine kurze Umarmung, die ich erwidere.

Selbst wenn ich Sport noch so sehr hasse, möchte ich nicht, dass Lorenzo das Spiel ausfallen lassen muss, weil ein Spieler fehlt. Willow hat sich zu große Mühe gegeben, das Event zu organisieren.

»Ellie!« Lily Muñoz kommt über das Spielfeld gerannt. Mit ihren durchtrainierten Beinen, der rosa Work-out-Kleidung und dem strahlenden Lächeln, das bis zu ihren honigfarbenen Augen reicht, sieht sie aus, als wäre sie einem Sportmagazin entsprungen. Sie ist zwar nicht so groß wie ich, muss aber auch nicht den Kopf in den Nacken legen, um mir in die Augen sehen zu können. »Wusste ich doch, dass du es bist.« Ihr Grinsen wird breiter, bevor sie mich in die Arme schließt.

Obwohl Lily und ich ein Jahr auseinander sind, hatten wir in der Highschool einige Wahlfächer zusammen, da keine von uns beiden an Sport oder einer Fremdsprache interessiert war. Stattdessen spielten wir im Orchester, wirkten beim Jahrbuch mit und moderierten die Morgenshow der Schule. Nun, ich habe im Hintergrund alles organisiert, während *sie* moderiert hat, denn Lily war schon immer umwerfend schön.

Nach einem kurzen Moment löse ich mich aus ihrer Umarmung. »Was machst du hier?«

»Julian hat mich bestochen, damit ich mitspiele, da sich irgendwas an Dahlias Zeitplan für die Dreharbeiten geändert hat.«

»Siehst du? Du bist nicht die Einzige.« Willow strahlt.

»Was hat man dir angeboten, um mitzumachen?«, fragt Lily mich.

»Einen Trip nach Vegas.«

Sie lacht. »Ich hoffe, das macht die Tatsache wett, dass du die nächsten Stunden in Rafas Gegenwart verbringen musst.«

»Rafael ist hier?« Langsam drehe ich den Kopf zu meiner besten Freundin um, deren Augen sich erst vor Schreck weiten, ehe sie so tut, als hätte jemand nach ihr gerufen.

Sie huscht davon, bevor ich die Chance habe, sie zu erwürgen. »Willow!«

»Denk dran, im Außenfeld zu bleiben«, ruft sie, bevor sie zur Spielerbank läuft, auf der Lorenzo sitzt und in unsere Richtung schaut.

»Wie geht es dir?«, fragt Lily.

Ich zucke mit den Schultern. »Ganz okay.«

Sie runzelt die Stirn. »Tut mir leid, dass ich mich nicht bei dir gemeldet habe. Eigentlich wollte ich das tun, nachdem ich gehört hatte, dass Rafa dich gefeuert hat, aber er hat uns verboten, dich darauf anzusprechen.«

Das Gras knirscht unter meinen Sneakers, als ich mich auf meinen Fersen nach hinten wiege. »Aha.«

Sie verzieht das Gesicht. »Ich weiß, er ist manchmal …«

»Ein mürrischer, unerträglicher, paranoider Arsch?«

Plötzlich schaut Lily mit weit aufgerissenen Augen über meine Schulter.

Augenblicklich beginnt mein Nacken zu prickeln. Langsam drehe ich mich um und stelle fest, dass Rafa hinter mir steht und mich mit versteinerter Miene ansieht.

»Wegen mir musst du nicht aufhören«, sagt er trocken. »Ich hab den Eindruck, du hattest gerade erst angefangen.«

Das gesamte Blut in meinem Körper steigt mir ins Gesicht.

»Wisst ihr was? Ich muss vor dem Spiel noch mal zur Toilette. Wir sehen uns auf dem Platz.« Lily drückt meinen Arm, ehe sie zur

Spielerbank des anderen Teams rennt, auf der alle Personen identische Lopez-Luxury-Trikots tragen.

»Eleanor.« Ein Muskel an Rafaels Kiefer zuckt.

»Rafael.« Ich mache einen Schritt nach hinten, doch er schließt den entstandenen Abstand zwischen uns sofort wieder.

»Ich bin überrascht, dich hier zu sehen.«

»Warum?«

»Weil du Sport hasst.«

»Woher weißt du das?«

»Nico und du habt euch mal über eure Gemeinsamkeiten unterhalten.«

Meine Augenbrauen schießen in die Höhe. »Daran erinnerst du dich noch?«

»Meinst du, ich würde jemals deine Geschichte darüber vergessen, wie du dich über ein Eigentor gefreut hast?«

Ob er sich an alles erinnert, was ich jemals gesagt habe? Und falls ja, warum?

Ich mache einen weiteren Schritt nach hinten. »Heute geht es ja um einen guten Zweck.«

Sein Blick fällt auf das Vittori-Logo auf meinem Trikot. »Du spielst in Lorenzos Team?«

»Jepp.«

»Ich wusste nicht, dass ihr euch kennt.«

»Nur flüchtig, aber meine beste Freundin Willow ist diejenige, die das Spiel organisiert hat.«

»Und du hast beschlossen, mitzumachen?«

»Man würde wohl eher sagen, ich wurde gezwungen.«

Er sieht aus, als würde er das kein bisschen witzig finden, was mich noch angespannter werden lässt. »Okay, war nett, dich wiederzusehen, aber ich sollte zu meinem Team, um mich bereit zu machen. Und ihnen einen ordentlichen Pep-Talk geben und was man sonst alles so im Sport macht.« Ich drehe mich auf dem Absatz um, doch bleibe wie angewurzelt stehen, als sich Rafaels Finger um meinen Oberarm schließen.

Er dreht mich zu sich herum, sodass ich ihn anschauen muss. »Können wir kurz reden? Bitte.«

Ich entziehe mich seinem Griff und hoffe, dass ihm die Gänsehaut, die sich auf meinem Arm gebildet hat, nicht aufgefallen ist. »Es ist gerade etwas ungünstig.«

Ich bin nicht abweisend zu ihm, um ihm eins auszuwischen, sondern kann gerade nicht mit ihm sprechen, weil ich nicht weiß, wie. Schon seit Jahren meide ich unangenehme Unterhaltungen, daher bin ich auch nicht sonderlich gut darin.

»Vielleicht nach dem Spiel?«

»Sorry, bin schon verplant.«

Erneut zuckt der Muskel an seinem Kiefer kaum merklich. »Na schön. Wie sieht es morgen bei dir aus?«

»Ebenfalls vollkommen verplant. Genau genommen ist mein Kalender schon bis ins nächstes Jahr hinein gefüllt.«

»Wir haben Juni.«

»Ist mir klar.« Ich schenke ihm ein gekünsteltes Lächeln. »Ich muss mich um einen Haufen Dinge kümmern, jetzt wo ich auf einmal so viel Freizeit habe. Aber das verstehst du als Selbstständiger wahrscheinlich nicht.«

»Du könntest dir wenigstens anhören, was ich zu sagen habe.«

»Ach, so wie an dem Abend, als Nico seinen Unfall hatte?« Auch wenn ich Konfrontation meide, schlage ich zurück, wenn mich jemand zu sehr verärgert.

»Ich habe dir doch gesagt, dass ich einen Fehler begangen habe.«

Ich straffe die Schultern. »Und mit diesem Fehler hast du mich wachgerüttelt.«

»Was soll das denn heißen?«

Mit einem tiefen Atemzug nehme ich all meinen Mut zusammen. »Es hätte niemals funktioniert, und zwar aus folgendem Grund: Du hast mich und meine Zeit nicht ausreichend wertgeschätzt, wohingegen ich deiner Familie eine zu große Bedeutung beigemessen habe. Mit der Zeit wäre es nur noch schlimmer geworden, also war es am Ende gut, dass du mich gefeuert hast.«

Ein schriller Pfiff und eine Stimme, die meinen Namen ruft, retten mich – ich kann die Flucht ergreifen, ehe Rafael die Chance hat, etwas zu erwidern.

»Gott sei Dank bist du hier!«, brüllt Willow nach drei fürchterlichen Innings. Sie winkt meinem Ersatz zu und zeigt dann in meine Richtung. »Ellie, du bist befreit.«

Ich könnte schwören, dass Willows Brüder leise jubeln, aber das nehme ich nicht persönlich. Das Außenfeld könnte genauso gut das Weltall sein, so groß ist die Fläche, die ich abdecken soll.

»Alles klar.« Ich wische mir den Schweiß von der Stirn und gebe ihr ein Daumen-hoch-Zeichen, bevor ich mich zu meiner Mom auf die Zuschauerbank setze.

Die hohen Temperaturen deuten bereits auf die für diese Woche angekündigte Hitzewelle hin, und um das Spielfeld herum gibt es zu allem Überfluss nirgendwo Schatten. Nach einer Weile legt Lorenzo sein Trikot ab, was ihm Standing Ovations von ein paar Zuschauerinnen einbringt. Burt macht scherzhaft Anstalten, es ihm nachzutun, was ich mit einem Ächzen abtue und meine Mutter mit einem Pfiff quittiert.

Viele Leute aus dem Ort haben sich auf den Zuschauertribünen versammelt, die das Softballfeld rahmen. Ich hatte darauf gehofft, Nico zu sehen, aber muss enttäuscht feststellen, dass er nicht hier ist. Der Schmerz, der seit dem Abend des Unfalls in meiner Brust sitzt, wird intensiver, so wie immer, wenn ich an ihn denke. Nico ist mir monatelang auf Schritt und Tritt gefolgt. Ihn nicht mehr an meiner Seite zu haben, fühlt sich an, als würde mir ein lebenswichtiges Organ fehlen. Ich wünsche mir die Morgende zurück, an denen ich all meine Überzeugungskraft einsetzen musste, um ihn aus dem Bett zu scheuchen, und die Nachmittage, die wir bei den Tieren in der Scheune verbracht haben, genauso wie unsere Musikstunden. Dass ich all das verloren habe, ist allein meine Schuld.

»Du warst großartig auf dem Spielfeld.« Meine Mom legt mir einen Arm um die Schultern und zieht mich an sich, was mich kurzzeitig von meinen düsteren Gedanken ablenkt.

»Ich hab doch kaum was gemacht.«

»Du bist dem Ball hinterhergerannt, hab ich genau gesehen.«

Meine Wangen brennen angesichts der Erinnerung. »Ich bin vor dem Ball *weg*gerannt.«

»Hm. Das war aus der Entfernung schwer zu erkennen, also wird es wohl auch sonst niemand bemerkt haben.«

Mit einem frustrierten Schnaufen puste ich mir eine Haarsträhne aus den Augen.

Ein paar Frauen schnappen nach Luft, als Rafael an den Sitzreihen vorbeikommt und die Home Plate ansteuert. Dabei wischt er sich das Gesicht mit dem Saum seines Trikots ab, sodass wir alle einen Blick darauf erhaschen können, was sich darunter verbirgt. Seine Bauchmuskeln, die ich vorher noch nie gesehen habe, geben mir acht weitere gute Gründe, mich von ihm fernzuhalten. Was Rafael in letzter Zeit an positiven Charaktereigenschaften gefehlt hat, macht er in körperlicher Hinsicht doppelt und dreifach wett. Der Mann könnte als Vorlage für Marmorstatuen dienen, sein Körper wirkt wie gemeißelt.

Als würde er spüren, dass ich ihn anstarre, schaut er auf und mir direkt in die Augen. In seinem Blick blitzt etwas auf, doch ich schaue schnell weg und erröte, weil er mich erwischt hat.

»Meinst du, er würde mit einer älteren Frau zusammen sein wollen?«, flüstert Suzette, die Besitzerin des örtlichen Kerzenladens, ihrer Freundin Gertie zu, die unsere Post zum Haus auf dem Hügel austrägt.

»Mit dem Typen würdest du es nicht mal einen Tag aushalten.« Gertie schnaubt. »Er redet einfach nicht.«

»Wer hat denn was von reden gesagt?«

Gertie lacht grunzend, während ich die Augen verdrehe.

Mom beugt sich zu mir rüber und flüstert: »Jetzt versteh ich, warum du früher in ihn verknallt warst.«

»Mom!«, protestiere ich empört.

»Was denn? Du hattest eben schon damals einen guten Geschmack.«

»Ich war nicht in ihn verknallt.« Panisch schaue ich mich in alle Richtungen um.

»Willst du etwa bestreiten, dass du *Ellie Lopez* in dein Matheheft geschrieben hast? Und dass dein Lied *Prom King* nicht von ihm handelt?«

Ich winke hektisch ab und verdrehe vielsagend die Augen in Richtung unserer Banknachbarinnen, um ihr stumm zu verstehen zu geben, dass sie verdammt noch mal den Mund halten soll, doch es ist bereits zu spät.

Gertie und Suzette drehen sich zu uns um wie Haie, die im Wasser Blut gewittert haben.

»Ellie, wie schön, dich zu sehen.« Gertie tätschelt mir den Oberschenkel.

Aus gutem Grund trage ich immer Leggings oder andere lange Hosen, dennoch mache ich mir oft Sorgen, dass die Leute meine Narben auch durch den Stoff wahrnehmen können. Mom hat mir zwar versichert, dass das nicht der Fall ist, aber hin und wieder habe ich trotzdem Angst davor, besonders wenn mich jemand berührt.

Ich räuspere mich. »Hi, Gertie.«

»Ich habe gestern bei euch vorbeigeschaut, um ein Paket abzuliefern, aber Rafael hat gesagt, dass du nicht mehr dort wohnst.«

Mein Gesicht läuft dunkelrot an. »Jepp.«

»Ist alles okay?«

Mom beugt sich vor. »Sie arbeitet nicht mehr für ihn.«

»Was? Warum nicht?« Katiya, die Frau, die das beste indische Restaurant in Michigan führt, wirft mir einen mitleidigen Blick zu.

»Nico hat schon erwähnt, dass sie angeblich gefeuert wurde, aber das wollte ich nicht glauben«, gibt eine Lehrerin, die in der ersten Reihe sitzt, ihren Senf dazu, woraufhin alle nach Luft schnappen und zu flüstern beginnen.

»Schon in Ordnung, Ellie, du musst dich nicht schlecht fühlen. Du hast länger durchgehalten als alle anderen zusammen.« Suzette drückt meine Hand.

»Falls du einen neuen Job brauchst, meine Frau und ich sind gerade auf der Suche nach einer Nanny«, fügt Antonio, der sieben Kinder hat, hinzu.

Ich bemühe mich um ein entschuldigendes Lächeln. »Sorry, aber mein Stiefvater braucht Hilfe im Broken Chord.«

Meine Mom nickt eifrig. »So ist unsere Ellie, immer zur Stelle, wenn wir sie im Musikladen brauchen.«

Je mehr ich darüber nachdenke, wieder Musik zu unterrichten, desto weniger habe ich Lust dazu. Es fühlt sich an wie ein weiterer Rückschlag in meinem Leben, und zwar nur, weil ich eine falsche Entscheidung getroffen habe.

Aber was willst du sonst machen?

Ich habe nie ein College besucht, und eine Karriere als Songwriterin kann ich derzeit vergessen, also ist The Broken Chord meine einzige Option, ob ich nun will oder nicht.

Die Einzige, die dich davon abhält, Songs zu schreiben, bist du selbst.

»Musstest du es allen erzählen?«, flüstere ich meiner Mom zu, als sich die anderen wieder auf das Spiel konzentrieren.

Sie schneidet eine Grimasse. »Tut mir leid. Ich hätte nicht gedacht, dass es sich so schnell herumspricht.«

»Machst du Witze? In einer Stunde wird der ganze Ort wissen, dass ich gefeuert wurde.«

»In einer Stunde? Eher in einer halben.«

KAPITEL DREIZEHN
RAFAEL

»Ich kann nicht glauben, dass ich mich von dir habe überreden lassen, herzukommen.« Julian schnaubt, während er versucht, den Barkeeper auf sich aufmerksam zu machen.

Im Last Call haben sich viele versammelt, die beim Spiel waren, daher hat das Personal einiges zu tun.

Ich lehne mich gegen die Theke. »Wenn du Lorenzos Einladung nicht angenommen hättest, könnte man dich glatt für einen schlechten Verlierer halten.«

»Das bin ich auch.«

»Nur weil du ausgerechnet gegen ihn verloren hast.«

Julians und Lorenzos Verhältnis ist schon angespannt, seitdem der Casino-Erbe versucht, Immobilien rund um den See zu kaufen. Lorenzo macht Julian misstrauisch, doch auch wenn ich ebenso finde, dass irgendetwas an dem Typen merkwürdig ist, ist er mir am Ende des Tages egal. Sollte er tatsächlich Bürgermeister werden, hätte ich nichts dagegen.

Solange er mich mit nichts behelligt und meine Spenden für

den Ort sinnvoll einsetzt, schere ich mich nicht um die politische Situation in Lake Wisteria.

Der einzige Grund, aus dem ich ins Last Call wollte, ist, dass Ellie angeblich auch kommt. Nachdem sie mich am Telefon abgewürgt und sich heute geweigert hat, mit mir zu reden, könnte dies meine einzige Chance sein, mich ihr zu erklären. Und diese Chance will ich mir nicht entgehen lassen, nur weil Julians Stolz verletzt wurde.

Früher oder später muss ich Ellie dazu bewegen, wieder für mich zu arbeiten, und je schneller mir das gelingt, desto eher können Nico und ich damit beginnen, an unserem angespannten Verhältnis zu arbeiten. Es wird keine leichte Aufgabe werden, besonders weil Nico so sehr an seinen eigenen Problemen zu knacken hat, aber er ist mir jede Mühe wert. Mein Sohn ist das Beste an meinem Leben, und ich werde gegen jeden einzelnen meiner Dämonen kämpfen, um sicherzustellen, dass er niemals eigene haben wird.

Julian zeigt mit gerunzelter Stirn zwischen uns hin und her. »*Wir* haben verloren, und zwar wegen dir.«

»Ich hab dir doch gesagt, dass ich keine Lust habe zu spielen.«

»Das heißt aber noch lange nicht, dass du das andere Team hättest gewinnen lassen müssen.«

Ich beiße die Zähne zusammen. »Das habe ich auch nicht.«

»Dann erklär mir bitte, warum du Ellie immer wieder zur nächsten Base hast laufen lassen, während du selbst rumgestanden und sie angestarrt hast, als hättest du noch nie eine Frau gesehen.«

»Ich war … abgelenkt.«

»Von was? Ihrem Hintern?«

Ich versetze ihm einen Fausthieb gegen den Arm, was ihn winseln lässt. »*Cállate.*«* Ich schaue mich um, weil ich Angst habe, dass ihn

---

* *Cállate: Halt die Klappe.*

jemand gehört haben könnte. »Es war nicht meine Absicht, mich von Ellie ablenken zu lassen, aber es war tatsächlich schwer, nicht hinzusehen, wenn sie mit dieser konzentrierten Miene an mir vorbeigerannt ist.«

Julian reibt sich mit schmerzverzerrter Miene den Oberarm. »Verdammt, wie schwer sind mittlerweile die Gewichte, die du hebst?«

»So schwer, dass du es dir demnächst zweimal überlegen solltest, bevor du Ellies Hintern erwähnst.«

Die Art, wie Julian mich angrinst, ist alarmierend. »Du musst nicht gleich wütend werden. Ellie ist Single und hat ei…« Er bricht ab, als ich zu einem weiteren Schlag aushole. »Und hat ein *gutes Herz*, wollte ich sagen, *pinche pendejo*.«*

Während er erneut versucht, den Barkeeper auf sich aufmerksam zu machen, muss ich gegen den Drang ankämpfen, ihn noch einmal zu boxen.

»Ich bin gleich wieder da«, verkünde ich stattdessen und dränge mich an einer Gruppe Leute vorbei, die darauf wartet, dass ein Platz in der Nähe der Bar frei wird.

Kurz schaue ich mich nach Ellie um, doch kann sie nirgends entdecken. Dafür sehe ich zwei Personen, die ich niemals zusammen erwartet hätte. Lorenzo flüstert Lily irgendetwas ins Ohr, woraufhin sich ihre Nasenflügel blähen und ihre Wangen röten. Obwohl ich weiß, dass sie sich selbst zur Wehr setzen kann, regt sich mein Beschützerinstinkt.

Ehe ich die Chance habe, mich einzumischen, drückt sie gegen Lorenzos Brust, was ihn jedoch nur zum Lachen bringt.

Er greift nach der Hand, mit der sie ihn weggestoßen hat, und haucht einen Kuss darauf. Ich tue so, als würde ich nicht bemerken, wie Lily daraufhin leicht in ihren Sneakers wankt. Ebenso ignoriere

---

* *Pinche pendejo: verdammtes Arschloch*

ich das Funkeln in Lorenzos Augen, als es ihm ebenfalls auffällt. Auch wenn ich Lily liebe wie eine Schwester, heute habe ich eigene Probleme und kann mich nicht mit Julians Erzfeind auseinandersetzen.

Als ich zur Bar zurückkehre, steckt Julian gerade die schwarze Kreditkarte zurück in sein Portemonnaie. »Hier.« Er schiebt mir eine Flasche Modelo zu, bevor er nach seiner eigenen greift. »Also, wie sieht dein Plan in Bezug auf Ellie aus?«

»Ich hab keinen.« Abgesehen davon, mich hier blicken zu lassen.

»Du könntest damit beginnen, ihr zu erzählen, wie sehr Nico sie vermisst.«

»Hab ich schon versucht.«

Er hebt die Augenbrauen. »Verdammt, ich hätte gedacht, das würde wirken.«

»Ich auch.« Ellie zu überzeugen, erweist sich als schwieriger, als ich angenommen habe, aber ich bin noch lange nicht bereit, aufzugeben.

»Wie wäre es mit einer Gehaltserhöhung?«

»Ich hab das Gefühl, dass ihr ihr Stolz mehr wert ist als jedes Angebot, das ich ihr unterbreiten könnte.«

»Dann musst du mit schmutzigen Tricks arbeiten. Ich bin mir sicher, Nico wäre bereit, ein paar Tränen zu vergießen, wenn er Ellie damit zurückgewinnen kann.«

»Ich werde garantiert nicht meinen Sohn dazu benutzen, sie zu überzeugen.«

»Benutzen ist nicht das richtige Wort, wenn er sich selbst dazu bereit erklärt.«

»Das ist echt krank.«

»Es war auch krank, Ellie zu feuern, ohne ihr eine zweite Chance zu geben. Sie war das Beste, was Nico seit Langem passiert ist, das kannst du nicht leugnen.«

Ich spüre einen Anflug von Eifersucht.

Julian mustert mich eingehend. »Was hat dieser Blick zu bedeuten?«

»Nichts.«

»Nach nichts sah es aber nicht aus.«

»Hör auf, nach Antworten zu suchen, die du nicht bekommst.«

»Ich würde auf Eifersucht tippen.«

»Ich bin nicht eifersüchtig.«

»Du bist kein guter Lügner.«

Genervt stoße ich die Luft aus. »Na schön, ich bin ein *bisschen* eifersüchtig, aber ich arbeite daran.«

»Warum bist du *überhaupt* eifersüchtig?«

»Wenn Nico sich zwischen mir und Ellie entscheiden müsste, bin ich mir nicht sicher, ob er mich wählen würde.«

Julians schallendes Gelächter lässt mich die Stirn runzeln.

»Hab ich was Lustiges gesagt?«

»Du glaubst ernsthaft, dein Kind würde sich nicht für dich entscheiden?« Ich schweige, woraufhin seine Miene wieder nüchtern wird. »Du meinst es tatsächlich ernst.«

»Sie haben eine ganz besondere Bindung zueinander.«

Er betrachtet mich forschend. »Ist das der wahre Grund, aus dem du Ellie gefeuert hast?«

»Nein.«

»Du fühlst dich eingeschüchtert von der Beziehung, die sie zueinander haben«, stellt er fest.

»Das hab ich nie behauptet.«

»Rafa.« Julian legt mir die Hände auf die Schultern und drückt leicht zu. »Komm schon, Alter. Du weißt, dass Nicos Herz groß genug für euch beide ist.«

Ich versuche, ihn abzuschütteln, doch er lässt nicht locker. »Niemand könnte dich jemals ersetzen. Er vergöttert dich, selbst wenn du gerade eine schwere Zeit durchmachst.« Ich stoße die Luft aus, die ich offensichtlich unbewusst angehalten habe. »Ich wünschte, unser Leben wäre nicht so schwer.«

»Vielleicht hilft der Urlaub ja.«

»Wenn wir den überhaupt noch machen.«

Julian nimmt einen großen Schluck aus seiner Bierflasche. »Vielleicht könntest du …«

Ich schenke ihm keine Beachtung mehr, denn in diesem Moment erhasche ich aus dem Augenwinkel einen Blick auf Ellies blondes Haar. Sie ist umgeben von mehreren Leuten, die ein paar Jahre jünger sind als ich, und alle jubeln, als zwei Typen aus meinem alten Fußballteam mit einem Tablett voller leerer Schnapsgläser und einer Flasche Tequila von der Bar zurückkommen.

»Noch einmal jung sein und Shots ohne Konsequenzen trinken können …« Julian seufzt melancholisch.

»Du bist doch zwei Jahre jünger als ich.«

Er verzieht das Gesicht. »Wenn man einmal die dreißig überschritten hat, geht es nur noch bergab.«

Meine Miene verfinstert sich, als Ellie einen der Typen anlacht, und mein Herz zieht sich zusammen, als ich sehe, wie sorglos sie lächelt, während ein paar Leute sie in eine Umarmung ziehen.

Gott. Was ist nur in dich gefahren?

Julian blickt über die Schulter. »Sie sieht glücklich aus.« Er lacht leise. »Oh, schau mal, sie stoßen mit ihr darauf an, dass sie arbeitslos ist.«

Ich bedenke ihn mit einem vernichtenden Blick. »Ist mir nicht entgangen.«

Genauso wenig wie es mir entgeht, dass irgendein Arschloch aus meinem Abschlussjahrgang den Arm um sie legt und ihr einen Kuss auf die Wange drückt. Ob das ihr Freund ist? Sie war auf ein paar Dates. Was ich weiß, weil ich gelauscht habe und sie mich ein paarmal um einen freien Abend gebeten hat, aber ich kann mich nicht erinnern, dass sie etwas von einer Beziehung erwähnt hätte.

Erzähl mir nicht, dass du eifersüchtig bist.

Nein, natürlich bin ich nicht eifersüchtig. Mein Unbehagen rührt ausschließlich daher, dass ich unbedingt mit ihr reden muss und nicht weiß, wie. Mein Sohn zählt darauf, dass ich die Dinge wieder geradebiege, und ich weiß jetzt schon, dass es keine einfache Aufgabe werden wird. Immerhin hat sie gerade mit ihren Leuten darauf angestoßen, was für ein Arschloch ich bin. Vielleicht ist es das Beste, wenn ich Ellie noch ein paar Shots trinken lasse, bevor ich sie um ein Gespräch bitte.

Statt zu ihr zu gehen und sie von den zwei Typen loszueisen, zwischen denen sie gerade steht, verbringe ich also noch ein wenig Zeit mit Julian. Nach einer Weile kommt auch seine Freundin – Nicos Patentante – Dahlia hinzu. Da ich nur ungern das fünfte Rad am Wagen bin, schaue ich mich hoffnungsvoll nach ihrer Schwester Lily um, doch entdecke sie nirgends. Ich liebe Daliah beinahe genauso sehr wie mein Cousin, aber das heißt noch lange nicht, dass ich gern Zeit mit den beiden *zusammen* verbringe. In der Gegenwart eines glücklichen Paares zieht sich immer mein Herz zusammen, und ich suche verzweifelt nach einer Fluchtmöglichkeit.

Zum Glück schaltet bald irgendjemand die alte Karaokemaschine ein, die es schon gibt, seitdem Julians Eltern sich vor Jahrzehnten in dieser Bar kennengelernt haben. Schnell reiht sich Daliah in die Warteschlange ein, um auch zu singen. Julian fleht mich an, ihn zu retten, doch ich schiebe ihn hinter seiner Freundin her und vollführe einen halbherzigen Salut.

Ein paar Leute versuchen daraufhin, ein Gespräch mit mir anzufangen, doch geben ihre Bemühungen auf, als ich sie mit einsilbigen Antworten abspeise. Ich bin nicht absichtlich unhöflich, sondern einfach nicht besonders gut im Small Talk.

Als ich mich zu der Stelle umsehe, an der Ellie vorhin noch saß, stelle ich fest, dass sie nicht mehr dort ist. Im nächsten Moment ertönen Pfiffe in der Nähe der Bühne, ehe die Menge beginnt, ihren Namen zu skandieren.

»Ellie! Ellie! Ellie!«

»Wie ich sehe, hattet ihr ein Ziel, als ihr mich abgefüllt habt«, erklingt die Stimme, die ich überall wiedererkennen würde, gefolgt von einem Lachen.

Ein paar Leute grölen zustimmend, während die ersten Töne eines Liedes aus den Lautsprechern links und rechts der Bühne dringen.

»Ich liebe dich«, brüllt Willow, die neben der Bühne steht und ihr Handy hoch über die Köpfe der anderen hält, um Ellie zu filmen.

Die schüttelt lächelnd den Kopf. »Einige von euch haben vielleicht schon eine andere Version dieses Songs gehört.«

»Ava Rhodes soll zur Hölle fahren!«, ruft jemand.

Ava Rhodes, der Popstar? Ich wusste zwar, dass sie hier aufgewachsen ist, habe mich jedoch nie näher mit ihrer Musik beschäftigt. Nur ein paar ihrer beliebtesten Lieder habe ich gehört, weil Dahlia und Lily sie mir vorgespielt haben. Die meisten Leute in Lake Wisteria sind keine Fans von ihr, aber ich habe mir nie die Mühe gemacht, zu fragen, warum. Ich habe immer angenommen, sie würden es ihr übel nehmen, dass sie dem kleinen Ort, aus dem sie stammt, den Rücken gekehrt hat.

Ellies ohnehin schon rosige Wangen färben sich dunkelrot. »Jedenfalls glaube ich nicht, dass ihr den Song schon mal in dieser Version gehört habt.«

Die Melodie beginnt von Neuem. Ellie schließt die Augen, tippt mit dem Fuß auf den abgenutzten Holzfußboden und bewegt ihre Hüften zur Musik, was meine Aufmerksamkeit auf ihre Beine lenkt. Ich versuche, meinen wandernden Blick unter Kontrolle zu bringen, was jedoch zunehmend schwierig wird, als der Scheinwerfer über ihr angeht.

Wie eine Sirene, die mich ins Wasser lockt, zieht mich Ellie vollkommen in ihren Bann, sobald sie den Mund aufmacht und die ersten Zeilen des Liedes singt. Mit einem Mal möchte ich nichts anderem mehr lauschen als dem Klang ihrer leicht heiseren Stimme. Ich habe sie vorher noch nie singen gehört, auch dann nicht, wenn sie abends Gitarre gespielt hat. Nun, da mir klar wird, wie viel Talent sie besitzt, frage ich mich, warum.

One a.m., lying in my bed, wondering which
husband's coming home to greet me.

Could it be the man I married, or the one who
smells of cheap roses and bottom-shelf whiskey?

Three a.m., bleeding red, pleading for someone to
come save me and my baby.

Der Song handelt von einem Mann, der seine Frau misshandelt, und während sie sich dem Refrain nähert, wiegen sich alle zur Melodie hin und her. Obwohl die Musik, die aus den Lautsprechern dringt, die Radioversion des Popsongs ist, den alle kennen, sind die Strophen anders. Düsterer. Der Song klingt eher nach Folk, und mir ist sofort klar, dass er um Längen besser ist als die Mainstreamfassung. Ellies sanfte Stimme ist von Emotionen durchzogen, und ihre Augen glänzen feucht, als sie die letzte Strophe singt. Zu diesem Zeitpunkt höre ich schon nicht mehr richtig zu, da ich von der einzelnen Träne abgelenkt bin, die ihr die Wange hinabläuft – der Beweis für den Schmerz, der ihr deutlich ins Gesicht geschrieben steht. Obwohl sie sie mit der Spitze ihres tätowierten Fingers wegwischt, sehe ich sie, genauso wie ich *sie* sehe. Es steht mir nicht zu, Ellie nach ihrer Vergangenheit zu fragen, von der ich kaum etwas weiß, aber das starke

Ziehen in meiner Brust, das ich jedes Mal spüre, wenn ich sie ansehe, kann ich unmöglich leugnen. Es ist das gleiche Gefühl, das ich empfunden habe, als sie angefangen hat, für mich zu arbeiten, bevor mich meine turbulenten Emotionen vollkommen vereinnahmt haben – ein Gefühl, das mich in Anbetracht meiner Vergangenheit hätte beunruhigen sollen.

Schließlich bin ich nicht hier, weil ich an Ellie interessiert bin, sondern wegen Nico.

Ellie spielt den letzten Akkord des Songs, woraufhin in der Bar Applaus ausbricht und mich aus meiner Trance reißt.

Trance? Verdammt.

Ellie streicht sich eine Strähne hinters Ohr und hält das Mikrofon der nächsten Person entgegen, als sei ihr gar nicht bewusst, dass sie vermutlich alle Wartenden mit ihrem grandiosen Auftritt eingeschüchtert hat.

»Nach dieser Performance gehe ich bestimmt nicht mehr da hoch«, ruft neben der Bühne die erste Frau in der Schlange und verschwindet in der Menge.

»Will sonst noch irgendwer?« Ellie schwenkt das Mikrofon hin und her.

Niemand meldet sich – und wer kann es ihnen verübeln? Mit ihrer Stimme könnte Ellie ganz andere Sachen tun, als auf die Kinder anderer Leute aufzupassen. Was in mir die Frage aufkeimen lässt: Was hält sie davon ab?

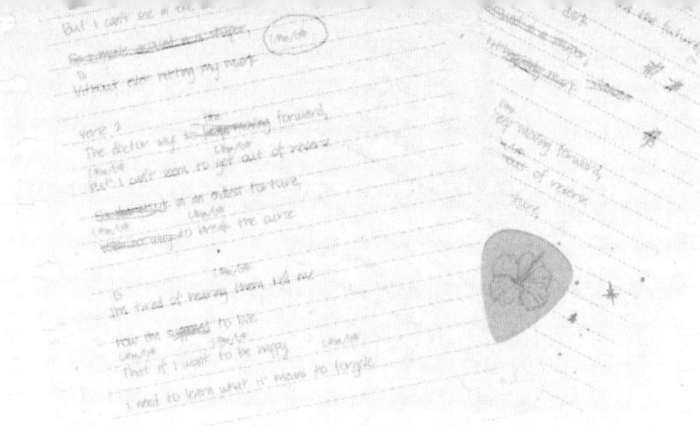

KAPITEL VIERZEHN
ELLIE

Hundert Blicke ruhen auf mir, als ich wieder in den hinteren Teil der Bar gehe, doch ich tue so, als würde ich es nicht bemerken, und verschwinde eilig in den Waschräumen. Erst muss ich mein rasendes Herz unter Kontrolle bringen, bevor ich wieder nach draußen gehe und den anderen gegenübertrete.

Ich weiß nicht, was ich mir dabei gedacht habe, etwas zu tun, das ich seit Jahren nicht mehr getan hatte: vor einem Publikum singen. Ich liebe alles an der Musik, außer aufzutreten, und das ist auch der Grund, warum ich es seit Los Angeles vermieden habe. In Artikeln über Ava heißt es stets, sie sei in einer Spelunke entdeckt worden, was auch stimmt, doch dabei wird nie die Frau erwähnt, die neben ihr gesungen hat. Im Gegensatz zu Ava wollte ich nie berühmt werden. Doch ich habe schon immer den Rausch geliebt, der mich überkommt, wenn die Lichter gedimmt werden und die Musik zu fließen beginnt. Vielleicht ist das der Grund, aus dem ich heute auf die Bühne gegangen bin und all mein Gefühl in den Song gelegt habe. Vielleicht wollte ich drei Minuten meines Lebens aus Avas Schatten heraustreten und mich daran erinnern, wer ich war, bevor sie mir das Herz gebrochen hat.

Mission erfüllt.

Da ich mich nicht für den Rest des Abends auf einer schmuddeligen Toilette verstecken möchte, entriegele ich die Tür und trete in den dunklen Flur hinaus, der zurück in die Bar führt.

Ich komme allerdings nur wenige Schritte weit, weil vor mir im Gang ein großer Mann mit dem Rücken zu mir steht und den Weg blockiert. Er ist so breit, dass seine muskulösen Arme beinahe die Wand streifen, als er sie vor der Brust verschränkt. Obwohl er eine teure Lederjacke trägt, ist zu erkennen, dass er regelmäßig trainiert.

Entschlossen mache ich einen Schritt nach vorn, wobei der Holzfußboden unter meinem Sneaker knarzt.

Der Mann dreht sich um und sieht mich mit hochgezogenen Augenbrauen an.

Ich brauche nur zwei Sekunden, um den berühmten Musiker zu erkennen. »O mein Gott! Du bist …«

Eine warme Hand legt sich über meinen Mund. »Bitte sag nichts.« Sein heißer, minziger Atem trifft auf mein Gesicht, als ich ihm in die dunkelblauen Augen schaue.

Ich bin so verblüfft, dass ich seine Finger nicht einmal wegschiebe, sondern stattdessen reglos verharre und die dünne weiße Narbe, die seinen Dreitagebart durchbricht, und das längliche dunkelbraune Haar betrachte, das ihm bis zum Kragen seiner Lederjacke reicht. Auf dem letzten Paparazzifoto hatte Cole Griffin die Haare kurz geschoren, einen dichten Bart und zwei blaue Augen, nachdem ihm die Nase gebrochen worden war.

Er holt tief Luft. »Sorry, dass ich derart überreagiere. Aber Shit, ich will echt nicht, dass man mich entdeckt, also bitte …«

»Lass sie in Ruhe, verdammt noch mal!« Rafael zieht die Hand von meinem Mund und stößt Cole zur Seite, sodass er mit dem

Rücken gegen die Wand kracht und ein gequältes Ächzen ausstößt. Dann dreht Rafael seinen Kopf in meine Richtung und sieht mich mit geblähten Nasenflügeln und schwer atmend an. »Alles in Ordnung?«, presst er hervor.

Mein verräterisches Herz zieht sich zusammen, als er die Hand unter mein Kind legt und es leicht anhebt, um mich besser mustern zu können. Als er mit dem Daumen meine Haut streift, stockt mir für einen Moment der Atem.

»Ihr geht es gut, Arschloch.« Cole reibt sich stöhnend den Rücken.

In diesem Moment erwache ich aus meinem Trancezustand, in den mich Rafael mit seiner Berührung versetzt hat, und stoße ihn weg. Mir entgeht nicht, dass ihm die Kinnlade runterfällt, als ich zu Cole eile. »O Gott, das tut mir so leid.«

»Warum entschuldigst du dich bei ihm?«, versetzt Rafael, doch ich beachte ihn nicht.

»Soll ich dir ein Kühlpack holen oder so?«

Cole gibt mir ein Daumen-hoch-Zeichen. »Ich hab schon Schlimmeres überstanden, Schätzchen.«

»Wenn du sie noch einmal Schätzchen nennst, werde ich dafür sorgen, dass du dein Statement noch mal überdenken musst.« Rafael baut sich hinter mir auf wie ein Schatten.

Ich seufze. »Kannst du bitte aufhören, ihm zu drohen?«

»Du verteidigst diesen Typen allen Ernstes?«

»Wie heißt du?« Coles Lächeln ist überaus charmant und selbstsicher, doch es bringt mein Herz nicht zum Hüpfen, so wie es der Mann schafft, der neben mir steht.

»Ich bin Ellie.« Als ich ihm meine Hand hinhalte, bete ich, dass er nicht sieht, wie sehr sie zittert. Allerdings ist mir durchaus bewusst, dass jeder andere Mensch in meiner Situation die gleiche Reaktion zeigen würde, denn vor mir steht schließlich Cole Griffin. Begnadeter Sänger. Genialer Songwriter. Uneheliches Kind von zwei

Rocklegenden. Alle, die schon mal Radio gehört haben, kennen seine Musik, und jetzt ist er hier. In Lake Wisteria!

Cole ergreift meine Hand und haucht einen Kuss darauf, während Rafael mit zusammengebissenen Zähnen zuschaut.

Die Berührung von Coles Lippen auf meiner Haut ruft nicht die gleiche Reaktion in mir hervor wie Rafaels Hand unter meinem Kinn, was ich nicht recht zu deuten weiß.

»Ellie.« Cole spricht meinen Namen mit seiner tiefen, heiseren Stimme aus, als wollte er ausprobieren, wie er schmeckt. »Du bist die Frau von der Bühne, oder?«

Ich nicke.

»Du hast eine Wahnsinnsstimme.« Als er meine Hand loslässt, schwebt sie noch eine Sekunde in der Luft, ehe ich mich daran erinnere, wie man sich wie ein normaler Mensch benimmt.

Mit einem Mal schäme ich mich. »Sorry, dass ich mich so merkwürdig aufführe. Ich hab einfach nicht damit gerechnet, dir zu begegnen.«

»Ich bin derjenige, der sich dafür entschuldigen sollte, dass ich dich erschreckt habe.«

Ich stoße ein leises Lachen aus. »Schon in Ordnung, ich hab vollstes Verständnis. Es kommt nicht jeden Tag vor, dass jemand wie du in diesem Ort aufkreuzt.«

»Jemand wie er?« Rafael funkelt Cole an.

Was ist los mit ihm? Und warum beginnt mein Herz bei dem Gedanken daran, dass er mich beschützen will, zu flattern?

Cole lacht. »Ich bin daran gewöhnt, dass die Leute so auf mich reagieren.«

Rafael schnaubt. »Schon mal was von Bescheidenheit gehört?« Ich werfe ihm einen bösen Blick über die Schulter zu, bevor ich wieder Cole ansehe. »Was machst du eigentlich hier, wenn ich fragen darf?«

»Mein Manager hält es für eine gute Idee, dass ich für eine Weile untertauche, und hat mir dafür sein Haus am See zur Verfügung gestellt. Er glaubt, das könnte bei meiner Schaffenskrise helfen.«

»Und, wie läuft es jetzt mit dem Komponieren?«, frage ich.

»Nicht gut, aber ich habe im Gefühl, dass sich das bald ändern könnte. Jetzt, wo ich dich getroffen habe ...«

Die Bemerkung bringt ihm einen weiteren tödlichen Blick von Rafael ein.

Die beiden Männer starren einander herausfordernd an, während ich mich fühle, als würde ich in dem Testosteronnebel ersticken, der sich mit einem Mal in dem engen Flur auszubreiten scheint. Wahrscheinlich könnten es die beiden locker miteinander aufnehmen, sie sind ähnlich hochgewachsen und muskulös. Dennoch würde ich darauf wetten, dass Rafael den Kampf gewinnt, denn in diesem Moment sieht er aus, als wäre er in der Lage, einen Mord zu begehen. Ein paar Leute, die in unsere Richtung kommen, um zur Toilette zu gehen, machen schnell wieder kehrt, als sie Rafaels Blick bemerken, was mein Schamgefühl nur noch verstärkt.

»Kann ich dir irgendwie helfen?«, frage ich Rafael mit überraschend ruhiger Stimme.

»Ja.«

»Kann es warten?«

»Nein.«

Coles amüsierter Blick huscht zwischen uns beiden hin und her. »Ist das dein Freund?«

»Nein«, antworten Rafael und ich gleichzeitig.

»Bodyguard?«

Ich unterdrücke ein Lachen. »Definitiv nicht.« Obwohl Rafael, der immer noch neben mir steht wie ein zum Angriff bereiter Wachhund, auf jeden Fall als einer durchgehen würde.

»Warum ist er dann hier?« Cole stemmt die Sohle seines Stiefels hinter sich an die Wand, sodass sein Knie aus dem riesigen Loch am Hosenbein seiner schwarzen Jeans herausragt.

»Das wüsste ich auch gern.« Ich schaue Rafael vorwurfsvoll an, was er jedoch nicht zu bemerken scheint, da sein Blick immer noch auf Cole ruht.

Cole lacht leise in sich hinein, als hätte er einen Witz gehört, der mir entgangen ist. »Jedenfalls … das Lied. Verdammt, du kannst echt singen, Schätz…« Er bricht ab, als Rafael einen Schritt auf ihn zu macht. *»Ellie.«*

Aus irgendeinem Grund scheint es Rafael noch mehr aufzuregen, wenn er mich Ellie statt Schätzchen nennt.

Ich streiche mir eine Haarsträhne hinters Ohr, um meine Hände zu beschäftigen. »Danke.«

»Hast du die Version von *Late Nights* selbst geschrieben?«

Seine Frage lässt mich erstarren. »Warum?« Auch wenn ich noch so gern herausposaunen würde, dass dies die *Original*version war, halte ich die Wahrheit unter Verschluss. Zusammen mit all den Geheimnissen, die ich für mich behalte, seit ich vor einem Jahr nach Lake Wisteria zurückgezogen bin.

»Weil sie megagut war.«

Meine Augenbrauen schießen in die Höhe. »Wirklich?«

»Ja. Ich finde sie sogar noch besser als das Original.«

»Da stimme ich dir zu«, sagt Rafael, was mein Herz hüpfen lässt. Im Gegensatz zu Coles Bemerkung stiehlt sich das Kompliment meines ehemaligen Vorgesetzten in mein Herz und verweilt dort.

Du solltest wütend auf ihn sein, anstatt ihn anzuhimmeln, nur weil er eine nette Sache sagt, nachdem er acht Monate lang fast dauerhaft abweisend war.

Aber vielleicht rührt meine Reaktion genau daher. Ich habe mich so sehr nach Rafaels Aufmerksamkeit gesehnt, dass ich jetzt schon ins Schwärmen gerate, wenn er auch nur ansatzweise freundlich zu mir ist.

Klar. Rede dir das nur ein.

»Mir hat der düstere Text gefallen. Ich hatte echt Gänsehaut.«

Ich blinzele zweimal. »Oh wow, danke. So etwas von jemandem wie dir zu hören, bedeutet mir viel.«

»Hast du einen Agenten?«

»Nein.« Meine Stimme ist von so viel Verbitterung durchzogen, dass ich verlegen das Gesicht verziehe.

»Hast du mal daran gedacht, dir einen zu suchen? Du könntest eine Menge Geld verdienen, wenn du noch so einen Song mit der richtigen Person produzierst.«

Sofort sträubt sich alles in mir. »Ich hab kein Interesse.«

»Warum nicht?«

»Akzeptier es einfach.«

Rafael kommt einen Schritt auf mich zu, lässt jedoch so viel Abstand zwischen uns, dass er nicht in meinen persönlichen Bereich eindringt. Dennoch steht er so dicht bei mir, dass ich mich nicht allein fühle. Ich sollte keine Dankbarkeit dafür empfinden, dass er hier ist, kann mich gegen das Gefühl aber nicht wehren. Irgendetwas an seiner Anwesenheit empfinde ich als beruhigend. Er gibt mir das Gefühl, jederzeit bereit zu sein, mich zu retten, sollte es nötig sein. Und das, ohne Fragen zu stellen.

Cole hebt beinahe ein bisschen erschrocken die Hände. »Ich wollte dir nicht zu nahe treten.«

»Schon in Ordnung«, erwidere ich eilig und atme dann so tief durch, dass sich meine Brust hebt. »Es war schön, dich kennenzulernen, aber ich sollte zurück zu meinen Freunden, bevor sie noch denken, ich wäre abgehauen.«

In seiner Miene zeichnet sich Panik ab. »Warte.«

Aus dem Augenwinkel bemerke ich, wie sich Rafael verspannt.

Cole reibt sich mit einer Hand über das Gesicht. »Ich hab's echt vermasselt. Fuck.«

Verwirrt lege ich den Kopf schief. »Was hast du vermasselt?«

»Den ersten Eindruck.«

»Wenn du ›erster‹ sagst, klingt es so, als würden noch weitere folgen.« Rafael streift meinen Rücken, während er die Arme vor der Brust verschränkt, als wollte er Cole einschüchtern. Die Berührung scheint keine Wirkung auf ihn zu haben, auf mich dafür umso mehr. Irgendetwas scheint nicht mit mir zu stimmen.

Cole schaut zwischen uns hin und her. »Ich versuch nicht, dich anzugraben oder so.«

Rafael glaubt ihm offensichtlich nicht, aber ich tue es. Trotz des *Schätzchens*. Sein Blick ist noch kein einziges Mal über meinen Körper gewandert.

»Ich würde gerne einen Kaffee mit dir trinken gehen, wenn du Zeit hast«, fährt er fort.

Ich blinzele. »Du willst mit *mir* Kaffee trinken?«

Er lacht. »Äh, ja?«

»Warum?«

»Du musst schon Ja sagen, um das rauszufinden.« Sein Zwinkern bringt mich zum Lachen.

»Sie hat zu tun.« Rafael tritt einen Schritt vor und verblüfft mich, indem er einen Arm um meine Schultern legt. Bei jedem anderen würde ich die Geste so deuten, dass er versucht, mich für sich zu beanspruchen, aber wir reden hier von Rafael. Er mag mich nicht einmal. Warum reagiert er also auf diese Weise?

Oder kann es sein, dass …

»Klar.« Ich bin vielleicht nicht daran interessiert, Songs mit ihm zu schreiben, aber wenn es Rafael dermaßen stört, dass ich Zeit mit Cole verbringe, gehe ich liebend gern einen Kaffee mit ihm trinken. Schließlich hat Rafael sich auch nicht um meine Gefühle geschert, als ich mich von Nico verabschieden wollte. Warum sollte ich also jetzt nett zu ihm sein?

Rafael kann seine Überraschung kaum verbergen. »Wie bitte?«

»Zeitlich bin ich ziemlich flexibel.« Ich schenke Cole ein mattes Lächeln.

Rafaels Augenlid zuckt. »Ich dachte, dein Terminkalender ist voll.«

Mein Grinsen wird breiter. »Es hat sich eine Lücke aufgetan.«

Er funkelt mich an. »Wie überaus günstig.«

Coles Augen leuchten, als er sein Handy aus der hinteren Hosentasche zieht. »Passt Sonntag?«

Ich nicke. »Super. Wollen wir Nummern austauschen? Dann können wir uns absprechen.«

»Natürlich.«

Während ich Cole meine Nummer diktiere, tippt Rafael mit dem Zeigefinger an seinen angespannten Bizeps. Mein Herz klopft im gleichen Rhythmus und erfüllt meine Ohren mit einem gleichmäßigen Pochen.

Die Ader über Rafaels linkem Auge, die immer dann hervortritt, wenn er wütend ist, kommt wieder zum Vorschein. »Kann ich jetzt bitte mit dir sprechen? *Alleine?*«

»Na gut.« Da er offenbar keine Ruhe geben wird, kann ich das Gespräch genauso gut hinter mich bringen.

»Bis bald, Ellie.« Cole schiebt das Handy zurück in seine Tasche, zwinkert mir über die Schulter zu und verschwindet durch die Hintertür, um mich mit der letzten Person zurückzulassen, mit der ich im Augenblick reden will.

KAPITEL FÜNFZEHN
RAFAEL

Ich habe nur ein paar Sekunden gebraucht, um zu erkennen, wer der Typ war, der Ellie im Flur neben den Waschräumen des Last Call abgefangen hat. Zwar halte ich mich, was Gossip und Schlagzeilen über Celebritys betrifft, nicht auf dem Laufenden, aber jeder Mensch, der Internet hat, weiß um den schlechten Ruf dieses Musikers. Drogen, Frauen, Wutausbrüche und Alkoholexzesse. Ellie ist die letzte Person, die Cole Griffin in seine destruktiven Aktionen mit hineinziehen sollte, und daran werde ich sie erinnern, sobald er durch den Notausgang verschwunden ist.

Ellie wendet sich bereits Richtung Bar, hält jedoch abrupt inne, als ich sie anspreche.

»Du kannst nicht ernsthaft darüber nachdenken, mit ihm einen Kaffee trinken zu gehen.« Mir ist bewusst, dass ich das nicht hätte sagen sollen, doch es ist mir über die Lippen gekommen, ehe ich mich zurückhalten konnte. Ich bin von Natur aus misstrauisch, daher glaube ich Cole nicht, wenn er behauptet, er sei nicht an Ellie interessiert – besonders nach den wenigen Artikeln über ihn, die ich gelesen habe.

Ellie wirbelt zu mir herum. »Ich denke nicht darüber *nach*, sondern werde es tun.«

»Der Typ hat einen total schlechten Ruf.«

»Ich glaube nicht jedes Gerücht, das in den Medien kursiert.«

»Vielleicht solltest du das aber.«

»Warum?«

»Er betrügt Frauen.«

Sie verschränkt die Arme vor der Brust. »Na und? Es geht dich zwar nichts an, aber ich habe vor, mit ihm einen Kaffee zu trinken, nicht, mit ihm ins Bett zu hüpfen.«

Ein ungebetenes Bild von den beiden, wie sie genau das tun, kommt mir in den Sinn und sorgt dafür, dass sich mein Magen zusammenzieht. Ich versuche, den Gedanken zu verdrängen, doch kurz bevor mir das gelingt, stelle ich mir vor, wie Ellie ihn anlächelt und errötet. So wie eben, als er ihr zugezwinkert hat.

Auf Ellies enge Bindung zu meinem Sohn eifersüchtig zu sein, ist eine Sache. Genauso in Bezug auf einen anderen Mann zu empfinden, ist gelinde ausgedrückt besorgniserregend. Ich sollte Ellie als Nicos Nanny betrachten, nicht als Singlefrau – die im Übrigen jedes Recht dazu hat, einen anderen Mann anzulächeln und zu erröten.

Mit einem frustrierten Schnaufen reibe ich mir das Gesicht.

»Worüber möchtest du wirklich sprechen, Rafael?« Ellies scharfer Tonfall reißt mich aus meinen Gedanken.

»Ich brauche dich.« Die Bemerkung kommt mir über die Lippen, ehe ich Zeit habe, darüber nachzudenken, wie sie klingen könnte.

Verdammt.

Unsicherheit blitzt in ihren Augen auf. »Du brauchst mich?«

»Nico und ich brauchen dich«, korrigiere ich mich. »Mir war vorher schon klar, dass es um Nicos und mein Verhältnis nicht gut bestellt ist. Aber es ist noch schlimmer geworden, seitdem du fort bist.«

Ihre kühle Fassade bröckelt. »Es tut mir leid.«

»Mir tut auch einiges leid.«

»Wirklich?«

»Ja. Deine Bemerkung vorhin hat mich zum Grübeln gebracht.«

»Welche Bemerkung?«

»Dass ich dich und deine Zeit nicht wertgeschätzt habe.«

»Oh.«

Da sie nichts weiter sagt, fahre ich fort. »Mir ist bewusst geworden, dass du dich nie über deinen Job beschwert hast, nicht einmal dann, wenn ich in letzter Minute Pläne gemacht oder mich dir gegenüber wie ein Idiot verhalten habe.«

Sie stößt ein Schnauben aus.

»Egal wie aufgebracht ich über euer Geheimnis und Nicos Unfall war, ich hätte dich besser behandeln müssen nach allem, was du für meine Familie getan hast. Du hast es geschafft, meinen Sohn wieder aufzuheitern, und dafür hast du mehr verdient als das, was ich dir gegeben habe … Du hast eine zweite Chance verdient.«

Sie blinzelt mehrmals hektisch hintereinander, doch ihre Augen glänzen trotzdem feucht. »Danke. Mir war bis gerade nicht bewusst, wie dringend ich das hören musste.«

»Es tut mir leid, dass ich es nicht schon früher gesagt habe.«

Sie wendet den Blick ab und wischt sich eine Träne aus dem Augenwinkel.

»Ohne dich hat sich alles verändert.«

Sie schaut mich wieder an.

»*Er* hat sich verändert«, füge ich hinzu.

Ellie stößt langsam die Luft aus. »Jetzt fühle ich mich schrecklich.« Sie starrt auf einen unbestimmten Punkt hinter mir. »Aber …«

Ich bin schon oft genug im Leben abgewiesen worden, um die Warnsignale zu erkennen. »Ich würde alles dafür tun, damit du zurückkommst«, sage ich daher eilig. »Eine Gehaltserhöhung, ein zusätzlicher freier Tag pro Woche. Was immer du willst.«

»Mein Gehalt und meine freien Tage waren nie das Problem, das weißt du ganz genau.«

»Was willst du dann?«

»Etwas, das zwischen uns zerbrochen ist.«

»Und das wäre?«

»Vertrauen.«

Ich spüre, wie ich mich unwillkürlich anspanne. »Dafür brauche ich Zeit.«

Sie seufzt schwer. »Damit meine ich nicht nur dich.«

Ich runzele verwirrt die Stirn.

Sie senkt den Blick, als könnte sie es nicht länger ertragen, mir in die Augen zu schauen. »Du hast deutlich gemacht, dass du mich jederzeit abweisen kannst, und ich habe mir vor langer Zeit geschworen, dass ich nie wieder zulassen werde, dass mir jemand dieses Gefühl gibt.«

Ich beiße die Zähne zusammen. »Leider kann ich meine Reaktion nicht rückgängig machen.«

»Das weiß ich, und so ungern ich es auch zugebe, es war dein gutes Recht, mich zu feuern. Nicos Unfall hat bewiesen, dass ich nicht das Zeug dazu habe, seine Nanny zu sein.« Ihre Stimme zittert.

»Das stimmt nicht.«

Sie schaut mich aus großen Augen an.

»Vor dir haben wir sieben Nannys ausprobiert. Alle waren mehr als qualifiziert für den Job, dennoch hat sich mein Sohn keiner einzigen von ihnen so geöffnet wie dir.«

Ihr Kinn bebt. »Ich hab nur meinen Job gemacht.«

»Nein, du hast so viel mehr getan.« Ich atme tief durch. »Ich will nicht, dass sich Nico wieder in den stillen Jungen verwandelt, der nicht lacht und keine Musik macht. Gott, es würde mich umbringen, ihn wieder so zu erleben. Also bitte ich dich – verdammt, ich würde dich sogar *anbetteln* –, zu uns zurückzukommen.«

In der sich anschließenden unangenehmen Stille verstärkt sich meine Anspannung.

Schließlich wird ihre Miene jedoch ein wenig weicher, was mir neue Hoffnung gibt. »So weit musst du nicht gehen«, erwidert sie.

»Ich bin verzweifelt, Eleanor«, erwidere ich gepresst.

Sie versetzt mir einen sanften Stupser, worauf ich ins Taumeln gerate – nicht wegen ihrer Kraft, sondern wegen des leisen Lachens, das sie dabei ausstößt.

»Verzweifelt genug, um damit aufzuhören, mich mit meinem vollen Namen anzureden? Denn der erinnert mich zu sehr an meine Großmutter, auch wenn ich sie abgöttisch liebe.«

Ich schnaube und rede mir ein, dass die Wärme, die sich in meiner Brust ausbreitet, meiner Nervosität und nicht ihrer Berührung geschuldet ist. »Nein, ganz so verzweifelt noch nicht.«

Zu Beginn habe ich sie nur deswegen Eleanor genannt, um sie zu nerven; insgeheim habe ich es genossen, wie sehr sie sich darüber ärgerte. Sie sah immer so niedlich aus, wenn sie die Augen verdreht hat …

Niedlich? Verdammt. Nein, nicht niedlich.

Witzig. Sie hat die Augen auf eine witzige *Art verdreht.*

»Das habe ich schon befürchtet«, murmelt sie. »Na ja, es war nett, mit dir zu plaudern …«

»Okay, ich werde dich nicht mehr Eleanor nennen.«

Sie verlagert ihr Gewicht auf die Fersen. »Ich sollte Nein sagen …«

»Doch das wirst du nicht tun, weil wir dich brauchen.«

»Na schön, aber nur wenn du diesen Satz noch einmal wiederholst und dabei vor mir niederkniest.«

Als ich ein kurzes, aber herzhaftes Lachen ausstoße, sind wir beide überrascht.

»O mein Gott!«

Ich hebe abwehrend eine Hand. »Fang gar nicht erst an.«

»Du hast gelacht!«

Ihr Lächeln dringt durch die eisige äußere Schicht meines Herzens. Schon seit Monaten frage ich mich, wie es sich anfühlen würde, wenn Ellie mir ein aufrichtiges Lächeln schenkt, für das ich der Auslöser bin, und es ist so viel besser, als ich erwartet habe. Doch das Letzte, was ich jetzt gebrauchen kann, ist, dass ich weich werde, weil sie mir ein einziges Lächeln geschenkt hat. Ganz egal, wie gut es mir gefallen hat. Also schaue ich zur Decke hinauf und bete um Hilfe.

»Ich glaube, ich habe dich schon seit der Highschool nicht mehr lachen gehört.« Es wirkt, als würde sie mit sich selbst sprechen.

Die Bemerkung überrascht mich. »Du hast mich also schon seit damals im Blick, ja?«

Ihre Wangen färben sich rot. »Nein.«

Bei der Vorstellung prickelt mein Körper. »Bist du dir da so sicher?«

»Nicht alle an der Wisteria High waren besessen von dir.«

»Ist schon okay, wenn du in mich verknallt warst.« Laut Dahlia und Lily hat das damals auf die meisten Mädchen an unserer Schule zugetroffen.

»Du warst nicht mein Typ.«

»*Alle* standen auf mich«, necke ich sie und freue mich insgeheim, als sich die Röte von ihren Wangen bis zu ihrem Hals ausbreitet.

»Zuerst lachst du, und jetzt reißt du Witze? Wer bist du, und was hast du mit dem alten Rafael gemacht?«

Das weiß ich selbst nicht recht. Aber ich habe das Gefühl, dass Ellie mich dazu bewegen wird, herauszufinden, wer ich ab jetzt bin – ob ich es will oder nicht.

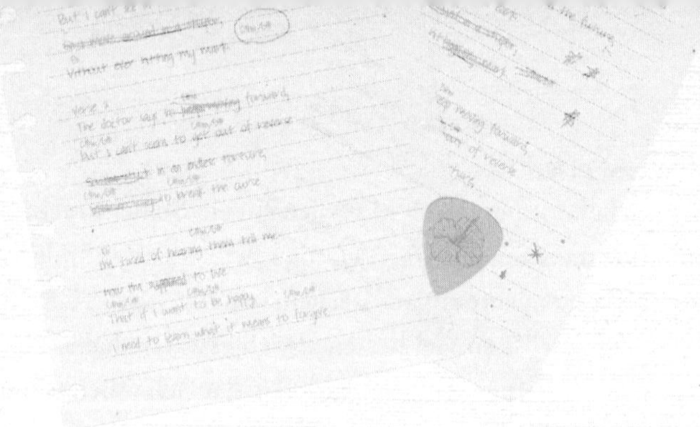

KAPITEL SECHZEHN
ELLIE

Am nächsten Morgen komme ich mit gepacktem Koffer und einem Lächeln im Gesicht, das mir in der letzten Woche abhandengekommen war, vor Rafaels Haus an.

Mein Boss öffnet mir die Tür in teuren Jeans, die seine muskulösen Oberschenkel zur Geltung bringen, einem schwarzen T-Shirt, das eng anliegt, jedoch nicht übertrieben wirkt, und seiner schlichten Uhr von Richard Mille. Die Diamanten funkeln in der Morgensonne, die hinter mir aufgeht, obwohl mein Blick nur kurz darauf fällt, ehe ich mich von den Adern ablenken lasse, die sich an seinem Arm abzeichnen.

Rein äußerlich betrachtet, ist Rafael einer der attraktivsten Menschen, die ich kenne. Nein, ich muss mich korrigieren. Er ist tatsächlich der schönste Mann, den ich jemals gesehen habe, und das will schon was heißen, nachdem ich in Los Angeles jahrelang unter Models, Schauspielern und Musikern gelebt habe. Ich kann nichts dagegen tun, dass es in meinem Magen flattert und mein Herz einen kleinen Satz vollführt, wenn ich ihn anschaue, auch wenn ich mich bemühe, es zu ignorieren.

Als ich in seine dunklen Augen schaue, stelle ich fest, dass sein forschender Blick bereits auf meinem Gesicht ruht.

»Jepp, hier oben bin ich.«

Er *schmunzelt*. Dieser kurze Anflug eines Lächelns erinnert mich so sehr an den Highschool-Schüler von damals, der oft gegrinst und gelacht hat. Ihn plötzlich derart gelöst zu erleben, verwirrt mich.

Ich schüttelte den Kopf. »Wie ich sehe, hast du den Holzfäller-Look abgelegt.«

»Macht dich das traurig?«

»Ein bisschen.« Obwohl *traurig* nicht das treffende Wort ist, ich mache mir eher Sorgen um mich selbst, obwohl ich das ihm gegenüber niemals zugeben würde.

Er lehnt sich gegen den Türrahmen. »Weil ich jetzt kein Holz mehr für den Kamin hacke?«

»Warum sollte mich *das* traurig machen?«

»Weil ich dich manchmal erwischt habe, wie du mich durch das Fenster dabei beobachtet hast.«

Ich wünschte, der Erdboden würde sich unter mir auftun und mich verschlucken, denn selbst die Hölle wäre besser als diese Blamage. »Ich hab dich nicht beobachtet.« Mein Tonfall klingt viel zu defensiv.

»Ich hab mir schon gedacht, dass du das sagen würdest, statt mir die Wahrheit zu gestehen.«

»Welche Wahrheit?«

»Du hast dabei gesabbert.«

»Das hättest du wohl gern«, zische ich.

Er zuckt unbekümmert mit den Schultern. »Du musst dich nicht schämen – es ist niedlich, dass du mich heimlich anstarrst.«

»*Pendejo*«, sage ich, so wie ich es ein paarmal von ihm aufgeschnappt habe, als er geflucht hat.

Er hebt die Augenbrauen. »Wie bitte?«

»Du hast mich schon richtig verstanden.«

»Das ist kein nettes Wort.«

»Ich weiß«, erwidere ich grinsend.

Seine Lippen zucken, als er meinen Koffer ins Haus rollt. »Hast du vergessen, dass ich dein Boss bin?«

»Hm. Das muss ich tatsächlich kurzzeitig vergessen haben, als du angefangen hast, mit mir zu flirten.« Mit wiegenden Hüften schlendere ich an ihm vorbei und stelle zufrieden fest, dass sich seine Wangen röten.

»Ich habe nicht geflirtet«, sagt er mit beeindruckend fester Stimme.

Jetzt bin ich diejenige, die schmunzelt. »Wenn du das sagst …«

»Ich meine es ernst.«

»Schon klar.«

»Ich kann dich jederzeit wieder feuern.«

»Das wirst du aber nicht tun, weil du mich doch *brauchst*.«

Obwohl er nichts darauf erwidert, wissen wir beide, dass es die Wahrheit ist. Das hat Rafael mit meinem neuen Arbeitsvertrag bewiesen, in dem eine Gehaltserhöhung und eine Reduzierung meiner Arbeitszeit von sechs auf fünf Tage pro Woche festgelegt ist. Außerdem hat er sich zu einer großzügigen Abfindung bereit erklärt, falls er mich noch einmal entlassen sollte. Die neuen Regelungen geben mir nicht nur finanzielle, sondern auch emotionale Sicherheit. Meinen Vorwurf, dass er mich nicht ausreichend wertschätzt, hat er sich offenbar zu Herzen genommen, und dafür bin ich dankbar.

Als ich mich der Küche nähere, steigt mir der Duft von frisch gebackenen Keksen und Bacon in die Nase. Mein Magen knurrt laut.

»Hunger?«

»Und wie.«

»Ich hoffe, das trifft auch auf das Geburtstagskind zu, denn ich habe ziemlich viel Essen vorbereitet.« Er fährt sich mit einer Hand in den Nacken.

»Nervös?«, frage ich.

Er lässt die Hand wieder fallen. »Ist das nicht offensichtlich?«

»Nein«, lüge ich.

Er mustert mich aus zusammengekniffenen Augen.

»Alles wird gut.«

»Er war in letzter Zeit … schwierig.«

»Der Apfel fällt nicht weit vom Stamm.«

»Was soll das denn heißen?«

»Du bist ein intelligenter Typ – kannst du dir das nicht selbst zusammenreimen?«

»Du findest mich intelligent?«

»Willst du mich etwa dazu bewegen, dir ein Kompliment zu machen?«

Er runzelt die Stirn. »Ich war nur neugierig.«

»Was *meine* Meinung angeht? Wow, du musst echt verzweifelt sein.«

Die leichte Röte, die ihm am Hals heraufkriecht, lässt mich daran zweifeln, dass er tatsächlich nur neugierig war. Es fällt mir zwar schwer, zu glauben, dass ein Milliardär wie Rafael so unsicher ist, dass er die Bestätigung anderer braucht, auf der anderen Seite ist er auch nur ein Mensch. Manchmal zumindest.

Rafael bedeutet mir, ihm zu Nicos Zimmer zu folgen. Vor der Tür mit den Comic-Postern bleibt er stehen und macht einen Schritt zur Seite, damit ich vortreten kann.

Da ich die geplante Geburtstagsüberraschung nicht ruinieren will, bin ich mucksmäuschenstill, als ich an die Tür klopfe.

»Geh weg!«, ruft Nico. »Ich brauche dieses Jahr keine blöden Geburtstags-Pancakes.«

Rafael zuckt deutlich zusammen, was er zu verbergen versucht, indem er das Gewicht von einem Fuß auf den anderen verlagert, was mein Mitgefühl für ihn noch verstärkt. Ich *will* ihn ja verabscheuen, besonders nach allem, was er Nico und mir angetan hat, indem er mich gefeuert hat, aber es gelingt mir nicht. Selbst wenn er sich kalt und gleichgültig gibt, ist er dennoch ein Mensch mit Gefühlen, Wünschen und Ängsten. Und er wird wohl kaum aus seinen Fehlern lernen, wenn ich ihm keine Chance dazu gebe.

Rafael betrachtet mit finsterer Miene die Poster mit den Bösewichten – Skotos, Erebos und Eidolon G –, wobei die Verzweiflung an ihm zu kleben scheint wie eine zweite Haut. Wenn wir das Zimmer betreten und er immer noch so finster dreinblickt, wird Nico sich vermutlich wieder verschließen, also muss ich versuchen, ihn aufzuheitern.

Ich hole übertrieben entsetzt Luft. »Keine Pancakes?«, flüstere ich. »Es ist schlimmer, als ich dachte.«

Rafael schaut nicht einmal in meine Richtung.

Ich packe ihn am Arm und ziehe ihn von der Tür weg, damit Nico unsere Unterhaltung nicht hören kann. »Ich weiß, dass du gesagt hat, die Lage sei ernst, aber mir war nicht bewusst, wie sehr sich euer Verhältnis verschlechtert hat. Was kommt als Nächstes? Kein Geburtstagskuchen?«

»Schön, dass dich die Sache amüsiert.«

Okay, auch seine Stimmung ist mieser, als ich gedacht habe.

»Was, wenn ich dir sage, dass ich dich wie einen Helden dastehen lassen kann?«

Er schnaubt. »Schon klar.«

»Zweifelst du etwa an mir?«

»Nicht an dir.«

»An wem dann?«

»An mir selbst.«

Ich strecke den Arm aus und drücke ermutigend seinen angespannten Bizeps. Das sanfte Prickeln, das sich durch die Berührung in meinem Körper ausbreitet, zwingt mich dazu, sofort wieder von ihm abzulassen. »Es wird besser werden.«

»Wie soll das gehen? Sein Gesundheitszustand wird sich wohl kaum bessern.«

»Nein, aber ihr beide könnt euch gemeinsam dem Schicksal stellen. Als Team.«

Rafaels Stirnrunzeln verschwindet. »In letzter Zeit waren wir kein gutes Team.«

Mein Herz wird schwer. »Das mag sein, aber das heißt noch lange nicht, dass es nicht wieder so werden kann wie früher.«

Er lässt langsam den Atem entweichen.

»Vertrau mir einfach.«

Als Rafael mir daraufhin kurz in die Augen schaut, erhasche ich einen Blick auf den Mann, der seine Ängste und seinen Schmerz hinter finsteren Blicken verbirgt. Sein wahres Ich zu sehen, löst den Wunsch in mir aus, ihn in eine Umarmung zu ziehen und ihm zu versichern, dass alles gut wird. Doch dann erinnere ich mich daran, wie leicht es ihm gefallen ist, mich abzuweisen, und auf einmal habe ich nur noch das Bedürfnis, mich selbst davor zu schützen, erneut verletzt zu werden.

Ich wende den Blick ab und räuspere mich. »Bereit?«

Er nickt.

Ich klopfe noch einmal an.

»Ich hab gesagt, du sollst gehen!«, ruft Nico diesmal lauter.

»Das könnte ich tun, aber dann müssten dein Dad und ich die besten Geburtstags-Pancakes der Welt leider alleine essen.« Rafaels Kopf fährt zu mir herum. »Ich dachte, du hasst Pancakes.«

»Das weiß er aber nicht.«

»Ellie?«, quiekt Nico, was mir ein Lächeln entlockt.

Als ich die Tür öffne, stelle ich fest, dass er eilig nach seiner Brille greift. Es ist erst eine Woche her, dass ich ihn zuletzt gesehen habe, aber es kommt mir länger vor. Fast fühlt es sich an, als würde ein fehlendes Stück in meinem Herzen wieder an der richtigen Stelle einrasten. Ich hätte niemals damit gerechnet, als Nanny so eine innige Bindung zu Nico aufzubauen. Nie wieder möchte ich das Risiko eingehen, diese aufs Spiel zu setzen. Ich habe meine Lektion gelernt und werde ab jetzt vorsichtiger sein.

»Ellie!« Nico springt vom Bett und wirft sich in meine ausgebreiteten Arme. »Du bist wieder da!«

Ich rechne mit einem weiteren finsteren Blick von Rafael, so wie immer, wenn Nico mir seine Zuneigung zeigt. Diesmal bleibt seine Miene jedoch neutral – eine drastische Verbesserung. Vielleicht besteht doch noch Hoffnung für ihn.

»Dein Dad hat sich bei mir entschuldigt.«

Nico löst die Arme von mir und schaut mich an. »Echt?«

»Jepp. Er hatte Schuldgefühle, weil er mich gefeuert hat. Er hat mir sogar erzählt, dass er nachts nicht schlafen konnte, weil ich nicht mehr hier war.«

Rafael bedenkt mich mit einem tödlichen Blick, für den ich mich mit einem breiten Grinsen revanchiere.

»Wirklich?«, fragt Nico. »Das hat er mir gar nicht gesagt.«

»Aber es stimmt. Er hat mich angebettelt, zurückzukommen.«

»Heißt das, dass du jetzt hierbleibst?« Nicos Blick, der nun wachsam wirkt, huscht von mir zu seinem Vater. Auf einmal ist sein Grinsen verschwunden, und er runzelt misstrauisch die Stirn.

Wir können unmöglich zusammen in Urlaub fahren, wenn das Verhältnis zwischen uns dreien weiterhin so angespannt ist.

Ich rücke Nicos Brille auf seiner Nase zurecht, um seine Aufmerksamkeit zu wecken. »Ja, ich bleibe hier, aber nur, wenn du willst.«

Darauf schlingt er erneut die Arme um meinen Hals und drückt mich so fest, dass ich fast keine Luft mehr bekomme. »Natürlich will ich das.«

»Oh, da bin ich aber froh«, erwidere ich übertrieben erleichtert. »Ich hab mir schon Sorgen gemacht, dass du mich vergessen haben könntest.«

»Nie, nie, niemals!«

»Bist du dir sicher? Ich könnte mir vorstellen, dass es dir gefallen hat, kein Obst und Gemüse essen zu müssen.«

Er rümpft seine kleine Nase. »*Papi* hat mich trotzdem dazu gezwungen.«

»Wie kann er es wagen, sich um deine Gesundheit zu scheren?«

Keiner von beiden lacht über meinen Witz.

Na dann.

»Du darfst nie wieder gehen. Verstanden?«, sagt Nico.

»Nie? Was, wenn du mich leid bist?«

»Niemals. Oder, *Papi*?«

Zögerlich schaut Nico seinen Dad an.

Ich erstarre, als Rafael mir fest in die Augen schaut. »*No te preocupes, mijo.** Wenn sie wegläuft, werde ich sie wieder zu dir zurückbringen.«

Ich bekomme eine Gänsehaut am ganzen Körper, was Rafael zum Glück nicht bemerkt, obwohl ich mir meiner Reaktion und was sie bedeutet nur allzu bewusst bin. Ganz gleich, wie oft ich mir einrede, dass ich mich nicht zu Rafael hingezogen fühle, straft mich mein Körper immer wieder Lügen.

Das heißt noch lange nicht, dass du der Versuchung erliegen musst.

Es ist für alle Beteiligten am besten, wenn ich jegliche verbliebenen Gefühle für ihn verdränge und mich darauf konzentriere, wofür ich tatsächlich hier bin. Nico braucht mich, und ich werde bestimmt nicht alles kaputt machen, nur weil sein Dad dafür sorgt, dass Schmetterlinge in meinem Bauch tanzen und mein Herz rast.

---

* *No te preocupes, mijo: Mach dir keine Sorgen, Sohn.*

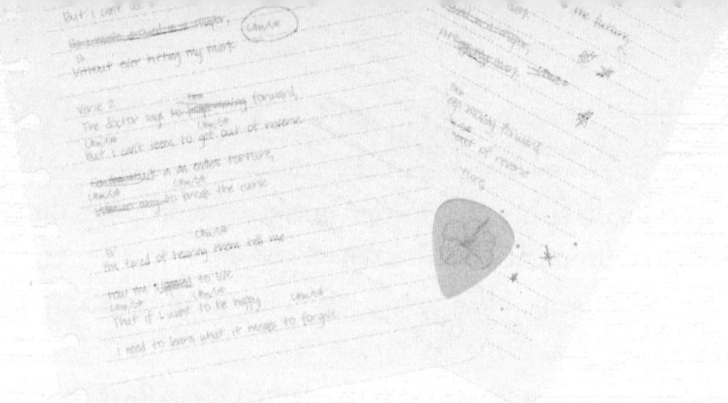

KAPITEL SIEBZEHN
ELLIE

Seine Einstellung zum Thema Geburtstagsfeier hat Nico schnell geändert. Obwohl der ursprüngliche Plan gekippt worden war, hat es Josefina Lopez, die beste Event-Planerin des Ortes, geschafft, Rafaels Grundstück innerhalb von vierundzwanzig Stunden in die perfekte Nerf-Waffen-Schusszone zu verwandeln. Nun ist die Fläche neben dem Haus ein Parcours mit aufblasbaren Hindernissen, Schießburgen und einer interaktiven Trainingszone. Sogar die Piñata, die Josefina selbst ausgesucht hat, als sie Verwandte in Mexiko besucht hat, passt mit ihren Orange- und Blautönen zum Rest der Deko. Rafael hatte zwar Sorge, dass so kurzfristig nicht viele Leute kommen würden, doch am Ende sind mehr Gäste eingetrudelt als erwartet.

Nachdem sich Nico eine halbe Stunde lang an meiner Seite herumgedrückt hat, rate ich ihm, mit seinen Freunden zu spielen.

»Und du gehst wirklich nicht weg?«, fragt er.

»Nicht, wenn du das nicht willst.«

Ein Freund ruft Nico zu, dass er kommen soll, um mitzuspielen, aber er rührt sich nicht vom Fleck.

Schließlich nehme ich eine der Nerf-Waffen vom Tisch und gehe vor ihm in die Knie. »Du solltest deinen Geburtstag nicht damit verbringen, dir Sorgen um mich zu machen. Ich werde die ganze Zeit hier sein und den Kuchen vor allen Leuten verteidigen, die sich darüber hermachen wollen.«

Ein paar Kinder habe ich schon dabei erwischt, wie sie den von Alana Castillo gebackenen Kuchen beäugt haben, und ich würde es ihnen durchaus zutrauen, dass sie einen Finger in die Glasur tauchen, wenn gerade niemand hinsieht.

Nico nimmt mir die Waffe nur zögerlich ab.

»Nico!«, ruft nun ein weiteres sehr ungeduldiges Kind, das er jedoch ignoriert.

»Ich verspreche dir, dass ich hierbleibe.«

»Wirklich?«

»Ich schwöre es dir.«

»Okay, aber ich komme alle halbe Stunde vorbei, um sicherzustellen, dass du nicht mit dem Kuchen abgehauen bist.«

»Abgemacht.«

Es dauert nicht lange, bis mich Dahlia und Lily Muñoz vom Desserttisch wegziehen. Lily reicht mir ein Magazin voller Schaumstoffpfeile und einen Nerf-Hellfire-Blaster.

»Warum brauche ich das?« Ich betrachte das Spielzeug.

»Weil du in unserem Team bist. Nur Erwachsene. Frauen gegen Männer. Die Gewinner bekommen einen Tag im Spa.« Lily lädt ihre Waffe mit den Pfeilen.

»Im Ernst? Mädels gegen Jungs? Sind wir jetzt wieder fünf, oder was?«

Dahlia reicht mir einen blauen Brustharnisch aus Plastik. »Ich weiß, aber du hättest mal Julian sehen sollen. Er hat so siegessicher gewirkt, als er gewettet hat, dass er nicht verlieren wird.«

Lily zieht eine Augenbraue hoch und sieht ihre Schwester ungläubig an. »Dir ist schon klar, dass er dich damit nur dazu bewegen wollte, mitzuspielen, oder?«

»Jaja.« Dahlia winkt ab. »Er hat aber nicht damit gerechnet, dass wir Ellie rekrutieren.«

Ich schüttele den Kopf. »Oh nein, ich bin die Letzte, die ihr in eurem Team haben wollt.«

»Warum?«, fragt Lily.

»Weil ich schon oft genug mit Nico gespielt habe, um zu wissen, dass ich total schlecht bin.«

»Keine Sorge, ich mache es wieder wett.« Lily reckt grinsend ihre Waffe.

»Früher hat Lily immer meine Barbies in einer Reihe aufgestellt, um schießen zu üben«, fügt Daliah erklärend hinzu.

Mir klappt die Kinnlade herunter.

Lachend versetzt Lily ihrer Schwester einen Stoß in die Rippen. »Das ist genau *einmal* vorgekommen.«

»Aber auch nur weil Julian dir erzählt hat, dass sich Legofiguren besser zum Üben eignen.«

»Ich sage es nur ungern, aber er hatte recht. Es war das befriedigendste Geräusch aller Zeiten, wenn sie auseinandergeflogen sind.«

Dahlia und ich wechseln einen Blick, ehe Dahlia sagt: »Siehst du? Dank Lily werden alle Typen innerhalb von zehn Minuten um Gnade winseln.«

»Äh …«

»Bitte.« Lily hilft mir dabei, meine Waffe zu laden. »Wir brauchen noch ein Mädel für unser Team, und du warst unsere erste Wahl.«

»Großartig.« Wenn ich Glück habe, werde ich innerhalb von einer Minute abgeschossen.

In der Ferne erklingt ein Läuten.

»Es geht los. Kommt mit!« Lily eilt auf das Spielfeld mit den unzähligen aufblasbaren Hindernissen zu. Wir verlieren sie schnell aus den Augen, als sie hinter einem davon verschwindet.

»Die Männer tragen neonorangefarbene Brustharnische. Du darfst sie überall treffen, nur nicht auf die Augen zielen.« Damit entfernt sich Dahlia in die entgegengesetzte Richtung.

Trotz meines Widerwillens renne ich in die Mitte des Labyrinths aus Hindernissen und krieche unter einen der aufblasbaren Bögen. Dort hocke ich mit gezückter Waffe und warte darauf, dass mich jemand erlöst.

»Komm raus, Ellie!«

Mein Herz rast so schnell, dass ich Rafaels Stimme kaum höre.

»Je eher du dich ergibst, desto schneller können wir die Sache beenden und endlich Nicos Kuchen essen.«

Nachdem ich die letzten dreißig Minuten in meinem Versteck verbracht und mir eingeredet habe, dass ich nicht zur Toilette muss, weigere ich mich, aufzugeben. Dahlia und Lily zählen auf mich, da bereits alle außer Rafael und mir ausgeschieden sind. Und wenn ich mir dabei in die Hose mache, ich werde nicht aufgeben.

Ein kleiner Ast knackt unter seinem Sneaker, als er sich meinem Versteck im aufblasbaren Tunnel nähert.

Mein Finger schwebt über dem Abzug, jederzeit bereit, den Kampf zu beenden.

»Ich bin überrascht, dass du die Einzige bist, die noch im Spiel ist«, ruft er nun.

Wenn ich warte, bis er an mir vorbeigegangen ist, kann ich vielleicht hinauskriechen und mich von hinten anschleichen.

»Ich werde dich sogar verschonen und nur so tun, als würde ich auf dich schießen.« Seine Stimme entfernt sich, als er ein Stück weiter weggeht.

Leise stoße ich den angehaltenen Atem aus.

Plötzlich bleibt Rafael stehen.

Mist.

»Hab dich!« Diesmal erklingt seine Stimme direkt hinter mir.

Verdammt, verdammt, verdammt!

Auf den Ellbogen robbe ich dem Licht am Ende des Tunnels entgegen – nur um im nächsten Augenblick rückwärts an den Füßen herausgezogen zu werden, sodass meine Brust über Gras und Erde schlittert.

»Dreh dich um.«

»Nein.« Ich hebe meine Waffe, doch Rafael tritt sie weg.

»Dir in den Rücken zu schießen, macht nicht so viel Spaß.«

»Waru…?« Ich breche mitten im Wort ab, als Rafael mich umdreht.

Mit einem Mal erinnere ich mich wieder an das, was ich im Selbstverteidigungskurs gelernt habe, und nutzte den Überraschungseffekt, um ihn mit meinen Beinen umzuwerfen.

In einem merkwürdigen Winkel landet er auf mir, sodass seine Knie links und rechts von mir auf dem Boden landen und mir alle Luft aus der Lunge weicht.

»Das lief nicht ganz nach Plan«, stoße ich ächzend hervor.

»Ach was.« Sein harter Körper reibt an meiner Haut entlang, als er sich auf die Ellbogen stützt. »Was zur Hölle hast du dir dabei gedacht?« Er mustert einen Kratzer an seinem Arm, scheinbar ohne zu bemerken, dass er mir die Luft abschnürt.

Angestrengt atme ich ein. »Ich glaube, ich habe gar nicht gedacht.«

»Wo hast du das überhaupt gelernt?«

»Als wir nach Los Angeles gezogen sind, hat uns Willow zu einem Selbstverteidigungskurs angemeldet.« Ich tippe ihm an den Arm. »Wenn es dir nichts ausmacht, könntest du jetzt von mir runtergehen? Ich glaube, mein linker Lungenflügel ist kollabiert.«

Er flucht leise. »Sorry.«

Hitze breitet sich von meinen Wangen bis in meine Zehen aus, als sein Körper meinen noch ein letztes Mal streift, bevor er aufspringt und seine Waffe aufhebt.

»Wir könnten einen Waffenstillstand beschließen«, schlage ich vor.

Er hebt seine Hand, sodass ich in den Lauf der Spielzeugwaffe starre.

»Du willst mich ernsthaft erledigen?«

Er lächelt nicht, aber sein Blick wird ein wenig weicher. »Nimm's nicht persönlich.« Sein Finger ruht auf dem Abzug.

»Ich rette dich, Ellie!«, brüllt in diesem Moment Nico vom anderen Ende des Feldes.

»Zum Glück kann ich mich wenigstens auf *einen* Lopez verlassen.«

Nico stürmt auf seinen Vater zu, doch schafft er es leider nicht rechtzeitig, mich vor der Schaumstoffpatrone zu retten, die mich mitten in die Brust trifft.

»Nein!«, ruft Nico, als er seine Waffe hebt und auf seinen Vater schießt. »Angriff!«

Hunderte Schaumstoffpfeile treffen Rafael zur gleichen Zeit aus allen Richtungen, als Nicos zwanzig Freundinnen und Freunde ihre Waffen zum Einsatz bringen.

Er flucht leise, während mir ein Lachen entfährt.

Rafaels dunkler Blick landet auf meinen Lippen. »Du findest das witzig?«

Als ihn ein weiterer Schaumstoffpfeil an der Stirn trifft, entfährt mir erneut ein Lachen.

Da zieht mich Rafael urplötzlich hoch in seine Arme und hält mich schützend vor sich wie einen menschlichen Schild.

»Nicht mehr schießen!«, ruft Nico den anderen Kindern zu, die jedoch nicht auf ihn hören.

Ein Hagel Pfeile geht auf mich nieder. »Autsch!«

Ich spüre Rafaels Lippen an meinem Ohr. »Auf einmal ist es nicht mehr so witzig, was?«

Angesichts der Berührung verspüre ich ein Kribbeln im Bauch. *Was kommt als Nächstes – eine wohlige Gänsehaut während Geiselverhandlungen? Reiß dich gefälligst zusammen, Ellie!*

»Du hast deinen Standpunkt klargemacht. Jetzt lass mich los!«

»Sobald sie aufgehört haben zu schießen.«

»Und ich hab dich für einen Gentleman gehalten.«

»Das war eindeutig ein Fehler.« Rafael hebt mich leicht vom Boden an und verbirgt sein Gesicht hinter meinem Rücken.

Ich versuche, mich aus seinem Griff zu befreien, doch seine Arme liegen wie Stahlketten um meine Taille.

»Stopp! Du tust ihr weh!«, ruft Nico panisch.

Eilig winde ich mich aus Rafaels Griff, jedoch nur, weil mein Hintern gegen etwas reibt, das ich definitiv nicht berühren sollte. Etwas, das sich viel größer und viel härter anfühlt als erwartet.

Oh Shit!

Wir beginnen beide, zur gleichen Zeit zu sprechen.

»Du hast …«

»Ich hab nicht …«

Keiner von uns hat die Chance, seinen Satz zu beenden, da Nico zu mir eilt und die Arme um mich schlingt. »Es tut mir leid, Ellie. Sie wollten nicht auf mich hören, als ich ihnen gesagt habe, dass sie aufhören sollen.«

Ich streiche ihm durch sein verschwitztes Haar. »Es ist nicht deine Schuld, dass dein Dad mich als Schutzschild benutzt hat.«

Nico funkelt seinen Vater an. »Warum hast du das getan?«

Rafael zuckt mit den Schultern. »Sie hat gelacht, als alle auf mich geschossen haben.«

»Wie alt bist du? Fünf?«, fragt Nico.

Ich halte ihm meine Faust für einen Fist-Bump hin. »Ganz deiner Meinung.«

Als ich in der Erwartung zu Rafael hochschaue, dass er uns wie immer böse anfunkelt, stelle ich schockiert fest, dass er gelassen wirkt. Sogar erleichtert. Ich würde zwar nicht so weit gehen, zu behaupten, dass er glücklich aussieht, aber auch nicht so, als würde er jeden Moment vor Eifersucht explodieren. Nur allzu gern würde ich in Erfahrung bringen, was diesen Sinneswandel in ihm ausgelöst hat, aber dazu bekomme ich keine Chance, denn Nico zieht mich von seinem Vater weg und verkündet, dass er mich für den Rest des Tages beschützen wird.

KAPITEL ACHTZEHN
RAFAEL

Mir war nicht bewusst, wie sehr ich mich danach gesehnt habe, Nicos Lachen zu hören. Und ebenso wenig, wie wichtig es mir ist, dass er mir ein unbekümmertes Lächeln schenkt, ohne dass ihm das Gewicht meiner Traurigkeit auf den schmalen Schultern lastet. Zu dem Zeitpunkt, zu dem wir bereit sind, seinen Kuchen anzuschneiden, hat Nico mich dreimal angelächelt und zweimal angelacht, was mehr ist als in den letzten zwei Monaten zusammen.

Ich bin so verblüfft über seine gute Laune, dass mir nicht auffällt, dass Ellie auf mich zukommt, ehe es zu spät ist. In einem Moment schieße ich ein Foto von Nico und seinen Gästen, und im nächsten drückt sie mir ein riesiges Stück Torte ins Gesicht.

Nicos lautes Gelächter schockiert mich beinahe genauso sehr wie die Tatsache, dass Ellie mich albern angrinst.

Nico weiß, wie sehr es mir missfällt, Essen zu verschwenden, aber der Klang seines Lachens lässt meine Wut verpuffen. Ich reibe mir übers Gesicht, um wieder etwas sehen zu können, was die Sache jedoch nur noch schlimmer macht.

Ellie schneidet eine Grimasse. »Das war Nicos einziger Wunsch zu seinem Geburtstag.«

»Ach wirklich?« Ich werfe meinem Sohn einen gespielt wütenden Blick zu.

Er krümmt sich so sehr vor lachen, dass sein Kopf bereits rot angelaufen ist.

»Du hast da etwas, genau dort …« Ellie hebt die Hand und schmiert mir einen Klecks orange-blaue Glasur von der Wange in meinen dichten Bart. »Ups.«

Unter ihrer Berührung bin ich derart erstarrt, dass ich nichts tun kann, außer sie anzusehen. Als sich unsere Blicke treffen, scheint etwas zwischen uns aufzuflammen. Vielleicht das stumme Geständnis, dass wir einander attraktiv finden? Es ist kaum merklich, aber dennoch da. Meine Lippen prickeln, obwohl sie mich nur ganz sanft berührt hat, und ich bin mir ziemlich sicher, dass Ellie genauso empfindet. Ich habe sie schon früher ein paarmal dabei erwischt, wie sie mir hier und da einen verstohlenen Blick zugeworfen hat, aber habe mir nie viel dabei gedacht.

Der Moment ist verstrichen, als Lily an meine Seite tritt und Ellie einen Teller mit einem großen Stück Kuchen hinhält. »Mit Grüßen vom Geburtstagskind.«

Ehe Ellie die Chance hat, Lily den Teller abzunehmen, greife ich danach und schmiere ihr den Kuchen ins Gesicht.

Sie schnappt nach Luft, und im nächsten Moment bricht Nico erneut in lautes Gelächter aus.

Ellie starrt mich schockiert an; Glasur der allerklebrigsten Art sitzt ihr in den hellbraunen Wimpern und an den weichen rosigen Lippen. Sie sieht so witzig aus, dass ich mir ein Lachen nicht verkneifen kann.

Die Gäste, die sich um den Kuchentisch versammelt haben, sind mucksmäuschenstill, und ich spüre, dass mindestens dreißig Blicke auf mich gerichtet sind. Zum Glück sind meine geröteten Wangen unter der Glasur verborgen.

Ellies orange-blaue Augenbrauen schießen in die Höhe.

»Was denn?«, frage ich mit heiserer Stimme.

»Nichts.« Sie schüttelt den Kopf, wobei ein bisschen von der Glasur hinuntertropft.

»Ach, warte. Du hast da was, genau dort …« Mit diesen Worten verteile ich noch mehr von der Glasur auf Ellies Wangen. Als ich mit dem Daumen versehentlich ihre Unterlippe streife, durchzuckt mich ein Blitz.

Ellie atmet scharf ein.

Eilig lasse ich die Hand sinken, als Nico und seine Freunde wieder lachen, und stelle fest, dass mich meine Verwandten mit unterschiedlichen Mienen mustern. Meine Tante trägt ein besorgniserregendes Grinsen zur Schau, während Dahlia und Julian einander etwas zuflüstern, wobei ihre Blicke immer wieder neugierig zu uns huschen.

Mein Gesicht glüht bei der unerwünschten Aufmerksamkeit noch mehr, sodass ich mich eilig wieder zu Ellie umdrehe.

Ihr scheint es nichts auszumachen, dass alle uns anschauen. »Was meinst du?«, fragt sie. »Sollen wir uns an demjenigen rächen, der uns dazu angestiftet hat?«

Ein Lächeln zupft an meinen Mundwinkeln. »Keine schlechte Idee.«

Sie schmunzelt. »Du schnappst ihn dir, und ich hole den Kuchen?«

Ich nicke.

Mit beeindruckender Geschwindigkeit nimmt Ellie ein Stück Kuchen vom Tisch, während ich meine Arme um Nico schlinge und ihn an meine Brust ziehe.

»Nein!«, ruft er und windet sich wild in meinem Griff. »Es tut mir leid!«

Mit einem Mal frage ich mich, warum ich Zeit damit verschwendet habe, eifersüchtig auf das gute Verhältnis zu sein, das Ellie zu meinem Sohn hat, obwohl ich stattdessen schon die ganze Zeit ein Teil davon hätte sein können. Es hat nie etwas dagegengesprochen, mit ihr und Nico gemeinsam Dinge zu unternehmen, aber mit meinem Verhalten habe ich das unmöglich gemacht.

Ab jetzt wird sich alles ändern. Natürlich werden meine Probleme mit Nico nicht wie von Zauberhand verschwinden, nur weil wir eine gelungene Geburtstagsparty für ihn geschmissen haben, aber es ist ein guter Anfang. Vor allem aber habe ich meine Eifersucht hinter mir gelassen und weiß nun zu würdigen, dass Ellie so ein gutes Verhältnis zu meinem Sohn hat. Die Bindung, die die beiden zueinander aufgebaut haben, ist aufrichtig.

»*¡Papi!*«, quietscht Nico.

Ellie stößt ein leises Lachen aus, das ich eher *spüre* als höre, denn angesichts des Klanges wird meine Brust warm und kribbelt.

Wir wechseln einen weiteren Blick, obwohl ich mich diesmal eilig darum bemühe, meine wahren Empfindungen zu verbergen. Schließlich habe ich nicht einmal das Recht dazu, *irgendetwas* zu fühlen, denn sie ist Nicos Nanny. Ich darf mich niemals auf sie einlassen, ganz egal, wie sehr mein Herz in ihrer Gegenwart ins Stolpern gerät.

Glücklicherweise scheint Ellie mein inneres Dilemma nicht zu bemerken, denn sie drückt Nico vergnügt den Pappteller ins Gesicht und schenkt mir ein weiteres hinreißendes Lächeln, das einen Mann in die Knie zwingen könnte.

Und ich fürchte, dass *ich* dieser Mann sein werde, wenn ich nicht vorsichtig bin.

Ohne dass ich sie darum bitten muss, helfen mir meine Verwandten beim Aufräumen, nachdem alle Gäste gegangen sind. Lily kümmert sich um das übrig gebliebene Essen, während Julian, seine Mom und ich sauber machen. Ehe Ellie die Chance hatte, nach einem Müllsack zu greifen, hat Dahlia gefragt, ob sie mit ihr in die Scheune gehen und ihr erklären könne, was die Tiere benötigen, während wir im Urlaub sind. Eigentlich möchte ich meiner Familie die Aufgabe, sich um die Tiere zu kümmern, nicht aufbürden, aber sie wollten nicht, dass ich irgendjemand anderes frage. Normalerweise bin ich kein Typ, der Wetten eingeht, aber ich gebe Dahlia höchstens eine Woche, bevor sie das Designerhandtuch schmeißt und Julian bittet, für sie die Ställe auszumisten.

Als das Handy in meiner Tasche vibriert, setze ich den Müllsack ab und schaue nach, wer mir geschrieben hat. Sobald ich den Namen lese, ist meine gute Stimmung dahin.

Hillary: *Richte Nico aus, dass es mir leidtut, dass ich heute nicht kommen konnte.*

Die nächste Nachricht besteht aus einem digitalen Gutschein für Nicos Lieblings-Sneakers-Laden.

Am liebsten würde ich toben und brüllen und mein Smartphone in den Teich hinter dem Haus werfen. Stattdessen tippe ich eine höfliche Antwort.

Ich: *Es gibt ja noch das Erdbeerfest nächsten Monat.*

Hillary hat mir versichert, dass sie kommen wird, da Nico ein Musikstück für den ganzen Ort zum Besten geben wird, doch ich bin skeptisch. Schließlich sagt sie bei jedem Anlass zu, nur um dann kurz vorher eine Ausrede zu finden.

Hillary: *Hab meinen Flug schon gebucht.*

Ich: *Super.*

Ich schiebe das Handy zurück in meine Hosentasche und mache mich wieder ans Aufräumen. Julian wirft mir zwar ein paar besorgte Blicke zu, aber ich wende mich ab und kämpfe gegen meine brennende Wut an, bis kaum noch etwas davon übrig ist. Ich wusste, dass Nicos Mom heute nicht auftauchen würde, aber er hat darauf gehofft.

So wie *immer*.

Nico ist zu jung und liebt seine Mutter zu sehr, um zu erkennen, wie sie wirklich ist, und ich würde in seiner Gegenwart niemals ein böses Wort über sie verlieren. Eines Tages wird er die Wahrheit erfahren, und ich werde bereitstehen, um sein gebrochenes Herz zusammenzuflicken. Im Gegensatz zu meinem gutmütigen, empfindsamen Sohn musste ich auf die harte Tour lernen, dass ich auf nichts, was meiner Ex-Frau über die Lippen kommt, bauen kann. Sie ist die Mutter meines Kindes, deshalb werde ich niemals so hart zu ihr sein, wie sie es verdient hätte, aber ich werde sie auch nie wieder so nahe an mich heranlassen, dass sie mich noch einmal verletzen könnte.

Das gilt auch für alle anderen Frauen, die ich auf Abstand halte, um jegliche Intimität zu vermeiden.

Einsam ist man immer nur zeitweise, aber ein gebrochenes Herz? Dieser Schmerz kann ein ganzes Leben andauern.

KAPITEL NEUNZEHN
ELLIE

Nach der Party bittet mich Dahlia, ihr in der Scheune zu erklären, was die Tiere brauchen, während wir im Urlaub sind. Obwohl Rafael darüber nachgedacht hat, jemanden für diesen Job einzustellen, um niemandem zur Last zu fallen, haben seine Verwandten das nicht zugelassen, sondern darauf beharrt, dass die Tiere zur Familie gehörten.

Dahlia kennt bereits Penelope, ein Rennpferd, das wegen einer Verletzung beinahe eingeschläfert worden wäre, also mache ich die beiden nicht miteinander bekannt, sondern erkläre direkt, welche Pflege es benötigt.

Penelope ist das einzige Tier, dem ich keinen neuen Namen gegeben habe, hauptsächlich weil sie alle Einfälle, die ich hatte, gehasst hat. Mittlerweile weiß ich, dass Pferde recht eigensinnige Tiere sind.

Als wir zu den nächsten Stallboxen kommen, deute ich auf die dunkelbraune Ziege. »Jack D fürchtet sich vor lauten Geräuschen. Wenn er eins hört, könnte er ohnmächtig werden.«

Daliah reißt erschrocken die Augen auf.

»Es ist nicht so schlimm, wie es klingt.« Ich zeige auf die anderen beiden Ziegen. »Johnny W und Jimmy B mögen es nicht, getrennt voneinander zu sein. Achte darauf, dass du sie in der gleichen Box schlafen lässt, sonst halten sie alle anderen Tiere wach, indem sie ihre Köpfe gegen die Stallwände rammen.« Die drei Ziegen sind erst seit einem Monat hier, nachdem Rafael sie vor ihrem grausamen Besitzer gerettet hat, der sie in ihren engen Ställen zurückgelassen hatte, um sie verenden zu lassen. Hier sorgen sie umso nachdrücklicher dafür, dass sie niemand übersieht.

Dahlia unterdrückt ein Lachen. »Wie kannst du sie auseinanderhalten?«

»Johnny dort drüben hat ein paar Schläge zu viel auf den Kopf abbekommen, deshalb hält sich Jimmy stets in seiner Nähe auf, um auf ihn achtzugeben. Beide haben die gleichen weißen Flecken auf ihrem rechten und linken Bein, während Jack einen weißen Fleck zwischen den Hörnern hat.«

»Hat Rafa ihnen die Namen gegeben?«

»Nein, das war ich. Er hat sie immer nur Ziege eins, zwei und drei genannt.«

»Dann bist du also eine Whiskytrinkerin?«

Ich rümpfe die Nase. »Nicht wirklich, aber mein Stiefvater mag das Zeug.«

Als Nächstes stelle ich Daliah Jose, Patron und Julio vor, die drei Hängebauchschweine, die Rafael aufgenommen hat, kurz nachdem ich angefangen hatte, für ihn zu arbeiten. Als er sie gerettet hat, war ich zum ersten Mal mit Nico über Nacht allein, denn Rafael musste ein paar Orte weiter fahren, um die Schweine und Bacardi, das kleinste Schaf aller Zeiten, abzuholen.

»Was ist seine Geschichte?« Dahlia kniet sich vor dem scheuen Schaf hin.

»Ein Unfall auf der Schaffarm.« Mein Herz zieht sich zusammen, als ich die vielen Narben betrachte, die auf seinem Körper verteilt sind.

Dahlias Unterlippe bebt. »Erinnere mich daran, dass ich niemals wieder Wolle kaufe.«

Ich schenke ihr ein beruhigendes Lächeln. »Rafael arbeitet daran, die Farm schließen zu lassen und ein neues Zuhause für die anderen Schafe zu finden, aber ist dabei auf ein paar rechtliche Probleme gestoßen.«

Dahlia erhebt sich und klopft sich einige Halme Heu von der Kleidung. »Ich bin überrascht, dass er bei seinem Arbeitspensum überhaupt Zeit für so etwas findet.«

»Nur weil es ihm wichtig ist.«

Ihr Blick wird weich. »Das weiß ich. Schon als Kind wollte er immer alle streunenden Katzen retten.«

»Wirklich?«

»Oh ja. Josefina hat es gehasst.«

»Warum?«

»Sie mag keine Katzen.«

Ich rümpfe die Nase. »Im Ernst?«

»Ja, aber das hat Rafa nicht davon abgehalten, die Katzen zu füttern, wenn sie schlief.«

Ich lache auf. »Ich wusste nicht, dass er sich damals schon verlassener Tiere angenommen hat.«

Dahlia blickt auf Bacardi hinab. »Ich glaube, er kann sich mit ihnen identifizieren.«

Mein Herz zieht sich zusammen. »Inwiefern?«

»Das ist eine Geschichte, die er dir selbst erzählen muss.« Sie macht einen Schritt auf die nächste Box zu und wechselt das Thema, als hätte sie nicht gerade etwas von Rafael offenbart, das ich noch nicht wusste.

Mir war klar, dass er ein Herz für Tiere hat – schließlich hat er von Anfang an deutlich gemacht, dass es auch zu meinen Aufgaben zählen würde, mich um sie zu kümmern –, aber ich habe mich nie gefragt, warum es ihm so wichtig ist, misshandelte Tiere aufzunehmen. Ich bin immer davon ausgegangen, dass er eine Dokumentation oder so etwas gesehen hat, aber Dahlias Bemerkung deutet auf etwas Tiefgründigeres hin. Etwas, das ich gern in Erfahrung bringen würde, wenn ich nur den Mann, der sein weiches Herz unter einer Eisschicht verbirgt, besser kennenlernen könnte.

Ich glaube, er kann sich mit ihnen identifizieren.

Alle wissen, dass Rafael von Julians Eltern adoptiert wurde, aber der Grund dafür ist nicht bekannt. Natürlich gibt es viele Spekulationen über seine Kindheit, doch ich habe mich nie viel mit dem Gerede der Leute im Ort befasst. Als Teenager konnte ich kaum im selben Raum mit ihm sein, ohne zu erröten. Und erst recht hätte ich mir keine Geschichten über ihn anhören können, ohne dass man mir angemerkt hätte, wie sehr ich in ihn verknallt war.

Doch auch wenn ich nicht mehr das schüchterne, unbeholfene Mädchen von damals bin, heißt das noch lange nicht, dass der Mann mit der tragischen Vergangenheit und der Liebe für ausgesetzte Tiere mich kaltlässt.

Normalerweise arbeite ich sonntags, aber Rafael hat mir freigegeben, weil ich mich bereits mit Cole auf einen Kaffee verabredet hatte.

Cole hat vorab angeboten, im Angry Rooster etwas für uns zu bestellen, also gehe ich an der Theke vorbei und schaue mich im gesamten Café nach ihm um. Als ich ihn nirgends entdecken kann, hole ich mein Handy hervor, um ihm zu schreiben.

Ich: *Hey. Bist du schon hier?*

Seine Antwort kommt sofort.

Cole: *Ich hab mich durch die Hintertür nach draußen geschlichen.*

Ich: *Bitte sag mir, dass du einen guten Grund hast, dich neben den Mülltonnen rumzudrücken.*

Cole: *Jemand hat mich erkannt, und ich hab Panik bekommen.*

Cole: *Ich schwöre.*

Erleichtert stoße ich die Luft aus und bewege mich auf den Hinterausgang zu. Ich habe nicht viel Zeit mit Celebritys verbracht, seit Ava mich hat sitzen lassen, nachdem sie erfolgreich geworden ist; aber ich kann mir gut vorstellen, wie es sich anfühlen muss, besonders für jemanden wie Cole, der schon berühmt zur Welt gekommen ist.

Als ich die Tür aufstoße, stelle ich fest, dass er mit einer Baseballkappe, die er sich tief ins Gesicht gezogen hat, und einer Sonnenbrille auf der Nase an der Wand lehnt.

Er hat zwei Becher in der Hand, von denen er mir einen hinhält. »Du wolltest Iced Chai Latte, richtig?«

»Danke.« Ich nehme ihm den Becher ab und trinke einen großen Schluck. »Wenn ich gewusst hätte, dass du nicht gesehen werden willst, hätte ich einen anderen Treffpunkt vorgeschlagen.«

Er verzieht das Gesicht. »Ich hab nicht damit gerechnet, dass mich die Leute erkennen.«

Ich kann ein Lachen nicht unterdrücken. »Machst du Witze?«

»Mein Agent meinte, hier würde es niemanden interessieren, wer ich bin.«

Ich sehe ihm fest in die Augen. »Dir ist schon klar, wie berühmt du bist?«

Obwohl Coles Eltern bekannte Rockstars sind, hat er sich selbst einen Namen in der Indie-Folk-Szene gemacht. Seine Musik unterscheidet sich leicht von Avas Stil, auch wenn sie oft in den gleichen Playlists auftauchen und für die gleichen Preise nominiert werden. Den letzten Award für Album of the Year hat Ava gewonnen, nicht er.

»Das ist schwer zu vergessen.«

»Es muss manchmal nerven.«

»Ja, definitiv, aber dann erinnere ich mich an die vielen guten Dinge, die ein Job wie meiner mit sich bringt.«

»Zum Beispiel?«

»Über meine Songs mit Leuten in Verbindung zu treten. Dafür zu sorgen, dass sich Menschen verstanden fühlen, wenn sie meine Texte hören.«

»Das ist das Beste.« Meine Mundwinkel heben sich wie von selbst.

Sein Lächeln ist freundlich. »Ich wusste, dass du es verstehen würdest.«

»Ja.« Ich richte den Blick in die Ferne.

»Also … Ich weiß, du hast gesagt, dass du keine Songs mehr schreibst. Kann ich dich irgendwie davon überzeugen, es doch noch mal zu versuchen?«

Ich hatte schon im Gefühl, dass dies der Grund ist, warum er sich mit mir treffen wollte, aber ein kleiner Teil von mir hat gehofft, dass ich das Thema noch ein wenig länger ruhen lassen kann. »Ich hab schon keine Songs mehr geschrieben, seit …« Ich kann den Satz nicht beenden.

Silver Scars ist das letzte Lied, das ich geschrieben habe, bevor Avas Musikproduzent und damals neuer Freund, Darius Larkin, meine Karriere ruiniert hat. Es war der einzige Song, der auf meinen eigenen Erfahrungen basierte, und das ist auch der Grund, aus dem ich Ava und Darius darum gebeten habe, sämtliche Spuren davon von ihren Computern zu löschen. Ich wollte nicht, dass alle Welt erfährt, wie ich mich selbst sehe, und die Geschichte hinter meinen Narben herausfindet. Die Vorstellung, dass jemand anderes darüber singen könnte, gefiel mir ebenso wenig, selbst wenn diese Person damals meine beste Freundin war. *Silver Scars* war und wird immer *meine* Geschichte bleiben, und nichts hätte mich davon überzeugen können, den Song Ava zu überlassen. Zumindest kann ich nachts ein bisschen besser schlafen, seit ich weiß, dass das Lied von ihrer Festplatte gelöscht wurde.

Coles Augen sind hinter seiner Sonnenbrille verborgen, aber ich spüre, dass er den Blick über mein Gesicht wandern lässt. »Ich weiß nicht, ob du davon gehört hast, aber ich hab vor Kurzem meine Co-Writerin verloren.«

Ich lege mir eine Hand ans Herz. »Phoebe ist etwas zugestoßen?«

Alle, die Coles Musik kennen, kennen auch Phoebe, seine langjährige Freundin, mit der er Songs schreibt. Sie werden immer als das Power-Couple der Musikindustrie bezeichnet.

Der Plastikbecher in seiner Hand knackt unter seinem festen Griff. »Wir haben beschlossen, getrennte Wege zu gehen.«

»Was? Warum? Sie war grandios!«

Er lacht bitter auf. »Ja, das hab ich auch gedacht. Bis sie mit einem anderen in die Kiste gehüpft ist.«

Mir bleibt der Mund offen stehen. »Sie hat *dich* betrogen?«

Alle wissen, wie sehr Cole sie geliebt hat. Jedes Mal, wenn er in Interviews auf sie angesprochen wurde, hat er gestrahlt.

»Verdammt«, murmele ich. Kein Wunder, dass er ihre gemeinsame Gitarre einem Secondhandshop gespendet hat.

Er nimmt einen großen Schluck durch seinen Strohhalm. »Jepp.«

Es ist unfassbar. Ich denke an die letzten Schlagzeilen zurück, die Cole als untreuen Freund dargestellt haben, der auf dem besten Weg war, seine Beziehung zu ruinieren.

Am Ende ist es also Phoebe gewesen, die eine Affäre hatte, nicht er.

»Der positive Schwangerschaftstest hat für mich das Fass zum Überlaufen gebracht.«

Fast spucke ich meinen Chai Latte aus. »Du wirst Vater?«

»Verdammt, nein. Zu dem Zeitpunkt war ich auf Tour.«

»Scheiße.«

»Kann man so sagen.«

»Tut mir leid.«

»Hast du genug Mitleid, um mir beim Songschreiben zu helfen?«

Ich lache über seine Dreistigkeit. »Nein, aber netter Versuch.«

»Und wenn ich dich dafür bezahle?«

»Ich hab schon einen Job.« Die Ausrede ist schwach, vor allem, weil ich Songs schreiben und trotzdem Nicos Nanny bleiben könnte, aber das heißt noch lange nicht, dass ich dazu verpflichtet bin. Manche Träume, die zerbrochen sind, lassen sich nicht wieder zurückholen.

»Liegt es daran, dass Ava Rhodes deine Songs gestohlen hat?«, fragt er geradeheraus.

Ich zucke zusammen. »Das hab ich nie behauptet.«

»Ich weiß, aber ich hab gestern ein bisschen recherchiert und ein paar Dinge in Erfahrung gebracht.«

Ich sehe ihn eindringlich an. »Das ist eine ganz schön dreiste Behauptung, die du da aufstellst.«

Er hebt eine Augenbraue. »Und dennoch streitest du sie nicht ab.«

Mir fehlen die Worte.

Er nimmt die Sonnenbrille ab, sodass ich endlich seine Augen sehen kann. »Ich könnte dich mit der richtigen Person bekannt machen, damit du die Anerkennung erhältst, die du verdienst.«

Die Welt um mich herum scheint stillzustehen, während ich seine Worte verarbeite. »Das ist Wahnsinn.«

»Vielleicht, aber es ist dein gutes Recht.«

Ich habe mich selbst schon mit Anwälten in Verbindung gesetzt, aber sie haben mir allesamt die gleiche Antwort gegeben. *Die Chancen stehen schlecht.* Nachdem ich zum dritten Mal abgewiesen worden war, habe ich die Hoffnung aufgegeben, jemals als Urheberin für meine Songs genannt zu werden und Tantiemen zu bekommen. Wenn Cole jemanden an der Hand hat, der mir helfen könnte, ist es vielleicht einen Versuch wert, selbst wenn es am Ende wieder zu nichts führt.

»Und wen hast du im Sinn?«, frage ich.

»Die beste Anwältin der Musikindustrie, die kein Problem damit hat, es mit jemandem wie Ava aufzunehmen.«

»Ich dachte, das wäre unmöglich.«

»Vielleicht hast du dich getäuscht.«

»Lass mich raten – du hilfst mir nur, wenn ich dir helfe.« Die Verbitterung in meiner Stimme überrascht uns beide.

Er schüttelt den Kopf. »Ganz gleich, was die Leute über mich sagen, ich bin kein Arschloch. Wenn du die Kontaktdaten der Anwältin haben möchtest, gebe ich sie dir, ohne eine Gegenleistung zu erwarten.«

»Wirklich?«

»Ja.«

»Beweise es.«

Er holt sein Handy aus der Tasche, entsperrt es und tippt auf das Display.

Zehn Sekunden später habe ich eine neue Nachricht, die ich öffne, nur um sicherzugehen.

»Vertraust du mir immer noch nicht?« Er schmunzelt.

Mein Griff um das Handy festigt sich. »Ich bin ein gebranntes Kind.«

»Das verstehe ich.«

»Danke.« Ich habe Mühe, das Wort über die Lippen zu bekommen, da meine Kehle mit einem Mal wie zugeschnürt ist.

»Kein Ding. Es ist das Mindeste, was ich tun kann, nachdem du dich bereit erklärt hast, dich mit mir zu treffen und dir meinen Vorschlag anzuhören. Falls du deine Meinung änderst, was das Songschreiben anbelangt, texte mir einfach.« Er nickt mir zu und entfernt sich in Richtung Main Street.

Und ich bleibe mit einem schweren Gefühl in der Brust zurück, das nicht verschwinden will.

Willow springt von ihrer Couch auf. »Was soll das heißen, Cole Griffin hat dir einen Job angeboten, und du hast Nein gesagt? Bist du nicht mehr ganz bei Trost?«

»Sie ist genauso langweilig wie der Rest dieses Ortes.« Lorenzo schaut von seinem Handy auf – zum ersten Mal an diesem Nachmittag – und beehrt uns endlich mit seiner Aufmerksamkeit.

Diese Unterhaltung vor ihm zu führen, war nicht die cleverste Entscheidung, aber ich will unbedingt die Meinung einer anderen Person dazu hören. Willow und meine Eltern sind die einzigen Menschen, denen ich von Avas Betrug erzählt habe.

Als ich Lorenzo den Mittelfinger zeige, zuckt er nur mit den Schultern und tippt wieder auf seinem Handy herum, wobei er ignoriert, dass Willow ihm einen tödlichen Blick zuwirft. Ich dachte, er würde mir seine Meinung zu meinem Problem mit Ava verraten, aber das scheint eindeutig nicht der Fall zu sein.

Willows Blick wird weicher, als sie ihn mir zuwendet. »Du musst ihn anrufen und fragen, ob das Angebot noch steht. Und zwar sofort, bevor er es sich anders überlegt oder sich eine Alternative sucht.«

»Nein.«

»Warum nicht?«

Je länger ich über Coles Angebot nachdenke, desto lieber möchte ich es tatsächlich akzeptieren – zumindest so lange, bis mich meine Angst einholt und ich mich an meine Vergangenheit erinnere.

»Ich habe seit einem Jahr keinen ganzen Song mehr geschrieben«, erwidere ich.

»Du hattest auch keinen guten Grund dazu«, gibt sie zu bedenken.

»Ich will nicht als One-Hit-Wonder enden.«

»Genau genommen hattest du schon vierzehn Hits und drei Songs, die Dreifach-Platin erreicht haben, also ist das gar nicht mehr möglich«, wirft Lorenzo sachlich ein, ohne aufzuschauen.

Willow bleibt der Mund offen stehen. »Woher weißt du das?«

Er wedelt mit seinem Handy in der Luft herum. »Aus dem Internet.«

Schnaufend lasse ich mich auf das abgenutzte Ledersofa fallen. »Okay, aber es gibt keine Garantie, dass ich es noch mal schaffe.«

Willow sieht mich an. »Das wirst du nie wissen, wenn du es nicht versuchst.«

»Ich …«

Lorenzos Lächeln wirkt einstudiert und erreicht nie seine kalten, leeren Augen. »Wollt ihr meine Meinung hören?«

Willow und ich antworten zur gleichen Zeit mit Nein, was uns einen finsteren Blick einbringt.

»Ich versuche nur, nett zu sein«, sagt er mit dermaßen tonloser Stimme, dass sich mir die Nackenhaare aufstellen.

»Hör bitte damit auf«, erwidere ich. »Ich weiß, dass du in Wahrheit keine Lust hast, anderen zu helfen.«

Auch wenn ich Lorenzo noch nicht lange kenne, weiß ich, dass er keine Ratschläge erteilt, um einfach nett zu sein. Willow und mich toleriert er nur, weil es nicht anders geht. Er hat uns bereits daran erinnert, dass wir keine Freunde sind, obwohl man das fast annehmen könnte, so oft, wie er hier abhängt. Am Anfang habe ich mir Sorgen gemacht, dass er an Willow interessiert sein könnte, aber schon nach kurzer Zeit habe ich erkannt, dass die Dynamik zwischen den beiden alles andere als romantisch ist. Er behandelt sie wie eine nervige kleine Schwester, und sie nennt ihn ihren lange verloren geglaubten vierten Bruder. Lorenzo ist eindeutig einsam und sehnt sich nach Gesellschaft. Dass wir diejenigen sind, die ihm genau diesen Wunsch erfüllen können, würde er allerdings niemals zugeben.

Nun verengt er die Augen. »Du willst nur, dass ich die Klappe halte, weil Willow zu nett ist, um dir zu sagen, dass du Blödsinn redest.«

Genauso gut hätte er mich ohrfeigen können.

»Wie bitte?«

»Ich vermute, dass es ziemlich einfach war, Cole abzuweisen. Wahrscheinlich genauso einfach, wie aus L.A. wegzulaufen, wenn wir ehrlich sind.«

Willow reißt die Augen auf. »Whoa! Lass uns keine voreiligen ...«

»Du weißt nichts über mich«, unterbreche ich sie.

»Ich sag's dir nur ungern, aber du bist nicht so komplex und geheimnisvoll, wie du es gerne hättest, auch wenn ihr Künstlertypen euch gern so darstellt.« Er zupft sich einen unsichtbaren Fussel von der Hose und schnippt ihn weg. »Das macht die Musik glaubwürdiger, nehme ich an.«

Ich koche vor Wut. »Du bist so ein Arschloch.«

»Immer noch besser als ein Feigling.«

Ich springe auf und zeige mit dem Finger auf ihn. »Ich bin kein Feigling.«

»Warum hast du Coles Angebot dann abgelehnt?«

Verzweifelt werfe ich meine Hände in die Luft. »Weil ich Angst habe!«

Er stößt einen zufriedenen Laut aus und wendet sich wieder seinem Handy zu, als hätte er mich nicht gerade dazu bewegt, die Wahrheit einzugestehen.

Sosehr ich Lorenzo auch dafür hasse, dass er mich in die Enge getrieben hat, muss ich gestehen, dass ich tatsächlich ein Feigling bin.

Ich fürchte mich davor, mich wieder der Welt zu stellen und erneut verletzt zu werden.

»Es ist okay, Angst zu haben«, merkt Willow an, »nachdem Darius dich ausgenutzt – nein, dich belästigt – hat. Es war dein gutes Recht, der Musikszene den Rücken zu kehren.«

Lorenzos Nasenflügel blähen sich. »Er hat *was* getan?«

»Nicht so wie du denkst«, erwidere ich mit fester Stimme, die keinen Raum für Spekulationen lässt.

Willow formt ein stummes *Sorry* mit den Lippen, ehe sie fortfährt. »Cole scheint ein netter Kerl zu sein.«

Ich lasse den Kopf hängen. »Das hab ich auch von Darius gedacht.«

Lorenzo kneift erneut misstrauisch die Augen zusammen, doch zum Glück stellt er keine weiteren Fragen über ihn.

»Aber mittlerweile bist du schlauer. Du weißt, nach welchen Warnsignalen du Ausschau halten musst. Und du bist stark genug, um die Sache jederzeit abzublasen.«

»Ich weiß nicht recht«, entgegne ich mit einem Seufzen.

Willow zieht mich in eine Umarmung. »Lass nicht zu, dass dir deine Angst aus der Vergangenheit die Zukunft raubt, die du dir wünschst.«

»Ist ja nicht so, als *wollte* ich Angst haben.«

»Das will niemand.«

»Aber ich denke immer wieder ... Was, wenn ich nicht gut genug bin?«

Willow lässt mich mit einem Schnauben los. »Als könntest du jemals einen schlechten Song schreiben.« Ich schaue sie skeptisch an, woraufhin sie grinsend hinzufügt: »Abgesehen von denen aus Highschool-Zeiten.«

»Vielleicht findet Cole das, was ich schreibe, nicht gut.« Willow schenkt mir ein kleines, aber festes Lächeln. »Das wirst du nie in Erfahrung bringen, wenn du es nicht wagst, das Risiko einzugehen.«

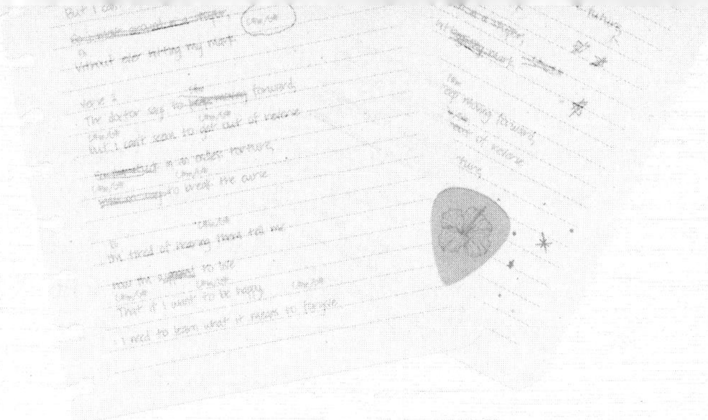

KAPITEL ZWANZIG
ELLIE

In meinem ganzen Leben bin ich erst zweimal geflogen, und beide Male stand mir kalter Schweiß auf der Stirn, mein Magen hat rebelliert, und ich habe die ganze Zeit über verkrampft die Zähne zusammengebissen. Meine Flugangst stand mir selten im Weg, da unsere Familienurlaube immer an Orten stattgefunden haben, die man mit dem Auto erreichen konnte.

Nun kann ich es aber nicht mehr länger vermeiden. Willow hat vorgeschlagen, dass ich vor dem Flug etwas zur Beruhigung nehme, doch ich hab nicht den Mut aufgebracht, Rafael zu sagen, dass ich während meiner Arbeitszeiten verschreibungspflichtige Medikamente einnehmen möchte. Ihm meine Angst zu gestehen, wäre mir albern vorgekommen, besonders weil er einen Privatjet besitzt und einen Pass mit unzähligen Stempeln aus den unterschiedlichsten Ländern.

Als ich vorgeschlagen habe, dass ich meinen eigenen Flug buchen und Nico und Rafael den Privatjet überlassen könnte, hat Nico sich erst dagegen ausgesprochen, doch später darauf beharrt, mit mir zu fliegen. Sein Vater hat zwar Einwände erhoben, aber Nico hat nicht nachgegeben – hauptsächlich weil ich ihm anvertraut hatte, dass mir größere Flugzeuge mehr zusagen. Den Grund dafür habe ich nicht preisgegeben, und zum Glück hat er mich nie danach gefragt. Rafael dagegen hat ein paarmal hinterfragt, warum ich nicht im Privatjet mitfliegen möchte, aber ich habe es jedes Mal geschafft, das Thema zu wechseln, ohne ihm eine Antwort geben zu müssen.

Genauso wie heute.

Zum Glück gelingt es Nico, mich von meiner Angst abzulenken und den Fragen seines Vaters zu entgehen, indem er mich im Flughafenterminal hinter sich herzieht. In der kurzen Zeit, seitdem wir auf unseren Flieger warten, waren wir schon in drei Geschäften, wo ich eine überteuerte Packung saurer Gummiwürmer, ein Nackenkissen für den langen Flug, ein Malbuch und eine Fünfziger-Packung Buntstifte gekauft habe.

»Ellie.« Meinen Namen aus Rafaels Mund zu hören, lässt mich immer noch aufhorchen. Mittlerweile sollte ich mich daran gewöhnt haben, dass er mich nicht mehr Eleanor nennt, dennoch rast jedes Mal mein Herz.

Er hält mir mein Ticket hin. »Das hast du im Laden fallen lassen.«

»Ups.« Mit zitternden Fingern greife ich nach der Bordkarte.

»Geht es dir gut?« Er zieht seine Hand zurück, sodass ich ins Leere greife.

»Jepp. Warum sollte es mir nicht gut gehen?« Ich schenke ihm ein verkrampftes Lächeln.

Er mustert mich skeptisch. »Du zitterst.«

»Mir ist kalt.« Ich schlinge die Arme um meinen Körper.

»Und warum schwitzt du dann?«

Wut brodelt in mir hoch. Noch vor wenigen Wochen haben wir die Existenz des anderen ignoriert, und auf einmal erkundigt er sich nach meinem Wohlbefinden, als sei ich ihm tatsächlich wichtig. Wie kann ich ihm schonend beibringen, dass er damit aufhören soll?

Selbst als ich nicht antworte, gibt er keine Ruhe. »Ist dir schlecht oder so?«

»Ellie! Sieh mal, was ich gefunden habe!« Nico, mein Retter in der Not, kommt mit der neusten Ausgabe seines Lieblingscomics auf uns zugestürmt.

»Wow, wo hast du das denn gefunden?« Eilig beginne ich eine Unterhaltung mit ihm; dennoch entgeht mir Rafaels aufmerksamer Blick nicht, der auf mir ruht, während wir Nicos Heft kaufen und den Buchladen verlassen.

Ich bemühe mich, ruhig und gelassen zu bleiben, doch selbst die ermutigenden Nachrichten von Willow und meiner Mom sowie meine stummen Stoßgebete an eine höhere Macht, mich von der überwältigenden Übelkeit zu befreien, sind wirkungslos, als unser Flug aufgerufen wird. Zum Glück macht Rafael keine weitere Bemerkung mehr, auch dann nicht, als ich versehentlich meinen Gitarrenkoffer fallen lasse, doch er sieht mich weiterhin neugierig an, während er an meine Seite tritt, um ihn für mich aufzuheben.

Ich bereue es längst, das Instrument mitgenommen zu haben, aber ich konnte den Gedanken, es zurückzulassen, nicht ertragen – unter anderem, weil ich immer noch nicht sicher bin, ob ich Coles Angebot, ein Lied mit ihm zu schreiben, tatsächlich ausschlagen will. Wer weiß – vielleicht finde ich auf der Reise ja neue Inspiration.

Dass Nico von meinem inneren Kampf nichts mitzubekommen scheint, ist ein Segen, denn ich will auf keinen Fall, dass er sich Sorgen macht. Er geht voran und wirkt, wie er den Koffer hinter sich herrollt und zur gleichen Zeit mit seiner Grandma telefoniert, viel älter als neun.

*»Si, Abuela. Yo te llamo cuando lleguemos.«**

---

* ***Si, Abuela. Yo te llamo cuando lleguemos:*** *Ja, Grandma. Ich rufe dich an, wenn wir angekommen sind.*

Das Herz hämmert mir in der Brust, als Nico der lächelnden Frau vom Bodenpersonal sein Erste-Klasse-Ticket reicht. Obwohl er normalerweise nur mit Rafaels Privatjet fliegt, wirkt er, als hätte er nie etwas anderes getan, während er seine Karte in das vordere Fach seines Mini-Rollkoffers schiebt und die Fluggastbrücke betritt.

Mir dagegen steigt Galle im Hals auf, als mich die Dame zu sich winkt. Meine Füße bewegen sich nicht vom Fleck, mein Körper ist vor Angst wie gelähmt.

Nope. Ich kann das nicht.

Der Gedanke daran, in den Flieger zu steigen und stundenlang mit Hunderten anderen Menschen in dieser engen Metallröhre festzusitzen, wobei ich möglichen Turbulenzen und einem Piloten, den ich nicht kenne, hilflos ausgeliefert bin, scheint mir unmöglich.

»Ma'am?« Die Frau runzelt die Stirn. »Ihre Bordkarte bitte.«

»Ich mach das schon.« Rafael schiebt seine Hand in die Tasche meines Hoodies und ersetzt die kalte Angst in meinem Magen durch Hitze. Zwar befindet sich zwischen seinen Fingern und meiner Haut eine Baumwollschicht, dennoch reagiert mein Körper unmittelbar. »Ganz ruhig atmen«, flüstert er mir ins Ohr, während er der Dame das Ticket hinhält. »Gleich wird es dir besser gehen.«

Ach ja? Im Moment kann ich mir nicht mal annähernd vorstellen, dass es mir irgendwann wieder gut gehen wird.

»Nico wartet auf uns. Siehst du?«, erinnert mich Rafael.

Ich war so mit meiner Panik beschäftigt, dass ich Nico vollkommen vergessen habe. Wir sind noch nicht mal in Hawaii gelandet, und schon vermassele ich alles. Es ist ein Wunder, wenn ich meinen Job nach dem zweiwöchigen Urlaub noch habe.

»Miss, geht es Ihnen gut?«

»Das ist Definitionssache.«

Die Augen der Frau weiten sich.

»Sie macht nur Witze.« Rafael reicht ihr nun sein eigenes Ticket, und schon können wir an Bord des Flugzeugs gehen.

Nur schade, dass meine zitternden Beine nicht kooperieren wollen.

Rafael legt mir eine Hand auf den Rücken und schiebt mich sanft vorwärts. »Ich weiß, dass dieser Teil besonders schwer ist, aber es wird gleich besser.«

Seine warme Handfläche verweilt beruhigend auf meiner Wirbelsäule und erdet mich. Dass Rafael mir Trost spendet, hätte ich niemals für möglich gehalten, aber während eines Flugs würde ich mentale Unterstützung niemals ablehnen.

Sanft schiebt er mich weiter vor, während er mit der anderen Hand unsere beiden Koffer zieht. »Komm schon. Je eher wir im Flieger sind, desto schneller kannst du es dir bequem machen.« Er führt mich durch die scheinbar niemals enden wollende Fluggastbrücke, in der es dank der prallen Junisonne heißer ist als in der Hölle. »Du hast mir nichts davon erzählt, dass du Flugangst hast.«

»Du hast ja auch nicht gefragt.«

»Gutes Argument.«

Sein leises Lachen kitzelt mein Ohr und lässt mir einen wohligen Schauer über den Rücken laufen.

»Jetzt begreife ich auch endlich, warum du nicht in meinem Privatjet fliegen wolltest.«

»Das Ding ist winzig.« Im Vergleich zu dem riesigen Flugzeug, das wir gleich betreten werden, wirkt Rafaels Jet wie eins von Nicos Spielzeugen.

»Es ist nicht besonders nett, einem Mann zu sagen, dass sein Ding winzig ist«, bemerkt er leicht amüsiert.

»Rafael Angelo Lopez. Hast du gerade etwa einen Peniswitz gemacht?« Ich schaue meinen Boss an, dessen Wangen sich augenblicklich rot färben.

»Wie hast du meinen zweiten Namen in Erfahrung gebracht?«

»Genauso wie ich die meisten Dinge in Erfahrung bringe.«

»Meine Tante redet eindeutig zu viel.« Sein Gesicht wird noch röter.

Früher fand ich, dass ein Lächeln von Rafael das Beste war, das mir passieren konnte, aber mittlerweile genieße ich es noch mehr, wenn sich seine Wangen vor Verlegenheit verfärben, besonders wenn ich der Grund dafür bin.

»Hey, ihr lahmen Schnecken! Kommt schon, es ist heiß hier drin«, ruft Nico.

Rafael wird wieder ernst und versetzt mir einen weiteren sanften Stupser.

»Alles okay?« Nico sieht mich besorgt an, als ich es endlich zur Tür des Flugzeugs schaffe. »Ja, mir ist nur ein bisschen schlecht.«

»Oh nein.«

Ich bemühe mich um ein beruhigendes Lächeln. »Aber gleich wird es mir wieder besser gehen.«

»Gut, denn es wird ein sehr langer Flug.« Das Wort *sehr* betont er besonders, was meine Panik wieder schürt.

Als Rafael sieht, dass ich kurz davor bin, erneut die Kontrolle zu verlieren, reibt er mir sanft den Nacken.

Die Geste ist weitaus intimer, als er vermutlich beabsichtigt hat, und mein Herz setzt einen Schlag aus.

Als uns ein Flugbegleiter zuwinkt, packt Nico meine Hand und zieht mich mit sich. »Na los.«

Ich folge ihm, ohne zu protestieren, denn trotz meiner Ängste bin ich bereit, so gut wie alles für Nico Lopez zu tun, auch wenn das bedeutet, dass ich mich zehn Stunden in ein Flugzeug setzen muss.

Während die anderen Passagiere an Bord kommen, redet Nico unaufhörlich auf mich ein.

Ich versuche, mich auf die Unterhaltung einzulassen, denn er hat offenbar längst wieder vergessen, dass mir schlecht ist, bis ich mir meinen verschwitzten Hoodie vom Körper reiße und mir eine Dramamine in den Mund schiebe.

»Ist dir immer noch schlecht?«, fragt er in lautem Flüsterton.

»Ein bisschen.«

»Warum eigentlich?«

Zum Glück bleibt mir dank Rafael eine Antwort erspart. »Nicolas?«, ruft sein Dad vom Sitz hinter mir.

»¿Si Papi?«

»Macht es dir etwas aus, den Platz mit mir zu tauschen?«

Nico runzelt leicht die Stirn. »Äh, warum?«

»Weil sich meine Fensterblende nicht öffnen lässt.«

»Hm.« Nico beugt sich zu mir, um mir ins Ohr zu flüstern: »*Papi* lässt sie gern geöffnet, weil er ein Angsthase ist.«

Dann wird Rafael ziemlich enttäuscht sein, wenn er herausfindet, dass ich meine lieber geschlossen lasse.

»Nico«, sagt Rafael nun eindringlicher.

»Na schön.«

Die beiden stehen auf. Da Rafael vier Tickets gekauft hat, damit er neben niemandem sitzen muss, kann sich Nico auf zwei Plätzen ausbreiten.

»Bitte schnall dich an.« Rafael wartet auf das vertraute Klickgeräusch.

Mein ohnehin schon rasendes Herz droht, mir aus der Brust zu springen, als sich Rafael durch die Lücke zwischen mir und dem Sitz vor mir schiebt. Noch nie in meinem Leben war ich mir der Anwesenheit einer anderen Person derart bewusst.

»Hi«, sagt er, als er neben mir Platz genommen hat.

»Hi.« Ich schaue in seine dunkelbraunen Augen. Wir haben nur sehr selten die Gelegenheit, einander so nahe zu sein, und ich bin mir nicht sicher, wie ich es finde. Einerseits kann ich kaum wegschauen, auf der anderen Seite will ich seinem Blick unbedingt ausweichen.

Zum Glück ruiniert er den Moment jedoch, indem er den Arm ausstreckt, um die Fensterklappe hochzuschieben.

»Nein!« Schnell packe ich ihn am Handgelenk.

»Du willst nicht aus dem Fenster schauen?«

»Auf keinen Fall.«

Er runzelt die Stirn. »Warum nicht?«

Da meine Selbstachtung irgendwo auf dem Weg zwischen der Fluggastbrücke und der ersten Klasse verloren gegangen ist, habe ich nichts mehr zu verlieren und kann genauso gut ehrlich sein. »Es macht meine Angst nur noch schlimmer.«

»Hm.«

»Was?«

Einen Moment lang denkt er nach. »Wovor hast du am meisten Angst? Vor einem Absturz? Turbulenzen? Start oder Landung? Oder ist es Klaustrophobie?«

»Es ist eine Mischung aus allem.«

Seine Mundwinkel zucken leicht. »So sehr hasst du Fliegen also?«

»Oh ja. Alles daran ist für mich ein Albtraum, von Anfang bis Ende. Vielleicht ist es also am besten, wenn ich den Platz mit Nico tausche, damit ihr zwei die erste Klasse genießen könnt.«

Er geht nicht auf mein Angebot ein. »Wie oft bist du schon geflogen?«

»Zweimal.«

»In deinem ganzen Leben?«

»Nein, im letzten Monat.«

Er schneidet eine Grimasse.

»Natürlich in meinem ganzen Leben. Und einmal hätte mir ehrlich gesagt gereicht.«

Rafael legt den Kopf schief. »Und dennoch begleitest du uns auf diese Reise.«

»Weil es ihm wichtig ist«, flüstere ich und deute mit dem Daumen hinter mich.

Ich hätte niemals damit gerechnet, dass Nico mich auf die Reise mitnehmen wollen würde, die dazu gedacht ist, dauerhafte visuelle Erinnerungen zu schaffen. Aber nachdem ich gefragt worden war, konnte ich nicht mehr Nein sagen – nicht einmal nachdem er seinen Vater dazu überredet hatte, den Urlaub in Europa abzusagen und an einen warmen Ort zu fliegen, der für eine Person wie mich, die versucht, ihre Narben zu verbergen, nicht gerade ideal ist.

Rafael sieht mich für einen Moment an, der mir vorkommt wie die längsten fünf Sekunden meines Lebens. »Danke.« Er schluckt sichtlich. »Das bedeutet ihm viel.«

Eine Welle aus Wärme flutet meine Brust, doch im nächsten Moment, als angekündigt wird, dass wir nun starten und sich das Flugzeug rückwärts in Bewegung setzt, überkommt mich wieder Panik. Meine Atmung wird flach, als sich das Flugzeug der Startbahn nähert. Ich umklammere die Armlehnen so fest, dass meine Fingerknöchel weiß hervortreten.

Rafael schaut erst auf meine Hände und dann in meine Augen. »Du hättest mir davon erzählen sollen.«

Ich lache leise. »Was hättest du denn dagegen unternehmen wollen?«

»Ich hätte dir Xanax empfohlen.«

»Hast du vielleicht eine?«

»Nein, aber ich hätte den Kontakt zu jemandem herstellen können, der dir helfen kann. Oder zumindest hätte ich dir vor dem Flug ein paar Beruhigungsstrategien zeigen können.«

»Ach, weil du auf einmal der Experte für Flugangst bist?«

»Ja, denn ich hatte sie früher auch.«

»Wirklich?« Ich dachte, Nico hätte eben mit der Blende einen Witz gemacht. Es fällt mir schwer, zu glauben, dass sich Rafael vor etwas so Banalem wie Fliegen fürchtet. Er wirkt immer so … stark und stoisch.

»Jepp. Warum glaubst du, will ich das Fenster offen lassen?«

»Wenn du möchtest …« Ich schlucke den Kloß in meinem Hals herunter. »Dann kannst du …«

»Schon in Ordnung.« Auf dem Bildschirm vor mir beginnt nun das Video, das uns über die Reiseroute informiert, und erinnert mich daran, was alles schiefgehen könnte. Ich kann den Blick nicht abwenden, als die Sicherheitsvorkehrungen erläutert und die Notausgänge angezeigt werden. Das Brummen der Motoren verschlimmert meine Angst nur noch. Mein Herzschlag beschleunigt sich genauso wie das fahrende Flugzeug.

»Lass uns ein Spiel spielen.«

»Nette Idee, aber da muss ich leider dankend ablehnen. Ich weiß nicht, ob es dir aufgefallen ist, aber ich bin ungefähr zwei Sekunden davon entfernt, meinen gottverdammten Verstand zu verlieren.«

Er geht nicht auf meine Worte ein. »Würdest du lieber nie wieder ein Instrument spielen oder deine Singstimme verlieren?«

Dass ich nach Luft schnappe, ist bei dem Motorenlärm kaum zu hören. »Wie bitte?«

»Du musst dich für eine Sache entscheiden.«

»Das will ich aber nicht.« Mein Herz macht einen Hüpfer, als die Räder den Kontakt zum Boden verlieren.

Du wirst stundenlang hier festsitzen, und es gibt nichts, was du unternehmen kannst …

»Ich wette, du würdest deine Stimme aufgeben.«

Moment. Was?

»Was sehr schade wäre, wenn du mich fragst.«

Ich habe Schwierigkeiten, zu atmen, was jedoch nichts mit dem Start der Maschine zu tun hat.

»Du hast die schönste Stimme, die ich jemals gehört habe.«

Mein Gesicht ist inzwischen vermutlich so rot wie eine Tomate. »Das sagst du nur, um mich abzulenken.«

»Seit wann mache ich unehrliche Komplimente?«

Ich bin zu verblüfft, um etwas zu erwidern.

»Also, wofür entscheidest du dich?«

Da er mir eindeutig einen Gefallen tun will, beschließe ich zu antworten. »Es ist nicht so, als würde ich aufhören wollen zu singen, aber niemals wieder ein Instrument zu spielen, kommt nicht infrage. Es gibt mir das Gefühl, lebendig zu sein.«

Er legt interessiert den Kopf schief. »Wie fühlt sich das an?«

»Was?«

»Etwas zu haben, das einem dabei hilft, sich lebendig zu fühlen.«

Da mir keine passende Antwort einfällt, entscheide ich mich, zu schweigen, während ich seine Frage verdaue. Ob Rafael nichts hat, für das er brennt? Oder hat er sich vor dieser Möglichkeit verschlossen?

Ich weiß es nicht, aber ich fürchte mich vor dem, was passieren könnte, wenn ich nach einer Antwort bohre.

KAPITEL EINUNDZWANZIG
RAFAEL

Irgendwann ist Ellie tatsächlich eingeschlafen, was ich nicht für möglich gehalten hätte, so große Angst, wie sie vor dem Flug hatte. Doch als der Adrenalinrausch nachließ, war sie so erschöpft, dass sie den Kopf an meine Schulter sinken lassen hat.

Ich könnte sie wegschieben, aber ich fühle mich schuldig, weil ich derjenige bin, der sie überhaupt erst zu diesem Flug bewegt hat. Als mich Nico überredet hat, Ellie mit in den Urlaub zu nehmen, bin ich davon ausgegangen, dass sie sich auf einen kostenlosen Trip freut. Doch ich hätte mit meiner Einschätzung nicht weiter danebenliegen können.

Genau wie ich tut sie es für Nico, ungeachtet ihrer Phobie. Ihre Entschlossenheit, für meinen Sohn das Beste aus dieser Reise zu machen, erfüllt mich mit Dankbarkeit. Ich bin überwältigt, dass Ellie bereit ist, mehr für Nico in Kauf zu nehmen als seine eigene Mutter. Hätte meine Ex-Frau ähnliche Ängste, würde sie sich niemals einem Flieger nähern, geschweige denn einen zehnstündigen Flug nur unserem Sohn zuliebe auf sich nehmen.

»Wie lange schläft sie denn noch?«, flüstert Nico durch die Lücke zwischen unseren Sitzen.

»Ich weiß es nicht«, erwidere ich leise.

»Sollen wir sie nicht bald aufwecken?«

»Wir landen erst in ein paar Stunden.« Ich werfe einen Blick auf die Frau, die mich einst zur Weißglut getrieben hat und sich jetzt mit ihrem warmen Körper an meine Seite kuschelt. Es dauert nicht lange, bis ihr leises Schnarchen auch mich so müde macht, dass ich wegdämmere.

Als jemand meine Hand packt, schrecke ich aus dem Schlaf.

»Was zur …« Ich blicke hinab und stelle fest, dass Ellie ihre Finger mit meinen verschlungen hat.

Das Flugzeug macht einen Hüpfer, als wir in ein weiteres Luftloch absacken. »Rafael!«

Ihre von Panik durchzogene Stimme vertreibt den Rest meiner Schläfrigkeit. »Alles in Ordnung.«

»Nichts ist in Ordnung!« Ellies ohnehin schon aschfahles Gesicht wird noch bleicher, als das Flugzeug erneut ruckelt.

»Geht es dir gut?«, fragt Nico.

»Gib ihr ein bisschen Zeit. Wie sieht es mit dir aus?«, frage ich ihn.

»Alles gut. Erinnert mich an die Achterbahn in Dreamland.«

Nico spricht mit seiner vertraut fröhlichen Stimme, was mich ein wenig entspannt. Auf Ellie scheint sein Tonfall dagegen keine solche Wirkung zu haben, sie umklammert meine Hand mittlerweile so fest, dass meine Finger kribbeln.

Als ich höre, wie schwer sie atmet, wird mir bewusst, dass ich derjenige bin, der sie beruhigen sollte, und mir fällt auf, wie schlecht ich in solchen Dingen geworden bin. »Wenn man die Statistiken betrachtet, muss man sich keine Sorgen machen. Nur eins von elf Millionen Flugzeugen stürzt ab.«

Sie schaut mich erschrocken an. »Eins von elf Millionen?«

»Laut Google, ja.«

»Aber gibt es nicht jeden Tag mindestens hunderttausend Flüge?«

Verdammt. So viel zum Thema Beruhigen.

Wieder sackt das Flugzeug ruckartig ab, was meinen Magen rotieren lässt. Da Ellie nach wie vor meine Hand umklammert, drücke ich sie leicht, obwohl meine Gelenke bereits schmerzen.

»Wir könnten …«

Ich komme nicht dazu, meinen Satz zu beenden.

»Wenn du wieder vorschlagen willst, ein Spiel zu spielen, bringe ich dich um.«

»Ich wollte vorschlagen, ein paar beruhigende Atemzüge zu nehmen, aber wenn es dich ablenkt, meine Ermordung zu planen, nur zu. Ich werde sogar Ideen beisteuern.«

»Hast du ein Testament?«

»Warum fragst du?«

»Ich will nur sicherstellen, dass es Nico an nichts fehlen wird.«

Obwohl mir bewusst ist, dass sie scherzt, wird mir warm ums Herz, dass sie sich so sehr um das Wohl meines Sohns sorgt.

Wieder schwankt das Flugzeug.

»O mein Gott.« Sie ächzt. »Wir werden sterben.«

Ein paar andere Passagiere werfen Ellie vorwurfsvolle Blicke zu, bis ich sie dermaßen in Grund und Boden starre, dass sie eilig wegschauen. Wer hätte gedacht, dass sich meine finstere Miene als Waffe einsetzen lässt?

Ellie blickt starr geradeaus, eine einzelne Träne läuft ihr die Wange hinab. Der Anblick trifft mich härter, als mir lieb ist, sodass ich sie instinktiv mit der Daumenkuppe wegwische.

»Ellie.«

Keine Reaktion.

»Hey.«

Sie atmet nur zittrig ein.

»Elle?« Ich benutze diesen neuen Spitznamen, ohne nachzudenken. »*Háblame.*«

Dass ich Spanisch spreche, scheint sie aus ihren Gedanken zu reißen. Sie wendet sich mir zu. »Was heißt das?«

»Sprich mit mir«, übersetze ich.

»Ich kann nicht«, presst sie heiser hervor.

»Du weinst.«

Eilig wischt sie sich über die Wangen. »Das ist so peinlich.«

»Stimmt. Wenn du so weitermachst, muss ich dich leider eines Tages damit erpressen.«

Sie lacht – das tut sie oft, aber in diesem Moment vertreibt es jegliche Anspannung aus meinem Körper. Bis das Flugzeug wieder hüpft.

Auch wenn ich meine akute Flugangst bereits vor Jahren überwunden habe, hasse ich Turbulenzen nach wie vor. Ellie abzulenken, wird also auch mir helfen.

»Was hat dieses Tattoo zu bedeuten?« Ich fahre das dünne Band aus Sternen nach, das ihren Mittelfinger umgibt.

»Hm?«

»Dein Tattoo.« Ich tippe darauf.

»Ach das.« Sie zieht die Augenbrauen zusammen. »Ich habe mir selbst etwas geschworen, als ich noch jünger war.«

»Und was?«

Sie starrt auf unsere Hände hinab. »Dass ich mich niemals selbst aufgebe, ganz egal, was passiert oder wie schwer das Leben wird.«

Draußen ist ein Donnergrollen zu hören.

Ich versuche, sie mit einer weiteren Frage abzulenken. »Warum hast du dich ausgerechnet für diesen Finger entschieden?«

Sie schluckt schwer, ehe sie zu mir aufblickt. »Der Mittelfinger steht für unser Leben und unsere Identität, daher schien es mir passend.«

»Ich dachte, er ist nur gut für nonverbale Beleidigungen.«

Wieder lacht sie, doch der Klang bricht abrupt ab, als erneut Donner ertönt. »Was ist mit diesen Noten hier?« Ich deute auf die Triole an der Innenseite ihres Handgelenks.

»Die stehen für meine Familie. Burt, meine Mom, ich.« Sie deutet auf jede einzelne Note. »Die beiden haben das gleiche Tattoo.«

»Ich wusste nicht, dass du Einzelkind bist.«

»Du hast nie gefragt.«

»Ich war ein totales Arschloch.« Auf einmal wird meine Neugier durch Schuldgefühle ersetzt. Nachdem Ellie schon knapp ein Jahr für mich arbeitet, sollte ich in der Lage sein, diese simplen Fragen zu beantworten.

»Ein bisschen vielleicht.«

Ich werfe ihr einen bösen Blick zu.

»Ich bin als Einzelkind aufgewachsen, aber ich habe Halbgeschwister väterlicherseits. Die habe ich allerdings noch nie getroffen.«

Eine solche Unterhaltung werde ich in einem Moment wie diesem nicht vertiefen. »Und was hat das hier zu bedeuten?« Ich drehe ihren Arm um und folge dem Pfad aus untätowierter Haut bis zu dem Halbmond in der Nähe ihrer Armbeuge.

Ihr Gesicht verliert nun endgültig jegliche Farbe, und sie entreißt mir ihre Hand. »Das Motiv hat mir einfach gefallen.«

»Wenn du willst, dass wir einander ab jetzt vertrauen, solltest du aufhören zu lügen.«

Ihre Augen verengen sich. »Du willst die Wahrheit?«

Ich nicke.

»Das ist das einzige Tattoo, das ich bereue.« Sie greift nach ihrem Kopfhörer und setzt ihn sich auf, damit ich keine weiteren Fragen stellen kann.

Zehn Minuten später haben wir die Turbulenzen hinter uns gelassen, und der Pilot verspricht, dass der Rest des Fluges ruhig verlaufen wird.

Ellie flüstert mir ein Dankeschön für meine Hilfe zu, ehe sie den Blick wieder abwendet.

Ich bin daran gewöhnt, dass sie oft still ist, schließlich war das einer der Gründe, warum ich sie überhaupt erst eingestellt habe. Im Gegensatz zu den anderen Nannys hat sie nicht aktiv versucht, mich zu beeindrucken oder zu zwingen, mich zu öffnen. Wir beide haben unser eigenes Ding durchgezogen und nur kommuniziert, wenn es um Nico ging.

Wir waren eine perfekte Kombination … bis jetzt. Ich sollte dankbar sein, dass Ellie erneut klare Grenzen zieht, stattdessen fühle ich mich quälend einsam.

Du könntest jederzeit vorschlagen, dass ihr euch anfreundet.

Aber wie armselig würde es wirken, wenn ich die Nanny meines Sohnes fragen würde, ob sie mit mir befreundet sein möchte? Auch wenn ich definitiv die Nähe eines anderen Menschen gebrauchen könnte, heißt das noch lange nicht, dass ich Ellie dazu zwingen kann, Zeit mit mir zu verbringen.

Ganz gleich, wie sehr ich es mir wünsche.

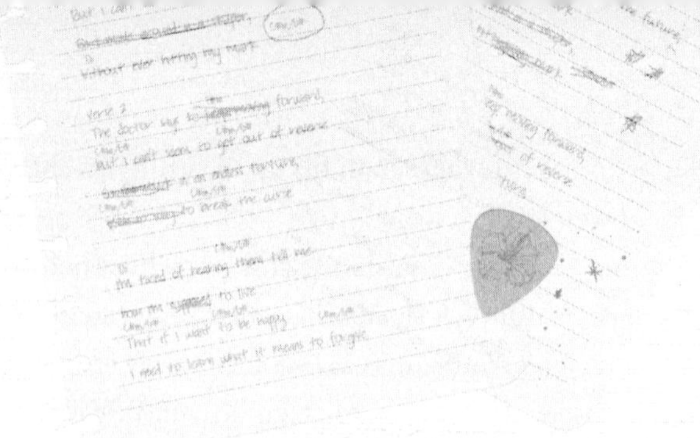

KAPITEL ZWEIUNDZWANZIG
ELLIE

Als wir in Honolulu den Flieger verlassen, breche ich beinahe in Tränen aus. Ich will nicht dramatisch klingen, aber während des Gewitters habe ich mein Leben an mir vorbeiziehen sehen. Ein Highlight-Reel mit meinen Lieblingsmomenten und den Dingen, die ich am meisten bereue – all das, was ich nicht beendet habe.

»Du hast es geschafft.« Rafaels Lob bringt mein Herz fast zum Explodieren.

Ernsthaft? Du gerätst ins Schwärmen wegen einem simplen »Du hast es geschafft«?

»Du hast dich aufgeführt wie ein Baby«, ärgert mich Nico.

Ich versetze ihm einen leichten Schubser. »Nicht alle sind so mutig wie du.«

»Natürlich nicht, weil ich total cool bin.« Sein breites albernes Grinsen entlockt auch mir eins.

Wir folgen seinem Vater zur Gepäckausgabe, wo Rafael wartet und wir zwei ein Rennspiel auf Nicos tragbarer Spielekonsole öffnen. Da wir beide den gleichen Formel-1-Fahrer auswählen wollen, müssen wir erst drei Runden Schere-Stein-Papier spielen, um festzulegen, dass Nico Elías Cruz bekommt. Nico gewinnt beide Rennen, was teils daran liegt, dass ich von allem, was um uns herum geschieht, abgelenkt bin.

Rafaels und Nicos Koffer gehören zu den ersten, die auf dem Gepäckband erscheinen, sodass wir nur noch auf meinen viel zu schweren warten müssen. Ich wusste, dass es eine schlechte Idee war, die Urlaubs-Outfits von meiner Mom und Willow auswählen zu lassen, aber sie haben darauf beharrt, dass ich Kleidung tragen solle, in der ich nicht Gefahr laufe, einen Hitzschlag zu erleiden.

Fünf Minuten später hebt Rafael meinen Koffer vom Band, scheinbar ohne einen einzigen Muskel zu überanstrengen, und reißt dabei das Schild mit der Aufschrift *Heavy* ab.

»Was hast du alles eingepackt?«

»Eine Leiche.«

Nico kichert, während Rafael das Gesicht verzieht.

»War ein Witz. Dies und das.«

»Zum Beispiel?«

»Fünf Paar Schuhe, zwei Bücher, Nicos Metalldetektor, sieben Actionfiguren und meinen halben Kleiderschrank.« Ich habe eben ein bisschen zu viel eingepackt. Soll er mich doch verklagen.

»Ziehst du hierher?«, fragt Rafael in seinem typisch trockenen Tonfall.

»Ich denke ernsthaft darüber nach, denn ich werde auf keinen Fall wieder in einen Flieger steigen.«

Nico schnappt nach Luft. »Aber wie sollen wir dann nach Kauai kommen?«

»Gibt es hier keine Fähren?«

Nico sieht seinen Dad fragend an.

Rafael schüttelt den Kopf. »Nein.«

Meine Hoffnung stirbt, zusammen mit Nicos Vorfreude.

»Keine Sorge, Ellie. Wir müssen keinen Hubschrauberflug machen, sondern können hier in Oahu bleiben.« Nico legt seine Hand auf meine.

Wenn dieser kleine Kerl nicht ohnehin schon einen großen Teil meines Herzens besitzen würde, hätte ich ihn ihm in diesem Moment geschenkt, denn diese Reise dreht sich um ihn und alles, was er will. Ich werde auf keinen Fall zulassen, dass ihm meine Flugangst in die Quere kommt, denn ich möchte, dass er besondere visuelle Erinnerungen sammelt, solange er noch kann.

Ich klopfe ihm beruhigend auf die Schulter. »Das ist lieb von dir, aber es gibt keinen Grund, unsere Pläne zu ändern. Wenn ich die Reise hierher überlebt habe, kann ich kürzere Flüge erst recht überstehen.«

Lächelnd schlingt er die Arme um mich. »Du bist die beste und mutigste Person, die ich kenne.«

Dass ich Komplimente von beiden Lopez-Männern erhalte, rührt mich fast zu Tränen. Wahrscheinlich bekomme ich bald meine Tage; es gibt keine andere logische Erklärung für die überwältigenden Emotionen, die sich gerade in meiner Brust einnisten.

Als ich aufblicke, sehe ich, dass mich Rafael mit einem merkwürdigen Ausdruck in den Augen mustert. *Danke*, formt er stumm mit den Lippen, was meine Brust erneut kribbeln lässt.

Es ist das gleiche Gefühl, das ich im Flieger hatte, als er alles dafür getan hat, damit ich mich besser fühle. Meine Angst war so groß, dass ich sie allein nicht bezwingen konnte, und ich habe mich an die erste Person geklammert, die mir ein Gefühl von Sicherheit vermitteln konnte. Doch jetzt, wo ich nicht mehr von meiner Furcht geleitet werde, erinnere ich mich wieder daran, dass ich für ihn arbeite.

Als Mensch darf ich Rafael mögen, aber wegen des kleinen Kerls, der meine Taille umklammert, als wollte er verhindern, dass ich ihn je verlasse, darf es niemals darüber hinausgehen. Für Nico würde ich fast alles tun, sogar seinen Vater auf Abstand halten, nur damit ich meinen Job als Nanny behalten kann. Denn wenn ich jemanden wie Rafael in meine Nähe lasse, könnte ich mich vielleicht nicht davon abhalten, mehr zu wollen. Und da dies ohnehin niemals geschehen wird, muss ich meine verwirrenden Gefühle unter Kontrolle bringen und mir wieder in Erinnerung rufen, wer hier die wichtigste Person ist.

Nicolas Lopez.

Als Rafael die Hotelkarte vor den Sensor hält, setzt sich der Fahrstuhl in Bewegung.

»In welchem Stockwerk übernachte ich?«, frage ich.

»Du übernachtest in unserer Suite«, antwortet Rafael in diesem unerträglich direkten, unbekümmerten Tonfall, den er offenbar immer dann benutzt, wenn er sich unwohl fühlt oder das Gefühl hat, sich verteidigen zu müssen.

Und er ist gewiss nicht der Einzige, dem unbehaglich zumute ist. In Lake Wisteria wohnen wir zwar auch unter einem Dach, aber in einem palastgroßen Haus, in dem wir uns mühelos voneinander fernhalten können. Wenn ich ihm nicht über den Weg laufen möchte, kann ich mich einfach auf einer anderen Etage aufhalten. In einer Hotelsuite gibt es keine Möglichkeit, mich vor ihm zu verstecken.

Im Gegensatz zu mir scheint Nico vollkommen angetan von dieser Idee zu sein, denn er schenkt mir ein breites Grinsen. »Yeah! Wir können die ganze Nacht wach bleiben, Filme gucken, uns Geschichten erzählen und Spiele spielen.«

Rafael bedenkt ihn mit einem »Denk nicht mal dran«-Blick.

»Äh …« Ich beiße mir auf die Unterlippe.

Rafael schaut mich so lange an, dass ich unter seinem Blick bereits zu schwitzen begonnen habe, als er endlich wieder spricht. »Wenn es dir lieber ist, ein eigenes Zimmer zu beziehen, kann ich meine Assistentin bitten, dir eins zu buchen.«

»Nein! Du musst bei uns übernachten! *Bitte.*« Nico legt flehend die Hände zusammen. »Es wird total Spaß machen, das schwöre ich.«

Ich sollte Rafaels Angebot annehmen und in einem separaten Zimmer übernachten. Aber dann fällt mir wieder ein, wie viel er für fünf Nächte in diesem Hotel ausgegeben hat. Für zweihunderttausend Dollar – jepp, *so* viel hat es gekostet –, dachte ich, dass wir wenigstens zwei separate Suiten haben würden. Es widerstrebt mir, Rafael darum zu bitten, noch mehr Geld auszugeben, obwohl er Milliardär ist.

»In Ordnung«, gebe ich mich also geschlagen.

Nico reckt seine Faust in die Luft. »Yes!«

Ich wende mich ab, sodass ich die Leuchtzahlen über der Aufzugtür sehen kann, und versuche, mich zu beruhigen.

Es ist nur für ein paar Nächte.

Die Tür öffnet sich und bringt ein riesiges Penthouse zum Vorschein.

Offenbar ist die Suite doch größer, als du gedacht hast.

Unsicher trete ich aus dem Fahrstuhl in das große Wohnzimmer mit Ausblick auf den Pazifik. Der helle Holzfußboden, die teuren weißen Möbel und die blauen Akzente beruhigen mich sofort. Die Kombination aus Strandhausstil und Luxus gefällt mir ausgesprochen gut.

Da meine Mom Filialleiterin eines Geschäfts und mein Stiefvater Musiklehrer ist, konnte sich meine Familie nie mehr leisten als Campingplätze oder Hotelketten, nicht etwa Fünfsterne-Suiten mit Küche, Sauna und Privatbalkon mit einem Whirlpool, in dem zehn Personen Platz haben. Und als wäre all das noch nicht genug, steht direkt am Fenster mit Aussicht auf die Lagune ein weißer Flügel. Wir wohnen zwar auch zu Hause nicht weit vom See, aber die Nähe zur Küste hat etwas unvergleichlich Beruhigendes. Glitzerndes Wasser, so weit das Auge reicht, bunte Sonnenschirme und Strandtücher im Sand, Palmwedel, die in der Brise hin und her schwingen und Schatten auf die Passanten werfen, die stehen bleiben, um den Ausblick zu genießen. Urplötzlich keimt in mir der Wunsch auf, ein Lied über diese unbeschreibliche Ruhe zu komponieren.

Ich möchte *komponieren*. Mit einem Mal bin ich froh, dass ich meine Gitarre mitgebracht habe.

»Das ist …«

»Umwerfend.« Nico drückt sein Gesicht an das Doppelglas, das die gesamte Wand vom Boden bis zur Decke einnimmt.

»Ich sehe was, das du nicht siehst, und das ist blau.« Das Spiel, das wir oft zusammen spielen, ist ein guter Weg, um herauszufinden, wie gut Nicos Sicht ist. Ihn geradeheraus danach zu fragen, sorgt erfahrungsgemäß meist dafür, dass er sich verschließt.

Nicos Grinsen wird breiter. »Das Meer. Ich kann es kaum erwarten, auf diesen Wellen zu surfen.« Mit einer Hand macht er das Shaka-Zeichen. Dann reibt er sich das Kinn. »Ich sehe was, das du nicht siehst, und das ist grün.«

»Palmen?«

Er schüttelt den Kopf.

Konzentriert lasse ich meinen Blick über den Strand wandern. »Die Mülltonnen!«

Er drückt die Stirn gegen das Glas und verengt die Augen. »Nein.«

»Die Büsche?«

Ein finsterer Ausdruck huscht über seine Miene. »Ist es nicht offensichtlich?«

»Äh …« *Verdammt.*

Ich bringe es nicht übers Herz, Nico mitzuteilen, dass er offenbar eine falsche Farbe genannt hat. Ein typisches Symptom seiner Krankheit ist, die unterschiedlichen Töne nicht mehr richtig erkennen zu können. Panisch schaue ich mich über die Schulter um in der Hoffnung, dass Rafael mir zu Hilfe kommt.

Für eine Sekunde treffen sich unsere Blicke, dann kommt er zum Fenster und blickt hinaus. »Vielleicht ist Ellie diejenige, die ihre Augen mal untersuchen lassen sollte, denn ich glaube, ich kenne die Antwort.«

»Ja, vielleicht!« Nico lacht, was meine Anspannung löst. »Die Handtücher«, rät Rafael.

»Stimmt!« Nico hebt seine Hand zu einem High Five.

Für einen Augenblick wirkt Rafael verblüfft, ehe er einschlägt.

»Ach so, die Handtücher.« Ich schnaufe übertrieben.

»Keine Sorge, Ellie, beim nächsten Mal gewinnst du.« Lächelnd tätschelt mir Nico den Arm.

»Danke für deine Hilfe«, flüstere ich Rafael zu, als Nico in den Nebenraum läuft, um sich weiter umzuschauen.

Seit einiger Zeit hat er Probleme damit, Rosa und Orange auseinanderzuhalten, aber Grün und Blau ist neu.

»Kein Thema.« Rafaels Stirnrunzeln sagt mehr als tausend Worte.

»Hier schlafe ich!«, ruft Nico aus dem Nebenzimmer und kichert.

Angesichts dieses Klanges scheint sich Rafaels Stimmung sofort ein wenig zu bessern, denn seinen Sohn fröhlich zu erleben, ist Balsam für seine Seele. Sich seine eigenen Emotionen vor seinem Sohn nicht anmerken zu lassen, stellt für ihn keine einfache Aufgabe dar, und dass es ihm immer besser gelingt, erfüllt mich mit Stolz.

»Das sollte eigentlich mein Zimmer sein«, murrt Rafael.

»Zu spät.« Ich höre, dass Nico aufs Bett klettert und beginnt, darauf zu hüpfen. »Alles meins.«

Rafael und ich schauen gleichzeitig zur rechten Seite der Suite, wo sich direkt nebeneinander zwei Türen befinden.

»Dann sind das wohl unsere Zimmer«, verkünde ich mit übertrieben fröhlicher Stimme.

Rafael überrascht mich, indem er wortlos hinter der rechten Tür verschwindet und mir das Zimmer mit Meerblick überlässt.

Als ich eintrete, kann ich ein aufgeregtes Quietschen nicht unterdrücken. Auch hier nimmt das Fenster die gesamte zum Meer zeigende Wand ein, und in der Mitte des Raumes steht ein Himmelbett mit weißem Baldachin, das aussieht, als wäre es einem Märchen entsprungen. Ich kann mich nicht entscheiden, ob ich mich – ungeachtet der Flughafenkeime – auf das Bett fallen lassen oder mir zuerst das angrenzende Badezimmer anschauen soll.

»Wenn du dir immer noch nicht sicher bist, ob du dir eine Suite mit uns teilen möchtest, kann ich dir wirklich gern ein Zimmer buchen.«

»Bist du verrückt?« Ich drehe mich auf dem Absatz um und stelle fest, dass Rafael an der Kommode neben der Tür lehnt.

»Da bin ich mir selbst manchmal nicht ganz sicher.«

Ich grinse und stoße ein leises Lachen aus. »Du bist witziger, als ich gedacht habe.«

»Ist das etwas Gutes?«

»Das überlege ich mir noch.«

Obwohl er nicht lacht, funkeln seine Augen vor Belustigung. Wenn ich nicht aufpasse, könnte ich süchtig nach der Art werden, auf die er mich anschaut – besonders in Momenten wie diesem, wenn er keinen Schutzwall um sich herum aufgebaut hat und ich den Mann sehe, der sich hinter der mürrischen Fassade verbirgt.

Rafael wendet als Erstes den Blick ab und legt unsicher die Hände hinter seinem Rücken zusammen. »Wie dem auch sei, falls du deine Meinung änderst, kann ich Ariel jederzeit bitten, sich um ein extra Zimmer für dich zu kümmern.«

Ich schüttele den Kopf. »Damit du noch mal hunderttausend Dollar ausgibst? Auf keinen Fall.« Ganz bestimmt werde ich ihn nicht ausnutzen, wie es seine Ex-Frau tut. Ich habe genügend Unterhaltungen der beiden mit angehört, um zu wissen, wie sehr es Rafael zusetzt.

Statt wie erwartet erleichtert auszusehen, verhärtet sich seine Miene. »Geld spielt keine Rolle.«

»Eindeutig nicht, wenn man bedenkt, dass du zweihunderttausend Dollar für eine Suite ausgegeben hast, in der wir kaum Zeit verbringen werden.«

»Nico verdient nur das Beste.« Sein Tonfall ist überraschend scharf.

»Und du hast tatsächlich das absolut Beste für ihn ausgesucht«, erwidere ich betont sanft, um seinem plötzlichen Stimmungswandel entgegenzuwirken.

»Findest du?«

Seine Unsicherheit sollte nicht anziehend auf mich wirken, aber nachdem ich acht Monate lang geglaubt habe, er besäße die emotionale Bandbreite einer Backsteinmauer, freue ich mich über jedes Gefühl, das er mir zeigt.

»Jepp. Es wird schwer sein, ihn in fünf Tagen davon zu überzeugen, das Zimmer wieder zu verlassen.«

Nico wird unglaublich viel Spaß hier haben, denn Rafael hat jede Menge spannende Dinge geplant: Strandtage, Tiefseeangeln und eine Wanderung zu einem berühmten Wasserfall.

»Ich mache mir eher Sorgen um dich, nicht um ihn«, merkt er an.

»Um mich? Warum das?«

»Es gibt nur *eine* Art, diese Insel zu verlassen, und vor der fürchtest du dich.«

»Solange du meine Hand hältst, kann ich alles überstehen.« Ich presse mir in einer dramatischen Geste die Hände auf die Brust und klimpere mit den Wimpern, worauf sich Rafa mit dem Mittelfinger am Bart kratzt.

»Dinner um sieben, ich hab einen Tisch reserviert.« Mit diesen Worten wendet er sich ab, um das Zimmer zu verlassen, doch nicht, ehe ich einen Blick auf sein Lächeln erhasche.

Ich hoffe sehr, dass dies während unseres Urlaubs noch häufiger vorkommen wird … und dass ich diejenige bin, die ihm dieses Lächeln entlockt.

KAPITEL DREIUNDZWANZIG
RAFAEL

Nico macht sich immer noch für unser erstes Abendessen in Honolulu fertig, nachdem er zwanzig Minuten lang mit Dahlia, Lily und meiner Tante telefoniert und ihnen über Video unsere Suite gezeigt hat.

Ich nehme auf dem Sofa Platz, um auf ihn und Ellie zu warten. Der atemberaubende Ausblick auf den Ozean hätte eigentlich meine volle Aufmerksamkeit verdient, dennoch driften meine Gedanken schnell zu meinen Pflichten ab. Zwei Wochen lang nicht zu arbeiten, wird mir guttun, trotzdem plagen mich Schuldgefühle, weil sich Julian allein um Dwelling kümmern muss, während ich fort bin. Mit seiner eigenen Firma hat er eigentlich schon genug zu tun, doch als ich letztes Jahr erwähnt habe, dass ich einen Urlaub in Betracht ziehe, hat er sofort meine Assistentin angerufen und sie gebeten, einen Zeitraum in meinem Kalender zu blocken. Vierzehn Tage klingen nicht sonderlich lang, aber für mich ist es der längste Urlaub seit Jahren. Mir freizunehmen, war längst überfällig, obwohl ich nicht weiß, ob ich mich überhaupt entspannen kann, solange Ellie in meiner Nähe ist.

Als hätte ich sie mit meinen Gedanken heraufbeschworen, öffnet sich ihre Zimmertür, und sie tritt heraus.

Zum Glück ist sie mit irgendetwas auf ihrem Handy beschäftigt, sodass ich einen Moment Zeit habe, mich von meinem Schock zu erholen. Ellie Sinclair war schon immer hübsch, aber in diesem bodenlangen weißen Kleid, das ihre weichen Kurven umspielt und ihre sonnengeküsste Haut zur Geltung bringt, sieht sie absolut umwerfend aus. Eilig versuche ich, mir so viele Details wie möglich einzuprägen, bevor sie mich dabei erwischt, wie ich sie anstarre.

Verdammt.

Da ist es wieder, das Gefühl, das ich seit acht Monaten verdränge. Ich habe versucht, die Anziehungskraft zu ignorieren, die sie auf mich ausübt. Was nicht schwer war, als ich zu Beginn noch so eifersüchtig auf ihre Beziehung zu Nico war. Dahinter ist alles andere in den Hintergrund getreten. Doch nun, da wieder Platz für weitere Empfindungen ist, spüre ich etwas anderes ganz deutlich.

Begierde.

Ich habe es schon auf Nicos Geburtstagsfeier bemerkt. Immer wieder habe ich ein Knistern in ihrer Gegenwart wahrgenommen, zum Beispiel als ich ihre Hand gehalten, wenn ich sie Gitarre spielen gehört oder wenn ich sie längere Zeit angesehen habe. Aber jetzt, weit entfernt von unserem Leben in Lake Wisteria, gestatte ich mir zum ersten Mal, es mir einzugestehen.

Es zu *fühlen*.

Ich würde niemals einen Annäherungsversuch unternehmen, aber für ein paar Sekunden tue ich so, als wären wir andere Personen. Als wäre ich nicht der traurige, alleinerziehende Vater mit Verlustängsten und sie nicht die Nanny meines Sohnes. In dieser Fantasie ist sie eine Frau, die von der ersten Sekunde an meine Aufmerksamkeit erregen würde. Zu Beginn würde sie so tun, als wäre sie nicht interessiert, und behaupten, ich sei nicht ihr Typ, aber ich wüsste es besser. Ich habe bemerkt, wie sie mich ansieht, wenn sie glaubt, dass ich abgelenkt bin. Wie sie die Luft einzieht, wenn ich sie berühre. Sie begehrt mich genauso sehr wie ich sie, ob sie es sich eingestehen will oder nicht.

»Ellie, schau dir mal meine neuen Schuhe an!« Nico kommt aus seinem Zimmer gestürmt und zerschmettert die Illusion.

Ellie schenkt meinem Sohn ein strahlendes Lächeln, das mein Herz einen Schlag aussetzen lässt.

Eilig schüttele ich den Kopf, um alle vorherigen Gedanken zu vertreiben. Für eine Minute habe ich mich meiner Träumerei hingegeben, aber als ich Ellie nun mit meinem Sohn sehe, fällt mir das größte Problem wieder ein. Sie wird immer seine Nanny sein, genauso wie ich immer ihr Vorgesetzter sein werde. Der Versuchung zu erliegen, würde gegen alle Regeln verstoßen. Ganz gleich, wie sehr ich mich danach sehne, sie zu brechen.

Die Fahrt zum Restaurant verläuft schweigsam, denn Nico spielt ein Spiel auf meinem Handy, während Ellie den Ausblick aufs Meer genießt. Immer wieder werfe ich ihr verstohlene Blicke zu, während ich den Jeep, den ich für unsere Zeit in Oahu gemietet habe, lenke.

Als wir später unsere Fischgerichte essen, sorgen sie und Nico dafür, dass die Unterhaltung kein einziges Mal ins Stocken gerät. Noch nie habe ich Ellie in meiner Gegenwart so entspannt erlebt. Was unter anderem an den zwei Mango Martinis liegen könnte, zu denen ich sie überredet habe, aber ich möchte auch glauben, dass sie sich mittlerweile wohler mit mir fühlt.

Seit sie letzte Woche zurückgekommen ist, habe ich mich bemüht, weniger … *ich* zu sein, und ich glaube, es funktioniert. In Wahrheit bin ich nicht einmal sicher, wer ich bin. Nachdem ich so viele Jahre damit verbracht habe, die Person zu sein, die die Leute meiner Meinung nach mochten, stecke ich nun in einer Identitätskrise.

Doch trotz meines Dilemmas wirkt selbst Nico glücklicher in

meiner Gegenwart, obwohl ich dennoch hin und wieder Sorge in seinen Augen aufblitzen sehe. So wie jetzt zum Beispiel.

»¿Papi?«

*»¿Si, mijo?«**

*»¿Qué piensas?«***

*»¿De qué?«****

Er wirft Ellie einen genervten Blick zu. »Ich hab dir ja gesagt, er hört nicht zu.«

Ich setze mich abrupt in meinem Stuhl auf. »Sorry, ich war in Gedanken.«

»Das hab ich gemerkt«, scherzt Ellie.

Als ich sie anschaue, wendet sie schnell den Blick ab, sodass ich ihr Profil und die Blume hinter ihrem Ohr sehe, die sich in knalligem Pink von ihrem blonden Haar abhebt. Auf unserem Weg zum Abendessen hat Nico sie für sie gepflückt – sicherlich eine Geste, die er sich von einer Telenovela meiner Tante abgeschaut hat. Sie hat ihm auf jeden Fall ein Lächeln von Ellie eingebracht, und eine Sekunde lang habe ich mir gewünscht, ich wäre auf diese Idee gekommen.

Nun wende ich mich meinem Sohn zu. »Was wolltest du mich fragen?«

Nico blickt auf seinen Teller und zuckt mit den Schultern. »Es war eine dumme Frage.«

»Ich hab dir doch gesagt, dass keine Frage dumm ist, solange du mutig genug bist, sie zu stellen.«

»Das habe ich auch gesagt.« Ellie nimmt einen Schluck von ihrem Drink.

---

* *¿Si, mijo?: Ja, Sohn?*

** *¿Qué piensas?: Was denkst du?*

*** *¿De qué?: Worüber?*

Nico schiebt mit der Gabel das Essen auf seinem Teller herum. »Warum rettest du Tiere?«

Die Frage überrascht mich. Plötzlich habe ich einen Kloß im Hals. »Wie kommst du auf einmal darauf?«

»Ist dir noch nicht aufgefallen, wie viele Hühner hier rumlaufen?«, fragt Ellie.

Da ich ziemlich abgelenkt von ihr war, ist es mir tatsächlich noch nicht aufgefallen. »Doch«, behaupte ich trotzdem. »Die Hühner. Wie hätte ich die übersehen können?«

Sie bedenkt mich mit einem vielsagenden Blick, den ich jedoch ignoriere.

»Ich hab dir ja gesagt, es ist eine dumme Frage«, murrt Nico.

Ich greife über den Tisch hinweg, um seine geballte Faust zu öffnen. »Es ist eine gute Frage, aber ich werde sie nicht beantworten, wenn du weiterhin so redest.«

Er schaut auf. »Wirklich?«

»Jepp.«

»Okay, sorry.«

Ein Anflug von Panik überkommt mich, aber ich bemühe mich, sie zu verbergen, was mir meiner Meinung nach auch gelingt, doch ich sehe, dass in Nicos Augen Sorge aufblitzt.

»Es ist okay, wenn du nicht antworten mochtest.«

Ich atme tief durch. »Du weißt, dass ich Tiere liebe.«

Er nickt begeistert.

»Hühner habe ich zwar keine …«

»Aber?« Er grinst.

»Vielleicht wird sich das bald ändern. Doch als ich nach Lake Wisteria gezogen bin, habe ich etwas Besseres gefunden.«

»Und was?«

»Katzen.«

»Die streunenden?«

Ich nicke.

Er rümpft angewidert die Nase.

»Hey, das ist nicht nett.«

»Sorry, *Abuela* hat mir erzählt, dass sie nicht nur niedlich sind, sondern auch Krankheiten und Flöhe haben und dass ich mich am besten von ihnen fernhalten soll.«

Ein leichtes Schmunzeln zupft an meinen Lippen. »Sie hat einfach Angst vor ihnen.«

»Und du nicht?«

»Nein.«

»Oh.«

»Als ich ein bisschen älter war als du jetzt, habe ich begonnen, Geld zu sparen, um ihnen Futter zu kaufen.«

Ellie schaut mich interessiert an. »Das hat deine Tante nie erwähnt.«

»Ich bin ein Mann mit vielen Geheimnissen.«

»Offenbar.« Sie lächelt, woraufhin sich Wärme in meiner Brust ausbreitet.

»Dann hat also alles begonnen, weil du Katzen magst?«, fragt Nico ungläubig.

Seine simple Denkweise erleichtert es mir, mich zu öffnen, obwohl ich aus einem ganz anderen Grund zögere. Es ist eine Sache, meinem Sohn von meiner Vergangenheit zu erzählen, aber dies vor seiner Nanny zu tun? Eigentlich sollte ihre Gegenwart mich davon abhalten, dennoch verspüre ich den Drang, meine Geschichte weiterzuerzählen. Dass Ellie hier ist, beruhigt mich auf eine merkwürdige Art, aber darüber will ich mir im Moment keine Gedanken machen.

»Ich hatte Mitleid mit ihnen.«

»Warum?«

Entspann dich, Rafa.

»Du weißt doch, dass mich *Tía y Tío** adoptiert haben, oder?«

Darüber haben wir uns letztes Jahr unterhalten, aber ich habe ihm nie erzählt, *warum* ich adoptiert wurde. Nur dass ich aus Mexiko nach Lake Wisteria gezogen bin, als ich ungefähr in seinem Alter war, nachdem meine Eltern gestorben waren.

Nico nickt.

»Bevor ich nach Lake Wisteria gekommen bin, war mein Leben nicht sonderlich gut.«

»Was soll das heißen?«

»Du weißt ja, dass die Tiere, um die ich mich kümmere, eine traurige Vergangenheit haben.«

Nicos Augen füllen sich mit Tränen, was mich dazu veranlasst, seine kleine Hand in meine zu nehmen.

»Bei mir war es ähnlich.«

»Wirklich?« Seine Stimme bricht.

»Ja. Meine Eltern hatten … Probleme.« Glücksspiel, Drogen, Untreue, mich. »Sie haben sich nicht so um mich gekümmert, wie sie es hätten tun sollen.«

Ellie beugt sich vor und drückt meine Schulter, was ich tatsächlich als tröstlich empfinde.

Ich schaue sie an und sehe das Mitgefühl in ihren Augen. Sie hat mir gegenüber einmal kurz ihren fürchterlichen Vater erwähnt, als sie versucht hat, mich aufzuheitern, aber erst jetzt bemerke ich, wie schlimm es gewesen sein muss. Als wir einander in die Augen blicken, erkennen wir den Schmerz des anderen, der niemals ganz weggeht, ganz egal, wie viel Zeit vergeht. Mit jedem geflüsterten Geständnis erobert Ellie ein weiteres Stück meines Herzens und bindet mich dauerhaft an sich. Wenn ich zulassen würde, dass sie meinen Schutzwall vollkommen durchbricht, wäre ich verloren.

---

* *Tía y Tío: Tante und Onkel*

Ich bin der Erste, der den Blick abwendet und meinem Sohn in die feuchten Augen sieht. »Eigentlich spreche ich nicht gern darüber, denn mittlerweile geht es mir ja gut, aber das ist der Grund, aus dem ich verletzte Tiere rette. Weil ich auch verletzt wurde und weiß, wie es sich anfühlt.«

Mein Sohn überrascht mich, indem er von seinem Stuhl aufspringt, auf meinen Schoß klettert und seine schmalen Arme um meinen Hals schlingt. Seine Umarmung wärmt den kalten Teil meines Herzens, der sich immer davor gefürchtet hat, dieses Gespräch mit ihm zu führen – zum Teil, weil ich nicht wollte, dass er mich für schwach hält. Ich möchte, dass er mich als starken, fähigen Vater betrachtet, der immer für ihn da sein wird, selbst in den schlimmsten Zeiten.

»Es tut mir leid, dass du verletzt wurdest, *Papi*.«

Ich drücke ihn fest an mich. »Es ist nicht deine Schuld.«

»Das weiß ich, aber es tut mir trotzdem leid. Und es macht mich traurig.«

Als ich Ellie anschaue, stelle ich fest, dass sie uns mit tränenerfüllten Augen betrachtet. »Du bist ein echter Superheld«, sagt sie.

Ich habe mich noch nie als Helden betrachtet, jedenfalls nicht in Nicos Geschichte, aber Ellies Bemerkung weckt den Wunsch in mir, einer zu sein.

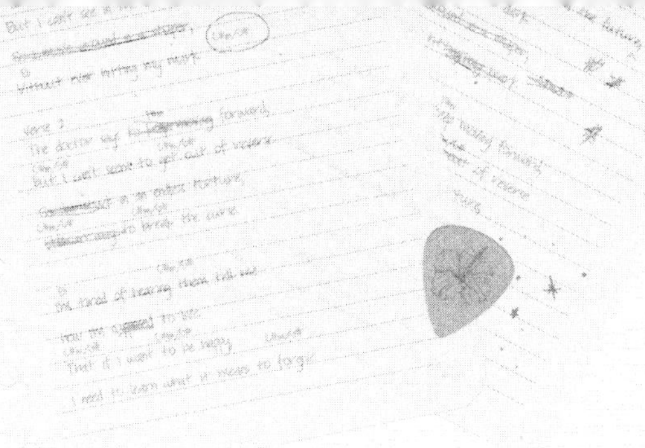

KAPITEL VIERUNDZWANZIG
ELLIE

Ich biete an, Nico ins Bett zu bringen.

Nach zwei Gutenachtgeschichten verlasse ich sein Schlafzimmer und stelle fest, dass Rafael am Flügel sitzt.

Zögerlich probiert er eine Taste aus, ehe er seine Hand zurückzieht, als würde er sich ertappt fühlen.

Verdammt, es ist echt niedlich, ihn so unsicher zu sehen.

»Du musst dir keine Sorgen machen, Nico aufzuwecken. Er schläft wie ein Toter.«

Er lächelt. »Ich weiß.«

»Möchtest du Klavier spielen lernen?«, frage ich, ohne nachzudenken.

Er starrt auf die Tasten. »Ich weiß noch nicht recht.«

Ich gehe zum Flügel und bedeute ihm, zur Seite zu rutschen. Als ich neben ihm auf dem Klavierhocker Platz nehme, streifen sich unsere Schultern. Sein Oberschenkel bleibt an mein Bein gepresst, während ich mit den Händen über die Tasten fahre.

»Klavier war das erste Instrument, das ich gelernt habe.«

Er wendet sich mir zu, um mich anschauen zu können. »Wirklich?«

»Jepp. Meine Mom hat es mir beigebracht.«

»Ich dachte, es wäre dein Stiefvater gewesen.«

»Das war erst später, als meine Mom und ich nach Lake Wisteria gezogen sind.«

Rafael legt interessiert den Kopf schief. »Du wurdest nicht dort geboren?«

»Nein, ich komme aus Lake Windermere. Nachdem meine Mom die Scheidung eingereicht hatte, wollte sie einen Ortswechsel, aber aufgrund der Sorgerechtsregelung konnte sie nicht zu weit wegziehen, sodass Lake Wisteria eine gute Option war.«

»Nah, aber nicht zu nah.«

»Genau.«

Um die Stille zu füllen, beginne ich, eine Melodie zu spielen, wobei ich meinen Körper sanft zur Musik wiege.

Immer wenn ich Rafael streife, versteift er sich leicht, aber schließlich entspannt er sich, während ich von einem Song zum nächsten übergehe.

»In der Highschool wollte ich immer zu den Blechbläsern.«

Diese Aussage überrascht mich so sehr, dass ich aus Versehen einen falschen Ton spiele. »Wirklich?«

Er nickt.

»Was hat dich davon abgehalten?«

Nun verkrampft er sich wieder, aber um eine Antwort wird er nicht herumkommen.

»Erzähl mir nicht, du hast dir Sorgen um deinen Ruf gemacht«, ziehe ich ihn auf.

In der Blechbläserkapelle der Wisteria High zu spielen, galt nicht gerade als cool, aber wir kamen bei den Leuten zumindest so gut an, dass sie sich unsere Auftritte in der Halbzeit anhörten und die saisonalen Konzerte besuchten. Deshalb habe ich mich nie dafür geschämt, zu den Trommlerinnen der Musikgruppe zu gehören. Ich war sogar stolz darauf, besonders nachdem wir die Staatsmeisterschaft gewonnen hatten.

Rafa wirft mir einen Seitenblick zu. »Und was, wenn doch?«

»Das wäre schrecklich klischeehaft.« *Und enttäuschend.*

Rafael und ich haben nie in denselben Kreisen verkehrt, nicht nur wegen unseres Altersunterschieds, sondern auch, weil er der beliebte, coole Sportler war, der immer im Rampenlicht stand. Und ich das namenlose, unscheinbare Mädchen. Er hatte keine Ahnung, wer ich war, und mittlerweile glaube ich, dass es besser so gewesen ist, denn damals war er nicht gerade nett.

»Ich war ein oberflächlicher Teenager, der sich ständig Gedanken darüber gemacht hat, was andere über ihn denken. Alles an mir war ein riesengroßes Klischee.«

Ich spiele weiter, während ich über sein Geständnis nachdenke. »Vielleicht war es doch gut, dass du der Kapelle nie beigetreten bist.«

Er runzelt verwirrt die Stirn. »Warum?«

»Weil ich dich sonst gehasst hätte.«

»Niemand hat mich gehasst.« Ein schelmisches Lächeln zupft an seinen Lippen.

Ich verdrehe die Augen. »Mit dieser Einstellung hätte dir früher oder später jemand einen Drumstick ins Auge gerammt.«

»Selbstvertrauen ist doch nichts Schlechtes.«

»Nein, aber wenn man zu viel davon hat, kann es nerven. Besonders in dem Alter.«

»Anderen schien es nichts auszumachen.«

»Nur weil niemand erkannt hat, was du hinter deinem Selbstvertrauen verbirgst.«

Erst als er mich mit verkniffener Miene ansieht, wird mir klar, was ich da gerade von mir gegeben habe.

Mist.

Es wäre mehr als peinlich, wenn er herausfinden würde, dass ich in ihn verknallt war, also muss ich besser verbergen, was ich alles über ihn wusste. Doch manchmal vergesse ich meine Gefühle von damals – zumindest bis mein Herz in seiner Gegenwart wieder genauso rast wie als Teenager.

Ich bin mir ziemlich sicher, dass ich mit fünfzehn einen Herzinfarkt bekommen hätte, wenn ich so dicht neben ihm gesessen und Klavier für ihn gespielt hätte. Mittlerweile fühle ich mich wohl in seiner Nähe. Natürlich knistert es manchmal, wenn wir einander zufällig berühren, aber neben ihm zu sitzen überwältigt mich nicht mehr.

Ich tue meine Bemerkung mit einem Schulterzucken ab.

»Sind wir uns jemals begegnet? Damals, meine ich«, fragt er, ehe ich die Chance habe, zu einem neuen Lied anzusetzen.

»Nein.« Wir sind uns erst begegnet, als sich unsere Leben fundamental verändert haben.

Ich habe ihn unzählige Male gesehen, aber wir haben uns nie unterhalten. Ich wusste, wie er aussah, wenn er weinte, und dass er sich gern im Computerraum versteckte, während die anderen zu Mittag aßen, doch er hat mich nie bemerkt.

Rafael beginnt, sich zu der traurigen Melodie zu wiegen, die ich spiele. Seine Augen sind geschlossen und seine Schultern entspannt.

»Nun bringst du mich auch ins Grübeln«, sagt er, ohne die Augen zu öffnen.

»Inwiefern?«

»Wenn wir uns damals gekannt hätten, hätte ich alles darangesetzt, dass du mich magst, statt mich zu hassen.«

Da hätte er sich nicht sonderlich anstrengen müssen.

Genau wie heute.

KAPITEL FÜNFUNDZWANZIG
RAFAEL

Unser zweiter Urlaubstag ist ruiniert, als meine Assistentin Ariel anruft, um mir mitzuteilen, dass meine Ex-Frau am heutigen Vorstandsmeeting von Dwelling teilnimmt. Ich weiß, wie sehr sich Nico darauf gefreut hat, North Shore zu besuchen, um den Surferinnen und Surfern zuzusehen, aber ich habe keine andere Wahl, als im Hotel zu bleiben. Nicht beim Meeting dabei zu sein, würde nur zu noch größeren Problemen führen, da sich meine Ex leidglich dann einmischt, wenn sie etwas von mir will.

Mit zwanzig habe ich leider nicht darüber nachgedacht, einen Ehevertrag aufsetzen zu lassen, da Hillary mehr Geld hatte als ich, sodass ihr nach unserer Scheidung rechtmäßig fünfzig Prozent von Dwelling zustanden. Daher hat sie das Recht, an Video-Meetings wie diesem teilzunehmen.

»Mr. Lopez?«, spricht mich meine Assistentin nun an.

Aus meinen Gedanken gerissen, starre ich in die Webcam. »Ja?«

»Ms. Wilson hat Ihnen eine Frage über den neuesten Finanzbericht gestellt.«

Reiß dich zusammen.

»Kannst du das noch mal wiederholen?«

Angesichts der schrillen Stimme meiner Ex beiße ich die Zähne zusammen, aber ich atme tief durch und erinnere mich daran, dass sie eines Tages gelangweilt oder verzweifelt genug sein wird, um mir ihre Anteile zu verkaufen.

Ich schaue aus dem Fenster zum Strand, wo sich glückliche Familien tummeln. Nico guckt wahrscheinlich gerade vergnügt den Surfenden zu, während ich hier oben festsitze und ihn enttäusche.

Diese gesamte Reise war dazu gedacht, visuelle Erinnerungen für ihn zu schaffen, die ihm niemand nehmen kann, und ich lasse ihn schon am zweiten Tag im Stich. Was er nicht versteht, ist, dass ich ihm zuliebe seine Mutter besänftige.

Indem ich all meine Gedanken an Nico verdränge und den Schmerz in meiner Brust ignoriere, schaue ich sie nun an. Hillary war schon immer schön, ihr Narzissmus dagegen jedoch ein Problem. Leider war ich von ihren funkelnden braunen Augen und ihrem strahlenden Lächeln so sehr geblendet, dass ich es erst bemerkt habe, als es schon zu spät war.

»Wie war deine Frage?«

»Was ist mit dem gesteigerten Profit, der im letzten Bericht erwähnt wurde?« Sie setzt ein Lächeln für die anderen Mitarbeitenden und Vorstandsmitglieder auf.

Einige erwidern es, aber Julian starrt weiterhin finster in seine Webcam.

Für eine Frau wie meine Ex dreht sich alles um Äußerlichkeiten, was auch der einzige Grund dafür war, dass sie in der Highschool mit mir zusammengekommen ist. Ich war der beliebte Typ, der es stets allen anderen recht machen wollte. Und sie war das reiche neue Mädchen aus Oregon, das kein Problem damit hatte, sich mit meiner übertriebenen Bewunderung für sie und meiner chronischen Unsicherheit abzufinden, solange sie dadurch die gewünschte Aufmerksamkeit bekam. Unsere Beziehung war nicht immer toxisch, unschön wurde es erst, als ich herausgefunden habe, dass sie trotz ihrer Gefühle für einen anderen Mann mit mir verheiratet bleiben wollte. Untreue war zwar ein ausschlaggebender Grund für unsere Scheidung, aber am meisten hat mich verletzt, dass sie so getan hat, als wäre sie glücklich mit mir. Die einzige aufrichtige Empfindung, die sie während des letzten Jahres unserer Ehe gezeigt hat, war ihre Freude über den Erfolg meiner Firma. Geld war der Grund gewesen, aus dem wir überhaupt geheiratet hatten, daher war es nur passend, dass wir uns aus dem gleichen Grund scheiden ließen.

Ich stoße langsam die Luft aus und schaue auf meinen Laptop-Bildschirm. Den Bericht des letzten Quartals durchzugehen, ist quälend, denn ich kann die Dollarzeichen in den Augen meiner Ex förmlich sehen. Gleich im Anschluss wird sie meinen Anwalt durch ihre Rechtsvertretung kontaktieren lassen, da bin ich mir sicher.

Nach dem Meeting habe ich furchtbar schlechte Laune. Als ich Julians Namen auf meinem Handy-Display lese, ignoriere ich seinen Anruf und warte auf die E-Mail, die garantiert eintreffen wird.

Bei der Scheidung wurde vereinbart, dass meine Ex-Frau zu Beginn jedes Jahres fünfhunderttausend Dollar von mir bekommt, um ihre Lebenshaltungskosten zu decken und unser gemeinsames Kind unterstützen zu können. Das Kindergeld könnte ich ihr genauso gut streichen, da sie kaum Zeit mit Nico verbringt. Aber wenigstens gibt sie so Ruhe, denn keiner von uns beiden würde wollen, dass sie ihre Hälfte des geteilten Sorgerechts tatsächlich in Anspruch nimmt. Für ihren Luxuslebensstil zu bezahlen, ist also ein geringer Preis, wenn ich weiß, dass es Nico und mir dafür gut geht.

Auch wenn mir Gespräche über Geld immer für ein oder zwei Tage schlechte Laune machen.

Drei Minuten später geht eine neue E-Mail ein.

DRINGEND: Antrag auf erhöhte jährliche Zahlungen.

»Heute ist einfach kein guter Tag.«

Drei Stunden später kommen Nico und Ellie lachend in die Suite gestürmt, wobei sie eine beachtliche Menge Sand mit hereintragen.

Ich bemühe mich um ein Lächeln, doch scheitere.

»Geht es dir gut?«, fragt mein Sohn mit einem Stirnrunzeln.

»Jepp.« Ich klappe meinen Laptop zu und drehe mich auf meinem Stuhl um. »Wie war es am Strand?« Meine Frage soll leichtherzig und sorglos klingen, kommt mir jedoch angestrengt über die Lippen.

Nico lässt die Schultern hängen. »Du bist gar nicht nachgekommen.«

»Ich hatte plötzlich ein paar unerwartete Dinge zu erledigen.« *Zum Beispiel musste ich deiner Mutter und ihrem Möchtegern-Hedgefonds-Manager mehr Geld zum Shoppen zusichern.*

»Okay, schon in Ordnung«, erwidert er schroff.

Ellie drückt seine Schulter. »Vielleicht können wir jetzt alle Zeit miteinander verbringen. Was meinst du?«

»Ich bin müde.« Nico geht in sein Zimmer und schließt leise die Tür hinter sich.

Ellie verzieht den Mund. »Ich hab dir geschrieben und gefragt, wann du nachkommst, aber du hast nicht geantwortet.«

»Ich war beschäftigt«, versetze ich.

Sie sieht mich ungerührt an. »Er hat sich wirklich sehr auf heute gefreut und andauernd nach dir …«

»Wenn ich das hätte wissen wollen, hätte ich gefragt«, unterbreche ich sie.

Erschrocken weicht sie einen Schritt zurück, als hätten meine Worte sie körperlich verletzt.

Am liebsten würde ich mich selbst ohrfeigen. Wahrscheinlich hätte ich sogar einen Tritt in die Eier verdient.

»Soll es den ganzen Urlaub so weitergehen?«, fragt sie mit erhobener Stimme und hochgezogenen Augenbrauen.

»Scheiße. Ich bin einfach wütend, aber das ist keine Entschuldigung dafür, so mit dir zu …«

Sie bringt mich mit einer Handbewegung zum Schweigen. Ich habe Ellie zwar schon öfter wütend und frustriert erlebt, aber sie hat mich noch nie so angesehen, als wollte sie mich bei lebendigem Leib häuten.

»Ich habe kein Interesse daran, mir weitere Entschuldigungen von dir anzuhören, weil sie offenbar ohnehin nichts bedeuten.« Sie zieht die Augenbrauen zusammen. »Für jemanden, der manchmal so ein netter Kerl ist, kannst du dich echt wie ein Arschloch aufführen. Langsam frage ich mich, wer der wahre Rafael ist.«

»Elle, ich …«

Für einen Moment wird ihre Miene weich, ehe sie sich wieder verhärtet. »Weißt du, was mein größtes Problem mit deinen Entschuldigungen ist? Ich weiß nicht, ob du sie ernst meinst.«

Genau wie zuvor Nico verschwindet Ellie nun in ihrem Zimmer und lässt mich mit den Konsequenzen meiner schlechten Entscheidungen allein zurück.

Da Ellie und Nico wütend auf mich sind, verbringe ich den Rest des Tages in meinem Schlafzimmer, bespreche die Unterhaltszahlungen mit meinem Anwalt und hasse mich selbst. Leider muss ich Hillary weiterhin finanziell unterstützen, es sei denn, sie heiratet einen anderen.

Zum Dinner gehen Nico und Ellie allein in ein Restaurant

innerhalb des Resorts, während ich in der Suite bleibe und über die Entscheidungen nachdenke, die mich an diesen Punkt gebracht haben. Hillary wird immer wieder neue Wege finden, mich zu verärgern und mehr Geld von mir zu fordern, also liegt es an mir, aufzuhören, mir Sorgen darüber zu machen. Ansonsten werde ich nur diejenigen enttäuschen, die mir am wichtigsten sind.

Meinen Sohn. Mich selbst. *Ellie.*

Ich habe so hart dafür gearbeitet, dieses Leben zu führen. Seit ich zwanzig war, habe ich versucht, mir den Reichtum und die Sicherheit aufzubauen, die ich jetzt habe, und was bringt mir das? Ich kann mir zwar ein schickes Hotel und alles, was mein Sohn sich wünscht, leisten. Aber was zählt das schon, wenn er diese Dinge nicht zusammen mit mir genießen kann?

Als ich am nächsten Morgen aufwache, überrascht es mich nicht, dass mein Sohn immer noch nicht mit mir spricht. Nachdem wir einen so schönen ersten Urlaubstag verlebt haben, tut es weh, von ihm abgewiesen zu werden, aber merkwürdigerweise quält es mich nicht so sehr wie Ellies Schweigen während unserer Wanderung zu den Manoa Falls.

Mit seinem bunten Schwimmoutfit und den Wanderschuhen ist Nico mühelos aus der Entfernung zu sehen, während Ellie in ihren dunklen Leggings und dem Sport-T-Shirt zwischen den Bäumen kaum hervorsticht. Sie bleibt in der Nähe meines Sohnes und hilft ihm ein paarmal, als er stolpert. Derweil halte ich mich hinter ihnen für den Fall, dass sie mich brauchen.

Nico ist ein sehr unabhängiges Kind, aber er kann nicht verbergen, dass er wegen seiner schlechten Sehkraft hin und wieder Schwierigkeiten hat, da der Pfad uneben ist und er die Strecke nicht kennt. Als er zum dritten Mal stolpert, kehrt das unbehagliche Engegefühl in meiner Brust zurück, sodass ich ein paar tiefe Atemzüge nehmen und mir in Erinnerung rufen muss, mich auf das zu konzentrieren, was ich kontrollieren kann.

Es geht ihm gut.

Ellie passt auf ihn auf.

Er wird nur wütend, wenn du ihm Dinge verbietest, weil er anders ist als die meisten Kinder.

Das sage ich mir immer wieder wie ein Mantra auf.

Als wir den Wasserfall endlich erreichen, quietscht Nico vor Freude und läuft zum Wasser.

»Aber nicht schwimmen gehen!«, ruft Ellie ihm hinterher.

Nico wirft ihr einen genervten Blick über die Schulter zu. »Das hast du schon zehnmal gesagt.«

Ellie lacht, doch wird abrupt ernst, als ich neben sie trete. Abgesehen von ein paar generellen Fragen über die Wanderstrecke hat sie bisher so getan, als würde ich nicht existieren. Das lässt in mir den alten Drang wieder aufkeimen, andere Leute glücklich zu machen, obwohl mir bewusst ist, dass ich diesmal guten Grund dazu habe. Schließlich war es nicht richtig von mir, die Beherrschung zu verlieren und so schroff mit ihr zu reden.

Nico beginnt ein Gespräch mit einem anderen Kind, dessen Familie eine Viertelstunde vor uns zu der Wanderung aufgebrochen ist, und erklärt ihm alles über den Wasserfall und welche Filme dort schon gedreht wurden.

»Ich habe keine Ahnung, wie er das macht«, sage ich und durchbreche damit die Stille zwischen uns.

Beim Klang meiner Stimme versteift sich Ellie sichtlich. »Was?«

»Er kommt so leicht mit jedem ins Gespräch.«

»Das muss er von seiner Tante oder einem anderen netten Menschen haben.« Ihr Blick huscht kurz zu Nico, ehe sie wieder mich anschaut.

»Hör zu …«

Sie deutet zu meinem Sohn, der ungefähr zehn Meter von uns entfernt steht. »Ist das ein guter Zeitpunkt?«

»Da er dabei ist, eine neue Freundschaft zu schließen, und ich keine Lust habe, den Rest des Tages zu schweigen, ja.«

»Was soll es bringen?«

»Ich muss ein paar Dinge loswerden.«

Sie wirft mir einen betont desinteressierten Blick zu. »Ich glaube, du hast gestern genug gesagt. Meinst du nicht?«

»Es war nicht in Ordnung, so mit dir zu reden.«

Sie beißt die Zähne zusammen.

Ich hole tief Luft. »Ich schäme mich dafür, dass ich die Selbstbeherrschung verloren habe.« Langsam lasse ich meinen Blick zur Wasseroberfläche gleiten. »Aber ich weiß einfach nicht, was ich tun soll.« Zittrig stoße ich die Luft aus. »Jedes Mal, wenn ich glaube, einen Schritt in die richtige Richtung zu machen – dass ich endlich ausnahmsweise mal glücklich sein kann –, passiert irgendetwas, das mich zurückwirft.«

Ich wappne mich für einen angewiderten, mitleidigen Blick, stelle aber überrascht fest, dass in ihren Augen etwas ganz anderes aufblitzt. Bewunderung? Nein, das kann nicht sein, denn wie könnte man mich bewundern?

Ich schaue zu Nico, der irgendeine Filmszene für das andere Kind nachspielt. »Ich habe meine Wut auf Hillary an dir ausgelassen, und das war nicht richtig.«

»Stimmt.«

»Ich weiß, dass du mich aufheitern wolltest, und ich habe mich aufgeführt wie ein Arsch.«

»Was immer wieder vorzukommen scheint.«

»Was, wenn ich das nicht will?«, frage ich heiser.

»Wollen kann man eine Menge, aber das bedeutet nichts, wenn man sich nicht dafür anstrengt.«

Ich schweige.

Ihr erschöpftes Seufzen bereitet mir ein mulmiges Gefühl. »Hör zu, das haben wir schon so oft besprochen, und es führt zu nichts. Also lass uns einfach beschließen, dass wir uns aus den Angelegenheiten des anderen raushalten.«

»Was soll das heißen?«

»Du wolltest nie mit mir befreundet sein, und ehrlich gesagt hat mich das am Anfang verletzt, aber mittlerweile ist es mir nur recht.«

Ich kann nicht leugnen, wie sehr mich ihre Worte treffen, obwohl ich das Gefühl zu verdrängen versuche. Ich bin mir nicht sicher, was mich daran so verletzt. Vielleicht die Tatsache, dass ich gedacht habe, sie würde von etwas ... Tiefgründigerem sprechen. Was ich für sie empfinde, ist wohl einseitig.

Mein Schweigen scheint sie als Einladung zu betrachten, fortzufahren. »Du bist wütend, und nach allem, was ich über deine Ex gehört habe, hast du gutes Recht dazu. Das kann niemand bestreiten. Aber so wie du dich von ihr runterziehen lässt, leiden all deine Mitmenschen darunter. Wenn du nicht lernst, deine Gefühle zu kontrollieren und sie für etwas anderes zu nutzen, wird sich das immer gleiche Muster wiederholen.«

Ellies Worte brennen sich in mich hinein und legen all meine Schwächen offen. »Woher willst du das wissen?«

Ihr herablassendes Lachen lässt mich aufhorchen. »Du bist nicht der Einzige, der unter einer toxischen Beziehung zu leiden hatte.«

Meine Neugier ist geweckt. »Warst du etwa auch in einer?«

Sie stößt zittrig die Luft aus. »Ich bin das *Produkt* einer toxischen Beziehung, was seine ganz eigenen Probleme mit sich bringt.«

»Zum Beispiel?«

Sie kaut auf der Innenseite ihrer Wange herum und denkt nach. Ich spüre, dass sie sich nicht öffnen will, was ich ihr nicht verdenken kann, denn auch ich habe Probleme damit.

Schließlich antwortet sie aber doch. »Mein Erzeuger, anders kann man ihn nicht bezeichnen, war ein fürchterlicher Mensch. Genau wie Hillary hat er versucht, meine Mom mit Geld zu kontrollieren, und sie dazu gezwungen, bei ihm zu bleiben, indem er ihr gedroht hat, sie zu verlassen und ihr alles zu nehmen.«

Mit angehaltenem Atem höre ich zu.

»Er hat damit gedroht, dass er sich das alleinige Sorgerecht für mich erkämpfen wird, was der Hauptgrund dafür war, dass sie so lange bei ihm geblieben ist.«

Ich erkenne den Schmerz in ihrer Stimme und die Schuldgefühle. »Du kannst nichts dafür, dass sie diese Entscheidung getroffen hat.«

Ellie lacht so leise, dass es neben dem rauschenden Wasserfall und Nicos Kichern kaum zu hören ist. »Ich weiß. Nach zwei Jahren Therapie habe auch ich endlich erkannt, dass ich mich nicht schuldig fühlen muss, weil meine Mom bei ihm geblieben ist – genauso wenig, wie sie die Schuld daran trägt, welche Entscheidungen ich getroffen habe.«

»Was für Entscheidungen?«

Sie senkt den Blick. »Nur belangloser Teenagerkram.«

Ihre Lüge ist offensichtlich, aber ich spreche sie nicht darauf an.

Schließlich schaut sie auf. »Was ich damit sagen will, ist, dass ich deine Wut besser verstehen kann, als du glaubst. Aber deshalb weiß ich auch, dass du deine Gefühle anders einsetzen musst, bevor dich die negativen Gedanken auffressen.«

»Was, wenn es dafür schon zu spät ist?«

»Tut es dir leid, wie du dich gestern verhalten hast?«

Obwohl ich mir nicht sicher bin, worauf sie mit dieser Frage abzielt, antworte ich aufrichtig. »Ja, natürlich.«

»Dann ist es nicht zu spät.« Sie macht eine Pause. »Noch nicht.«

»Und was schlägst du vor?«

Sie zuckt mit den Schultern. »Das musst du schon selbst rausfinden.«

»Okay, und was hast du gemacht?«

Ein ganz leichtes, aber verdammt hübsches Lächeln erscheint auf ihrem Gesicht. »Ist das nicht offensichtlich?«

»Nein, sonst würde ich wohl kaum fragen.«

»Musik.«

KAPITEL SECHSUNDZWANZIG
ELLIE

Als ich am nächsten Morgen aufwache, habe ich den Eindruck, meinen Boss besser zu verstehen.

In gewisser Weise war ich früher genau wie Rafael. Verschlossen. Leicht reizbar. Ich habe still gelitten, während meine Mom hilflos dabei zusah, wie ihre einzige Tochter alle Wut und Traurigkeit an ihrem eigenen Körper ausgelassen hat. Dank meiner Therapie, einem Musiklehrer, der mich nicht aufgegeben hat, und einem Richter, der meiner Mutter das alleinige Sorgerecht zusprach, konnte ich endlich meinen Heilungsprozess – sowohl körperlich als auch seelisch – beginnen. Vielleicht verstehe ich nicht alles, was Rafael durchmacht, aber ich weiß genug über Wut, um zu erkennen, dass jeder ein Ventil dafür braucht. Und seines müssen wir erst noch finden.

Spoilerwarnung: Dabei handelt es sich nicht um Sandburgen bauen.

Rafael sieht unfassbar missmutig aus, während er allein eine fürchterlich schlechte Sandburg baut und seinem Sohn sehnsüchtige Blicke zuwirft.

Ich kann nicht anders, als Mitleid für ihn zu empfinden.

Nico geht immer noch auf Abstand. Obwohl ich Verständnis für seine Gefühle gezeigt habe, habe ich ihm auch erklärt, dass Rafael niemals einen Strandtag hätte ausfallen lassen, wenn es nicht extrem wichtig gewesen wäre.

Nico wollte jedoch nichts davon hören. Er ist enttäuscht von seinem Dad, weil er nicht mitgekommen ist, und befürchtet, dass er uns erneut sitzen lassen könnte, um zu arbeiten.

Seit ich Rafael davon erzählt habe, scheint er noch motivierter zu sein, Nico vom Gegenteil zu überzeugen. Während der sich mit ein paar anderen Kindern angefreundet und angeboten hat, ihnen bei ihrer Sandburg zu helfen, ist Rafael dort geblieben, wo sein Sohn ihn allein zurückgelassen hat.

Nun hänge ich schon seit zehn Minuten auf der gleichen Seite meines Buches fest, weil ich mir Gedanken über den einsamen Vater mache, der drei Meter von meiner Strandliege entfernt im Sand sitzt und vollkommen verloren wirkt. Er hat nicht einmal sein T-Shirt ausgezogen und ist ins Wasser gegangen, so wie ich es eigentlich erwartet hatte, nachdem Nico verschwunden ist. Er bleibt weiterhin in der Nähe, weil er hofft, dass sein Sohn zurückkehren wird.

»Es reicht mir.« Ich werfe mein Buch auf die Liege und gehe zu ihm rüber. Mein Häkeltop und die dazu passende Hose wehen im Wind. Für dieses Outfit habe ich mich entschieden, da es genügend von meinem Körper bedeckt, aber trotzdem nicht zu warm ist.

Rafael schirmt seine Augen vor der Sonne ab, als er zu mir hochschaut. »Was?«

»Du siehst aus, als könntest du Hilfe gebrauchen.« Ich knie mich neben ihn in den Sand und schiebe einen Eimer aus dem Weg.

»Ich komme schon zurecht.« Er klopft sich etwas Sand vom Shirt.

»Ich weiß nicht, ob du das auch noch sagst, wenn dieses Ding in ein paar Minuten einstürzt.«

Irgendwie hat er es geschafft, auf einer Seite zu wenig und auf der anderen Seite zu viel Wasser zu verwenden, sodass keine von beiden sonderlich stabil wirkt. Genau in dem Moment fällt ein Turm in sich zusammen, während der andere zur Seite kippt.

Rafael stößt ein schweres Seufzen aus, das mein Herz schmerzen lässt. »Du musst nicht versuchen, mich aufzuheitern.«

Als Nico kichert, schaut Rafael stirnrunzelnd zu der Gruppe Kinder, die einem anderen Vater hilft, einen Wassergraben zu buddeln.

»Du weißt, dass wir eine bessere Burg bauen können«, stachele ich ihn an und hoffe, dass ich auf diese Weise seinen Kampfgeist wecke. Viele Leute im Ort reden darüber, wie ehrgeizig Julian und Dahlia sind, übersehen dabei jedoch Rafael, der stets der Beste in allem sein wollte. In Sport und AGs hat er immer alles gegeben, was einer der Gründe dafür war, dass die Leute so fasziniert von ihm waren.

Genau wie ich. Im Geheimen.

Als er schweigt, versuche ich es noch einmal. »Unser Ruf steht auf dem Spiel.«

Seine Lippen zucken. »Wer hätte gedacht, dass du bei Sandburgen so eine Leidenschaft an den Tag legst?«

»Machst du Witze? In unseren Familienurlauben in Nord-Michigan war ich drei Jahre hintereinander Champion im Sandburgenbauen.«

Er reicht mir eine Schaufel. »Dann zeig mal, was du draufhast. Ich wusste nicht, dass ich es mit einem Champion zu tun habe.«

Lachend greife ich nach der Schaufel, wobei sich unsere Finger berühren und sich ein Prickeln auf meiner Haut ausbreitet. Eilig rutsche ich ein Stück von ihm weg und beginne, im Sand zu graben.

»Wenn wir fertig sind, werden sich diese Kinder wünschen, sie hätten stattdessen uns geholfen.«

»Bist du dir sicher?«

Ich betrachte unser Werkzeug und reiche ihm eins. »Jepp, und jetzt mach dich endlich an die Arbeit.«

Nachdem wir drei Stunden lang in der prallen Sonne geschuftet haben, ist unsere Sandburg endlich fertig. Im Vergleich zu der, die die Kinder gebaut haben und die kurz vor dem Einstürzen ist, wirkt unsere wie ein Meisterwerk der Architektur. Ein paar Leute bleiben sogar stehen, um Fotos zu schießen, was mich mit Stolz erfüllt. Mein Grinsen ist so breit, dass meine geröteten Wangen schmerzen.

»Und, wie findest du sie?« Als Rafael nicht antwortet, schaue ich ihn an und stelle fest, dass er mich statt die Burg betrachtet.

Eilig wendet er den Blick ab und räuspert sich. »Ich dachte, du hättest geblufft, was deinen ersten Platz im Sandburgenbauen angeht.«

Ich lache. »Wirklich? Warum sollte ich das tun?«

»Damit ich deine Hilfe annehme?«

Ich mache ein ungläubiges Gesicht. »Es gibt absolut keinen Grund, dich zu belügen.«

Er kratzt sich an seinem kurzen Bart. »Ich weiß.«

»Trotzdem bist du vom Schlimmsten ausgegangen.«

»Leider schon.« Sein Schmunzeln ist kaum merklich, aber es entgeht mir nicht.

»Dann freue ich mich, dass ich dich eines Besseren belehren konnte.«

»So kenne ich dich.« Er lächelt zwar nicht, aber seine Augen funkeln wie der Ozean vor uns.

»Wow!« Sand wirbelt hinter Nico auf, als er zu uns gerannt kommt. »Die ist mega!«

»Schade, dass du zu beschäftigt warst, um uns zu helfen«, necke ich ihn, während ich Rafael anschaue. *Vertrau mir*, versuche ich ihm mit Blicken mitzuteilen.

Als er nichts sagt, betrachte ich dies als stumme Bestätigung.

»Ich war nicht zu beschäftigt.« Nico senkt den Blick.

»Von hier aus sah es allerdings so aus. Dein Dad hat versucht, deine Aufmerksamkeit zu bekommen, aber wahrscheinlich hast du ihn nicht gehört.«

Nicos Wangen röten sich unter der dicken Schicht Sonnencreme, die ich ihm vor einer halben Stunde frisch aufgetragen habe. »Kann sein.« Er schaut Rafael an. »Ich hab gedacht, du müsstest gleich wieder arbeiten.«

»Ich arbeite heute nicht, das hab ich dir doch schon erzählt.«

Nico zuckt mit den Schultern.

»Er hat kein einziges Mal auf sein Handy geschaut«, füge ich hinzu.

Nico beißt sich auf die Unterlippe, während er um unsere Burg herumgeht. »Die habt ihr gebaut?«

Rafael nickt. »Ellie und ich.«

»Toll.« Nico betrachtet unser Werk von allen Seiten.

Kurz zögert Rafael, sodass ich versucht bin, ihm zu Hilfe zu kommen, doch in dem Moment spricht er wieder. »Ich fände es schön, wenn du morgen mitmachst. Wir brauchen unbedingt noch jemanden, der gute Wassergräben buddeln kann.«

Nico hält in der Bewegung inne und blickt auf seine sandigen Füße hinab. »Was ist mit deiner Arbeit?«

Mein Herz zieht sich zusammen, als sich Rafael vor seinem Sohn hinkniet. »Ich weiß, dass du enttäuscht bist, weil ich das Meeting hatte, und es tut mir leid, dass ich unsere Pläne am zweiten Tag ändern musste, aber wenn du mir eine Chance gibst, würde ich es gern wiedergutmachen.«

»Was, wenn wieder jemand von der Arbeit anruft?«

»Das wird nicht passieren, weil ich mein Handy ins Meer geworfen habe.«

Nico lacht. »Nein, hast du nicht.«

»Okay, aber ich hab tatsächlich drüber nachgedacht«, scherzt Rafael auf eine Art, wie ich sie noch nie bei ihm erlebt habe.

»Gut, es ist nämlich genauso zerbrechlich und alt wie du.«

»Nimm das zurück!«

»Niemals!«

Nico rennt davon, doch Rafael fängt ihn schnell ein, schlingt die Arme um ihn und kitzelt ihn unter den Armen.

»Aufhören!«

»Nein, jetzt gehörst du mir«, knurrt Rafael mit Bösewichtstimme.

»Ellie, rette mich!« Nico streckt den Arm nach meiner Hand aus, doch ich trete einen Schritt zurück.

»Sorry, du bist auf dich allein gestellt.«

»*¡Para!*«* Nico windet sich im Sand, aber Rafael ignoriert sein Flehen. »*¡Papi!* Ellie ist auch kitzelig, sogar noch mehr als ich«, brüllt er nach Luft schnappend.

Dieser kleine Verräter.

Rafael dreht sich mit einem teuflischen Grinsen zu mir um.

Als ich einen Schritt nach hinten mache, stolpere ich fast über einen Eimer. »Nein, bin ich nicht.«

»Doch, ist sie. Besonders unter den Füßen.« Nico schlägt die Hände seines Vaters weg.

Ich werfe einen Blick auf mein nacktes Handgelenk. »Ach, wie spät es schon ist …«

Ehe ich meinen Satz beenden kann, lässt Rafael von seinem Sohn ab, der nun mit ausgestreckten Armen auf mich zugerannt kommt, wobei mich sein Grinsen an das seines Vaters erinnert.

Nico rammt mich und bringt mich damit zu Fall.

Mein Hintern trifft zuerst auf den warmen Sand, dann mein Rücken, als er sich auf mich wirft.

---

* *¡Para!: Stopp!*

»Hab dich!« Er kitzelt mich an den Seiten.

Ich könnte mich mühelos aus seinem Griff befreien, aber die Art, wie sich Nico zu seinem Vater umschaut, hält mich davon ab.

»*¡Papi! ¡Ayúdame!**«

Rafael kniet sich neben mich und greift nach meinem rechten Fuß. Als seine Finger meine Wade berühren, erstarre ich kurz, bevor ich reagiere.

»Nein!« Ich versuche, ihm meinen Fuß zu entziehen, doch sein Griff festigt sich.

Unsichtbare Flammen züngeln an meinem Bein hinauf zu einer Stelle, die nicht pochen sollte. Kurz ziehe ich es in Erwägung, Rafael wegzutreten, doch ich kann mich nicht rühren, da er die Hand um meinen Knöchel schließt. Als er mit den Fingerspitzen über meine Fußsohle streicht, prickelt mein ganzer Körper. Er berührt mich, und statt wegzulaufen, lade ich ihn förmlich dazu ein, weiterzumachen. Ich kreische und ignoriere das Ziehen in meinem Bauch, das nichts damit zu tun hat, dass ich gekitzelt werde.

»Ich hab dir doch gesagt, sie ist kitzelig!« Nicos fröhliches Lachen scheint Rafael noch mehr zu motivieren.

Ich starre den Mann an, der meine Beine festhält. »Ich hasse dich.«

»Gut.« Als er *grinst*, verliere ich jede Hoffnung. Ich bin seinem Rafael-Lächeln hoffnungslos verfallen und sehne mich jetzt schon nach dem nächsten.

Das Kitzeln ist mittlerweile meine geringste Sorge, denn das Prickeln in meiner Brust hört auch dann nicht auf, als Nico das Interesse verliert und Rafael von mir ablässt.

Und es verrät mir, dass ich vollkommen verloren bin.

---

* *¡Ayúdame!:* Hilf mir!

KAPITEL SIEBENUNDZWANZIG
RAFAEL

Als wir nach unserem Strandtag auf dem Weg sind, um ein Shave Ice zu holen, bekomme ich eine Nachricht von Dahlia.

Dahlia: *Wie erbeten, kommt hier die erste Ladung der wöchentlichen Beweisfotos.*

Sie hängt ein Bild von Jimmy B und Johnnie W an, die in ihrem Stall schlafen. Um sie herum liegen kleine Whiskyflaschen verteilt. Auf dem nächsten Bild ist Penelope mit lila- und rosafarbenen Schleifen in der Mähne zu sehen. Danach folgt ein verwackeltes Foto von Bacardi, die es sich wie immer in der Ecke ihres Stalles bequem gemacht hat.

Ich: *Was ist mit Bacardis Fell passiert?*

Dahlia: *Lily und Josefina haben gestern versucht, es auf eine gleichmäßige Länge zu stutzen, aber sie hat sich gewehrt.*

Ich: *Sie hat Angst vor dem Geräusch von Haarschneidemaschinen.*

Dahlia: *Das haben wir auch erkannt, nachdem Lily einen Tritt abbekommen hat.*

Ich wusste, dass es eine schlechte Idee war, meine Familie darum zu bitten, sich um meine Tiere zu kümmern, aber sie haben mir versichert, dass alles gut gehen würde.

Mit schweren Schuldgefühlen tippe ich meine nächste Nachricht.

Ich: *Fred kann ab jetzt die Tiere versorgen.*

Dahlia: *Ich wusste, dass du überreagieren würdest.*

Ich: *Mir sind meine Tiere einfach wichtig.*

Lily und Dahlia sind die jüngeren Schwestern, die ich nie hatte, daher behandele ich sie oft auch so, besonders wenn ich eigentlich selbst die Schuld an etwas trage.

Dahlia: *Ich weiß, und dafür lieben wir dich, aber du musst dich echt mal lockermachen. Ganz im Ernst.*

Dahlia: *Bacardi geht es gut. Lily geht es gut. Allen geht es gut.*

Ich: *Hat Lilys Gesicht etwas abbekommen?*

Dahlia: *Sie hat nur einen winzigen blauen Fleck auf der Wange.*

Ich stoße ein schweres Seufzen aus und beginne eine Nachricht an Fred zu schreiben, ein Farmer, der mein nächster Nachbar ist. Dahlias folgende Nachricht lässt mich jedoch innehalten.

Dahlia: *ABER vielleicht solltest du erst mal keine weiteren Tiere mehr aufnehmen.*

Ich lache leise.

Ich: *Zu spät.*

Ein Bauer aus dem Nachbarort hat seit dem Tod seiner Frau Mühe, sich um alle seine Tiere zu kümmern, daher habe ich mich bereit erklärt, sie zu mir zu holen, bis ich eine neue dauerhafte Bleibe für sie finde. Julian hat schon begonnen, die Erweiterungspläne für die Scheune zu zeichnen, weil er der Ansicht ist, dass sie langsam zu klein wird.

Dahlia: …

Dahlia: *Ellie tut mir leid. Ich kann nicht glauben, dass sie sich freiwillig mit all diesem Vieh umgibt.*

Ich: *Es sind doch nur acht Tiere.*

Dahlia: *Dich selbst hast du vergessen.*

Meine nächste Nachricht ist zwar ein Mittelfinger-Emoji, trotzdem kann ich mir ein Schmunzeln nicht verkneifen.

Jetzt wo ich darüber nachdenke, hat sich Ellie tatsächlich noch kein einziges Mal darüber beschwert, dass sie sich um die Tiere kümmern muss. Sie scheint Spaß daran zu haben und hat ihnen sogar Namen gegeben. Bisher habe ich mir nie viel dabei gedacht, aber da ich nun weiß, welche Probleme Dahlia und Lily mit der Arbeit in der Scheune haben, schäme ich mich dafür, dass ich Ellies Arbeit als selbstverständlich betrachtet habe. Ich habe ihr sogar vorgeworfen, dass sie für ihren Job nicht qualifiziert sei, obwohl das nicht mal annähernd stimmt.

Ellie könnte so viel mehr aus ihrem Leben machen. Das hat sich gezeigt, als Cole Griffin Interesse daran bekundet hat, Lieder mit ihr zu komponieren. Doch sie hat sich stattdessen entschieden, sich um Nico zu kümmern.

Sie hat sich für uns entschieden.

Nicht für uns. Für Nico.

Ein Gefühl von Enttäuschung, das sich nicht ignorieren lässt, macht sich in mir breit, denn für eine Sekunde wollte ich, dass es wahr ist. Ich wollte, dass sie sich auch für mich entschieden hat.

Da uns nur noch ein paar Tage in Honolulu bleiben, bevor wir nach Kauai reisen, halte ich es für eine gute Idee, endlich den Whirlpool auszutesten, nachdem Nico eingeschlafen ist – nur um festzustellen, dass seine Nanny bereits darin sitzt.

Dass es mich nicht vollkommen kaltlässt, Ellie in einem Bikini zu sehen, ist vielleicht normal, aber deswegen direkt eine Erektion zu bekommen, ist peinlich und denkbar ungünstig. Unter der sprudelnden Wasseroberfläche kann ich ihren Körper zwar nicht richtig sehen, aber der Anblick ihrer Brust genügt, um mich derart zu erregen.

Ich habe damit gerechnet, dass sie sich heute in ihr Zimmer zurückziehen und Gitarre spielen würde, daher überrascht es mich, dass sie auf dem Balkon ist und sehnsüchtig zu den Sternen hinaufschaut. Zum Glück wirkt sie so fasziniert von der Aussicht, dass sie mich zunächst nicht bemerkt und ich sie weiter anschauen kann. Ihre Brüste sind klein und fest, und ich stelle mir vor, dass sie perfekt in meine Handflächen passen würden. Da sich Ellie sonst eher schlicht kleidet, habe ich nicht damit gerechnet, dass sie einen limettengrünen Bikini wie diesen besitzt.

Eilig bedecke ich mein wachsendes Problem mit einem Handtuch, als sie sich zu mir umdreht.

»Wenn du damit fertig bist, mich anzustarren, könntest du dann bitte noch mal den Knopf da drücken?« Sie deutet auf die Tasten für die Düsen.

Ohne auf ihre erste Bemerkung einzugehen, gehorche ich und stelle den Timer noch einmal auf fünfzehn Minuten.

Daraufhin richtet Ellie den Blick wieder gen Himmel und ignoriert mich, während ich in den Whirlpool steige, sodass sie zum Glück auch meine Erregung nicht bemerkt.

Als das heiße Wasser meine schmerzenden Beinmuskeln umspült, seufze ich wohlig.

»Toll hier drin, nicht wahr?«

»Ich sollte mir so ein Ding für zu Hause anschaffen.«

»Das fände ich super.«

Mein Schwanz scheint ihr zuzustimmen.

Ein paar Minuten sitzen wir entspannt und schweigend da, ehe sie wieder spricht.

»Fragst du dich auch manchmal, was dort draußen ist?« Sie deutet zum Himmel hinauf.

»Haben wir nun einen Punkt in unserer Beziehung erreicht, an dem wir uns über Verschwörungstheorien unterhalten?«

Der Laut, den sie ausstößt, bringt mich zum Schmunzeln. »Eigentlich haben wir keine Beziehung zueinander. Zumindest keine normale«, gibt sie zu bedenken.

»Das sehe ich genauso.«

Die Gefühle, die sie in mir auslöst, machen wir langsam Angst.

Ihr schweres Seufzen lenkt meinen Blick wieder auf ihre Brust. Als sie sich räuspert, schaue ich schuldbewusst auf. So zu tun, als würde ich sie nicht attraktiv finden, ist mittlerweile zwecklos.

»Bekommen wir beide ein Problem?«, fragt sie heiser.

»Hättest du gern ein Problem?«

Sie wendet als Erstes den Blick ab. »Das hier war eine schlechte Idee.«

Zum Glück kann sie meine Gedanken nicht lesen, denn ich habe hundert weitere schlechte Ideen, die sich immer wieder in meinem Kopf abspielen.

»Du könntest gehen«, schlage ich scherzhaft vor.

»Du auch.«

»Das wird nicht passieren.«

»Ich war zuerst hier.« Sie bewegt ihren Fuß und spritzt mir Wasser ins Gesicht.

Eilig packe ich sie am Knöchel und ziehe so fest daran, dass sie das Gleichgewicht verliert. Kurz geht sie unter, doch taucht im nächsten Moment fluchend und mit finsterer Miene wieder auf.

»Ich wollte mir die Haare nicht nass machen.«

»Oh, ich bitte um Verzeihung.«

Im nächsten Moment spritzt sie mich wieder nass.

Ich schnappe empört nach Luft. »Hey, meine Frisur saß gerade so gut.«

Ihr entrüsteter Blick bringt mich zum Lachen.

»Du bist so ein Arschloch.«

»Du solltest an deinen Beleidigungen arbeiten, Elle, die werden nämlich langsam langweilig.«

»Nenn mich nicht so.«

»Warum? Hast du Angst, dass du am Ende doch noch Gefallen daran finden könntest?«

Da ihr Blick jedes Mal weicher wird, wenn ich diesen Spitznamen verwende, weiß ich ohnehin schon, dass er ihr nichts ausmacht. Sie kann sagen, was sie will, ihre Augen verraten sie.

»Es ist albern.«

»Der Spitzname? Oder die Art, wie du jedes Mal darauf reagierst?«

Sie verengt die Augen. »Du bist ganz schön unverschämt heute.«

Nachdem Nico mich gebeten hat, ihn ins Bett zu bringen *und* ihm eine Geschichte vorzulesen, fühle ich mich wie im siebten Himmel, daher bin ich vielleicht etwas übermütig.

»Ich bin nicht unverschämt, sondern glücklich – solltest du auch mal ausprobieren.«

»Bist du high?«

»Nein, aber vielleicht wäre das keine schlechte Idee.«

Sie starrt mich mit offenem Mund an.

»Was?«

»Ich bin einfach … schockiert.«

»Warum?«

»Ich hätte nicht gedacht, dass du Gras rauchst.«

»Hast du eher gedacht, dass ich lieber Hanfkekse esse so wie du?«, gebe ich zurück.

Sie schaut mich verblüfft an. »Woher weißt du davon?«

»Ich hab gesehen, dass du gegoogelt hast, ob es legal ist, welche im Flieger mitzuführen.«

»Dafür hab ich eine Erklärung.«

»Ist klar.«

»Ich leide unter Angst!«

»Was garantiert alle dreihundert Passagiere im Flieger mitbekommen haben, ja.«

»Meine Recherche hatte also ihren Grund.«

Dass sie sich rechtfertigt, ist bezaubernd, besonders weil sich ihre Wangen röten.

»Ich habe ja auch nicht das Gegenteil behauptet, aber nächstes Mal solltest du den Suchverlauf auf dem Hauptcomputer löschen.«

Sie schlägt sich eine Hand vor den Mund. »Tut mir leid. Ich dachte, das hätte ich getan.«

»Nur damit du Bescheid weißt: Wenn dich Nico jemals fragt, was Hanfkekse sind, musst du ihm verklickern, es seien Schoko-Cookies. Kapiert?«

Ihr entfährt ein herzhaftes Lachen, was mir eine gewisse Genugtuung verschafft, da ich weiß, dass ich dafür verantwortlich bin.

»In gewisser Weise stimmt das ja auch«, erwidert sie. »Vermutlich.«

Ich grinse, als ich daran zurückdenke, wie Julian und ich versucht haben, Hanf-Brownies zu backen, wobei uns seine Mom erwischt hat, die daraufhin das Gras für sich selbst behalten hat.

Ein paar Minuten später ertappe ich Ellie dabei, wie sie mich anstarrt. »Was?«

»Ich hab nur gerade versucht, mir vorzustellen, wie du bist, wenn du was geraucht hast.«

»Total gechillt.«

»Echt? Ich hätte auf paranoid getippt.«

»Das nehme ich persönlich.«

Sie klimpert mit den Wimpern. »Du musst dich nicht schlecht fühlen, in jeder Gruppe gibt es einen von diesen Typen.«

»Ja, und sein Name lautet Julian Lopez.«

Sie guckt überrascht. »Julian? Echt jetzt? Das hätte ich nicht gedacht!«

»Ich auch nicht. Die ersten paar Male, als wir in der Highschool geraucht haben, war er viel gelassener als sonst, aber dann war Dahlia einmal dabei …«

»Oh nein.«

Ich nicke. »Jepp. Du weißt ja, wie er in ihrer Gegenwart ist.«

»Es ist total niedlich.« Ellie klingt ein wenig wehmütig, was mein Herz schwer werden lässt.

»Du meinst wohl eher nervig.«

»Was ist denn damals passiert?«

»Sie war so gechillt, dass Julian sich Sorgen gemacht hat, dass sie eine Überdosis geraucht hat.«

Ellie grinst. »Das ist lächerlich.«

»Ja, genau das meine ich mit paranoid. Ich musste ihn regelrecht festhalten, um ihn davon abzuhalten, sie ins Krankenhaus zu fahren, nachdem sie eingeschlafen war.«

Ellies Schultern beben vor Lachen.

»Und wie bist *du* drauf, wenn du high bist?«, frage ich.

Sie schaut wieder zum Himmel hinauf. »Ich bin eine Träumerin.«

»A.k.a die Person, die nicht aufhört zu quasseln? Das werde ich mir merken.«

Sie spritzt mich noch einmal nass, doch diesmal stehe ich auf und ziehe sie an der Hand mit hoch. Als sie das Gleichgewicht verliert, halte ich sie fest, damit sie nicht ausrutscht.

Ellie prallt gegen mich, wobei sie versehentlich meine Erektion streift. Mir entweicht ein unterdrücktes Stöhnen, und sie schließt kurz die Augen, ehe sie sie wieder aufreißt. Keiner von uns beiden wagt es zu atmen, als wir einander in die Augen schauen.

Ich bin mir nicht sicher, wer sich zuerst vorbeugt, aber ich kann mich nicht davon abhalten, die Lücke zwischen uns zu schließen. Ellie fühlt sich gut an in meinen Armen. *Richtig*. Als würde sie genau dorthin gehören, was es mir unmöglich macht, sie loszulassen.

Da unsere Gesichter nur ein paar Zentimeter voneinander entfernt sind, nutze ich die Gelegenheit, um mir jedes Detail einzuprägen. Die drei kleinen Muttermale an ihrem Kiefer. Die Art, wie ihre Wimpern flattern, als sie den Blick auf meine Lippen senkt. Dass ihre markanten Wangenknochen im Gegensatz zu ihren vollen Lippen und dem herzförmigen Gesicht stehen.

Ich senke den Kopf, doch ehe sich unsere Lippen berühren, drückt Ellie gegen meine Brust und bricht den Moment, bevor etwas passieren kann.

Eine Sekunde lang fühle ich mich benommen.

Als ich mich in den Whirlpool gesetzt habe, habe ich alles um mich herum vergessen. Nico, den Arbeitsvertrag und die emotionalen Hindernisse, die uns im Weg stehen. Ich war glücklich. Aufrichtig glücklich, und zwar wegen ihr.

Nun lasse ich eilig von ihr ab, sodass sie kurz ins Wanken gerät, ehe sie sich an meinen Schultern festhält.

Vorsichtig – widerwillig – löse ich ihre Hände von mir und mache einen Schritt in Richtung Stufen. »Genieß den Abend noch.«

»Rafael«, ruft sie mir hinterher und streckt den Arm nach mir aus.

Ich wende mich ab und verlasse den Whirlpool, sehe jedoch noch, dass Ellie mit verwirrter Miene zwischen mir und dem sprudelnden Wasser hin und her schaut.

»Wo willst du hin?«

Zurück an den Ort, dem ich immer noch versuche zu entfliehen. *In meine persönliche Hölle.*

Ich: *Ich hätte Ellie fast geküsst.*

Unruhig gehe ich in meinem Zimmer auf und ab. Da es schon spät ist, rechne ich nicht mit einer Antwort, dennoch hoffe ich insgeheim, dass er vielleicht noch wach ist.

Zum Glück muss ich nicht lange warten.

Julian: *Es ist spät.*

Ich: *Und trotzdem bist du wach.*

Julian: *Weil du mich geweckt hast.*

Ich: *Sorry.*

Ich: *Kannst du mir trotzdem helfen?*

Julian: *Wer hat als Erstes einen Rückzieher gemacht?*

Ich: *Sie.*

Julian: *Hat sie was gesagt?*

Ich: *Nein. Ich bin abgehauen, ehe sie die Chance dazu hatte.*

Julian: *Hm.*

Ich: *Was soll das heißen?*

Julian: *Nichts. Es war vermutlich besser so.*

Zwar bin ich enttäuscht, doch das ist genau der Grund, aus dem ich Julian getextet habe. Von uns beiden war er schon immer der Verantwortungsbewusste. Er ist besonnen und scheint stets eine Antwort auf alles zu haben, wohingegen ich ein paar unüberlegte Entscheidungen getroffen habe, die noch heute Einfluss auf mein Leben haben.

Daher rührt auch meine jetzige Unsicherheit.

Ich: *Ich hab das Richtige getan, oder?*

Julian: *Findest du, dass du das Richtige getan hast?*

Ja. Nein. Keine Ahnung, deswegen frage ich ja. Ich bin zugleich erleichtert, dass ich sie nicht geküsst habe, und wütend, weil ich meine Chance hab verstreichen lassen. Wer weiß, ob ich jemals eine zweite bekomme.

Zittrig stoße ich die Luft aus.

Ich: *Ich bin mir nicht sicher.*

Julian: *Dann war es richtig.*

Julian: *Zumindest für den Moment.*

Ich: *Was soll das denn heißen?*

Julian: *Du solltest sie nicht küssen, ehe du dir sicher bist, dass du es nicht bereuen wirst. Denn wenn du diesen Schritt einmal gegangen bist, gibt es kein Zurück mehr.*

Ich gebe es nur ungern zu, aber Julian hat recht. Auch wenn ich mir wünsche, es wäre nicht so.

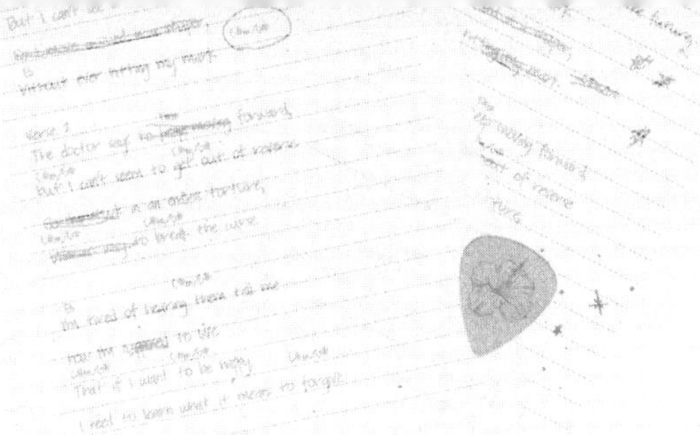

KAPITEL ACHTUNDZWANZIG
ELLIE

Fast hätte ich heute Abend zugelassen, dass Rafael mich küsst. Und schlimmer noch: Wenn er es getan hätte, hätte ich ihn nicht aufgehalten.

Zu wissen, dass ich seinen Kuss erwidert hätte, weckt Schuldgefühle in mir. Nachdem mich Darius Larkin ohne meine Einwilligung geküsst und meine Freundschaft mit seiner Freundin zerstört hat, habe ich mir geschworen, nie wieder zuzulassen, dass mich eine Person in einer Machtposition ausnutzt.

Dennoch habe ich heute, nur ein Jahr später, meinen Job aufs Spiel gesetzt. Ich habe mit Rafael geflirtet, habe mich von ihm in die Arme schließen lassen. Aber zum Glück bin ich im richtigen Moment wieder zu Sinnen gekommen. Im Grunde weiß ich, dass Rafael mich nicht wegen eines Kusses feuern würde, obwohl ich mir nicht sicher bin, ob es bei einem Kuss bleiben würde. Ich würde mehr wollen, als er jemals bereit wäre, mir zu geben, und allein das ist Grund genug, mich von ihm fernzuhalten.

Mir das einzureden, kann jedoch die Schmetterlinge in meinem

Bauch nicht vertreiben, die ich jedes Mal spüre, wenn ich daran denke, wie Rafael mich angesehen, wie sich sein Körper angefühlt hat, als er sich an mich gepresst hat – und sein …

Nein.

Panisch schreibe ich Willow in der Hoffnung, dass sie trotz der späten Stunde noch wach ist, denn sie schläft generell nicht viel.

Zum Glück muss ich nicht lange warten, schon ein paar Minuten später vibriert mein Handy.

Willow: *Was soll das heißen, Rafael hätte dich fast geküsst?*

Ich: *Als wir im Whirlpool waren.*

Ehe ich die Chance habe, die Situation genauer zu erklären, geht die nächste Nachricht ein.

Willow: *WHIRLPOOL? Mit deinem BOSS?*

Meine Wangen werden heiß.

Ich: *Ich saß zuerst drin.*

Willow: *Aber du bist auch nicht gegangen, als er kam.*

Ich: *Nein.*

Willow: *Interessant.*

Willow: *Was hattest du an?*

Ich: …

Willow: *Ich bin ein visueller Mensch, also möchte ich mir gern ein Bild machen.*

Ich verdrehe die Augen.

Ich: *Den grünen Bikini.*

Willow: *Kein Wunder, dass er sich zu dir gesetzt hat. Deine Brüste sehen phänomenal darin aus!*

Ich antworte mit einem errötenden Emoji.

Willow: *Und was ist dann passiert?*

Ich: *Wir haben uns unterhalten und ein bisschen rumgealbert.*

Willow: *Und geflirtet?*

Ich: *In gewisser Hinsicht.*

Willow: *Ja oder nein?*

Ich: *Na gut.*

Ich: *Ja.*

Willow: *Ich wusste es!*

Willow: *Und dann?*

Ich: *Er hat mich in seinen Armen gehalten und mich angesehen, als wollte er mich küssen.*

Willow: *Whoa, whoa, whoa. Den spannenden Teil hast du weggelassen.*

Ich: *Zum Beispiel?*

Willow: *Habt ihr rumgefummelt?*

Ich: *Nein!*

Willow: *Ich bin enttäuscht von dir.*

Ich: *Ich hab aber etwas gespürt …*

Sie sendet drei Auberginen-Emojis.

Willow: *Hatte er einen Ständer? Bitte sag Ja.*

Mit einem Mal wird mir heiß, und mein Herz macht angesichts der Erinnerung daran, wie erregt er war, einen Satz.

Ich: *Die Frage beantworte ich nicht.*

Willow: *Das heißt also Ja. Gut zu wissen.*

Ich: *Ich bin auf einmal viel zu müde, um weiter zu texten. Gute Nacht.*

Willow: *Warte! Diesen Cliffhanger kannst du mir nicht antun!*

Als ich nicht sofort antworte, droht mir Willow.

Willow: *Erzähl mir sofort, was als Nächstes passiert ist, sonst kannst du was erleben.*

Ich: *Nichts ist passiert. Ich hab mich zur Räson gerufen, woraufhin er mich losgelassen hat und ich mich aus dem Staub gemacht hab.*

Willow: *Keine Rede davon, dass er dich will, aber nicht haben kann?*

Ich: *Nein.*

Willow: *Ich bin enttäuscht.*

Und ich erst! Seufzend tippe ich eine weitere Nachricht.

Ich: *Wie soll ich ihm morgen bloß gegenübertreten?*

Willow: *Er ist derjenige, der dich fast geküsst hätte, also ist das sein Problem, nicht deins.*

Es fühlt sich aber an, als hätten wir beide ein Problem, denn nun können wir nicht mehr leugnen, dass es zwischen uns knistert. Zumindest ich kann das nicht.

Nach dem Vorfall gestern Abend im Whirlpool halte ich es für das Beste, den Sonntag allein zu verbringen, während Rafael und Nico Tiefseeangeln gehen. Ich brauche Zeit, um einen klaren Kopf zu kriegen und mir Gedanken über den nächsten Schritt zu machen, doch leider hinterfragt Nico meine Entscheidung.

»Ich möchte so gern, dass du mitkommst.« Er nimmt meine Hand und versucht, mich aus dem Bett zu ziehen, schafft es jedoch nicht, mich mehr als ein paar Zentimeter zu bewegen.

»Ich will noch ein bisschen schlafen.« Stöhnend drücke ich mir ein Kissen aufs Gesicht.

»Aber du bist doch schon wach!«

Da mir kein überzeugendes Gegenargument einfällt, drehe ich mich auf die Seite und stelle mich tot.

»Was ist hier los?«, erklingt auf einmal Rafaels tiefe Stimme.

»Ellie will nicht aufstehen«, mault Nico.

»Warum nicht?«

»Sie sagt, dass sie schlafen will.«

»Da sind wir schon zu zweit.«

»Papi.«

»Wenn sie nicht will …«

Es ist offensichtlich, dass *Rafael* nicht will, dass ich mitkomme, was noch mehr Scham wegen gestern Abend in mir aufkeimen lässt.

»Du *musst* mitkommen.« Nico zieht mir das Kissen vom Gesicht und zwingt mich dazu, in die dunkelbraunen Augen seines Vaters zu blicken.

Es sind die gleichen Augen, in die ich gestern Abend geschaut habe, als er mich fest an seine Brust gedrückt und mich angesehen hat, als würde ihm der Moment etwas bedeuten. Als würde ich ihm gehören.

Rafaels Blick fällt auf meine Lippen – nur flüchtig, trotzdem fühlt es sich an, als hätte er an einem unsichtbaren Faden gezogen, der um mein Herz gewickelt ist.

Gestern Abend hat sich etwas zwischen uns verändert. Die Dynamik ist anders. Elektrisch geladen. *Gefährlich.*

Die Tatsache, dass mir nun mein gesamtes Blut in die untere Körperhälfte schießt, ist nur ein weiterer Grund dafür, mich heute von ihm fernzuhalten und zu sammeln. Ich muss meine Gedanken ordnen und mir in Erinnerung rufen, warum ich hier bin und was für mich auf dem Spiel steht, wenn ich mir gestatte, mich meiner Begierde hinzugeben. Nicht nur meinen Job würde ich riskieren, sondern auch meine Bindung zu Nico, denn Rafael würde mich, sollten wir diese Grenze überschreiten, auf keinen Fall weiter für ihn arbeiten lassen. An seiner Stelle würde ich genauso handeln – was bedeutet, dass ich mich beherrschen und darauf fokussieren muss, warum ich die beiden auf diese Reise begleitet habe. Um Nico den Urlaub seines Lebens zu ermöglichen.

Nico zeigt auf mich. »Sag ihr, dass sie mitkommen muss.«

Stumm flehe ich Rafael an, seinem Sohn keine Beachtung zu schenken, doch meine Bitte wird nicht erhört.

»Elle.«

Jetzt verwendet er schon wieder den Spitznamen, der mein Herz flattern lässt. Es ist albern, dass das Weglassen eines einzigen Buchstabens diese Wirkung auf mich hat, aber es liegt nicht an dem Namen an sich. Es geht um die Tatsache, dass Rafael mir überhaupt einen Spitznamen gegeben hat, den nur er verwendet.

»Oh, Elle! Das gefällt mir.« Nico klatscht in die Hände.

Rafael bedenkt seinen Sohn mit einem strengen Blick. »*Ich* nenne sie so.«

Nico verdreht die Augen. »Und ich darf das nicht?«

»Schön, dass du es kapiert hast.«

Ich unterdrücke ein Lachen, während Nico ihn verwirrt anschaut.

»Mir gefällt es, wenn du mich Ellie nennst.« Ich tätschele Nicos Schulter und hoffe, dass niemand bemerkt, wie rot meine Wangen sind.

»Dann also Ellie.« Nico grinst, ehe er eine betont ernste Miene aufsetzt. »Aber wenn du heute nichts mit uns machst, nenne ich dich ab jetzt Eleanor.«

»Willst du mich etwa …«

Nico verschränkt die Arme. »Erpressen? Ja.«

Rafael zerzaust seinem Sohn das Haar. »Du hast offenbar einiges von mir gelernt.«

»Es hat mir wesentlich besser gefallen, als ihr zwei euch nicht verstanden habt.«

Nico reckt triumphierend die Faust, und Rafael stößt mit seiner dagegen.

»Geht es dir gut?«, fragt Nico.

Ächzend stütze ich mich am Rand des kleinen Fischerbootes ab.

Rafael hält mir das Haar aus dem Gesicht. Die andere Hand hat er mir auf den Rücken gelegt und beschreibt beruhigende Kreise darauf.

Ich wollte mich eigentlich von ihm fernhalten, doch dann hat mein Magen beschlossen zu rebellieren. Zum Glück habe ich es rechtzeitig geschafft, mich über die Reling zu beugen. Rafael war sofort bei mir und hat mir das Haar zurückgehalten, während ich mich übergeben habe. Dann hat er ein nasses Handtuch für meine Stirn geholt und mir beruhigende Worte zugeflüstert, die nur ich hören konnte.

Er ist so zärtlich – so sanft und fürsorglich und geduldig –, dass mir Tränen in die Augen schießen. Es ist wahnsinnig ungerecht, dass ich mich nach einer Person verzehren muss, die ich nicht haben kann. Zum Glück bin ich von ihm abgewandt, sodass er nicht sieht, dass ich weine. Rafael sorgt nicht nur dafür, dass meine Schwärmerei aus Highschoolzeiten wieder aufflammt, sondern dass stärkere Gefühle als jemals zuvor in mir aufkeimen. Und er hat absolut keine Ahnung.

Noch nie hat sich jemand, abgesehen von meiner Familie und Willow, auf diese Art um mich gekümmert, was diverse widersprüchliche Empfindungen in mir auslöst. Brennende Lust. Lähmende Angst. Unendliche Traurigkeit, weil ich weiß, dass wir niemals etwas miteinander anfangen können.

Nachdem die Übelkeit ein wenig abgeklungen ist, wische ich mir mit dem Handrücken über den Mund, erhebe mich und lehne mich mit dem Rücken an die Reling.

»Ich hab dir doch gesagt, ich hätte besser im Hotel bleiben sollen.«

»Es ist meine Schuld, dass wir kein größeres Boot gemietet haben.«

Ich schäme mich fürchterlich dafür, dass ich ihren Angelausflug ruiniert habe, denn wenn es eines gibt, was ich noch mehr hasse als Konfrontation, dann ist es, anderen Menschen zur Last zu fallen. Dieses Problem bin ich zwar in der Therapie angegangen, aber das heißt noch lange nicht, dass ich nicht trotzdem hin und wieder in das alte Muster zurückfalle, das viel zu lange ein Teil meines Lebens war.

Meine Mom widerspricht mir zwar jedes Mal vehement, aber ich gebe mir immer noch die Schuld dafür, dass sie mit meinem Vater zusammengeblieben ist, weil sie mich beschützen wollte.

Eine weitere Welle bricht sich am Bootsrumpf, und ich richte meinen Blick fest auf den Horizont, während ich bete, dass der plötzliche Anflug von Übelkeit genauso schnell verschwindet, wie er gekommen ist.

Nico holt eine Tüte Minzbonbons aus Rafaels Rucksack, von denen ich mir eilig drei in den Mund schiebe.

»Nico, kannst du auch Wasser holen? Und frag den Kapitän bitte, ob er Cracker hat.«

»Klar. Für Elle tue ich doch alles.« Er streckt seinem Vater die Zunge raus und wendet sich ab.

Erneut zieht sich mein Magen zusammen. »Ich fühle mich hundsmiserabel.«

»Ich hab den Kapitän schon gebeten, wieder umzukehren.«

»Nein!« Auf wackeligen Beinen wende ich mich ihm zu.

Die nächste Welle bringt mich aus dem Gleichgewicht, aber zum Glück fängt Rafael mich auf. Sofort denke ich wieder an gestern Abend zurück, als er seine Arme um mich geschlungen hat.

Eilig lässt er von mir ab und verschränkt die Arme vor der Brust. »Du hast dich schon zweimal übergeben.«

»Vielleicht hilft es ja, wenn ich es noch ein drittes Mal tue.«

Er schmunzelt nicht einmal.

»Du musst dir keine Sorgen um mich machen. Ich hab sowieso nichts mehr im Magen.«

Seine Miene verfinstert sich noch mehr. »Wahrscheinlich bist du vollkommen dehydriert.«

»Du musst nicht gleich überreagieren.« Ich zeige auf Nico, der Mühe hat, das Wasser in der geöffneten Plastikflasche zu halten, während er sich uns nähert. »Ich muss nur einen Schluck trinken, dann geht es mir wieder besser.«

Rafael mustert mich skeptisch. »Du bist total blass.«

»Das liegt an der Sonnencreme.«

Er scheint mir meine Antwort nicht abzukaufen. »Warum willst du unbedingt hierbleiben?«

»Weil ich niemandem zur Last fallen will.«

Die kleinen Fältchen in seinen Augenwinkeln werden weicher. »Es ist okay, wenn dir schlecht ist. Du ruinierst uns nicht den Tag, nur weil wir wieder zurückfahren.«

Ich bemühe mich um ein Lächeln. »In ein paar Minuten wird es mir besser gehen, warte nur ab.«

Es geht mir *nicht* wieder besser. Nicht einmal annähernd, obwohl ich mich um eine ruhige Atmung bemühe und so tue, als hätte ich wahnsinnigen Spaß, weil Nico die Aufmerksamkeit von seinem Dad so sehr genießt. Zu sehen, dass sich die beiden endlich gut verstehen, macht mich glücklich, daher möchte ich nicht der Grund dafür sein, dass wir den heutigen Ausflug abbrechen müssen.

Auf Vorschlag des Kapitäns setze ich mich in den hinteren Bereich des Bootes, während sich die anderen vorn aufhalten, ihre Angeln auswerfen und alles über Hawaii und seine Artenvielfalt lernen.

Immer wieder schaut sich Rafael mit zusammengezogenen Augenbrauen zu mir um, aber ich winke ab und senke den Blick auf mein Notizbuch in dem Versuch, mich von meiner Übelkeit und Angst abzulenken, indem ich an einem neuen Song arbeite. Ich habe nichts mehr komponiert, seit ich Los Angeles verlassen habe, aber heute habe ich Lust, etwas zu schreiben, da es mir oft dabei hilft, meine Nervosität zu vertreiben.

Meine Hand zittert – nicht weil mir das Songschreiben Angst bereitet, sondern weil ich weiß, was die ersten Zeilen, die ich niederkritzele, bedeuten: einen Neuanfang. Selbst wenn ich mich niemals darauf einlassen sollte, mit Cole zu komponieren, werde ich zumindest wieder die Person werden, die ich einst war. Während Nico und Rafael angeln, schaue ich abwechselnd zum Horizont, um meine Übelkeit im Zaum zu halten, und wieder in mein Notizbuch, in das ich einzelne Liedzeilen schreibe, die mir in den Sinn kommen. Die meisten ergeben keinen Sinn, doch ein Satz sticht zwischen den anderen hervor.

It was snowing hard on Christmas Eve,
when our paths crossed that first time.

Ich bin selbst so verblüfft, dass ich die Zeilen überkritzele, bis sie nicht mehr zu erkennen sind. Obwohl ich damit rechne, Erleichterung zu empfinden, nachdem ich den Beweis für meine erste Begegnung mit Rafael getilgt habe, wird mein Herz stattdessen schwer. Es fühlt sich beinahe an wie Reue.

Seit *Silver Scars* habe ich keinen Song mehr über mein eigenes Leben verfasst, und nun handelt das erste Lied, das ich schreibe, von ihm. Eilig klappe ich mein Notizbuch zu und hole mein Handy hervor, um mich mit einem Spiel abzulenken. Doch ich kann nicht vergessen, dass mich Rafael zu einer Liedzeile inspiriert hat. Ich weiß selbst nicht recht, was ich davon halten soll.

Nico möchte nach dem Abendessen einen Strandspaziergang machen. Ich bin begeistert von der Idee, nur Rafael scheint keine große Lust darauf zu haben. Er wirkt mürrischer als sonst, was mich vermuten lässt, dass es etwas mit mir und dem ruinierten Tag auf dem Boot zu tun hat.

Als ich ihn vorhin darum gebeten habe, ein Foto von mir zu machen, damit ich meiner Mom beweisen kann, dass ich das Kleid trage, das sie für mich ausgewählt hat, konnte er mich kaum ansehen. Vielleicht liegt es an dem knalligen Retro-Muster. Meine Mom hat es im Secondhandshop erstanden, und ich habe es nicht übers Herz gebracht, es abzulehnen, obwohl es überhaupt nicht mein Stil ist. Als ich es eben angezogen habe, habe ich mich dennoch hübsch gefühlt, doch Rafaels gequälte Miene hat mich an meiner Entscheidung zweifeln lassen.

Zum Glück scheint Nico das anders zu sehen, denn er bleibt vor einem Hibiskusstrauch stehen und pflückt eine orangefarbene Blume. Dann dreht er sich zu mir um und hält sie mir hin. »Eine hübsche Blume für ein hübsches Mädchen.«

»Danke.« Ich stecke sie mir lächelnd hinters Ohr. »Diese Blüten sind wirklich wunderschön.«

Ich sehe, dass Nico versucht, Rafael heimlich zu verstehen zu geben, dass er auch eine Blume für mich pflücken soll.

Meine Wangen, die ohnehin schon rosig von der Sonne sind, werden vor Verlegenheit ganz warm, doch ich tue so, als würde ich nichts von Rafaels Widerwillen bemerken.

Mit einem leisen Schnaufen sucht er den Strauch zweimal ab, ehe er sich für eine Blüte entscheidet, die mich farblich an einen Sonnenuntergang erinnert. Sie passt perfekt zu meinem Kleid.

Im Gegensatz zu Nico sagt Rafael nichts, aber das muss er auch gar nicht, denn er sieht mich auf eine Art an, die meinen Körper prickeln lässt. Ich bin mir nicht sicher, ob er es merkt, aber für einen kurzen Moment versteckt er sich nicht hinter seinem Schutzwall, sodass ich endlich das sehen kann, was er offenbar schon den ganzen Abend zu verbergen versucht.

Begierde.

Meine Mitte pulsiert so heftig vor Verlangen, dass ich meine Oberschenkel zusammenpresse und bete, dass das Gefühl schnell verschwindet.

Statt darauf zu warten, dass ich nach der Blüte greife, streicht mir Rafael eine Strähne hinters Ohr, ehe er die Blume dort platziert. Dabei streift er mit den Fingern meine empfindsame Ohrmuschel, sodass ich ein Zittern unterdrücken muss.

All das dauert nicht mehr als ein paar Sekunden, aber es fühlt sich an, als würde die Zeit stillstehen. Sein Blick wandert über mein Gesicht, als wollte er sich jedes Detail einprägen, während ich eingehend den Mann betrachte, der sich hinter dem Bart und der oft so mürrischen Miene verbirgt.

Als er seine Hand viel zu schnell wieder wegzieht, womit auch sein würziger Duft verschwindet, bin ich enttäuscht, doch nehme meine Umgebung wieder wahr. Unsere Blicke treffen sich noch einmal kurz, und mein Herz macht einen Satz. Ich kann nicht glauben, dass ich mich so sehr nach einem Mann verzehre, den ich niemals haben kann, aber immer wollen werde. Ich wollte Rafael Lopez, als ich in der Highschool war, und ich will ihn jetzt, aber genau wie früher weiß ich, dass es nicht funktionieren kann.

Nicht damals. Nicht jetzt. Niemals.

Nico und ich überreden Rafael, noch ein Shave Ice mit uns essen zu gehen.

Es ist nur eine kurze Fahrt bis zur Eisdiele im Ort, aber die Schlange ist sehr viel länger als beim letzten Mal.

Vor uns steht eine Familie, und als ich zu der Mutter sage, wie süß ihr Baby ist, erwidert sie, dass sie hofft, dass ihr Sohn auch mal nur halb so hübsch wird wie meiner.

Lachend kläre ich sie über den Irrtum auf, doch Rafael verzieht keine Miene. Selbst für seine Verhältnisse ist er ungewöhnlich schweigsam und schaut starr geradeaus, als hätten ihn die wartenden Menschen persönlich beleidigt.

Nico scheint nichts davon zu bemerken, obwohl Rafaels merkwürdiges Verhalten auch dann nicht verschwindet, als wir endlich an der Reihe sind und bestellen können. Selbst als wir an einem freien Tisch Platz nehmen, schaut er immer noch verdrießlich drein.

»Ellie?« Nico isst erst einen Löffel von meinem Eis, ehe er sich seinem eigenen widmet.

»Ja?«

»Ich hab 'ne Frage.«

»Du hast ständig 'ne Frage«, necke ich ihn.

»Willst du Kinder?«

Ich verschlucke mich. »Wie bitte?«

Rafael schüttelt missbilligend den Kopf. »Das ist eine sehr persönliche Frage.«

»Na und?«, fragt Nico unschuldig. »Ellie und ich sind doch befreundet.«

»Das heißt aber noch lange nicht, dass du Menschen fragen kannst, ob sie Kinder wollen.«

»Warum?«

»Dein Dad hat recht«, bringe ich mich ein. »Auch wenn es mir persönlich nichts ausmacht, dass du mich fragst, könnte das bei anderen Leuten sehr wohl der Fall sein.«

»Oh.« Nico wirkt zerknirscht. »Tut mir leid.«

»Schon okay. Und um deine Frage zu beantworten, ja, ich hätte gerne irgendwann eine Familie.«

»Dann willst du also auch heiraten?«

Rafael legt sich Daumen und Zeigefinger an den Nasenrücken und seufzt.

»Klar. Wenn ich den Richtigen treffe, würde ich gerne heiraten.«

»Den Richtigen? Deinen Prinzen?«

Ich lache. »Nein. Der Richtige muss kein Prinz sein, sondern mich einfach glücklich machen.«

Der Plastiklöffel in Rafaels Hand zerbricht in zwei Hälften. »Bin gleich wieder da.«

Nico scheint am Abgang seines Vaters offenbar nichts Merkwürdiges zu finden, aber mein Magen zieht sich so heftig zusammen, dass ich plötzlich keinen Appetit mehr verspüre.

Ich kann mir keinen Reim darauf machen, warum unsere Unterhaltung diese Reaktion bei ihm ausgelöst hat. Rafael weiß ganz genau, dass ich manchmal auf Dates gehe, daher sollte es ihn nicht derart aus der Bahn werfen, dass ich gern heiraten und eine Familie gründen würde.

Ich kann den Gedanken nicht abschütteln, dass ihn meine Antworten aus irgendeinem Grund enttäuscht haben. Was die Gefühle, die jedes Mal in mir aufkeimen, wenn ich an meinen Boss denke, nur noch komplizierter macht.

KAPITEL NEUNUNDZWANZIG
RAFAEL

Ich habe absolut kein Recht dazu, enttäuscht über Ellies Antworten auf Nicos Fragen bezüglich Ehe und Kindern zu sein, aber ich kann mir nicht helfen – was mich sowohl verwirrt als auch verärgert.

Obwohl ich mich für ein paar Minuten entfernt habe, um mich zu beruhigen, bekomme ich meine Emotionen nicht unter Kontrolle. Dass Ellie sich eine Ehe und Kinder wünscht, habe ich mir schon gedacht. Obwohl sie mir nicht viel Persönliches erzählt, weiß ich, dass sie auf Dates mit Männern geht, denn ich habe zufällig ein paar leise Telefonate mitgehört.

Ich bin genau das Gegenteil von dem Mann, den sie sich wünscht, und wenn das vorher noch nicht offensichtlich war, ist es das spätestens jetzt nach ihrem Gespräch mit Nico.

Ellie wünscht sich einen Ehemann, ein Baby und eine Zukunft, die sie mit mir nicht haben kann, damit muss ich mich abfinden.

Meine widersprüchlichen Gefühle toben noch immer in mir, als ich zum Tisch zurückkehre und mein Eis weiteresse, ohne mehr als zehn Worte zu verlieren.

Falls Ellie mein Stimmungswandel auffällt, spricht sie mich zumindest nicht darauf an, als wir zurück zum Hotel fahren. Obwohl sie mir immer wieder Blicke aus dem Augenwinkel zuwirft, wenn sie glaubt, ich würde es nicht bemerken. Doch auch wenn ich mich auf die Straße konzentriere, prickelt meine Haut jedes Mal, wenn sie mich ansieht – ein weiterer ungünstiger Effekt, den ihre Nähe auf mich hat, genauso wie mein Herzrasen bei jeder Berührung. Selbst wenn es nur für eine Sekunde ist, reagiert mein Körper so heftig, dass es mir Sorgen bereitet.

Fuck! Ich muss mich zusammenreißen, nicht nur ihr zuliebe, sondern auch um meiner selbst willen.

Überraschenderweise wache ich am nächsten Morgen früher auf als Nico und Ellie, was noch nie vorgekommen ist. Statt meine E-Mails zu checken, sende ich meiner Familie ein paar Bilder von unserem Urlaub, woraufhin mich meine Tante sofort anruft.

»*Hola Tía.*« Ich durchsuche meinen Koffer nach einer Badehose.

»*¿Cómo andas?*«*

»*Bien, ahí vamos. ¿Y tú?*«**

»Gut. Nico scheint sich bisher ja prächtig zu amüsieren.«

Ich lächele. »Ja, es wird schwer sein, ihn in den Flieger zurück nach Hause zu bekommen.«

»Zum Glück habt ihr Ellie dabei. Der Junge folgt ihr auf Schritt und Tritt.«

Mein Grinsen verblasst. »Stimmt.«

»Hm«, macht Josefina.

»Was?«

»Wie läuft es denn mit ihr?«

---

* *¿Como andas?: Wie geht es dir?*

** *Bien, ahí vamos. ¿Y tú?: Gut. Und dir?*

»Gut.«

»Wir wissen beide, was das bedeutet.«

Ich runzele die Stirn.

»Bist du immer noch wütend auf sie?«

»Nein, ich hab ihr längst verziehen.«

»Was ist denn dann los?«

Ich presse die Lippen zusammen. »Nichts.«

Sie lacht leise. »Alles klar. Wie dem auch sei, wenn du darüber reden willst, bin ich jederzeit für dich da.«

Das sagt meine Tante schon mein ganzes Leben, aber ich hab ihr Angebot noch nie in Anspruch genommen. Früher wollte ich sie vor der Wahrheit über mich schützen, jetzt bin ich zu stolz, meine Gefühle einzugestehen. In gewisser Hinsicht bin ich genau wie mein Onkel und Julian, und meine Verschlossenheit hat mir bisher nichts als Ärger eingebracht.

Nur weil du zu starrsinnig bist, andere um Hilfe zu bitten.

Ich fahre mir mit der Hand durchs Haar. »Das weiß ich zu schätzen.«

Angesichts ihres enttäuschten Seufzens verengt sich meine Kehle.

»Ich weiß, dass du erwachsen bist und du mich nicht brauchst …«

»Das hab ich nie gesagt.«

»Das musstest du auch nicht.«

Kurz überlege ich, das Thema zu wechseln, aber entscheide mich im letzten Moment dagegen. »Um ehrlich zu sein, weiß ich gar nicht, wie ich darüber reden soll.«

»Nun, du musst einfach irgendwo anfangen.«

Ein paar Sekunden denke ich nach. »Zwischen mir und Ellie …«

Sie atmet scharf ein. »Ja?«

»… herrscht eine angespannte Atmosphäre.«

»Oh.« Mit einem Mal ist ihre Begeisterung verschwunden.

»Es ist nicht so, als würde ich sie nicht mögen …«

»Aber du hast kein Interesse an mehr.«

Das stimmt nicht, aber nur weil ich mich zu Ellie hingezogen fühle, heißt das noch lange nicht, dass etwas zwischen uns laufen darf. Das hat Ellies gestrige Unterhaltung mit Nico wieder einmal verdeutlicht.

»Mehr darf zwischen uns nicht sein.«

Als sie einen zustimmenden Laut von sich gibt, entspannen sich die Muskeln in meinen Schultern ein wenig. »Nach allem, was du durchgemacht hast, kann ich das verstehen.«

Ihre Bemerkung überrascht mich. »Ach wirklich?«

»Ja. Wenn mir ein Mensch, dem ich vertraut habe, das Herz gebrochen hätte, wäre ich genauso vorsichtig.«

Auch wenn meine Tante nicht alle schmutzigen Details meiner Scheidung kennt, kann sie sich vieles zusammenreimen.

»Aber ...« Sie lässt das Wort in der Luft hängen, setzt noch einmal neu an. »Wenn ich die richtige Person treffen würde, würde ich mich vielleicht trotzdem öffnen.«

Das Problem ist, dass Ellie vielleicht die richtige Person für mich ist, aber das ändert nichts an der Tatsache, dass ich der Falsche für sie bin.

Auch wenn ich mir wünschen würde, es wäre anders.

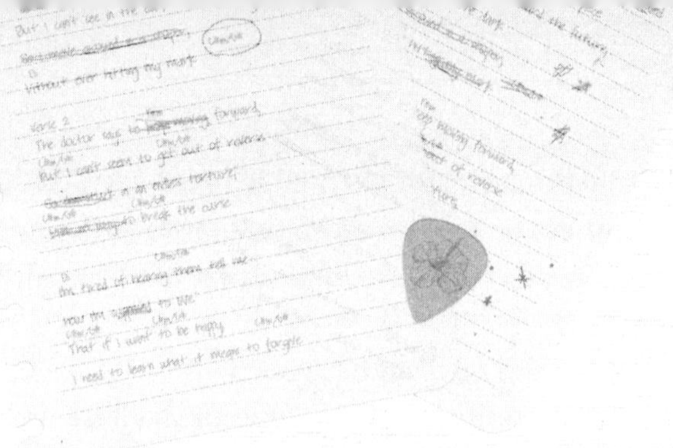

KAPITEL DREISSIG
ELLIE

Obwohl ich ein wenig nervös bin, weil wir morgen nach Kauai fliegen, habe ich mir fest vorgenommen, unseren letzten Tag in Oahu zu genießen, ohne mich auf meine Angst zu konzentrieren.

Nur leider hat das Schicksal etwas anderes für mich im Sinn. Seit ich aufgewacht bin, geht alles schief. Zuerst habe ich mein Lieblingsplektrum verlegt, dann Latte Macchiato über mein Oberteil verschüttet. Doch diese beiden Missgeschicke sind nichts im Vergleich zu dem, was danach passiert. Nicht einmal annähernd.

Ava sind offenbar die Ideen ausgegangen, was erklärt, warum sie mich mit ihrem neuesten Song ein weiteres Mal hintergeht. Als wollte ich mich selbst quälen, spiele ich Avas neue Single fünfmal ab, ehe ich mich wieder ins Bett lege. Ich schiebe mir das tränennasse Kissen unter den Kopf, rolle mich zusammen und schließe die Augen. *Silver Scars* hätte niemals veröffentlicht werden und erst recht nicht über Nacht an die Spitze der Charts schießen sollen, aber ich hätte damit rechnen müssen, dass dies nicht der letzte Schlag ist, den mir Ava versetzt.

Ich fühle mich, als hätte mir jemand in die Brust geschossen, und niemand ist da, um zu verhindern, dass ich verblute.

Willow: *Ich musste mich davon abhalten, einen Mord zu begehen, als du nicht ans Telefon gegangen bist.*

Willow: *Laut Dark Web gibt es Leute, die du mit so was beauftragen kannst.*

Willow: *Die Kosten sprengen zwar mein Budget, aber bestimmt kommst du irgendwie an 200 000 Dollar ran.*

Ich sperre mein Handy, schaue zur Decke und bemühe mich, die Tränen zurückzuhalten. Mit einem Mal habe ich Probleme, meine Lunge mit Luft zu füllen.

»Scheiß auf Ava und Darius«, stoße ich hervor.

Dass Ava ein Album mit all meinen Songs veröffentlicht hat, hat mir vor einem Jahr den Boden unter den Füßen weggerissen, aber ich dachte, ich könnte endlich nach vorn schauen.

Lass dich nicht noch einmal von Ava runterziehen.

Mit einem Finger streiche ich über meine Oberschenkel und fahre die Umrisse meiner Narben nach. Das Tattoo auf der Mitte meines Oberschenkels, um das ich meine Mom mit sechzehn angefleht habe, dient als wichtige Erinnerung, dass ich meine Gefühle nicht an meinem eigenen Körper auslassen sollte.

This too shall pass.

Die Worte in kursiven Buchstaben trösten und erden mich.

Es macht mich traurig, dass mich stets irgendetwas zurückwirft, sobald ich ein paar Schritte in die richtige Richtung gemacht habe und mich auf eine bessere Zukunft freue. Ob sich Rafael genauso fühlt? Denn es ist fürchterlich.

Mit einem zittrigen Finger berühre ich die neueste Narbe, die erst ein Jahr alt ist. Für sie schäme ich mich am meisten, denn nach jahrelanger Therapie und neu erlernten Verhaltensmustern bin ich wieder in alte ungesunde Angewohnheiten verfallen. Im Gegensatz zum letzten Mal gebe ich der Versuchung heute jedoch nicht nach. Ich stelle mich sogar selbst auf die Probe, indem ich im Badezimmer nach meinem Rasierer greife, den ich schließlich auf dem Nachttisch ablege, ohne ihn benutzt zu haben.

Es ist nur ein Song, du kannst jederzeit ein neues Lied schreiben, und sie kann nie wieder von dir stehlen.

Doch es war nicht einfach nur ein Song, es war *der* Song. *Silver Scars* ist meine Geschichte, nicht ihre, deshalb haben wir uns darauf geeinigt, die Aufnahme und den Songtext von der Festplatte zu entfernen. Gott, wie konnte ich nur so dumm sein? Ich hätte mich selbst vergewissern müssen, dass Ava ihn tatsächlich gelöscht hat. Aber damals habe ich ihr geglaubt, weil sie mich noch nicht hintergangen hatte.

Als mein Handy erneut vibriert, habe ich nicht genügend Energie, um weitere Nachrichten zu lesen, also stelle ich es auf Lautlos und presse mir ein Kissen auf den Kopf. Es dauert nicht lange, bis die Tränen wieder fließen und ich nicht mehr aufhören kann zu weinen.

Fünf Minuten später klopft es leise an der Tür.

Mein Körper erstarrt, obwohl mir mein Instinkt rät, schreiend die Flucht zu ergreifen.

»Ist alles okay?«

Angesichts Rafaels besorgter Frage muss ich ein weiteres Schluchzen unterdrücken.

Nope. »Jepp!« Ich klinge viel zu schrill.

»Du bist schon eine ganze Weile dadrin.«

Ich versuche, meine Tränen zurückzuhalten, aber sie wollen nicht aufhören zu fließen.

»Leider fühle ich mich heute nicht gut.« Meine Stimme bricht. »Vielleicht sollte ich mich lieber von euch fernhalten, nur für den Fall, dass es etwas Ansteckendes ist.«

Super Idee, Ellie! Isoliere dich von den Menschen, die dich vielleicht aufheitern könnten. Das wird dir garantiert guttun.

Rafael schweigt einen Moment, bevor er fragt: »Meinst du, es hat gestern auf dem Boot angefangen, als du dich übergeben musstest?«

»Vielleicht.«

»Brauchst du irgendetwas?«

»Nope.«

»Ich könnte dir was aus der Apotheke besorgen oder …«

»Schon in Ordnung, aber danke für das Angebot«, erwidere ich viel schroffer als beabsichtigt.

Als ich auf der anderen Seite der Tür nichts mehr höre, bete ich, dass Rafael mich allein lassen und mit Nico zum Strand gehen wird, wohin ich die beiden eigentlich begleiten wollte. Sie sollten Sandburgen zusammen bauen und einen schönen letzten Tag in Honolulu verleben, ohne sich von mir runterziehen zu lassen.

»Okay, schreib mir, wenn du doch irgendwas brauchst.«

Erleichtert stoße ich die Luft aus. »Danke.«

Schon bald darauf fällt die Tür der Hotelsuite hinter Rafael und Nico ins Schloss, und ich bin mit meiner Traurigkeit allein. Offenbar ist Rafael nicht der Einzige, der sich selbst dafür hasst, der falschen Person vertraut zu haben. Mir geht es genauso.

Genau eine Stunde lang gestatte ich mir, in Selbstmitleid zu zerfließen. Als nach sechzig Minuten mein Handyalarm ertönt, krieche ich aus dem Bett, wasche mir das Gesicht mit kaltem Wasser und rufe die Person an, die mir versichert hat, dass sie mir helfen kann.

Nachdem ich sowohl mit meiner Mom als auch mit Willow über das Thema gesprochen habe, haben mir beide bestätigt, dass ich mich an einem Menschen wie Ava am besten rächen kann, indem ich dafür sorge, dass sie bereut, mich jemals zum Opfer gemacht zu haben. Ava mag America's Sweetheart sein, aber ich habe jemand Besseren gefunden. Nashvilles Bad Boy, Cole Griffin.

Auch wenn ich das Arbeitsverhältnis mit Cole nur ungern mit einem so negativen Thema beginne, bleibt mir keine Wahl. Ich habe es satt, das unsichtbare Anhängsel in der Geschichte einer anderen Person zu sein. Ich verdiene Anerkennung für meine Arbeit, selbst wenn ich mich dafür meiner größten Angst stellen und Ava damit konfrontieren muss, was sie mir angetan hat. Endlich habe ich begriffen, dass ich niemals eine gute Zukunft haben werde, solange ich mich wie das Opfer meiner Vergangenheit fühle.

Keine zehn Minuten, nachdem ich die Nachricht an Cole abgeschickt habe, klingelt mein Handy.

»Hey, wie geht's?«, begrüßt mich Cole mit seiner typisch gedehnten Aussprache.

»Gut. Und dir?«

»Hm.«

»Was?«

»Meine Schwester hat mir beigebracht, dass ich mich auf solche Antworten nicht verlassen darf.«

»Du hast eine Schwester?«

Er räuspert sich. »Ja.«

»Das wusste ich nicht.«

»Weil es meinen Eltern so lieber war.«

»Oh.« *Oh? Das ist alles, was mir dazu einfällt? Wirklich?* Leider bin ich emotional so geschlaucht, dass ich nicht die beste Gesprächspartnerin abgebe.

Er lacht leise. »Wie dem auch sei, sprich mit mir. Was ist los?«

»Weißt du noch, dass du mir eine Anwältin empfohlen hast?«

»Ja.«

»Ich hab sie nie angerufen«, gebe ich flüsternd zu.

»Warum nicht?«

»Weil ich Angst hatte«, presse ich hervor.

»Kann ich gut verstehen, aber zunächst geht es nur um ein Gespräch. Es ist nicht so, als würdest du dich zu irgendetwas verpflichten.«

»Ich weiß.« Ich lasse mich wieder aufs Bett fallen.

»Willst du meinen Rat?«

»Warst du schon mal in so einer Lage?«

»Nein, ich erkenne die Leistung anderer an und bezahle sie gut für ihre Arbeit, damit sie auch beim nächsten Mal wieder mit mir kollaborieren wollen. Aber ich hab schon von Leuten gehört, die weniger Glück hatten.«

Ich runzele die Stirn. »Dann bin ich ja wenigstens nicht die Einzige.«

»Nein, aber was passiert ist, verstößt gegen das Gesetz, also solltest du die Person, die dir das angetan hat, verklagen und dir jeden Penny holen, der dir zusteht.«

»Selbst wenn es meine Karriere und meinen Ruf ruiniert?«

»Hast *du* die Songs einer anderen Person gestohlen?«

»Nein!«

»Dann bist du auch nicht diejenige, die sich Sorgen machen muss, sondern Ava.«

Ich beiße mir von innen auf die Wange. »Aber sie ist so beliebt.« *Und ich bin ein Niemand.*

»Umso besser. Dann hat sie auch das nötige Geld, das sie dir für deine Arbeit schuldet.«

»Schon, aber ich hab nicht sonderlich viele Beweise …«

»Die brauchst du nicht.«

»Nein?«, frage ich überrascht.

»Die Wahrscheinlichkeit, dass so ein Fall jemals vor Gericht landet, ist gering. Ava wird sich vermutlich auf eine außergerichtliche Einigung einlassen, bevor sich herumspricht, was sie getan hat, und ihr Braves-Mädchen-Image in Gefahr ist.«

Mir entfährt ein ungläubiges Lachen. »Dann hab ich mir also ein Jahr lang umsonst Sorgen wegen einer möglichen Gerichtsverhandlung gemacht?«

»Ich hab gesagt, die Wahrscheinlichkeit ist gering, nicht gleich null. Aber darüber brauchst du dir jetzt noch keine Sorgen zu machen. Als Erstes musst du dich mit der Anwältin in Verbindung setzen.«

»Ich weiß.«

»Würde es dir helfen, wenn ich ein Meeting für euch arrangiere?«

»Das würdest du tun? Für mich?«

»Klar.«

Mir bleibt der Mund offen stehen. »Warum?«

»Mir gefällt es, wenn die Guten gewinnen.«

»Wie überaus selbstlos von dir.«

»So weit würde ich nicht gehen …«

Auf einmal scheint es mir unmöglich, zu lachen, denn es ist, als hätte sich ein schweres Gewicht auf meine Brust gelegt. Dennoch lächele ich. »Danke, dass du mir zuhörst und mir deine Hilfe anbietest. Das ist wirklich nett von dir.«

»Revanchierst du dich, indem du einen Song für mein nächstes Album schreibst?«

Diesmal zögere ich nicht. »Klar.«

»Echt?«

»Ja. Ich unterstütze auch gerne die Guten.«

Cole hat nun schon zweimal unter Beweis gestellt, dass er nicht der Bad Boy ist, als den die Medien ihn gern darstellen, also ist es an der Zeit, dass ich ihm eine Chance gebe.

»Fantastisch!« Er klingt extrem erfreut.

»Ich werde hier im Urlaub ein bisschen Gitarre spielen und ein paar Ideen zu Papier bringen.«

»Du bist nicht hier?«

»Nope. Auf Hawaii.«

»Wunderschön dort. Vielleicht inspiriert es dich ja.«

Ich seufze. »Wir werden sehen.«

»Falls ja: wunderbar; falls nicht: Es besteht keine Eile. Gute Musik braucht Zeit.«

Ich hoffe allerdings, nicht allzu viel Zeit, denn ich habe nicht vor, nur einen Song zu komponieren.

Ich will ein ganzes *Album* schreiben.

KAPITEL EINUNDDREISSIG
RAFAEL

Als Ellie mir mitgeteilt hat, dass sie uns nicht begleiten kann, weil sie krank ist, hat mich der Gedanke, den ganzen Tag allein mit Nico zu verbringen, nervös gemacht. Mir ist durchaus bewusst, wie lächerlich es klingt, Angst davor zu haben, Zeit mit dem eigenen Kind zu verbringen, aber bisher war vor allem Ellie diejenige, die die Stimmung in diesem Urlaub aufgelockert hat. Nun mache ich mir Sorgen, dass es ohne sie zwischen Nico und mir wieder so wird, wie es in den letzten sechs Monaten vor unserer Reise gewesen ist.

Als ich ins grelle Sonnenlicht hinaustrete, bin ich so geblendet, dass ich ein paar Sekunden lang nichts sehen kann, bevor sich meine Augen an die Helligkeit gewöhnen.

»Pool oder Strand?«, frage ich meinen Sohn.

Er wedelt mit seinem Metalldetektor in der Luft herum, was Antwort genug ist.

Ich führe ihn zu einer freien Stelle in der Nähe des Ufers, weitab von anderen Kindern, die ein Gespräch mit ihm anfangen und ihn von mir weglotsen könnten.

Ist das kindisch? Wahrscheinlich, aber trotzdem wirkungsvoll.

Ungefähr zwanzig Minuten lang machen wir beide unser eigenes Ding. Nico spielt mit dem Metalldetektor, während ich mir die Pläne ansehe, die Julian mir für die Erweiterung der Scheune geschickt hat.

Irgendwann ist die Versuchung, meine Arbeits-Mails zu checken, so groß, dass ich nicht länger widerstehen kann. Also öffne ich die App und werfe einen kurzen Blick ins Postfach.

Ich war noch nie länger als eine Woche weg, und obwohl ich weiß, dass Julian und meine Assistentin in der Lage sind, sich um alles zu kümmern, habe ich Schwierigkeiten, abzuschalten.

Julian bemerkt sofort, dass ich mich eingeloggt habe.

Julian: *Ich sehe, dass du online bist. Wenn du auch nur eine Mail beantwortest, werde ich Nicos Angebot annehmen und dich in Hawaii ersetzen.*

Eilig lasse ich mein Handy wieder in der Strandtasche verschwinden, die ich mitgebracht habe, und stehe auf.

Er ist dein Sohn. Vergiss deine Nervosität, und verbring Zeit mit ihm.

Ich nehme einen tiefen Atemzug und gehe zu Nico. »Hey.«

Er sieht mich aus schmalen Augen an. »Hi.«

»Was hältst du davon, wenn wir zusammen eine Sandburg bauen?«

»Aber du bist doch beschäftigt.«

Großartig. In meinem Versuch, Nico ein wenig Freiraum zu geben und ihn nicht zu bedrängen, habe ich wieder alles vermasselt.

»Dein *Tío* hat mir gesagt, dass er herkommt und mir in den Hintern tritt, wenn er mich noch einmal beim Arbeiten erwischt.«

Nico kichert. »Nein, hat er nicht.«

»Doch, er hat sogar damit gedroht, mich zurück nach Lake Wisteria zu schicken.«

»Echt?«

»Jepp. Also werde ich auf keinen Fall noch einmal in diesem Urlaub arbeiten.«

Nico strahlt übers ganze Gesicht. »Gut, denn arbeiten ist laaangweilig!« Das letzte Wort singt er förmlich.

»Stimmt, aber ohne meine Arbeit hätten wir uns diese Reise nicht leisten können.«

»Bist du nicht stinkreich?«

»Nicolas«, tadele ich in dem strengen elterlichen Tonfall, den ich von meinem Onkel kenne.

Er verdreht die Augen. »Was? Alle Kinder in der Schule sagen, dass du eine Million Dollar hast.«

Genau genommen ein paar Tausend davon.

Dennoch ist es mir wichtig, meinem Sohn den Wert von Geld zu vermitteln, denn ohne Reichtum aufzuwachsen, hat nicht nur mich, sondern mein gesamtes Leben beeinflusst.

»Du weißt, dass das nicht immer der Fall war.«

Seine Augen werden groß. »Nicht?«

»Nein. Meine Eltern waren arm, also hatte ich nicht viel, als ich aufgewachsen bin. Wir sind nie in den Urlaub gefahren und hatten kein schönes Haus.«

»Hattest du Musikunterricht?«

Ich schüttele den Kopf. »Wo denkst du hin?«

»Hattet ihr einen Fernseher?«

»Ja, aber nur ein paar Sender.«

Mein Leben ist vollkommen anders verlaufen als das von Nico, was bedeutet, dass ich zumindest etwas richtig gemacht habe, auch wenn ich dafür Liebe und Zeit opfern musste.

»Ich hatte nicht immer so viel Geld, und das ist auch der Grund, warum ich weiterhin dafür sorgen möchte, dass du all die Dinge hast, die mir damals gefehlt haben.«

»Oh.« Sein Stirnrunzeln vertieft sich. »Tut mir leid, dass ich mich über deine Arbeit lustig gemacht habe.«

»Schon okay. Ich erzähle dir das nicht, damit du dich schlecht fühlst, sondern will nur, dass du verstehst, warum mir die Arbeit wichtig ist.«

Er schlingt seine Arme um meine Hüften und schmiegt sich an mich. »Danke, dass du so hart arbeitest, damit wir diesen Urlaub machen können.«

Meine Kehle verengt sich, als ich ihm das Haar zerzause. »Gern geschehen.«

Ich führe ihn vom Wasser weg und packe die Strandutensilien aus, die ich mitgebracht habe. Mit einem Mal ist jegliche Anspannung zwischen uns verflogen, als wir jeder nach einem Eimer und einer Schaufel greifen.

»Bist du dir sicher, dass du weißt, was du tust?«, fragt er eine halbe Stunde später.

»Ich glaub schon.«

In dem Moment stürzt der Ostflügel der Sandburg ein.

Nico krümmt sich vor Lachen. »Ich wusste, dass Ellie eure Burg gebaut hat.«

»Hey! Ich hab ihr geholfen.«

Er hebt eine Augenbraue. »*Si tu lo dices.*«*

»Willst du etwa behaupten, dass ich nicht die Wahrheit sage?«

Er verengt die Augen. »Hm. War deine Nase immer schon so lang, oder passiert das nur, wenn du lügst?«

Ich werfe den Eimer zur Seite, packe meinen Sohn, wobei ich mich vorher vergewissere, dass die Brille mit dem Band an seinem Hinterkopf befestigt ist, und werfe ihn mir über die Schulter.

---

* *Si tu lo dices: Wenn du das sagst.*

»Nein!« Nico trommelt mit den Fäusten gegen meinen Rücken, während ich zum Ufer renne.

Zuerst spüre ich das Wasser an meinen Zehen, dann an den Waden, und schließlich ist meine untere Körperhälfte unter der Oberfläche. »Willst du immer noch behaupten, dass ich eine lange Nase habe?«

»Das war nur ein Witz!«

Ich tue übertrieben verwirrt. »Ach. Echt jetzt?«

»Ja, ich schwöre!«

Nachdenklich verziehe ich das Gesicht. »Hm. Deine Nase wirkt gerade auch irgendwie länger.«

Nicos Erwiderung geht mitten im Satz in ein Quietschen über, als ich ihn mit einem gespielt boshaften Lachen ins Wasser werfe.

Ein paar Sekunden später taucht er mit tödlichem Blick wieder auf. »Das war unfair.«

»So ist das Leben, aber du wirst dich dran gewöhnen.«

Mein Sohn legt eine beeindruckende Stärke und Geschwindigkeit an den Tag, als er sich auf mich stürzt, doch ich ziehe ihn mit mir, als ich rückwärts ins Wasser falle, sodass wir beide untergehen.

Das Salzwasser brennt so stark in meinen Augen, dass ich sie zukneifen muss, nachdem ich mich wieder aufgerichtet habe. Doch Nico lacht so herzhaft, wie ich es seit Monaten nicht mehr bei ihm gehört habe, was mich mit väterlichem Stolz erfüllt.

Du hast ihn zum Lachen gebracht.

Und wenn alles nach Plan verläuft, wird mir das von jetzt an öfter gelingen.

Die nächste halbe Stunde verbringen Nico und ich zusammen im Wasser, ehe er mich bittet, wieder an den Strand zurückzugehen.

»Klar.« Indem ich mich umdrehe, biete ich ihm an, ihn huckepack zu tragen.

Er springt auf und schlingt die Arme um meinen Hals. »Meinst du, Ellie geht es gut?«

Vor Hawaii habe ich jedes Mal Eifersucht verspürt, wenn Nico Ellies Namen erwähnt hat, aber nun fühle ich rein gar nichts, als ich mein Handy hervorhole und ihr eine Nachricht schicke. Ich frage sie, ob sie irgendetwas braucht, und sende ihr ein kurzes Video, in dem Nico ihr erzählt, dass er sie vermisst.

Wenn du rein gar nichts *fühlst, warum rast dein Herz dann so?*

Wieder einmal werde ich daran erinnert, wie ich in Wahrheit für Nicos Nanny empfinde. Es sind Gefühle, die ich nicht haben sollte, und zwar aus unterschiedlichen Gründen, aber hauptsächlich wegen des Jungen, der den Mittelpunkt meines Universums darstellt.

Auch wenn ich vielleicht noch lange nicht zum Vater des Jahres gekrönt würde, habe ich den Eindruck, dass Nico wieder mehr Zeit mit mir verbringen möchte. Während wir beim Mittagessen über unseren Plan sprechen, am Nachmittag für unsere Quad-Tour nach North Shore zu fahren, wirkt er weder angespannt noch verschlossen.

Alles läuft wunderbar, bis Nico mir etwas gesteht. »Ich hatte letzte Nacht einen Albtraum.«

»Ach ja?«

Er nickt. »Das passiert ab und zu.«

Meine Kehle schnürt sich zu. »Das wusste ich nicht.«

Sein Blick ist starr auf die letzte Garnele auf seinem Teller gerichtet. »Weil ich nicht wollte, dass du dir Sorgen machst.«

Statt mir von Traurigkeit und Selbstverachtung die Fähigkeit, klar zu denken, rauben zu lassen, greife ich nach seiner Hand und drücke sie leicht. »Du weißt, dass du mir alles erzählen kannst.« Dass Nico offenbar still unter seinen Albträumen gelitten hat, erinnert mich stark an mich selbst und bereitet mir beinahe körperliche Schmerzen. »Es ist schön, dass du dich mir anvertraust.«

Er wirkt skeptisch. »Echt?«

»Natürlich. Ich weiß nicht, ob ich das schon mal erwähnt habe, aber ich hatte früher auch oft Albträume.«

»Was für welche?«

Auch wenn es sich auf einmal so anfühlt, als wäre der Kragen meines T-Shirts viel zu eng, bemühe ich mich um ein beruhigendes Lächeln. »Von Dingen aus meiner Vergangenheit, die mir Angst gemacht haben.«

Er zieht die Augenbrauen zusammen. »Wirklich?«

Ich nicke. »Und was träumst du?«

»Dass ich nichts mehr sehen kann. Ich kann zwar alles hören, riechen und berühren, aber meine Sicht ist vollkommen schwarz.«

Am liebsten würde ich ihn in meine Arme ziehen und nie wieder loslassen, aber ich halte mich zurück. »Das klingt tatsächlich angsteinflößend.«

Sein Kinn bebt. »Einmal habe ich mich im Einkaufszentrum verlaufen, und plötzlich wurde alles schwarz. Niemand konnte mir helfen, dich zu finden.«

Ich nehme seine Hand. »Es tut mir so leid, dass du diese Albträume hast.«

Nico blickt auf seinen Schoß. »Ich will nicht, dass alles schwarz wird.«

Eilig schüttelte ich den Kopf. »Der Arzt hat uns gesagt, dass das nicht passieren wird.«

»Das weiß ich, aber was, wenn er sich getäuscht hat?«

»Ärzte können zwar nicht in die Zukunft schauen, aber sie haben genügend wissenschaftliche Kenntnisse, um einschätzen zu können, dass du nach wie vor sehen wirst. Außerdem gibt es Wege, wie wir dich unterstützen können.«

»Es wird aber trotzdem nicht so bleiben wie jetzt. Meine Sicht wird immer schlechter.«

»Du hast recht.« Ein scharfer Schmerz schießt mir in die Brust, doch statt mich von meiner Traurigkeit vereinnahmen zu lassen, fokussiere ich mich darauf, meinem Sohn in seiner Angst zu helfen. »Aber jetzt kannst du noch gut sehen, und das werden wir ausnutzen.«

Sein Stirnrunzeln verschwindet, ein Lächeln legt sich auf seine Lippen. »Soll das heißen, dass wir jetzt andauernd in Urlaub fahren?«

Als ich lache, wird sein Grinsen noch breiter. »Ich werde darüber nachdenken.«

Auch wenn ich nicht so oft verreisen kann, wie Nico es gern hätte, kann ich mir dennoch öfter freinehmen als bisher, damit er so viele Erinnerungen sammeln kann wie möglich.

Im Anschluss reden wir über fröhlichere Themen, zum Beispiel über die geplante Reise mit Ellie im Oktober nach Mexiko Stadt für den Grand Prix.

Und dann wird es auch schon Zeit, das Quad für unsere Tour abzuholen. Nico und ich haben große Freude daran, die malerischen Täler und Pfade sowie bekannte Drehorte mit unserem Fahrzeug zu erkunden. Während ich das Quad lenke, grinst und lacht Nico die ganze Zeit, und ich genieße es, ihn mit scharfen Kurven und kleinen Sprüngen zum Quietschen zu bringen. So viel Spaß hatten wir seit Monaten nicht mehr zusammen, sodass ich am liebsten nie wieder umkehren würde, weil ich nicht möchte, dass der Tag endet.

Du brauchst kein Quad und keinen Strand, um Nico glücklich zu machen. Du musst einfach nur du selbst sein.

»Du hast ein bisschen Erde im Bart.« Nico reibt mir lachend über das Kinn.

»Vielleicht sollte ich ihn einfach abrasieren.« Auch wenn mein Bart kurz ist, sobald Schmutz oder Sand darin hängen bleiben, beginnt meine Haut zu jucken.

»Wirklich?« Seine Augen werden groß.

»Ja.« Ich kratze mir die Wange.

Sein Grinsen wird breiter. »Yippie!«

»Du magst meinen Bart nicht?«

Sein Gesicht läuft rot an. »Das hab ich nicht gesagt.«

Die Botschaft kommt trotzdem bei mir an. »Gefällt dir mein Bart?«

Er beißt sich auf die Unterlippe.

»Hab ich mir schon gedacht.« Ich umarme ihn und reibe mein Gesicht an seinem, was mir ein lautes Lachen und einen harten Stoß gegen die Schultern einbringt.

»Stopp!«, ruft er, als ich Dreck auf seinen Wangen verteile.

»Was hast du gesagt?«

»Stoooopp!«

Ich lasse von ihm ab. »Du hättest mir schon früher sagen sollen, dass du meinen Bart nicht magst.«

Ein finsterer Ausdruck huscht über sein Gesicht, ehe er auf seine Füße starrt.

Auf einmal ist mir unbehaglich zumute. »Was ist los?«

Er schweigt.

»Ich hab doch nur einen Witz gemacht«, versuche ich, ihn zu beruhigen.

»Ich weiß«, flüstert er.

»Hab ich etwas gesagt, das dich wütend oder traurig macht?«

Er schüttelt den Kopf.

»Du kannst mir alles sagen. Ich werde nicht böse.«

Schließlich atmet er tief durch. »Ich hab gehört, wie Dahlia und Lily über dich geredet haben.«

Auf einmal fühlt es sich an, als würde meine Lunge von einem unsichtbaren Gewicht zusammengedrückt. »Und was?«

»Dass du gut aussiehst, aber es versteckst, weil du traurig bist.«

Mierda.

Die Wahrheit aus dem Mund meines Sohnes zu hören, trifft mich schwer. Ich habe meine Trauer in mich reingefressen und mich in einen anderen verwandelt, bis ich mich im Spiegel selbst nicht mehr wiedererkannt habe. Es war einfacher, zu verdrängen, dass ich ein Versager bin, indem ich diesen Menschen vollkommen habe verschwinden lassen. Nicos Bemerkung lässt allerdings Hoffnung in mir aufkeimen.

Ich knie mich vor ihm hin. »Lily und Dahlia haben recht.«

Abrupt schaut er zu mir auf. »Wirklich?«

»Ja. Ich habe mich selbst vernachlässigt, weil ich traurig war.«

Nicos Unterlippe bebt.

»Aber in einem Punkt muss ich ihnen widersprechen«, füge ich hinzu. »Ich sehe nicht gut aus.«

Er lacht. »Jetzt wirst du albern.«

»Ich bin nicht albern, sondern glücklich.«

Nico sieht mich skeptisch an. »Wirklich?«

»Ja, und das werde ich dir beweisen.«

Eine Stunde später parke ich den Jeep vor dem Hotel.

Nico hat Schwierigkeiten, die Tüten mit alledem zu tragen, was wir – okay, hauptsächlich ich – für Ellie ausgesucht haben, aber er weigert sich, meine Hilfe anzunehmen, sondern schleppt sie ganz allein bis zu unserer Suite.

Nachdem er in Ellies Zimmer gespäht hat, kommt er jedoch stirnrunzelnd zu mir. »Sie ist eingeschlafen.«

»Vielleicht ist sie noch nicht wieder ganz auf dem Damm?«

»Liegt es daran, dass wir morgen fliegen?«

Mist. Daran habe ich gar nicht gedacht, aber es könnte eine Erklärung sein.

»Gib mir einen Moment.«

Ich rufe die Rezeption an und lasse mich mit dem Reisebüroleiter des Hotels verbinden.

Nico durchwühlt derweil die Einkaufstüten und wartet geduldig, bis ich fertig bin. Während ich telefoniere, sprüht er aus Versehen blauen Rasierschaum auf meine Bettdecke.

»Ups, sorry!« Eilig holt er ein Handtuch aus dem Bad. »Ich mach das schon.«

Auch wenn er es gut meint, wird es nur noch schlimmer, da er den Schaum mehr verteilt als aufwischt. Keine Ahnung, wie er es schafft, dass am Ende sogar seine Haare verklebt sind.

»Jetzt machen wir dich erst mal sauber«, verkünde ich, nachdem ich aufgelegt habe, führe ihn in das große angrenzende Bad und stelle die Tüte mit den Drogerieartikeln neben dem Waschbecken ab.

Nico holt sein Kinder-Rasier-Set hervor und reicht es mir. »Kannst du es aufmachen?«

Ich schaue ihn zweifelnd an.

»Bitte.«

Ich reiße die Packung so weit auf, dass er den Plastikrasierer und die Rasiercreme selbst herausnehmen kann.

»Das macht Spaß.« Kichernd bedeckt er die Hälfte seines Gesichts mit Schaum. »Ho! Ho! Ho!«

Schmunzelnd halte ich meinen neuen Rasierer unter heißes Wasser und befeuchte dann mein Gesicht.

»Tut das weh?« Er betrachtet die Klingen.

»Nicht, wenn man sich nicht selbst schneidet.«

»Das kann passieren?«

»Manchmal. Ich bin ein wenig aus der Übung.«

»Dann solltest du dich vielleicht lieber nicht rasieren.«

Die Angst, die in seiner Stimme mitschwingt, ist rührend.

»Es wird schon gut gehen.« Ich küsse ihn auf den Scheitel und bedecke auch mein Gesicht mit Rasierschaum.

Im nächsten Moment ist seine Sorge um mich schon wieder

vergessen, denn er beginnt damit, krumme Linien mit dem Rasierer auf seinen Wangen zu beschreiben.

»Das ist echt toll!« Er lacht, und ich muss die Lippen zusammenpressen, um nicht zu schmunzeln.

Mit gleichmäßigen Bewegungen ziehe ich die Klinge von der Mitte meiner Wange nach oben und bringe damit Haut zum Vorschein, die zwei Jahre lang verborgen war. Zwei lange, quälende Jahre. Ich habe nicht damit gerechnet, dass eine simple Aufgabe wie rasieren so eine gewaltige Wirkung haben könnte.

Es ist Zeit für eine Veränderung.

Mit der nächsten Bewegung bringe ich einen weiteren Teil meiner Wange zum Vorschein.

Du tust es für dich.

Nicht für Nico, auch wenn ich froh bin, dass er mich ab jetzt nicht mehr für traurig halten wird. Und definitiv nicht für meine Familie, die jedoch ebenso froh sein wird, dass sie mein Gesicht wieder sehen kann.

Mit jedem Strich der Klinge lasse ich mein altes Ich mehr los. Mein *zerbrochenes* Ich, das zwei Jahre lang nicht mehr richtig gelebt hat. Über diese Veränderung könnte ich nicht glücklicher sein. Ich will besser aussehen, weil es mir mit einem Mal wieder wichtig ist. Weil ich die Person, die ich war, hinter mir lassen möchte und stattdessen den Mann akzeptieren werde, der ich sein kann.

Korrektur: der ich sein *will.*

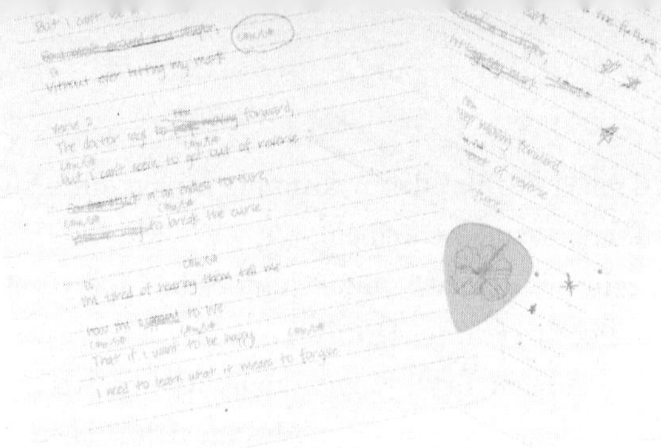

KAPITEL ZWEIUNDDREISSIG
ELLIE

Eigentlich wollte ich irgendwann das Hotel verlassen und zu Rafael und Nico stoßen. Aber das schwere Gewicht, das auf meinen Schultern und meiner Brust lastet, macht es mir unmöglich, mich aus dem Bett aufzuraffen, wo ich meinen Gefühlen mithilfe von Musik freien Lauf lassen kann.

Ich werfe mein Plektrum aufs Bett und greife nach dem Notizbuch. Als ich es aufschlage, blicke ich auf eine Seite mit einer Mischung aus unfertigen Liedzeilen und Ideen, die ich am Ende nicht umgesetzt habe.

Bisher habe ich Songs immer aus einer weiblichen Perspektive geschrieben und meine persönliche Geschichte in Liedtexte verpackt, mit denen sich andere Frauen identifizieren können. Ein Lied aus Coles Sicht zu schreiben, fällt mir überraschend schwer.

Schließlich lasse ich mich seufzend auf meine Matratze sinken und schlafe ein, ehe ich ein paar Stunden später von einem lauten Klopfen an meiner Tür geweckt werde.

»Ellie?«, ertönt Rafaels Stimme.

»Ja?« Ich reibe mir die müden Augen und setze mich auf.

»Darf ich reinkommen?«

Sofort beginnt mein Herz zu rasen. »Klar.«

Der Knauf dreht sich, die Tür wird geöffnet, und …

Ich schnappe nach Luft, eine Sekunde später bin ich auf den Beinen. »O mein Gott.« Unwillkürlich strecke ich die Hand nach Rafaels rasiertem Gesicht aus, doch ziehe sie schnell wieder zurück.

Seine leicht blassen Wangen, die ich, seit ich für ihn arbeite, noch kein einziges Mal gesehen habe, röten sich, als er meinem Blick begegnet. »Es gefällt dir nicht?«

Oh doch! Genau genommen gefällt es mir sogar viel besser, als es das tun sollte.

»Sieht … nett aus«, bringe ich schließlich hervor.

Er reibt sich die Wange. »Nur nett?«

»Willst du etwa ein Kompliment?«

»Nur weil du mich beinahe beleidigt hast.«

»Wäre es dir lieber, wenn ich sage, du siehst heiß aus?«

»Geht doch.«

Grinsend verdrehe ich die Augen. »Das könnte dir auch jeder andere im Ort verraten.«

Er sieht mich ernst an. »Die Meinung von allen anderen interessiert mich aber nicht.«

Auf einmal tanzen Schmetterlinge in meinem Bauch, und ich muss wegsehen, weil ich seinem Blick nicht länger standhalten kann. Rafael sah auch mit Bart und in einem Holzfällerhemd gut aus, aber sein neuer Look ist etwas ganz anderes. *Er* ist anders. Ich hoffe, dass dies ein Schritt in die richtige Richtung ist und er keine weiteren Rückschläge verkraften muss. Er kann stolz auf sich sein, weil er Teile seines alten Ichs nun akzeptiert und gleichzeitig zu einem neuen Menschen wird. Dass er es geschafft hat, sich nach zwei

Jahren, in denen er sich verkrochen hat, wieder aufzurappeln und sich dem Leben zu öffnen, rührt mich fast zu Tränen.

»Ellie?«

»Hm?«

»Spaß beiseite, wie geht es dir?« Eine Sorgenfalte erscheint auf seiner Stirn.

»Oh. Gut.« Ich falte meine Hände, um zu verbergen, dass sie zittern.

»Nico hat darauf bestanden, dir Medizin zu kaufen.« Mit diesen Worten legt er eine Papiertüte auf die Bettkante. »Er hat sich Sorgen um dich gemacht. Und ich … äh … ich auch. Ich hab dir eine Nachricht geschrieben, aber keine Antwort bekommen.«

Mir wird ganz warm, als ich höre, wie unsicher er klingt. Ich habe mich bemüht, meine Gefühle für Rafael in eine Kiste mit einem riesigen *Nicht-öffnen*-Schild zu sperren. Das war einfach, als er nicht sonderlich liebenswert war, aber nun, da er Dinge sagt, die mein Herz stocken lassen wie eine zerkratzte Schallplatte, bin ich geliefert. Erst recht, wenn er mich anschaut, als liege ihm mein Wohlbefinden am Herzen.

»Ich weiß, dass du dich vorhin nicht gut gefühlt hast, also wollte ich dich eigentlich nicht stören …« Seine Stimme verliert sich.

»Aber?«

Er lächelt nicht, er *strahlt.* »Nico und ich hatten einen tollen Tag zusammen, und darüber musste ich mit jemandem reden.«

Seine gute Laune ist so ansteckend, dass auch ich heute zum ersten Mal lächele. Ich setze mich aufs Bett. »Erzähl mir alles.«

»Ich kann mich nicht erinnern, wann wir zuletzt so viel Spaß zusammen hatten.« Er beginnt auf und ab zu laufen, bleibt immer wieder kurz vor mir stehen und dreht sich dann erneut um. »Er wollte eine Sandburg mit mir bauen, die aber leider nicht halb so gut geworden ist wie die, die ich mit dir gebaut habe.«

Ich werfe mir das Haar über die Schulter. »Natürlich nicht. Schließlich bin ich der Champion.«

Er lacht leise – eine weitere Sache, mit der er mein Herz zum Rasen bringt. »Wir haben dich vermisst«, sagt er als Nächstes, was mir das Herz fast aus der Brust springen lässt.

Ich senke verlegen den Blick. »Das sagst du doch nur so.«

Er hält in der Bewegung inne und kommt dann zu mir. »Nein, ich ... Moment mal, warum sind deine Augen rot und geschwollen?«

»Hm?«

Sein Lächeln verblasst und wird von einem besorgten Stirnrunzeln ersetzt. »Hast du ... geweint?«

Ich schaue aufs Meer hinaus. »Nein.«

Er legt eine Hand unter mein Kinn und hebt es an. »Ich dachte, du wärst krank.«

»Das bin ich auch.«

»Ist alles in Ordnung?«

»Es wird wieder in Ordnung kommen.«

Seine Finger unter meinem Kinn spannen sich an. »Was ist los?«

»Nichts, worüber du dir Sorgen machen müsstest. Sehen wir uns beim Abendessen?« Ich hoffe, dass er meinen Wink versteht und das Thema damit ruhen lässt.

Ein paar Sekunden lang starrt er mich noch an, wobei sich sein Mund mehrmals öffnet und schließt, ehe er nickt und mein Kinn loslässt. Dann dreht er sich um und verlässt mein Zimmer, als hätte er gerade einen Geist gesehen.

Nachdem Rafael aus dem Raum geeilt ist, öffne ich die Tüte, die er auf meinem Bett abgelegt hat. Obwohl er behauptet hat, Nico habe für mich eingekauft, wird mir sofort klar, dass das nicht stimmen kann. Es war Rafael, der alles sorgsam ausgewählt hat. Nach unzähligen Supermarktbesuchen mit mir weiß Nico zwar, dass ich Kekse mit bunten Streuseln, Clementinen und Popcorn mag, aber das war es auch schon. Jedes Mal, wenn ich ihn in einen anderen Gang geschickt habe, um etwas Bestimmtes zu holen, ist er mit der falschen Marke zurückgekommen, obwohl es in unserem kleinen Ort meist nur drei Optionen gibt. Nico hätte es demnach nicht geschafft, mein Lieblings-Soda unter all den anderen zu finden, ganz zu schweigen von meiner Lieblingsgeschmacksrichtung – Erdbeer-Zitrone.

Ich bin überrascht, dass sich Rafael daran erinnert. Meiner Einschätzung nach war er immer zu sehr mit sich selbst beschäftigt, um kleine Details dieser Art zu bemerken, aber nun hat er mir eindeutig das Gegenteil bewiesen. Mit jedem Artikel, den ich aus der Tüte hole, wird mir bewusster, dass Rafael nicht nur Dinge *bemerkt.* Er zeigt aufrichtiges *Interesse.* Zumindest aus der Ferne – damit niemand seine wahren Gefühle durchschauen kann – hat er den Kleinigkeiten Beachtung geschenkt.

Nacheinander fördere ich meinen Lieblingskamillentee – auch diesen von der richtigen Marke –, die Salzcracker mit dem kleinen Kobold auf der Packung und warme Socken zutage. Letztere waren vermutlich Nicos Idee, da es mittlerweile ein Running-Gag zwischen uns ist. Jedoch muss Rafael das Motiv ausgesucht haben, denn ich kann mir nicht vorstellen, dass sich ein Neunjähriger für Socken mit Schnapsflaschen darauf entscheiden würde. Außerdem hat mir Rafael zusätzliche Dramamine-Tabletten und ein paar andere Medikamente gegen Reisekrankheit besorgt. Auf einer Packung befindet sich ein Klebezettel mit dem Logo des Hotels, auf den er geschrieben hat: *Sorry, dass es kein Xanax ist, aber du kannst meine Hand halten.*

Mit einem breiten Grinsen lasse ich mich zurück aufs Bett fallen. Ein Carepaket sollte mich nicht derart glücklich machen, dass ich heulen könnte, aber je mehr ich darüber nachdenke, desto schwieriger wird es, meine Gefühle zu kontrollieren.

Und daran ist niemand anderes als Rafael Lopez schuld.

KAPITEL DREIUNDDREISSIG

RAFAEL

Papi?« Nico tippt mich an der Schulter an.

»*¿Qué?*«

»Magst du Ellie?«

Die Frage kommt aus dem Nichts, oder zumindest denke ich das, ehe mir bewusst wird, dass Nico mich dabei erwischt hat, wie ich Ellie anstarre. Sie wartet gerade an der Theke darauf, dass der Barkeeper unsere zweite Runde einschenkt, und sieht in ihrem bodenlangen Sommerkleid umwerfend aus.

»Du schaust sie immer wieder an«, fügt Nico hinzu.

Ich werfe ihm einen Blick zu. »Sie ist hübsch.«

Er grinst. »Findest du?«

»Ja«, gebe ich in dem naiven Glauben zu, dass mir diese Antwort weitere Fragen ersparen wird.

»Willst du sie heiraten?«

Zum Glück hat er mir diese Frage nicht gestellt, während ich den letzten Schluck aus meinem Glas getrunken habe, sonst hätte ich meinen Bourbon wieder ausgespuckt.

Ich streiche mir über die glatte Wange. »Ich habe nicht vor, irgendjemanden zu heiraten.«

Er runzelt die Stirn. »Nicht?«

»Nein. Sorry.«

Mit einem Mal scheint seine gute Laune verflogen zu sein. »Ist es wegen Mommy?«

Ja. Aber auch wegen mir selbst. Der Gedanke, jemanden so sehr zu lieben, dass ich mich für den Rest meines Lebens an diesen Menschen binden möchte, macht mir nach meiner gescheiterten Ehe Angst.

»Verheiratet zu sein, ist harte Arbeit.«

»Das weiß ich, aber wenn man jemanden mag, heiratet man doch, oder?«

»Nicht zwingend. Außerdem hab ich nie behauptet, Ellie zu mögen.«

Nico verdreht die Augen. »Aber du hast gesagt, sie ist hübsch.«

»Das heißt nicht, dass ich sie auf diese Art mag.«

»Warum schaust du sie dann die ganze Zeit so an, wie *Tío* Dahlia anschaut? Er mag sie. Sehr sogar.«

Seine Aussage verblüfft mich derart, dass mir die Worte fehlen. Mir ist klar, dass Nico clever ist, mit dieser Beobachtungsgabe hätte ich jedoch nicht gerechnet.

Du warst nicht gerade unauffällig.

Seit Ellie heute Abend in diesem grünen Kleid, das ihre grünbraunen Augen zur Geltung bringt, aus ihrem Zimmer getreten ist, kann ich kaum den Blick von ihr abwenden. Eine Blume in einer passenden Farbe zu finden, war beinahe unmöglich, obwohl ich mich bemüht habe, eine auszuwählen, die zu der rosa Blüte passt, die Nico für ihr Haar gepflückt hat.

Da wir einem traditionellen hawaiianischen Luau beiwohnen, hat sich Ellie vorhin ein paar Hulatänzerinnen angeschlossen, und ich konnte, selbst nachdem sie mich zweimal dabei erwischt hatte, nicht aufhören, sie anzusehen.

Nico senkt seine Stimme. »Es ist okay, wenn du sie magst. Es macht mir nichts aus, wenn du auch ein bisschen Zeit mit ihr verbringst.«

»Wie großzügig von dir«, erwidere ich trocken.

»Willst du, dass ich sie frage, ob sie dich auch mag?«

»Nicolas …«

»Hier kommen die Drinks!«, verkündet Ellie.

»Endlich«, rufe ich erleichtert.

Mein neunjähriger Sohn zwinkert mir zu, was aber eher an ein unkontrolliertes Zucken erinnert. Und ich habe mir die ganze Zeit Sorgen gemacht, meine *Tante* könnte sich in mein Liebesleben einmischen.

Nico legt den Kopf schief. »Ellie?«

Eilig schiebe ich ihm das Glas mit seinem Lieblingsfruchtsaft hin, den er im Urlaub entdeckt hat. »Hier. Trink.«

»Gleich.« Er schiebt das Getränk zur Seite. »Ich hab eine Frage.«

»Nico«, werfe ich panisch ein, »warum siehst du dir nicht das Huhn dort drüben an?«

Ellie bedenkt mich mit einem Blick, der suggeriert, dass ich nicht mehr alle Tassen im Schrank habe. »Du willst, dass er sich in die Nähe von wilden Hühnern begibt?«

Ich beiße die Zähne zusammen.

»Magst du meinen Dad?«, fragt Nico. »Denn er mag *dich.*«

Ellies Blick huscht zu mir. »Das hat er gesagt?«

Nico schnauft. »Nee, aber er hat gesagt, dass du hübsch bist.«

Ihre Wangen röten sich. »Das hat er zu mir noch nie gesagt.«

»Weil er schüchtern ist.«

»Das stimmt nicht«, entgegne ich.

»Feige?« Ellies Augen funkeln herausfordernd.

Wenn sie will, dass ich ihr ein Kompliment mache, wie hübsch sie ist, kann ich das gern tun. Aber später, wenn mein Sohn nicht mehr da ist, würde ich am liebsten noch ganz andere Dinge zu ihr sagen.

Nach dem Essen fahren wir mit dem Auto zu dem Aussichtspunkt, den uns der Hotelmanager empfohlen hat, um uns an unserem letzten Abend auf Oahu von dort den Sonnenuntergang anzusehen.

Obwohl Nico begeistert von der Idee war, schläft er nach ein paar Runden *Ich sehe was, das du nicht siehst* ein, sodass Ellie und ich für den Rest der Fahrt Frankie Estelles sanfter Stimme lauschen – eine von Nicos Lieblingssängerinnen.

Ich parke den Jeep auf dem kleinen Schotterparkplatz und bleibe kurz neben dem Wagen stehen, während Ellie das Notizbuch aus ihrer Handtasche holt und eine freie Bank ansteuert. Der Himmel ist von orangeroten Streifen durchzogen. Unter uns brechen sich die Wellen an den Felsen und sorgen für die perfekte Geräuschkulisse, um meinen Gedanken nachzuhängen. Mein Geist und mein Körper tragen einen Kampf miteinander aus, denn es fällt mir immer schwerer, mich von Ellie fernzuhalten. Am liebsten würde ich sie in meine Arme schließen und nie wieder loslassen. Es ist quälend, jemanden so sehr zu begehren, dass es fast körperlich schmerzt, obwohl man weiß, dass unzählige Gründe dagegensprechen, mit dieser Person zusammen zu sein.

Sie sucht *den Richtigen*, und der bin ich nicht.

»Auch wenn ich mich geschmeichelt fühle, dass du lieber mich anstarrst, lässt du dir entgehen, wofür wir eigentlich hergekommen sind.« Ellie sieht mich mit hochgezogener Augenbraue an.

Erwischt.

Betont selbstbewusst schlendere ich zur Bank und nehme Platz. »Woran arbeitest du?«

Als ich versuche, einen Blick auf die Seite zu werfen, klappt sie das Notizbuch zu. »An einem Song.«

»Ich dachte, du schreibst keine Musik mehr.«

»Ich hab beschlossen, es noch einmal zu versuchen.«

»Woher kommt dieser plötzliche Sinneswandel?«

Sie rückt die Blume zurecht, die ich ihr vor dem Abendessen hinters Ohr gesteckt habe, ehe sie die Hände wieder sinken lässt. »Ich möchte nichts aufgeben, was ich liebe, nur weil ich Angst habe.«

»Wovor hast du Angst?«

Sie presst die Lippen zu einem dünnen Strich zusammen.

Ich kann es ihr nicht verdenken, dass sie sich vor mir verschließt, denn ich war bisher auch nicht besser, dennoch stört es mich – genau wie vorhin in ihrem Zimmer, als ich bemerkt habe, dass sie geweint hatte. Es ist also schon das zweite Mal am heutigen Tag, dass sie mir etwas verschweigt, und ich weiß nicht genau, was ich davon halten soll.

Doch statt sie weiter zu bedrängen, mache ich ein Foto vom Sonnenuntergang für meine Familie.

»Was war heute Abend eigentlich mit Nico los?«, fragt Ellie eine Minute später.

»Ich weiß auch nicht.«

Als Ellie auf die Toilette gegangen ist, habe ich ihn zur Rede gestellt, aber er hat nur gegrinst und das Thema gewechselt.

»Stimmt es?« Ihre Augen funkeln belustigt.

»Was?«

»Hast du gesagt, dass ich hübsch bin?«

Meine Mundwinkel zucken. »Bist *du* jetzt etwa diejenige, die ein Kompliment hören will?«

»Ich bin nur neugierig.«

»Warum?«

Sie errötet und schaut auf ihre Füße. »Vergiss es.«

Ich sehe sie an, bis sie wieder meinem Blick begegnet.

»Ich wollte meinem Sohn nicht erzählen, was ich wirklich denke, falls es das ist, was du dich fragst.«

Sie atmet zittrig aus. »Und das wäre?«

»Dass du so verdammt umwerfend bist, dass es mir körperliche Schmerzen bereitet, zu wissen, dass ich dich niemals haben kann.«

Sie zieht scharf die Luft ein. »Weil ich Nicos Nanny bin?«

»Nein, weil ich *ich* bin.«

KAPITEL VIERUNDDREISSIG
ELLIE

»Was soll das heißen?« Mein Notizbuch fällt auf die Erde, als ich von der Bank aufspringe. Sosehr ich Konfrontationen auch hasse, schafft es Rafael immer wieder, ein Feuer in mir auflodern zu lassen, das sich nur schwer löschen lässt – selbst mit tiefen Atemzügen und Willows Yoga-Mantras nicht.

Sein Blick huscht zu mir hoch. »Du bist eine hoffnungslose Romantikerin.«

»Ich würde eher behaupten hoffnungs*voll*.«

Er verengt die Augen. »Und genau *das* ist der Grund.«

Verwirrt schaue ich ihn an. »Ist das so etwas Schlimmes?«

»Theoretisch nicht.«

»Aber du scheinst es schlimm zu finden.«

»Nur weil ich niemals *der Richtige* sein werde«, erwidert er in ironischem Tonfall.

Auch wenn ich beiläufig die Bezeichnung »der Richtige« fallen gelassen habe, hat es garantiert nicht so kindisch geklungen wie aus seinem Mund. Es ist schließlich nicht so, als würde ich ständig nach meinem Seelenverwandten suchen und alle Männer abweisen, weil sie meine Erwartungen nicht erfüllen.

Um zu verbergen, wie sehr ich vor Wut zittere, verschränke ich meine Arme fest vor der Brust. »Es ist kein Verbrechen, wählerisch zu sein und zu wissen, was ich will.«

Er nickt kaum merklich. »Du hast recht.«

»Wo liegt dann das Problem?«

»Was du *willst* und wer ich *bin*, sind vollkommen unterschiedliche Dinge.«

»Klingt für mich nach einer Ausrede.«

»Oder ist es einfach die Wahrheit?«

Ich runzele so stark die Stirn, dass meine Muskeln schmerzen.

»Selbst wenn ich dich hübsch finde – selbst wenn ich finde, dass du die schönste Frau bist, die mir je begegnet ist, innerlich und äußerlich –, ändert das nicht unsere Realität. Wir wollen unterschiedliche Dinge vom Leben.«

»Woher willst du wissen, was ich mir wünsche, wenn du mich noch nicht einmal danach gefragt hast?«

Sein Blick fällt auf meinen Mund. »In der Eisdiele hast du mir genug verraten.«

Ist das der Grund, aus dem er auf einmal so wütend aussah und seinen Löffel in zwei Hälften zerbrochen hat? Ich habe mir schon gedacht, dass es an irgendetwas lag, das ich gesagt hatte, aber mir war nicht bewusst, wie es ihn getroffen hat.

Nun erhebt er sich und schließt den Abstand zwischen uns, sodass seine Brust meine berührt und wir unsere abgehackte Atmung an den anderen anpassen. Er hebt die Hand und legt sie an meine Wange, was ein Prickeln an meiner Wirbelsäule hinabfahren lässt. Für jemanden, der behauptet, dass er nicht der Richtige für mich ist, löst er ganz schön viele Gefühle in mir aus, die sich verdammt richtig anfühlen.

Nun fährt er mit dem Daumen über meinen Wangenknochen. »Dann sag mir, dass du nicht heiraten willst.«

Ich versuche, seinem Blick auszuweichen, doch er legt mir seine Finger unter das Kinn und zwingt mich dazu, ihm in die Augen zu sehen.

»Das kannst du nicht, oder?«

»Nein.« Das, was ich in der Eisdiele gesagt habe, habe ich ernst gemeint – ich will tatsächlich heiraten, aber das heißt nicht, dass ich nicht auf jemanden warten würde, der sich erst mit diesem Gedanken anfreunden muss. Wenn ich wüsste, dass ich einen besonderen Menschen kennengelernt habe, wäre ein Ring nur ein Symbol für unsere Verbundenheit, die aber nicht zwingend mit einem bestimmten Datum verknüpft sein muss. Für jemanden wie ihn würde ich warten. Am Ende des Tages ist die Partnerschaft an sich für mich das Wichtigste und kein Vertrag, den wir gemeinsam unterzeichnen.

Seine nächsten Worte versetzen mir jedoch einen erneuten Dämpfer. »Und du willst keine Kinder?«

»Doch.« Als Einzelkind habe ich mir immer Geschwister gewünscht, daher will ich mindestens zwei Kinder, vielleicht sogar drei, je nachdem, wie meine Lebensumstände sind.

»Ich habe mich sterilisieren lassen, als ich von Nicos Krankheit erfahren habe.«

Mein Herz zieht sich zusammen.

Er fährt fort, ohne den Blick abzuwenden. »Ich liebe meinen Sohn, aber ich möchte kein weiteres Kind in die Welt setzen, das vielleicht an der gleichen Krankheit leidet. Es wäre egoistisch von mir, diese Last noch einem weiteren Menschen aufzubürden.«

»Das ist okay.«

»Wirklich?«

»Natürlich. Du müsstest doch selbst am besten wissen, dass man Kinder auch adoptieren kann.«

Seine Augen verengen sich skeptisch, was mir verrät, dass er mir nicht glaubt.

»Dann willst du keine leiblichen Kinder?«, fragt er.

»Ich meine, ich hab drüber nachgedacht, aber wer hat das nicht?«

Die Falten um seine Augen glätten sich. »Das hab ich mir schon gedacht.«

Sein resignierter Tonfall macht mich wütend. »Warum stellst du mir überhaupt all diese Fragen? Was willst du mir beweisen?«

»Es mag sich richtig anfühlen, dich zu berühren …« Er umschließt mein Gesicht mit den Händen. »Dich zu begehren … Aber wir sind nicht die Richtigen füreinander.«

Wie sehr mich seine Worte verletzen, erkenne ich erst, als ich kaum noch Luft bekomme.

»Ich will nicht noch mal heiraten, und ich will auch keine weiteren Kinder.« Sein trauriges Lächeln sollte seine Aussage eigentlich abschwächen, hat jedoch den gegenteiligen Effekt und lässt noch mehr Angst in mir aufkeimen. »Das habe ich alles hinter mir, und es hat nicht gerade gut geendet. Noch heute bezahle ich jeden Tag dafür, und das wird sich vermutlich auch in den nächsten zehn Jahren nicht ändern – weil ich ein Kind mit einer Frau gezeugt habe, die einen Sohn wie ihn nicht verdient hat.« Am Ende des Satzes bricht seine Stimme.

»Rafael«, flüstere ich.

Er streichelt meine Wange, was den Schmerz in meiner Brust unerträglich macht. »Eines Tages, wenn du denjenigen findest, den du suchst, hoffe ich, dass er alles dafür tut, um dich zu behalten, weil du die Art von Liebe verdienst, über die Lieder geschrieben werden.«

Eine einzelne Träne tritt mir aus dem Augenwinkel, doch er wischt sie sofort mit seinem Daumen weg.

Im nächsten Moment löst er sich von mir und nimmt mir dabei die Blume aus dem Haar, die er mir vorhin gegeben hat.

Es zerreißt mir das Herz, ihm hinterherzusehen, als er zum Jeep zurückgeht und jegliche falsche Hoffnung, die ich hatte, mitnimmt.

Am nächsten Morgen werde ich von Nico aus dem Schlaf gerissen, der auf meinem Bett rumhüpft und ruft, dass ich aufwachen soll, bevor die Jacht ohne mich ablegt. Da ich keine Ahnung habe, wovon er spricht, schaue ich auf mein Handy und lese eine kryptische Nachricht von Rafael.

Rafael: *Kleine Planänderung: Wir fahren mit dem Boot von Oahu nach Kauai statt zu fliegen.*

Sofort mache ich mich daran, Nicos und meinen Koffer zu packen, während er nicht aufhört, über die riesige Jacht und all das zu reden, was wir am nächsten Tag vorhaben.

Nur Rafael würde eine siebentägige Miete für eine Jacht zahlen, die wir gerade mal vierundzwanzig Stunden lang in Anspruch nehmen. Normalerweise würde ich es für protzig halten, aber wenn er Millionen ausgeben will, um seinem Sohn die Reise seines Lebens zu ermöglichen, habe ich dem nichts entgegenzusetzen. Zwar weiß ich nicht, wie diese plötzliche Planänderung zustande gekommen ist, aber ich werde mich garantiert nicht darüber beschweren, dass ich den Tag auf einer Jacht verbringen muss. Selbst wenn mir der Gedanke an die hohen Kosten und die Erinnerung an den letzten Bootsausflug ein wenig Unbehagen bereiten.

Eine Stunde später setzt uns der bestellte Wagen an einem privaten Jachthafen ab. Nico rennt sofort vor, weil er jedes Boot anschauen will, bevor wir die Reise antreten.

»Hast du deine Dramamine genommen?«, fragt Rafael, der unser Gepäck hinter sich herzieht.

»Nein.« In dem ganzen Trubel heute Morgen habe ich es vollkommen vergessen.

Sofort greift Rafael in seine Reisetasche und holt eine Packung hervor. »Hier.«

»Du hast auch welche dabei?«

»Nachdem du deine Medizin vor dem letzten Bootsausflug vergessen hast, hielt ich es für eine gute Idee, vorsichtshalber welche einzustecken.«

»Wie aufmerksam von dir.« Hätte die Unterhaltung gestern Abend am Aussichtspunkt nicht stattgefunden, hätte ich die Geste wahrscheinlich romantisch gefunden, aber nun bin ich wütend darüber.

Er mustert mich stirnrunzelnd. »Du bist immer noch sauer wegen gestern Abend.«

»Nein. Was mich ärgert, ist, dass du mir andauernd widersprüchliche Signale sendest«, erwidere ich bissig.

Er sieht mich bestürzt an. »Ich versuche nur, nett zu sein.«

»Nun, vielleicht solltest du damit aufhören, weil es eher so wirkt, als hättest du Interesse an mir, obwohl wir beide wissen, dass du nichts mit mir anfangen willst.« Meine Stimme bebt am Ende, und sofort wünsche ich mir, ich könnte meine Worte zurücknehmen. Ich will nicht, dass er weiß, wie sehr mich seine Offenbarung gestern getroffen hat. Wie sehr sie mich *verletzt* hat. Es fühlt sich an, als hätte ich mich selbst im Stich gelassen, indem ich mich jemandem geöffnet habe, der nicht mit mir zusammen sein will.

Er hat mir einen Korb gegeben. Es ist ganz simpel. Je eher ich das akzeptiere, desto besser ist es für uns beide. Ich bin mir nicht einmal sicher, warum ich derart wütend bin, besonders weil ich ebenso gut weiß, dass es so am besten für meine Arbeit ist. Vielleicht ärgere ich mich am meisten darüber, dass ich bereit war, meinen Job als Nicos Nanny aufs Spiel zu setzen, nur damit er mich zurückweisen und damit zum Narren machen konnte.

Rafael murmelt irgendetwas auf Spanisch, das ich nicht verstehe, ehe er mir eine ungeöffnete Dose Erdbeer-Zitronen-Soda aus seiner Tasche reicht. »Hier.«

Bei der Geste vollführt mein Herz einen kleinen Hüpfer, aber ich verdränge jegliche Gefühlsregung mit wilder Entschlossenheit. Wenn mich unser Gespräch eines gelehrt hat, dann dass Rafael nett und aufmerksam sein kann, aber dass es an mir ist, mir immer wieder in Erinnerung zu rufen, dass es niemals darüber hinausgehen wird.

Gehorsam schiebe ich mir eine Tablette in den Mund, trinke einen Schluck und gehe weiter.

Schließlich holen wir Nico ein, der vor einer grauen Superjacht stehen geblieben ist.

»Ist sie das?«, fragt er.

Rafael schüttelt den Kopf. »Noch ein Stück weiter.«

Ein paar Liegeplätze daneben bleibt Nico erneut stehen, diesmal vor einer noch größeren Jacht. »Die hier?«

»Nein. Ganz hinten.« Rafael deutet zum Ende des Docks, wo sich eine Jacht von der Größe eines Kreuzfahrtschiffes befindet.

Ich halte mitten im Schritt inne. »Du machst Witze.«

»Hoffentlich bist du diesmal mit der Größe zufrieden.« Er schmunzelt.

Nico stürmt los, und ich folge ihm und seinem Vater mechanisch und mit verkrampften Schultern.

Das Treppengeländer aus Glasfaser und Metall glänzt im Sonnenlicht und blendet mich so sehr, dass ich meine Sonnenbrille aufsetze.

Die kleine Besatzung winkt uns von unterschiedlichen Ebenen des Schiffes aus zu, während ein paar andere Personen bereits auf das Dock springen, um unser Gepäck entgegenzunehmen.

Ich schaue Rafael an, dessen Augen hinter seiner schwarzen Ray-Ban-Sonnenbrille verborgen sind. »Du hast ein ganzes *Schiff* gemietet?«

»Ja.«

»Ist das nicht ein bisschen … übertrieben?«

Er zuckt mit den Schultern. »Ich hoffe, du kannst die Fahrt mehr genießen als einen Flug.«

Mit einem Mal rast mein Herz wieder. »Bitte sag mir, dass du das nicht nur für mich getan hast.«

»Okay, dann lass ich's eben.«

Nico grinst. »Aber er hat es trotzdem nur für dich getan!«

»*Nicolas!*« Rafael seufzt resigniert.

»Es stimmt doch! Er wollte nicht, dass du wieder Angst hast.«

Ich bin mir nicht sicher, was ich von alledem halten soll. Den vierzigminütigen Flug von Oahu nach Kauai hätte ich überlebt, aber dass Rafael die Pläne geändert hat, macht mich … Wütend? Glücklich? Unendlich traurig, weil er aufmerksam ist, aber es niemals darüber hinausgehen wird? Vielleicht ist es eine Mischung aus all diesen Gefühlen.

Rafael bedenkt seinen Sohn mit einem tödlichen Blick, woraufhin der lachend die Gangway hinaufrennt. »Wir sehen uns an Bord!«, ruft er.

»Du kannst nicht solche Dinge sagen wie gestern Abend und dann so was tun«, zische ich leise, damit mich die freundlich lächelnde Besatzung nicht hört.

»Warum nicht?«

»Das ist wie ein emotionaler Peitschenhieb.«

Über diese Aussage scheint er einen Moment lang nachzudenken. »Tut mir leid. Ich werde versuchen, in Zukunft … vorsichtiger zu sein.«

Da ich mir mit einem Mal schrecklich gemein vorkomme, rudere ich schnell zurück. »Aber ich weiß es trotzdem zu schätzen. Dank dir kann ich jetzt von meiner Bucket-List streichen, dass mir jemand eine Sechzig-Meter-Jacht mieten muss.«

Auch wenn ich seine Augen nicht sehen kann, weiß ich, dass er sie verdreht. »Elle?«

»Ich hasse es, wenn du mich so nennst.«

»Und dennoch hast du dich bisher nicht darüber beschwert.«

Ich runzele die Stirn.

»Tut mir leid wegen der widersprüchlichen Signale, die ich offenbar aussende, aber versuch trotzdem, die Fahrt zu genießen. Bitte!«, sagt er und betritt dann ebenfalls die Gangway, als wäre es sein persönlicher roter Teppich.

Ich blicke starr geradeaus, ohne zu antworten.

Er seufzt. »Falls es ein Trost ist: Nico hat das Boot ausgesucht.«

Ich schaue zu ihm auf. »Das ist kein Boot, Rafael – es ist ein Schiff.«

»Du hast mich doch selbst darum gebeten, eine Jacht zu mieten.«

»Das war ein Witz!«

Er kratzt sich am Kopf. »Hm. Ich dachte, du hättest es ernst gemeint.«

Ich werfe ihm einen bedeutsamen Blick zu und folge ihm an Bord.

»Wir sind bereit, wenn Sie es sind, Sir.« Der Kapitän tippt sich zur Begrüßung an die Mütze.

Vierundzwanzig Stunden auf einer Jacht mit Rafael und Nico klingt wie eine spannende Expedition – was soll schon schiefgehen?

Demnach zu urteilen, wie Rafael mich immer wieder ansieht, wenn er glaubt, dass ich es nicht bemerke, ist die Antwort simpel: alles.

KAPITEL FÜNFUNDDREISSIG
ELLIE

Es dauert exakt eine halbe Stunde – wir haben Oahu verlassen, und das funkelnde Ufer von Honolulu ist nicht mehr zu sehen –, bis mein Herzschlag einmal mehr an Fahrt aufnimmt. Es beginnt damit, dass Rafael mit nichts als Badeshorts und Sonnenbrille aus seiner Kabine geschlendert kommt. Ich sollte eigentlich stark bleiben, doch ein Blick in seine Richtung, während er Sonnencreme auf seinem Körper verteilt, genügt, um meine Gedanken in die falsche Richtung abdriften zu lassen. Ich muss mich beherrschen, mir nicht die Lippen zu lecken, während ich ihn anstarre. Er hat die Muskelmasse, die andere Leute nur mithilfe eines Personal Trainers und guten Genen aufbauen, also habe ich Mühe, meinen Blick abzuwenden.

Das Erste, was mir auffällt, sind seine Bauchmuskeln, gefolgt von seinen Shorts mit Hummermuster, die zu Nicos passen. Die Badehosen hat Dahlia für die beiden gekauft, und ich nehme an, dass Rafael sie nur seinem Sohn zuliebe trägt. Sie reicht ihm bis zur Mitte seiner Oberschenkel, die ebenso muskulös und durchtrainiert sind wie seine Waden, was er seinen täglichen Work-outs zu verdanken hat.

Ich bin dermaßen fasziniert, dass ich gar nicht bewusst bemerke, dass er mit einem Lächeln auf mich zukommt, ehe er vor mir stehen bleibt.

»Eleanor?«

»Hm?« Wieder beginnen die Schmetterlinge in meinem Bauch zu flattern, und ich muss mich zwingen, meinen Blick von Rafaels definierter, glänzender Brust abzuwenden.

»Alles in Ordnung?« Sein Lächeln ist wie eine Waffe, die geradewegs auf mein Herz zielt.

»Warum sollte es das nicht sein?« Mein Magen zieht sich zusammen, was allerdings nichts mit einer drohenden Seekrankheit zu tun hat.

»Weil du dich nicht beschwert hast, als ich dich Eleanor genannt habe.«

»Mh-hmmm.« Ich bin zu abgelenkt, um den Sinn seiner Worte zu begreifen.

»Nico kommt auch gleich. Er telefoniert gerade mit meiner Tante, die dich übrigens grüßen lässt.«

»Super.« Ich zwinge meinen Blick auf einen unbestimmten Punkt oberhalb seiner Schulter, doch er wandert wie von allein wieder zu Rafaels Bauchmuskeln.

Nun lehnt er sich neben mir an die Reling und schaut aufs Meer hinaus. »Es ist ein schöner Tag.«

»Jepp.«

»Deine Sprachlosigkeit ist übrigens super für mein Ego.«

Mit geröteten Wangen wende ich den Blick ab und richte ihn gen Horizont. »Ich … Irgendwo muss ich ja hinschauen.«

Angesichts seines wissenden Schmunzelns würde ich am liebsten im Erdboden versinken. Zumindest wäre der letzte Anblick, bevor ich von der Erdoberfläche verschwinde, dann ein sehr schöner gewesen.

»Und, hat dir gefallen, was du gesehen hast?«, fragt er.

Ein Teil von mir möchte auf seinen Flirtversuch eingehen, aber nach gestern Abend muss ich unbedingt Abstand halten, um mein Herz zu schützen.

»Ich gucke mal lieber, ob Nico Hilfe braucht«, sage ich also stattdessen.

Er runzelt die Stirn und wendet sich ab. »Ja, okay, gute Idee.«

Eilig verschwinde ich unter Deck, ehe ich noch etwas anderes sage, das ich bereuen könnte – obwohl ich den enttäuschten Blick, den Rafael mir zugeworfen hat, bevor ich gegangen bin, nicht vergessen kann. Dabei war er derjenige, der seinen Standpunkt, was uns betrifft, vollkommen klargemacht hat – warum sollte ich mich also darum scheren, wenn er sich zurückgewiesen fühlt?

Weil du Gefühle für ihn hast, ob er sie nun erwidert oder nicht.

Laut Rafael darf Nico auf der Jacht alles tun und lassen, was er will, solange ich dafür nichts tun muss, was mich seekrank machen könnte. Dass er sich um mein Wohlbefinden sorgt, ist eine Geste, für die ich äußerst dankbar bin, nachdem Nico sich für Wakeboarden und Tubing ausgesprochen hat. Allein die Vorstellung, ich könnte mich auf einem kleineren Boot befinden, bringt meinen Magen dazu, sich zusammenzuziehen, also halte ich mich auf dem hinteren Deck auf und beobachte die beiden von dort aus beim Wassersport.

Nico ist nicht schlecht im Wakeboarden, da Rafael und Julian ihn schon seit Jahren mit hinaus auf den See nehmen, aber mit seinem Vater kann er nicht mithalten. Von einem Mann, der so sportlich ist wie Rafael, hätte ich vermutlich nichts anderes erwarten sollen, aber ihm zuzusehen, ist definitiv eine Erfahrung, die ich nicht missen will. Mit einem strahlenden Lächeln steht er auf dem Wakeboard, während sich bei jedem Sprung und jeder Kurve seine Muskeln anspannen, und ich frage mich unwillkürlich, ob er vor mir angeben will.

Nachdem sie zurück an Bord gekommen sind, holt Nico sein Fernglas aus dem Gepäck und beobachtet alles, was am Horizont erscheint.

Als Rafael mich an Deck sieht, womit er offenbar nicht gerechnet hat, da er mitten im Schritt erstarrt, sammelt er sich schnell wieder und kommt zu mir rüber. »Was hast du so getrieben, als wir auf den Wakeboards waren?«, fragt er.

Ich schaue auf die Kritzeleien neben dem halb fertigen Liedtext hinab. »Nicht viel.«

Er verschränkt die Arme vor der Brust. »Du arbeitest an einem Song?«

»Das versuche ich zumindest.« Ich klappe das Notizbuch zu und sehe ihn an.

Wasser tropft ihm von Gesicht und Haar und rinnt an seinem gebräunten Oberkörper hinunter. Rasch wende ich den Blick wieder ab, bevor ich ihn zu lange auf seinen Muskeln ruhen lassen kann. Auch wenn die Versuchung groß ist.

»Und wie läuft's?« Er betrachtet mein Notizbuch, ohne zu ahnen, dass sich darin Liedzeilen verbergen, zu denen er mich inspiriert hat.

Vorsichtshalber schiebe ich das Buch dennoch unter mein Bein. »Warum interessiert dich das?«

Er verengt die Augen. »Ich bin nur höflich.«

»Wegen mir musst du dich nicht so anstrengen.«

Er presst die Lippen zusammen. »Bist du immer noch wütend wegen gestern Abend?«

Ja, aber ich würde lieber tot umfallen, als noch einmal mit ihm darüber zu sprechen.

»Nope. Ich habe nur Probleme mit Coles Song.«

Shit. Das wollte ich eigentlich nicht zugeben.

Eine Falte bildet sich zwischen seinen Augenbrauen. »Dann arbeitet ihr zwei also doch zusammen?«

Mein Herz hämmert mit einem Mal. »Ja, aber die Kollaboration wird meinem aktuellen Job nicht in die Quere kommen, also mach dir keine Sorgen.«

»Darüber mache ich mir keine Sorgen.« Ein düsterer Ausdruck huscht über seine Züge.

Ich weiß, dass es eine fürchterliche Idee ist, ihn zu provozieren, aber nach der Zurückweisung von gestern Abend möchte ich ihm unbedingt genauso zusetzen, wie er mir zugesetzt hat. Mir seine Eifersucht auf Cole zunutze zu machen, ist kleinlich, kindisch und eine Strategie, die ich noch nie zuvor bei jemandem angewandt habe.

Trotzdem werfe ich mir die Haare über die Schulter und schenke ihm ein strahlendes Lächeln. »Cole ist toll. Er unterstützt mich bei der Sache mit der Klage. Er hat sich sogar extra um einen Anwaltstermin für mich bemüht.«

Rafaels linkes Auge zuckt. »Mir war nicht bewusst, dass du einen Anwalt brauchst.«

»Ich weiß.«

»Ich hätte dir auch helfen können.«

»Ja, aber Cole hat es mir nun mal angeboten. Kannst du dir vorstellen, dass es Menschen auf der Welt gibt, die für so etwas noch nicht mal eine Gegenleistung erwarten?«

»Oh, ich bin mir sicher, dass er irgendetwas erwartet«, murmelt Rafael leise.

»Wie bitte?« Ich klimpere mit den Wimpern.

»Der Typ steht auf dich.«

»Hm. Klingt vielversprechend. Und wer weiß, vielleicht ist er ja *der Richtige*.«

»Du hast etwas Besseres verdient als einen Typen wie ihn.«

Seine verkniffene Miene bringt mich fast zum Schmunzeln. Rafael Lopez ist wegen *mir* eifersüchtig auf einen anderen Mann. Mein Herz macht einen kleinen Satz, denn ausnahmsweise gefällt mir der

Gedanke, dieses Gefühl in jemandem auslösen zu können, so gut, dass ich Purzelbäume schlagen könnte.

Demnach zu urteilen, wie verkrampft Rafael auf einmal dasteht, verachtet er sich selbst für diese Empfindung. Er will nicht eifersüchtig sein, aber kann nicht anders. Er ist viel zu gut darin, seine wahren Gefühle hinter einer Fassade zu verbergen, die ich am liebsten einreißen würde, auch wenn es mich in Schwierigkeiten bringen könnte.

»Wenn du weiter so daherredest, könnte ich noch auf den Gedanken kommen, du bist eifersüchtig.«

»Ich bin nicht eifersüchtig.«

»Nicht?« Ich erhebe mich und fahre mit den Fingernägeln über seine Brust.

Seine Hände ballen sich zu Fäusten. »*Nein.*«

Ein leises Lachen entfährt mir, und ehe ich die Chance habe, es mir anders zu überlegen, frage ich: »Ist es so schwer zuzugeben, dass dir ein Mensch wichtig ist, der nicht zu deiner Familie gehört?«

»Ja«, erwidert er schroff.

»Warum?«

Er antwortet, ohne nachzudenken, ohne Atem zu holen, ohne den Wahrheitsgehalt seiner Aussage zu hinterfragen, ehe er mir den Todesstoß versetzt. »Meine *Familie* hat mir noch keinen Grund dazu gegeben, ihr zu misstrauen.«

Ich taumele einen Schritt nach hinten. »Ich dachte …« Seine Worte verletzen mich so sehr, dass ich den Satz nicht einmal beenden kann.

»Was? Dass ich dir zwei Wochen nach diesem schlimmen Vorfall einfach so wieder mein Vertrauen schenke?«

Das hatte ich tatsächlich geglaubt, aber jetzt komme ich mir deshalb albern vor. Ich habe in einer Fantasiewelt gelebt und mir eingeredet, wir hätten eine aufrichtige Bindung zueinander aufgebaut. Dabei habe ich alle Warnsignale rigoros ignoriert.

Rafael hatte recht, als er behauptet hat, wir seien nicht die Richtigen füreinander, doch ich wollte nicht zuhören.

Stattdessen wollte ich ihn eifersüchtig machen, um etwas zu beweisen, obwohl es nichts zu beweisen gibt.

Und nun wurde mir das Herz gebrochen. Wieder einmal.

Tränen der Wut treten mir in die Augen, doch ich blinzele sie schnell weg. Vor anderen zu weinen, ist schlimm genug, aber vor der Person zu weinen, die die Tränen überhaupt erst zum Fließen gebracht hat, ist einfach nur peinlich.

Rafael streckt mit reumütiger Miene seine Hand aus, doch ich weiche einen weiteren Schritt zurück.

»Du hast recht, ich habe tatsächlich geglaubt, du würdest mir vertrauen, aber das war offenbar ein riesengroßer Fehler.« Mit diesen Worten greife ich nach meinem Notizbuch, drehe mich zur Treppe um und stolziere erhobenen Hauptes davon, als hätte mir Rafael nicht soeben zum zweiten Mal innerhalb von vierundzwanzig Stunden das Herz herausgerissen.

Hoffentlich habe ich nun endlich meine Lektion gelernt.

Rafael Lopez lässt nur Menschen aus seinem engsten Kreis an sich heran, und es wird Zeit für mich, zu erkennen, dass ich niemals dazugehören werde.

KAPITEL SECHSUNDDREISSIG
RAFAEL

Ich habe alles vermasselt – so viel steht fest, als Ellie sich abwendet, um zu gehen, wobei sie so tut, als hätten sie meine Worte nicht getroffen. Ihr Schmerz war jedoch genauso offensichtlich wie die Tränen, die ihr in die Augen getreten sind. Statt mich darüber zu freuen, dass ich sie vergrault habe, vermisse ich sie jetzt schon. Es ist das gleiche Gefühl, das ich seit gestern Abend zu verdrängen versuche, als ich ihr erzählt habe, dass wir nicht die Richtigen füreinander sind.

Ihr heutiger Versuch, mich eifersüchtig zu machen, hat diese Empfindung nur noch verstärkt. Ich habe Gefühle für sie, fürchte mich jedoch so sehr davor, mich ihnen hinzugeben und noch einmal verletzt zu werden, dass ich Ellie immer wieder wegstoße. Dabei lasse ich mir ständig neue Ausreden und Gründe einfallen, warum es angeblich niemals funktionieren könnte. Einige Argumente mögen gerechtfertigt sein, doch dadurch schmerzt die Wahrheit nicht weniger.

Wäre ich ein anderer, würde ich Ellie ohne zu zögern daten, doch ich bin nun mal ich – ein Waisenkind mit so großen Vertrauensproblemen, dass ich wahrscheinlich einen Therapeuten auf Kurzwahl haben sollte. Sie dagegen ist schön, mitfühlend und viel zu perfekt für jemanden wie mich. Ich würde ihr das Herz brechen, ehe sie die Chance dazu hätte, meines zu brechen, und bei diesem Gedanken wird mir übel. Obwohl ich meine Gründe habe, sie auf Abstand zu halten, sind meine Schuldgefühle so groß, dass ich fast daran ersticke.

Als ich traurig nach unten gehe, finde ich meinen Sohn auf dem mittleren Deck, wo er durch ein Fernglas aufs Meer hinausschaut.

»*Hola, Papi.*« Nico bietet mir sein Fernglas an, aber ich schüttele den Kopf und nehme stattdessen auf einem Stuhl neben ihm Platz.

»Geht es dir gut?«, fragt er.

»Mhm.« Ich will mein Kind nicht mit meinem Problem belasten, deshalb zwinge ich mich zu einem Lächeln und wende Ellies Trick an, um ihn abzulenken. »Ich sehe was, das du nicht siehst …«

Nico strahlt. »Ja?«

Ich schaue mich um. »Und das ist rot.«

Nico lässt das Fernglas sinken und seinen Blick über das Deck wandern. »Äh … das Handtuch?« Er zeigt auf das pink-weiß gestreifte Handtuch unter mir.

Mit einem Mal wird mein Herz noch schwerer. »Nope.«

Er runzelt die Stirn. »Hm.«

Ich ändere betont meine Position, um Nicos Aufmerksamkeit auf die Hummer auf meinen Shorts zu lenken.

»Deine Badehose!«

»Richtig.« Mein Lächeln fühlt sich verkrampft an.

»Nur weil du mir einen Hinweis gegeben hast.« Er tippt sich nachdenklich ans Kinn. »Ich sehe was, das du nicht siehst, und das ist … weiß.«

»Die Wolken?«

»Nein.«

»Das Glasfaser der Jacht?«

Als er den Kopf schüttelt, rate ich weiter, doch komme erst mehrere Minuten später darauf, etwas zu nennen, das eher blassgelb ist. »Die Stühle?«

»Ja, endlich.«

Wieder wird mein Herz schwer. Ich bin mir nicht sicher, ob ich unser Spiel fortsetzen möchte, denn die Tatsache, dass Nico immer größere Schwierigkeiten hat, Farbtöne zu unterscheiden, zieht mich runter. Wenn Ellie hier wäre, würde sie etwas sagen, um die Stimmung aufzulockern und mich aufzuheitern.

Zu schade, dass du sie wieder einmal vergrault hast.

Nico runzelt die Stirn. »Was ist los?«

Beschämt wende ich den Blick ab und schaue aufs Wasser. »Ich hab einen Fehler gemacht.«

»Was ist passiert?«

»Ich habe die Gefühle einer anderen Person verletzt.«

»Hast du dich entschuldigt?«

»Nein.«

Er lacht leise. »Aber du musst dich entschuldigen. So hast du es mir beigebracht.«

»Ich bin mir nicht sicher, ob eine Entschuldigung in diesem Fall ausreicht.« Ich bezweifele ernsthaft, dass Ellie mir verzeihen würde, es sei denn, ich ändere mich von Grund auf.

Nico schmiegt sich an meine Seite.

Ich stütze mein Kinn auf seinen Kopf und schlinge die Arme um ihn. Ein paar Minuten lang schauen wir zusammen aufs Meer hinaus, ehe er die Geduld verliert.

»Warum hast du denn die Gefühle dieser anderen Person verletzt?«

Seine Frage überrascht mich so sehr, dass ich sie im ersten Moment nicht verstehe und ihn verwirrt anschaue.

»Die Person, die du verletzt hast. Warum hast du das getan?«

Ich brauche ein paar Sekunden, um mir eine Antwort zurechtzulegen, die ich einem Neunjährigen geben kann. »Weil ich Angst hatte.«

»Wovor?«

»Der anderen Person zu nahe zu kommen.«

»Hm.« Er schmiegt sich enger an mich. »Ich hab auch Angst davor, Leute zu nahe an mich ranzulassen.«

»Wirklich?«

Er beginnt, unsichtbare Muster auf meine Brust zu malen. »Ich will nicht, dass man mich eines Tages einfach allein lässt.« Er holt zittrig Luft. »So wie Mommy.«

Ich ziehe seinen kleinen Körper fester an mich. »Das will ich auch nicht.«

Da auch meine Mom mich und meinen Dad verlassen hat, kann ich Nicos Angst gut nachvollziehen. Bis heute konnte ich sie nicht abschütteln, zum Teil, weil mein Vater mir nie dabei geholfen hat, darüber hinwegzukommen. Er hat mir nicht erlaubt, um meine Mutter zu trauern, ganz zu schweigen davon, mir meine Traurigkeit über den Verlust anmerken zu lassen. »Jungen weinen nicht«, hat er immer behauptet. Und eines Abends, als er wieder einmal high war, gesagt: »Wenn du so weitermachst, gebe ich dir einen richtigen Grund zum Heulen.«

Anders als mein Vater möchte ich, dass Nico mir seine Gefühle anvertrauen kann, ungeachtet meiner Meinung über seine Mutter. Am Ende des Tages tragen wir beide die Schuld daran, dass unsere Ehe gescheitert ist. Statt zu versuchen, mich erst selbst besser zu verstehen, habe ich mich mit nur siebzehn Jahren auf eine ernsthafte Partnerschaft mit der ersten Frau eingelassen, in die ich mich verliebt habe – ohne die Qualität unserer Beziehung zu hinterfragen. Ich habe mich fest an sie gebunden und nach der Scheidung genau wie meine Eltern zugelassen, dass meine schlechte Beziehung zu meiner Ex-Frau meine Bindung zu anderen Menschen negativ beeinflusst.

Meine Bindung zu *Ellie*.

»Manchmal gehen Menschen auch dann, wenn wir uns noch so sehr wünschen, sie würden bleiben.«

Resigniert lässt Nico die Schultern hängen. »Das ist unfair.«

»Ich weiß.«

»Warum sollte man dann überhaupt Menschen an sich ranlassen?«

Über diese Frage muss ich nachdenken. Ich persönlich habe die meisten Personen in meinem Leben erfolgreich auf Abstand gehalten, aber was hat mir das gebracht außer dauerhafte Einsamkeit? Auch wenn ich gedacht habe, ich wäre allein besser dran, bin ich in Wahrheit alles andere als glücklich.

Ich gebe Nico einen Kuss auf den Kopf. »Weil es im Leben darum geht, die richtigen Menschen zu finden, die bei dir bleiben wollen und die dafür sorgen, dass ihr beide nicht gehen wollt.«

Nico fest an meine Seite gedrückt, schaue ich aufs Meer und wünsche mir, ich könnte ihn vor jeglichem Schmerz bewahren. Da dies jedoch nicht möglich ist, kann ich nur mit gutem Beispiel vorangehen, damit er nicht die gleichen Fehler macht wie ich. Ich möchte nicht, dass Nico allen misstraut, denn das habe ich zwei Jahre lang getan, und es hat mich nur unglücklich gemacht.

Ich möchte an mir arbeiten. Für Nico. Für Ellie. Für mich *selbst*. Und damit werde ich jetzt gleich beginnen.

Für den Rest des Tages ist die Stimmung angespannt, denn Ellie spricht nur mit mir, wenn es sich nicht vermeiden lässt. Nico übernimmt während des Abendessens das Reden, während Ellie seine Fragen beantwortet, ohne mich in die Unterhaltung mit einzubeziehen.

Es quält mich, zu wissen, dass ich sie unglücklich gemacht habe, besonders wenn ich daran zurückdenke, wie anders sie jeden Abend beim Dinner auf Oahu war. Sie hat ständig gestrahlt, wirkte lebendig und hat mich immer wieder in Gespräche verwickelt, ob es mir recht war oder nicht. Jetzt hingegen kann sie mich kaum ansehen.

Ich muss die Sache geradebiegen, bevor es zu spät ist.

Als Nico schläft, klopfe ich an Ellies Kabinentür.

Sie reagiert nicht, aber ich höre, dass sie Gitarre spielt.

Ich klopfe noch einmal lauter.

Die Musik verstummt, aber die Tür bleibt geschlossen.

»Können wir uns bitte unterhalten?«

Keine Reaktion.

»Ich möchte mich entschuldigen. Ich weiß, dass ich es nicht verdient habe, aber wenn du mir eine Chance gibst, würde ich dir gern den wahren Grund dafür erklären, warum ich all diese Dinge gesagt habe.«

Mein Herz schlägt immer schneller, während ich still warte und überlege, ob ich aufgeben und weggehen sollte, doch meine Füße wollen sich nicht vom Fleck bewegen.

Zum Glück ist das auch nicht notwendig, denn in diesem Moment höre ich ein leises Knarren, das meinen Magen zum Hüpfen bringt.

Kurz darauf erscheint Ellie mit gerunzelter Stirn im Türrahmen. Ihr schwarz-weiß gestreifter Pyjama steht ihr zwar gut, aber ich finde es schade, dass ihre Tattoos nicht zu sehen sind.

Sie verschränkt die Arme. »Ich bin müde, Rafael.«

»Wir können morgen red…«

»Nein«, unterbricht sie mich. »Ich bin *müde*. Es ist so anstrengend, zu versuchen, dich besser kennenzulernen, dass ich ehrlich gesagt nicht einmal mehr weiß, ob es sich überhaupt lohnt.«

Ihre Worte fühlen sich an wie eine Ohrfeige.

»Wie ich mich vorhin aufgeführt habe, war falsch«, fährt sie fort. »Ich hab zugelassen, dass unsere … äh …« Sie zeigt zwischen uns hin und her. »Ich war einfach wütend, und es tut mir leid. Es war vollkommen unangebracht, dich derart zu provozieren.«

»Aber ich hätte nicht all die Dinge sagen sollen, die ich von mir gegeben habe.«

»Warum? Schließlich warst du nur ehrlich. Ich weiß, dass du mir nicht vertraust und dass sich das auch nicht ändern wird, also kannst du mich genauso gut zurechtweisen, damit ich mich nicht lächerlich mache.«

»Ich hasse mich selbst dafür, dass ich dir dieses Gefühl vermittelt habe«, sage ich stirnrunzelnd.

»Warum?«

»Weil du mir wichtig bist.«

Sie lacht verbittert auf. »Du hast eine interessante Art, das zu zeigen.«

»Was erwartest du jetzt von mir?«

»Dass du mich in Ruhe lässt.«

»Das kann ich nicht.«

»Warum nicht? Du hast mich doch schon mal acht Monate lang ignoriert, also kann es dir nicht allzu schwerfallen.«

»Das war vorher.«

»Vor was?«

»Bevor ich erkannt habe, *wie* wichtig du mir bist.«

KAPITEL SIEBENUNDDREISSIG

ELLIE

Ich habe mir fest vorgenommen, nicht mehr auf Rafaels Entschuldigungen reinzufallen. Denn was hat mir das in der Vergangenheit gebracht?

Enttäuschung. Wut. Herzschmerz.

Ich lasse mir keine Hoffnung mehr von ihm machen, nur damit er mich anschließend wieder wegstoßen kann. Stattdessen muss ich endlich nach vorn blicken.

Er hatte die ganze Zeit recht. Ich verdiene eine Liebe, über die Songs geschrieben werden. Keine traurigen, wie ich sie komponiere, sondern fröhliche, zu denen man tanzt, weil sie perfekt beschreiben, wie es sich anfühlt, zu lieben und geliebt zu werden.

»Weißt du, was ich mir wünsche?«, frage ich mit einem Hauch Verbitterung in der Stimme.

Er wirkt verwirrt über meine Frage. »Was?«

»Jemanden, der mich so sehr liebt, dass er alles dafür tut, mich zu *schützen*, statt mich zu *verletzen*. Und nun wird mir langsam klar, dass du nicht derjenige bist. Zumindest nicht für mich.«

Ich habe gesehen, wie Rafael zu den Menschen ist, die ihm etwas bedeuten. Nico, Julian, die Familie Muñoz. Für sie ist er immer da, ist stets geduldig und loyal – und er vertraut ihnen genug, um sie an sich heranzulassen.

Ich denke wieder an seine Worte von heute Nachmittag zurück. *Meine* Familie *hat mir noch keinen Grund dazu gegeben, ihr zu misstrauen.*

Mit einem Mal wirkt seine Miene traurig. »Was, wenn ich derjenige sein will? Für dich?«

»Was?« Ich sehe ihn schockiert an. Eigentlich habe ich damit gerechnet, dass er mir zustimmt, statt mir zu widersprechen.

»Ich hatte heute viel Zeit zum Nachdenken.« Er lässt die Aussage in der Luft hängen, doch ich schweige. »Können wir uns für dieses Gespräch vielleicht hinsetzen?« Er deutet mit dem Kinn zu der Sitzgruppe in meiner Kabine.

»Ist das eine gute Idee?«

»Ich würde lieber nicht im Flur darüber reden.«

Kurz ziehe ich es in Erwägung, ihn wegzuschicken, doch meine Neugier ist zu groß. Seufzend öffne ich die Tür weiter, damit er eintreten kann. »Ich hoffe, dass ich es nicht bereuen werde.«

Als er an mir vorbeigeht, streift er mich dabei absichtlich mit dem Arm. »Das wirst du nicht.«

Ich schließe die Tür schwungvoller als nötig und schirme uns damit vom Rest der Jacht ab.

Rafaels Blick huscht zwischen dem Sessel und dem Sofa hin und her, ehe er sich für Letzteres entscheidet.

Ich nehme auf dem Sessel Platz, überschlage die Beine und warte.

Er öffnet seine zu Fäusten geballten Hände und schaut mir in die Augen. »Was du vorhin gesagt hast …«

Statt etwas zu erwidern, halte ich erwartungsvoll die Luft an.

Ich blinzele nicht einmal, während er seinen Mut zusammennimmt, um fortzufahren.

Jetzt starrt er auf seine Hände, als könnte er dort alle Antworten finden. »Ich habe Probleme damit, anderen zu vertrauen.«

Ich nicke.

»So war ich schon immer – sogar als ich noch klein war.« Zittrig stößt er die Luft aus. »Ich dachte, ich könnte nicht verletzt werden, wenn ich Menschen auf Abstand halte.«

Entschlossen grabe ich die Finger in meine Knie, um mich davon abzuhalten, nach seiner Hand zu greifen. »Hört sich ganz schön einsam an.«

»Das war es für eine Weile auch …«

»Aber?«

Er macht den Mund auf, doch schließt ihn dann wieder und reibt sich mit einer Hand übers Gesicht. »Das habe ich bisher noch niemandem erzählt.«

Ich blinzele zweimal. »Niemandem?«

»Außer meinem früheren Therapeuten.«

»Was ist mit deiner Familie?«

Er schüttelt den Kopf. »Ich wollte nicht, dass sie mich merkwürdig finden.«

Mein schwaches kleines Herz zieht sich angesichts seines Geständnisses zusammen. Angesichts des *Vertrauens*, das er mir entgegenbringt. Aber die leise Stimme in meinem Kopf erinnert mich daran, dass Rafael mir schon zu oft wehgetan hat, als dass ich mir Hoffnungen machen sollte.

»Warum erzählst du es dann mir? Mir vertraust du schließlich auch nicht.«

Es dauert ein paar Momente, bis er meinem Blick begegnet, aber als er es schließlich tut, sehe ich, dass sein Schutzwall nicht mehr da ist. Zuerst verschwinden die Sorgenfalten auf seiner Stirn, dann glätten sich die feinen Linien um seine Augen, und schließlich kommt der Mann zum Vorschein, der sich hinter der mürrischen Fassade verborgen hat.

Ich sehe ihn so, wie er ist – als jemanden, der stark genug ist, um sich vor mir verletzlich zu zeigen, obwohl er weiß, dass ich ihm wehtun könnte. Dass ich sein Geheimnis gegen ihn verwenden könnte, wenn ich wollte. Ich fand schon immer, dass er gut aussah, aber in diesem Augenblick … ist er wunderschön.

Er holt nervös Luft. »Ich kann nicht erwarten, dass du dir mein Vertrauen verdienst, wenn ich dir keine Chance dazu gebe.«

Ich schaue weg, da ich meine wahren Gefühle nicht preisgeben will. »Okay.« Seine Worte bedeuten mir sehr viel, doch nach heute Nachmittag hat er es nicht verdient, mich verletzlich zu sehen.

Noch nicht.

Wieder holt er tief Luft. »Ich bin schon seit meiner Kindheit so. Mein Gedanke war, dass mich die Leute vielleicht nicht verlassen, wenn ich so bin, wie sie mich gern hätten.«

Da mein Kinn bebt, beiße ich mir auf die Unterlippe, um es zu verbergen. War der Mann, in den ich in der Highschool verliebt war und der das beste Lächeln hatte, nie der wahre Rafael, weil er Angst hatte, verstoßen zu werden?

Die Vorstellung macht mich unendlich traurig.

Er fährt fort. »Ich wollte es ständig allen recht machen, was sich aber nicht angefühlt hat, als würde ich ein Opfer erbringen, weil es mir schließlich das gegeben hat, was ich mir gewünscht habe. Familie, Freunde, Sicherheit.« Er verzieht den Mund. »Nach Lake Wisteria zu ziehen, hat mir die Möglichkeit eröffnet, mich neu zu erfinden, und dabei habe ich mir selbst eingeredet, ich sei glücklich.«

»Aber das warst du nicht.«

»Nein, doch ich habe mich selbst davon überzeugt.«

»Warum?«

»Weil ich meiner Tante und meinem Onkel keinen Grund geben wollte, mich wieder wegzuschicken.«

Meine Augen füllen sich mit Tränen.

Rafael wendet den Blick ab. »Ich erzähle dir das nicht, damit du Mitleid mit mir hast.«

Es ist unendlich traurig, zu wissen, dass er schon als Kind so viel durchmachen musste und dass dies bis heute Einfluss auf seine Persönlichkeit hat.

Er zieht die Augenbrauen zusammen. »Dieses Muster habe ich auf all meine Beziehungen übertragen, auch bei meiner Ex-Frau. Ich hatte schon lange vor ihr Probleme damit, anderen zu vertrauen, aber sie hat es noch schlimmer gemacht. Irgendwann ist sie ungeplant schwanger geworden, obwohl sie mir versichert hat, sie würde die Pille nehmen.«

Mit zusammengepressten Lippen warte ich darauf, dass er fortfährt.

Schließlich lacht er verbittert. »Mein mentaler Zustand war vorher schon bedenklich gewesen, aber danach wurde es zehnmal schlimmer.« Er macht eine Pause, ehe er weiterspricht. »Doch auch wenn es eine Überraschung war, habe ich mich gefreut.« Obwohl sein Blick auf mich gerichtet ist, wirkt es, als würde er durch mich hindurchschauen, während er alten Erinnerungen nachhängt. »Ich war zweiundzwanzig und hatte natürlich eine Wahnsinnsangst. Mir stand keine glänzende Zukunft an einer Elite-Uni bevor, so wie Julian und Dahlia, was mich nicht einmal gestört hat, denn ich hatte mich ohnehin nie am College beworben. Dennoch hatte ich Träume. Das kleine Gehalt, das ich bekam, weil ich für das Bauunternehmen meines Onkels arbeitete, hat für mich allein ausgereicht, aber mit dem positiven Schwangerschaftstest hat sich alles verändert.«

»Wolltest du immer schon Vater werden?«

»Vorher hatte ich nie wirklich darüber nachgedacht, aber als

Hillary mir die Neuigkeit verkündet hat, ist mir klar geworden, wie sehr ich es wollte. Von dem Moment an, in dem ich Nicos Herzschlag gehört habe, wusste ich, das sich mein Leben für immer verändern würde. Hillary schien sich auch zu freuen, aber irgendwann habe ich erkannt, dass sie andere Gründe hatte als ich.«

Ein Schauer läuft mir über den Rücken. »Was meinst du damit?«

»Bevor sie schwanger wurde, lief es ... nicht gut zwischen uns. Wir hatten uns bereits zweimal getrennt – beide Male hat *sie* Schluss gemacht –, daher war unsere Beziehung nicht gerade stabil und bereit für den nächsten Schritt.«

»Hast du den Verdacht ...«

»Dass sie es darauf angelegt hat, schwanger zu werden?«

Ich nicke.

»Natürlich habe ich mich das gefragt, aber ich hab sie nie darauf angesprochen, weil ich der Ansicht war, es würde ohnehin nichts bringen. Die Sache ließ sich schließlich nicht mehr rückgängig machen, und außerdem war ich so glücklich, Nico zu haben.«

»Du hast es nicht für nötig gehalten, die Mutter deines Kindes zu fragen, ob sie es hinter deinem Rücken darauf angelegt hat, schwanger zu werden?«

Obwohl Rafael mit den Schultern zuckt, erkenne ich, dass er es im Nachhinein bereut, ob er es zugeben will oder nicht. »Sie hat behauptet, sie habe ein paar Tage vergessen, die Pille zu nehmen, und ich habe ihr geglaubt.« Er schüttelt den Kopf. »Das war mein erster Fehler, doch hinterher ist man immer schlauer.«

»Aber warum hast du sie geheiratet?«

Er verzieht das Gesicht und wird rot.

»Was?«

»Ihre Eltern haben darauf bestanden.«

»In welchem Jahrhundert leben wir denn?«

»Sie haben sogar damit gedroht, Hillary zu enterben und ihr die finanzielle Unterstützung zu entziehen, wenn wir uns weigern würden. Es war keine riesige Summe, aber immerhin so viel, dass es wehgetan hätte, nicht mehr darüber zu verfügen.«

»Was war mit dem Bauunternehmen deines Onkels?« Ich weiß nicht mehr, wie es hieß, bevor Julian es in Lopez Luxury umbenannt hat.

»Meine Tante hatte nach dem Tod meines Onkels mit Depressionen zu kämpfen, und Julian musste mit zwanzig und ohne viel Erfahrung plötzlich eine ganze Firma führen. Ich habe geholfen, wo ich konnte, aber mit dem Unternehmen ging es den Bach hinab.«

»Klingt ganz schön hart.«

»Hillary zu heiraten, war meine einzige Option. Ich wollte nie auf Kosten anderer leben, besonders nicht, wenn das Geld von ihren Eltern kam. Aber da Julians Firma nicht gut lief und die ersten Versionen der App erfolglos waren, mussten wir die Hilfe in Anspruch nehmen, denn ich wollte nie so enden wie meine eigenen Eltern.«

»Das ist …«

»Ein absoluter Albtraum.« Er schaut auf seine Hände. »Obwohl ich wusste, dass ich im Gegensatz zu meinen Eltern niemals Drogen nehmen würde, hat mich der Gedanke, so arm zu werden wie sie, zu der verzweifelten Entscheidung verleitet, Hillary zu heiraten, auch wenn ich nicht stolz darauf bin.«

»Wie ungerecht.« Meine Stimme bricht.

Er lächelt traurig. »Wenn ich eines gelernt habe, dann dass das Leben niemals gerecht ist.«

Meine Mom hat mir schon vor langer Zeit beigebracht, dass Menschen für finanzielle Sicherheit große Opfer bringen und man niemanden dafür verurteilen sollte. Und ich verurteile Rafael keineswegs, ganz im Gegenteil empfinde ich tiefes Mitgefühl für ihn, dass er sich aufgrund seines Kindheitstraumas gezwungen sah, jemanden zu heiraten.

Ich zupfe an einem losen Faden an meiner Pyjamahose. »Warum bist du mit ihr zusammengeblieben, nachdem du Milliardär geworden bist? Zu dem Zeitpunkt brauchtest du das Geld ihrer Eltern doch nicht mehr.«

Er sieht mich verständnislos an.

»Was?«

»Willst du die Antwort wirklich hören?«

»Ja?« Oder zumindest habe ich das geglaubt, ehe er es infrage gestellt hat.

»Es hat zwar eine Weile gedauert, aber irgendwann hat sich unsere Beziehung verbessert. Nico hat uns wieder zusammengeführt, sodass wir für ein paar Jahre eine glückliche Familie waren. Meiner Meinung nach waren wir beide fest entschlossen, an unserer Ehe zu arbeiten.« Sein ironisches Lachen erschreckt mich. »Aber als Nico in den Kindergarten kam, kehrten die Probleme zurück. Hillary ging wieder arbeiten, und ich habe mich auf meinen Job auf dem Bau und um die Entwicklung der App gekümmert. Wir haben uns auseinandergelebt. Aber am Anfang haben wir die Warnsignale ignoriert und einfach gehofft, dass wir auch diese Phase überstehen würden, so wie beim letzten Mal. Ich habe sogar vorgeschlagen, ein zweites Kind zu bekommen, was ihr jedoch offenbar Angst eingejagt hat.«

»Aber es wurde nicht mehr besser.«

Er schüttelt den Kopf. »Nein. Es war auch nicht total schrecklich, aber nur weil sie sich zusammengerissen hat, bis die App endlich erfolgreich wurde, so wie ihr Vater prophezeit hatte.« Seine Stimme bebt. »Er war mein erster Investor und von Beginn an dabei. Somit wusste er genau, was sich hinter den Kulissen abspielte und wie viel Geld Hillary bekommen könnte. Ich hatte keinen blassen Schimmer, bis ich die Scheidung eingereicht habe.« Wieder lacht er verbittert auf.

»Sie ist wegen des Geldes bei dir geblieben?«

Er schluckt schwer und nickt. »Ihre Eltern haben behauptet, sie sei ihnen etwas schuldig, weil sie uns von Anfang an unterstützt hatten. Aus dem Grund ist sie bei mir geblieben, obwohl sie sich längst in ihren Arbeitskollegen verliebt hatte.« Ehe ich etwas einwerfen kann, fährt er bereits fort. »Ich glaube, ein Teil von mir hat sie trotz allem geliebt, deshalb hat es mich unheimlich verletzt. Ich dachte, ich würde ihr etwas bedeuten, doch musste erkennen, dass sie sogar noch besser darin war, anderen etwas vorzuspielen.«

»Rafael …« Ich will ihn umarmen, bleibe aber sitzen, unsicher, ob ich ihn auf diese Weise trösten sollte. Noch nie hatte ich ein so intensives Bedürfnis danach, jemanden in die Arme zu schließen, dass es körperlich schmerzt. Ich weiß nicht, was ich davon halten soll, aber das Brennen in meiner Brust verschwindet erst, als ich zu ihm gehe und mich neben ihn setze.

Ich umarme und schmiege mich an ihn.

Zuerst versteift er sich, doch nachdem ich ihm beruhigend meine Hand auf den Rücken gelegt habe, lockern sich seine Muskeln, und er stößt ein Seufzen aus. Seine Hand ruht an der Innenseite meines Oberschenkels, was mein Bein kribbeln lässt, doch ich bemühe mich, es so gut es geht zu ignorieren.

Er versucht, seine zittrige Atmung unter Kontrolle zu bekommen. »Ihre Affäre dauerte schon mehr als ein Jahr an, aber ich war so auf meine verdammte Firma fokussiert gewesen, dass ich nichts bemerkt hatte. Es hätte mich wundern sollen, dass sie so viel arbeitet, obwohl wir endlich genügend Geld hatten, um es ihr zu ermöglichen, ihren Job zu kündigen, so wie sie es sich gewünscht hatte. Stattdessen habe ich einfach angenommen, dass sie plötzlich doch Freude an ihrer Arbeit hat.« Er stößt ein Lachen aus, in dem Selbstverachtung mitschwingt.

Ich lege eine Hand an seine Wange. »Es ist nicht deine Schuld, wenn dich eine andere Person ausnutzt.«

»Das versuche ich mir auch immer wieder einzureden, aber ich hätte die Anzeichen erkennen müssen. Wenn ich nur aufmerksamer gewesen wäre, hätte ich mir eine Menge Schmerz erspart. Und eine Menge Geld.«

»Jeder macht Fehler.«

»Aber ich mache offenbar andauernd welche.«

»Weißt du, was das bedeutet?«

»Dass ich dumm bin?«

»Dass du auch nur ein Mensch bist.«

Er starrt mit leerem Blick zum anderen Ende des Raumes, während ich mir jedes Detail seines Gesichts einpräge. Rafael sieht gut aus, aber was ihn tatsächlich umwerfend macht, ist sein Herz. Es überrascht mich nicht, dass er es beschützen will, besonders nach allem, was er mir über Hillary und ihre Familie erzählt hat. Ich kann es ihm nicht verdenken, dass er Probleme hat, anderen zu vertrauen. Wäre ich in seiner Lage, würde es mir gewiss ähnlich gehen.

Ich weiß nicht, wie lange wir still dasitzen, aber er ist derjenige, der als Erstes unser Schweigen bricht.

»Was ich darüber gesagt habe, dass ich dir nicht vertraue …«

»Ich verstehe nun, warum du das nicht kannst.« Jetzt kenne ich alle Einzelheiten über seine Scheidung – kein Wunder, dass er nie wieder heiraten will.

Er schüttelt den Kopf. »Das meine ich nicht.«

»Oh.«

Er nimmt einen tiefen Atemzug. »Ich habe heute mit Nico gesprochen und erkannt, dass wir etwas gemeinsam haben.«

»Und das wäre?«

»Wir finden es beide schwer, Menschen an uns heranzulassen.«

Mir entfährt ein leises Lachen. »Ach was! Weißt du noch, wie schwer Nico es mir im ersten Monat unserer Musikstunden gemacht hat?« Ich hatte schon in Erwägung gezogen, ihn an einen anderen

Lehrer abzugeben, aber dann hat mich Burt daran erinnert, was für eine Plage ich gewesen war, als ich im Broken Chord begonnen habe. Irgendwann hat sich Nico mir gegenüber doch geöffnet, und seitdem genieße ich jeden Tag.

Rafael sieht mir in die Augen. »Ja, und wenn mein Sohn es geschafft hat, sich dir zu öffnen, dann kann ich es auch.«

»Das musst du nicht.«

»Ich weiß, aber ich möchte.« Bei diesen Worten drückt er leicht meinen Oberschenkel.

Mein Herz beginnt zu rasen, und das nicht, weil ich mir Sorgen mache, dass er die Narben unter dem Stoff spüren könnte.

»Und ich will dir verzeihen, dass du mir verschwiegen hast, wie sehr sich Nicos Sehkraft verschlechtert hat.«

»Danke.«

Seufzend lässt er den Kopf auf die Lehne zurückfallen. »Darüber zu reden … fühlt sich besser an, als ich erwartet habe.« Er lacht leise.

Mein Blick huscht zu seinen Lippen. Nur für eine Sekunde, doch Rafael scheint es zu bemerken, woraufhin er selbstzufrieden grinst.

»Du musst an deinem Pokerface arbeiten«, sagt er.

Ich tippe mir an die Schläfe. »Vielleicht führe ich dich nur hinters Licht.«

»Dann willst du mich also nicht küssen?«

KAPITEL ACHTUNDDREISSIG
ELLIE

Ich blinzele mehrmals. »Würde es eine Rolle spielen, falls doch?«

»Vielleicht.«

»Warum? Schließlich würdest du ohnehin nichts reißen.«

Das imaginäre Publikum in meinem Kopf dreht durch.

Rafael ballt seine Hand zu einer Faust, und ich – die hoffnungsvolle oder hoffnungslose Romantikerin – möchte glauben, dass es an mir liegt.

»Wir sollten das nicht tun«, flüstert er zaghaft.

Ich schüttele den Kopf. »Auf keinen Fall.«

Nun fällt sein Blick auf meinen Mund. »Es ist eine ganz schlechte Idee.«

»Das sehe ich genauso. Und es könnte ernsthafte Konsequenzen für uns beide haben.«

Sein Oberschenkel berührt meinen, als er sich aufrecht hinsetzt. »Außerdem könnte es der schlechteste Kuss meines Lebens werden.«

»Stimmt. Du siehst wie jemand aus, der zu viel Zunge einsetzt.«

Er schnaubt empört. »Wenn ich zu viel Zunge einsetze, dann hoffentlich zwischen deinen Beinen.«

Ich erstarre.

»Dazu fällt dir nichts ein?«

»Gib mir eine Minute, dann kommt es mir sicherlich.«

»Sollte das eine zweideutige Bemerkung sein?« Er legt eine Hand an meine brennende Wange.

»Was hast du vor?« Ich weiche zurück, aber er schiebt die andere Hand in meinen Rücken und hält mich fest.

»Ich habe einen Ruf zu verteidigen.«

»Einen Ruf zu verteidigen? Leben wir in einem Jane-Austen-Roman?«

Er grinst mich an. »Du bist doch diejenige, die mir vorgeworfen hat, ich würde meine Zunge zu stark zum Einsatz bringen.«

»Na schön, dann nehme ich es eben zurück.«

»Zu spät.« Sanft streicht er mit dem Daumen über meine Wange, lässt die Hand in meinen Nacken gleiten und nähert sich mir, bis unsere Münder nur noch wenige Zentimeter voneinander entfernt sind. »Meine Ehre steht auf dem Spiel.«

»Kannst du bitte aufhören, so zu reden, als wärst du eine Figur aus einem Regency-Roman?«

»Halt die Klappe und küss mich endlich.«

Dass er mir die Entscheidung überlässt, ob ich ihn küssen will oder nicht, gefällt mir. Fast werde ich weich, aber dann fällt mir wieder ein, warum ich es nicht tun sollte. Nachdem er heute Nachmittag derart eifersüchtig geworden ist, ist es besonders wichtig, von nun an professionell zu bleiben.

Mit einem schweren Seufzen lehne ich ab. »Ich glaube nicht, dass das eine gute Idee wäre.«

Das Mädchen von damals scheint das anders zu sehen.

Was kann ein einziger Kuss schon anrichten?

Ich habe schon viele Typen geküsst, einige davon kannte ich kaum, also ist es keine große Sache.

Sag ich doch.

Seine Hand liegt immer noch fest in meinem Nacken, was ein Prickeln an meinem Rücken hinablaufen lässt. Doch dann weicht er zurück.

Mist.

Nein.

Mein Herz wird mit einem Mal so schwer, dass ich weiß, ich muss sofort handeln. Mit den Konsequenzen kann ich mich später auseinandersetzen.

Ich hebe meinen rechten Zeigefinger. »Na gut. Ein Kuss. Zu Forschungszwecken.«

Seine Hand gleitet an meinem Rücken hinauf, ehe er sie wieder in meinen Nacken legt. »Was für ein Sinneswandel.«

»Nenn mich ruhig verrückt. Das ist okay.«

»Du bist mehr als das«, murmelt er und küsst meinen Mundwinkel, was mein Herz einen Schlag aussetzen lässt.

Ich komme nicht dazu, ihn zu fragen, was er damit meint, denn schon im nächsten Moment kann ich keinen klaren Gedanken mehr fassen, als seine Lippen meine berühren.

Die Welt bleibt für einen Augenblick stehen, ehe alles um mich herum wieder zum Leben erwacht.

Meine Wirbelsäule prickelt, mein Herz droht mir aus der Brust zu springen, als Rafael Lopez mich küsst, als gäbe es kein Morgen. Als wären seine Lippen allein dafür geschaffen. Wir tasten uns langsam vor, ich passe mich seinem Tempo an. Es ist eine Qual der besten Art, besonders als er stöhnend die Finger in mein Haar gräbt.

Da er keine Anstalten macht, meinen Körper weiter zu erkunden, lasse ich meine Hände über seine Brust und seine Arme wandern, ehe ich mit der Zunge über seine geschlossenen Lippen fahre. Sein leises Seufzen treibt mich weiter an. Während ich mit den Zähnen über seine Unterlippe gleite, öffnet er den Mund, und auf einmal verändert sich alles. Gerade saßen wir einander noch gegenüber, im nächsten Moment liege ich unter ihm auf der Couch, und er küsst mich so leidenschaftlich, als wollte er meine Seele und meinen Körper vollkommen für sich beanspruchen.

Ich genieße jede einzelne Sekunde, doch der Gedanke daran, dass dies nur einmal geschehen darf, macht mich traurig.

Ich weiß nicht, wie lange der Kuss dauert, aber als ich spüre, dass Rafael sich langsam von mir löst, bildet sich ein Kloß in meiner Kehle. Unbewusst klammere ich mich an ihn, was er mit einem weiteren intensiven Kuss belohnt, der mir den Atem raubt. Ihn zu küssen, fühlt sich so verdammt richtig an, dass ich befürchte, es wird sich ab jetzt mit jedem anderen Mann falsch anfühlen.

In dem Moment wird mir schlagartig bewusst, dass unser Deal unüberlegt war. Selbst tausend Küsse wären niemals genug, ganz zu schweigen von einem einzigen. Dennoch bereue ich nichts, denn es ist mir lieber, zu wissen, wie es sich anfühlt, Rafael zu küssen, als es niemals erlebt zu haben.

Er zieht sich zurück, um mir in die Augen zu schauen.

»Habe ich deine Hypothese widerlegt?«, fragt er mit seinem sexy Schmunzeln.

»Ich fürchte nicht«, lüge ich.

Gespielt empört verengt er die Augen. »Das kaufe ich dir nicht ab.«

»Mach dir nichts draus, du kannst schließlich nicht in allem gut sein.« Ich tätschele ihm die Brust, wobei ich spüre, wie schnell sein Herz schlägt. Es verschafft mir eine gewisse Genugtuung, dass ich offenbar nicht die Einzige bin, die sich von einem einzigen Kuss derart aus der Bahn werfen lässt.

Er beugt sich so weit vor, dass sich unsere Lippen beinahe erneut berühren. »Lass es uns noch mal versuchen.«

»Wir hatten uns auf *einmal* geeinigt«, stoße ich atemlos hervor.

Sein brennender Blick trifft auf meinen. »Lass uns einen neuen Deal aushandeln.«

»Nein.« Besonders nicht, nachdem er all diese Empfindungen mit nur *einem* Kuss in mir ausgelöst hat. Mir ist nach wie vor schwindelig, und es scheint nicht besser zu werden.

»Wenn du meinst …« Er lässt seine Hüften kreisen, sodass ich seine harte Länge spüren kann.

Ich sehne mich danach, ihn noch einmal zu küssen, mehr von ihm zu spüren, doch ich muss eindeutig ein paar neue Grenzen ziehen, nachdem Rafael alle bisherigen überschritten hat. Wir haben keine Zukunft – oder zumindest keine mit Küssen dieser Art. Auch wenn es mir noch sehr widerstrebt, muss ich mich damit abfinden, dass Rafael niemals mehr als ein Freund für mich sein kann. Nicht nur um meiner selbst willen, sondern auch wegen Nico, der mich braucht.

Mit einem widerwilligen Seufzen erhebt sich Rafael und hält mir seine Hand hin, um mich hochzuziehen. Selbst als ich stehe, lässt er mich nicht los, weshalb ich mich nach ein paar Momenten von ihm löse.

»Was machen wir jetzt?« Er verschränkt die Hände hinter dem Rücken.

»Vielleicht können wir Freunde werden.«

»Freunde?« Er sieht genauso überrascht aus, wie er klingt.

»Weißt du, wie es ist, Freunde zu haben, die nicht mit dir verwandt sind?«

Sein Blick wird wachsam. »Küsst du all deine Freunde, oder bin ich die Ausnahme?«

Ich erröte.

»War doch nur ein Witz, Elle.« Er hält kurz inne, um nachzudenken. »Wenn es das ist, was du willst, können wir Freunde sein.« Er lächelt, was meinen Herzschlag erneut in die Höhe treibt.

Ich habe mich heute gleich zweimal getäuscht. Zum einen habe ich geglaubt, Rafael einmal küssen und es dabei belassen zu können. Doch der zweite Irrtum war noch schlimmer. Ich habe geglaubt, wir könnten Freunde sein.

Wie konnte ich das nur vorschlagen? Mit Männern wie Rafael kann man sich nicht einfach anfreunden. In Männer wie Rafael verliebt man sich, ob man will oder nicht, denn sie üben eine solche Anziehungskraft aus, dass man sich nicht von ihnen fernhalten kann. Schon in der Highschool war er wie ein Magnet für mich, und nun entwickele ich in Windeseile die gleichen Gefühle für ihn wie damals – nur dass ich diesmal nicht für eine Person schwärme, die in Wahrheit nicht existiert.

Ich habe Gefühle für den echten Rafael, und das macht mir schreckliche Angst.

KAPITEL NEUNUNDDREISSIG
RAFAEL

Freunde. Die Vorstellung klingt jetzt genauso bescheuert wie vor zwei Minuten, als ich Ellies Kabine verlassen habe, wenn man bedenkt, dass sich mein Schwanz von dem Kuss mit meiner *guten Freundin* noch immer nicht erholt hat.

In meiner Kabine angekommen, ziehe ich meine Hose aus und klettere ins Bett.

Eine platonische Freundschaft kann auf keinen Fall funktionieren, aber die Alternative – miteinander zu schlafen, ohne uns auf etwas Ernstes einzulassen – wird vermutlich auch nicht funktionieren.

Die Erinnerung an ihre Lippen auf meinen und ihre Hände in meinem Haar ist so lebendig, als läge sie neben mir. Meine untere Körperhälfte pulsiert so sehr vor Verlangen, dass ich es nicht ignorieren kann. Seufzend schiebe ich meine Boxershorts runter und umfasse meinen Schwanz. An der Spitze spüre ich die Feuchtigkeit, die ich mit ein paar Bewegungen auf meiner gesamten Länge verteile.

Mich selbst zu befriedigen, hat sich während der letzten zwei Jahre beinahe mechanisch angefühlt, wie ein Mittel zum Zweck, aber heute

Abend ist es anders. Ich schließe die Augen und lasse meine Gedanken wandern.

Meine Bewegungen sind träge …

Nein.

Es ist nicht meine Hand, sondern Ellies. Ich stelle mir vor, wie sie in meinem Bett liegt und mich aus ihren funkelnden grünbraunen Augen ansieht, die mich bis in meine Träume verfolgen, während sie mit der Zungenspitze an meinem Schaft hinauffährt. Ich male mir aus, wie sie meinen Schwanz in ihren Mund gleiten lässt. Sie will ihn ganz aufnehmen, aber schafft es nicht.

Es gibt Typen, die es aufregend finden, tiefer zuzustoßen, aber das brauche ich nicht. Viel lieber würde ich Ellie dabei zusehen, wie sie mich so tief ausnimmt, wie sie selbst möchte, während ich mich zurücklehne und die Show genieße. In meiner Fantasie variiert sie zwischen Küssen und leichtem Saugen, wobei sie ihre Hand an meiner Länge auf- und abgleiten lässt. Sie treibt mich fast in den Wahnsinn, indem sie mich beinahe zum Orgasmus bringt und dann von mir ablässt. Ich würde bei ihr genau das Gleiche tun, immer wieder und wieder, bis ich irgendwann beschließe, sie kommen zu lassen.

Mein Schwanz zuckt, und ein Lusttropfen tritt aus der Spitze.

Ich stelle mir vor, dass Ellies Bewegungen schneller werden, bis mein Körper vor Hitze regelrecht in Flammen steht. Das Blut rauscht in meinen Ohren, als ich in meine Hand komme. Ein wenig landet auch auf meinem T-Shirt, doch ich kann mich nicht rühren, sondern nur daliegen und blinzelnd zur Decke hochschauen. »Fuck.«

Noch nie bin ich allein so schnell und heftig gekommen.

Ich kann auf keinen Fall mit Ellie *befreundet* sein.

Auch wenn ich spüre, dass sie mich genauso will, weigert sie sich, es zu versuchen. Was soll nun also werden?

»Ich habe Mitleid mit dir«, sagt Julian am nächsten Morgen am Telefon, nachdem ich ihn auf den neuesten Stand gebracht habe.

Um mich rasieren zu können, schalte ich den Lautsprecher an. »Ich brauche deinen Rat, kein Mitleid.«

»Wie sollte eine Freundschaft dein Problem lösen?«

Ich beiße die Zähne zusammen. »Es war nicht meine Idee.«

»Dann hast du sie also geküsst, und anschließend hat sie vorgeschlagen, dass ihr besser Freunde sein solltet?«

»Ja.«

Julian lacht.

Kurz ziehe ich es in Erwägung, mein Handy gegen die Wand zu werfen. »Ich hasse dich.«

Er lacht auch noch, als er wieder spricht. »Hast du mal drüber nachgedacht, dass du ein bisschen aus der Übung gekommen sein könntest?«

»So wie sie meinen Kuss erwidert hat, bezweifele ich das.«

Ich möchte nicht allzu viele Einzelheiten mit ihm teilen, und zum Glück fragt Julian nicht genauer nach.

»Ich hab auch keinen Masterplan.« Ein Rascheln erklingt, als würde er den Lautsprecher bedecken, doch ich höre trotzdem eine Frauenstimme.

»Was meint Dahlia dazu?«, frage ich seufzend.

Erst entsteht eine Pause, dann höre ich erneut ein Rascheln.

»Wie war der Kuss?«, fragt sie, ein wenig zu neugierig für meinen Geschmack.

»Du willst ernsthaft …«

»Beschreib ihn einfach. Aber lass alles weg, was mir den Appetit aufs Mittagessen verderben könnte.«

Wenn sie hier wäre, würde ich sie mit einem tödlichen Blick durchbohren. »Ich weiß nur, dass es mir körperliche Schmerzen bereitet hat, aufzuhören.«

Ellie hat einen kleinen Teil meiner Seele wieder zum Leben erweckt und ein Feuer in mir entfacht, das ich schon lange nicht mehr gespürt habe.

»Na, das sagt doch alles, oder?«

»Was meinst du damit?«, frage ich.

»Du hast Gefühle für sie.«

Ich setze mich aufs Bett. »Ich hab ja auch nie das Gegenteil behauptet.«

»Wo liegt dann das Problem?«

Ich räuspere mich. »Leider hab ich ihr ein paar Dinge über mich erzählt, die mich nicht sonderlich liebenswert machen.«

Dahlia stöhnt auf.

»Es klingt schlimmer, als es ist.«

»Das bezweifele ich.«

Ich reibe mir den Nacken. »Eigentlich hab ich nur erwähnt, dass wir unterschiedliche Dinge im Leben wollen. Dass wir nicht die Richtigen füreinander sind, auch wenn es sich richtig anfühlt.«

»Kannst du ihr da ernsthaft einen Vorwurf machen, dass sie lieber mit dir befreundet sein will? Was hast du erwartet?«, empört sich Dahlia.

»Nichtsdestotrotz können wir nicht befreundet sein.«

»Aber es ist sicherer, als jemandem wie dir eine Chance zu geben.«

»Was soll das denn heißen?«

»Du bist ein gut aussehender, verschlossener, mürrischer, alleinerziehender Vater mit einer tragischen Vergangenheit, was dich ziemlich gefährlich für sie macht.«

»Du findest mich gut aussehend?«

»Nein«, antwortet Julian im Hintergrund, was mich zum Grinsen bringt.

»Ich weiß, dass du nicht mit ihr befreundet sein willst, aber solange du dich nicht auf mehr einlassen willst, ist es vielleicht das Beste, was du kriegen kannst.«

»Das gefällt mir ganz und gar nicht.«

»Ändert aber nichts an den Tatsachen. Du hast sie abgewiesen, also musst du nun einen Weg finden, dass sie sich dir wieder öffnet.«

»Und wie?«

»Sei ihr ein Freund. Hör auf, dich vor ihr zu verschließen. Gib ihr eine Chance, dein Vertrauen zu gewinnen.«

»Ich versuche ja, offener zu sein.« Die letzten beiden Abende waren ein guter Anfang – ein großartiger Anfang – für jemanden wie mich.

»Ich weiß, wie schwer es dir fällt, anderen Menschen zu vertrauen, und erst recht einer Person, die dich schon einmal enttäuscht hat.«

»Es war keine böse Absicht.«

»Die Tatsache, dass du das erkennst, ist ein großer Fortschritt.«

Ich atme tief durch. »Mir ist vollkommen bewusst, dass sie eine von den Guten ist …«

»Trotzdem hast du Schwierigkeiten, dich ihr zu öffnen.«

Ich lasse den Kopf hängen. »Ja.«

»Das verstehe ich gut. Mit Julian ging es mir nach meiner geplatzten Verlobung genauso.«

»Aber irgendwann hast du aufgehört, dich zu verschließen?«

Ich höre ihr Lächeln förmlich. »Ja, und das war die zweitbeste Entscheidung, die ich je getroffen habe.«

»Was war die beste?«

»Die Vergangenheit hinter mir zu lassen und mir eine gemeinsame Zukunft mit Julian aufzubauen.«

In der Theorie klingt die Idee toll, aber ich kann nicht einfach mit den Fingern schnippen und alles vergessen, was mich zu dem Menschen gemacht hat, der ich bin.

Vielleicht musst du das gar nicht.

Loszulassen heißt nicht, die Vergangenheit auszulöschen, sondern die Person zu akzeptieren, die ich war, und gleichzeitig daran zu arbeiten, die Person zu werden, die ich sein möchte. Dies ist meine zweite Chance, die Sache richtig anzugehen. Meine letzte Beziehung war von Anfang an zum Scheitern verurteilt, und ich trage eine Mitschuld daran, dass sie zerbrochen ist, weil sie nie die richtige Basis hatte.

Ich hatte nicht die richtige Basis.

Doch nun bin ich bereit, herauszufinden, wer ich bin und was ich im Leben will. Nächstes Mal, wenn mir Ellie eine Chance gibt – und das wird sie tun –, werde ich sie nicht vergeuden.

Dafür werde ich sorgen.

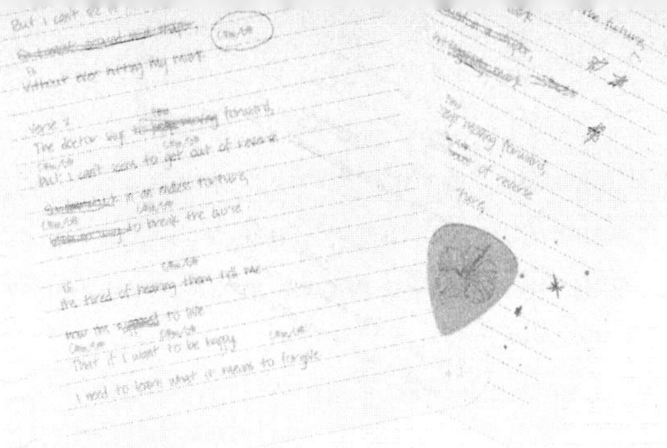

KAPITEL VIERZIG

ELLIE

Als die Jacht am nächsten Morgen in Kauai anlegt, beginnt für Rafael und mich offiziell eine neue Phase in unserer Beziehung. Auch wenn wir uns darauf geeinigt haben, Freunde zu sein, lässt sich die sexuelle Spannung, die jedes Mal aufflammt, wenn wir einander in die Augen schauen oder berühren, nicht leugnen.

Zum Glück lenkt uns Nico ab, während wir unseren ersten Tag auf der Insel mit Ziplining und Wandern verbringen.

Auf der Wanderung bricht Nico einmal in Tränen aus, was auch mich zum Weinen bringt, denn es ist schwer, mitansehen zu müssen, wie er mit seinem Schicksal hadert.

»Meinst du, ich werde mich immer daran erinnern, wie es hier aussieht?«, fragt er mich schniefend.

»Falls nicht, kannst du jederzeit wieder herkommen und es dir noch mal anschauen«, erwidere ich.

»Was, wenn es dann nicht mehr so aussieht wie jetzt?«

»Das ist doch das Beste an Sonnenuntergängen – man sieht jeden nur ein einziges Mal.«

Rafael legt den Arm um Nicos Schulter, während wir zusehen, wie die Sonne hinter dem Horizont verschwindet, ehe wir in der Dämmerung, die alles um uns herum in Rosa taucht, zum Leihwagen zurückgehen.

Heute will Nico Jetski fahren, während ich frustriert am Strand zurückbleibe.

Als ob Rafael gespürt hätte, dass ich eigentlich sehr gerne dabei wäre, hat er mich gefragt, ob ich nicht mitkommen will, doch ich habe behauptet, weiter an meinem Song arbeiten zu wollen. In Wahrheit liegt es nur daran, dass ich mich nicht im Bikini zeigen kann. Als Rafael zu mir in den Whirlpool gestiegen ist, war es zwar knapp, aber am Ende waren das sprudelnde Wasser und der Schaum meine Rettung. Sonst hätte er mein dunkelstes Geheimnis aufgedeckt, was Hunderte Fragen nach sich gezogen hätte, die ich nicht beantworten will.

Mir bleibt also nichts anderes übrig, als am Strand zu warten.

Nach der Jetski-Fahrt verbringen Rafael und Nico den Rest des Tages im Wasser und albern herum, während ich unter einem Sonnenschirm auf einer Liege an meinem Song für Cole arbeite. Meine Finger schmerzen bereits, weil ich schon so lange Gitarre spiele. Oder eher gespielt habe, bis ich mich von Rafael habe ablenken lassen. Es liegt nicht daran, dass er nur ein Paar Badeshorts trägt. Oder zumindest nicht ausschließlich daran. Nein. Ich bin fasziniert von Rafael als Vater. Er ist liebevoll, enthusiastisch, geduldig und hat sich keine einzige Pause gegönnt, seit Nico ihn vor mehr als einer Stunde gebeten hat, mit ins Wasser zu kommen. Vom Strand aus höre ich sie nicht, doch ich wünschte mir, dass ich es könnte, denn Nico schaut immer wieder zu seinem Vater hoch und sagt etwas. Rafael mag keine weiteren Kinder wollen, aber er ist dennoch der geborene Dad.

Nico kreischt, als Rafael ihn zum gefühlt fünfzigsten Mal in die

Luft wirft. Obwohl seine Arme von der Anstrengung längst schmerzen müssen, hört er nicht auf.

Bis jetzt.

Als Rafael aus dem Wasser watet, läuft Nico ihm hinterher und ruft: »Noch mal!«

»Ich brauch ein paar Minuten Pause.«

Nachdem ich ihn noch einmal mit Sonnencreme eingerieben habe, greift Nico nach seinem Fernglas und geht wieder zum Wasser, während Rafael sich auf den freien Liegestuhl neben mir fallen lässt.

»Warum grinst du?«, fragt er.

»Wegen dir.«

»Was hab ich denn getan?«

Mein Grinsen wird breiter. »Du bist ein toller Vater.«

Seine ohnehin schon von der Sonne geröteten Wangen nehmen einen noch dunkleren Farbton an. »Findest du?«

»Aber hallo. Du hast eine halbe Stunde Delfin gespielt.«

»Ich war ein Hai.«

Ich lache. »Sorry.«

Als er mich angrinst, schlägt mir das Herz bis zum Hals.

»So glücklich habe ich Nico schon lange nicht mehr erlebt.« Das Funkeln in Rafaels Augen wird schwächer.

»Was ist?«, frage ich.

»Ich mache mir nur Sorgen, dass sich alles wieder ändern könnte.«

»Niemand ist ununterbrochen glücklich.«

Er schaut zum Wasser. »Davon kann ich ein Lied singen.«

Ich wende mich ihm zu. »Nico wird noch viele tolle Tage wie heute haben, und auch ein paar schlechte, so wie vor ein paar Wochen, als er den Unfall hatte. Wichtig ist, dass du immer für ihn da bist.«

Rafael seufzt. »Ich hasse schlechte Tage.«

»Ich auch, aber sie lassen sich nun mal nicht abwenden, besonders bei seiner Krankheit.«

»Keine Kontrolle darüber zu haben, macht mich nervös.«

Ich runzele die Stirn. »Aber du kannst kontrollieren, wie du in bestimmten Situationen reagierst.«

Er sieht mich mit finsterer Miene an. »Ich wollte in der Arztpraxis nicht weinen.«

Ich bin überrascht, dass er die Situation zur Sprache bringt. »Das weiß ich«, erwidere ich sanft.

»Ich schäme mich immer noch dafür, dass er mich gehört hat.«

»Warum?«

»Weil ich gern stark wirken möchte und er mich schwach gesehen hat.«

Ich blinzele mehrmals. »Diese Botschaft willst du deinem Sohn vermitteln? Dass es ein Zeichen von Schwäche ist, wegen etwas zu weinen, das einem wichtig ist?«

Er starrt mich an.

Ich blicke auf meinen Schoß. »Als Nico mich gebeten hat, dir nichts von seiner verschlechterten Sehkraft zu erzählen, dachte ich, dass er dich nicht wieder traurig machen will. Aber vielleicht wollte er genauso vor dir keine Schwäche zeigen.«

»Fuck.« Er lässt den Kopf nach hinten fallen. »Daran hab ich noch gar nicht gedacht.«

Ich auch nicht, bis Rafael einen Moment der Traurigkeit als Schwäche bezeichnet hat.

Rafael schaut blinzelnd und *schniefend* zum gestreiften Sonnenschirm hinauf.

Oh Shit.

Habe ich ihn zum Weinen gebracht? Das ist mir noch nie bei einer anderen Person außer bei meiner Mutter passiert. »Alles okay?«

Er reibt sich die Augen. »Hab nur Sand ins Auge bekommen.«

Ich verfalle diesem Mann immer mehr. Dabei wollten wir doch Freunde sein, verdammt. Freunde, die davon träumen, einander zu küssen, aber nichtsdestotrotz Freunde. Doch nun ist er traurig, und ich habe das Bedürfnis, ihn zu trösten.

Mist.

Er verspannt sich, als ich mich neben ihn setze und ihm das Haar aus den Augen streiche. Ich bin mir nicht sicher, ob er bemerkt, dass er sich in meine Berührung lehnt.

»Schon okay.« Ich lege meine Hand an seine Wange.

Er wendet den Blick aus seinen glasigen Augen ab. »Elle?«

»Ja?«

»Ich hab gelogen.«

Das Herz rutscht mir in die Hose. »Weswegen?«

»Ich hab keinen Sand ins Auge bekommen.«

Mir entfährt ein Lachen. »Ich hatte da schon so ein Gefühl, aber ich wollte keine voreiligen Schlüsse ziehen.« Auch meine Sicht verschwimmt, während ich zusehe, wie sein Schutzwall langsam bröckelt.

»Es tut mir leid«, fügt er hinzu und stiehlt einen weiteren Teil meines Herzens.

»Ich verzeihe dir.«

»Mein Dad …« Er stößt zittrig die Luft aus. »Er hat mir immer gesagt, dass ich nicht *heulen* und mich stattdessen benehmen soll wie ein Mann. Als ich erfahren habe, dass sich Nicos Zustand verschlechtert hat, war mein erster Instinkt, mich vor ihm zu verstecken, weil ich nicht wollte, dass er mich weinen sieht.«

»Aber du musst dich nicht mehr verstecken. Du kannst mit besserem Beispiel vorangehen und ihm beibringen, dass Gefühle okay sind. Dass es gut ist, sich auf andere zu verlassen, wenn wir sie brauchen.«

»Mir wird jetzt erst klar, dass ich meinem Sohn die gleiche Botschaft vermittelt habe.« Als seine Stimme bricht, schlinge ich meine Arme um ihn. Er streicht mir über den Rücken. »Danke.«

»Wofür?«

»Dass du du bist.« Er zieht mich fester an sich.

Ich atme scharf ein und schaue ihm in die Augen. Wärme breitet sich zeitgleich in meiner Brust und in meiner unteren Körperhälfte aus, als ich bemerke, dass sein Blick zu meinem Mund huscht.

»Elle …« Weiter kommt er nicht, denn im gleichen Moment ertönt Nicos Stimme.

»Gruppenumarmung!« Trotz seiner nassen Badeshorts stürzt er sich auf mich und durchnässt meine Kleidung.

»Nein!«, quietsche ich und versuche, ihn wegzuschieben, aber Rafael schlingt seine Arme um uns beide und hält mich so zwischen Nico und sich gefangen.

Nico drückt mich von der anderen Seite lachend gegen die Brust seines Vaters.

Zum ersten Mal, seit ich begonnen habe, für diese Familie zu arbeiten, frage ich mich, ob ich vielleicht ein Teil davon bin – und zwar nicht nur als Nanny.

KAPITEL EINUNDVIERZIG
RAFAEL

An unserem dritten Tag in Kauai erklärt sich Ellie – die viel zu nett ist und viel zu selten Nein sagt – bereit, einen Hubschrauberflug mit uns anzutreten. Obwohl ich ihr mehrmals versichert habe, dass es nicht nötig sei, hat sie mich irgendwann höflich gebeten, damit aufzuhören.

Während des gesamten Fluges hält Nico ihre Hand, und ich wünsche mir, ich könnte dasselbe tun. Stattdessen falte ich meine Hände im Schoß und höre zu, wie mein Sohn Ellie mit interessanten Fakten über die Insel ablenkt, die er allesamt aus den unzähligen Videos hat, die er sich vor unserer Reise angeschaut hat.

»Wo sind denn die Dinosaurier?« Ellie lehnt sich zaghaft vor.

Nico versetzt ihr lachend einen Klaps gegen die Schulter. »Es gibt doch gar keine Dinosaurier.«

Sie rümpft die Nase. »Echt jetzt? Du hast mir Dions versprochen.«

»Nein! Ich hab dir erzählt, der Film wurde hier gedreht.«

»Dann gibt es sie also noch?«

Er schüttelt ungläubig den Kopf. »Bist du zur Schule gegangen?«

»Natürlich.«

»Und da hast du nicht gelernt, dass Dinos ausgestorben sind?«

»Ich dachte, man hätte sie mithilfe von Moskitoblut und Frosch-DNA wieder zum Leben erweckt«, scherzt sie.

Nico lässt mit einem genervten Seufzen den Kopf in den Nacken fallen, woraufhin Ellie grinst.

Auch wenn ich zu Beginn nicht gerade begeistert von der Idee war, dass Ellie uns auf diese Reise begleiten sollte, bin ich inzwischen froh, dass Nico mich überzeugt hat, denn ich kann mir nicht mehr vorstellen, ohne sie hier zu sein.

Ich bin ihr unendlich dankbar, dass sie so liebevoll mit Nico umgeht, als wäre er ihr Sohn. Selbst Nicos Mutter zeigt nicht so viel Interesse an ihm, daher ist mir bewusst, dass Ellies bedingungslose Liebe etwas Besonderes ist. In den letzten zehn Tagen habe ich sie hautnah miterlebt, doch heute wünschte ich, sie würde auch mir ein wenig von dieser Liebe zuteilwerden lassen.

Wahrscheinlich ist es armselig, eifersüchtig auf meinen eigenen Sohn zu sein, aber in letzter Zeit hatte ich eine Menge Gefühle, die ich nicht empfinden sollte. Und nun führe ich mich auch noch auf wie ein Kind, das Ellies Aufmerksamkeit auf sich lenken will – sowohl beim Hubschrauberrundflug als auch später beim Abendessen.

»*Papi*, ich bin satt.« Nico schiebt seinen Teller weg und legt sich ächzend eine Hand auf den Magen.

»Was ist mit dem Gemüse?«, frage ich.

»Ich hab doch das meiste davon gegessen, ich bekomme keinen Bissen mehr runter.«

Sein Teller ist fast leer, bis auf ein paar Stücke Fisch und ein wenig Brokkoli.

Mein Blick huscht zu Ellie, die sich gerade den letzten Happen ihres Essens in den Mund schiebt.

Ich sollte einfach warten, dass alles abgeräumt wird, doch mein

Kindheitstrauma sitzt so tief, dass ich es immer noch nicht ertragen kann, Essen zu verschwenden. Daher greife ich nach Nicos Teller und stelle ihn auf meinen leeren.

»Iiih, daran kleben doch meine Bakterien.«

Meine Wangen werden heiß, als Ellie mich ansieht, und ich frage mich, was sie davon hält, dass ich die Reste meines Sohnes esse. Ob sie es für eine Schwäche halten würde, dass ich meine Angst, eines Tages wieder hungern zu müssen, nicht ablegen kann? Meine Ex-Frau fand es albern, nachdem sie dahintergekommen war, dass ich ihre Reste nicht etwa aß, weil ich noch Hunger hatte. Ich selbst habe lange gebraucht, um zu erkennen, was hinter meiner »Angewohnheit« steckt, die ich kaum noch verbergen konnte, als Nico begann, feste Nahrung zu sich zu nehmen und ich die Reste von *zwei* zusätzlichen Tellern essen musste.

Je älter Nico wurde, desto besser konnte ich im Vorfeld einschätzen, wie viel er essen würde, sodass ich ihm keine zu großen Portionen serviert habe. Aber hier im Urlaub habe ich keinen Einfluss darauf, wie viel auf den Teller kommt.

Theoretisch habe ich genug Geld, um jeden Tag für den Rest meines Lebens Wagyu-Rindfleisch aus Japan einfliegen und es mir von einem Sternekoch zubereiten zu lassen, dennoch betrachte ich Nicos Teller, als könnte es meine letzte Mahlzeit sein. Und noch nie habe ich mich schwächer gefühlt als in diesem Moment, denn ich weiß, dass nicht nur Nico, sondern auch Ellie mitbekommt, wie peinlich mir mein Verhalten plötzlich ist.

Doch Ellie überrascht mich, indem sie ihre Gabel in ein Stück Fisch sticht.

»Ellie! Nicht du auch noch!« Mein Sohn sieht mich genervt an. »Sag ihr, dass sie aufhören soll, *Papi*. Bitte.«

Ich bin zu schockiert, um etwas zu erwidern, geschweige denn Ellie zu bitten, dass sie aufhören soll.

Mit einem Lächeln schiebt sie sich den Bissen in den Mund. »Köstlich. Ich würde fast behaupten, es schmeckt mit deinen Bakterien noch besser.«

Nico starrt sie entgeistert an. »Igitt!«

Obwohl mir der Mund offen stehen bleibt, wollen immer noch keine Worte daraus hervorkommen.

Ellie nimmt sich ein weiteres Stück Fisch von Nicos Teller, doch ehe sie die Chance hat, noch mehr zu essen, umfasse ich ihr Handgelenk. »Das musst du nicht tun.«

»Wolltest du nicht auch was davon essen?«

»Doch.«

»Dann kann ich es doch wohl ebenfalls.«

»Warum?«

»Weil es dir wichtig ist«, erklärt sie mit einem gelassenen Schulterzucken, während ich mich fühle, als hätte sie mich mit der Gabel mitten ins Herz getroffen.

Bisher hat noch niemand die Bürde meiner irrationalen Angst mit mir geteilt. Meine Familie kennt meinen Tick, und Hillary hat immer wieder angemerkt, wie sehr ihr meine »psychischen Probleme« missfallen; aber die meisten Leute sagen nichts dazu, schauen nicht hin und machen definitiv nicht mit, nur weil es *mir* wichtig ist. Mein Herz fühlt sich an, als könnte es jede Sekunde explodieren, denn ich kann das Gewicht von Ellies Unterstützung kaum ertragen.

Ellie scheint von meinem inneren Kampf nichts mitzubekommen – oder zumindest tut sie so –, während sie sich erneut die Gabel in den Mund schiebt und sie langsam wieder herauszieht.

»Aber du hast doch gesagt, du bist sogar zu satt fürs Dessert«, sagt Nico vorwurfsvoll.

»Ich hatte keine Lust auf Eis«, behauptet Ellie.

Nico wirft die Hände in die Luft. »Wer hat denn bitte keine Lust auf Eis?«

Eine Frau mit einem viel zu großen Herzen.

Die Gabel zittert in meiner Hand, als ich den zweitletzten Bissen von Nicos Teller aufspieße.

Ellie mit dem goldenen Haar, das zu ihrem Herzen aus Gold passt, tätschelt unter dem Tisch beruhigend meinen Oberschenkel. Ehe sie ihre Hand wegziehen kann, lege ich meine darauf und halte sie an meinem Bein fest, während ich den letzten Happen von Nicos Gemüse esse. Das Schamgefühl, das sich sonst immer einstellt, wenn ich Schwäche zeige, und die herablassende Stimme in meinem Kopf bleiben diesmal fern.

Wie sehr ich mich auch dagegen wehre, werden meine Gefühle für Ellie immer stärker. Und statt mich vor den Konsequenzen zu fürchten, die damit einhergehen, dass ich jemanden an mich heranlasse, versuche ich, den Gedanken zu genießen, dass ich meine Sorgen in Zukunft mit jemandem teilen kann. Dass ich endlich meinen Schutzwall einreißen und mir erlauben kann, ich selbst zu sein.

Nico möchte heute von uns beiden ins Bett gebracht werden. Auf seine Bitte hin tragen wir seine Lieblingsgeschichte wie ein Theaterstück mit verteilten Rollen vor. Ellie spielt die Mom, ich den Dad. Nico sitzt zwischen uns auf dem großen Bett, zusammen mit den fünf Actionfiguren, die Ellie für ihn eingepackt hat.

Ellie passt so perfekt in unser Leben, dass ich mich kaum noch daran erinnern kann, wie es ohne sie war. Nico vergöttert sie, und ich verstehe immer besser, woran das liegt. Dennoch will ich das Besondere zwischen uns nicht aufs Spiel setzen, indem ich ihren Vorschlag, eine Freundschaft zu führen, verwerfe, aber das bedeutet nicht, dass ich nicht trotzdem in Versuchung gerate. Vor allem wenn sie mich ansieht, als würde ich ihr etwas bedeuten. Als sei ich ein wertvoller Mensch in ihrem Leben.

Nico kuschelt sich seufzend unter die Decke. »*Papi.*«

Ich wende mich ihm zu. »Ja?«

»Warum isst du immer meinen Teller leer?«

»Hm?«

Ellie senkt den Blick auf die Matratze.

Mittlerweile kann Nico kaum noch die Augen offen halten. »Ich hab nur gerade an Mommy gedacht und dass sie nie mein Essen aufisst.«

Ellie wird blass.

Ich ziehe Nico die Decke bis unters Kinn hoch. »Da hast du recht.«

Er schaut Ellie an. »Aber du hast es getan. Warum?«

»Weißt du noch, als Penelope zu uns gekommen ist und man ihre Rippen sehen konnte und sie so großen Hunger hatte, dass sie versucht hat, ihr eigenes Fell zu fressen?«, frage ich.

Nicos Unterlippe bebt. »Ja.«

»So ging es mir früher auch.« Meine Wangen brennen. »Ich war so dünn, dass man meine Rippen zählen konnte.«

Ellie drückt meine Finger. Als sie Anstalten macht, sich von mir zu lösen, legt Nico seine Hand auf unsere beiden Hände, was mein Herz anschwellen lässt. Noch nie habe ich mich so nach jemandem gesehnt, dass es mir fast körperliche Schmerzen bereitet hat. Ich will mehr von Ellie, auch wenn ich dieses Mehr noch nicht recht definieren kann, denn ich habe genügend Probleme, an denen ich zuerst arbeiten muss.

Nico schaut zu mir auf. »Tut mir leid, dass ich mich über dich lustig gemacht habe.«

Ich gebe ihm einen Kuss auf die Stirn. »Du musst dich nicht bei mir entschuldigen. Ich weiß, dass es eine merkwürdige Angewohnheit ist.«

Ellies Blick wird weich, und ich muss wegschauen, weil ich das Mitleid in ihren Augen nicht sehen will.

Nico lächelt. »Eigentlich gefällt es mir, dass du meine Bakterien magst.«

Ich lache.

»Vielleicht klau ich demnächst auch mal was von deinem Teller.«

»Nicht, wenn ich schneller bin«, erwidert Ellie mit einem Lächeln, das mein Herz wärmt.

KAPITEL ZWEIUNDVIERZIG
ELLIE

Als Rafael einen abendlichen Drink auf dem Balkon vorgeschlagen hat, konnte ich nicht ablehnen, erst recht nicht nach dem besonderen Moment zwischen uns dreien, als wir Nico ins Bett gebracht haben. Nach und nach hat sich Rafael denjenigen, die ihm nahestehen, geöffnet, und es bedeutet mir unglaublich viel, ihn in diesen für ihn großen Momenten zu erleben und zu wissen, dass er mit sich selbst und seiner Vergangenheit im Reinen ist.

Wir setzen uns auf die Liegestühle unter dem Nachthimmel und blicken zum Wasser hinunter, das im Mondlicht schimmert. Seine Nähe und die Stille haben eine beruhigende Wirkung auf mich, sodass ich nicht das Bedürfnis habe, sofort ein Gespräch anzufangen.

»Was heute Abend betrifft …«, setzt Rafael nach ein paar Minuten an.

Ich wende mich ihm zu.

»Ich bin mir sicher, du hast Fragen.«

»Du bist mir keine Erklärung schuldig.« Das, was er Nico gestanden hat, genügt.

Er reibt sich mit einer Hand übers Gesicht. »Aber ich möchte mit dir darüber reden.«

Mein Herz macht einen kleinen Satz. »Okay.«

Er blickt wieder hinaus aufs Meer und beißt die Zähne so fest zusammen, dass sein Kiefer zuckt. »Weißt du, wie lange es gedauert hat, bis Nicos Mom meine *Angewohnheit* aufgefallen ist? Damals war Nico schon zwei.«

»Das ist …« *Eine sehr lange Zeit.*

»Armselig.« Er schaut zum Sternenhimmel hinauf.

Dass es Jahre gedauert hat, bis Hillary etwas aufgefallen ist, lässt tief blicken. Zu Hause habe ich nicht oft zusammen mit Rafael und Nico gegessen, daher habe ich nichts bemerkt. Während unseres Urlaubs ist mir jedoch von Anfang an aufgefallen, dass er in Restaurants oft um eine kleinere Portion bittet und lange darüber nachdenkt, welches Gericht er bestellt. Man könnte ihn deswegen für einen unverschämt anspruchsvollen Gast halten, aber er gibt immer ein großzügiges Trinkgeld und setzt neben seine Unterschrift auf jede Rechnung ein simples *Danke.* Außerdem hat er nach jeder Mahlzeit behauptet, er sei satt, bevor er Nicos Reste gegessen hat. Dabei sah er so verzweifelt aus, dass mir schnell klar geworden ist, dass irgendetwas nicht stimmen kann.

»Sie hat gedacht, ich wäre aufgrund meines Trainings und der körperlichen Arbeit ausgehungert«, fährt er fort, noch immer ohne mich anzusehen. »Sie hat mich nicht mal darauf angesprochen, es war ihr schlichtweg egal.« Er stößt zittrig die Luft aus. »Wenn überhaupt, war sie genervt davon.«

Ich muss schwer schlucken. »Mir macht es nichts.«

Er atmet erleichtert aus, ehe er weiterspricht. »Meine Eltern hatten nicht viel Geld, und ihr geringes Einkommen haben sie immer schnell für Alkohol und Glücksspiel ausgegeben. Sie waren so unverantwortlich, dass wir oft kein Geld für Essen hatten, deshalb verschwende ich heute noch ungern Lebensmittel.«

Mit einem Mal kommt es mir vor, als würde sich das Abendessen von vorhin zu einem bleiernen Klumpen in meinem Magen zusammenballen.

»Es ist zu einem regelrechten Zwang geworden, wie mein Therapeut es ausgedrückt hat. Meine Art, auf das Trauma zu reagieren. Obwohl ich mittlerweile mehr Geld habe, als ich ausgeben kann. Als ich nach Lake Wisteria gezogen bin, hatte ich keine Kontrolle über mein Verhalten, sodass ich oft aß, bis ich mich übergeben musste. Irgendwann hatte ich panische Angst, dass meine psychischen Probleme meine Tante und meinen Onkel zu stark belasten würden, und war der festen Überzeugung, dass sie mich eines Tages vor die Tür setzen würden.«

»Wie alt warst du damals?«, frage ich mit neutraler Stimme, obwohl mein Herz schmerzt.

»Nur ein bisschen älter als Nico. Ich bin ihnen mit Sicherheit zur Last gefallen.«

»Wie kannst du das denken? Du warst noch ein Kind, und deine Tante und dein Onkel haben dich geliebt.«

Er schaut so verbissen zum Himmel hinauf, als wollte er jeden Moment losschreien.

»Wussten die beiden, wie schlimm es bei deinen Eltern gewesen war?«

»Nein. Mein Onkel und sein Bruder hatten schon längere Zeit keinen Kontakt mehr gehabt, als er starb. Daher hatten sie keine Ahnung, was vor sich ging, bis sie den Anruf bekamen und ihnen mitgeteilt wurde, dass ich ein neues Zuhause brauchte.«

»Oh, Rafael.«

Er kann mir noch immer nicht in die Augen schauen. »Basierend auf der Krankenakte und ein paar Fragebögen haben sie ihre eigenen Rückschlüsse gezogen, aber sie haben mich nie bedrängt, mich zu öffnen.« Er ballt ein paarmal hintereinander seine Hand zur Faust und öffnet sie wieder, ehe er weiterspricht. »Ein ganzes Jahr lang ist es mir gelungen, das Thema zu umschiffen, aber meine Albträume und mein zwanghaftes Verhalten konnte ich nicht verheimlichen. Eines Tages habe ich gehört, wie sich meine Tante und mein Onkel darüber unterhalten haben, dass sie mich irgendwo hinbringen wollten, damit ich Hilfe bekomme.«

Er atmet tief durch. »Lake Wisteria ist ein kleiner Ort – ich hatte schon von ein paar Kindern an der Schule gehört, die weggeschickt worden waren, weil sie Probleme hatten, also hab ich sofort Panik bekommen und gedacht, dass meine Familie genug von mir hat.«

»Sie wollten dir nur helfen.«

»Jetzt wo ich erwachsen bin und selbst ein Kind habe, ist mir das klar, aber damals hatte ich Angst, alles würde zusammenbrechen.« Rafael lächelt traurig.

Auch wenn ich am liebsten nach seiner zitternden Hand greifen würde, bleibe ich auf meinem Liegestuhl sitzen. Ich will nicht riskieren, dass er den Mut verliert und sich wieder vor mir verschließt.

»Also habe ich mich nach und nach bewusst verändert, damit niemand etwas merkt.«

»Inwiefern hast du dich verändert?«

»Ich wollte nicht, dass meine Tante und mein Onkel sich Sorgen um mich machen, also habe ich so getan, als würde es mir wieder besser gehen. Als hätte ich keine Albträume von meinen Eltern und keine Probleme mehr, mein Essen drin zu behalten, nachdem ich viel zu viel in mich reingestopft hatte.«

»Wie hast du das geschafft?«, flüstere ich.

»Einige Dinge waren kinderleicht, zum Beispiel Freunde zu finden und mich auf das Positive zu konzentrieren. Anderes dagegen hat mir Mühe bereitet, zum Beispiel meine Albträume zu kontrollieren. Natürlich konnte ich sie nicht einfach abstellen, aber ich habe gemerkt, dass mich niemand weinen hörte, wenn ich eine Decke vor den Türschlitz gelegt und im Kleiderschrank geschlafen habe.« Seine Stimme bricht.

Ich kann mich nicht mehr länger zusammenreißen, die erste Träne läuft an meiner Wange hinab. Eilig wische ich sie weg, damit er es nicht mitbekommt. »Es tut mir so leid, dass du all das durchmachen musstest.« Der Drang, mich an ihn zu schmiegen und ihn in meine Arme zu schließen, wird zu groß, um ihn zu ignorieren, also erhebe ich mich und gebe ihm mit einer Geste zu verstehen, dass er mir Platz machen soll. »Rutsch rüber.«

»Warum?«

»Weil ich dich in die Arme nehmen will.«

»Das wird bei dir langsam zur Gewohnheit«, zieht er mich auf, rutscht dann aber doch ein Stück. Ein winziges Stück.

Keine schlechte Strategie.

Ich schmiege mich an seine Seite und lege meine Wange an seine Brust, sodass ich sein Herz hören kann, das ein wenig schneller schlägt, als normal wäre. Das bringt mich zum Lächeln.

Rafael stützt sein Kinn auf meinen Kopf und legt die Arme um mich. »Ich hab dir das Ganze nicht erzählt, um Mitleid zu erregen.«

»Es heißt *Mitgefühl*, aber wenn du es nicht willst, dann …« Ich mache Anstalten, mich von ihm zu lösen, doch er schließt die Arme fester um mich.

»Wenn ich es mir recht überlege, würde ich dir gern noch ein paar dramatischere Details anvertrauen. Ich hab da einiges auf Lager.«

Auch wenn mir klar ist, dass es ein Scherz sein soll, wird mein Herz erneut schwer.

Ich tippe ihm an die Brust. »Ich möchte niemals, dass du vor mir so tust, als wäre alles in Ordnung, wenn das in Wahrheit nicht der Fall ist.«

Zwischen seinen Augenbrauen erscheint eine steile Falte. »Das tue ich nicht …«

Ich lege ihm einen Finger an die Lippen. »Mir wäre es lieber, wenn du nichts sagst, als dass du mir ins Gesicht lügst.«

Als sein Blick auf meine Hand an seinem Mund fällt, ziehe ich sie schnell weg, doch spüre auch anschließend noch ein Prickeln auf meiner Haut.

»Danke, dass du mir vertraust.« Ich bemühe mich, trotz des Kloßes, der sich in meinem Hals gebildet hat, mit fester Stimme zu sprechen.

Sein Mut weckt in mir den Wunsch, mich ihm ebenfalls zu öffnen, aber ich weiß nicht, wo ich anfangen soll. Die Geschichte zu erzählen, die hinter meinen Narben steckt, ist nie einfach, aber Rafael kann es auch nicht leichtgefallen sein, sich mir anzuvertrauen.

In dem Moment streift Rafael mit der Hand meine Hüfte, was mich zusammenzucken lässt.

»Sorry.« Schnell löst er seine Arme von mir.

In dem Moment treffe ich eine Entscheidung, die mir nicht einmal sonderlich schwerfällt – nicht nachdem er mir alles anvertraut hat, womit er seit seiner Kindheit zu kämpfen hat –, die mich aber dennoch unglaublich nervös macht. Schließlich weiß ich nie, wie die Leute reagieren werden, doch bei Rafael habe ich das Gefühl, dass er Verständnis zeigen wird.

Also lege ich seine Hand wieder auf meine Hüfte und schiebe sie sanft über meine unebene Haut. »Meine Reaktion lag nicht an der Berührung an sich.«

»Was ist das?«

»Eine Narbe.«

Schweigend streicht er über die Stelle. Wenn er ein wenig weiter nach links gleitet, wird er eine weitere Narbe finden. Und gleich daneben noch eine. Mein Körper ist von ihnen übersät, auch wenn ich sie sorgfältig unter meinen langen Kleidern verstecke.

»Was ist passiert?«, fragt er, während er meine Haut durch den Stoff meines Kleides streichelt.

An den ersten Schnitt erinnere ich mich noch, als wäre es gestern gewesen. An die Wut und den Hass. An den Druck, der sich in meinem Kopf aufgebaut hatte und für den es kein Ventil gab. Meine Mom konnte mir nicht helfen, zumindest damals noch nicht. Sie hatte mit ihren eigenen Dämonen zu kämpfen, und der schlimmste von ihnen hieß Anthony Davis.

Vater. Deputy. Missbraucher.

»Du musst es mir nicht erzählen«, sagt Rafael.

»Ich hab nur darüber nachgedacht, wo ich anfangen soll, nicht *ob* ich darüber reden soll.«

Wir schauen zum Nachthimmel hinauf, der mich ein wenig an meine Oberschenkel mit den Sternen erinnert, die ich mir um meine Narben herum habe tätowieren lassen.

In diesem Moment sehe ich eine Sternschnuppe, die ich als gutes Zeichen werte.

»Als ich noch jünger war, hatte ich Schwierigkeiten, meine Emotionen zu kontrollieren.«

Immer wieder reibt Rafael mit dem Daumen sanft über meine Narbe, vor und zurück, was eine beruhigende Wirkung auf mich hat und mir die Kraft gibt, fortzufahren.

»Mein Vater hatte Vergnügen daran, seine Frau und Tochter runterzumachen. Von außen hätte man nie etwas geahnt, da war er ganz der rechtschaffende Bürger – ein Deputy mit aussichtsreicher Zukunft. Alle hielten ihn für einen perfekten Ehemann und Vater.«

Rafaels Herzschlag beschleunigt sich.

»Er hatte null Selbstbeherrschung, zumindest nicht bei uns. Ich habe früh erkannt, wie schnell er ausrastest.« Bei diesen Worten drehe ich die Hand an seiner Brust, um ihm die Narbe zu zeigen. »Ich war elf, als es zum ersten Mal passiert ist.«

»Es?«

»Dass ich mich selbst verletzt habe.« Ich fahre mit dem Daumen über die Narbe an meiner Handfläche. »Es hat mit einem Unfall begonnen. Jemand hatte mir einen von diesen Vintage-Handspiegeln geschenkt, den ich einen Tag, nachdem mein Vater ausgerastet war, weil ich meine Haut mit einem Edding bemalt hatte, zerbrochen habe. Ich habe ihn einfach gegen die Wand geschmettert und zugesehen, wie er in Hunderte Scherben zerfiel.«

»Dein Vater war wütend, weil du dich angemalt hast? Was hat er denn gesagt?«

»Dass sich nur hässliche Mädchen so beschmieren.«

»Was für ein Mistkerl.«

»Als er in mein Zimmer gekommen ist und den zerbrochenen Spiegel gesehen hat, hat er mir befohlen, die Scherben selbst aufzusammeln, und meiner Mutter sogar verboten, mir zu helfen. Er hat gesagt, dass ich mein eigenes Chaos beseitigen muss, wenn ich schon so ein ungezogenes Gör sei.« Ich verkrampfe mich bei der Erinnerung.

Rafael streichelt mir über den Rücken. »Du warst doch erst elf.«

»Trotzdem hätte ich nicht aus Wut etwas gegen die Wand werfen sollen. So etwas war eher *seine* Art.«

»Du warst noch ein *Kind*. Es war dein gutes Recht, Fehler zu machen und wütend zu werden.«

»Nicht bei uns zu Hause. Dort musste alles perfekt sein, ich selbst eingeschlossen.«

In seinen Augen blitzt Wut auf. »Hat er dich je geschlagen?«

»Nein, aber seine Worte haben mich härter getroffen, als Ohrfeigen es gekonnt hätten.«

Rafael beschreibt sanfte Linien auf meinen Händen. »Ich finde, dass deine Tattoos deine Schönheit nur noch unterstreichen.«

Ich bringe kein Danke heraus, denn mit einem Mal ist meine Kehle wie zugeschnürt. Noch nie hat mich jemand angesehen oder so mit mir gesprochen wie er.

»Was ist dann passiert?«, fragt er.

»Während ich die Scherben aufgesammelt habe, habe ich mich aus Versehen daran geschnitten.« Mittlerweile bebt meine Stimme. »Meine Hand hat höllisch wehgetan, aber der Schmerz in meinem Kopf hat mit einem Mal kurzzeitig aufgehört.« Ich fahre mit dem Finger über eines der Tattoos auf meiner Hand. »Es war eine Erleichterung.« Ein trauriges Lachen entfährt mir. »Sie hat nicht lange angedauert, aber das war mir egal. Ich hatte eine neue Bewältigungsstrategie gefunden.« Ich balle meine vernarbte Hand zur Faust. »Als meine Mom schließlich ausgezogen ist und die Scheidung eingereicht hat, habe ich mich immer öfter geschnitten. Unter der Woche war ich bei ihr, aber die Wochenenden bei meinem Vater waren die reinste Hölle. Kurz bevor ich vierzehn wurde, hat meine Mutter endlich das alleinige Sorgerecht bekommen.«

Rafael dreht meine Handfläche mit der Narbe um und küsst sie. Es ist eine kleine Geste, dennoch beginnt mein Herz zu rasen. Mein gebrochenes Herz, das Rafael langsam, Stück für Stück, erobert und wieder zusammensetzt. Er lässt meine Hand nicht los, und ich versuche auch nicht, sie wegzuziehen.

»Die Spiegelscherbe hab ich immer bei mir gehabt, bis ich bessere … Alternativen gefunden habe.«

»Hast du sie noch?«

»Was?«

»Deine *Alternativen.*«

Ich erstarre. »Warum?«

»Ich werde dich für deine Antwort nicht verurteilen, ich bin nur neugierig.«

»Zwei Jahre, nachdem ich für immer damit aufgehört habe, habe ich fast alles entsorgt.«

»Und was hast du aufbewahrt?«

»Die Scherbe des Spiegels. Ich wollte sie eigentlich wegwerfen, aber das konnte ich noch nicht.«

Eine Minute lang schweigt er, und ich erlaube ihm, die neuen Informationen zu verarbeiten.

»Wie lange ging das Ganze?«

»Lange genug, um meinem Körper erheblichen Schaden zuzufügen.«

»Hast du jemals …« Seine Stimme verliert sich.

»Versucht, mich umzubringen?« Ich kann es genauso gut aussprechen.

Er nickt, wobei ein Muskel an seinem Hals zuckt.

»Nein, wahrscheinlich weil meine Mom mir die Hilfe organisiert hat, die ich brauchte, und das alleinige Sorgerecht erhalten hat. Es war ein langer Streit, weil mein Vater die nötigen Connections hatte und alle in dem kleinen Ort auf seiner Seite waren. Doch nach einem psychologischen Gutachten hat ein Richter entschieden, dass ihm das Sorgerecht entzogen werden sollte. Ich weiß nicht, wie viel länger ich es bei meinem Vater noch ausgehalten hätte. Ohne meine Mutter war er …«

Ein Monster. Oft hat er seine Wut an meiner Mom ausgelassen, aber als sie nicht mehr da war, war ich sein einziges Opfer.

Rafael schließt seinen Arm fester um mich. »*Was* war er?«

Ich mache mich an einem Knopf seines Hemdes zu schaffen, wobei ich aus Versehen sein Brusthaar streife.

»Vergiss meine Frage«, sagt er eilig. »Ich weiß, dass es nicht leicht ist, über die Vergangenheit zu reden.«

»Aber mich dir zu öffnen, ist überhaupt nicht schwer.«

Wenn er nicht gerade alles daransetzt, mir aus dem Weg zu gehen, fühle ich mich in Rafaels Nähe sicher. Als könnten die Dämonen meiner Vergangenheit nicht zu mir gelangen, ganz gleich, wie oft ich über sie spreche. In seiner Gegenwart herrscht Ruhe in meinem Kopf.

Rafael scheint ein paar Minuten darüber nachzudenken, bevor wir uns weiter unterhalten. Diesmal halten wir uns an leichtere Themen, planen, was wir in den nächsten Tagen unternehmen wollen, sprechen darüber, wie es den Tieren wohl ohne uns geht und wie sehr sich Nico auf seinen Auftritt auf dem Erdbeerfest freut.

Das hatte ich fast schon vergessen, was zum Teil daran liegt, dass ich nicht an Hillarys Besuch denken wollte. Um Nicos willen hoffe ich, dass sie tatsächlich kommen wird, aber das heißt nicht, dass es mir gefallen muss.

Irgendwann schlafe ich zum Klang von Rafaels tiefer, beruhigender Stimme ein und wache auch nicht auf, als er mich ins Bett trägt. In meinem Traum kämpft er mit den Riemen meiner High Heels, ehe er mich zudeckt. Vielleicht hat er sogar meine Stirn geküsst und mir etwas zugeflüstert, aber ich war schon wieder im Tiefschlaf, ehe ich seine Worte verstehen konnte.

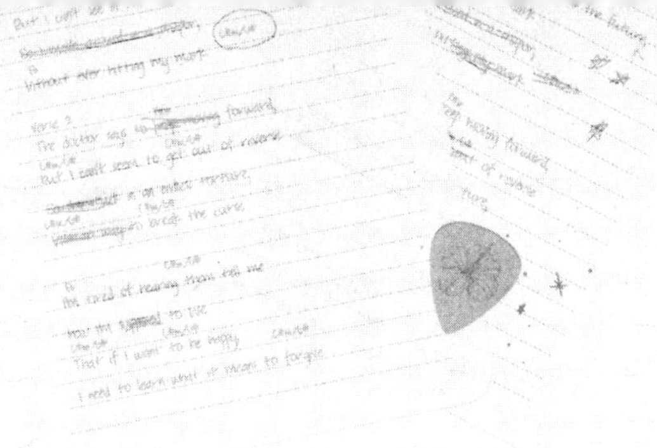

KAPITEL DREIUNDVIERZIG
ELLIE

»Dann waren Sie also mit Ava Rhodes befreundet, seit sie nach Lake Wisteria gezogen war, als Sie beide vierzehn waren?«, fragt Ms. Copper, die Anwältin, die Cole mir empfohlen hat, ohne von ihrem Notizbuch aufzublicken.

Auf einmal brechen Erinnerungen über mich herein, die ich lange verdrängt hatte. Das Atmen fällt mir immer schwerer, wenn ich nicht aufpasse, könnte ich wegen Sauerstoffmangels ohnmächtig werden. Unser Termin hat erst vor fünf Minuten begonnen, aber es fühlt sich an, als würden wir bereits seit Stunden zusammensitzen.

»Bitte entschuldigen Sie, aber ich brauche ein paar Minuten.« Ich stelle mein Mikrofon auf Stumm und die Kamera aus.

Tief durchatmen, Ellie.

Obwohl ich mir die größte Mühe gebe, mich zu beruhigen, werde ich mit jedem zittrigen Atemzug nervöser. Das graue Wetter hätte mir gleich heute Morgen Hinweis genug sein sollen, dass es ein schlechter Tag werde würde. Dennoch wollte ich die Hoffnung nicht aufgeben und habe mir eingeredet, das Meeting mit Cole und der Anwältin durchziehen zu müssen, ohne auf mein Bauchgefühl zu hören.

Als Cole mich gestern kontaktiert und gefragt hat, ob ich trotz meines Urlaubs zu einem Call mit der Anwältin bereit sei, habe ich Ja gesagt. Ich dachte, ich könnte das Gespräch auch ohne meine Familie und Willow durchstehen – aber da habe ich mich getäuscht. Mittlerweile kann ich mir selbst nicht mehr erklären, warum ich es jemals für eine gute Idee gehalten habe, denn ich kann auf keinen Fall …

Nein.

Ich kann und werde es schaffen, ich brauche nur … jemanden an meiner Seite. Egal wen. Aktuell habe ich ohnehin nur zwei Optionen, und da ich auf keinen Fall möchte, dass Nico meine Geschichte hört, bleibt mir nur noch *ein* anderer.

Rafael.

Eine Gänsehaut breitet sich auf meinen Armen aus. Nachdem er mich gestern Abend ins Bett gebracht hat, habe ich nicht mehr mit ihm gesprochen, außer dass ich ihn darum gebeten habe, sich um Nico zu kümmern, während ich einen Termin wahrnehme. Der Gedanke daran, ihn anrufen zu müssen, macht mich also nervös.

Mit zitternden Fingern entsperre ich mein Handy.

»Ellie?«, meldet sich Rafael.

»Bist du im Wohnzimmer?«

»Ja. Ist alles okay?«

»Äh … würde es dir was ausmachen, zu meinem Video-Meeting dazuzukommen?«

Er zögert keine Sekunde. »Nein, überhaupt nicht. Ich bin in einer Minute da. Lass mich nur schnell Nicos Tablet holen.«

»Danke.«

Nachdem er aufgelegt hat, verbringe ich die längsten sechzig Sekunden meines Lebens damit, in meinem Zimmer auf und ab zu gehen, ehe es an meiner Tür klopft.

»Elle?«

Ich mache ihm auf.

»Wie kann ich helfen?«

»Ich hab doch Cole und die Anwältin erwähnt, die sich auf Urheberrecht spezialisiert hat?«

Sein Blick fällt auf den Computer. »Ja.«

»Nun, das sind die beiden, mit denen ich gerade das Meeting habe. Aber ich habe auf einmal so große Panik bekommen, dass ich nicht weiß, ob ich weitermachen kann.«

Er runzelt sie Stirn. »Kann ich irgendetwas tun oder mit jemandem sprechen?«

Ich schüttele den Kopf. »Kannst du einfach … hierbleiben, während ich das Gespräch führe? Du musst nichts sagen. Ich will nur …«

»Klar, kein Problem.« Mit diesen Worten folgt er mir zur Couch und nimmt Platz.

Nachdem ich ein paarmal tief durchgeatmet habe, schalte ich Mikrofon und Kamera wieder ein, ehe ich Rafael vorstelle, der brummend in Richtung Bildschirm winkt. Ich bin mir sicher, dass sein Mangel an Begeisterung daher rührt, dass Cole ihn anlächelt.

»Rafael. Schön, dich zu sehen.«

Rafael hebt leicht das Kinn. »Cole.«

»Also, Ellie.« Die Anwältin lächelt nicht, aber ihre Züge werden ein wenig weicher. »Ich hatte Sie gerade gefragt, wie Ihre Beziehung zu Ava war.«

»Richtig. Ava.« Unbewusst streiche ich über den Halbmond an der Innenseite meines Armes direkt oberhalb meiner Ellenbeuge. »Wir sind in der Highschool beste Freundinnen geworden, nachdem sie in der Middle School nach Lake Wisteria gezogen war. Da wir beide neu im Ort waren, hatten wir sofort etwas gemeinsam.«

Meine Hand zittert so stark, dass ich sie zur Faust ballen muss, doch Rafael öffnet sie und verschränkt seine Finger mit meinen. Der leichte Druck seiner Hand gibt mir das Selbstvertrauen, das ich brauche. Ich schaue ihn nicht an, als ich erzähle, wie ich nach Los Angeles gezogen bin und dass Ava meine Songs geklaut hat, doch ich kann spüren, dass er beim Zuhören immer wütender wird. Es dauert eine Weile, bis ich alle Details und Beweise dargelegt habe, und als ich über Darius Larkin spreche, scheint Rafael kurz vor der Explosion zu stehen.

»Darius wusste genau, dass ich an dem Album mitgewirkt hatte, aber hat mich nicht als Komponistin erwähnt.« Ich nehme einen tiefen, schmerzhaften Atemzug. »Ich bin mir nicht sicher, ob das eine Rolle spielt, aber er …« Mir fehlt die Kraft, um fortzufahren.

Rafael versteift sich neben mir.

Cole beugt sich mit wütendem Blick vor. »Ich kenne Larkins Ruf in Bezug auf Frauen.«

»Ich aber nicht.« Rafaels kalter Tonfall lässt mich erschaudern.

»Er ist häufig auf der Suche nach jungen Talenten«, erklärt die Anwältin. »Meist Frauen, die wenig bis keine Erfahrung in der Branche haben und nicht viel über ihn wissen.« Sie lächelt traurig. »Sie haben keine Chance, zurückzuschlagen, selbst wenn sie wollten.«

»Das war mir nicht bewusst.« Meine eigene Stimme klingt plötzlich fremd in meinen Ohren.

Ich hatte keine Ahnung, dass Darius einen gewissen Ruf hat. Mir ist nicht einmal in den Sinn gekommen, jemanden danach zu fragen. Die Tatsache, dass er Ava bei seinem Label unter Vertrag genommen hat, war für uns die Chance auf den großen Durchbruch, nachdem wir ein paar Jahre lang in Los Angeles kaum den Kopf über Wasser halten konnten. Nachdem ich nach Lake Wisteria zurückgekehrt war, habe ich mich selbst mit Grübeleien darüber in den Wahnsinn getrieben, ob ich irgendetwas getan hatte, das Darius zu der Annahme hätte verleiten können, ich hätte Interesse an ihm. Hätte ich seltener mit ihm geredet und weniger freizügige Kleidung getragen, hätte er vielleicht keinen Annäherungsversuch unternommen, und solcher Quatsch.

Gott. Ich habe mir so viele Monate lang selbst die Schuld dafür gegeben, obwohl es ganz allein *seine* war. Das hat Willow mir zwar auch gesagt, aber es ist etwas vollkommen anderes, es von einer außenstehenden Person zu hören.

Tränen steigen mir in die Augen.

Rafaels Griff um meine Hand festigt sich und beruhigt mich, während die Wahrheit aus mir heraussprudelt.

»Ich wollte ihn nicht küssen, aber er …« Ich überlege, wie ich es formulieren soll. »Er hat nicht auf meine Einwilligung gewartet, aber ich habe auch nichts unternommen. Stattdessen habe ich einfach wie erstarrt dagestanden, während er … Schließlich ist Ava ins Studio gekommen und hat uns erwischt. Hat gesehen, wie *er* mich berührt hat, wie *er* mich geküsst hat.« Nun kann ich meine Tränen nicht mehr zurückhalten. »Und dann ist die Hölle losgebrochen. Man musste sie förmlich von mir wegzerren, nachdem sie mich geohrfeigt hatte, aber das hat sie nicht davon abgehalten, mich als dreckige Schlampe und Hure zu beschimpfen.«

Die Adern an Rafaels Hals treten hervor.

»Sie hat gedroht, dass sie mir meine Songs stehlen würde, so wie ich ihren Freund gestohlen hätte«, fahre ich schluchzend fort. Mittlerweile ist es mir egal, dass Cole und die Anwältin sehen, wie ich zusammenbreche. »Sie war mehr als zehn Jahre meine beste Freundin, und auf einmal habe ich sie nicht mehr wiedererkannt.«

Rafael schlingt einen Arm um meine Taille, drückt mich an sich und flüstert mir beruhigende Worte zu, während ich meine Wange an seine Brust schmiege und den Tränen freien Lauf lasse. In seinen Armen verspüre ich sofort Erleichterung, als wäre es genau das gewesen, was ich gebraucht habe. Er hört nicht auf, mir über den Rücken zu streichen, hört nicht auf, mich zu trösten, während ich weine.

Als meine Tränen langsam versiegen und sich meine Atmung beruhigt, legt er den Mund an mein Ohr. »Wenn ich mit diesem Arsch fertig bin, wird er sich wünschen, dich niemals angerührt zu haben.«

Mein gesamter Körper scheint zu vibrieren, als ich in seine dunklen Augen schaue. »Bitte begeh keinen Mord für mich.«

»Es gibt viele Wege, sich an jemandem zu rächen, ohne ein Verbrechen zu begehen.«

»Zum Beispiel?«

»Lass dich überraschen.«

»Das klingt ja fast romantisch.«

Seine Mundwinkel heben sich. »Das sollte es auch.«

Mein Herz setzt einen Schlag aus, ehe es so schnell weiterschlägt, dass es mir beinahe aus der Brust springt.

Cole räuspert sich. »So unterhaltsam es ist, euch beiden beim Flirten zuzuschauen, hier gibt es Leute, die noch was anderes zu tun haben – Songs schreiben zum Beispiel.«

Als ich ihn erschrocken ansehe, stelle ich fest, dass er grinst und mir schließlich zuzwinkert.

Die Anwältin legt ihre Hände zusammen. »Nun, Ellie. Sie haben mir eine Menge Informationen über Ms. Rhodes geliefert, und auch wenn es rechtlich betrachtet eine sehr interessante Situation ist …«

Ich wurde bereits von drei Rechtsbeiständen abgelehnt, daher höre ich schon jetzt heraus, dass es bei ihr nicht anders sein wird. Mir war von Anfang an klar, dass ich mir keine großen Hoffnungen machen sollte. Doch nachdem ich so viele Jahre in der Dunkelheit verbracht habe, gefällt es mir, zu hoffen. Es mag naiv sein, aber ich bin lieber eine Träumerin als eine Pessimistin.

»Es tut mir sehr leid, dass Sie auf diese Art ausgenutzt wurden – sowohl von Ms. Rhodes als auch von Mr. Larkin.« Ms. Copper presst ihre roten Lippen zu einem dünnen Strich zusammen.

Noch immer an Rafaels Seite geschmiegt, warte ich angespannt auf die nächste Enttäuschung.

»Auf Basis der von Ihnen geschilderten Vorkommnisse in Verbindung mit den detaillierten Notizen, die Sie sich während des Komponierens gemacht haben, können wir meiner Einschätzung nach ein Verfahren einleiten«, fährt sie fort.

O mein Gott.

Nachdem ich ein Jahr erfolglos versucht habe, jemanden zu finden, der mir hilft, rechtlich gegen Ava vorzugehen, ist es mir sogar egal, ob ich entschädigt werde beziehungsweise beweisen kann, dass ich beim Schreiben der Songs mitgewirkt habe. Das Wichtigste ist zu kämpfen.

Mir ist nicht einmal bewusst, dass das Meeting vorbei ist, bis Rafael den Laptop zuklappt, nachdem er der Anwältin versprochen hat, dass ich ihre E-Mail so bald wie möglich beantworten werde.

»Elle?« Er wedelt mit einer Hand vor meinem Gesicht herum.

Ich blinzele ein paarmal. »Ja?«

»Danke, dass du mich gebeten hast, beim Meeting dabei zu sein.«

Ich schaue zu ihm auf. »Ich weiß nicht, ob ich es ohne dich geschafft hätte.«

»Natürlich hättest du das, daran habe ich keinen Zweifel, aber ich bin trotzdem froh, dass du mich dazugebeten hast.«

»Ich stand kurz vor einem Zusammenbruch, ehe du mich unterstützt hast.«

»Aber du *hast* es ganz allein geschafft. Alles was ich getan habe, war, deine Hand zu halten.« Er hat mehr getan als das, und das wissen wir beide. »Ava hat deine Nettigkeit und dein Schweigen fälschlicherweise als Schwäche gedeutet, und ich kann es nicht erwarten, ihr zu zeigen, wie sehr sie sich getäuscht hat.«

»Und was ist mit Darius?«

»Über den musst du dir keine Gedanken machen.« Sein teuflisches Grinsen verrät mir, dass er einen Plan hat.

Rafael hat mir geraten, mich nach dem Call ein wenig zu entspannen, was ich auch vorhatte, aber dann fühlte ich mich mit einem Mal inspiriert, den Song für Cole zu Ende zu schreiben. Nach allem, was er für mich getan hat, möchte ich mich bei ihm revanchieren, also konzentriere ich mich auf all die Traurigkeit, die ich soeben empfunden habe, und projiziere sie auf das Lied.

Es ist nicht das, was ich ursprünglich schreiben wollte, und es ist auch nicht das, zu dem mich Rafael inspiriert hat, aber die Liedzeilen strömen dennoch unaufhaltsam aus mir heraus.

I'm a decorated soldier winning a war against life.
Collected endless scars like medals of valor.
Until my body became a symbol of my fight.

Eine Melodie kommt mir bald in den Sinn, und innerhalb von ein paar Stunden ist der Song fertig – der erste, seitdem Ava mich hintergangen hat, und deshalb hat er einen besonderen Platz in meinem Herzen. Das Lied ist dem ähnlich, das sie geklaut hat, nur besser. Falls Cole es nicht verwenden möchte, bin ich nicht böse, denn zumindest habe ich bewiesen, dass ich immer noch Songs schreiben kann.

Schließlich lege ich mein Handy auf den Couchtisch und nehme den Song auf. Da ich hier und da noch ein paar Zeilen umschreiben und Akkorde ändern muss, brauche ich ein paar Anläufe, aber als ich fertig bin, sende ich das Lied sofort Cole zu und hoffe auf das Beste.

Ich: *Danke für alles, was du getan hast. Ich weiß nicht, ob ich ohne dich den Mut aufgebracht hätte, mit einer weiteren Anwältin zu sprechen.*

Anschließend dusche ich, rasiere mich und föhne mir die Haare, um mich abzulenken und meine Nervosität zu verdrängen. Als mein Handy eine halbe Stunde später vibriert, bin ich jedoch eher aufgeregt als ängstlich.

Cole: *Ich hab's dir ja gesagt. Ich sehe es gern, wenn die Guten gewinnen.*

Da er nichts über das Lied schreibt, beginnen meine Gedanken sofort zu rasen.

Findet er es so schlecht, dass er keine Bemerkung darüber machen will?

Findet er es gut, aber nicht grandios?

Und du hast schon darüber nachgedacht, ein ganzes Album zu schreiben.

Mit jedem negativen Gedanken, der mir durch den Kopf schießt, wird mein Herz schwerer, doch angesichts der nächsten Nachricht beginnt es zu rasen.

Cole: *Ich weiß, wir hatten uns eigentlich auf ein Lied geeinigt, aber ich hab es mir anders überlegt.*

Oh nein, das klingt nicht gut.

Cole: *Was hältst du von einem ganzen Album?*

Ich kreische so laut, dass Nico und Rafael in mein Zimmer stürmen.

»Was ist passiert?«, fragt Rafael, während Nico eine Kampfpose einnimmt, die er in seiner ersten und einzigen Taekwondo-Stunde gelernt hat.

»Sorry, ich bin nur einfach so aufgeregt.«

Nico macht einen Radschlag aus dem Zimmer hinaus, während Rafael mich prüfend mustert. »Alles in Ordnung?«

Ich nicke.

»Was ist passiert?«

»Cole gefällt mein neuer Song.«

Sein Lächeln ist klein, aber aufrichtig. »Du hast ihn fertig?«

»Ja. Und er will an weiteren Liedern arbeiten.«

Irgendetwas, das ich nicht deuten kann, huscht über seine Züge. »Ich wusste, dass ihm alles gefallen würde, was du schreibst.«

»Warum?«

»Der Typ ist vielleicht nervig, aber er ist nicht blöd.«

»Ich …« In dem Moment klingelt mein Handy. »Da muss ich kurz drangehen.«

Rafael verlässt mein Zimmer und schließt die Tür hinter sich. Er wirkte leicht angespannt, doch ich beschließe, mich später damit auseinanderzusetzen, und nehme stattdessen Coles Anruf an.

»Ich hoffe, ich war nicht zu direkt.«

»Nein, überhaupt nicht. Ich bin froh, dass dir der Song gefällt.«

»Gefällt? Er ist absolut genial. Mein Drummer hat geweint, und der weint sonst nie.«

Ich lache.

Als Nächstes erläutert mir Cole, wie er gern vorgehen würde, bis wann alle Lieder fertig sein müssen und wie viel Geld ich verdienen könnte. Angesichts der genannten Summe werde ich fast ohnmächtig. Als er damit fertig ist, mir alles zu erklären, rasen meine Gedanken erneut in meinem Kopf durcheinander.

Bei seinem nächsten Satz stockt mir der Atem – es musste ja einen Haken geben.

»Ich könnte dich nach Europa einfliegen lassen, dann können wir meine freie Zeit während der Tour nutzen, um zu schreiben. Das Timing ist knapp, besonders weil ich so viele Konzerte spiele, aber ich weiß, dass wir es schaffen können. Unter Druck arbeite ich ohnehin am besten. Die Europatour beginnt Mitte Juli.«

»Und wie lange dauert sie?«

»Fünf Wochen.«

Mist.

»Ich hab einen Job.«

»Kannst du dir freinehmen?«

»Ich weiß nicht.« In meinem Magen bildet sich ein Knoten.

»Du musst mir nicht sofort eine Antwort geben. Denk übers Wochenende darüber nach und gib mir am Montag Bescheid.«

Montag? Das ist in drei Tagen.

»Kannst du mir auch eine Woche geben?«

»Klar.«

Auch sieben Tage sind nicht viel, aber ich würde nur ungern den Rest unseres Urlaubs ruinieren, indem ich Nico und Rafael von dem Angebot erzähle. Auch wenn ich hoffe, dass sie sich für mich freuen, könnte ich mir vorstellen, dass mein Boss mich dazu bringen wird, einen der beiden Jobs aufzugeben.

Und diesen Gedanken finde ich unerträglich.

KAPITEL VIERUNDVIERZIG
RAFAEL

Ellie wirkt heute Abend gedankenverloren. Nach dem heutigen Tag will sie vermutlich nicht viel reden, also bestellen wir Dinner in die Suite. Während wir essen, sind es hauptsächlich Nico und ich, die sich unterhalten, wobei Ellie nur ab und zu etwas einwirft.

Als sie sich anschließend entschuldigt und in ihr Zimmer zurückzieht, schaut ihr Nico besorgt hinterher.

»Geht es Ellie gut?«

»Ich glaube schon.«

»Sie sah traurig aus.«

Ich drücke sanft seine Schultern. »Sie hatte einfach einen langen Tag.«

Mit dieser Antwort scheint Nico zufrieden zu sein, doch ich selbst denke noch lange über sie nach, als mein Sohn bereits schläft.

Mit einem Seufzen schreibe ich schließlich der einzigen Person, die mir in Bezug auf Darius Larkin helfen kann. Ich habe genug über ihn gehört, um zu wissen, dass er über die nötigen Beziehungen verfügt. Ich kann bereits jetzt Julians Einwände hören, aber das ist mir egal. Ellie ist es mir wert, einen Deal mit dem Dämon von Lake Wisteria zu machen, solange diesem Scheißkerl von Musikproduzent für immer das Handwerk gelegt wird.

Lorenzo: *Was für eine nette Überraschung.*

Ich: *Beantworte meine Frage.*

Lorenzo: *Ich *könnte* das tun, worum du mich bittest.*

Ich: *Was willst du als Gegenleistung von mir?*

Lorenzo: *Was hast du anzubieten?*

Wer Fragen mit Gegenfragen beantwortet, ist wirklich ein geborener Politiker.

Ich: *Kommt darauf an, wie sehr du mir hilfst.*

Lorenzo: *Gib mir eine Woche und sichere mir deine Unterstützung zu.*

Ich: *Abgemacht.*

Lorenzo: *Deine Unterstützung UND die von deinem Cousin.*

Fuck.

Ich schreibe Julian.

Julian: *Nein.*

Ich: *Bitte!*

Julian: *Alle wissen, dass ich ihn nicht ausstehen kann.*

Ich: *Deswegen will er ja deine Unterstützung.*

Ich: *Ich würde dich nicht darum bitten, wenn es nicht wichtig wäre.*

Die drei Punkte erscheinen zweimal und verschwinden wieder, ehe seine Antwort auf meinem Display erscheint.

Julian: *Ich könnte dir helfen.*

Ich: *Indem du dich darauf einlässt?*

Zwei Minuten später kommt seine Antwort.

Julian: *Nur mal so am Rande: Das ist eine total schlechte Idee.*

Ich: *Aber du machst es?*

Julian: *Ja.*

Meine Kehle schnürt sich zu, weil ich so von Gefühlen überwältigt bin, während ich Lorenzo antworte.

Ich: *Wir sind im Geschäft.*

Lorenzo: *Ich melde mich bald bei dir.*

Nach dem heutigen Call mit der Anwältin bin ich nicht nur wütend, sondern auch neugierig auf die Songs, die man Ellie gestohlen hat.

Statt Ava zu unterstützen, indem ich ihre Musik streame, rufe ich die Songtexte im Internet auf. Besonders ein Lied mit dem Titel *Half Truths* weckt meine Aufmerksamkeit, da es von einer Person handelt, die Schwierigkeiten damit hat, ehrlich zu sich selbst und nahestehenden Menschen zu sein, denn damit kann ich mich gut identifizieren.

Im Internet loben die Fans Ava für ihre Poesie und ihre Verletzlichkeit. Für ihren *Mut*. Mir wird übel bei dem Gedanken daran, dass Ellie diejenige war, die sich ihre Gefühle von der Seele geschrieben hat, jedoch keinerlei Anerkennung für ihre Arbeit bekommt. Ich bin noch angewiderter, als ich Avas neuestes Lied *Silvers Scars* aufrufe. Natürlich wurde auch dieser Song von Ellie geschrieben, obwohl ihr Name nirgendwo auftaucht.

Tried to numb the pain with the bite of steel,
but only created new scars that never truly healed.
Turned my body into a broken masterpiece,
all because I needed temporary release.

Über die erste Strophe komme ich nicht hinaus. Es ist nicht so, als wollte ich nicht weiterlesen, aber es fühlt sich falsch an, dies ohne Ellies Einwilligung zu tun, denn schließlich hatte sie kein Mitsprachrecht bei der Veröffentlichung des Songs. Zwar weiß ich nicht mit Bestimmtheit, warum Ava den Song ausgerechnet jetzt rausgebracht hat, aber ich vermute, dass sie Ellie noch ein letztes Mal wehtun wollte.

Ich sperre mein Handy und starre zur Decke hinauf.

Betrachtet sich Ellie etwa so? Wie ein gebrochenes Meisterwerk? Zu ahnen, dass sie sich selbst so sieht, macht mich derart wütend, dass ich Ellies Zimmer ansteuere, ehe ich es mir anders überlegen kann. Mit einem Mal ist es mir egal, ob ich eine Grenze überschreite, denn im Augenblick haben mich meine Gefühle fest im Griff.

Leise, um Nico nicht zu wecken, klopfe ich an ihre Tür.

Kurz darauf öffnet Ellie mir. Wieder steht sie in einem Pyjama vor mir, der ihre Narben und Tattoos bedeckt. Nun da ich weiß, warum sie diese langen Schlafanzüge trägt, gefallen sie mir überhaupt nicht mehr.

»Alles okay?«, fragt Ellie

»Nein.« Ich spucke das Wort förmlich aus, doch rufe mir schnell in Erinnerung, dass ich mich beruhigen sollte. »Sorry, ich bin nur gerade wütend geworden und musste dich unbedingt sehen.«

Sie bedeutet mir reinzukommen und schließt die Tür hinter mir. »Was ist denn los?«

»Tust du mir einen Gefallen?«

»Jetzt? Es ist schon zehn Uhr.«

Ich schaue mich im Zimmer nach ihrer Gitarre um und halte sie ihr hin. »Hier.«

Sie greift zwar nach dem Gitarrenhals, blickt jedoch verwirrt auf das Instrument hinab. »Du willst, dass ich etwas für dich spiele?«

»Ja.«

»Warum?«

»Weil ich *Silver Scars* nicht lesen, sondern hören will.«

Ihr Griff um die Gitarre lockert sich ein wenig, ehe sie wieder zupackt. »Dieses Lied sollte eigentlich niemand hören.«

»Aber Ava hat dich betrogen. Schon wieder.«

Sie nickt.

»Kannst du es für mich singen?«, frage ich sanft.

»Nein.« Sie macht einen Schritt nach hinten und schüttelt den Kopf. »Ich schreibe Lieder nicht, um sie vorzuführen.«

»Im Last Call hast du gesungen.«

»Das war eine Ausnahme.«

»Dann mach noch eine. Für mich.«

Sie schüttelt erneut den Kopf.

Ich lege meine Hand unter ihr bebendes Kinn, damit sie mir in die Augen sieht. »Nur einmal. Mehr will ich nicht.«

Sie erwidert nichts.

»Bitte.«

Mit feuchten Augen schaut sie zu mir auf. »Warum?«

»Weil es das erste und einzige Mal sein soll, dass ich höre, wie du dich als gebrochenes Meisterwerk bezeichnest.« Ich muss einmal hören, wie sie die Zeilen singt, damit ich weiß, dass sie sie tatsächlich glaubt.

Behutsam nehme ich ihre Hand und führe sie zur Sitzgruppe, wo wir uns nebeneinander auf die Couch setzen.

Ellie lässt ihr Plektrum zweimal fallen, ehe sie tief durchatmet und die Schultern strafft. »Ich habe lange Zeit nicht mehr vor Publikum gesungen.«

»Das ist mir egal.«

»Aber ich bin aus der Übung …« Ihr Blick huscht hin und her, ohne dass sie mich ansieht.

Sanft umfasse ich ihr Gesicht mit beiden Händen und schaue ihr in die Augen. »Es ist mir wirklich egal«, sage ich eindringlich, bevor ich sie widerwillig loslasse und mich auf der Couch zurücklehne, wobei ich mich zwinge, ein paarmal tief durchzuatmen. Ich habe keine Ahnung, wie das Lied klingen *sollte*, aber dass es keine fröhliche Melodie hat, war mir von Anfang an bewusst.

Sie beginnt zu spielen, doch hält noch einmal kurz inne. »Einmal.«

»Mehr brauche ich nicht.« Ich schließe die Augen und konzentriere mich.

Ihr Gesang ist am Anfang so leise, dass ich sie kaum hören kann, aber langsam wird ihre Stimme kräftiger, und sie gewinnt mehr Selbstvertrauen, was einen Gegensatz zu den Worten bildet, die sie über sich selbst singt. Ich lausche den Zeilen, die beschreiben, wie sie ihren Körper betrachtet und wie die Männer sie enttäuscht haben, weil sie sie nicht begehrenswert fanden. An einer Stelle bezieht sie sich sogar auf die Scherbe, die sie mehr als zehn Jahre aufgehoben hat, weil sie sich nicht davon trennen kann.

Ein paarmal gerät ihre Stimme ins Wanken, aber ich öffne meine Augen trotzdem nicht, denn wenn ich das tue, vermittle ich ihr damit, dass sie aufhören soll, und das darf ich nicht – ganz egal, wie quälend es ist.

Nachdem sie den letzten Akkord gespielt hat, öffne ich die Augen und stelle fest, dass sie ihre geschlossen hat und ihre Gesichtszüge von Schmerz gezeichnet sind.

Ich nehme ihr die Gitarre aus den Händen und lege sie auf den Couchtisch, um ihr Gesicht zu umfassen. »Ich möchte, dass du dich nie wieder als gebrochen bezeichnest.«

Sie versucht, den Blick abzuwenden, aber ihr Gesicht ist zwischen meinen Händen gefangen. »Du verstehst das nicht.«

»Ich verstehe mehr, als du ahnst.«

»Ach, weil du mehr als fünfzig Narben an deinem Körper hast?«

»Vielleicht sind meine nicht sichtbar, aber deshalb sind sie nicht weniger real.« Ich tippe mir ans Herz.

Nun lässt sie sich in meine Arme sinken. »Ich bin neidisch, weil du sie verbergen kannst, während meine immer da sind. Ich sehe sie jeden Tag und erinnere mich an die Fehler, die ich begangen habe. Daran, wie schwach ich war und immer sein werde.«

Am liebsten würde ich sie schütteln, doch stattdessen drücke ich ihr einen Kuss auf den Kopf. »Du bist einer der stärksten Menschen, die ich je getroffen habe.«

»Das würdest du nicht sagen, wenn du meine Narben gesehen hättest. Sie sind … hässlich.« Ihre Stimme bricht.

In diesem Moment verliere ich die Selbstbeherrschung und vergesse all meine Vorsätze, denn ich kann mich nicht mehr länger zurückhalten.

»Ich will sie sehen.« Mein Herz rast.

Sie schaut erschrocken zu mir auf. »Was?«

»Zeig sie mir, ehe du falsche Rückschlüsse ziehst.«

»Rafael.«

»Zeig sie mir in all ihrer Hässlichkeit«, sage ich nun etwas forscher.

»Na schön. Du willst sie also sehen?« Als sie sich erhebt, scheint ihr ganzer Körper vor Wut zu beben. »Ich kann dir jetzt schon garantieren, dass du deine Meinung ziemlich schnell ändern wirst.« Sie umfasst den Bund ihrer Pyjamahose und schiebt sie runter.

Ich drücke meinen Arm gegen die Sofalehne, um mich davon abzuhalten, ihn nach Ellie auszustrecken. Meine Finger krallen sich so fest in das Polster, dass sie schmerzen.

Mit festem Blick schaue ich ihr in die Augen. »Du bist wunderschön.«

Sie schüttelt den Kopf. »Du hast nicht mal hingesehen.«

»Es würde nichts daran ändern, wie ich dich betrachte.«

»Das sagst du nur so.«

Ich stehe auf und trete vor sie. »Soll ich es dir beweisen?«

Sie zieht scharf die Luft ein, als ich vor ihr in die Knie gehe. Ja, ich kann ihre Narben sehen, aber sie sind von unzähligen wunderschönen Tattoos umgeben. *This too shall pass* steht in kursiven Lettern auf ihrem Oberschenkel und ist kaum sichtbar zwischen den vielen Sternen.

Als ich den Blick hebe, stelle ich fest, dass Ellie starr geradeaus guckt.

Ich umfasse ihre Beine. »Sieh mich an.«

Als sie gehorcht, fahre ich fort.

»Du siehst vielleicht ein gebrochenes Meisterwerk, aber ich sehe nur *dich*.« Ich lehne mich vor und küsse eine ihrer Narben, ehe ich meine Lippen über eine weitere und schließlich noch eine gleiten lasse. Bald kann ich nicht mehr zählen, wie viele Male ich ihre Haut schon geküsst habe.

Die Tränen, die sie so angestrengt zurückgehalten hat, beginnen zu fließen, und ihr Körper zittert, als ich mich dem Saum ihres Pyjamaoberteils nähere, das ihr bis über die Hüften reicht. Aber ich hebe den Stoff nicht an, denn ich weiß, dass ich mich dann vielleicht nicht mehr beherrschen könnte. Schon jetzt bin ich viel zu erregt, es bereitet mir regelrechte Qualen, nicht weiterzugehen.

Ihre zu Fäusten geballten Hände zittern. »Das ist keine gute Idee.«

Meine Lippen schweben über ihrer Haut. »Ich weiß.«

»Wir sollten aufhören.«

Mir entgeht nicht, wie sie bei diesen Worten ihre Oberschenkel zusammenpresst. Ob sie feucht ist? Wenn ich mich nur ein Stück weiter nach vorn lehne, könnte ich vielleicht …

»Rafa.« Ellie klingt gequält und erregt zugleich, was einerseits gut für mein Ego ist, mich andererseits jedoch in den Wahnsinn treibt. So ist es immer, wenn ich mit Ellie zusammen bin – sie macht aus mir einen wandelnden Widerspruch.

Obwohl sich jede Faser meines Körpers sträubt, erhebe ich mich und trete einen Schritt zurück. Mein Herz schreit förmlich, als ich mich der Tür nähere, doch ich darf nicht nachgeben.

»Wo willst du hin?« In ihrer Stimme schwingt ein Hauch Panik mit.

»Wenn ich noch länger bleibe, tue ich etwas, das du eindeutig später bereuen wirst.« Ich wende mich wieder zur Tür um.

»Wer sagt, dass ich es bereuen werde?«

Mein nächster Schritt ist zögerlich. »Ich bin dein Vorgesetzter.«

»Was, wenn wir das ändern?«

Ich sehe über die Schulter zu ihr zurück. »Diese Option besteht nicht.«

»Was, wenn doch?« Sie lässt ihren Blick an meinem Körper hinabwandern und verharrt an der Stelle, die vor Verlangen pocht.

»Das geht nicht.«

»Ich kann nicht für immer seine Nanny bleiben.« Etwas blitzt in ihren Augen auf, doch ich kann es nicht deuten.

Der Gedanke daran, dass sie uns verlassen könnte, ist unerträglich, und zwar nicht nur, weil es Nico verletzen würde. Ich will auch, dass sie bleibt, selbst wenn ich meine eigenen Wünsche dafür zurückstellen muss. Ich bin mir nicht sicher, wie lange wir diese platonische Beziehung aufrechterhalten können, aber ich brauche Zeit.

Zeit, um mich mit meinen Problemen auseinanderzusetzen.

Zeit, um mir zu überlegen, wer ich wirklich bin.

Aber hauptsächlich brauche ich Zeit, um mich mit der Idee anzufreunden, dass ich nicht nur meine Schutzmauer einreißen, sondern auch mein Herz öffnen muss.

Nach meiner gescheiterten Ehe hätte ich niemals damit gerechnet, dass ich mich wieder verlieben könnte. Ich war der festen Überzeugung, ich würde meinen Sohn allein großziehen, aber in unserem Urlaub habe ich diese Sichtweise mehrmals hinterfragt. Mittlerweile überlege ich, ob ich wirklich den Rest meines Lebens allein verbringen möchte. Natürlich ist es eine sichere Wahl, aber sie macht mich auch einsam. Nico leistet mir zwar Gesellschaft, und auch meine Familie ist immer für mich da, aber ob das auf Dauer genügen wird?

»Rafa?«, fragt Ellie.

»Gib mir … einfach Zeit.«

Sie bedenkt mich mit einem Blick, den ich nicht deuten kann.

»Bitte, Elle.«

Sie schaut zur Seite und nickt.

Eigentlich sollte ich erleichtert sein, aber irgendetwas an ihrer Miene lässt in mir die Frage aufkeimen, wie viel Zeit mir noch bleibt.

Als ich am nächsten Morgen aufwache, hat Nico bereits seine Badehose angezogen und ist bereit für unseren geplanten Ausflug zum Schnorcheln.

Da weder er noch Ellie mich bisher bemerkt hat, sehe ich für einen Moment zu, wie sie ihn grinsend eincremt.

»Bist du dir sicher, dass du nicht mitkommen willst?«, fragt Nico.

Ihr Lächeln verblasst. »Jepp.«

Ihre gepresste Stimme lässt mich stutzig werden.

»Aber du liebst doch Meeresschildkröten.«

»Ich weiß.« Sie stößt schwer den Atem aus.

»Warum kommst du dann nicht mit?«

Als sie schweigt, betrete ich das Wohnzimmer.

»Willst du dich anschließen?«, frage ich.

Sie senkt den Blick. »Ich kann nicht.«

Nachdem sie mir gestern Abend *Silver Scars* vorgespielt hat, weiß ich genau, dass sie sich aus bestimmten Aktivitäten wegen ihrer Narben rauszieht, auch wenn sie am liebsten mitkommen würde. Ich hätte wissen müssen, dass es einen Grund dafür gibt, dass Ellie nie ins Wasser geht. Zuerst habe ich gedacht, sie könne nicht schwimmen, aber nachdem sie mir erzählt hat, dass sie sich früher selbst verletzt hat, hätte mir alles klar sein müssen. Dennoch habe ich erst erkannt, wie sehr sie damit zu kämpfen hat, nachdem ich ihren Song gehört habe.

Ich will nicht, dass sie sich vor mir versteckt.

Als Nico kurz in seinem Zimmer verschwindet, um einen Videoanruf meiner Tante entgegenzunehmen, macht auch Ellie Anstalten zu gehen, doch ich halte sie auf.

»Was?« Sie schaut mich blinzelnd an.

»Kannst du schwimmen?«

»Natürlich kann ich …« Sie bedenkt mich mit einem misstrauischen Blick. »Moment. Warum fragst du?«

Ich kann mir ein Schmunzeln nicht verkneifen. »Vertraust du mir?«

Ihre Augen werden schmal. »Was soll diese Befragung?«

»Antworte einfach.« Der Drang, ihr eine Strähne ihres goldenen Haares hinters Ohr zu streichen, ist fast unerträglich. Ich wünschte, ich hätte eine Blume, damit es einen Grund gäbe, sie an dieser Stelle zu berühren.

»Ja.« Sie seufzt. »Ich vertraue dir.«

»Würdest du etwas für mich tun?«

»Und was?«

»Kommst du mit uns? Ins Wasser?«

Panisch schaut sie mich an. »Ich dachte, wir hatten eine Abmachung.«

Als ich sie vor Monaten widerwillig darum gebeten habe, uns auf diese Reise zu begleiten, hat sie nur unter der Bedingung zugesagt, dass sie nicht schwimmen gehen oder an anderen Wasseraktivitäten teilnehmen muss.

Ich hatte nichts dagegen. Bis jetzt.

Ich möchte nicht, dass Ellie für den Rest unseres Aufenthalts ihre Narben versteckt, denn für mich sind sie schön, weil sie für das stehen, was sie überstanden hat. Und das werde ich ihr immer wieder sagen, bis sie mir endlich glaubt.

»Es könnte Spaß machen«, gebe ich zu bedenken.

»Nico wird Fragen stellen.«

»Damit habe ich kein Problem, solange es dir auch nichts ausmacht.«

Sie beißt sich auf die Unterlippe. »Was, wenn er mich dann mit anderen Augen sieht?«

»Das wird er nicht. Er ist vielleicht neugierig, schließlich ist er noch ein Kind, aber er wird dich nicht verurteilen oder anders behandeln, denn das habe ich ihm beigebracht.« Als sie den Kopf senkt, lege ich meine Hand unter ihr Kinn und bringe sie dazu, mir in die Augen zu schauen. »Vertrau mir bitte.«

Sie nickt einmal knapp und macht mir damit ein Geschenk, das ich wertschätzen werde, so gut ich kann.

Ihr Vertrauen.

KAPITEL FÜNFUNDVIERZIG
ELLIE

Ich suche mein Gepäck nach dem schwarzen Badeanzug ab, den ich für die Reise gekauft habe. Der grüne Bikini, den ich kürzlich im Whirlpool getragen habe, ist ausschließlich für Gelegenheiten reserviert, zu denen ich allein bin.

Beim Durchwühlen meines Koffers entdecke ich einen Badeanzug, den ich definitiv nicht selbst eingepackt habe. Sofort hole ich mein Handy hervor und schicke Willow ein Foto.

Ich: *Echt jetzt?*

Willow: *Trägst du ihn?*

Ich: *Nein!*

Willow: *Ich tippe darauf, dass du dich bald umentscheiden wirst.*

Ich: *Bitte sag mir nicht, dass du meinen schwarzen Badeanzug absichtlich wieder ausgepackt hast.*

Willow: *Natürlich nicht!*

Willow: *Aber ich werde dir auch nicht verraten, wo ich ihn versteckt habe.*

Die nächsten zwei Minuten verbringe ich damit, den schwarzen Badeanzug zu suchen, doch kann ihn nicht finden.

Willow: *Probier den Pinken bitte wenigstens an. Wenn du dir nicht darin gefällst, verrate ich dir, wo ich deinen anderen versteckt habe.*

Seufzend greife ich nach dem schlichten, jedoch knalligen Badeanzug, den ich aus einer Laune heraus gekauft habe. Der Rückenausschnitt ist so tief, dass der tätowierte Schriftzug *Bend but never break* an meiner Wirbelsäule zu sehen ist. Die Träger sind schmal und mit Rüschen besetzt, die meinem Hals und meinen Schultern schmeicheln. Die Farbe bringt meine Bräune und mein blondes Haar zur Geltung, trotzdem komme ich mir albern vor, zu meinen unzähligen Tattoos und Narben etwas so Verspieltes zu tragen.

Ich mache ein Foto von mir und sende es Willow.

Ich: *Das war keine gute Idee. Ich gehe nie wieder mit dir shoppen.*

Willow: *Verdammt!*

Willow: *Diese Hüften hast du die ganze Zeit unter Mom-Jeans und Hoodies versteckt?*

Willow: *Ist das Tattoo an deinem Hüftknochen eigentlich neu? Ich glaub, das kenn ich noch nicht.*

Ich: *Ja, und hör endlich auf, das Thema zu wechseln.*

Willow: *Sorry, ich war kurz abgelenkt von deinen Brüsten.*

Ich weiß, dass ich nicht mehrere Badeanzüge in dem Laden im Ort hätte kaufen sollen, den wir so lieben. Aber Willows Komplimente haben mir in dem Moment kurzzeitig so viel Selbstvertrauen geschenkt, dass ich drei Badeanzüge der diesjährigen von unterschiedlichen Sorbetsorten inspirierten Sommerkollektion gekauft habe. Allein dieser Vergleich hätte ein Warnsignal für mich sein sollen, aber ich konnte dem pinken Teil mit den femininen Details nicht widerstehen. Der Badeanzug war einfach zu hübsch, um ihn nicht zu kaufen. Eigentlich wollte ich ihn zu einem Bootsausflug auf dem See mit unseren Freundinnen und Freunden anziehen, aber Willow hatte offenbar andere Pläne.

Ich: *Ich sehe aus wie eine Puppe.*

Willow: *Find ich auch. Meinst du, Rafael wird mit dir spielen wollen?*

Hinter der Nachricht folgt ein Zwinker-Smiley.

Ächzend werfe ich mein Handy aufs Bett und wickele mir den Sarong um die Hüften, um ein wenig mehr zu bedecken. Das durchsichtige Material verbirgt zwar nicht allzu viel, trotzdem fühle ich mich damit wohler in meiner Haut.

Vertraust du mir? Immer wieder geht mir Rafaels Frage durch den Kopf. Wenn man bedenkt, dass ich im Begriff bin, in diesem Outfit nach draußen zu treten, ist die Antwort offensichtlich.

Mit einem letzten Blick in den Spiegel gehe ich erhobenen Hauptes ins Wohnzimmer. Nico ist von irgendeinem Spiel auf Rafaels Handy abgelenkt, aber sein Vater kann den Blick nicht von mir abwenden. Der Ausdruck in seinen Augen verdunkelt sich, als er ihn an meinem Körper hinabwandern lässt.

Nicht zu wissen, was er denkt, macht mich derart verrückt, dass ich am liebsten nach seiner Meinung fragen würde.

Als er bei meinen Beinen angelangt ist, schaut er mir wieder in die Augen und fährt sich mit der Zunge über die Unterlippe.

Für einen kurzen Moment wünschte ich, wir müssten die Anziehungskraft, die zwischen uns besteht, nicht leugnen und könnten sie einfach ausleben. Sosehr ich Nico auch liebe, ich entwickele langsam ernsthafte Gefühle für seinen Vater, die ich nicht ignorieren kann, ganz egal, wie sehr ich mich bemühe.

Und das kann nur eins bedeuten. *Ärger.*

Auf dem Weg zum Strand bleibt Rafael stehen, um eine Hibiskusblüte zu pflücken. Mittlerweile ist es schon zu einer Art Tradition geworden, dass Nico und er versuchen, die passendste Blume für mich zu finden. Heute übertrifft sich Rafael selbst. Nicht weil es meine Lieblingsfarbe – knallpink – ist, sondern weil er diesen ganz bestimmten Blick draufhat, als er mich ansieht, während er mir die Blume ins Haar schiebt.

»Danke, dass du mir vertraust.« Er streift sanft mein Ohr, ehe er seine Hand zurückzieht.

Eine Gänsehaut breitet sich auf meinem Körper aus. »Ich werde furchtbar traurig sein, wenn wir zu Hause sind und ich nicht mehr jeden Tag eine Blume geschenkt bekomme.«

Er legt den Kopf schief. »Wirklich?«

»Ja, ich hab sie alle aufbewahrt.«

»Warum?«

»Als Erinnerung an den Urlaub.«

Kurz wirkt es so, als wollte er etwas erwidern, aber dann zieht Nico an meiner Hand.

»Ich bin dran.«

Ich gehe in die Hocke, damit er mir seine Blume hinters andere Ohr schieben kann, wobei er sich Zeit lässt und sicherstellt, dass sie nicht herunterfällt.

Als er fertig ist, drücke ich ihm einen Kuss auf die Wange. »Danke, mein kleiner Held.«

Er grinst.

Als mein Nacken prickelt, schaue ich auf und stelle fest, dass Rafael uns anschaut.

»Was?«

»Nichts.« Auf seiner Miene zeichnet sich Sehnsucht ab.

Als ich ihm gestern Abend das Lied vorgespielt und ihm meine Narben gezeigt habe, dachte ich, Rafael wollte nur höflich sein und mich nicht verletzen, als er behauptet hat, meine Narben seien schön, weil sie zu mir gehörten. Solche Bemerkungen habe ich schon oft gehört. Ich hatte ein paar feste Freunde, die alle das Gleiche behauptet haben; aber wenn sie dachten, ich würde es nicht merken, haben sie meine Narben angestarrt oder das Gesicht verzogen, während sie meine Haut berührten. Oft habe ich ihr Zögern gespürt, wenn sie meine Oberschenkel geküsst haben, oder ihre besondere Obacht, wenn sie in meiner Gegenwart scharfe Gegenstände in der Hand hielten. Als würde ich ihnen bei der erstbesten Gelegenheit das Messer aus der Hand reißen und dort weitermachen, wo ich vor Jahren aufgehört habe.

Doch heute *spüre* ich, dass Rafaels Worte aufrichtig gemeint waren, und ich habe mich noch nie in meinem Leben schöner gefühlt.

Es dauert nicht lange, bis Nico meine Narben entdeckt. Wir waren noch nicht mal auf dem Boot, als ich gesehen habe, wie er verstohlen in meine Richtung schaute. Als er bemerkt hat, dass ich ihn erwischt habe, hat er mit hochrotem Kopf den Blick abgewandt.

Zum Glück stellt er keine Fragen, aber auch jetzt auf dem Wasser schaut er immer wieder heimlich zu mir. Als ich mir gerade eine Dramamine in den Mund schiebe, beobachte ich, wie er Rafael zur Seite zieht und ihm etwas ins Ohr flüstert, tue jedoch so, als würde ich es nicht mitbekommen. Mir war klar, dass dies passieren würde, aber der Gedanke, dass Nico von meiner Vergangenheit erfährt, erfüllt mich mit größerer Angst als jemals zuvor. Ich möchte nicht, dass er mich anders ansieht oder Angst vor mir hat. Meine Furcht davor, was als Nächstes passiert, raubt mir jegliche Vorfreude darauf, Meeresschildkröten zu sehen.

Erst als wir an der Stelle angekommen sind, wo wir schnorcheln können, bringt Nico genügend Mut auf, um mich anzusprechen.

»Ellie?«

»Mm.« Ich bemühe mich um eine neutrale Miene.

»Bist du glücklich?«

Seine Frage überrascht mich so sehr, dass ich ihn ein paar Augenblicke blinzelnd anstarre, bevor ich erwidere: »Inwiefern?«

»Generell. Fühlst du dich gut?«

»Meistens schon. Man kann nicht immer glücklich sein, aber in der Regel geht es mir gut.«

»Das ist schön.« Er schiebt seine Taucherbrille zurecht.

»Warum fragst du?«

»*Papi* hat mir erzählt, dass Leute manchmal, wenn sie ganz, ganz traurig sind, sich selbst verletzen statt andere.«

Darüber haben Rafael und Nico also geflüstert, als ich so getan habe, als wäre ich fasziniert vom Ozean. Rafael und ich haben uns im

Hotel auf diese Antwort geeinigt, dennoch ist mir unwohl bei dem Gedanken, dass Nico es nun weiß.

Ich atme tief durch. »Da hat er recht.«

»Dann hast du dich also selbst verletzt?«

Ich schaue auf meinen Schoß. »Ja.«

»Weil du ganz, ganz traurig warst?« Er runzelt die Stirn.

»Das war ich früher, aber jetzt bin ich es nicht mehr. Ich habe mit jemandem geredet, der mir geholfen und gezeigt hat, was ich stattdessen tun kann, damit es mir besser geht.«

Mit einem Mal scheinen sich seine Schultern zu entspannen. »Es macht mich traurig, dass es dir so schlecht ging.«

»Aber jetzt geht es mir wirklich besser. Versprochen.«

»Schwörst du?«

»Ja. Du musst dir keine Sorgen um mich machen.«

»*Papi* hat gesagt, dass es okay ist, sich Sorgen um Menschen zu machen, die man liebt, weil es zeigt, dass sie einem wichtig sind.«

Meine Augen füllen sich mit Tränen. »Du bist mir auch wichtig.«

»Wichtiger als saure Würmer?«

Ich nicke. »Und als Erdbeer-Zitronen-Limo.«

Die Schwimmflossen auf seinem Schoß fallen zu Boden, als er aufspringt und mich in eine Umarmung zieht. »Ich liebe dich mehr als Klaviere, Superhelden und Duke Brass.«

»Wow. Das ist ganz schön viel Liebe für einen kleinen Kerl wie dich.«

»*Papi* sagt, dass ich das größte Herz aller Zeiten habe.«

Das *zweitgrößte* Herz – gleich nach seinem Vater.

KAPITEL SECHSUNDVIERZIG
RAFAEL

Nach einem langen Tag im und auf dem Wasser tun uns alle Muskeln vom Schnorcheln weh, daher beschließen wir, unser Dinner in die Suite zu bestellen und gemeinsam am Tisch im Wohnbereich zu essen.

Als wir fertig sind, ist Ellie so müde, dass sie kaum noch die Augen offen halten kann. Erschöpft lässt sie sich auf der Couch nieder.

Nico hält Ellie ihre Gitarre hin. »Kannst du trotzdem noch ein Lied spielen? Bitte.«

»Wie wäre es, wenn ich stattdessen morgen zwei Songs spiele?«

»Nein.« Nico ändert seine Strategie, indem er auf das Sofa klettert und sie unter dem Fuß kitzelt.

»Stopp, ich muss mich ohne Witz übergeben, wenn du das noch mal machst.«

»*Mijo.*« Ich schaue von dem Bild auf, das ich gerade an die Familiengruppe senden wollte.

»Was?«

»Lass Ellie in Ruhe.«

»Aber sie hat es versprochen.« Er schiebt die Unterlippe vor, doch diese Taktik funktioniert bei mir schon seit Jahren nicht mehr.

Seufzend setzt sich Ellie auf. »Na gut. Ein Lied.«

»Yeah!« Nico hüpft ein paarmal auf dem Polster auf und ab, ehe er zur Ruhe kommt.

»Er muss lernen, was Nein bedeutet.«

»Zum Glück hat er ja einen Dad, der dieses Wort liebt, also sollte das kein Problem darstellen.« Sie grinst.

Als ich mich mit dem Mittelfinger an der Nase kratze, lacht Ellie, während sie ihre Gitarre stimmt.

In dem Augenblick vibriert das Handy an meinem Oberschenkel. Eine neue Nachricht wird im Gruppenchat angezeigt. Ich habe eine Reihe von Fotos und zwei Videos von Nico beim Schnorcheln, Wandern und Quad-Fahren gesendet.

Tía: *Nico erinnert mich so sehr an dich und Julian, als ihr klein wart.*

Rosa, Dahlias und Lilys Mutter, sendet eine Reihe von Emojis.

Dahlia: *Will nicht jemand das Offensichtliche erwähnen?*

Auf den meisten Bildern sind lediglich Nico und ich zu sehen, außer auf dem einen, das Ellie so gut gefällt. Auf dem Nico grinsend zwischen uns sitzt, die Arme um uns geschlungen. Ellie schaut lächelnd in die Kamera und hat sich die Schwimmflossen so auf den Schoß gelegt, dass ihre Narben darunter verborgen sind.

Ich starre auf das Bild und suche nach irgendwelchen Hinweisen. Wenn ich heranzoome, ist eine winzige Narbe zu erkennen, doch wer würde schon zugeben, dass er sich Ellies Beine so genau angeschaut hat?

Ich: *Was denn?*

Dahlia: *Du lächelst.*

Dieses kleine, aber entscheidende Detail hatte ich vollkommen übersehen.

Lily: *Ich hab vergessen, wie sein Lächeln aussieht.*

Lily: *Und seine untere Gesichtshälfte.*

Julian: *Er ist trotzdem noch bei Weitem der hässlichste Lopez-Cousin.*

Dahlia: *Ist es nun auch an der Zeit, die Holzfällerhemden zu entsorgen?*

Lily: *Definitiv. Ich erkläre mich sogar persönlich dazu bereit, deinen Schrank auszumisten.*

Ich: *Elle beschwert sich nie über meine Klamotten.*

Dahlia: *Du nennst sie ELLE?*

Verdammt.

Ich: *Hab mich nur vertippt.*

Tía: *Elle! ¡Me encanta!**

---

* *Me encanta:* Das gefällt mir.

Ich: *Bitte nenn sie nicht so.*

Tía: *¿Por qué?**

Lily: *Klingt doch hübsch.*

Dahlia: *Ich meine, du hättest dir auch einen besseren Spitznamen einfallen lassen können, aber es ist trotzdem nett.*

Ich: *Halt die Klappe, Erdbeerkönigin.*

Julian sendet ein Mittelfinger-Emoji.

Sobald Ellie anfängt, Gitarre zu spielen, habe ich den Gruppenchat vergessen.

»Was ist mit dem neuen Song, an dem du arbeitest?«, fragt Nico.

Auch wenn ich froh bin, dass sie wieder Lieder schreibt, wird mein Herz schwer, wenn ich daran denke, was passieren könnte, wenn Cole mehr Songs von ihr fordert.

Es geht um ein einziges Lied. Mach dich locker.

Ellies Augen werden groß. »Den spiele ich nicht.«

»Er klingt aber so gut.« Nico grinst.

»Woher weißt du das?«

Seine Wangen röten sich. »Ich hab ein bisschen mitgehört.«

Ich verziehe das Gesicht. »Du weißt doch, dass es sich nicht gehört zu lauschen.«

»Das wollte ich doch gar nicht. Zumindest am Anfang nicht.«

Ellie hört mit dem Spielen auf. »Das Lied ist noch nicht fertig.«

Ich räuspere mich. »Mir war nicht bewusst, dass du noch einen Song schreibst.«

---

* *¿Por qué?: Warum?*

Du klingst wie ein unsicherer Idiot.

Sie blickt auf ihre Gitarre hinab. »Ich experimentiere nur mit ein paar Ideen herum.«

»Kannst du uns vorspielen, was du bisher hast?«, fragt Nico.

Ellie schaut mich an, ehe sie wieder auf ihre Gitarre blickt. »Wie wär es stattdessen mit einem anderen Titel? Vielleicht eins von deinen Lieblingsliedern?«

Nico schneidet eine Grimasse. »Biiiitte!«

Ellie gibt sich mit einem Seufzen geschlagen.

»Du musst nicht alles machen, was er sagt.«

»Kannst *du* zu diesen Augen Nein sagen?«

Wie auf Kommando schiebt Nico die Unterlippe vor und bringt sie zum Beben.

»Siehst du?«

Ich zucke mit den Schultern.

Ellie verwöhnt Nico viel zu sehr, aber da es mir genauso schwerfällt, *ihr* etwas abzuschlagen, kann ich sie wohl kaum dafür verurteilen.

Ellie beginnt, ihr neues Lied zu spielen, sodass Nico und ich wie gebannt lauschen.

My momma says to look toward the future,
but I can't see in the dark.
So I move around in a stupor,
without ever hitting my mark.

My friends say tomorrow's a brand-new day,
but I'm trapped in a never-ending night.
With no stars in the sky to point my way,
back to the missing light.

The doctor says to keep moving forward,
but I can't seem to get out of reverse.
So I'm stuck in an endless torture,
with no way to break the curse.

Ihre Stimme ist hypnotisierend, und ihre Worte erschaffen ein so lebhaftes Bild, dass ich mich frage, ob der Liedtext ihre eigenen Erfahrungen widerspiegelt.

I'm tired of hearing them tell me
how I'm supposed to live.
That if I want to be happy,
I need to learn what it means to forgive.

Ellies Stimme verliert sich, als auch die Musik verklingt.

»Das war's?«, fragt Nico enttäuscht.

Ellies Wangen röten sich. »Ja, bisher.«

»Es gefällt mir.« Er nickt. »Aber …«

Sie schaut ihn fragend an.

»Ich hab mir nur gedacht, es könnte stattdessen so klingen.« Er streckt den Arm aus.

Ellie reicht ihm stirnrunzelnd die Gitarre.

Nico spielt die gleichen Akkorde wie sie. »So klingt es jetzt.«

»Richtig«, bestätigt Ellie.

»Aber vielleicht wäre es so auch schön.« Er verändert den Klang leicht, indem er die Zupftechnik beschleunigt, sodass die Melodie vor der ersten Bridge langsam dramatischer wird.

Ich selbst verstehe zwar nicht viel von Musik, doch Ellies Miene hellt sich auf.

»Spiel es noch mal.«

Nico wiederholt die Akkorde.

»Du bist ein Genie.« Ellie strahlt.

»Wirklich?«

»Ja. Ich brauche mein Notizbuch und mein Handy.« Ellie erhebt sich von der Couch, küsst Nico auf den Scheitel und eilt in ihr Zimmer. »Aber wenn du weiterhin so frech bist, werde ich Cole Griffin nie erzählen, dass du mir bei dem Lied geholfen hast«, ruft sie durch den Flur.

Nico starrt mich mit offenem Mund an. »Moment. Der Cole, von dem Ellie gesprochen hat, ist *Cole Griffin*?«

»Jepp.«

Nun lässt er fast die Gitarre fallen. »*Dios mío.** Und du hast mir nichts davon gesagt?«

»Ich konnte ja nicht ahnen, dass du weißt, wer er ist.«

»Das weiß doch jeder! Wir reden hier von Cole Griffin!«

Zu wissen, dass mein neunjähriger Sohn Songs hört, die von Depressionen, Angst und Herzschmerz handeln, macht mich nicht gerade glücklich. Aber er war schon immer musikbegeistert, also kann ich nicht erwarten, dass er sich nicht für die bekanntesten Künstler unserer Zeit interessiert.

»Seine Lieder sind nichts für Kinder.«

»Ellies auch nicht, aber die lässt du mich trotzdem hören.«

»Bei Ellie ist es etwas anderes.«

»Weil du sie magst?«

»Nicolas.« Meine Wangen werden warm.

Seine Augen funkeln schelmisch. »Oh, du wirst ja rot.«

Ich verberge das Gesicht in den Händen und stöhne auf. »Hör auf damit. Sofort. Bitte.«

»Nur wenn du zugibst, dass du Ellie magst.«

»Na schön. Ich mag sie.«

---

* *Dios mío: Mein Gott*

»Okay, aber magst du sie oder *magst* du sie?«

»*¡Por el amor de Dios, si!** Ich *mag* sie. Bist du jetzt zufrieden?«

Ich muss nicht aufschauen, um zu wissen, dass Ellie mit ihrem Notizbuch zurückgekehrt ist, das Prickeln in meinem Nacken ist Beweis genug. Trotzdem muss ich mich umdrehen, um zu überprüfen, ob sie meine Bemerkung gehört hat.

Ihren großen Augen nach zu urteilen, lautet die Antwort Ja.

---

* *¡Por el amor de Dios, si!: Um Gottes willen, ja!*

KAPITEL SIEBENUNDVIERZIG
ELLIE

Heute Morgen fühle ich mich immer noch genauso verwirrt wie gestern Abend, nachdem ich mitbekommen habe, wie Rafael gestanden hat, dass er mich mag. Obwohl ich mich darüber freue, zu wissen, wie er für mich empfindet, macht das die Sache zwischen uns noch komplizierter, denn ich mag ihn auch.

Vielleicht ist es sogar mehr als nur *mögen*.

Das wollte ich mir lange selbst nicht eingestehen, aber die Wahrheit zu leugnen, bringt ohnehin nichts. Früher oder später werden wir uns damit auseinandersetzen müssen, wie es zwischen uns weitergeht.

Nico stellt zwar nicht mehr das größte Problem dar, da er nun weiß, dass sein Dad mich mag, aber Rafael ist immer noch mein *Boss*. Diese Tatsache lässt sich nur schwer schönreden, was auch der Grund dafür ist, warum ich ihm gestern Abend nicht geöffnet habe, als er an meine Tür geklopft hat. Erst brauche ich den Rat einer ganz bestimmten Person.

»Ellie, ich hab deine Fotos gesehen. Sie sind so was von schön«, schwärmt meine Mom am Telefon.

»Du wärst stolz auf mich – gestern war ich auf einem Boot und habe mich nicht *ein*mal übergeben.«

Sie lacht. »Sieh mal einer an – in nur zwei Wochen hast du deine Seekrankheit und deine Flugangst überwunden. Welcher Phobie widmest du dich als Nächstes? Schlangen?«

»Nur über meine Leiche.«

Wieder stößt sie ein Lachen aus. »Ach, ich vermisse dich so sehr! Ich kann es kaum erwarten, alles von deinem Urlaub zu hören, wenn du zurückkommst.«

»Ja, ich freue mich auch schon.«

»Aber du rufst sicher nicht an, um mir schon jetzt von deiner Reise zu erzählen, oder?« Meine Mom hatte schon immer einen sechsten Sinn, wenn es um mich geht.

Ich lasse mich rücklings auf mein Bett fallen. »Nicht direkt.«

»Was ist los?«

»Du erinnerst dich noch daran, dass Cole Griffin mich gebeten hat, ein Lied für ihn zu schreiben?«

»Wie könnte ich das vergessen? Ich hab mir ein paar seiner Alben angehört, seit du seinen Namen erwähnt hast. Er ist echt gut.«

»Ich weiß.«

»Seine Songs sind traurig, aber passen gut zu deinem Stil.«

»Ich bin froh, dass du das so siehst, denn er hat mich gefragt, ob ich ihm bei seinem nächsten Album helfen will.«

»Wirklich?«, quietscht Mom, und ich kann hören, wie Burt ins Zimmer geeilt kommt, um nach ihr zu sehen. »Cole Griffin hat Ellie gebeten, an seinem nächsten Album mitzuarbeiten«, erzählt sie ihm, was mich zum Lächeln bringt. Meine Mom versucht schon lange, mich zu überreden, wieder Lieder zu schreiben, aber bisher habe ich mich eisern geweigert.

»Ich wusste, dass es passieren würde«, sagt Burt.

»Ich bin total aufgeregt.«

»Natürlich, das ist eine Riesensache«, ruft Mom so laut, dass es in der Leitung knackt.

Ich halte das Handy weiter von meinem Ohr weg. »Es gibt nur ein Problem.«

»Und das wäre?«

»Er will, dass ich nach Europa fliege, wenn er dort auf Tour ist.«

»Wenn es für dich ein Problem ist, nach Europa zu fliegen, springe ich gerne für dich ein«, scherzt Burt.

»Was ist denn los?«, erkundigt sich Mom.

»Ich weiß nicht, ob ich fliegen kann.«

»Warum nicht?«

»Weil ich schon einen Job habe, und ich werde mir nicht einfach so fünf Wochen freinehmen können.«

»Ellie, Schatz.« Moms sanfte Stimme macht mich stutzig.

»Was?«

»Ich weiß, dass du die Familie Lopez magst und du überaus loyal bist …«

»Ich glaube, man kann sagen, dass ich sie mehr als nur mag.«

»Sie oder ihn?«, fragt sie in diesem ganz bestimmten wissenden Tonfall.

»Ihn.«

»Nun, das macht die Sache ein wenig komplizierter.«

»Was soll ich bloß tun?« Ich wickele das Zugband meines Hoodies um meinen linken Zeigefinger. »Ich hätte nicht damit gerechnet, dass alte Gefühle in mir aufkeimen würden, geschweige denn neue.«

»Hm.«

»Und er mag mich auch.« Ich denke daran, wie er Nico gestern gestanden hat, was er für mich empfindet. Ich war so glücklich, ehe mich die Realität eingeholt hat.

»Noch ein Grund mehr für dich, über einen anderen Job nachzudenken.«

Mir war klar, dass sie das sagen würde, aber es tatsächlich ausgesprochen zu hören, macht mein Herz schwer. »Ich weiß, dass es falsch ist, Gefühle für meinen Boss zu haben …«

»Das hab ich nie behauptet. Aber ist es in dem Fall in deinem Interesse, weiterhin für ihn zu arbeiten?«

»Ich hab Angst vor Veränderungen.«

»Weil du stets an deinen Entscheidungen zweifelst.«

»Und alles zerdenkst«, fügt Burke hinzu.

»Was hat sie noch mal immer gesagt, als sie noch jünger war?«, fragt meine Mom ihn.

»Viermal, um ganz sicher zu sein?«

Mom lacht. »Ja! Das war's.«

Auch ich kann ein Lachen nicht unterdrücken. »Okay, kapiert. Ich denke gerne ausgiebig nach, bevor ich eine Entscheidung treffe.«

Nun wird Mom wieder ernst. »Wir ziehen dich doch nur auf. Jeder in deiner Position würde zögern, einen Job wie diesen anzunehmen, besonders nach allem, was du durchgemacht hast.«

»Ich meine, ich würde Coles Angebot wirklich gern annehmen, aber ich möchte weder Rafael noch Nico verlieren.«

»Weil sie dir wichtig sind.«

»Genau.«

»Nun, mein Schatz, wenn du ihnen auch wichtig bist, dann werden sie sich für dich freuen und dich unterstützen, weil du es verdient hast, deine Träume wahr zu machen.«

Ich stoße zittrig den Atem aus. Meine Mom hat recht, ob ich es zugeben will oder nicht.

»Du hast der Familie mehr als acht Monate deiner Zeit geschenkt«, fährt Mom fort. »Wenn du einen anderen Job annimmst, macht das deine vorherige Arbeit nicht zunichte, sondern könnte es dir sogar ermöglichen, eine andere Art von Beziehung zu ihnen aufzubauen.«

Der letzte Tag in Hawaii ist schön und traurig zugleich. Zwei Wochen lang haben wir zu dritt in einer Blase gelebt, und auch wenn ich es kaum erwarten kann, nach Hause und in meinen Alltag zurückzukehren, werde ich die Zeit vermissen. Obwohl wir mit Nico eine Kajaktour um die Insel unternommen, nach dem Dinner sowohl Kuchen als auch Eis gegessen und anschließend zu den Klängen von Nicos Lieblingsalbum von Duke Brass den Sonnenuntergang von einem Aussichtspunkt aus angeschaut haben, ist die Stimmung noch immer ein wenig gedrückt, als wir in die Hotelsuite zurückkehren.

»Können wir einen Film schauen?«

Rafael und ich wechseln einen Blick.

»Es ist schon spät«, sagt Rafael.

Nico schiebt die Unterlippe vor. »Bitte.«

Rafael schaut zu ihm hinab. »Nein.«

Verdammt, das sagt er tatsächlich, ohne mit der Wimper zu zucken.

Nico scheint eine neue Idee zu haben. Er lässt seinen Vater links liegen und kommt zu mir. »Was meinst du, Ellie? Ich lasse dich auch den Film aussuchen.«

Ich beiße mir auf die Lippe. »Ich weiß nicht.«

Rafael verdreht die Augen, worauf ich ihm unauffällig den Mittelfinger zeige.

»Bitte!« Nico presst flehend die Handflächen zusammen. »Du bist doch die beste Nanny aller Zeiten.«

Da ich nach dem Gespräch mit meiner Mom weiß, dass ich bald nicht mehr seine Nanny sein werde, bin ich heute besonders sentimental. Zurück in Lake Wisteria werde ich mich mit Rafael über meinen Job unterhalten müssen; aber heute Abend werde ich so tun, als würde alles so bleiben, wie es ist.

Ich schaue wieder Rafael an. »Vielleicht können wir zusammen einen Film aussuchen?«

»Oder du könntest einfach Nein sagen.«

Mein rechtes Augenlid zuckt.

Seufzend nickt er. »Na schön.«

Nico boxt in die Luft. »Yes!«

Rafael und ich entscheiden uns für einen Film, den wir beide noch nicht gesehen haben, während Nico ein paar Snacks holt.

Ich setze mich auf den Chaiselongue-Teil der Couch, wo ich meine Beine ausstrecken kann, während sich Rafael auf der anderen Seite niederlässt und seine Füße auf ein paar Kissen hochlegt. Nico, der offenbar andere Pläne für uns hat, schiebt seinen Dad jedoch auf meine Seite, »damit wir uns eine Decke teilen können«, wie er es ausdrückt. Dann kuschelt er sich zwischen uns, woraufhin Rafael und ich einen Blick über seinen Kopf hinweg wechseln.

Irgendwann legt Rafael seine langen Beine auf den Couchtisch und seine Arme auf die Rückenlehne der Couch. Es mag die älteste Flirttaktik aller Zeiten sein, aber mein Herz schlägt trotzdem schneller, während seine Finger meinen Nacken und meine Schultern streicheln. Als ich scharf die Luft einziehe und ihm einen vorwurfsvollen Blick zuwerfe, schmunzelt er, tut jedoch so, als wäre er vollkommen auf den Film fokussiert.

Na schön. Dieses Spielchen hab ich auch drauf.

Ich strecke den Arm aus und fahre mit den Nägeln über seinen Hinterkopf.

Rafael lehnt sich in meine Berührung und seufzt, aber Nico bekommt dank der spannenden Actionszene nichts mit. Immer wenn ich von ihm ablasse, zieht Rafael meine Hand wieder zurück, damit ich seinen Kopf weiterkraule.

Irgendwann bemerkt Nico es doch und bittet mich sofort, das Gleiche bei ihm zu tun. Wie eine Katze drängt er mir seinen Kopf entgegen und lächelt zufrieden. »Fühlt sich gut an.«

Die nächste halbe Stunde streiten er und Rafael sich, wer an der

Reihe ist. Nico bittet mich, ihn am Arm und am Rücken zu kraulen, und verkündet schließlich, dass es die besten *cosquillas** aller Zeiten sind – woraufhin Rafael mich bittet, dasselbe noch einmal bei ihm zu tun, damit er entscheiden kann, ob sein Sohn recht hat.

Irgendwann erkläre ich den beiden, dass mein Arm langsam müde wird und dass wir weitermachen können, wenn wir wieder in Lake Wisteria sind. Ich frage mich allerdings, ob es ein nächstes Mal geben wird. Heute Abend habe ich alle Zweifel daran, ob ich tatsächlich kündigen soll, über Bord geworfen, denn ich kann es nicht länger ertragen, in der Schwebe zu sein. Ich will Rafael Lopez, und ich habe keine Lust mehr, mich zu verstellen.

Als wir später ins Bett gehen, texte ich daher Cole – drei Worte, die mein Schicksal besiegeln.

Ich bin dabei.

* *cosquillas: ein sanftes Kraulen mit den Fingerspitzen*

KAPITEL ACHTUNDVIERZIG
RAFAEL

Abgesehen davon, dass Ellie während unseres Nachtflugs Angst hatte und ich zwei Stunden lang mit ihr wach geblieben bin, um sie abzulenken, bis sie endlich eingeschlafen ist, verlief die Heimreise nach Lake Wisteria problemlos.

Seitdem wir wieder zu Hause bei den Tieren sind, die zum Glück alle noch leben, ist Ellie so ungewöhnlich still, dass ich fast vergesse, dass sie sich überhaupt im Haus aufhält. Erst als sie in mein Büro kommt, um mir Bescheid zu geben, dass das Abendessen fertig ist, wird mir bewusst, dass sie nicht mit Nico zum See oder in den Park im Ort gegangen ist.

So gern ich auch Zeit mit den beiden verbringen würde, muss ich nach zwei Wochen Urlaub endlich Arbeit nachholen.

Ich bin so beschäftigt damit, E-Mails zu beantworten, mir die Analytics der Dwelling-App anzusehen und mit meiner Assistentin anstehende Aufgaben zu besprechen, dass ich erst dazu komme, das zu probieren, was Ellie gekocht hat, als die beiden schon lange mit dem Essen fertig sind.

Nachdem wir vierzehn Tage lang fast jede Mahlzeit gemeinsam zu uns genommen haben, empfinde ich die Küche heute Abend als unangenehm verlassen. Ich hasse es. Selbst die Arbeit kann meine Einsamkeit nicht vertreiben, so wie es früher der Fall war. Heute Abend kann ich mich auf nichts anderes konzentrieren als auf die Leere in meiner Brust, die scheinbar nur Nicos und Ellies Gesellschaft füllen könnte. Ich vermisse Nicos Kichern und Ellies warmherziges Lächeln, die Art, wie sie nach einem Cocktail ein wenig lockerer wird und interessante Geschichten über ihre Kindheit und aus ihrer Zeit in Los Angeles erzählt. Immer wenn ich sie im Urlaub mit irgendetwas aufgezogen habe, hat sie einen niedlichen Laut ausgestoßen, der halb nach Schnauben und halb nach Grunzen klang. Und wenn sie herzhaft gelacht hat – was nicht oft vorgekommen ist –, war ich unendlich stolz.

Obwohl sie gerade nur im Keller ist und Nico beim Üben für das Erdbeerfest hilft, vermisse ich sie schrecklich. Ungeachtet der Tatsache, dass ich gerade erst zwei Wochen am Stück mit ihr verbracht habe.

Früher hätte es mir Sorgen bereitet, dass ich so tiefe Gefühle für jemanden außerhalb der Familie entwickele, aber es macht mir keine Angst mehr; stattdessen bin ich sogar motiviert. Ab morgen werde ich jeden Tag mit Ellie und Nico zu Abend essen, selbst wenn das bedeutet, dass ich anschließend ein wenig länger aufbleiben muss, um meine Arbeit zu erledigen. Außerdem werde ich die Hausbar mit den Zutaten für Mango Margaritas ausstatten, da Ellie den Drink so liebt, und jede Geschmacksrichtung des hawaiianischen Fruchtsafts kaufen, den Nico im Urlaub entdeckt hat.

Nachdem ich aufgegessen, die Reste für morgen in den Kühlschrank geräumt und dabei geholfen habe, Nico ins Bett zu bringen, beschließe ich, Ellie aufzusuchen. Ich erinnere mich, dass sie nach den Tieren sehen wollte, also gehe ich nach draußen. Kurz vor dem Eingang der Scheune bleibe ich allerdings stehen, als ich ihre Stimme höre.

»Ich werde es vermissen, euch jeden Tag zu sehen.«

Eine Ziege meckert.

Sie vermissen? Warum?

»Wir sind gerade erst wieder da, und ich bin bald schon wieder weg.« Sie seufzt.

Weg? Wohin will sie denn?

»Ich verbringe auch gerne Zeit mit dir.« Sie stößt ein Lachen aus, als eine zweite Ziege meckert. »Ich versuche, so oft vorbeizukommen wie möglich. Falls er mich nicht hasst.«

Spricht sie etwa von mir? Warum zur Hölle sollte ich sie hassen? Ich denke gerade darüber nach, wie ich mehr Zeit mit ihr verbringen kann, und sie zieht es in Erwägung zu gehen?

Nichts von dem, was sie sagt, ergibt Sinn, also gehe ich den heutigen Tag in Gedanken durch und suche nach Hinweisen darauf, warum Ellie mit den Tieren spricht, als würde sie uns verlassen. Erst vor ein paar Tagen habe ich ihr gesagt, sie könne nicht …

Ich kann nicht für immer seine Nanny bleiben.

Schon zu dem Zeitpunkt kam mir ihre Aussage merkwürdig vor, doch ich habe angenommen, dass sie sich auf die ferne Zukunft bezieht, nicht auf die Gegenwart.

Ich höre, dass sie den Ziegenstall verlässt, die Tür schließt und den Riegel vorschiebt.

Ich bewundere sie wie ein Kunstwerk. Selbst wenn sie kein Kleid trägt, so wie an unseren Abenden in Hawaii, ist sie nicht wieder zu Leggings und Hoodies zurückgekehrt, und mein Herz schwillt vor Stolz an. Ihr Outfit ist weiterhin casual, aber die Tatsache, dass sie T-Shirt und Shorts trägt, hat eine viel tiefere Bedeutung, als auf den ersten Blick sichtbar ist. Wären wir nicht in Hawaii gewesen, hätte es vermutlich viel länger gedauert, bis sie sich in Nicos und meiner

Gegenwart wohl genug für dieses Outfit gefühlt hätte, aber ich hätte ihr alle Zeit der Welt gegeben.

»Rafa?« Ihre Stimme reißt mich aus meinen Gedanken.

»Elle«, bringe ich heiser hervor.

»Wie lange stehst du schon da?«

Ich stoße mich vom Türrahmen ab. »Lange genug.« Ich kenne zwar nicht alle Fakten, aber habe genug gehört, um zu wissen, dass sie mir ein paar Antworten schuldet.

Sie wird bleich. »Oh.«

Ich wende den Blick ab in der Hoffnung, dass dies den Schmerz in meiner Brust vertreibt. »Willst du kündigen?«

»Vielleicht sollten wir lieber ins Haus gehen …«

»Sag's mir einfach.«

Sie schaut sich in der Scheune um, ehe ihr Blick auf mir landet. »Ich fürchte mich vor deiner Reaktion.«

»In der Vergangenheit hatte ich mein Temperament vielleicht nicht immer unter Kontrolle, aber ich werde nicht böse auf dich sein, nur weil du mir die Wahrheit sagst.«

Sie schaut mich an, als würde sie mir nicht glauben, doch ich erwidere ihren Blick, bis sie nachgibt und schwer seufzt.

»Cole will, dass ich nach Europa fliege, während er auf Tour ist. Um ihm beim Songschreiben für sein neues Album zu helfen.«

Mir stockt der Atem.

Ellie verschränkt die Arme, als wollte sie sich für den Fall, dass ich doch ausraste, wappnen. Also atme ich ein paarmal tief durch und bemühe mich um einen neutralen Gesichtsausdruck.

Ich hatte die ganze Zeit das Gefühl, dass dies passieren könnte, besonders nachdem ich die Texte der Lieder gelesen habe, die sie für Ava geschrieben hat – doch nun, da es tatsächlich geschieht, trifft es mich schwerer als erwartet.

»Wie lange?«, frage ich tonlos.

Sie schenkt mir ein unsicheres Lächeln. »Fünf Wochen.«

Verdammt.

Das ist viel länger, als mir lieb ist, obwohl sie immer noch rechtzeitig wieder zurück wäre, um uns zum Großen Preis von Mexiko zu begleiten.

»Und wann würde es losgehen?«

»Nach dem Erdbeerfest.«

»Bis dahin wärst du also noch hier?«

»Jepp. Nicos Auftritt würde ich mir um nichts in der Welt entgehen lassen.« Ihr Lächeln ist matt, aber entschlossen.

Ich möchte nicht, dass sie geht, doch ich will auch, dass sie glücklich ist. Sie ist brillant und talentiert, und es wird Zeit, dass das jemand anerkennt, selbst wenn es Cole ist. Ich möchte, dass Ellie so erstrahlt, wie sie es verdient hat, doch das ist unmöglich, wenn sie bei mir bleibt. Es schmerzt höllisch, zu wissen, dass ich sie gehen lassen muss, aber ich verstehe auch, dass es die richtige Entscheidung für sie ist – und somit ist es auch die richtige Entscheidung für mich. Selbst wenn es sich im Moment ganz falsch anfühlt.

Nichtsdestotrotz bleibt mein Herz ruhig. Kein Stolpern, kein Rasen. Kein rauschendes Blut in meinen Ohren, kein Pochen in meinen Schläfen. Wenn ich nicht atmen würde, könnte ich glatt meinen, mein Herz würde gar nicht mehr funktionieren.

»Ich freue mich für dich.« Mein Lächeln ist aufrichtig.

Ihre Brauen schießen in die Höhe. »Wirklich?«

»Ja. Ich bin unglaublich stolz auf dich. Mir war immer klar, dass du Talent hast, aber für Cole zur arbeiten, könnte die Chance deines Lebens sein.« Ich gehe zu ihr und schließe sie in die Arme. »Es ist okay, sich darüber zu freuen.«

Sie verzieht das Gesicht. »Aber ich bin innerlich so zerrissen.«

»Ich kann dir die Entscheidung erleichtern.«

»Und wie?«

Ich lege ihr eine Hand auf den Rücken. »Zum einen werde ich dir auf keinen Fall ein attraktives Gegenangebot machen.«

Sie zieht die Augenbrauen zusammen. »Du könntest wenigstens so tun, als wärst du traurig über meine Entscheidung.«

Das bin ich in gewisser Weise auch, aber irgendwie ist es zugleich befreiend, zu wissen, dass ab jetzt weder ihr Job noch Nico zwischen uns steht. Und das allein ist Grund zum Feiern.

Ich lege ihr eine Hand in den Nacken. »Elle?«

»Ja?«

»Du weißt, dass ich dich mag, richtig?« Ich streiche mit dem Daumen über ihre Wange.

Sie schaut mich verwirrt an, scheinbar unsicher, worauf ich hinauswill. »Na ja, ich hab jedenfalls gehört, wie du das vor ein paar Tagen zu Nico gesagt hast.«

»Behalte das bitte im Hinterkopf, wenn ich den nächsten Satz ausspreche, okay?«

»Wa…«

»Du bist gefeuert.«

Sie öffnet den Mund, um Einwände zu erheben, doch kommt nicht dazu, etwas zu sagen, weil ich meine Lippen auf ihre presse und sie so küsse, wie ich es schon lange tun will.

Nun, da uns nichts mehr davon abhalten kann, lege ich all meine Leidenschaft in den Kuss und zeige ihr, was ich für sie empfinde. Wenn sie in meinen Armen ist, bin ich glücklich und voller Hoffnung. Als würde ich endlich nicht mehr stagnieren. Weil ich den hellsten Stern gefunden habe, der mir den Weg aus der Dunkelheit weist. *Elle Sinclair.*

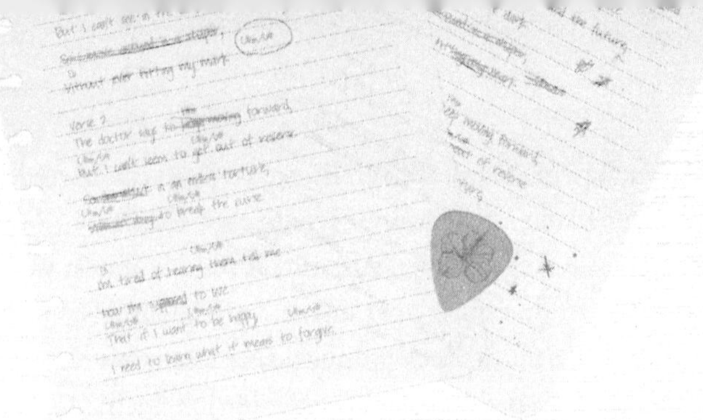

KAPITEL NEUNUNDVIERZIG
ELLIE

Rafael und ich haben uns zwar schon einmal geküsst, und schon da war es unglaublich, aber es war nicht so wie *das hier*. Nun weiß ich, dass mich niemals wieder ein Kuss dermaßen umhauen wird. Rafael dominiert meinen Mund genauso wie mein Herz, nimmt Besitz von jedem Teil meines Körpers und Geistes, und ich ergebe mich bereitwillig. Er kann haben, was immer er will, solange er nur niemals aufhört, mich auf diese Weise zu küssen.

Mein Herz droht auszusetzen, und meine Knie geben beinahe nach, doch Rafael hält mich aufrecht. In seinen Armen vergesse ich die Welt um mich herum und gestatte mir, zu fühlen, wie er mich vergöttert, wie ich ihn begehre und wie groß die Hoffnung ist, die sich durch meine Brust schlängelt wie eine Pflanze mit Wurzeln, die niemals zu enden scheinen.

Ich bin mir nicht sicher, wie lange wir dastehen und uns küssen, aber irgendwann schiebt Rafael seine Hände unter meine Oberschenkel und hebt mich hoch.

Instinktiv schlinge ich die Beine um seine Hüften, und er drückt mich gegen einen der Stützpfosten. Während er mich weiter küsst, spüre ich seine Erektion und reibe mich an ihm, was mir ein Stöhnen einbringt.

Als er seine Hüften nach vorn stößt, lasse ich mit einem Ächzen den Kopf zurückfallen. »Gott.«

Leise lachend küsst er meinen Kiefer, meinen Hals, mein Schlüsselbein und meine Brust. Er markiert meine Haut mit unsichtbaren Tattoos in der Form seiner Lippen.

Hm, das muss ich mir merken und in einem Song verwenden. Schließlich löst er seinen Mund von mir und trägt mich zur Leiter vor dem Heuboden, während ich seinen Hals mit Küssen bedecke.

Schließlich setzt er mich ab. »Kletter hoch.« Als ich wie angewurzelt stehen bleibe, versetzt er mir einen Klaps auf den Hintern und zeigt nach oben. »Los.«

Ich schaue ihn warnend an, woraufhin er mir einen Klaps auf die andere Pobacke gibt.

»Ich hätte dich kündigen lassen sollen.« Er verengt die Augen.

Ich verdrehe meine. »Niemand hat dich gebeten, mich zu feuern.«

Er legt seine Hände auf beide Seiten der Leiter, sodass ich zwischen seinen Armen gefangen bin. »Ich wollte es aber.« Dann küsst er mich auf die Spitze meiner gerümpften Nase. »Sonst würdest du keine Abfindung bekommen.«

Ich blinzele. An diese Vereinbarung in unserem neuen Vertrag habe ich bisher keinen Gedanken verschwendet. Die Klausel hält fest, dass er mir hunderttausend Dollar zahlen muss, wenn er mich jemals wieder feuern sollte.

Ich reiße die Augen auf. »O mein Gott.«

»Normalerweise ziehe ich zwar die etwas weniger formelle Anrede ›Rafa‹ vor, aber in deinem speziellen Fall klingt Gott gar nicht so schlecht.«

Ich boxe ihn gegen die Schulter. »Du hättest mich kündigen lassen sollen.«

»Aber ich will, dass es dir gut geht.« Er küsst meinen Mundwinkel.

Dieser Mann behauptet, mich zu *mögen*, aber ich weiß, dass das, was er für mich empfindet, komplexer ist – also liegt es an mir, dafür zu sorgen, dass sich seine Gefühle für mich weiterentwickeln, bis er nicht mehr anders kann, als sie sich einzugestehen.

Während ich meine Arme um seinen Nacken schlinge, küsse ich ihn so leidenschaftlich, dass er seine Mission, auf den Heuboden zu klettern, vergisst. Ich lege alles in diesen Kuss: meine Wertschätzung, meine Hingabe und meine *Liebe*. Keine Bedingungen, keine Hintergedanken, keine Erwartungen. Ich will ihm lediglich zeigen, wie es zwischen uns sein könnte, solange er bereit ist, ein Risiko einzugehen.

Schließlich löse ich mich widerwillig von ihm und halte mich mit zitternden Händen an der Leiter fest, um nach oben zu klettern.

Der Heuboden ist klein, aber gemütlich und verfügt über eine große Récamiere am Fenster, von dem aus man Rafaels Haus sehen kann. In einer Ecke steht ein abgenutzter Schreibtisch, auf dem die Pläne für den Ausbau der Scheune liegen, zusammen mit ein paar Büchern, die ich hier vergessen habe. Wir haben uns beide schon oft hier aufgehalten, bisher jedoch noch nie zusammen.

Rafael schlingt die Arme von hinten um mich und schiebt seine Hüften gegen meinen Hintern. »Wir sollten es langsam angehen lassen.«

»Dein Körper sendet andere Signale aus.«

Als er mich herumwirbelt, prickelt meine Haut vor Spannung. »Ich versuche nur, alles richtig zu machen.«

»Kannst du morgen damit beginnen? Denn ich tendiere gerade stark dazu, alles falsch zu machen.« Mit diesen Worten greife ich nach dem Saum seines Hemdes und ziehe es hoch.

»Elle.« Seine Nasenflügel blähen sich.

Mit den Fingern streiche ich über seine Bauchmuskeln. »Sag das noch mal.«

»Elle.« Diesmal stöhnt er, als ich meine Hand in seine Jogginghose schiebe.

»Willst du es immer noch langsam angehen lassen?« Ich umfasse seinen Schwanz und gleite einmal daran hinauf.

Ehe ich mich versehe, hat er mich hochgehoben, und ich lande schwungvoll auf dem Sofa. Das Haar fällt mir vor die Augen, doch ich streiche es mir lachend aus dem Gesicht.

Die Matratze senkt sich, als Rafael sein Knie darauf platziert. »Ich berühre dich – unter einer Bedingung.«

Ich stütze mich auf die Unterarme. »Und die wäre?«

»Geh morgen mit mir auf ein Date.«

»Gerne.«

Er grinst. »So leicht bist du zu haben?«

Ich unterdrücke ein Lachen. »Gefällt dir das nicht?«

»Du könntest mich auch dafür arbeiten lassen.«

»Was glaubst du, was ich jetzt vorhabe?« Ich zwinkere und spreize meine Beine.

Wieder blähen sich seine Nasenflügel.

Selbstbewusst ziehe ich mir das T-Shirt über den Kopf und bringe damit mein schlichtes Bralette, die Narben und die vielen Tattoos zum Vorschein. Niemals hätte ich damit gerechnet, eines Tages Rafael Lopez zu verführen, ganz zu schweigen davon, mit ihm auf ein Date zu gehen, und nun liege ich mit gespreizten Beinen und wild hämmerndem Herzen vor ihm.

»Fuck.« Er reibt sich mit einer Hand übers Gesicht.

»Bereust du es schon?«

»Ich bereue nur eine Sache – dass ich so lange darauf gewartet habe.« Er öffnet den Knopf meiner Jeans-Shorts und zieht sie mir herunter, während ich den Atem anhalte.

Genau wie sonst bin ich nervös wegen meiner Narben. Meine Tattoos habe ich nicht um sie herum stechen lassen, um sie zu bedecken, sondern um meine Oberschenkel in eine Leinwand zu verwandeln, die von meinen Lieblingsliedern inspiriert ist. Doch besonders die alten Narben machen mich unsicher. Ich habe irgendwann gelernt, diskretere Stellen zu finden, die fast niemand je zu Gesicht bekommt. Meinen Bauch, die Innenseiten meiner Oberschenkel, unter dem Slip.

Gott, was wird er nur denken, wenn er die sieht?

Schaudernd wende ich den Blick ab.

Rafael geht in die Knie und fährt mit den Händen über meine Oberschenkel. »*Mírame.**«

Mit großen Augen schaue ich ihn wieder an. Als er mich berührt, schrecke ich nicht zurück, denn ich bin zu sehr auf das fokussiert, was ihm über die Lippen kommt.

»Du bist einer der stärksten Menschen, die ich kenne.« Seine Berührung ist sanft, erwartungsvoll und so neugierig, dass Schmetterlinge in meinem Bauch tanzen.

Das letzte Mal, als ich gezählt habe, hatte ich fünfzig Narben, was zeigt, dass ich das genaue Gegenteil von stark bin, aber so wie Rafael mich anschaut, beschließe ich, ihm zu glauben.

Seine Lippen streifen eine der älteren Narben. »Alles, was ich sehe, ist, dass du dich entschieden hast, zu leben.«

Meine Unterlippe bebt.

»Du hast beschlossen, zu kämpfen, obwohl du Gründe hattest, aufzugeben.« Er streicht mit der Fingerspitze über eins meiner Tattoos, während meine Sicht vor Tränen verschwimmt. »Du hast deine Narben in Sternschnuppen verwandelt.« Nun beugt er sich runter und küsst meine neueste Narbe, für die ich mich besonders schäme.

---

* ***Mírame:** Sieh mich an.*

Eine einzelne Träne löst sich aus meinem Augenwinkel. Rasch wische ich sie weg, da ich den Moment nicht ruinieren will.

Rafael scheint es nichts auszumachen, denn er beugt sich runter und küsst die nächste Narbe. »Du bist eine Kämpferin.« Mit den Lippen gleitet er über eine besonders hässliche Narbe. »Aber jetzt musst du dich deinen Dämonen nicht mehr allein stellen.«

Eine weitere Träne läuft mir an der Wange hinab, gefolgt von einer zweiten, und im nächsten Moment kann ich die Flut nicht mehr aufhalten.

Rafael küsst jede einzelne meiner Narben, und als er fertig ist, hat sich meine Trauer in Begierde verwandelt, die so stark ist, dass ich kurz davor bin zu explodieren. Meine untere Körperhälfte pulsiert so stark, dass ich am liebsten meine Oberschenkel zusammenpressen würde, aber er hält meine Knie gespreizt.

Schließlich drückt er mir einen Kuss auf den Schamhügel, sodass ich scharf die Luft einziehe.

»Gefällt dir das?« Seine Lippen schweben über mir, während er mir sanfte Küsse zwischen die Schenkel haucht und sich immer weiter meiner empfindlichsten Stelle nähert.

»Ich weiß, dass es sehr lange für dich her ist, aber ich bin mir sicher, diese Frage kannst du dir selbst beantworten.«

Mit einer Hand bahnt er sich einen Pfad zu meinem Slip, während er mit der anderen meine Pobacke umfasst. Dann streicht er mit dem Fingerknöchel an meiner Spalte entlang und drückt den Daumen schließlich auf meine Klitoris.

Mit einem Stöhnen dränge ich ihm mein Becken entgegen.

Schließlich schiebt er meinen Slip zur Seite und betrachtet kurz grinsend den feuchten Fleck darin.

Wenn ich nicht liegen würde, würde ich in dem Moment umfallen, in dem er seine Zunge über meine Mitte gleiten lässt.

»Du bist feucht.«

»Willst du dich damit aufhalten, das Offensichtliche anzumerken, oder vielleicht lieber etwas unternehmen?« Meine Hüften zucken ungeduldig.

Ein teuflisches Grinsen huscht über seine Lippen. »Wenn du so weitermachst, werde ich *dich* dafür arbeiten lassen.«

»Und wie?«

Er umfasst meine Hand und zieht sie zwischen meine Beine. »Kannst du dir das nicht denken?« Er führt meinen Zeigefinger zwischen meinen Schenkeln entlang, vor und zurück, bis ich zittere. »Hm, das scheint dir zu gefallen, also muss ich mir eine andere Strafe ausdenken.«

Ich stöhne, als er mit unseren Fingerspitzen in mich eindringt.

»Vielleicht so?«

Ich ächze leise und erschaudere bei jedem Stoß, während er unsere Finger gleichmäßig in mir bewegt.

Ihm kommt ein missbilligender Laut über die Lippen. »Nein, das funktioniert auch nicht – du genießt es zu sehr.«

»Probier was anderes aus, dir wird schon was einfallen.«

Ich zittere am ganzen Körper, als er unsere Hände zu meiner Klitoris gleiten lässt, und dränge ihm mein Becken entgegen, als er sie leicht zwickt.

»Gute Idee.« Sein leises Lachen lässt mein Herz noch schneller schlagen.

Schließlich zieht er meinen Slip runter und wirft ihn zu meinen Shorts auf den Boden. Meine Lippen teilen sich, aber ich vergesse jegliche Einwände, als Rafael erst mein rechtes und dann mein linkes Bein über seine Schulter legt. Er umfasst meine Pobacken und zieht mich näher zu seinem Gesicht heran. Sein Griff ist besitzergreifend, fordernd und so heiß, dass meine Haut zu brennen beginnt, und das, obwohl er noch nicht einmal richtig begonnen hat.

Ich presse ihm meine Oberschenkel gegen den Kopf, als er sein

Gesicht meiner Mitte nähert und tief durch die Nase einatmet. Meine Wangen röten sich vor Scham, doch sobald er anfängt, seine Zunge zu bewegen, empfinde ich nur noch Lust.

»Rafael …« Sein Name kommt mir als Stöhnen über die Lippen, während ich meine Finger in sein Haar gleiten lassen.

Als er ächzt, spüre ich die Vibration an meiner Klitoris.

Ich schaue ihn an – und erstarre, als er mir in die Augen sieht. Er hält meinen Blick fest, während er seine Zunge durch meine Spalte gleiten lässt und ein zufriedenes Brummen ausstößt.

Ich kann keinen klaren Gedanken mehr fassen, doch mein Gehirn ist so von Lust benebelt, das es mir egal ist.

Rafael scheint es genauso zu gehen, denn nun schließt er seine Augen. Zunächst sind seine Bewegungen träge. Er lässt sich Zeit damit, herauszufinden, was mir gefällt. Jedes Mal, wenn ich zittere, nach Luft schnappe oder ihm mein Becken entgegendränge, scheint ihn das zu ermutigen, sodass er innerhalb kürzester Zeit meinen Körper so gut kennt, dass er mich an den Rand des Wahnsinns treibt. Immer, wenn ich mich dem Höhepunkt nähere, zieht er sich zurück, was mich unglaublich frustriert.

»Ich glaube, jetzt habe ich die perfekte Bestrafung gefunden.«

Mehrere Minuten vergehen, in denen er mich ohne Pause leckt.

»Rafael«, stoße ich flehend aus, als er mit einem Finger in mich eindringt.

»Sag das noch mal.« Wieder leckt er über meine Klitoris und saugt schließlich daran, sodass ich mich ihm noch verzweifelter entgegenschiebe.

»Rafael, bitte.«

»*Mi estrella.**«

Angesichts des Kosenamens droht mein Herz zu explodieren.

---

* ***Mi estrella:*** *Mein Stern*

Auf einmal sind seine Bewegungen nicht mehr langsam und erkundend, sondern gnadenlos. Schließlich nimmt er einen zweiten Finger hinzu und stößt in mich hinein. Immer wieder leckt er über meine Klitoris und saugt so fest daran, dass ich zucke.

Schließlich beginnt es hinter meinen Augenlidern zu blitzen, und ich komme mit einem Schrei.

Rafael hört mit seinen Liebkosungen nicht auf, bis ich hechelnd unter ihm zusammensinke. Dann legt er meine Beine vorsichtig auf der Matratze ab, ehe er sich an meinen Rücken schmiegt und mich in seine Arme zieht. Sein Schwanz drückt sich an meinen Hintern, aber als ich Anstalten mache, ihn zu berühren, versichert er mir, dass er einfach den Moment genießen will.

Nun verwöhnt er mich mit *cosquillas*, woraufhin ich für zehn Minuten einnicke, doch schließlich begeben wir uns zurück ins Haus für den Fall, dass Nico aufwacht. Mit der Bitte, kuscheln zu wollen, zieht mich Rafael in sein Zimmer, und ich gehe bereitwillig mit.

Morgen werde ich mich auf meinen Auszug vorbereiten müssen, aber heute Nacht will ich so tun, als gäbe es kein Morgen.

KAPITEL FÜNFZIG
RAFAEL

Viel zu schnell ist wieder Morgen, obwohl ich wach geblieben bin, solange ich konnte, ehe ich sie zurück in ihr Zimmer gebracht und sie zugedeckt habe.

Ich bin traurig darüber, dass sie heute offiziell ausziehen wird. Gestern Abend habe ich versucht, Einwände gegen diesen Vorschlag zu erheben, aber als sie mir ihre Gründe dargelegt hat, war ich einverstanden. Sie möchte die Sache langsam angehen lassen und uns beiden genügend Freiraum geben, während wir uns an die neue Situation gewöhnen, ohne dass sich Nico allzu große Hoffnungen macht.

Tief in meinem Inneren weiß ich, dass sie recht hat. In den nächsten zwei Wochen wird Ellie immer wieder vorbeikommen, um Nico zu helfen, damit er sich langsam an ein Leben ohne sie gewöhnen kann, aber sie wird nicht mehr hier übernachten. Ellie behauptet, dass ansonsten die Versuchung zu groß wäre, immer hier zu schlafen, womit ich zugegebenermaßen kein Problem hätte.

Auch wenn ich nicht möchte, dass sie wieder zurück zu ihren Eltern zieht, ist mir klar, dass wir die Dinge nicht einfach so weiterlaufen lassen können. Natürlich hoffe ich, dass Nico die Neuigkeiten in Bezug auf Ellies Job gut aufnimmt, aber am Ende des Tages habe ich keine Ahnung, wie er reagieren wird. Gestern Abend haben Ellie und ich uns darauf geeinigt, dass sie das Gespräch mit ihm führen wird und ich sie nicht unterbrechen werde.

Als die Versuchung, Ellie zu wecken, unerträglich wird, gehe ich in die Küche, um für uns drei Frühstück zu machen.

Eine Stunde später kommt Nico gähnend herein. Ellie ist ihm dicht auf den Fersen und trägt wieder Shorts, die mich an gestern Abend erinnern, als ihre Beine …

»*Buenos dias, Papi.*«* Nico kommt zu mir und umarmt mich.

»Frühstück ist fertig.« Ich deute zu dem runden Tisch neben dem Fenster, das zur Gartenterrasse und dem kleinen Teich in der Ferne hinausgeht.

Mein Sohn setzt sich und betrachtet grinsend die Pancakes mit dem Smiley aus Früchten darauf. Ellie und ich nehmen nebeneinander Platz, ehe wir alle beginnen, lachend und plaudernd zu essen.

Erstaunlicherweise ist es noch schöner als in Hawaii, was zum Teil an der vertrauten Umgebung liegt, aber hauptsächlich daran, was gestern Abend zwischen Ellie und mir passiert ist. Bei dem Gedanken daran, dass es nicht jeden Morgen so sein kann, werde ich traurig. Allerdings gebe ich mir selbst das Versprechen, dass es nicht lange so bleiben wird.

Das werde ich nicht zulassen.

Als wir alle unsere Teller leer gegessen haben, sieht Ellie mich an und nickt.

Ich ergreife unter dem Tisch ihre Hand und verschränke unsere Finger, ohne dass Nico es mitbekommt. Auch wenn ich ihre Hand

---

* ***Buenos Dias, Papi:*** *Guten Morgen, Papi.*

gern ganz öffentlich halten würde, weiß ich, dass wir beide noch nicht bereit für diesen Schritt sind.

»Ein Schritt nach dem anderen«, hat sie gestern Abend gesagt, als ich sie in den Armen gehalten habe.

»Wie soll ich dich denn zu Dates ausführen, wenn du fünf Wochen lang in Europa bist?«, habe ich sie gefragt.

»Wir müssen einfach kreativ werden.« Bei diesen Worten hat sie mich angegrinst.

Nun holt Ellie tief Luft. »Nico, ich möchte mit dir über etwas reden.«

Er stellt sein Glas Orangensaft ab. »Über was denn?«

»Weißt du noch, dass ich einen Song für Cole Griffin geschrieben habe?«

»Ja.« Die Art, wie er die Stirn runzelt, erinnert mich an mich selbst.

»Er fand ihn super.«

Nico hebt seine Hand zu einem High Five. »War doch klar, du *bist* nämlich super.«

Mit geröteten Wangen schlägt sie ein. »Danke.«

»Dann verwendet er das Lied also?«

»Ja.«

»Und was ist mit dem anderen Lied, bei dem du ihm geholfen hast?«

Ellie lächelt. »Cole möchte, dass ich ihm bei mehreren Songs helfe.«

Nicos Augen werden groß. »Echt?«

»Und er hat mir versprochen, dass er dich auch als Songschreiber auflisten wird. Gratulation, du bist vielleicht der jüngste Komponist aller Zeiten.«

Nico grinst stolz. »Wenn du noch mal meine Hilfe brauchst, ich verlange nur eine Million Dollar für meine Arbeit.«

Ellie und ich lachen.

»Ehrlich gesagt weiß ich nicht, ob ich mir das leisten kann, aber wenn du helfen möchtest, kannst du das tun.«

»Wow.«

»Das sind tolle Neuigkeiten, oder?«

»Total! Herzlichen Glückwunsch.« Diesmal hält er Ellie seine Faust für einen Fist Bump hin.

»Danke.«

Als sie mich unsicher anschaut, nicke ich.

Genauso gut können wir es schnell hinter uns bringen.

»Wenn ich mit Cole zusammenarbeiten möchte, muss ich mit ihm nach Europa reisen.«

Mein Sohn lächelt. »Wie cool. Das musst du unbedingt machen.«

Wie kann Ellie so glücklich und traurig zugleich aussehen? Ich wünschte, ich könnte etwas tun, aber ich weiß, dass sich nichts an der Situation ändern lässt.

Ihr Griff um meine Hand festigt sich. »Wenn ich für Cole arbeite, kann ich nicht mehr deine Nanny sein.«

»Aber kannst du anschließend nicht wieder zurückkommen?«

»Ich glaube nicht …« Sie beißt sich so fest auf die Lippe, dass sie sich rötet.

»Wie lange wirst du weg sein?«

»Fünf Wochen.«

»Das ist gar nicht so lange, oder, *Papi*? Ellie kann doch anschließend wieder zu uns kommen.« Als er mich anschaut, schwindet sein Lächeln allerdings.

»*No, mijo.* Sie kann nicht mehr hier arbeiten.«

»Aber warum denn nicht?« Seine Stimme bricht.

»Ellie sollte weiterhin Lieder für andere Leute schreiben, weil sie echt gut darin ist.«

»Aber …« Nico lässt resigniert die Schultern hängen.

Ellie löst ihre Hand aus meiner, damit sie sich neben seinen Stuhl knien kann. »Ich verlasse dich nicht.«

»Doch, tust du.« Eine Träne fällt ihm in den Schoß.

»Nein, ich werde immer ein Teil deines Lebens sein.«

»Aber du gehst weg.« Ehe ich die Chance habe, ihn zu beruhigen, stürmt Nico aus der Küche.

Ellie dreht sich mit Tränen in den Augen zu mir um. »Ich weiß nicht, ob ich das kann.«

»Du kannst.«

Aus der Ferne ist Nicos Schluchzen zu hören, gefolgt von einer zuschlagenden Tür.

Nun läuft Ellie ebenfalls eine Träne die Wange hinab.

Selbst wenn ich mir genauso wünsche, dass sie für immer bei uns bleiben könnte – sowohl für Nico als auch um meiner selbst willen –, hat sie es verdient, an sich und ihre Zukunft zu denken. Wir beide werden immer hier sein; aber eine Chance wie die, die Cole ihr eröffnet, wird verstreichen.

Das ist der Grund, aus dem ich jetzt aufstehe und ihr meine Hand hinhalte. »Er wird es verstehen.«

Sie schüttelt den Kopf. »Nein, wird er nicht.«

»Doch, das wird er. Sobald er feststellt, dass ich nicht den gleichen Fehler wie letztes Mal mache, als ich dich gefeuert habe.« Durch Ellies Entlassung nach Nicos Unfall habe ich zum Teil dazu beigetragen, dass Nico es schwer findet, darauf zu vertrauen, dass die Menschen, die er liebt, bei ihm bleiben.

Tränen strömen Ellies Gesicht hinab, während wir Nico hinterhereilen.

Ich klopfe an die Badezimmertür in der Nähe des Aufzuges. »Nicolas?«

Kurz hört das Schluchzen auf, als er sich die Nase putzt. »Was ist?«

»Können wir reden? Bitte?«

»Ich will nicht.«

Ellie versteift sich neben mir.

»Ich weiß, dass du traurig bist, aber Ellie verlässt dich nicht.«

»Doch, tut sie!«

»Nico.« Ellie dreht testweise den Knauf und öffnet die Tür einen Spalt. »Darf ich bitte reinkommen?«

»Warum? Du lügst mich ohnehin nur an, genauso wie Mommy!«

Wenn sich seine Worte für mich schon anfühlen wie eine Ohrfeige, muss es für Ellie umso schlimmer sein, mit Hillary verglichen zu werden. Sie drückt meine Hand, und ich erwidere die Geste, um ihr zu zeigen, dass wir es durchstehen können. *Gemeinsam.*

»Ich habe dich noch nie angelogen, und das werde ich auch nie tun.« Ellie strafft die Schultern und schiebt die Tür weiter auf.

Mein Sohn sitzt auf dem gekachelten Fußboden, die Beine an die Brust gezogen und die Stirn auf seine Knie gepresst.

Während ich wie erstarrt im Türrahmen stehen bleibe, kniet sich Ellie neben ihm nieder und drückt ihn an sich.

»Es tut mir leid, dass deine Mom dir Versprechen gegeben hat, die sie nicht halten konnte, aber ich bin nicht sie. Ich habe noch kein einziges Versprechen gebrochen, seit ich begonnen habe, hier zu arbeiten, selbst als ich wegen eines Geheimnisses meinen Job verloren habe. Und dein Vertrauen ist mir auch weiterhin wichtig.«

Ohne ihn zu heben, schüttelt er den Kopf. »Ich will nicht, dass du gehst.«

»Ich verlasse dich doch nicht. Vielleicht arbeite ich für jemand anderes, aber ich werde immer Teil deines Lebens sein, ob ich deine Nanny bin oder nicht.«

Nico schaut sie aus roten Augen an. »Wirklich?«

»Ja. So schnell wirst du mich nicht los.«

Mit zitternder Unterlippe schaut er zwischen uns beiden hin und her, ehe sein Blick wieder auf Ellie ruht. »Versprochen?«

»Ich schwöre auf mein Leben. Nichts könnte mich von dir fernhalten.«

»Ich will trotzdem nicht, dass du gehst.« Nico verbirgt sein Gesicht in den Händen und schluchzt.

Als Ellie panisch zu mir aufsieht, knie ich mich neben sie.

»Hey.«

Nicos Schultern beben.

Ich lege ihm eine Hand unter das Kinn, damit er mich ansehen muss. »Es ist in Ordnung, traurig zu sein.«

»Es tut so weh.« Er tippt sich an sein Herz.

Ellie betupft ihre Augenwinkel, und in mir zerbricht etwas.

»Ich weiß, dass du Angst hast, dass Ellie nicht mehr zurückkommt, doch das wird sie.«

»Aber sie hat doch keinen Grund mehr dazu.«

»Ich werde dafür sorgen, dass sie einen Grund hat.«

»Meine beiden wichtigsten Gründe sitzen gerade direkt neben mir.« Sie drückt unsere Hände, worauf mir eine Last von den Schultern fällt.

Ich schlinge meine Arme um die beiden und ziehe sie in eine Umarmung. »Das ist übrigens kein Abschied.«

Ellie nickt schniefend an meiner Schulter. »Auf keinen Fall.«

Nico vergräbt sein Gesicht an meiner anderen Schulter. »Ich freue mich für dich, Ellie, aber ich bin auch traurig.«

»Ich auch«, sage ich.

Ellie hebt den Kopf. »Und ich auch.«

Nico legt die Arme um unsere Hälse. »Ich will keine andere Nanny.«

»Dann bekommst du auch keine.«

Der ursprüngliche Grund, aus dem ich Ellie eingestellt habe, spielt keine Rolle mehr, denn sie wird immer ein wichtiger Teil von Nicos Leben sein, egal ob als gute Freundin oder irgendetwas anderes.

»Kann Ellie uns jeden Tag besuchen, wenn sie nicht in Europa ist?«, fragt Nico schniefend.

Sie lacht. »Irgendwann wirst du mich leid sein.«

»Auf keinen Fall.«

Ich lächele sie an. »Sehe ich genauso.«

Nico nickt.

»Du kannst uns so oft besuchen, wie du möchtest, sogar mehrmals am Tag.« Ich zwinkere.

»Ich meine, ich könnte mich um die Tiere kümmern. Sie sind sozusagen meine Kinder.«

»Auf jeden Fall. Ich bekomme diese Woche übrigens ein paar Neuzugänge, die alle Namen brauchen.«

»Wehe, du nennst sie Schwein eins, zwei und drei.«

»Wie wäre es mit Hühnern?«, fragt Nico aufgeregt.

Ich schaue ihn an. »Bisher sind keine geplant.«

»Schaaade!«

Ellie rückt ihm die Brille auf der Nase zurecht. »Hühner fände ich auch klasse.«

Ich kratze mich am Kinn. »Wenn ich recht darüber nachdenke …«

Nico und Ellie lachen, denn sie glauben, ich würde scherzen. Doch auch wenn es mir nicht schwerfällt, zu Nico Nein zu sagen, ist es bei Ellie etwas ganz anderes. Und es ist nur eine Frage der Zeit, bis sie das realisieren wird.

Julian zieht mich in seine Arme und zerquetscht mich dabei beinahe. »Ich hab dich vermisst, Mann.«

Mir wird ganz warm ums Herz, als ich seine Umarmung erwidere, ehe ich ihn ins Haus bitte. »Gleichfalls.«

»Wo ist Ellie?« Er schaut sich um.

»Bei ihrer Mom.«

»Zu Besuch? Es ist doch gar nicht Samstag.«

Ich schüttele den Kopf. »Sie ist heute ausgezogen.«

Nico ist ihr den ganzen Morgen auf Schritt und Tritt gefolgt, während sie die Tiere gefüttert, die Ställe ausgemistet, Wäsche gewaschen und für uns drei Mittagessen gekocht hat. Als wir zusammen am Tisch saßen, hat sie uns versprochen, morgen wiederzukommen, daher war Nico nicht ganz so traurig, als sie gegangen ist.

Trotz meines Vorhabens, Ellie heute zu unserem ersten Date auszuführen, vermisse ich sie jetzt schon. Ich bin mir nicht sicher, wie ich fünf Wochen ohne sie überstehen soll, aber ich werde aus den letzten zwei vor ihrer Abreise das Beste machen.

Julian erstarrt. »Hast du sie gefeuert?«

»Streng genommen, ja.«

»Du bist ein Schwachkopf.«

Ich werfe ihm einen tödlichen Blick zu. »Sie hatte ohnehin vor zu kündigen, also hab ich mir gedacht, ich könnte ihr genauso gut die versprochene Abfindung zahlen.«

Er blinzelt. »Das ist …«

»Nett?«

»*Interessant.*« Er mustert mich einen Moment lang aufmerksam, bis Nico durch den Flur gerannt kommt.

»*¡Tío!*« Er springt in Julians ausgebreitete Arme.

»Bist du schon wieder einen halben Meter gewachsen, während ihr weg wart?«

Nico lacht. »Nein!«

Mein Cousin richtet sich auf. »Hm, du siehst aber größer aus.«

»Echt?« Nico streckt die Brust raus, und ich muss lachen.

Nico hat sich mittlerweile an diesen Klang gewöhnt, aber Julians Kopf ruckt abrupt in meine Richtung.

»Was ist denn?«, frage ich.

»Es ist wirklich schön, dich lachen zu hören.«

»Hör auf, sonst werde ich noch rot.«

Sein Grinsen wird breiter. »Jetzt machst du auch noch Witze? Verdammt, was ist in diesen hawaiianischen Fruchtsäften drin gewesen?«

»Maissirup mit hohem Fruktosegehalt.«

Julian zieht mich in eine seitliche Umarmung und reibt mir mit den Fingerknöcheln über den Kopf, so wie er es immer getan hat, als wir noch jünger waren. »Gute Laune steht dir.«

Ich stoße ihn weg. »Seit du dich in Dahlia verliebt hast, bist du komplett anders.«

»Warte nur ab, bis es *dich* erwischt.«

Irgendwie habe ich das Gefühl, das könnte schneller passieren, als ich bisher angenommen habe.

KAPITEL EINUNDFÜNFZIG
ELLIE

Ich war schon auf vielen Dates, aber ich kann mich nicht erinnern, jemals so nervös gewesen zu sein wie in diesem Moment, während ich im Wohnzimmer meiner Eltern stehe und meine Mom an mir herumzupft. Burt beobachtet uns grinsend.

»Du trägst tatsächlich das Kleid, das ich dir gekauft habe!«

»Ist es zu übertrieben?« Ich ziehe am Saum, aber es reicht mir trotzdem nur bis zur Oberschenkelmitte.

»Natürlich nicht. Du siehst wunderschön aus«, versichert mir Mom.

Sie war ganz aus dem Häuschen, als wir heute zusammen shoppen gegangen sind, um das perfekte Date-Outfit auszusuchen. So wie sie geweint hat, als ich in dem kurzen Kleid aus der Umkleide getreten bin, hätte man meinen können, ich probiere Hochzeitskleider an.

»Soll ich meine Axt holen und ihm auf der Veranda einen Vortrag halten?«, erkundigt sich Burt.

Ich schüttele den Kopf. »Davon muss ich dir dringend abraten.«

»Es könnte doch lustig werden.«

»Es könnte dich auch in den Knast bringen.«

Mein Stiefvater lacht, als er mich in eine lange Umarmung zieht. »Er hat Glück, dass du ihm eine zweite Chance gegeben hast.«

Meine Mundwinkel heben sich. »Ich bin froh, dass ich es getan habe.«

Die Fältchen um seine Augen glätten sich. »Du magst ihn sehr, oder?«

»Nur ein klitzekleines bisschen.«

Mom quietscht wie ein Teenager. »Willst du mich veräppeln? Du strahlst regelrecht.«

»Okay, na schön. Ich mag ihn sehr.«

Als hätte ich ihn mit meinen Worten herbeibeschworen, klingelt Rafael in diesem Moment.

Meine Mom packt Burt am Arm und zieht ihn aus dem Zimmer, doch als ich die Tür öffne, ruft er über die Schulter: »Behandele sie bloß gut, sonst machst du Bekanntschaft mit meiner Axt.«

Rafael hält mir eine rosafarbene Hibiskusblüte hin, die so aussieht wie die, die wir in Hawaii gepflückt haben.

»Wo hast du die denn aufgetrieben?«, frage ich überrascht.

»Ich hab meine Quellen.«

Meine Wangen röten sich, als er mir das Haar hinters Ohr streicht und schließlich die Blüte dahintersteckt. »Eine schöne Blume für eine umwerfende Frau.«

Ich kann Mom und Burt tuscheln hören, also greife ich eilig nach meiner Tasche, trete nach draußen und schließe die Tür hinter mir.

Rafael trägt heute Abend ein Button-down-Hemd aus Leinen, dessen Ärmel er bis zu den Ellbogen hochgekrempelt hat, dazu dunkle Shorts. Auch wenn ich ein heimlicher Fan seines Holzfäller-Looks war, kann ich nicht bestreiten, dass er auch jetzt verdammt gut aussieht.

»Du hast dich heute ordentlich in Schale geschmissen, Prom King.«

Mit schmalen Augen lässt er den Blick über mein Gesicht wandern. »Nenn mich bitte nie wieder so.«

Ich grinse. »Machst du dir Sorgen, dass es dir gefallen könnte?«

»Ich kann dir garantieren, dass das nicht passieren wird.«

Als ich ihm die Zunge rausstrecke, küsst er mich mit einem leichtherzigen Lachen auf die Wange. Dann führt er mich zu seinem Pick-up-Truck, öffnet mir die Tür, nimmt hinter dem Steuer Platz und dreht den Zündschlüssel.

»Also, was machen wir heute?«, frage ich.

»Das ist eine Überraschung.«

Er nimmt die Straße, die aus Lake Wisteria hinausführt.

»Wir verlassen den Ort?«

Er beschleunigt. »Jepp.«

»Willst du dich nicht in der Öffentlichkeit mit mir blicken lassen?«, scherze ich.

Er wirft mir einen strengen Blick zu. »Ich kann umdrehen und mit dir die Main Street entlangstolzieren, falls dich das glücklich macht. Wenn wir eine Krone für dich auftreiben können, erkläre ich dich sogar zu meiner Prom Queen.«

Ich funkele ihn an. »Sehr witzig.«

»Vielleicht lieber eine Schärpe?«

»Verlockend, aber nein danke.« Lieber verbringe ich ein paar Wochen mit Rafael allein, bevor alle im Ort von unserer Beziehung erfahren. Es würde hundert Fragen nach sich ziehen, die ich nicht beantworten möchte, also schiebe ich das Unabwendbare so lange wie möglich vor mir her.

Er lacht.

»Ich dachte, du musst dich nach dem Vorfall mit dem Feuerhydranten mindestens dreißig Meter von der Main Street entfernt halten.« Das Gerücht hält sich hartnäckig, seitdem Julian und Dahlia im Rahmen ihrer legendären Highschool-Streiche einen Feuerhydranten geöffnet haben.

»Das Verbot wurde letztes Jahr aufgehoben.« Er legt den Kopf schief. »Moment. Woher weißt du eigentlich davon?«

»Äh …«

Mit brennenden Wangen suche ich nach einer passenden Antwort.

In seinen Augen blitzt etwas auf, bevor er sie verengt. »Du hast deinen Abschluss drei Jahre nach mir gemacht, richtig?«

»Ja.«

»Und das mit dem Feuerhydranten ist passiert, als ich in der Zehnten war.«

»Hm … Das war mir gar nicht bewusst. Du weißt ja, wie schnell sich Dinge im Ort rumsprechen.« Ich bemühe mich um eine neutrale Miene, bin mir jedoch nicht sicher, ob ich meine Gefühle verbergen kann.

»*Und* du weißt, dass ich Prom King war.«

Ich verschränke die Arme vor der Brust. »Das wissen doch alle.«

»*Und* dass ich die Auszeichnung ›bestes Lächeln‹ gewonnen habe.«

»Ich war im Jahrbuch-Komitee.«

»Und wer war für die entsprechende Seite zuständig?«

»Irgendein Junior, mit dem du nicht befreundet warst.« Die Antwort kommt mir über die Lippen, ehe ich darüber nachdenken kann.

Seine Augen funkeln schelmisch. »Interessant, dass du dich mehr als zehn Jahre später nicht nur an meine Auszeichnung erinnerst, sondern auch daran, dass ich mit der Person, die die Seite zusammengestellt hat, nicht befreundet war.«

»Ich hab eben ein super Gedächtnis.«

»Und trotzdem machst du dir ständig Notizen im Handy, damit du nichts vergisst«, bemerkt er trocken.

»Ist es zu spät, die Aussage zu verweigern?«

»Du bist nicht vor Gericht.«

»So fühlt es sich aber an.«

Sein Grinsen ist teuflisch. »Es ist kein Verbrechen, falls du in mich verknallt warst. Aber *wenn* es eins wäre, wissen wir beide, dass du schuldig im Sinne der Anklage wärst.«

Ich hebe mein Kinn, um mich meinem Schicksal zu stellen. »Und was, wenn es so wäre?«

»Dann würde ich sagen, dass es die ganze Sache zwischen uns nur noch interessanter macht.«

»Inwiefern?«

»Weil ich meine, mich zu erinnern, dass du behauptet hast, ich sei nicht dein Typ.«

Ich presse die Lippen zu einem dünnen Strich zusammen.

»Also verrate mir eins: Wie sehr warst du in mich verknallt?« Er hebt meine Hand an seinen Mund und drückt einen Kuss darauf, als könnte er mich damit so sehr verwirren, dass ich alles gestehe.

Netter Versuch.

»*Wenn* ich in dich verknallt gewesen *wäre* …«

»Was du eindeutig warst …«

»Würde ich niemals mit dir darüber sprechen.«

»Selbst wenn ich dich foltere, um Antworten zu bekommen?«

Meine Wangen beginnen zu brennen, als ich mir ausmale, was er im Sinn haben könnte. »Selbst dann nicht.«

»Hm.« Er schweigt einen Moment, als würde er überlegen, wie ernst ich es meine.

Ich meine es *tod*ernst, denn ich will auf keinen Fall, dass Rafael in Erfahrung bringt, wie sehr ich in ihn verschossen war. Besonders weil ich einen furchtbar schlechten Song über ihn geschrieben habe, der niemals an die Öffentlichkeit gelangen darf.

Er schmunzelt. »Ich werde schon rausfinden, was ich wissen will, egal ob du mir dabei hilfst oder nicht.«

Ich schnaube. »Viel Glück.«

»Wenn ich von meiner Tante eins gelernt habe, dann, dass Eltern alle Geheimnisse über ihre Kinder verraten, wenn man ihnen nur die richtigen Fragen stellt.«

Verdammt.

Wir fahren durch einen Ort, in dem ich noch nie war. Im Gegensatz zu Lake Wisterias viktorianischem Küstenflair scheint dieser mit seinen dunklen Holzhäusern und dem Kopfsteinpflaster von einem bayerischen Dorf inspiriert zu sein.

Schließlich biegt Rafael in eine Straße ein, die offenbar ins Zentrum führt, und parkt den Wagen.

»Wo sind wir?«, frage ich.

»Der Ort heißt Gingerbread.«

»Und was tun wir hier?«

»Das wirst du gleich rausfinden.« Er kommt auf meine Seite, öffnet mir die Tür und hilft mir aus dem Truck.

Hand in Hand gehen wir die Straße entlang, an der sich viele größere Geschäfte befinden. Nach fünf Minuten bleibt Rafael vor einem Plattenladen stehen, an dessen Tür ein Schild mit der Aufschrift *Geschlossen* hängt.

»Schöne Idee, aber sieht aus, als hätten sie nicht geöffnet.«

Rafael geht nicht auf meinen Einwand ein. »Du warst doch auf der Suche nach einem Album von Frankie Estelle, oder?«

Das habe ich allerhöchstens mal am Rande Nico gegenüber erwähnt – wie kann es also sein, dass er …

»Mein Suchverlauf.« Erschrocken reiße ich die Augen auf.

Seine dagegen funkeln. »Haschkekse, seltene Alben … Was war es sonst noch?«

Ich hätte schwören können, dass ich an dem Abend den Verlauf gelöscht habe, nachdem ich … einen *Vibrator* gesucht habe.

»Oh verdammt!«

Er legt einen Arm um mich und zieht mich an sich. »Dann erinnerst du dich also.«

Ich erröte vom Haaransatz bis zu den Zehenspitzen. »Lass uns bitte nie wieder darüber sprechen.«

»Dafür ist es ein bisschen zu spät.« Sein Lächeln wirkt verschlagen.

Am liebsten würde ich tot umfallen, doch er drückt mir einen schnellen Kuss auf den Mund und fährt mit dem Daumen über meine Unterlippe.

»Eine Frage geht mir allerdings nicht aus dem Kopf«, merkt er an.

»Und welche?«

»Hast du ihn gekauft oder nicht?«

»Ich …«

»Ja oder nein?«

Ich bin versucht, ihm an die Gurgel zu gehen, aber halte mich zurück, weil sich so etwas wohl kaum für ein erstes Date schickt. Genauso wenig schickt es sich allerdings, die andere Person auf einen Vibrator anzusprechen.

Ich funkele ihn an, doch er grinst nur.

»Solltest du nicht dagegen sein?«, frage ich und hebe eine Augenbraue.

»Warum?«

»Weil wir eindeutig ein Problem haben, wenn ich einen Vibrator brauche.«

Er lacht schallend auf. »Ich bin für Teamwork im Bett.«

Meine Wangen röten sich erneut. »Was soll das denn heißen?«

»Das wirst du schon noch früh genug rausfinden.« Er zwinkert mir zu.

KAPITEL ZWEIUNDFÜNFZIG
RAFAEL

Als ich darüber nachgedacht habe, wo mein erstes Date mit Ellie stattfinden könnte, ist mir sofort mein Haus in den Sinn gekommen, aber dort haben wir beide schon genug Zeit miteinander verbracht. Außerdem wollte ich nicht, dass sie sich gezwungen fühlt, weiter zu gehen, als wir es ohnehin schon getan haben. Also habe ich den Nachmittag damit verbracht, nach Plattenläden zu suchen, die man von Lake Wisteria aus mit dem Auto erreichen kann. Dann habe ich in dem Geschäft, vor dem wir jetzt stehen, angerufen und angeboten, ihnen eine beliebig hohe Summe dafür zu zahlen, nach offiziellem Ladenschluss für uns geöffnet zu halten. Davon weiß Ellie allerdings nichts.

Als ich die Tür trotz des Schildes öffne, schaut sie mich mit offenem Mund an. »Aber da steht doch ›Geschlossen‹!«

»Es muss sich um einen Irrtum handeln.« Ich drehe das Schild um und schiebe sie in den Laden. »Siehst du?«

Der Angestellte winkt uns zu und versichert uns, dass wir uns so lange umschauen können, wie wir möchten.

Ich presse meine Lippen an Ellies Ohr mit der Blume. »Viel Vergnügen.«

Sie stößt einen freudigen Laut aus und greift nach meiner Hand. »Aber du musst mir helfen.«

»Klar, wenn du willst. Wonach suchst du?«

»Ich meine, Frankie Estelle ist toll, aber ich liebe auch Cornelia Jones, Winnifred Carmine und Astrid and the Treble Makers.« Sie legt die Hände zusammen und hüpft aufgeregt auf und ab, was mir verrät, dass ich die richtige Entscheidung getroffen habe.

Ich hätte auch im Internet nach jedem Album suchen können, das sie sich für ihre Sammlung wünscht, aber ich wusste, dass es sie glücklich machen würde, in einem Laden kistenweise verstaubte Platten durchzusehen. Nur kurzzeitig hatte ich Zweifel an meiner Idee, denn als ich Julian und Dahlia davon erzählt habe, wirkten sie leicht verwirrt; ich hätte natürlich wissen müssen, dass ich Ellie am besten kenne.

Die nächste Stunde verbringt sie damit, Schallplatten durchzublättern, meine Fragen zu beantworten und mir ihre Lieblingssongs und -alben zu zeigen. Ich mochte Musik schon immer, aber erst sie darüber reden zu hören, macht das Thema so lebendig für mich, dass ich ihr stundenlang zuhören könnte.

Obwohl sie keines der Alben findet, nach denen sie eigentlich sucht, trage ich für sie einen ganzen Stapel »Optionen« durch das Geschäft, der mit jeder Kiste, die sie durchwühlt, größer wird.

Als sie mich schließlich bittet, alle Alben auf den Tresen zu legen, damit sie sich entscheiden kann, welche sie kauft, tue ich so, als hätte ich sie nicht gehört, und wende mich dem Ausgang zu.

»Warte!«

Ich sehe über die Schulter. »Na los, komm! Wir haben noch zwei Läden vor uns, bevor wir essen gehen.«

»Aber wir müssen doch erst bezahlen!«

Ich lache nur und drehe mich wieder um.

»Rafa!«

Ich liebe es, wenn sie mich so nennt. Kurz entschlossen greife ich nach einer Platte, die sie im Auge hatte, aber nicht den Optionen hinzugefügt hat, und lege sie auf den Stapel, den ich trage.

»Wo willst du hin?«

Die Glocke über der Tür klingelt, als ich sie mit dem Fuß öffne und Ellie mir hinterherrennt.

Schließlich läuft sie vor mich und versperrt mir den Weg. »Warte mal. Hast du den Laden bezahlt, damit sie für uns öffnen?«

»Und darauf kommst du erst jetzt?«

Ihre Augen werden schmal. »Okay, pass auf. Ich weiß, dass du reich bist …«

Ich tue gespielt überrascht. »Wer hat dir *das* erzählt?«

Lachend schlägt sie mir gegen die Schulter. »Komm schon, ich mein's ernst.«

»Ich auch.«

»Aber …«

»Bisher hattest du auch kein Problem mit meinem Geld.«

»Das war etwas anderes.«

»Inwiefern?«

»Ich war deine Angestellte.«

»Und jetzt bist du meine …«

Sie hebt fragend die Augenbrauen.

Mit einem Mal ist mein Mund trocken. Ich bin noch nicht bereit, der Sache zwischen uns einen Stempel aufzudrücken, aber ich weiß, dass es ernst ist. Meine Gefühle sind aufrichtig, nur will ich sie noch keiner bestimmten Kategorie zuordnen. Das wäre Ellie gegenüber nicht fair, auch wenn ich mir vollkommen sicher bin, dass ich sie will. Doch vor zwei Wochen war ich mir vollkommen sicher, dass ich die nächsten Jahre allein verbringen möchte, also brauche ich Zeit, um mir zu überlegen, wie mein Leben mit einer Partnerin aussehen könnte. Wird es mir gelingen, meine Vergangenheit loszulassen und Ellie zu vertrauen? Möchte ich wieder heiraten und weitere Kinder haben?

Ich räuspere mich und bemühe mich, einen klaren Kopf zu bekommen. »Nun, du bist mir *wichtig*. Und Menschen, die mir wichtig sind, möchte ich hin und wieder verwöhnen.«

Würde ich sie nicht so gut kennen, wäre mir vermutlich entgangen, dass ihr Lächeln leicht ins Wanken gerät und das Funkeln in ihren Augen erlischt. Aber bei ihr fällt mir jedes noch so kleine Detail auf – was Segen und Fluch zugleich ist.

»Du bist mir auch wichtig«, sagt sie schließlich, stellt sich auf die Zehenspitzen und küsst mich auf die Wange. »Danke.«

»Bereit?«

Als sie nickt, gehen wir zurück zu meinem Wagen und wechseln das Thema, obwohl ich das Gefühl nicht loswerde, sie irgendwie enttäuscht zu haben. Ich muss mich mehr für sie anstrengen, sonst werde ich sie verlieren, bevor ich sie überhaupt richtig hatte.

Nachdem Ellie und ich noch ein paar Plattenläden durchforstet haben, bittet sie mich, an einer Drive-in-Kette haltzumachen, bei der das Essen zum Wagen auf den Parkplatz gebracht wird. In diesem Diner im Fünfzigerjahre-Stil war ich schon seit meiner Kindheit nicht mehr, was offenbar auch auf Ellie zutrifft.

Wie sich herausstellt, ist sie überaus nostalgisch, was ich bisher noch nicht gewusst habe. Ellie erinnert sich gern an alte Lieder, Serien aus ihrer Kindheit, liebt Familientraditionen und braucht eine bestimmte Decke, um einschlafen zu können, obwohl sie schon neunundzwanzig ist. Auch wenn mir solche Dinge vollkommen fremd sind, finde ich es unheimlich bezaubernd, wenn sie über all die Sachen spricht, die sie begeistern. Deshalb habe ich unsere Tischreservierung im edlen Steakhaus abgesagt, und nun sitzen wir in meinem Wagen auf dem Parkplatz.

Selbst Nico habe ich noch kein einziges Mal erlaubt, Snacks in meinem Truck zu essen, aber Ellie muss nur mit den Wimpern klimpern und Bitte sagen, damit ich nachgebe.

Wenn Julian davon wüsste, würde er mich eine Woche lang damit aufziehen.

Eine Frau auf Rollschuhen in einem altmodischen Kellnerinnen-Outfit bringt uns Burger, Pommes frites und einen Erdbeermilchshake. Mir ist bewusst, warum Ellie darauf bestanden hat, dass wir uns die Pommes und den Milchshake teilen, statt alles zweimal zu bestellen, was ich rührend finde.

Während wir essen, spielt sie Astrid and the Treble Makers ab, die offenbar zu der Zeit beliebt waren, als es Jukeboxes und Petticoats gab. In unseren Gesprächen muss ich mich nie verstellen oder ständig über meinen nächsten Satz nachdenken, und immer wenn wir einmal nichts sagen, ist die Stille angenehm statt angespannt.

In diesem Moment schließt Ellie ihre Lippen um den Strohhalm und saugt daran, wobei ihr offenbar entgeht, wie unbequem eng meine Hose mit einem Mal ist.

»Bist du dir sicher, dass du nicht probieren willst?« Sie hält mir den Becher hin.

»Absolut.« Viel lieber sehe ich ihr einfach nur zu.

Sie lacht. »Ich dachte, du hättest Lust auf einen Milchshake.«

»Hab mich umentschieden.« Mein Blick huscht zu ihrem Mund.

Da scheint es ihr klar zu werden, denn als sie den nächsten Schluck trinkt, macht sie eine regelrechte Show daraus.

Ich verenge die Augen.

Ellie schmunzelt. »Sag mir nicht, du machst dir Sorgen wegen der Kalorien.«

»Nope.« Ich rutsche unruhig auf dem Sitz herum.

»Du könntest morgen Sport treiben, wenn du ein schlechtes Gewissen hast.« Sie hält mir den Milchshake vor die Nase. »Es lohnt sich.«

Kalorien sind das Letzte, was mich im Moment beschäftigt, und so, wie sie grinst, scheint sie das genau zu wissen.

Sie senkt die Stimme. »Ich begleite dich sogar.«

Blinzelnd schaue ich sie an. »Ich dachte, du hasst Sport.«

»Ich hab nie behauptet, dass ich mitmachen würde.« Sie zwinkert. »Wie sich rausgestellt hat, bin ich allergisch gegen Cardio.«

»Das erklärt, warum du in der Schule in Sport durchgefallen bist.« Das hat sie während einer unserer Wanderungen in Hawaii erzählt, seitdem ziehe ich sie ständig damit auf.

Sie rümpft die Nase. »Der Lehrer war ein Idiot.«

»Ich weiß, ich konnte ihn auch nicht ausstehen.«

»Hat er nicht dein Fußballteam trainiert?«

»Doch?«

»Warum hast du dann trotzdem gespielt?«

»Weil mein Onkel unbedingt wollte, dass ich in der Mannschaft bin.«

»Und, hat es dir auch Spaß gemacht?«

Ellie wird immer besser darin, mir gezielte Fragen wie diese zu stellen, doch auch wenn ich ihr Interesse zu schätzen weiß, wird es dadurch schwerer, die Wahrheit zu verschleiern.

Ich halte einen Moment inne, bevor ich antworte. »Nein.«

Ihr bleibt der Mund offen stehen. »Warst du nicht sogar Captain des Teams? Warum hast du einen Sport gemacht, der dir nicht gefallen hat?«

Ich starre zum Fenster des Trucks hinaus. »Die Frage kannst du dir vermutlich selbst beantworten.«

»Ich will aber, dass *du* sie mir beantwortest. Du hast jahrelang geschwiegen, und ich glaube, es wäre gut, wenn du endlich darüber sprichst.«

Als sie zärtlich mein Gesicht berührt, wende ich mich ihr zu. »Na schön.«

Ich kann das. *Für sie.*

»Mein Onkel hat ständig davon gesprochen, wie sehr er seine alte Mannschaft geliebt hat und wie toll er es fände, wenn ich in seine Fußstapfen trete.«

»Das ist also der Grund.«

Ich nicke. »Julian war so sehr auf seine anderen Teams und AGs fokussiert, dass ich meine Chance genutzt habe, der Liebling meines Onkels zu werden.« Beschämt senke ich den Blick. »Er war vollkommen aus dem Häuschen und ist fast zu jedem Spiel gekommen.«

»Du hast unter einem Coach trainiert, den du nicht ausstehen konntest, weil du eine andere Person glücklich machen wolltest?«

»Ich weiß, dass es dumm war ...«

»Das war es nicht, Rafael. Es ist nur traurig, dass es nie jemandem aufgefallen ist.«

»Ich war wirklich gut darin, meine wahren Gefühle zu verbergen. Und es ist schließlich auch nicht so, als würde ich Sport hassen.«

»Wusste irgendjemand, was du wirklich denkst?«

»Julian hat es wahrscheinlich geahnt, aber er hat mich nie darauf angesprochen.«

»Hast du mal darüber nachgedacht, es ihm zu erzählen?«

»Äh, nein.«

Hätte ich das tun sollen?

Der Gedanke daran, mich ihm derart zu öffnen, macht mir Angst, besonders weil er das Recht dazu hätte, mich dafür zu verurteilen, mich zwei Jahrzehnte lang verstellt zu haben. Ich liebe meinen Cousin, und ich will nicht, dass er glaubt, hinter meinem Verhalten hätten böse Absichten gesteckt. Denn in Wahrheit lag es nur daran, was ich in meiner Kindheit durchgemacht habe.

Ellie scheint einen Moment darüber nachzudenken. »Ich möchte, dass du mir etwas versprichst. Bitte sei immer ehrlich zu mir, selbst wenn du glaubst, dass mir das, was du zu sagen hast, nicht gefallen wird. Mir ist es lieber, wenn du mir die Wahrheit sagst, als dass du dich hinter einer Lüge versteckst, weil du Angst hast, mich abzuschrecken.«

»Okay.« Ich räuspere mich. »Versprochen.«

Je mehr Zeit ich mit Ellie verbringe, desto klarer wird mir, dass sie unzählige Gelegenheiten hatte, alles hinzuschmeißen und zu gehen. Dennoch ist sie hier und beweist mir immer wieder, dass ich ihr vertrauen kann. Dass ich sie lieben kann.

Solange ich bereit bin, das Risiko einzugehen.

Da ich Ellie nicht sofort zu Hause absetzen möchte, entscheide ich mich für einen Umweg zu ihren Eltern, der mir weitere zwanzig Minuten mit ihr schenkt. Wenn sie noch bei mir wohnen würde, würde ich sofort mit ihr nach Hause fahren und ihr zeigen, wie viel mir der heutige Abend bedeutet hat.

Wie viel *sie* mir bedeutet.

Das Herz hämmert mir in der Brust, als ich ihr aus dem Truck helfe, und meine Handfläche ist verschwitzt, als ich sie an ihren Rücken lege, um sie zur Veranda zu führen.

Obwohl ich Ellie mittlerweile schon oft geküsst habe, bin ich heute Abend nervös. Vielleicht liegt es daran, dass ich endlich akzeptiert habe, dass es ernst zwischen uns ist. Oder an der Art, wie sie lächelnd zu mir aufschaut, womit sie mir den Atem und die Fähigkeit, klar zu denken, raubt. Obwohl ich zu ihren Worten nicke, höre ich kaum, wie sie sich für das Date bedankt, weil mir das Blut so laut in den Ohren rauscht.

Als wir vor der Haustür stehen bleiben, stellt sie sich auf die Zehenspitzen und küsst mich sanft auf die Lippen. »Der Abend war unglaublich schön. Vielen Dank noch mal.«

Ich lasse mich von meinem Instinkt leiten, ziehe sie an meine Brust und küsse sie leidenschaftlich.

Als sie sich an mich schmiegt, vertiefe ich den Kuss, bis sie die Tüte mit den Platten fallen lässt und die Arme um meinen Hals schlingt. An meiner Wirbelsäule schlängelt sich Hitze hinab und breitet sich bis in meine Lenden aus, während sie mich mit Lippen und Zunge um den Verstand bringt.

In dem Moment geht die Tür auf, und ihre Eltern bitten mich auf einen Drink herein.

Ellie ist es furchtbar peinlich, beim Knutschen erwischt worden zu sein, daher spiele ich mit dem Gedanken, die Einladung abzulehnen. Aber ihr Stiefvater legt den Arm und meine Schultern, zieht mich ins Haus und behauptet, dass er die besten Drinks im ganzen Ort mixt. Und wie könnte ich mir einen guten Drink und die Gelegenheit, mehr Zeit mit Ellie zu verbringen, entgehen lassen?

Ihre Eltern sind freundlich und warmherzig, was keine große Überraschung ist, wenn man Ellie kennt. Burt bin ich bisher immer nur flüchtig begegnet, weil Nico in seiner Musikschule Unterricht genommen hat.

»Ich muss mich für meinen Mann entschuldigen – er kann etwas aufdringlich sein.« Ellies Mom drängt Burt zur Seite und hält mir ihre Hand hin. »Ich bin Beatrice Sinclair. Bitte nenn mich Beatrice.«

Auch sie kenne ich vom Sehen, aber wir haben uns noch nie unterhalten.

»Freut mich.« Ich schüttele ihr die Hand. »Was für ein schönes Haus.« Ich bewundere die warmen Töne und die geschmackvolle Einrichtung. »Es erinnert mich an das meiner Tante.«

Beatrice' Lächeln ist strahlend. »Danke. Ich habe es ganz allein eingerichtet.«

»Beatrice! Kannst du mir mit den Drinks helfen?«, ruft Burt aus der Küche.

»Einen Moment.« Sie entschuldigt sich bei uns und eilt aus dem Zimmer.

Ellies Ohren sind mittlerweile genauso pink wie die Blume, die immer noch in ihrem Haar steckt. »Du musst wirklich nicht bleiben.«

»Willst du mich schon wieder loswerden?« Ich schmunzele.

»Eher versuche ich, dich vor ihnen zu retten.«

»Oder versuchst du, dich selbst zu retten?« Ich lege ihr einen Finger unters Kinn. »Glaubst du wirklich, ich lasse mir die Chance entgehen, Babyfotos von dir anzugucken?«

Wie auf Kommando streckt ihre Mom den Kopf zur Küchentür heraus. »Hat jemand Babyfotos gesagt?«

»Ich würde liebend gern ein paar sehen, wenn du zufällig welche griffbereit hast.« Ich grinse, während Ellie genervt aufstöhnt.

»Aber klar doch! Lass mich nur schnell deinen Drink holen.«

Ich zwinkere Ellie zu. »Vielen Dank.«

Zeit mit den Sinclairs zu verbringen, hat mir einiges verdeutlicht, worüber ich auf der Heimfahrt nachdenke.

Zum einen sind Burt und Beatrice unsterblich ineinander verliebt, obwohl sie schon seit fünfzehn Jahren verheiratet sind. Das hat Ellie zweimal erwähnt, als die beiden miteinander geflüstert und gekichert haben. Zum anderen tut Ellie so, als wäre sie fürchterlich genervt von ihren Eltern. Doch jedes Mal, wenn sie sie angesehen hat, lag ein sehnsüchtiges Funkeln in ihren Augen, das immer verschwunden ist, wenn sie ihren Blick wieder mir zugewandt hat. Was sie gedacht hat, ist sonnenklar – eine Erkenntnis, die mich trifft wie der Schlag. Sie hat mir gestanden, dass sie gern heiraten würde, und nachdem ich ihre Eltern kennengelernt habe, weiß ich auch, warum. Sie sind wirklich ein Paradebeispiel dafür, was es bedeutet, die richtige Person zu treffen, wenn man es am wenigsten erwartet. Was es bedeutet, jemanden zu finden, der ein Kind lieben kann, als wäre es sein eigenes.

Ellies Mom hat es geschafft, trotz ihrer traumatisierenden ersten Ehe wieder zu lieben. Die Ähnlichkeiten zwischen uns sind erschreckend und bringen mich dazu, meine Zukunftspläne noch einmal zu überdenken. Eigentlich habe ich vor langer Zeit der Ehe abgeschworen, ebenso wie der Liebe im Allgemeinen, doch ich kann nichts gegen meine stärker werdenden Gefühle für Ellie tun.

Vielleicht bin ich der Idee gegenüber doch offener eingestellt, als mir bewusst war. Und all das nur wegen der Frau, die mir langsam die Lebensfreude und die Fähigkeit, zu vertrauen, wiedergibt.

KAPITEL DREIUNDFÜNFZIG
RAFAEL

»Wann bringst du Ellie endlich zum Sonntagsessen mit?« Julian schaufelt Erde auf und wirft sie hinter sich.

»Damit möchte ich noch warten.« Ich widme mich wieder der Aufgabe, ein Loch für die Pflanzen zu buddeln, die ich gekauft habe.

»Worauf?«

»Auf den richtigen Moment.«

»Du kannst sie nicht für immer verstecken. Mom wird sie sich vorknöpfen, ganz egal, ob es dir passt oder nicht.« Julian wischt sich den Schweiß von der Stirn.

»Ich verstecke sie nicht.« Ich genieße nur meine Beziehung zu ihr, ohne dass sich meine Familie in meine Angelegenheiten einmischt.

»Weißt du schon, wann du Nico davon erzählen willst?«

Ich knirsche mit den Zähnen. »Okay, was soll das Verhör?«

Julian deutet auf die eingetopften Hibiskussträucher um uns herum. »Falls dir das entgangen sein sollte: Du hast mich ohne

Erklärung gebeten, herzukommen und all diese Büsche einzupflanzen. Tut mir leid, wenn ich ein kleines bisschen neugierig erscheine.«

»Ich wusste, dass ich professionelle Hilfe hätte engagieren sollen.«

Als ich ein paar Orte entfernt die Sträucher in einer Gärtnerei entdeckt habe, wollte ich eigentlich nur ein paar davon auswählen, aber dann dachte ich mir, es könnte nicht schaden, mehrere Optionen für Ellies Haar zu haben. Und ehe ich mich versah, hatte ich sämtliche Hibiskuspflanzen, die sie im Laden hatten, aufgekauft.

Julian lacht. »Wir wissen doch beide, wie ungern du Fremde auf dein Grundstück lässt.«

Ich sehe ihn herausfordernd an. »Ja, und jetzt fällt mir auch wieder ein, warum mir Gäste so zuwider sind.«

Er hebt seine behandschuhte Hand und zeigt mir den Mittelfinger.

Nachdem ich die Geste erwidert habe, machen wir uns wieder daran, einen Graben an der seitlichen Fassade des Hauses zu buddeln, bis Julian die Stille mit einer weiteren Frage durchbricht.

»Seit wann gärtnerst du eigentlich?«

Ich lächele. »Ist ein neues Hobby von mir.«

Ellie hat mir geraten, mir zu überlegen, was ich in meiner Freizeit tun will, wenn ich mir ausnahmsweise nicht den Kopf darüber zerbreche, was andere glücklich machen könnte. Und meinen Garten so zu gestalten, dass er mich an sie erinnert, klang für mich nach einer guten Idee.

Julian ächzt. »Ich hab dich schon wieder verloren.«

»Wie meinst du das?«

»Du denkst an sie.«

»Du hast mir eine Frage gestellt.«

»Und jetzt hab ich meine Antwort.« Er rammt die Schaufel in die Erde. »Aber eins muss ich dir lassen – es ist ziemlich romantisch.«

Meine Antwort darauf besteht aus einem genervten Stöhnen.

»Ich darf nur nicht daran denken, dass wir das Ganze im nächsten Jahr noch mal machen müssen, wenn diese Sträucher am Ende sind.«

Ich starre ihn an. »Was?«

»Die werden eingehen, sobald es im Winter kälter wird.«

Verdammt.

Ich war so begeistert von meinem Plan, dass ich ein offensichtliches Problem übersehen habe.

Diese Sträucher kann ich zwar nicht mehr retten, aber in Zukunft kann ich verhindern, dass die Pflanzen im kalten Winter von Lake Wisteria eingehen. »Dann muss ich wohl ein Gewächshaus bauen.«

Julian deutet zur Scheune. »Wir haben noch nicht mal die Scheune erweitert.«

»Ich weiß, aber es ist wichtig.«

»So wichtig, dass du unsere anderen Baupläne verschieben willst?«

»Ja.«

»Willst du mir erzählen, dass wir hier seit Stunden umsonst graben?«

Ich lache. »Wir können die Sträucher umpflanzen, sobald sich das Wetter ändert.«

»*Wir?*«

»Hab ich dir schon gesagt, dass du der beste Cousin der Welt bist?«

»Ich bin dein einziger Cousin, *pendejo.*« Er betrachtet mich eine Weile forschend, ehe er den Kopf schüttelt. »Ich werde meine Leute damit beauftragen, nächste Woche mit dem Projekt zu beginnen.«

»Ich wusste, dass ich mich auf dich verlassen kann.«

Die nächsten Stunden verbringen wir mit Graben. Am Ende haben wir Erdhügel hinter uns angehäuft, und meine Hände schmerzen, doch ich fühle mich zufrieden und entspannt, denn in meinem Kopf herrscht Ruhe. Ja, ich könnte mich an Gartenarbeit gewöhnen. Unkraut zu jäten und Löcher zu buddeln, verschafft mir überraschenderweise inneren Frieden, besonders nachdem ich so lange vor dem Computer gesessen habe.

Als wir fertig sind, sind Julian und ich nass geschwitzt. Ich hole uns zwei Flaschen Bier aus dem Haus, mit denen wir auf der hinteren Veranda anstoßen, ehe wir einen großen Schluck trinken.

»Ehrlich gesagt habe ich nie recht verstanden, warum du hierherziehen wolltest.«

Ich lache. »Hier hab ich meine Ruhe.«

»Es ist aber ganz schön weitab vom Schuss.«

Ich zucke mit den Schultern. »Ellie und Nico gefällt es.«

»Aber gefällt es *dir*?«

Ich stutze, da er mir die Frage in dem gleichen Tonfall wie Ellie stellt. Zwar habe ich schon häufiger vermutet, dass Julian mich durchschaut hat, habe es aber stets wieder verdrängt. Vielleicht war das ein Fehler. Julian war schon immer viel zu clever für diese Welt, und ich habe ihn eindeutig unterschätzt.

Ich nicke. »Ja, mir gefällt es. Sehr sogar.« Ursprünglich habe ich mich für diesen Ort entschieden, weil ich es satthatte, so nahe am Ortszentrum zu wohnen, doch dann habe ich schnell festgestellt, wie sehr ich dieses Grundstück liebe und wie viel Potenzial es birgt.

Er nickt. »Gut.«

»Warum fragst du?«

»Ich weiß doch, wie du bist.«

Ich schnaube. »Was soll das denn heißen?«

Er schaut an mir hinab und betrachtet meinen verkrampften Griff um die Bierflasche. »Wenn du aufhören willst, darüber zu reden, ist das in Ordnung.«

Ich nehme einen tiefen Atemzug. »Es ist nur …«

Julian schüttelt den Kopf. »Es liegt mir fern, über dich zu urteilen oder es dir unnötig schwer zu machen. Ich freue mich einfach, dass du mittlerweile Entscheidungen triffst, die *dich* glücklich machen.

Du hast schon viel zu viel Zeit in deinem Leben damit verschwendet, es allen anderen recht zu machen.« Er stößt mit mir an, und wir trinken beide einen Schluck.

Da ich weiß, dass es an der Zeit ist, mich Julian endlich zu öffnen, nehme ich all meinen Mut zusammen. Wenn ich für meinen Sohn mit gutem Beispiel vorangehen will, muss ich aufhören, es als Schwäche zu betrachten, über meine Gefühle zu sprechen. Denn in Wahrheit zeugt es von Stärke.

»Lange Zeit habe ich gedacht, ich würde das Richtige tun, schließlich hatte ich die besten Absichten.« Ich betrachte den Teich in der Ferne. »Andere glücklich zu machen, ist regelrecht zur Sucht geworden.«

»Aber was hattest du davon?« In Julians Tonfall schwingt keinerlei Verurteilung mit.

Ich starre immer noch geradeaus und tippe mir mit den Fingern auf die Kniescheibe. »Ganz ehrlich?« Ich atme schwer aus. »Nachdem ich hergezogen war, hatte ich ganz schön zu kämpfen.«

Sein Blick wird weich. »Daran erinnere ich mich noch.«

»Deine Eltern haben sich so bemüht, mir zu helfen, aber es hat nicht funktioniert.«

»Es dauert eben seine Zeit, bis alte Wunden heilen.«

»Heute weiß ich das auch, aber damals hab ich mir Sorgen gemacht, dass sie mich irgendwann nicht mehr ausstehen könnten.«

»Wie kannst du das sagen, Rafa? Du warst schwer traumatisiert.«

»Sagt der Vorzeigesohn.«

Er schnaubt. »Einer der Hauptgründe dafür, warum ich mich so aufgeführt habe, war der, dass ich die Aufmerksamkeit nicht von dir weglenken wollte.«

Ich blinzele. »Was?«

Er stößt zittrig die Luft aus. »Du hattest schon so viel durchgemacht, dass es sich falsch angefühlt hat, um ihre Aufmerksamkeit zu buhlen – deswegen bin ich unabhängig geworden.«

Julians Geständnis wirft mich vollkommen aus der Bahn. All die Jahre habe ich geglaubt, er sei perfekt, weil er einen Konkurrenzkampf mit Dahlia austrug, aber hinter der Geschichte steckt eindeutig mehr. Vielleicht hätte ich ihn besser verstanden, wenn wir dieses Gespräch bereits vor Jahren geführt hätten. Doch Julian ist genau wie ich: verschlossen und zu stolz, um Schwäche zu zeigen.

»Es tut mir leid«, sage ich.

Er zuckt zurück. »Was zur Hölle sollte dir denn leidtun?«

»Dass ich euer Leben auf den Kopf gestellt habe.«

»Glaubst du das ernsthaft?«

Sein leises Lachen lässt mich die Stirn runzeln. »Was ist daran so lustig?«

»Dass du tatsächlich denkst, dich entschuldigen zu müssen, obwohl du das Beste bist, was unserer Familie jemals passiert ist.«

Ich verdrehe die Augen. »Das sagst du doch nur so.«

Er zeigt mit dem Finger auf mich. »Ich sage niemals Dinge, die ich nicht so meine.«

Darüber denke ich ein paar Sekunden nach, bevor ich erwidere: »Aber wie kannst du so etwas behaupten, nachdem ich dir gestanden habe, dass ich mich die ganze Zeit verstellt habe?«

»Weil wir es wussten – wir haben dich nur nie darauf angesprochen.«

Mein Herz setzt einen Schlag aus. »Was?«

Julian legt den Kopf schief. »Jetzt mal im Ernst, kannst du dir vorstellen, dass Mom *nichts* geahnt hat? Frag sie mal danach. Für sie bist du ihr Sohn, Rafa. Was hast du denn geglaubt?«

Ich werde mich dringend mit meiner Tante unterhalten und sie fragen müssen, wie viel sie weiß – und warum sie zugelassen hat, dass ich mich jahrelang verstelle, ohne mich darauf anzusprechen.

* * *

Lorenzo: *Wir werden uns bald mit euch in Verbindung setzen, um zu besprechen, wie ihr uns unterstützen könnt.*

O Shit!

Ich klicke auf den angehängten Artikel.

Heute Morgen wurde bekannt, dass Darius Larkin, Inhaber von MIA Records, das Unternehmen offiziell an seinen Rivalen Jack Davenport von Cadenza Records verkauft hat. Die Übernahme fand statt, nachdem diverse Frauen, die mit Mr. Larkin zusammengearbeitet haben, von ihren Erfahrungen mit ihm berichtet hatten. Unter anderem werfen sie ihm Bestechung, Knebelverträge, sexuelle Belästigung und sexuelle Übergriffe vor.

Als ich weiterlese, erfahre ich, dass einige der Opfer anonym bleiben möchten, während andere ihr Statement unter ihrem richtigen Namen abgegeben haben. Auch wenn sich ihre Geschichten von Ellies unterscheiden, sind sie nicht weniger abartig. Einige Sängerinnen berichten, dass sie niemals ihren großen Durchbruch hatten, obwohl Darius ihnen dies garantiert hatte, während andere bessere Chancen bekamen, nur weil sie sich auf eine intime Beziehung mit ihm einließen.

Fuck. Ist das etwa auch Ava passiert?

Mir ist übel, als ich Julian anrufe.

Mein Cousin begrüßt mich nicht einmal, sondern kommt gleich zur Sache. »Ich hab gerade eine E-Mail erhalten, in der man mir dafür dankt, dass ich nächsten Monat als Gastredner auf einer von Lorenzos politischen Veranstaltungen auftrete.«

»Als Gastredner?«

»Ja. Und weißt du, was ich noch mehr hasse als Lorenzo?«

»Zu verlieren?«

»Reden vor Publikum, Rafa«, versetzt er. »Das ist ein absoluter Albtraum. Ich wusste, dass ich mich nicht darauf hätte einlassen sollen.«

Ich verziehe das Gesicht. »Tut mir leid.«

Er atmet ein paarmal tief durch. »Hast du wenigstens das bekommen, was du gefordert hast?«

»Ja, er hat abgeliefert.«

»Das tut dieser Mistkerl immer.«

Ich seufze. »So schlimm ist er nun auch wieder nicht.«

»Vielleicht sollte ich dieses Zitat in meine Rede einbauen. Was meinst du?«

»Um ehrlich zu sein, überrascht es mich, dass er von dir verlangt, eine Rede zu halten. Ich dachte eher, dass er dich ein paar Schilder aufstellen lässt und dazu bringt, ihn im Last Call wie einen Freund zu begrüßen.«

»Aber stattdessen will er, dass ich eine Rede halte. Vor Publikum.«

Ich kann mir Julians entsetzte Miene bildlich vorstellen. »Kann ich es irgendwie wiedergutmachen?«

»Du könntest jemanden engagieren, der so tut, als wollte er mich ermorden, bevor ich es auf die Bühne schaffe.«

Als ich lache, stimmt auch Julian widerwillig mit ein.

»Ich mach das nur, weil du mir wichtig bist.«

»Das weiß ich zu schätzen.«

»Du stehst in meiner Schuld«, murrt er, ehe er auflegt.

Als jemand gegen die Haustür hämmert, lege ich mein Handy auf dem Schreibtisch ab und stehe auf.

»Hast du was damit zu tun?«, fragt Ellie, als ich ihr die Tür öffne, und hält mir ihr Handy vor die Nase.

Es ist ein anderer Artikel als der, den ich gelesen habe, doch die Schlagzeile darüber klingt ähnlich.

Ich registriere ihre geschwollenen roten Augen, doch ehe ich mir darüber Gedanken machen kann, warum sie geweint hat, schlingt sie die Arme um mich. »Danke.«

»Du bist nicht … sauer?«

Ich hätte niemals damit gerechnet, dass Darius' Firma von einem anderen Label aufgekauft wird, also hoffe ich, dass es rechtlich nichts an der Situation mit Ava ändert.

Ellie löst sich von mir. »Sauer? Nein!«

Erleichtert stoße ich den angehaltenen Atem aus. »Gut. Ich dachte schon, es könnte deiner Anwältin die Arbeit erschweren.«

»Selbst wenn, wäre es die Sache wert. Er hat sein Label *geliebt.*«

Das Engegefühl in meiner Brust lässt ein wenig nach. »Ich bin froh, dass er keine weiteren Menschen mehr ausnutzen kann.«

»Dank dir.« Sie stellt sich auf die Zehenspitzen und küsst mich. »Du bist wirklich ein Superheld.«

»Das habe ich aber nicht alleine geschafft.«

Sie lächelt. »Julian hat geholfen?«

Ich schüttele den Kopf. »Nein.«

»Wer dann?«

»Lorenzo.«

Seit meinem Gespräch mit Julian vor ein paar Tagen auf der Veranda denke ich immer wieder intensiv darüber nach, was er gesagt hat. Ich kann einfach nicht fassen, dass meine Tante jahrelang vorgegeben hat, nicht zu wissen, dass ich mich verstelle.

Eigentlich hatte ich mir vorgenommen, sie heute nicht darauf anzusprechen, aber als ich nun in ihrem Haus eintreffe, um mir die Haare schneiden zu lassen, beschließe ich, dass es ein guter Zeitpunkt zum Reden ist.

Obwohl ich mich davor fürchte.

Tía bringt Nico ins Gästezimmer, ehe sie mich in die Küche führt, wo sie mir ein paar Snacks und *agua fresca** anbietet, bevor ich auf einem Hocker Platz nehme.

---

* *Agua fresca: Nicht-alkoholische Getränke mit Wasser/Fruchtsaft*

Mein Herz rast, während sie ihre Utensilien zusammensucht.

Dabei bekomme ich kaum mit, dass sie mir Fragen über meine Arbeit stellt.

Plötzlich hört sie auf, mein Haar einzusprühen. »Rafa?«

»*¿Sí?*«

»Der gleiche Schnitt wie letztes Mal?«

Ich schlucke gegen den Kloß in meinem Hals an und schüttele den Kopf.

»Du willst sie länger wachsen lassen?«

»Nein, ich möchte sie kürzer als sonst.«

Ihre Augen weiten sich. *»¿Qué?«*

»So kurz wie möglich, aber so lang, dass ich noch mit den Fingern hindurchfahren kann. Und keine Haarschneidemaschine.«

»Also so wie *vorher*?«, fragt sie, ohne zu erklären, was sie damit meint, aber das ist auch nicht nötig.

»Ja, wie vorher.«

Während sie mir die Haare schneidet, schmunzelt sie die ganze Zeit. Ein paarmal zucke ich zusammen, als Haarsträhnen zu Boden fallen, aber meine Tante versichert mir, dass es am Ende gut aussehen wird.

Dies bestätigt sich, als sie mich vor den Spiegel im Gästebad schiebt und ich von Emotionen überwältigt werde. Wie versprochen, kann ich mein Haar immer noch mit den Fingern zerzausen, aber nun sind meine Gesichtszüge zu erkennen, statt hinter längeren Strähnen verborgen.

Meine Tante drückt leicht meinen Arm. »Du siehst super aus.«

Ich begegne ihrem Blick im Spiegel und bemerke, dass ihr Tränen in den Augen stehen. *»Por favor. No llores.«**

Sie zieht die Augenbrauen zusammen. »Es sind Freudentränen.«

---

* *Por favor. No llores: Bitte. Keine Tränen.*

Schniefend wendet sie den Blick ab. »Ich kann nicht anders – du siehst einfach so …«

»Umwerfend aus?«, scherze ich.

*»Feliz.**«

Ich ziehe sie in eine feste Umarmung. *»Perdón, Tía. Por todo.«***

»Wofür entschuldigst du dich?«

»Für alles.« Meine Stimme bricht. »Mir war nicht bewusst, dass ich dir wehtue.«

Sie legt mir eine Hand an die Wange. »Ich mag wegen dir vielleicht gelitten haben, aber du hast mir niemals wehgetan, *mijo. Nunca en tu vida.«****

Nun treten mir auch Tränen in die Augen, doch ich blinzele sie eilig weg – nicht weil ich mich für sie schäme, sondern weil ich meine Tante davor bewahren will, zu schluchzen. *Tía* hat mich schon oft als ihren Sohn bezeichnet, aber heute gestatte ich mir zum ersten Mal, es zu glauben. Zu akzeptieren, dass ich als derjenige, der ich bin, einen Platz in dieser Familie habe. Ich will mich nicht mehr länger verstecken oder anderen etwas vormachen, will nicht mehr so tun, als wäre ich ein anderer.

»¿Tía?«

»¿Si?«

»Ich muss dir was erzählen.«

»Geht es darum, dass du heimlich Ellie datest?«

Mir entfährt ein Lachen. »Nein, aber dazu komme ich später.«

»Hm, *que triste*****.« Sie wischt sich die Tränen weg.

Ich verdrehe die Augen. »Es geht um mich.«

---

* ***Feliz:*** *Glücklich*

** ***Perdón, Tía. Por todo:*** *Entschuldigung, Tante. Für alles.*

*** ***Nunca en tu vida:*** *Noch nie in deinem Leben.*

**** ***Que triste:*** *Wie traurig*

Sie streckt kurz den Kopf zur Badezimmertür hinaus und ruft Nico zu, ob alles in Ordnung sei. Als er bejaht, schließt sie die Tür hinter sich. »Worum genau?«

»Ich möchte mit dir über früher reden.«

Sie schüttelt so vehement den Kopf, dass ihr ein paar Haarsträhnen ins Gesicht fliegen. »Du musst nicht mit mir darüber reden.«

»Das weiß ich, aber ich möchte.«

Die nächste Stunde verbringen meine Tante und ich auf dem Fußboden ihres Gästebads, wo wir weinen und einander Geschichten erzählen. Mich Ellie, Nico und Julian zu öffnen, war heilsam, aber meiner Tante zu gestehen, womit ich jahrelang zu kämpfen hatte, ist alles, was ich gebraucht habe.

Irgendwann während unseres Gesprächs schließt sie mich in die Arme und lässt mich nicht mehr los. Es ist lange her, dass sie mich auf diese Weise gehalten hat, und das ist allein meine Schuld. Ich habe gedacht, ich könnte sie schützen, indem ich sie auf Abstand halte; dabei habe ich ihr nur noch mehr Schmerzen bereitet, da sie wusste, dass ich leide und sie nichts dagegen unternehmen kann.

Nun fährt sie mit den Fingern durch mein frisch geschnittenes Haar. »Du bist eines der größten Geschenke, die das Leben mir gemacht hat.«

Wieder entschließe ich mich, ihr zu glauben, anstatt hundert Gegenargumente zu finden.

»Jahrelang habe ich gedacht, es sei egoistisch von mir, so glücklich darüber zu sein, dich in meinem Leben zu haben.«

Mein Herz wird schwer. »Das ist doch nicht egoistisch.«

»Doch, aber ich habe Frieden damit geschlossen. Ich wünschte, ich hätte dich vor all den Schmerzen bewahren können – sowohl vor als auch nach dem Tod deiner Eltern.«

»So schlimm war es gar …« Diesmal halte ich mich davon ab, zu lügen. »Du hättest nichts anderes tun können, um mir zu helfen.«

»Aber ich hätte es versuchen müssen. Schließlich wusste ich, dass du dich verstellst.«

»Und ich dachte, ich wäre ein guter Schauspieler.«

Sie tätschelt mir die Wange. »Nur weil dein Onkel und ich dich in dem Glauben gelassen haben.«

»Ihr habt nie etwas gesagt.«

»Im Nachhinein wünsche ich mir, das hätte ich getan.« Sie lässt den Kopf hängen. »Vielleicht hätte ich mich doch nach einem Therapeu…«

»Dazu war ich damals nicht bereit.«

»Aber als deine Mutter wäre es meine Aufgabe gewesen …«

»Hör auf. Es bringt nichts, sich schuldig wegen etwas zu fühlen, woran sich nichts mehr ändern lässt.«

Wieder füllen sich ihre Augen mit Tränen. »Das ist verdammt schwer.«

»Ich weiß. Verdammt, das weiß ich nur allzu gut.«

»Okay, ich verspreche aufzuhören, wenn du es auch tust.«

»Abgemacht.« Ich drücke sie an mich. »Ich will die Sache einfach hinter mir lassen und mich auf die Zukunft fokussieren.«

»Klingt nach einem guten Plan.«

KAPITEL VIERUNDFÜNFZIG

RAFAEL

Ich wusste, dass mein Glück nicht ewig andauern kann. Ellie und ich haben die letzte Woche, seitdem wir wieder in Lake Wisteria sind, in einer Blase verbracht, und es war nur eine Frage der Zeit, bis uns die Realität einholen würde.

Ich wünschte nur, mein Sohn hätte nicht auch darunter zu leiden.

»Nico«, rufe ich ihm hinterher, doch er schlägt seine Zimmertür zu und verriegelt sie.

»Ich will aber nicht hingehen!«

»Du hast so hart dafür gearbeitet.« Ich rüttele am Türknauf.

Zwei Monate lang hat er mit Ellie das Stück für das Erdbeerfest geübt, daher macht es mich wütend, dass er wegen *ihr* nicht mehr auftreten will. Mir war immer bewusst, dass Hillary vielleicht absagen würde, aber das wollte ich Nico nicht sagen, denn ich hatte bis zuletzt die Hoffnung, dass sie kommen würde.

Und sieh dir an, wohin das geführt hat.

Ich lehne meine Stirn an die Tür. »Alle, die dich lieben, werden da sein.«

»Das ist mir egal! Ich hör auf!«

»Womit?«

»Mit Musik! Was bringt das denn?«

Ich höre Nicos Schluchzen durch die Tür und würde ihm am liebsten seinen Schmerz abnehmen, aber ich kann ihn nicht vor der einen Person beschützen, die es immer wieder schafft, ihn zu verletzen. Ich weiß nicht, was ich tun soll. Auch wenn ich Hillary verabscheue, ist sie immer noch seine Mutter und hat das Recht, ihn zu sehen und mit ihm zu sprechen, selbst wenn es nur sporadisch ist.

Ich ziehe mein Handy hervor und schreibe Ellie eine SOS-Nachricht, ehe ich erneut am Türknauf rüttele. »Kann ich reinkommen? Bitte?«

Nico antwortet nicht. Stattdessen versucht er zu verbergen, dass er weint, indem er sein Gesicht in ein Kissen drückt – zumindest hört es sich so an.

»Ich bin für dich da.«

Da ich weiterhin keine Antwort bekomme, lasse ich mich im Flur auf den Boden sinken und lehne mich gegen die Tür. Die Hilflosigkeit, die ich gegenüber meinem Sohn empfinde, erinnert mich zu sehr an meine Kindheit und lässt all die Dunkelheit in mir aufkeimen, die ich versucht habe zu vertreiben.

Ich bin mir nicht sicher, wie lange ich dasitze, bis ich höre, wie am anderen Ende des Hauses eine Tür ins Schloss fällt. Kurz darauf erklingen Schritte, und Ellie biegt wie ein Engel in Schwarz um die Ecke.

»Hey.« Sie setzt sich neben mich auf den Boden und zieht mich in eine Umarmung.

»Er macht die Tür nicht auf und behauptet, er will keine Musik mehr machen. Nie wieder.«

»Soll ich es mal versuchen?«

»Kannst du gerne tun, aber ich weiß nicht, ob er mit sich reden lässt. Er ist am Boden zerstört.«

Innerlich verfluche ich meine Ex-Frau. Am Montagmorgen werde ich sofort meinen Anwalt kontaktieren und versuchen, eine bessere Lösung für unser Problem zu finden. Wenn sie kein Teil von Nicos Leben sein will, bitte, aber ich werde nicht zulassen, dass sie ihm immer wieder unnötige Hoffnungen macht, so wie sie es bei mir getan hat. Es ist mir egal, wie viel es mich auf Dauer kosten wird oder ob sie am Ende glaubt, sie hätte endgültig gewonnen. Mein Stolz ist mir nicht so wichtig wie Nico.

Ellie klopft an die Tür. »Nico.«

Stille.

»Darf ich reinkommen?«

Keine Reaktion.

»Wenn du heute nicht zum Fest gehen willst, ist das okay.«

Er schnieft. »Wirklich?«

»Natürlich. Ich hab dich das Lied schon tausendmal spielen hören. Vielleicht werde ich stattdessen auf die Bühne gehen und es besser performen.«

»Das hättest du wohl gern«, murrt er.

Ellie seufzt. »Hm. Wollen wir wetten?«

Er stöhnt genervt. »Mir ist klar, was du machst.«

»Funktioniert es?«

»Nein.« Allzu sicher klingt er allerdings nicht.

»Kannst du bitte die Tür aufmachen? Dein Dad und ich machen uns Sorgen um dich.«

Ein leises Schlurfen ertönt, gefolgt vom Klicken des Schlosses. Als er die Tür aufzieht, kippe ich nach hinten, kann mich aber gerade noch abfangen, bevor ich rücklings hinfalle.

Ellie huscht ins Zimmer und schließt Nico in ihre Arme. »Es tut mir leid, dass deine Mom heute nicht dabei sein wird.«

Er schmiegt sich an sie und weint. »Ich wollte so gern, dass sie zuguckt.«

Ellie reibt ihm beruhigend den Rücken. »Ich weiß.«

»Ich hab gedacht, dass sie vielleicht öfter kommen will, wenn ich gut genug spiele und ihr mein Auftritt gefällt.«

Ellie und ich wechseln einen Blick. Ihre Augen sind feucht.

Nicos Aussage erinnert mich so sehr an mich selbst, als ich noch jünger war, und es schmerzt mich zu wissen, dass er mit seiner Vermutung falschliegt – nichts, was er tut, könnte einen anderen Menschen von Grund auf ändern. Das kann seine Mutter nur selbst tun, doch daran scheint sie kein Interesse zu haben.

Irgendwie werde ich die Sache geradebiegen, selbst wenn ich dafür nach Oregon fliegen und höchstpersönlich mit Hillary reden muss. Ich habe ihre Spielchen satt, weil es mittlerweile zwei Menschen gibt, um die ich mich kümmern muss, und keiner von beiden hat ihren Bullshit verdient. Ich bin derjenige, der uns das alles eingebrockt hat, was bedeutet, dass ich auch derjenige bin, der es wieder richten kann.

»Darf ich dir eine Geschichte erzählen?«, fragt Ellie, was mich ein wenig von meiner Wut ablenkt.

Als Nico nickt, führt sie ihn zum Bett, wo er sich auf ihren Schoß setzt und ich neben ihnen Platz nehme.

Ellie streicht Nico das Haar aus dem Gesicht. »Früher war ich mal in der gleichen Lage wie du gerade.«

Seine Augen werden groß. »Ehrlich?«

Sie nickt. »Mein Dad ist nie zu meinen Konzerten oder Auftritten gekommen, und er hat mir auch nie beim Üben zugehört. Stattdessen hat er behauptet, dass Musik mich verweichlichen und zu einer Träumerin machen würde.«

Ich wünschte, ich könnte den Arm um sie legen und sie an meine Seite drücken; stattdessen balle ich die Hände zu Fäusten, um mich davon abzuhalten.

Nico schnappt nach Luft. »Nein.«

Ellie verzieht das Gesicht. »Doch. Fast hätte ich alles hingeschmissen, weil ich so traurig darüber war.«

»Aber du hast so viel Talent.«

Sie lächelt. »Danke.«

»Warte! Wenn du alles hingeschmissen hättest, wärst du nie meine Musiklehrerin geworden. Und auch nicht meine Nanny. Und du hättest niemals Cole Griffin kennengelernt.«

»Da hast du vermutlich recht.«

»Wow.«

Ellie lacht. »Die Ereignisse in unserem Leben sind wie eine Kettenreaktion. Jede Entscheidung, die du triffst, kann Einfluss auf die Zukunft haben.«

Unterschiedliche Emotionen huschen über Nicos Gesicht, während er ihre Worte verarbeitet.

»Wenn ich die Musik aufgegeben hätte, weil es meinem Dad nicht gepasst hat, wäre ich heute nicht hier bei dir.«

Nico schlingt die Arme um ihren Hals. »Danke, dass du nicht aufgegeben hast.«

Eine Weile sitzen wir schweigend nebeneinander, während Ellie Nico beruhigt und ich mit der Hand kleine Kreise auf ihrem Rücken beschreibe.

Früher hat es immer nur Nico und mich gegeben, sogar als Hillary noch hier war, aber jetzt erkenne ich, dass ich die Höhen und Tiefen des Familienlebens nicht mehr allein stemmen muss. Auf Ellie kann ich mich verlassen, denn sie liebt meinen Sohn bedingungslos, ohne Gehalt oder monatliche Zuschüsse. Natürlich hätte sie jedes Kind lieben können, aber ich bin froh, dass sie sich für meines entschieden hat. Und zum ersten Mal, seit sie das Thema Nachwuchs angesprochen hat, frage ich mich, wie es wäre, ein Kind zu zweit großzuziehen.

Zusammen mit ihr.

Obwohl in Lake Wisteria zu jeder Jahreszeit ein Fest stattfindet, ist das Erdbeerfest das größte Ereignis des Jahres. Meine Tante, die für die Planung aller Events im Ort verantwortlich ist, verbringt Monate damit, jedes noch so kleine Detail auszuklügeln, und dieses Jahr hat sie sich selbst übertroffen. Auf dem Festplatz gibt es reihenweise Zelte und Stände, an denen man Essen, Getränke und Kleidung kaufen kann, die alle etwas mit Erdbeeren zu tun haben.

Schon als Kleinkind hat Nico dieses Wochenende geliebt, daher freue ich mich, dass er sich am Ende doch dazu durchgerungen hat, mitzukommen. Heute hat er sich für seinen Lieblingsanzug und seine schickste Brille für besondere Anlässe entschieden.

Als wir auf dem Festplatz eintreffen, steht bereits das Klavier auf der Bühne, das Ellies Stiefvater für den Tag zur Verfügung gestellt hat, und die Sitzreihen füllen sich schnell mit Zuschauerinnen und Zuschauern.

»Wie fühlst du dich?« Ellie kniet sich vor Nico hin und zupft seine Fliege zurecht.

»Gut.«

»Hm. Ich glaube, wir sollten etwas Besseres als *gut* anstreben.«

Als sie ihn kitzelt, windet er sich lachend. »Na schön, ich fühle mich super!«

Sie zwinkert ihm zu. »Das ist schon viel besser.«

Ich beuge mich vor und gebe Nico einen Kuss aufs Haar. »Ich bin stolz auf dich, *mijo*.«

Er greift sich an das Revers seines Anzugs und schiebt die Brust raus. »Wenn ich eines Tages Rockstar werden will, kann ich nicht alles hinschmeißen.«

Ellie und ich umarmen ihn nacheinander.

»Ein großer Applaus für Nicolas Lopez!«, ertönt die Stimme des Ansagers in dem Moment.

»Das bin ich!« Als hätte er uns mit einem Mal vergessen, stürmt Nico auf die Bühne.

Wieder einmal zeigt sich, dass mein Sohn ein geborener Entertainer ist, als er sich vor der Menge verbeugt und seine Finger dramatisch über die Klaviertasten gleiten lässt.

Mittlerweile sitzen doppelt so viele Menschen im Publikum wie zu dem Zeitpunkt, zu dem wir eingetroffen sind, und es erfüllt mich mit Stolz, dass so viele Leute gekommen sind, um meinen Sohn spielen zu sehen.

Seufzend lege ich die Arme um Ellie und mein Kinn auf ihre Schulter, doch sie entzieht sich mir erschrocken und tritt ein Stück von mir weg.

»Man könnte uns sehen.«

»Und das wäre dir nicht recht?«

Sie beißt sich auf die Unterlippe. »Nicht wirklich, aber aus einem ganz anderen Grund, als du wahrscheinlich vermutest.«

»Okay …« Ich atme hörbar aus, was mir ein Stirnrunzeln von ihr einbringt.

Schließlich zieht sie mich von der Bühne weg in die Schatten, sodass man uns nicht sehen kann. »Ich schäme mich nicht, mit dir gesehen zu werden. Es ist nur …« Ihre Stimme verliert sich, als Nico die ersten Töne des Liedes spielt.

Ich umfasse ihr Kinn, damit sie mich ansehen muss. »Was?«

Sie streicht mit der Hand über meine Brust. »Ich will dich einfach noch ein bisschen länger ganz für mich allein haben. Wenn es erst mal alle wissen, wird man uns keine Ruhe mehr lassen.«

»Da sagst du was … Vielleicht sollten wir es für immer geheim halten. Dann geht uns meine Familie wenigstens nicht auf die Nerven.«

Lachend versetzt sie mir einen Stoß gegen die Schulter. »Ich meinte eher ein paar Wochen.«

»In Ordnung, damit komme ich klar.« Ich ziehe sie noch ein Stück weiter in die Schatten des Backstagebereichs und lege die Arme wieder um sie.

Ellie schmiegt sich an mich, während Nico das Stück spielt, das er unzählige Male geprobt hat. Bei der Melodie bildet sich eine Gänsehaut auf meinen Armen, und meine Augen füllen sich mit Tränen. Mein Sohn liebt es aufzutreten, und es macht mich unendlich glücklich, dass er etwas gefunden hat, das ihm so viel Freude bereitet.

»Er ist wirklich toll«, flüstert Ellie.

»Ich weiß.«

»Eines Tages wird er berühmt werden, das sage ich dir.«

»Und zum Glück wird er dich an seiner Seite haben, um ihn dabei zu unterstützen – *nachdem* er seinen Schulabschluss gemacht hat.«

Sie neigt den Kopf und küsst mich auf den Kiefer. »So weit denkst du schon?«

»Oh ja.«

Das Lächeln, das sich in diesem Moment auf Ellies Gesicht legt, werde ich mein Leben lang nicht mehr vergessen.

KAPITEL FÜNFUNDFÜNFZIG
ELLIE

Rafael presst den Mund gegen mein Ohr. »Es treibt mich in den Wahnsinn, dass ich meine Hände bei mir behalten muss.«

Ein Prickeln läuft an meiner Wirbelsäule hinab, woraufhin mir Dahlia, die mir am Cocktailtisch neben Julian gegenübersitzt, ein wissendes Schmunzeln schenkt.

Ich habe mir schon gedacht, dass es eine schlechte Idee sein würde, nach dem Fest ins Last Call zu gehen – hauptsächlich weil wir hier alle kennen –, aber die Muñoz-Schwestern haben uns überredet, denn Josefina und Rosa wollen sich heute Abend um Nico kümmern.

Die meisten jungen Leute aus dem Ort sind nach Ende des Festes in die Bar gegangen, sodass es sich fast anfühlt wie eine Highschool-Reunion. Lily, die vorhin noch am motiviertesten wirkte, ist, kurz nachdem wir eingetroffen sind, verschwunden, sodass Dahlia, Julian, Rafael und ich nun ein spontanes Doppeldate genießen. Wir sitzen an einem hohen Tisch in der Nähe des Tresens und sehen den Barkeepern zu, die alle Hände voll damit zu tun haben, die Menge zu bewirten.

Rafael und ich haben es bisher geschafft, Abstand zu halten, was allerdings mit jedem verstohlenen Blick und jeder heimlichen Berührung schwieriger wird. Ich dachte, mir würde es gefallen, unsere Beziehung geheim zu halten, aber mittlerweile ist es die reinste Qual.

Das war deine Idee, sage ich mir, als Rafael unter dem Tisch meine Hand ergreift, während Dahlia uns von ihrer Begegnung mit einem Fan ihrer Designshow berichtet. Julian ist zu sehr auf seine Freundin fokussiert, um uns Beachtung zu schenken, doch Dahlia grinst mich an, als sie mich dabei erwischt, wie ich warnend Rafaels Oberarm drücke. Während sie weiterredet, streichen Rafaels Finger über meine Oberschenkel, und jede Berührung seiner schwieligen Hand lässt Hitze in meinen Bauch schießen.

Zu dem Zeitpunkt, zu dem Dahlia ihre Geschichte beendet, habe ich meinen Wodka Soda ausgetrunken.

»Du hattest Durst?«, fragt Rafael grinsend, woraufhin ich ihn wütend anfunkele.

Dahlia verschluckt sich vor Lachen, was Julian endlich aus seiner Trance aufrüttelt. »Ich könnte eine weitere Runde vertragen.« Mit einem zärtlichen Lächeln schaut er Dahlia an.

»Ich auch«, erwidert sie grinsend.

»Und du?« Rafaels Daumen streicht sanft über meine Wirbelsäule, ehe er seine Hand auf die Rückenlehne meines Hockers legt.

Meine Antwort bleibt mir im Hals stecken, sodass ich nur nicken kann.

Rafaels Mundwinkel heben sich, als er mir noch einmal flüchtig über den Rücken streichelt, ehe er seine Hand wegzieht.

»Wir sind gleich wieder da.« Julian drückt Dahlia einen Kuss auf den Kopf.

Rafael schaut mit verengten Augen zwischen ihnen und mir hin und her.

Du bist diejenige, die die Beziehung geheim halten wollte.

Als ich den Vorschlag gemacht habe, bin ich davon ausgegangen, dass es uns mehr Zeit verschaffen würde, um uns an die neue Situation zu gewöhnen, ohne dass uns hundert verschiedene Leute ihre Meinung dazu auftischen, aber nun bin ich mir nicht mehr sicher, ob es die richtige Entscheidung war. Das, was zwischen uns ist, zu verbergen, fühlt sich plötzlich falsch an.

Dahlia beugt sich vor und flüstert: »Du und Rafael also, hm?«

»Was soll mit uns sein?«

Sie grinst. »Ach so, ihr haltet es noch geheim?«

Mein Gesicht wird vor Verlegenheit ganz warm. »Ich hab keine Ahnung, wovon du sprichst.«

»Keine Sorge, ich war auch schon in deiner Lage.« Ihr Grinsen wird breiter. »Aber wenn du jemals beim Familien-Pokerabend gewinnen willst, müssen wir an deinem Gesichtsausdruck arbeiten.«

»Ich …« Mir fehlen die Worte.

Sie streckt den Arm aus und drückt meine Hand. »Ich will dich doch nur ärgern. Es ist schön, Rafael endlich glücklich zu sehen, also danke. Für alles.«

Meine Augen brennen. »Du dankst *mir*? Warum?«

»Weil du ihn zu uns zurückgebracht hast.«

In meinem Hals bildet sich ein Kloß. »Ich hab doch gar nichts gemacht.«

»Und bescheiden bist du auch noch – kein Wunder, dass er so auf dich steht.«

Ein Prickeln breitet sich in meiner Brust aus und schlängelt sich geradewegs in mein Herz.

»Übrigens hat er dich beim Mittagessen am Sonntag dreimal erwähnt. Beim nächsten Mal musst du unbedingt mitkommen.« Bei diesen Worten leuchten Dahlias Augen, doch im nächsten Moment verengt sie sie und fixiert einen Punkt hinter mir.

»Was ist?« Als ich mich umdrehe, entdecke ich sofort den Grund für ihren Stimmungswandel.

Julian bestellt gerade beim Barkeeper, während Rafael sich gegen den Tresen lehnt und mit finsterem Blick eine brünette Frau mustert, die in seinem Abschlussjahrgang war. Sie hat eine Hand um seinen Oberarm gelegt, als wollte sie Rafael für sich beanspruchen. Ein Anflug von Eifersucht keimt in mir auf, als sie den Kopf zurückwirft und lacht.

Flach atmend balle ich die Hände zu Fäusten. Mir ist klar, dass Rafael nicht an ihr interessiert ist, denn er hat die Oberlippe leicht hochgezogen und seine Schultern angespannt. Dennoch erschreckt mich die Eifersucht, die ich in vorherigen Beziehungen noch nie empfunden habe. Vielleicht hatte ich bisher noch keinen Grund dazu, weil mir noch nie jemand so wichtig war wie Rafael. Ich will ihm gehören, genauso wie er mir gehören soll, und ich will, dass es alle wissen, auch die hübsche Frau mit den roten Lippen und den perfekten Zähnen.

»Ellie?«, spricht mich Dahlia an, als ich mich erhebe.

»Bin gleich wieder da.«

»Er steht nicht auf sie«, sagt sie mit leichter Panik in der Stimme.

»Ich weiß.«

Dahlia rutscht ebenfalls von ihrem Hocker. »Ich könnte rübergehen und …«

Ich werfe ihr ein beruhigendes Lächeln zu. »Nicht nötig, ich komme klar.« Ich kenne die andere Frau zwar nicht gut, aber gleich wird sie *mich* kennenlernen.

Während ich mich durch die Menge dränge, entdeckt mich Rafael, und meine Wangen röten sich. Ich folge der Anziehungskraft, die mich geradewegs zu dem Mann führt, der mein Herz fest im Griff hat.

Seine Augen funkeln belustigt, als ich ihn erreiche. »Hi.«

»Hi«, erwidere ich.

Die Frau sieht mich fragend an. »Kann ich dir helfen?«

»Nein, aber ich glaube, ich kann *dir* helfen.«

Rafaels Schmunzeln verwandelt sich in ein Grinsen.

Mistkerl.

Die Frau runzelt die Stirn. »Wie meinst du das?«

»Er ist vergeben.«

»Wirklich?« Sie lässt ihre Hand sinken.

Rafael sieht zu mir hinab und überlässt es mir, wie viel ich preisgeben will.

Ich nicke. »Ja, ist er.«

Die Frau schaut mit großen Augen zwischen uns hin und her. »Oh.«

Ich hebe die Hand und wedele lächelnd mit den Fingern. »Wenn es dir also nichts ausmacht …«, sage ich betont freundlich, denn ich will kein unnötiges Drama mit jemandem aus dem Ort heraufbeschwören.

Die Frau murmelt eine Entschuldigung und verlässt fluchtartig die Bar.

Rafael nimmt meine Hand und drückt einen Kuss darauf. »Eifersucht steht dir.«

Ich fahre mit der Handfläche über seinen Arm, um den unsichtbaren Fleck wegzuwischen, den die andere Frau dort hinterlassen hat. »Du bist nicht … sauer?«

Er stößt ein Lachen aus. »Was? Auf keinen Fall.«

Ich atme erleichtert aus. »Es hat mir nicht gefallen, dass sie dich berührt hat.«

Er schlingt einen Arm um meine Taille und zieht mich an sich. »Ich würde mich ja entschuldigen, aber dich so zu sehen, war verdammt heiß.« Er legt eine Hand unter mein Kinn und hebt mein Gesicht an. »Und jetzt bin ich dran, allen zu zeigen, dass du mir gehörst.« Sein Blick fällt auf meinen Mund.

»Die Leute gucken schon«, warne ich.

»Gut.« Er schmunzelt, ehe er seine Lippen auf meine drückt.

Den Jubel und die Pfiffe um uns herum höre ich kaum, denn mein Herz schlägt mir bis zum Hals. Mit einem Mal ist es mir egal, was alle anderen denken, denn dieser Mann gehört mir, und morgen werden es alle Leute im Ort wissen.

Da es bis zu meiner Abreise nach Europa nicht mehr lange dauert, möchte ich jeden Moment mit Nico auskosten, also verbringe ich den Sonntagmorgen mit ihm und Rafael. Nach dem Frühstück und einer Quad-Fahrt über das Grundstück treffe ich mich mit Willow im Early Bird Diner auf der Main Street, wo es relativ leer ist, da sich viele noch vom gestrigen Erdbeerfest erholen.

Als wir sitzen, hält Willow eine Speisekarte hoch, um unsere Gesichter abzuschirmen, und winkt mich näher zu sich heran.

»Verstecken wir uns vor jemandem?« Ich schaue mich im Restaurant um.

»Jessica kann von den Lippen ablesen.« Sie neigt den Kopf in Richtung einer älteren Frau an der Theke. »Und Cami lauscht gern.« Mit dem Kinn deutet sie zu Alana Castillo, Callahan Kane und ihrer Tochter Cami, die ein paar Tische entfernt brunchen.

Ich richte den Blick wieder auf Willow. »Was ist los?«

Sie schaut sich noch einmal um, ehe sie flüstert. »Erinnerst du dich noch an *Operation Fake-Verlobung*?«

»Das ist schwer zu vergessen, wenn man bedenkt, was für eine lange Liste mit möglichen Kandidatinnen mittlerweile auf deinem Couchtisch liegt.«

Sie verzieht das Gesicht. »Ich hab jemanden gefunden.«

»Und wen?«

Sie rümpft die Nase. »Das wird dir nicht gefallen.«

»Warum?«

»Weil ich dich bitten muss, Rafael nichts davon zu verraten.«

»Es war doch ohnehin immer ein Geheimnis …« Ich halte inne und starre sie ein paar Sekunden lang an. »Nein.« Es kann nur einen Grund geben, aus dem ich Rafael nichts davon erzählen soll. Ich lege mir Daumen Zeigefinger an den Nasenrücken. »Bitte sag mir nicht, dass du an *sie* denkst.«

Willow schürzt die Lippen. »Sie war nicht meine erste Wahl.«

»Dann entscheide dich für eine andere.«

»Das habe ich, aber Lorenzo will keine andere.«

»Rafael ist unsere geringste Sorge, wenn Julian rausfindet …«

»Das weiß Lily.«

»Und sie hat sich trotzdem beworben?«

»Nicht direkt.«

»Willow.« Ich stöhne auf.

»Ich weiß, dass es nicht ideal ist.«

»Ideal? Sie ist viel zu nett, um sie dieser Qual auszusetzen.«

»So schlimm ist Lorenzo gar nicht.«

»Ist das der Spruch, den er unter seinem Profilbild auf Dating-Apps benutzt?«

»Die Wahlen rücken immer näher, uns bleibt nicht mehr viel Zeit.«

Ich vergrabe das Gesicht in den Händen. »Aber so was kann ich doch nicht vor Rafael verheimlichen.«

Willow überlegt kurz. »Glaubst du, dass er ein Geheimnis dieser Größenordnung für sich behalten kann?«

»Das hoffe ich.« Selbst wenn ich wollte, könnte ich das unmöglich vor Rafael verheimlichen, denn wenn Lorenzo und Lily eine Beziehung vortäuschen, wird er automatisch auch Zeit mit ihrer Familie verbringen.

Willow lässt den Kopf an die Lehne der Nische zurückfallen. »Wenn er es Julian erzählt …«

»Ich weiß.«

»Lily will nicht, dass ihre Familie die Wahrheit erfährt.«

Ich frage mich, warum sie es überhaupt tun will. Am Geld kann es nicht liegen, Dahlia, Julian oder Rafael könnten ihr jederzeit finanziell aushelfen.

»Was springt für sie dabei raus?«, frage ich.

Willow lässt die Speisekarte sinken. »Ganz ehrlich? Ich hab keinen blassen Schimmer.«

»Weiß Lorenzo, warum sie es tun will?«

»Nein, aber er hat mir gesagt, dass er fest entschlossen ist, das rauszufinden.«

Als Nico am nächsten Tag im Sommercamp ist, fragt mich Rafael, ob ich Lust habe, in seiner Mittagspause mit ihm und Penelope eine Runde zu drehen. In letzter Zeit nimmt er sich mehr Pausen von der Arbeit, sowohl weil Nico Sommerferien hat, als auch weil er so viel Zeit wie möglich mit mir verbringen möchte, bevor ich nach London fliege.

Ich weiß das Opfer, das er bringt, zu schätzen, besonders weil er abends länger aufbleiben muss, um die verlorene Zeit reinzuarbeiten.

Zum Glück hat Rafael nicht zugelassen, dass Lily und Dahlia beim Ausmisten seines Kleiderschranks seine Cowboystiefel und sein Lieblingsholzfällerhemd entsorgt haben. Die Kombination aus abgenutzten Stiefeln, dem schwarzen T-Shirt, den ausgewaschenen blauen Jeans und dem umgedrehtem Baseballcap finde ich äußerst heiß. Besonders als er sich bückt, um nach einem Zuckerwürfel zu greifen, den ich versehentlich fallen gelassen habe, als ich mich in Penelopes Sattel geschwungen habe.

Rafael erwischt mich dabei, wie ich ihn anstarre, und steigt lachend hinter mir auf. Mein Herz schlägt schneller, als er die Arme um mich schlingt und seinen Körper an mich presst, um nach Penelopes Zügeln zu greifen.

Seufzend lehne ich mich an ihn. »Hast du mal darüber nachgedacht, noch ein Pferd zu adoptieren?«

»Warum sollte ich das tun?«

»Weil wir dann zusammen ausreiten könnten.«

»Kannst du überhaupt reiten?«

»Nein, aber du könntest es mir beibringen.«

Seine Oberschenkel pressen sich gegen meine. »Aber dann könnten wir nicht mehr zusammen auf einem Pferd sitzen.«

Ich lache. »Gutes Argument.«

»Außerdem könnte ich dann nicht mehr das hier tun.« Rafael küsst die empfindsame Stelle an meinem Nacken. »Und das.« Er streicht mit der Hand an der Innenseite meines Oberschenkels hinauf, was meine unter Körperhälfte heiß werden lässt.

»Konzentrier dich lieber aufs Reiten.«

Er lacht an meinem Ohr, ehe er mit der Zunge schnalzt und Penelope schneller wird.

Ich grabe meine Finger in seine Arme. »Du hättest mich warnen können.«

Er lacht erneut, während wir auf den kleinen Pfad abbiegen, den er um sein Grundstück herum angelegt hat.

»Übrigens …« Ich muss endlich die Sache mit Lily und Lorenzo ansprechen, nachdem ich lange überlegt habe, wie ich das am besten mache. Laut Willow soll die Beziehung zwischen ihnen bald bekannt gegeben werden, und Rafael muss es unbedingt vorher erfahren.

Ich spüre, wie sich seine Arme ein wenig anspannen. »Was?«

»Ich muss dir etwas erzählen.« Ich umklammere den Sattelknauf.

»Das hab ich mir schon gedacht.«

»Wieso?«

»Seit gestern bist du ungewöhnlich schweigsam.«

»Oh.« Vielleicht hat Dahlia recht, und ich muss wirklich an meinem Pokerface arbeiten.

»Ich dachte, ein kleiner Ausritt könnte dir am besten dabei helfen, einen klaren Kopf zu bekommen, aber offenbar ist das nicht der Fall.«

Dass er mich so leicht durchschaut, ist sowohl besorgniserregend als auch beeindruckend.

»Ich bin nervös.«

»Ist alles in Ordnung?« Sein Griff um die Zügel festigt sich.

Verbissen starre ich auf seine Hände. »Ich glaube schon.«

»Warum bist du dann nervös?«

»Weil ich dir vertrauen will, aber … ich könnte mir vorstellen, dass du es unbedingt anderen Leuten erzählen willst.«

»Solange es nicht um Nico geht, kannst du mir alles anvertrauen, und ich werde es für mich behalten.«

Meine Anspannung lässt ein wenig nach. »Versprochen?«

»Versprochen.«

Er küsst meine Schulter. »Du kannst dich auf mich verlassen.«

Ich richte den Blick fest geradeaus auf den Pfad und versuche, all meinen Mut zusammenzunehmen. »Lorenzo will eine Verlobung faken. Wegen der Wahl.«

»So wichtig ist ihm ein Kleinstadt-Wahlkampf?«

Ich zucke mit den Schultern. »Offenbar. Jedenfalls sucht Willow schon eine ganze Weile nach einer geeigneten Kandidatin. Ohne Erfolg. Bis jetzt.«

»Und wen hat sie nun gefunden?«

»Lily.«

Rafael zieht aus Versehen an den Zügeln. »Was?«

»Ich weiß, ich konnte es auch kaum glauben.« Als ich einen schnellen Blick über die Schulter werfe, sehe ich, dass er ganz bleich geworden ist.

»Ist das ein Witz?«

»Ich fürchte nicht.«

»Kaum zu glauben, dass sie sich darauf einlässt. Zu heiraten, ist nie eine gute Idee, ob fake oder nicht.«

Es fühlt sich an, als hätte mir Rafael tausend Nadeln ins Herz getrieben. Zum Glück kann er mein Gesicht nicht sehen, denn ich muss mehrmals tief durchatmen, um meine gequälte Miene zu entspannen.

Zwar verstehe ich seinen Widerwillen, was die Ehe angeht, aber dadurch schmerzt es nicht weniger. Wenn überhaupt, fühlt es sich nur noch schlimmer an, denn je mehr Zeit wir miteinander verbringen, desto öfter denke ich an unsere gemeinsame Zukunft. Ich wünsche mir keine Beziehung, die zu nichts führt, sondern eine Zukunft mit endlosen Möglichkeiten.

Gib ihm Zeit, an seinen Problemen zu arbeiten.

Mir ist bewusst, dass es nicht einfach ist, mit jemandem zusammen zu sein, der unzählige Gründe hat, anderen zu misstrauen. Uns stehen noch einige Hürden bevor.

Ich räuspere mich, um den Kloß loszuwerden, der in meiner Kehle sitzt. »Ich weiß auch nicht, warum sich Lily dazu bereit erklärt hat, aber laut Willow kennt Lorenzo sie schon seit einiger Zeit.«

Fluchend reibt sich Rafael mit einer Hand übers Gesicht. »Julian flippt aus, wenn er davon erfährt.«

»Das hab ich mir schon gedacht.«

»Und niemand weiß, warum sie sich darauf eingelassen hat? Nicht mal Willow?«, fragt er.

»Nein.«

»Und Lorenzo?«

»Auch nicht.«

Er seufzt schwer. »Dann hat sich Lily also aus heiterem Himmel dazu bereit erklärt, eine Verlobung mit ihm vorzutäuschen? Das gefällt mir gar nicht.«

Ich bedecke seine Hände an den Zügeln mit meinen. »Lorenzo

ist kein schlechter Mensch.« Vielleicht ist er berechnend und selbstgerecht, aber er hat Rafael dabei geholfen, unzählige Frauen vor Darius zu bewahren.

»Was noch lange nicht heißt, dass ich will, dass er sich mit einer Frau verlobt, die für mich wie eine Schwester ist.«

»Sie darf übrigens nicht erfahren, dass du davon weißt.«

»In Ordnung, aber ich habe ein ungutes Gefühl bei der Sache – irgendetwas stimmt nicht …«

»Wir werden ihn im Auge behalten.«

Rafael legt einen Arm um meine Taille und zieht mich enger an sich. »Danke, dass du mir vertraust.«

»Ich konnte es einfach nicht für mich behalten.«

»Warum?«

»Weil ich keine Geheimnisse vor dir haben möchte.«

Darauf dreht Rafael meinen Kopf und küsst all meine Sorgen weg, bis ich nur noch an ihn und daran denken kann, dass ich auf dem besten Wege bin, mich in einen Mann zu verlieben, der mir eines Tages das Herz brechen könnte.

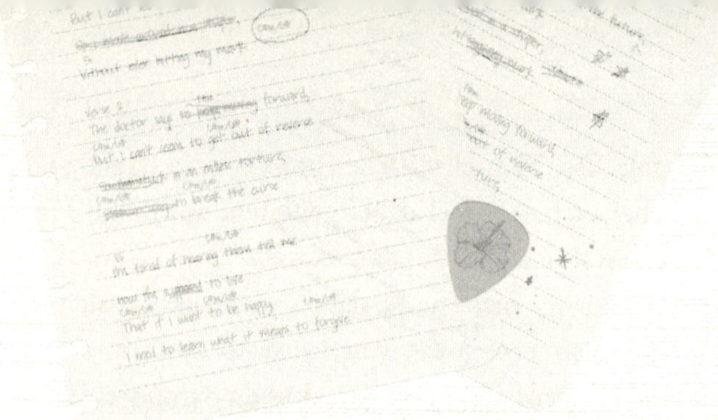

KAPITEL SECHSUNDFÜNFZIG
ELLIE

Innerhalb der nächsten sieben Tage gehen Rafael und ich noch auf zwei weitere Dates, doch beide enden lediglich mit einem Kuss.

Obwohl ich es zu schätzen weiß, dass er die Sache langsam angehen will, hat jeder Mensch seine Grenzen, und ich bin offiziell vor ein paar Stunden an meine gestoßen, als Rafael mich darum gebeten hat, einen Wurf Katzenbabys mit ihm zu retten, der am Straßenrand ausgesetzt worden war. Natürlich wusste ich schon, dass er streunende Katzen in Lake Wisteria rettet, aber ihn in Aktion zu erleben, war etwas ganz anderes. Dass er Erfahrung mit solchen Dingen hat, war gleich zu erkennen, denn ihm war sofort klar, was zu tun ist.

Dank Rafaels vieler Kontakte konnten wir die Katzen innerhalb einer Stunde von einem Tierarzt untersuchen lassen und haben die Erlaubnis bekommen, sie mit nach Hause zu nehmen – was ziemlich beeindruckend ist, wenn man bedenkt, dass die Tierklinik zu dem Zeitpunkt nicht einmal offiziell geöffnet hatte.

»Was?« Er schaut von dem grauen Kätzchen auf, das er gerade mit der Flasche füttert.

Umgeben von Decken und winzigen Tieren sitzen wir im Stall, doch ich sehe nur *ihn*.

Ich lehne mich zurück. »Ich glaube, du bist der heißeste Mann, der je existiert hat.«

Seine Wangen röten sich. »Du *glaubst*?«

»Ich hab mich noch nicht entschieden.«

Seine Mundwinkel zucken. »Kann ich irgendetwas tun, das dir die Entscheidung erleichtert?«

»Zieh dein T-Shirt aus?«

Er lacht, und ich schieße ein weiteres Foto von ihm mit der Katze. Ich habe schon so viele Aufnahmen gemacht, dass ich eine Collage zusammenstellen könnte.

»Willst du es auch mal versuchen?«

Ich hebe mein Handy und schieße das gefühlt hundertste Foto. »Nope. Du hast nur noch eine Katze vor dir, und ich muss alles dokumentieren, solange ich die Gelegenheit dazu habe.« Morgen geht mein Flug nach London, daher sammele ich Erinnerungen.

Er grinst. Die letzte Stunde hat er damit verbracht, sich um die sechs kleinen Katzen zu kümmern, während ich entzückte Laute ausgestoßen und die Tiere gefilmt habe.

Ich seufze übertrieben. »Es macht mich traurig, dass ich morgen früh nicht hier sein kann, um dir wieder dabei zuzusehen.«

»Du könntest hier übernachten.« Er hebt eine Augenbraue. »Nico schläft heute bei meiner Tante.«

»Und das sagst du mir erst jetzt?« Vorhin klang es so, als würde Nico sie nur besuchen, aber später zurückkommen.

»Ich wollte nicht, dass du dich zu irgendwas gedrängt fühlst.«

»*Gedrängt?* Ich hab mir langsam schon … Sorgen gemacht.«

»Worüber?«

»Ob du mich überhaupt noch mal flachlegst, bevor ich nach Europa fliege.«

Er bricht in schallendes Gelächter aus. »Ich wollte respektvoll sein.«

»Sei ruhig respektlos. Mehrmals, wenn du Lust hast.«

Seine Augen funkeln. »Das werde ich mir merken.«

Kurz werde ich von einer schwarzen Katze abgelenkt, die sich an meine Seite kuschelt und die ich nun auf meinen Schoß ziehe.

»Wie sollen wir dich bloß nennen?« Ich denke über meine Alkoholoptionen nach. »Vielleicht nach einer Margarita-Geschmacksrichtung?«

»Auf keinen Fall.«

»Hm. Biersorten?«

»Nein.«

»Als würde ich auf jemanden hören, der seine Tiere Ziege eins, zwei und drei nennt.« Ich drücke das kleine Kätzchen an meine Brust und wiege es hin und her wie ein Baby. »Bei so einem Fell wäre ›Guinness‹ perfekt.«

Als Rafael einen Laut von sich gibt und ich zu ihm aufschaue, stelle ich fest, dass er mich mit umwölktem Blick betrachtet.

»Was?«

»Nichts.«

»Blödsinn! Spuck's aus.«

Er räuspert sich. »Du wirst eines Tages eine tolle Mutter sein.«

Angesichts seiner Bemerkung wird mir auf einmal ganz warm.

»Meinst du?«

»Das weiß ich sogar.« Er wendet den Blick ab.

Ich spüre, dass er schwermütig wird, und das kann ich an einem so schönen Abend nicht ertragen. »Nun, leider hab ich momentan aber schon alle Hände voll mit meinen sechs Katzenkindern zu tun.«

Er seufzt. »Bitte gewöhn dich nicht allzu sehr an sie.«

Zu spät.

»Willst du sie schon wieder loswerden? Ich hab doch gerade erst damit begonnen, ihnen Namen zu geben«, flüstere ich, als könnten uns die Katzen verstehen.

Er lässt den Kopf an die Holzwand hinter ihm sinken. »Kein vernünftiger Mensch hält sechs Katzen, Elle.«

Fassungslos sieht er mir dabei zu, wie ich nach einer weiteren Katze greife.

»Schau Stella in die Augen und sag ihr, dass du sie zur Adoption freigibst. Ich fordere dich heraus.«

Seine Lippen zucken. »Er hat ein blaues Halsband an, ich gehe also stark davon aus, dass es ein Junge ist.«

Ich funkele ihn an. »Sag ich doch.«

»*Stella* wird ein neues Zuhause finden, sobald *er* groß genug ist.«

Ich deute auf die graue Katze an seiner Brust. »Und Corona?«

»*Sie* auch.«

»Bitte gib sie nicht weg.« Ich schiebe die Unterlippe vor, so wie Nico es oft tut. Eigentlich rechne ich nicht damit, dass es funktioniert, dennoch halte ich nun zwei graue Kätzchen hoch. »Miller und Sam wollen hierbleiben.«

Rafaels Miene gibt nichts preis.

Ich hebe die letzte Katze an, eine beige mit einem weißen Tupfen auf dem Kopf, die kleiner ist als die anderen. »Dieser hier darfst du einen Namen geben.«

»Nein.«

»Es ist wichtig, dass der Vater eine Bindung zu seinen Kindern aufbaut.«

Er seufzt. »Du bist schlimmer als Nico, wenn er sich etwas in den Kopf gesetzt hat.«

»Das fasse ich als Kompliment auf.«

Für die längsten zehn Sekunden meines Lebens betrachtet er die Katze, ehe er schwer seufzt. »Rubia.«

»Das gefällt mir.« Lächelnd drücke ich Rafael einen Kuss auf die Wange.

»Aber …«

Ich setze meinen besten Hundeblick auf.

Er verengt die Augen. »Schau mich nie wieder so an.«

»Ich tue alles, um sie zu behalten.«

Seine Nasenflügel blähen sich. »Alles?«

Ich nicke grinsend.

»Das werden wir ja sehen. Und jetzt raus hier und ab in mein Bett, ehe ich es mir anders überlege. Ich komme gleich nach.«

Augenblicklich pulsiert meine Mitte so stark vor Verlangen, dass ich ins Wanken gerate, während ich mich erhebe. Als ich das Tor des Stalles hinter mir schließen will, ruft Rafael meinen Namen, sodass ich mich noch einmal zu ihm umdrehe.

»Ja?«

»Hol die weiße Box aus meinem Kleiderschrank, aber öffne sie auf keinen Fall.«

Ich klimpere mit den Wimpern. »Sonst noch was?«

»Zieh dich aus.«

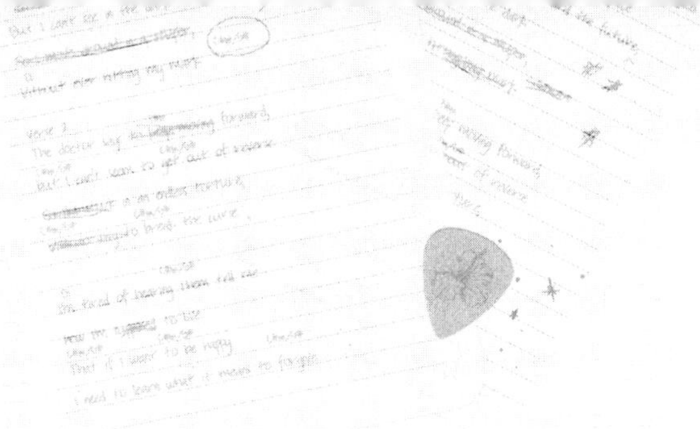

KAPITEL SIEBENUNDFÜNFZIG
ELLIE

Mich meiner Kleidung zu entledigen und die Box zu finden, war einfach – nicht hineinzusehen, fällt mir unheimlich schwer. Ein Teil von mir will sich widersetzen, aber irgendetwas sagt mir, dass es besser ist, die Füße still zu halten und zu warten.

Die nächsten Minuten verbringe ich also damit, mich unruhig im Bett herumzuwälzen. Rafael lässt sich viel Zeit in der Scheune, wodurch mein Adrenalinspiegel nur noch mehr ansteigt. Ich hatte genügend Partner, um zu wissen, was mir im Bett gefällt, aber ich ahne, dass Rafael mir durchaus noch Neues zeigen könnte, beginnend mit dem, was sich in der weißen Kiste verbirgt.

Sie ist nicht größer als ein Schuhkarton und wiegt ungefähr genauso viel wie ein Paar Stiefel. Zuerst habe ich vermutet, es könnte der Vibrator aus meinem Suchverlauf sein, aber mittlerweile habe ich Zweifel.

Ein besonderes Gleitgel? Ein Butt-Plug? Vielleicht eine Analkette oder Nippelklammern? Meine Gedanken rasen, während ich die Möglichkeiten durchgehe.

Endlich höre ich in der Ferne, wie sich eine Tür schließt.

Die Härchen auf meinen Armen richten sich auf, und meine Haut prickelt, als ich Schritte höre. Ich ziehe das Laken höher und ändere meine Position auf dem Bett. Mein Herz schlägt schneller, während Rafaels Schuhe schwer auf dem Boden aufkommen, obwohl ich kaum noch etwas höre, als er das Zimmer betritt, weil mir das Blut so laut in den Ohren rauscht.

»Du hast nicht reingesehen?« Er zieht sich das T-Shirt über den Kopf und wirft es auf den Boden, bevor er seine Shorts auszieht. Nun steht er in seinen engen Boxershorts vor mir, unter denen seine Erektion deutlich sichtbar ist. »*Hast* du reingesehen?«, fragt er noch einmal, diesmal gedehnter.

Ich schüttele den Kopf.

»Sicher?« Er setzt erst ein Knie, dann das andere auf dem Bett ab, bevor er über mich klettert und sich mit den Händen links und rechts von meinem Körper abstützt.

»Die Versuchung war groß, aber ich hab mich beherrscht.«

»Sehr gut.«

Im nächsten Moment treffen seine Lippen hart auf meine. Keine Vorwarnung, kein Necken, kein Knabbern, keine sehnsüchtigen Blicke auf meinen Mund. Nur ein leidenschaftlicher Kuss, bis alles um mich herum verschwimmt. Irgendwann löst er sich kurz von mir, um das Laken zwischen uns wegzuschieben, aber schon Sekunden später liegen seine Lippen wieder auf meinen.

Die Art, wie Rafael mich küsst, ist genauso berauschend wie seine Berührungen. Sie sind beruhigend und besitzergreifend zugleich, und ich habe mich noch nie so vergöttert gefühlt wie in dem Moment, in dem er auf der Matratze nach hinten rutscht und sich zwischen meinen Beinen positioniert. Als er sanft mit den Händen über meine Oberschenkel fährt, ist es, als würde er mich bewundern wie ein Meisterwerk. Ich fühle mich nicht mehr gebrochen, so wie ich mich einst betrachtet habe, sondern geliebt. Die drei entscheidenden Worte mag er noch nicht ausgesprochen haben, aber das erwarte ich in nächster Zeit auch nicht von ihm. Trotzdem kann ich in seinen Augen erkennen, dass er es *fühlt*.

Genau wie ich.

Wärme breitet sich in meinem Körper aus, als er beginnt, mich zu liebkosen und langsam mit seiner Zunge an den Rand des Wahnsinns zu treiben, nur um immer wieder im letzten Moment aufzuhören.

Irgendwann winde ich mich unter ihm und bettele ihn an. »Lass … mich … kommen«, stoße ich atemlos hervor.

Rafael grinst zu mir hinauf. »Ich arbeite dran.« Er lacht leise, ehe er so hart an meiner Klitoris saugt, dass mir die Sicht verschwimmt. Danach dringt er endlich mit zwei Fingern in mich ein, und ich drücke seinen Kopf runter, um ihn festzuhalten, während er in einem gleichmäßigen Rhythmus mit den Fingern in mich hineinstößt. Nach einer Weile krümmt er seine Finger in mir und drückt auf meine Klitoris, was mich endlich zum Orgasmus bringt. Wellen der Lust durchlaufen mich, und Rafael hält nicht inne, ehe mein Körper unter ihm erschlafft.

Obwohl ich abgesehen von meiner schweren Atmung kaum etwas hören kann, entgeht mir nicht das knisternde Geräusch einer Kondompackung, die aufgerissen wird.

»Ich dachte, du hättest dich sterilisieren lassen.«

»Das hab ich auch.« Kurz huscht etwas Finsteres über seine Züge, und ich ärgere mich, dass ich ihn darauf angesprochen habe. Wenn er besonders vorsichtig sein möchte, um eine ungewollte Schwangerschaft zu vermeiden, ist das für mich in Ordnung. Nach dem, was ihm widerfahren ist, kann ich ihm das kaum verdenken.

Statt weitere Fragen zu stellen, richte ich mich auf und nehme ihm das Kondom aus der Hand.

Zuerst macht er den Mund auf, um Einwände zu erheben, aber als ich vor dem Bett in die Knie gehe, schweigt er.

Niemals hätte ich damit gerechnet, dass ich eines Tages vor meinem Highschool-Crush knien würde, während er aus lusterfüllten Augen und mit einem teuflischen Schmunzeln zu mir hinabblickt.

*»Mi belleza.«**

Als er zärtlich eine Hand an meine Wange legt, lasse ich mich in seine Berührung sinken. Im nächsten Moment fährt er mir mit den Fingern durch die Haare, und ich beuge mich runter, um ihm einen Kuss auf den Oberschenkel zu drücken. Seine Muskeln spannen sich an, also wiederhole ich das Gleiche am anderen Bein, woraufhin er scharf einatmet.

Ich streiche mit dem Finger über seinen Oberschenkel, doch halte inne, als ich mich seinem harten Schwanz nähere.

Nachdem er mich auf dem Heuboden geleckt hat, haben wir uns darüber unterhalten, wie lange er keinen Sex mehr hatte.

Zwei Jahre.

»Willst du mich etwa genauso quälen wie ich dich?« Seine heisere Stimme entfacht erneute Begierde in mir.

Lächelnd schließe ich die Lippen um seine Spitze und sauge daran.

Er zuckt und flucht – und entschuldigt sich im nächsten Moment dafür, dass er dabei aus Versehen zu tief in meinen Mund gestoßen hat.

Lachend winke ich ab. »Schon in Ordnung.« Wieder fahre ich mit den Händen an seinen Oberschenkeln hinunter, ehe ich die Lippen um seinen Schwanz schließe und mit flacher Zunge daran hinabgleite. Seine Oberschenkel beben, als ich langsam wieder hochkomme.

Er gräbt die Nägel in meine Kopfhaut, aber zwingt mich mit keiner

---

* ***Mi belleza:*** *Meine Schöne*

einzigen Bewegung dazu, ihn tiefer aufzunehmen oder einen schnelleren Rhythmus zu finden. Wenn überhaupt, zieht er ab und zu sanft an meinem Haar, damit ich langsamer werde.

Wenn er jetzt schon so erregt ist, wird er heute Abend vielleicht gar nicht mehr dazu kommen, in mich einzudringen.

»Elle«, stößt er mit rauer Stimme hervor, als ich meine Finger um ihn schließe und auf und ab gleite.

Ein erster Lusttropfen tritt aus seiner Spitze. Ich lecke ihn ab und schlucke, worauf er erneut scharf die Luft einzieht.

Als er einen Schritt nach hinten tritt, entgleitet er mir mit einem *Plopp*. Dann zieht er mich auf die Füße, nimmt mir das noch eingepackte Kondom aus der Hand und setzt mich auf die Bettkante.

Lachend lasse ich mich nach hinten fallen, während er sich das Kondom überzieht.

Es passiert tatsächlich.

In der Highschool hätte ich das hier genossen, keine Frage, aber nichts ist vergleichbar mit der Erwachsenenversion meiner selbst, die nicht nur Rafael als Mann, sondern auch Rafael als Liebhaber, Beschützer und Freund zu schätzen weiß. Ich bin froh, dass wir uns erst später im Leben kennengelernt haben, denn so hat er mir gezeigt, wer er wirklich ist. Und Rafael ist alles, was ich mir in einem Partner nur wünschen kann. Ich würde ewig warten, bis er das Gleiche empfindet wie ich, denn das ist er mir wert.

Nun drückt er sanft meine Oberschenkel auseinander, sodass ich meine Beine um seine Hüften schlingen kann, und küsst mich. Eine Hand legt er an meine Wange, während er mit der anderen nach seinem Schwanz greift, um in mich einzudringen. Er bebt ein wenig, während er tiefer in mich hineingleitet, und seine Küsse werden so leidenschaftlich, dass meine Lippen zu dem Zeitpunkt, zu dem er vollständig in mir ist, prickeln.

Einen Moment lang halten wir beide inne, und mir wird bewusst, dass ich mich wahrscheinlich noch nie im Leben so glücklich und vollkommen gefühlt habe.

Mit fest geschlossenen Augen nimmt Rafael ein paar tiefe Atemzüge.

»Wenn du als Erster kommst, bin ich echt böse.«

»Gute Mädchen kommen immer als Erste, versprochen.« Er streicht mit dem Daumen über meine Unterlippe.

Schließlich scheint er die Kontrolle über sich zurückgewonnen zu haben und beginnt, sich langsam in mir zu bewegen, wobei er die Hände über die Seiten meiner Oberschenkel und über meine Tattoos gleiten lässt. Er stößt einmal zu. Zweimal. Dreimal. Danach höre ich auf zu zählen, denn ich verliere jegliches Gefühl für Zeit und Raum, während ich nach Luft schnappe und stöhne, weil er mich mit seinen langsamen, gezielten Bewegungen in den Wahnsinn treibt.

»Du bist genau diejenige, die ich immer gebraucht habe, ohne es zu wissen.« Nach diesen Worten hält er kurz inne.

Als sich unsere Blicke treffen, ist zum ersten Mal der Schutzwall, den er um sein Herz herum aufgebaut hat, gänzlich verschwunden.

Er gräbt die Finger in meine Hüften, während er sich langsam weiterbewegt. »Vielleicht bin ich nicht derjenige, den du dir immer gewünscht hast, aber ich werde nicht aufgeben, bis du der Ansicht bist, dass ich dich verdient habe.«

Ich habe mir geschworen, nicht zu weinen, aber verdammt, wenn er so etwas sagt, bin ich mir nicht sicher, ob ich mich noch lange zurückhalten kann. Entschlossen sammele ich mich wieder, indem ich mich auf die Empfindungen in meiner unteren Körperhälfte und in meinem Herzen konzentriere.

Rafael lässt sich Zeit, flüstert mir zwischen Küssen zärtliche Worte ins Ohr. Jedes Streicheln ist ein Versprechen, jede Berührung ein Schwur.

Er wird sich um mich kümmern.

Er wird mich lieben, wenn es mir schwerfällt, mich selbst zu lieben.

Und er *ist* derjenige, auf den ich die ganze Zeit gewartet habe.

Als er sanft meine Klitoris zwickt, zersplittert die Welt um mich herum. Wellen der Lust durchfahren mich, und meine Sicht verschwimmt. Dabei hört er nicht auf, in mich hineinzustoßen, selbst dann nicht, als er mit einem Aufschrei ebenfalls zum Höhepunkt kommt. Rafael dabei zuzusehen, ist das Heißeste, was ich je erlebt habe.

Irgendwann sinkt er über mir zusammen.

Ich fahre mit der Hand durch sein feuchtes Haar. »Du bist derjenige, den ich immer finden wollte.«

Er legt die Arme um mich und drückt mich an sich, als wollte er mir zu verstehen geben, dass er genauso empfindet. Auch wenn er es nicht ausspricht, weiß ich, dass er es fühlt.

Und das genügt mir.

Ich nicke langsam ein, nur um erschrocken die Augen aufzureißen, als mir plötzlich ein Gedanke kommt. »Mir ist gerade etwas eingefallen.«

Rafael brummt an meinem Kopf.

»Du hast mir nicht gezeigt, was in der Box ist.«

Ein lautloses Lachen lässt seine Brust beben.

»Was ist drin?«

»Nichts Besonderes. Ich wollte nur Zeit schinden, während ich die letzten Aufgaben im Stall erledige.«

Mir fällt die Kinnlade runter.

»Was hast du denn gedacht, was drin ist?«, fragt er.

Ich tue so, als würde ich schnarchen, doch er rüttelt mich sanft.

»Sag schon.«

Ich spähe zu ihm hoch. »Ein Vibrator?«

Sein tiefes Lachen verrät mir, dass dieses Thema noch nicht abgeschlossen ist.

KAPITEL ACHTUNDFÜNFZIG
ELLIE

Ich wusste, dass dieser Tag kommen würde – besonders weil Coles Assistent fast eine Woche damit verbracht hat, die nächsten fünf Wochen meines Lebens zu organisieren, aber am Ende ist es doch viel zu schnell gegangen.

»Es sind nur fünf Wochen«, sagt Rafael, als wir vor den automatischen Glastüren am Flughafengebäude stehen bleiben. Er hat darauf bestanden, seinen Truck zu parken und mich zum Eingang zu bringen, wofür ich mittlerweile dankbar bin, obwohl ich vorhin noch Einwände erhoben habe.

Ich schlinge meine Arme um ihn und drücke ihn so fest an mich, dass er ächzt.

»Meinst du, du überstehst den Flug?«, fragt er.

»Nope.«

»Klasse – was sind schon neun Stunden Angst?«

»Klingt nach einem ganz normalen Tag für mich.«

Rafael lacht und küsst mich aufs Haar, ehe ich mich von ihm löse. »Bist du dir sicher, dass du klarkommst?«

Ich setze meine beste Kämpferinnenmiene auf. »Ich werde mein Bestes geben.«

Er mustert mich ein paar Sekunden lang. »Rufst du mich an, wenn du gelandet bist?«

»Zum fünften Mal: *Ja.*« Es ist lustig, dass wir am Anfang kaum ein Wort miteinander gewechselt haben und uns mittlerweile wie Teenager aufführen, die nicht einschlafen können, ohne vorher telefoniert zu haben.

Nach einem letzten betörenden Kuss will er sich dem Fußgängerüberweg zuwenden, der zum Parkhaus führt, doch da ich ein emotionaler Mensch bin, weine ich schon, ehe ich das Flughafengebäude überhaupt betreten habe.

Als Rafael sieht, wie ich mir die Augen reibe, lacht er, doch ich zeige ihm den Mittelfinger und wende mich den Glastüren zu. Nach nur einem Schritt schaue ich mich allerdings noch einmal über die Schulter zu ihm um.

»Wenn du deinen Flug noch erwischen willst, solltest du dich sputen«, ruft er.

»Ich weiß.«

»Du schaffst das.«

Ich gebe ihm ein Daumen-hoch-Zeichen, straffe die Schultern und gehe hinein. Sobald ich vom regen Treiben am Flughafen von Detroit umgeben bin, verstärkt sich meine Angst, aber ich erinnere mich daran, dass ich das hier schon einmal überstanden habe.

»Dann also los«, murmele ich leise und gehe zum Check-in-Schalter. Nachdem ich mein Gepäck aufgegeben und es anstandslos durch die Sicherheitskontrolle geschafft habe, bleibt mir noch Zeit, um mich in ein paar Geschäften umzusehen – diesmal ohne dass Nico mich mit hundert unterschiedlichen Fragen ablenkt.

Ich reibe mir die Brust, die bei dem Gedanken daran schmerzt, wie er mich angeschaut hat, als wir uns vorhin zu Hause verabschiedet haben. Hätte Rafael mich nicht ermutigt zu gehen, hätte ich es wahrscheinlich nicht übers Herz gebracht, in den Wagen zu steigen und Nico zurückzulassen. Besonders als ich bemerkt habe, wie seine Unterlippe bebt.

Es sind nur fünf Wochen, Ellie. Sie werden auf dich warten.

Als ich zum Gate komme, erfahre ich, dass mein Sitzbereich schon vor zwanzig Minuten aufgerufen wurde.

»Verdammt.« Ich reiche der Dame am Gate mein Handy mit der Bordkarte und gehe an ihr vorbei, nachdem sie es unter den Scanner gehalten und mir zurückgegeben hat.

Wenn ich an die nächsten neun Stunden denke, bekomme ich weiche Knie, aber ich bemühe mich, mich ausschließlich auf die Entspannungsübungen zu konzentrieren, die Rafael mir gezeigt hat. Als tiefes Durchatmen nicht hilft, denke ich an das Video über Flugzeuge und Jell-O, das er mir gezeigt hat, was mich kurzfristig beruhigt – bis ich das Flugzeug betrete und feststelle, dass bereits jemand auf meinem Sitz Platz genommen hat.

»Ich glaube, 17E ist mein Platz«, sage ich.

Der Mann zeigt mir jedoch seine Bordkarte, die bestätigt, dass er sich nicht geirrt hat.

Stirnrunzelnd hole ich das Handy aus meiner Tasche und schaue erneut auf meine Platznummer.

6G?

Verwirrt halte ich auf die vorderen Reihen zu und frage mich, ob mir Cole innerhalb der letzten Stunde ein Upgrade von der Business Class auf die First Class gebucht hat.

Die Flugbegleiterin zeigt mir meinen Platz.

»Danke.« Das Herz schlägt mir bis zum Hals, während ich mit großer Mühe versuche, mein riesiges Handgepäck zu verstauen. Nach einem letzten kräftigen Stoß bekomme ich das Fach endlich zu, bevor ich noch von einer Flugbegleiterin zu hören kriege, dass ich mein

Gepäckstück hätte einchecken müssen. Ich werde mich nämlich auf keinen Fall von meinen geliebten Habseligkeiten trennen.

Als ich Platz nehme, bin ich noch nervöser als zuvor. Die Versuchung, aus der Maschine zu flüchten, ist groß. Wenn ich wollte, könnte ich einfach davonlaufen und es morgen wieder versuchen. Rafael würde es mit Sicherheit nichts ausmachen, noch einmal umzukehren und mich abzuholen.

»Hey.«

Erschrocken fahre ich herum, und mein Mund bleibt offen stehen, als ich sehe, dass sich Rafael gelassen auf den Platz neben mir gleiten lässt.

Ein paar Sekunden lang starre ich ihn sprachlos an. »Was tust du hier?«

»Ich hatte Lust auf einen Trip nach London.« Er zuckt mit den Schultern, als wäre das keine große Sache. »Ich war mir nicht sicher, ob du mich brauchen würdest, also hab ich vorsichtshalber Handgepäck in den Kofferraum geladen und meine Familie gebeten, auf Nico aufzupassen.«

»O mein Gott.«

»Ist das too much?«

Es ist … ein absoluter Traum.

Ich greife über die breite Armlehne hinweg, die unsere Sitze trennt, und schlinge meine Arme um ihn. »Danke.«

»Ich kann zwar innerhalb von Europa nicht überallhin mitreisen …« Er seufzt wehmütig. »Aber ich dachte, ich könnte dir wenigstens beim schwierigsten Teil der Reise helfen.«

Tränen sammeln sich in meinen Augen. »So etwas Nettes hat noch nie jemand für mich getan.«

»Dann wurde es höchste Zeit.«

»Wenn du so weitermachst, wird nie ein anderer mit dir mithalten können.«

»Umso besser.«

Als ich lache, küsst er mich auf den Scheitel, dann streckt er seine Hand aus, und ich ergreife sie lächelnd.

Auf einmal verspüre ich das Bedürfnis, die drei großen Worte zu sagen, die mir schon die ganze Woche durch den Kopf gehen.

»Rafa?«

Er schaut von seinem Handy auf. »Ja?«

»Ich liebe dich.«

Sein Blick wird weich, doch im nächsten Moment zieht er die Augenbrauen zusammen und öffnet den Mund, nur um ihn rasch wieder zu schließen.

»Du musst es nicht erwidern, ich wollte nur, dass du es weißt.«

Er führt unsere verschränkten Finger an seine Lippen und küsst meinen Handrücken. »Wenn ich es erwidere – und ich verspreche dir, das werde ich –, wird es an einem Ort sein, an dem uns niemand hören kann.«

»Darauf werde ich dich festnageln.«

Er drückt meine Hand. »Abgemacht.«

KAPITEL NEUNUNDFÜNFZIG
RAFAEL

Julian hat mich gestern als verrückt bezeichnet, als ich ihm erzählt habe, das ich nach London fliegen werde, doch ich habe ihn mit den Worten »Nein, ich bin *verliebt*« korrigiert. Darauf wusste er nichts zu erwidern.

Auch wenn er nichts dagegen hatte, für ein paar Tage auf Nico aufzupassen, hatte er einiges daran auszusetzen, sechs Katzenjunge mit der Flasche füttern zu müssen. Dahlia auf der anderen Seite kann nicht genug von ihnen bekommen; ständig schickt sie Bilder in den Gruppenchat, auf denen Julian, von Stella, Miller, Sam, Corona, Rubia und Guinness umringt, finster in die Kamera blickt. Wahrscheinlich habe ich genauso ausgesehen, als Ellie versucht hat, mich dazu zu überreden, die Katzen zu behalten. Obwohl ich in Wahrheit schon weich geworden bin, nachdem sie dem ersten Tier einen Namen gegeben hatte und davon geredet hat, dass wir sie zusammen großziehen könnten. Bereits zu dem Zeitpunkt wollte ich ihr sagen, dass ich sie liebe, aber es hat sich nicht richtig angefühlt, daher habe ich gewartet. Allerdings hätte ich ahnen müssen, dass sie mir zuvorkommen würde. Mein Plan war gewesen, es ihr zu sagen, bevor wir schlafen gehen, aber dann war ich doch zu nervös. Doch das spielt jetzt keine Rolle mehr.

Im Taxi auf dem Weg zum Hotel drückt Ellie die ganze Zeit ihr Gesicht ans Fenster und bewundert die Stadt, während ich *sie* betrachte. Zu dem Zeitpunkt, zu dem wir das Hotel erreichen, ist mein Bedürfnis, sie zu berühren, so groß, dass ich fast umkomme.

Ellie macht den ersten Schritt, indem sie im Hotel die Arme um meinen Nacken schlingt. »Ich kann immer noch nicht glauben, dass du mitgekommen bist. Warum hast du mir nichts davon erzählt, dass du darüber nachdenkst?«

Ich lege die Arme um ihre Taille. »Weil ich mir nicht sicher war.«

»Und was hat dich letztendlich zu der Entscheidung bewegt?«

»Ich war noch nicht bereit, dich gehen zu lassen.«

Ihr Blick wird weich. »Weil …«

Jetzt ist der Moment gekommen.

Ich fahre mit den Händen an ihren Armen hinab und ziehe Ellie an mich. »Ich weiß, dass ich nicht der Mann bin, den du dir immer gewünscht hast …«

»Und wen glaubst du, habe ich mir gewünscht?«

»Zunächst einmal jemanden, mit dem du Kinder haben kannst.«

»Die kannst du auch haben, wenn du willst.«

Ich runzele die Stirn, und sie legt mir eine Hand ans Herz.

»Adoption ist immer möglich.«

»Das sagst du jetzt, aber später änderst du deine Meinung vielleicht.«

»Ich habe lange und ausgiebig darüber nachgedacht.«

»Wirklich?«

»Ich weiß es zu schätzen, dass du dir Gedanken über meine Bedürfnisse machst, aber das ist nicht nötig. Ich weiß, was ich will. Und das bist du.« Sie küsst mich sanft. »Ganz egal in welcher Form. Mit

Geschwistern für Nico oder ohne. Verheiratet oder unverheiratet. Solange du dir meiner sicher bist, brauche ich nicht mehr.«

»Du hast einen Mann mit einem hübschen Haus am See verdient, mit einem Hund, der im Garten herumtollt.« Obwohl ich versucht habe, meine Ansichten über die Ehe zu ändern, bin ich mir immer noch nicht sicher, ob ich das kann.

Sie ist Ellie, nicht Hillary.

»Wer braucht schon einen Hund, wenn man Ziegen haben kann?«

Das Lachen, das mir über die Lippen kommt, vertreibt den Kloß in meinem Hals. »Und vergiss die Schweine nicht.«

»Und das Schaf.«

»Hab ich schon erwähnt, dass ich auch ein Pferd habe? Und sechs Katzenjunge, die ich mit der Flasche großziehe?«

Ihre Augen funkeln. »Alles, was du noch brauchst, sind Hühner.«

»Wie viele hättest du gern?«

»Mindestens einen ganzen Stall voll.«

»Abgemacht.«

Sie legt ihre Handfläche an meine stoppelige Wange. »Erkennst du nicht, dass du es bist, den ich mir immer gewünscht habe, Rafael?«

Ich schaue weg, da ich ihrem bewundernden Blick nicht standhalten kann.

Ellie streicht mit dem Daumen über meine Haut, damit ich sie ansehe. »Du machst dir so viele Gedanken darüber, was *ich* verdiene, dass du dich nie fragst, was *du* verdient hast.«

Ich halte den Atem an.

»Du hast es verdient, mit einer Frau zusammen zu sein, die sich Zeit nimmt, dich zu *sehen*.« Sie drückt mich auf die Bettkante und stellt sich zwischen meine Knie. »Eine Frau, die immer für dich da ist, selbst wenn du sie abweist, weil du verängstigt oder wütend oder unglücklich bist.« Sie presst ihre Lippen auf meine Stirn. »Eine Frau, die dich nicht verlässt oder betrügt. Eine, die für dich kämpft. Selbst wenn das manchmal bedeutet, dass sie gegen *dich* kämpfen muss, denn das ganze Leben ist ein Schlachtfeld. Aber Liebe ist die wirkungsvollste Waffe, die wir haben.« Mit dem Mund fährt sie erst über meine rechte Wange und dann über meine linke. »Die *richtige* Person existiert, aber nicht so, wie du denkst – nicht als Seelenverwandte. Für mich ist die richtige Person jemand, der bereit ist, alles dafür zu tun, der Mensch zu sein, den man verdient hat. Nicht weil es das Schicksal so vorgesehen hat, sondern weil man eine Entscheidung trifft.« Sie setzt sich auf meinen Schoß und küsst mich leidenschaftlich.

Eine Gänsehaut breitet sich auf meinem Körper aus, als Ellie die Finger in mein Haar gräbt und ihr Becken kreisen lässt. Unwillkürlich umfasse ich ihre Hüften fester und ächze in dem Moment, in dem sie genau den richtigen Winkel trifft. Als sie sich von mir löst, greife ich ihr in den Nacken und ziehe sie wieder zu mir heran, um sie zu küssen. Nach ein paar Momenten werfe ich sie rücklings aufs Bett, was sie auflachen lässt. Dann entledige ich sie eilig ihrer Kleidung, obwohl ich Probleme mit dem Sport-BH habe, bei dem sie mir helfen muss.

Ihre Bewegungen sind genauso fahrig wie meine, als sie mich auszieht und dabei so fest an meinem Hemd reißt, dass ein Knopf abspringt.

Obwohl ich den Drang verspüre, sie schnell und hart zu vögeln, lasse ich es langsam angehen und genieße einfach ihren Anblick, während sie ohne den kleinsten Anflug von Unsicherheit zu mir aufschaut, obwohl sie nackt vor mir liegt. Dass sie mir dermaßen vertraut, bedeutet mir unendlich viel, und ich werde alles dafür tun, damit es immer so bleibt.

*»No merezco a alguien tan hermosa como tú.«**

---

* ***No merezco a alguien tan hermosa como tú:*** *Ich habe jemanden, der so schön ist wie du, nicht verdient.*

Sie bittet mich nicht um eine Übersetzung, aber so wie sich ihre Wangen röten, scheint sie genug verstanden zu haben.

Nun bedecke ich ihre Haut mit federleichten Küssen und schließe meine Lippen um ihren Nippel. Als ich daran sauge, schnappt sie nach Luft, gräbt ihre Fingernägel in meine Kopfhaut und zieht an meinen Haaren, während ich über die aufgerichtete Spitze lecke. Sie drückt den Rücken durch und stöhnt auf, als ich leicht zu knabbern beginne. Ich lasse mir Zeit mit einer Brust, bevor ich zur anderen Seite übergehe, wobei ich darauf achte, langsame und gezielte Bewegungen auszuführen.

»Rafael«, stößt sie schließlich frustriert aus.

Ich schaue ihr in die Augen.

»Bitte.« Sie drängt mir ihr Becken entgegen.

Grinsend rutsche ich ein Stück zurück, schließe meine Hände um ihre Knöchel und ziehe sie zur Bettkante, sodass ihre Beine hinabhängen. Dann drücke ich ihre Knie auseinander und betrachte sie.

»Du bist so feucht.«

»Ich hätte da ein paar Ideen, wie man dieses Problem lösen kann.«

»Mein einziges Problem ist, dass ich dich noch nicht gevögelt habe.«

Ihre Augen werden groß, als ich auf die Knie sinke und meinen Mund zwischen ihren Beinen vergrabe. Ich streichele, lecke und lasse meine Zunge kreisen, bis Ellie sich stöhnend unter mir windet und sich mir entgegenschiebt. In dieser Position könnte ich bis in alle Ewigkeit verharren, und es wäre immer noch nicht genug.

Als sie schließlich kommt, krallt sie ihre Nägel in die Laken, und ich lächele bei dem Gedanken, dass *ich* derjenige bin, der ihr dieses Vergnügen bereitet. Sie zum Orgasmus zu bringen, ist meine neueste Droge. Das Hochgefühl übertrifft alles andere, was ich bisher erlebt habe, und ich werde ihm für den Rest meines Lebens hinterherjagen.

Während ich mir ein Kondom überziehe, wird ihr Körper vollkommen schlaff. Ich klettere über sie und drücke meinen Mund auf ihren.

Als sie sich selbst auf meinen Lippen schmeckt, wird ihr Kuss zögerlich, doch dann lässt sie ihre Zunge hinausgleiten und fährt meine Unterlippe nach, was mich zum Zittern bringt.

Ich positioniere mich zwischen ihren Beinen und dringe langsam in sie ein. Sie schlingt ihre Schenkel um meine Hüften, öffnet sich noch mehr für mich und drückt ihre Fersen in meinen Rücken. Mit geschlossenen Augen seufze ich, als ich vollständig in ihr bin.

Ich möchte, dass dieser Moment so lange andauert wie nur irgend möglich. Will mir ihren bewundernden Blick einprägen und mich an das Gefühl purer Wonne erinnern, das in meiner Brust aufkeimt, wenn ich mir vorstelle, dass ich dies für den Rest meines Lebens haben könnte. Wenn ich mir nur nicht selbst im Weg stehe.

Als sie ihre Hand an meine Wange legt, werde ich aus meinen Gedanken gerissen und stelle fest, dass sie mich eingehend betrachtet. Ihre Augen wirken in diesem Licht und mit den geweiteten Pupillen mehr braun als grün.

Ich küsse sie auf die Stirn und ziehe mich ein Stück aus ihr zurück, wobei ich sehe, dass mein Schwanz von ihrer Erregung glänzt. Gebannt schaue ich zu, wie ich wieder in sie hineingleite, doch schließlich lenkt Ellie meine Aufmerksamkeit erneut auf ihr Gesicht. Während ich in sie hineinstoße, halte ich es zwischen den Händen, was sich intim anfühlt. Als sei ich vollkommen vor ihr entblößt, ohne mich verstecken zu können.

Ich knie mich hin, um noch tiefer in sie eindringen zu können. Da Ellie bei jedem Stoß weiter nach hinten rutscht, lege ich meine Hand an ihre Schulter, um sie festzuhalten.

Ihr Blick huscht zwischen meinem Gesicht und meinem Schwanz hin und her, als ich das Tempo beschleunige. Der Druck, der sich in mir aufbaut, wird immer größer, aber ich weigere mich nachzugeben, ehe Ellie es tut. Als ich den Winkel leicht verändere und an der Stelle entlangreibe, die sie in den Wahnsinn treibt, gräbt sie ihre Finger in meine Oberschenkel. Jedes Mal, wenn ich in sie hineinstoße, zittert sie und stöhnt.

»*Mi estrella.* Gefällt es dir, wenn ich dich meinen Stern nenne?« Ich beuge mich so weit vor, dass unsere Lippen nur noch einen Zentimeter voneinander entfernt sind. »Ich liebe dich, Elle. Hier und jetzt und für immer.«

»Noch mal.«

Ich ziehe mich ein Stück zurück, nur um gleich wieder zuzustoßen. »Ich liebe dich.«

Eine Träne läuft ihre Wange hinab.

»Ich liebe alles an dir. Deine Seele, deine Narben, aber vor allem dein Herz.«

Sie legt ihre zitternde Hand an meine Wange und schaut mich aus feuchten Augen an. »Ich liebe dich auch.«

Mit einem letzten Kreisen meiner Hüften bringe ich sie zum Orgasmus, und sie verengt sich schreiend um meinen Schwanz. Ich höre nicht auf, mich zu bewegen, sondern stoße noch verzweifelter in sie hinein, während sich ihre Erregung entlädt.

Auch wenn ich am liebsten bis zum Morgengrauen weitermachen würde, kann ich mich nicht mehr länger zurückhalten. Mein Körper und meine Seele scheinen in tausend Stücke zu zerspringen, als ich komme.

Am Ende sinke ich seufzend über ihr zusammen.

Ellie fährt mir mit zittrigen Fingern durchs Haar, was meine Wirbelsäule kribbeln lässt.

Ich könnte mich daran gewöhnen. An sie und die Liebe, die sie mir so bereitwillig schenkt. Und an die Liebe, die ich ihr zurückgebe, denn ich kann mir ein Leben ohne sie nicht mehr vorstellen.

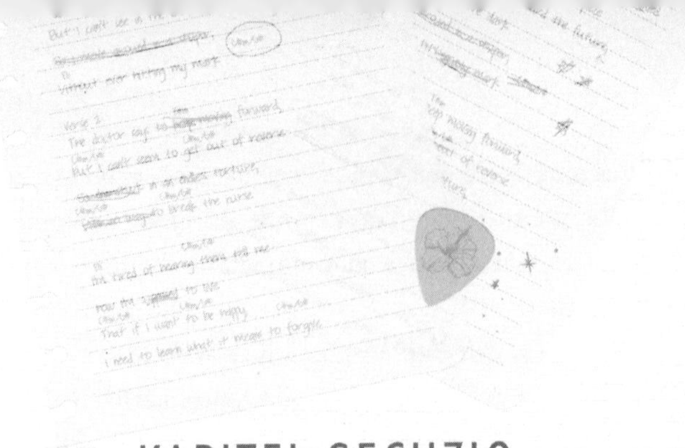

KAPITEL SECHZIG
ELLIE

Da Cole morgen eintreffen wird, um einen Gig zu spielen, verbringen Rafael und ich seinen einzigen Tag hier damit, die Stadt zu erkunden. Wir machen ein bisschen Sightseeing, besuchen die teuren Geschäfte auf der Regent Street, gehen danach in einen Pub und kehren ins Hotel zurück, um uns für das Abendessen umzuziehen.

Im Hotelzimmer angekommen, entdecke ich drei neue Pakete von Liberty London auf einem kleinen Tisch neben unserem Bett.

Mit großen Augen drehe ich mich zu Rafael um. »Das hast du nicht getan.«

»Ich geh mal schnell duschen und mich rasieren«, verkündet er gelassen und verschwindet im Bad.

Aufgeregt öffne ich die erste Box und bringe das Kleid zum Vorschein, das ich im Laden anprobiert habe. Zu Rafael habe ich gesagt, dass es den Preis nicht wert sei, was ich auch immer noch so sehe, aber er scheint anderer Meinung zu sein. So viel Geld würden die meisten Leute höchstens für ein Hochzeits- oder Ballkleid ausgeben, daher spiele ich mit dem Gedanken, ihn zu bitten, es zurückzugeben, doch dann überlege ich es mir anders. Rafael könnte es als Beleidigung auffassen, und ich bringe es nicht übers Herz, seine Geste aufgrund meiner Unsicherheit abzuweisen. Selbst wenn ich dafür ein glamouröses Kleid tragen muss, dessen Preis doppelt so hoch ist wie die monatlichen Raten, die meine Eltern für ihr Haus bezahlen.

Im zweiten Paket verbirgt sich ein Paar High Heels, das ich im Laden bewundert habe, während ich in der dritten – kleineren – Schachtel etwas entdecke, das ich vorher noch nicht gesehen habe. Eine goldene Haarklammer in Form einer Sternschnuppe.

Als ich die funkelnden Steine betrachte, beschließe ich umgehend, mir einzureden, dass es sich dabei nicht um echte Diamanten handelt. *Mi estrella* hat er mich genannt. Ich bewundere die funkelnde Klammer, die ich mir immer wieder testweise ins Haar schiebe und dann wieder zurück in die Schatulle lege.

»Gefällt sie dir?«, fragt Rafael, der gerade aus dem Bad kommt, als ich die Sternschnuppe herausziehe und mir dabei versehentlich ein paar Haare ausreiße.

Ich *liebe* sie, aber das kann ich nicht zugeben, denn ich habe nicht vor, sie zu behalten.

»Aus welchem Laden ist sie?« Ich streiche über die Diaman… Nein, die *Strasssteine.*

Rede dir das nur ein.

»Ich hab sie in Lake Aurora gefunden, als Julian nach einem Ring gesucht hat.«

Ich reiße den Kopf zu Rafael herum, der mit einem Handtuch um die Hüften im Türrahmen steht.

»Was?«

»Ich bin froh, dass Julian mich mitgeschleppt hat, sonst hätte ich die Haarklammer niemals gefunden.« Er kommt auf mich zu, nimmt mir die Sternschnuppe aus der geballten Faust und schiebt sie mir vorsichtig neben meinem Ohr ins Haar. »Wunderschön.« Er schaut mehr mich als die Spange an.

»Sie ist viel zu kostbar.«

»Was, wenn ich dir sage, dass sie nicht teuer war?«

»Wir haben uns darauf geeinigt, einander niemals anzulügen.«

»Streng genommen tue ich das auch nicht.«

Natürlich nicht – für einen Milliardär ist vermutlich kaum etwas teuer, aber für mich ist der Wert dennoch zu hoch.

Ich bemühe mich um eine finstere Miene, aber scheitere. »Eigentlich sollte ich sie nicht annehmen.«

»Aber das wirst du.«

»Bist du dir sicher?«

Er beugt sich vor und flüstert mir ins Ohr: »Bitte, Elle. Für mich?«

»Na schön.«

Ein selbstzufriedenes Grinsen legt sich auf sein Gesicht. »Und jetzt zieh dich an, bevor wir noch zu spät kommen.« Flink dreht er mich um und gibt mir einen Klaps auf den Hintern.

Ich werfe ihm einen vorwurfsvollen Blick über die Schulter zu, greife aber nach dem neuen Kleid, den Schuhen und meiner Make-up-Tasche.

Nachdem ich mich eine halbe Stunde im Bad gestylt, Willow ein Foto geschickt und eine positive Antwort erhalten habe, betrete ich erhobenen Hauptes wieder das Zimmer – doch gerate auf den neuen Heels ins Wanken, als Rafael mich von oben bis unten anschaut.

»Du siehst …«

Ich halte den Atem an.

»… divina* aus.«

Mir wird von Kopf bis Fuß ganz warm.

Er fährt sich mit der Zunge über die Unterlippe, und mein Herz

---

* *Divina: göttlich*

macht einen kleinen Satz, als er auf mich zukommt und mich an sich zieht, um mich zu küssen.

»Ich dachte, wir kommen zu spät«, stoße ich heiser hervor.

»Wen interessiert das schon?« Er greift nach meiner Hand, aber ich entziehe mich ihm, ehe er die Chance bekommt, das zu ruinieren, worein ich dreißig Minuten Arbeit investiert habe.

»Nein, halt dich von mir fern.« Ich husche so schnell zur Tür, wie es meine hohen Absätze erlauben.

Lachend folgt er mir. »Aber später lasse ich dich nicht entkommen.«

Eine wohlige Gänsehaut breitet sich auf meinem Körper aus.

Mit neu gewonnenem Selbstvertrauen und wiegenden Hüften gehe ich zum Aufzug, was Rafael hinter mir zum Stöhnen bringt.

Nach dem Abendessen und zwei Runden unglaublich gutem Sex schläft Rafael ein, wohingegen ich aufgrund meines Jetlags und der wachsenden Angst vor meinem ersten Arbeitstag hellwach bin.

Da ich in absehbarer Zeit nicht zur Ruhe kommen werde, hole ich mein Notizbuch hervor, um es durchzublättern, und bleibe an einer Seite hängen, die ich seit Hawaii nicht mehr angeschaut habe.

Ich weiß, dass es Songs gibt, die nicht dafür bestimmt sind, zu Ende geschrieben zu werden. Aber immer, wenn ich daran denke, das Lied, das ich über Rafael begonnen habe, unvollendet zu lassen, werde ich traurig.

Inspiriert von der Tatsache, dass er mir seine Liebe gestanden hat, schreibe ich also dort weiter, wo ich am Tag des Bootsausflugs aufgehört habe.

It was snowing hard on Christmas Eve,
when our paths crossed that first time.
Couldn't believe you hadn't noticed me,
but then again, neither had I.

Ich starre die Zeilen so lange an, bis sie vor meinen Augen verschwimmen. Die Versuchung, sie durchzustreichen, ist immer noch groß, aber der Drang weiterzuschreiben ist größer. Nicht für Cole, sondern für mich selbst. Durch *Silver Scars* habe ich ein paar harte Lektionen gelernt, unter anderem, dass ich nicht jeden Song, den ich schreibe, mit anderen teilen sollte. Selbst wenn ich das Lied über Rafael und mich fertigstelle, habe ich nicht vor, es Cole für sein nächstes Album zu überlassen. Es ist *unsere* Liebesgeschichte, und das soll auch so bleiben.

Meine Muse schläft derweil friedlich weiter und ahnt nichts davon, dass ich neben ihm auf meiner Gitarre klimpere. Er und Nico könnten auch bei einem Heavy-Metal-Konzert friedlich schlummern.

Als ich daran denke, dass Rafael morgen abreist, wird mein Herz schwer, aber dann erinnere ich mich daran, dankbar zu sein, dass er in diesem Moment bei mir ist. Fünf Wochen getrennt voneinander können wir überstehen, denn wir *lieben* uns.

Ich schüttele den Kopf und richte meinen Fokus wieder auf das Lied. Der Prozess, ein Stück zu Ende zu schreiben, ist jedes Mal ein anderer, denn er hängt stark davon ab, ob ich zuerst den Text verfasse oder zunächst die Melodie perfektioniere. In diesem Fall habe ich ein klares Bild davon, wie die Geschichte aussieht, die ich zu erzählen habe, und welche Melodie ich mir als Begleitung wünsche. Im Gegensatz zu den meisten anderen Liedern, die ich komponiert habe, hat dieses keinen melancholischen Vibe.

»Den Song kenne ich noch gar nicht.«

Bei Rafaels verschlafener Stimme zucke ich zusammen. »Sorry, ich wollte dich nicht wecken.«

»Du musst dich nicht entschuldigen …« Seine Worte gehen in ein Gähnen über. »Ich hatte nicht vor, einzuschlafen.«

Die Decke, die ich über ihn gelegt habe, fällt runter, als er sich aufsetzt, ans Kopfende lehnt und sich die Augen reibt. »Ist es das Lied, das du für Cole schreibst?«

»Nein. Dieses ist nur für mich.« Diskret klappe ich mein Notizbuch zu. Auch wenn Rafael nach einer Strophe wahrscheinlich nicht erkennen kann, wovon der Song handelt, wird es ihm gewiss schnell klar werden, sobald ich weiterschreibe.

»Kann ich es hören?«

»Nope.«

»Schämst du dich etwa immer noch vor mir? Nach allem, was wir im Bett miteinander getan haben?« Er grinst mich genauso an wie vorhin, als sein Gesicht zwischen meinen Beinen war.

Meine Wangen röten sich. »Nein, aber es ist noch nicht fertig.«

»Dann lässt du es mich also hören, wenn es fertig ist?«

»Klar, wenn ich es beendet habe, ja.«

Seine Augen werden schmal.

Ich lächele.

»Irgendwas verheimlichst du mir«, erwidert er.

»Und du redest ganz schön viel für jemanden, der noch vor ein paar Minuten geschlafen hat wie ein Toter.«

Nun, da seine untere Gesichtshälfte nicht mehr von einem Bart bedeckt wird, erkenne ich sofort, dass er errötet.

Ich seufze. »Wie lange hast du zugehört?«

»Nur ein paar Minuten, ich schwöre.«

Mein Herzschlag beruhigt sich.

»Der Song klingt anders als deine bisherigen.«

Ich lege den Kopf schief. »Inwiefern?«

»Er ist … Ich weiß nicht, wie ich es beschreiben soll. Er hört sich einfach anders an.«

Rafael hat recht. Dieses Lied klingt im Gegensatz zu meinen anderen Songs fröhlich, ja sogar hoffnungsvoll. Wie der niemals endende Epilog unserer unvollständigen Liebesgeschichte.

Eine Liebesgeschichte, die gerade begonnen hat und deren beste Teile erst noch geschrieben werden müssen.

KAPITEL EINUNDSECHZIG
RAFAEL

Statt nach Lake Wisteria zurückzukehren, habe ich mich in letzter Minute dazu entschieden, nicht nach Detroit, sondern nach Portland zu fliegen.

Seit meine Ex-Frau nicht zum Erdbeerfest vor einer Woche erschienen ist, hat sie weder Nicos Anrufe noch meine Nachrichten beantwortet. Auch wenn es mir nichts ausmachen würde, niemals wieder mit ihr zu sprechen, hat mein Sohn etwas Besseres verdient.

Ich halte den Wagen am Tor vor ihrer Einfahrt an, betätige die Klingel und warte.

Nach zwei Minuten ertönt endlich Hillarys Stimme durch den Lautsprecher. »Was tust du hier?«, fragt sie genervt.

»Wir müssen reden.«

»Du bist extra hergeflogen, um mit mir zu *reden*?«

»Ja.« Ich beiße die Zähne zusammen.

Im nächsten Moment öffnet sich das Tor, und ich lenke meinen Wagen den Kiespfad entlang, ehe ich vor dem wunderschönen Haus am See parke.

Einen Moment nehme ich mir Zeit, die Aussicht zu genießen, denn schließlich bin ich derjenige, der all das bezahlt hat. Dann atme ich tief durch und gehe auf die geöffnete Haustür zu.

Mit verschränkten Armen und einem Stirnrunzeln, das ich nur allzu gut kenne, steht Hillary da. Ihr kurzes dunkles Haar bringt ihre scharfen Züge zur Geltung, und die Designerkleidung betont ihre zierliche Gestalt. Die Elfenbeinfarbe ihres Hosenanzugs lässt sie unschuldiger wirken, als sie in Wahrheit ist.

Sie verzieht die roten Lippen. »Was zur Hölle machst du hier?«

»Etwas, das ich schon vor langer Zeit hätte tun sollen«, versetze ich.

Sie schaut sich hastig um, als könnten uns die Nachbarn aus über einem Kilometer Entfernung hören. »Komm rein.«

Das ist typisch für Hillary: Ständig zerbricht sie sich den Kopf darüber, was andere denken könnten, jedoch nie bei den Menschen, die tatsächlich wichtig sind. Auch ich war einst so, doch ich habe mich geändert. Ellie hat mir gezeigt, dass es möglich ist, zu akzeptieren, wer ich bin, ohne anderen etwas vorzuspielen. Und nun, da ich es einmal ausprobiert habe, möchte ich nie wieder, dass es anders wird.

Nachdem ich Hillary ins Haus gefolgt bin, schließt sie die Tür und wendet sich mir zu. Ihre Nasenflügel blähen sich. »Also?«

»Du hast Nico und mich ignoriert.«

»Ich hatte zu tun.«

»Spar dir den Scheiß.« Bisher war ich immer beherrscht, aber nun reicht es mir. Entweder kommt Hillary ihren elterlichen Pflichten nach, oder ich werde um das alleinige Sorgerecht kämpfen, denn sie scheint es ohnehin nicht zu wollen.

Ihr Gesicht rötet sich. »Was erwartest du von mir? Eine Entschuldigung, weil ich nicht zum Fest kommen konnte?«

»Ja, Hillary, eine Entschuldigung wäre nett, nachdem du es versprochen hast und dann eine Stunde vor dem Auftritt deines Sohns abgesagt hast.«

Sie wirkt kein bisschen beeindruckt von meinem scharfen Tonfall, was meine Wut nur noch steigert.

»Aus irgendeinem gottverdammten Grund wollte Nico, dass du dabei bist, weil er *immer* will, dass du dabei bist. Obwohl ich beim besten Willen nicht verstehen kann, warum, wo du ihn doch ständig enttäuschst.«

Ihre eisige Fassade bröckelt für eine Sekunde, ehe sie sich wieder fängt.

»Seit zwei Jahren erfinde ich Ausreden für dich, egal wie ich selbst zu dir stehe, denn er sieht das Gute in dir.«

Sie schaut weg. »Ich wollte kommen.«

»Aber das bist du nicht.«

Sie verzieht das Gesicht. »Es ist kompliziert.«

»Das ist deine ewig gleiche Leier, und offen gestanden habe ich sie satt. Verdammt, ich hatte sie schon satt, bevor wir uns haben scheiden lassen.«

»Wage es *nicht*, in meinem Haus so mit mir zu sprechen.« Wenn sie in diesem schrillen Tonfall redet, klingt sie genauso wie ihre High-Society-Mutter, was mir einen Schauer über den Rücken jagt.

Als sie die Arme verschränkt, bemerke ich einen dünnen Streifen an ihrem Ringfinger, der blasser ist als der Rest ihrer Haut.

Verdammt.

Wie lange ist sie schon mit ihrem Freund verlobt, und warum habe ich so lange gebraucht, um das herauszufinden?

Das Blut rauscht mir in den Ohren, als mir klar wird, dass Hillary dieses Geheimnis mit sich herumträgt, während ich all ihre Rechnungen bezahle.

Du bist für Nico hier, nicht für dich selbst.

Mit einem tiefen Atemzug versuche ich, meine Wut zu bändigen. »Ich hab kapiert, dass du mich nicht ausstehen kannst, aber die Person, der du wehtust, ist dein Sohn.«

Zumindest hat sie den Anstand, ein wenig unglücklich auszusehen. Vielleicht besteht doch noch Hoffnung, obwohl ich nicht darauf bauen möchte.

Nun atmet sie tief durch. »Es ist nur …«

»Was?«

Sie verzieht das Gesicht. »Ich hasse es, in diesen verdammten Ort zurückzukehren, wo alle von meiner …«

»… Affäre wissen.«

»Ja. Reib es mir nur zum fünfzigsten Mal unter die Nase. Ist schon viel zu lange her, seit du mich zuletzt daran erinnert hast.«

Nun verschränke auch ich die Arme. »Entscheidungen haben nun mal Konsequenzen.«

»Das heißt aber nicht, dass ich jedes Mal, wenn ich in den Ort komme, daran erinnert werden möchte.«

Ich stutze. »Dann geht es also um deinen Ruf?«

»Du verstehst nicht, wie es ist, ich zu sein.«

»Nein, tue ich nicht. Ich verstehe tatsächlich nicht, wie es ist, eine Mutter zu sein, die ihr Kind vernachlässigt, weil sie sich mehr um ihren Ruf schert als um ihren Sohn.«

Sie zuckt zusammen.

Ich will kein Mitleid für sie empfinden, aber ein kleiner Teil von mir kann sich nicht dagegen wehren. Denn ich erkenne, dass sie immer eine innere Leere empfinden wird, solange sie die Meinung anderer Menschen über ihre eigene Familie stellt.

»Wir sind beide mit unterschiedlichen Arten von schlechten Eltern aufgewachsen, aber der Hauptunterschied zwischen uns ist, dass du wie sie geworden bist, während ich alles dafür getan habe, um nicht so zu werden wie meine.«

Hillary wird bleich. »Ich …«

Als sie nicht weiterredet, fahre ich fort. »Niemand kann jemals eine fehlende Mutter ersetzen. Das solltest du selbst am besten wissen.«

Sie blickt auf ihre Füße.

Ich reibe mir übers Gesicht. »Sei die Mutter, die Nico braucht.«

»Und wenn nicht? Schleppst du mich dann vor Gericht?«

Ich ziehe angewidert die Oberlippe hoch. »Ich werde dir nicht drohen, damit du zur Vernunft kommst.«

Ich werde ihr immer Kindergeld zahlen, aber die Unterhaltszahlungen, die achtzig Prozent der Summe ausmachen, die sie von mir erhält, werden wegfallen, sobald ich meinem Anwalt von Hillarys heimlicher Verlobung erzählt habe.

»Wie überaus gütig von dir«, versetzt sie.

Ich wende mich in Richtung Tür, halte dann jedoch noch einmal kurz inne, um sie über die Schulter anzusehen. »Ich tue es deshalb nicht, weil Nico – egal ob du seine Gefühle erwiderst oder nicht – dich liebt. Aber wenn du so weitermachst, wird früher oder später der Tag kommen, an dem er das nicht mehr tut. Das kann ich dir versichern.«

»Und wenn er es nicht mehr tut? Was dann?« Ihre Worte sind von Verzweiflung durchzogen.

»Am besten betest du, dass das niemals passieren wird, denn sobald er dich nicht mehr in seinem Leben haben will, werde ich dafür sorgen, dass du aus unserem verschwindest.«

»Drei Sträuße in einer Woche?« Ellie dreht die Kamera, damit ich die Blumen sehen kann, die ich ihr aufs Zimmer in Lissabon geschickt habe, ehe sie eingecheckt hat.

Ich wollte, dass sie etwas von mir hat, wenn sie in Portugal eintrifft – genauso wie in allen anderen Ländern, in denen sie bereits gewesen ist.

»Gefällt er dir?« Ich habe mich für einen Sommerstrauß entschieden, den die Floristin vor Ort empfohlen hat, obwohl ich mir unsicher war, weil Ellie mal erwähnt hat, sie sei nicht der größte Fan von Rosen.

»Ja, er ist wunderschön. Genau wie die anderen.«

Seufzend macht sie es sich auf dem Bett bequem. Hier ist die Sonne noch nicht mal untergegangen, und sie ist schon bereit, schlafen zu gehen.

Wieder einmal verspüre ich den dringenden Wunsch, nach Europa zu fliegen, um sie zu sehen. Es ist erst sieben Tage her, seit ich aus London abgereist bin, doch es fühlt sich an wie eine Ewigkeit. Ich weiß nicht, ob ich jemals eine Person so sehr vermisst habe, nicht einmal Hillary, als sie mich verlassen hat. Natürlich hat mir meine Ex-Frau gefehlt, aber ihre Abwesenheit hat mich nicht derart in den Wahnsinn getrieben, dass ich jeden Tag den Drang verspürt habe, auf der Arbeit alles stehen und liegen zu lassen, um ihr zu folgen.

Die Versuchung ist groß, aber ich muss an Nico und mein Unternehmen denken.

»Nur schade, dass ich sie nicht mit an den nächsten Ort nehmen kann.« Sie seufzt noch einmal.

Bei ihrer Bemerkung habe ich einen Einfall; nach unserem Telefonat muss ich mich sofort an die Arbeit machen.

»Ich vermisse Ellie.« Nico stochert in seinem Abendessen herum. Ich habe damit gerechnet, dass er nach einem ganzen Tag im Sommercamp größeren Hunger haben würde, aber er scheint schlechter Stimmung zu sein.

»Geht mir genauso.« Auch ich schiebe das Essen auf meinem Teller hin und her.

»Wirklich?«

Ich seufze. »Ja, sehr sogar.«

»Wie lange dauert es noch, bis sie wiederkommt?«

»Zu lange.« Wir spüren Ellies Abwesenheit von dem Moment, in dem wir in einem stillen Haus aufwachen, bis wir abends einschlafen. Und es sind immer noch vier Wochen, bis sie wieder zu Hause ist.

Nico bedenkt mich mit einem merkwürdigen Blick.

»Was?«, frage ich.

»Nichts.« Er schabt mit der Gabel über seinen Teller, ohne einen Bissen zu nehmen.

»Bist du dir sicher?«

Er seufzt auf eine Art, die ihn älter wirken lässt. »Es ist nur … Weißt du noch, als ich dich gefragt habe, ob du Ellie magst?«

»Wie könnte ich das vergessen?«

»Meinst du, sie mag dich auch?«

Als ich lache, runzelt er die Stirn.

»Ich lache dich nicht aus«, erkläre ich.

»Aha.« Er scheint mir nicht zu glauben.

»Deine Frage hat mich einfach überrascht.«

Er kaut auf der Innenseite seiner Wange herum. »Ich hab mich nur gefragt … Wenn sie dich *mag* und du sie *magst*, würdest du sie jemals …«

»Daten?«

»Was heißt das?«

»Sie fragen, ob sie meine Freundin sein will.« Ich weiß, dass er mit diesem Konzept vertraut ist, da er im vergangenen Jahr drei Freundinnen hatte.

»Ah ja. Das meine ich.«

»Wäre es okay für dich, wenn ich das tun würde?«

»Auf jeden Fall – ich liebe sie.«

Ich atme tief durch. »Eigentlich will ich dir keine unnötigen Hoffnungen machen, aber …«

Nicos Augen leuchten, während er eifrig nickt.

Zu spät, er glüht förmlich vor Begeisterung.

»Es kann sein, dass das nicht passieren wird.«

»Aber es kann auch sein, *dass* es passieren wird?«

»Ja, eines Tages.«

Nico boxt in die Luft. »Ja!«

Die Sache zwischen mir und Ellie ist immer noch frisch, aber die Bindung, die wir zueinander aufgebaut haben, ist zumindest so eng, dass wir einander unsere Liebe gestanden haben. Und diese Gefühle vor Nico zu verheimlichen, würde sich falsch anfühlen. Bisher wollte ich unsere Beziehung nicht überall offiziell machen, weil mein Sohn noch nichts davon wusste, und Ellie war ganz meiner Meinung.

»Und wann bekomme ich einen Bruder?«

Ich verschlucke mich und huste.

Das Foto von Cole und Ellie auf meinem Handydisplay treibt mich in den Wahnsinn, besonders in Verbindung mit der Schlagzeile, dass Cole mit einer schönen Blondine in Portugal gesichtet wurde.

Mit *meiner* schönen Blondine.

Zwar weiß die Öffentlichkeit nicht, wer Ellie ist, da sie eine dunkle Sonnenbrille trägt, aber ich würde sie überall erkennen. Cole hat die Hand auf ihren unteren Rücken gelegt, während ein paar Bodyguards die Menge zurückhalten, die sich vor dem edlen Restaurant versammelt hat. Sein Mund schwebt neben ihrem Ohr, als würde er ihr ein Geheimnis anvertrauen, das dem Rest der Welt verborgen bleibt. Ellies Lächeln ist schwach, aber sichtbar, und da ihre Augen hinter der Sonnenbrille verborgen sind, kann ich ihre Miene nicht lesen, wodurch sich mein Magen nur noch mehr zusammenzieht.

Als wollte ich mich selbst quälen, lese ich dennoch den Artikel, doch mit jeder Zeile wird mir mulmiger zumute.

Cole Griffin wurde beim Feiern mit seiner Band gesichtet – obwohl es die Frau an seiner Seite war, die alle Blick auf sich gezogen hat.

An seiner Seite.

Beim nächsten Satz beginnt mein Herz zu rasen.

Ein enger Vertrauter des Sängers verrät, dass Cole und seine geheimnis-

volle Fremde während seiner Europatour schon an unterschiedlichen Orten zusammen gesehen wurden.

Seine geheimnisvolle Fremde?

Ich hasse diese Journalisten.

Sie gehört mir.

Doch nun, da ich das Bild von den beiden betrachte und sehe, wie perfekt ihre Lebensstile offenbar zusammenpassen, frage ich mich, ob ich naiv bin.

Wär nicht das erste Mal, dass dich eine Frau betrügt. Die Stimme, die ich so eisern verdrängt habe, verschafft sich wieder Gehör.

Was, wenn Ellie und Cole eine tiefgründige Verbindung zueinander haben und erkennen, dass sie besser zusammenpassen als sie und ich?

Was, wenn Ellie zu dem Schluss kommt, dass ihr das City-Hopping gefällt und sie lieber mit ihm bis in die frühen Morgenstunden neue Songs komponiert?

Was, wenn …

Stopp!

Meine Eifersucht zu verdrängen, erweist sich als schwer, besonders weil ich das Foto von Ellie und Cole nicht vergessen kann. Obwohl ich glauben will, dass Ellie mich nicht betrügen würde, kann ich das Gefühl nicht abschütteln, weswegen ich ihren Anruf, der zehn Minuten später eingeht, ignoriere.

Ich kann nicht mit ihr reden, wenn ich mich so fühle. Eifersucht ist unattraktiv, genauso wie Unsicherheit wegen eines anderen Mannes; also schweige ich lieber, statt mich derart verletzlich zu machen. Vor allem vor dem Hintergrund, dass sie noch vier Wochen lang durch Europa reisen wird.

Noch vier Wochen, in denen sie sich in einen anderen Mann verlieben könnte.

Ich beiße die Zähne zusammen und befehle mir eisern, diesen Gedanken nicht nachzuhängen.

Ellie liebt *mich*, nicht Cole.

Doch ganz egal, wie oft ich mir das einrede, mache ich mir nach wie vor Sorgen, dass ich mich täuschen könnte.

Ellie ruft noch zweimal an, aber ich lasse die Mailbox drangehen. Bald darauf sendet sie mir eine Nachricht, die ich nur widerwillig lese.

Elle: *Hey. Schade, dass ich dich nicht erreichen konnte. Rufst du mich bitte an, wenn du einen Moment Zeit hast? Ich versuche, wach zu bleiben.*

Ich wünschte, ich wäre stark genug, um sie anzurufen, aber meine Unsicherheit dominiert meine Gedanken und macht sie mit jeder Minute toxischer.

So bist du nicht, erinnere ich mich.

Zumindest habe ich das gedacht, doch ein einziges Foto hat mir wieder in Erinnerung gerufen, wie schwer ich es finde, Menschen zu vertrauen, nachdem Hillary eine Affäre hatte.

Ellie abzuweisen, wird deine Probleme aber nicht lösen.

Dennoch kann ich nicht anders.

KAPITEL ZWEIUNDSECHZIG
ELLIE

Das Vibrieren meines Handys lässt mein Herz rasen. Rafael hat meine Nachricht von vorhin nicht beantwortet, was meine Sorge wegen des Paparazzifotos verstärkt.

Obwohl ich eine Nachricht von ihm erwarte, stelle ich entsetzt fest, dass sie von der Person stammt, mit der ich am wenigsten gerechnet hätte.

> **Ava:** *Ich gehe davon aus, dass du für Coles Trennung von Phoebe verantwortlich bist?*

Dazu sendet sie mir das Foto, das derzeit überall im Internet kursiert.

Galle steigt mir in der Kehle auf, als ich ihre nächste Nachricht lese.

> **Ava:** *Ich hätte wissen müssen, dass du eine Schwäche für vergebene Männer hast. Liegt vermutlich an deinen Daddy Issues.*

Am liebsten würde ich etwas Gemeines zurückschreiben, aber ich weiß, dass es ohnehin nichts bringen würde. Sie hat eine vorgefertigte Meinung über mich, die ich durch nichts, was ich tue oder sage, ändern kann.

Tränen der Wut schießen mir in die Augen, und mein Körper bebt so heftig vor Zorn, dass ich mir Sorgen mache, dass ein Blutgefäß durch den sich aufbauenden Druck in meinem Kopf platzen könnte. Der Drang, den Schmerz zu vertreiben, ist überwältigend, und es juckt mich in den Fingern, nach etwas Scharfem zu greifen.

Ich durchsuche meine Reisetasche nach dem einen Objekt, das ich tief im Innenfach verberge. Mit zitternden Fingern umfasse ich die alte Scherbe und hole sie hervor.

Mein eigenes Spiegelbild anzustarren, fühlt sich an wie ein Schlag in die Magengrube, während zeitgleich unterschiedliche Emotionen in mir aufkeimen. Wut. Traurigkeit. Furcht. Alle wirbeln durcheinander und bilden zusammen einen tosenden Sturm. Mein Griff um die Scherbe festigt sich, während ich den Blick für die Realität langsam verliere.

Immer wieder gehen mir Avas Nachrichten durch den Kopf, zusammen mit Rafaels Mailboxansage.

Ich richte die Spitze auf meinen Oberschenkel, doch halte inne, als sie neben dem Spruch schwebt, den ich mir vor Jahren habe tätowieren lassen.

This too shall pass.

Ich atme tief durch und sage mir, dass körperlicher Schmerz mentalen Schmerz nicht zunichtemachen kann. Dass ich mich am Ende nur noch miserabler fühlen werde, wenn ich meine inneren Dämonen gewinnen lasse.

Du brauchst die Scherbe nicht.

Ich werfe sie auf den Boden und lasse mich schluchzend auf mein Bett zurückfallen.

Keine Ahnung, wie lange ich weine, aber irgendwann beginne ich, die Techniken anzuwenden, die ich in der Therapie gelernt habe. Tiefe Atemzüge. Fokus auf meine fünf Sinne. Restaurants mit Anfangsbuchstaben von A bis Z aufzählen.

Es dauert länger als sonst, aber nachdem ich mich beruhigt habe, rufe ich Rafael noch einmal an. Als auch diesmal die Mailbox angeht, überrollt mich eine neue Welle der Enttäuschung und droht, mich zu überwältigen, aber ich konzentriere mich darauf, die Sterne auf meinen Oberschenkeln zu zählen.

Als ich nicht mehr hyperventiliere, leite ich meiner Anwältin Avas Nachricht weiter. Ms. Copper antwortet sofort, dass Ava diese Worte bereuen wird.

Nun versuche ich es noch mal bei Rafael, doch ich habe wieder kein Glück. Es tut weh, für etwas bestraft zu werden, über das ich keine Kontrolle habe.

Es ist angsteinflößend, dass ich einer anderen Person so viel Macht über mein Glück gegeben habe. Ich weiß, dass er das Risiko wert ist, aber dadurch schmerzt es noch mehr, dass er einfach untertaucht, wenn ich ihn brauche. Außerdem frage ich mich, ob er bei jeder neuen Herausforderung auf diese Weise reagieren wird.

Ich bete, dass dem nicht so ist, aber nach heute bin ich mir nicht mehr sicher, und das macht mir Angst.

Am nächsten Morgen wache ich mit neuer Hoffnung auf. Ich hätte aufgeben und all meine Fortschritte zunichtemachen können, stattdessen habe ich gekämpft. Es war nicht einfach, aber meine Zukunft ist zu aussichtsreich, um mich wieder in den Schatten meiner Vergangenheit zu verlieren.

Anstatt die Spiegelscherbe zurück in meine Tasche zu schieben, so wie ich es in der Vergangenheit getan habe, werfe ich sie in den Müll, wo sie hingehört – zusammen mit jeder Hoffnung, dass Ava und ich uns gesittet und außergerichtlich einigen werden. Diesmal hat sie mich mit ihrer hasserfüllten Nachricht vielleicht schockiert, aber beim nächsten Mal werde ich vorbereitet sein.

So viel steht fest.

Seit gestern Abend habe ich mehrmals versucht, Rafael zu kontaktieren, aber er ist kein einziges Mal an sein Handy gegangen, obwohl er mir spät in der Nacht noch geschrieben und sich dafür entschuldigt hat, meine Anrufe verpasst zu haben.

Die Nachricht war knapp, was meine Vermutung bestätigt.

Am gesamten nächsten Tag tut mein Herz so weh, dass ich mich zu einem neuen Song inspiriert fühle, dessen erste Zeile derart traurig ist, dass Cole mich fragt, ob es mir gut geht, und sich zum fünften Mal für das Foto entschuldigt.

»Wenn du dich noch mal entschuldigst, hau ich dir eine rein.«

Er tippt sich an den Höcker an seiner Nase. »Überall, nur nicht hier. Meine Grandma beschwert sich ohnehin schon andauernd, dass ich diesen Bruch nicht anständig habe richten lassen.«

Ich verdrehe die Augen.

Cole seufzt. »Ich weiß, dass ich nicht kontrollieren kann, wer Fotos von uns schießt, aber ich fühle mich trotzdem schuldig.«

»Schuldig genug, um mir zu helfen, das Lied zu Ende zu schreiben?«

Dass ich sein Geständnis gegen ihn verwende, bringt mir einen wütenden Blick und ein genervtes Schnauben von dem großen Mann ein, der mittlerweile ein Freund für mich geworden ist.

Wir arbeiten weiter an unserem Song, und ich verdränge alle Gedanken an Paparazzifotos. Als ich abends in mein Hotelzimmer zurückkehre, bin ich gereizt und will unbedingt mit Rafael sprechen, ob er möchte oder nicht.

Zum Glück ist er derjenige, der mich zuerst kontaktiert, sodass ich nicht allzu lange darüber nachgrübeln muss. Als mein Handydisplay mit seinem Namen und einem Foto von uns aus Hawaii aufleuchtet, überkommt mich Erleichterung.

Trotz des kindischen Dranges, seinen Anruf aus Trotz abzulehnen, gehe ich sofort dran. »Hey. Eine Sekunde.« Ich drücke auf den Videocall-Button und warte.

Seufzend nimmt er an, sodass ich sein markantes Gesicht und die vollen Lippen sehen kann, die er nun zu einem dünnen Strich zusammenpresst.

Ich komme sofort zum Punkt. »Ich nehme an, du hast das Foto gesehen.«

Er sagt nichts.

Ich runzele die Stirn. »Rafael.«

»Ja, hab ich.« Ein Muskel in seinem Kiefer zuckt.

»Und? Jetzt willst du deine Wut darüber bis in alle Ewigkeit an mir auslassen?«

»Nein.«

»Es fühlt sich aber so an.«

Ich brauche dich, will ich sagen. *Du solltest derjenige sein, auf den ich zählen kann. Ich habe mich gestern Abend so verdammt verloren gefühlt, und du warst nicht da, um mir dabei zu helfen, den Weg aus der Dunkelheit zu finden*, würde ich am liebsten gestehen, auch wenn ich damit einen Streit anzetteln würde.

Er reibt sich mit einer Hand übers Gesicht und flucht auf Spanisch. »Was soll ich denn jetzt sagen?«

»Es ist mir egal, was du sagst, solange du mich nicht wegen etwas ignorierst, das nicht einmal wahr ist.«

»Ich weiß, dass es nicht wahr ist.«

»Warum fühlt es sich dann so an, als würdest du mich trotzdem bestrafen?«

Seine Nasenflügel blähen sich. »Ich bin angepisst.«

»Weil Cole mich angefasst hat?«

Auf dem Foto ist ein winziger Moment festgehalten worden, in dem Cole versucht hat, mich abzufangen, nachdem ich über eine Unebenheit auf der Straße gestolpert war – was die Medien sofort zu einer Liebesbeziehung aufgebauscht haben, damit alle Leute auf den Artikel klicken.

Er schüttelt den Kopf. »Ich weiß, dass du nichts mit ihm anfangen würdest.«

»Warum bist du dann wütend?«

»Ich bin wütend auf mich selbst, nicht auf dich.«

Ich blinzele. »Was?«

Nun schaut er nicht mehr in die Handykamera, sondern in die Ferne. »Ich bin …«

»Eifersüchtig?«, schlage ich vor.

Er kneift die Augen zu. »Vielleicht.«

»Es ist normal, ab und zu eifersüchtig zu sein, besonders nach dem, was du mit deiner Ex durchgemacht hast. Ich verstehe schon, warum ein Foto wie dieses … dich triggert.«

Er seufzt. »Ich hasse es, unsicher zu sein, denn dann komme ich mir armselig vor.«

»Es ist in Ordnung, eifersüchtig und unsicher zu sein, solange du dir von mir helfen lässt, dich in unserer Beziehung wieder sicher zu fühlen. Anstatt mir einfach die kalte Schulter zu zeigen.«

»So sollte eine Beziehung aber nicht sein.«

»Möchtest du vielleicht deine Beziehungsregeln mit mir teilen, damit ich deine altmodischen Ansichten besser verstehe?«

»Elle.«

Ich ignoriere die Wärme, die sich plötzlich in meiner Brust ausbreitet. »Was?«

»Ich wollte nicht, dass du mich so siehst. Das ist der Grund, warum ich nicht zu erreichen war.«

»Wie hätte ich dich denn gesehen?«

»Schwach«, erwidert er mit einem beschämten Lächeln.

»Die einzige Schwäche, die ich sehe, ist die Tatsache, dass du dich lieber zurückziehst, als dich von mir trösten zu lassen, wenn du es am meisten brauchst.« Wir hätten einander Halt geben können, aber das hat er nicht zugelassen.

Seufzend lässt er den Kopf hängen. »Du hast recht.«

Kurz überlege ich, ob ich ihm verheimlichen soll, welche Gefühle es in mir ausgelöst hat, dass er mich einen ganzen Tag lang ignoriert hat, besonders da ich sehe, wie schlecht es ihm mit seiner Entscheidung geht. Dennoch beschließe ich, ihm alles zu erzählen.

»Deine Reaktion hat mir Angst eingejagt, und ich habe mir Sorgen gemacht, dass du … nicht mehr mit mir zusammen sein willst.«

Erschrocken reißt er die Augen auf. »Nein, so ist das nicht. Vielleicht habe ich ein bisschen Zeit gebraucht, um mich abzureagieren, aber das hatte nichts mit dir zu tun.«

»Bei *meinen* Unsicherheiten kann ein *bisschen Zeit* allerdings alles nur noch schlimmer machen.«

»Scheiße.«

»Ich hätte dich gestern Abend gebraucht«, flüstere ich. »Du bist einfach untergetaucht und hast mich ganz allein gelassen.«

»Was ist passiert?«

»Ava hat mich kontaktiert.«

Ein verbittertes Lachen kommt ihm über die Lippen, obwohl ich nicht weiß, ob es Ava oder ihm selbst gilt. »Es tut mir leid.« Wieder flucht er. »Ich hätte deinen Anruf annehmen oder wenigstens zurückrufen sollen, als ich mich nach einer Weile beruhigt hatte.«

Ich starre auf meine Hände. »Ja, hättest du.«

»Du hast allen Grund dazu, wütend auf mich zu sein.«

Ich stoße schwer den Atem aus.

»Möchtest du darüber reden?«, fragt er.

Ich schüttele so vehement den Kopf, dass mir Haarsträhnen vor die Augen fallen.

»Hast du …« Er lässt den Satz unvollendet in der Luft hängen.

»*Nein.* Ich habe darüber nachgedacht … für einen Moment … aber dann habe ich mich beruhigt.«

Er stößt erleichtert den Atem aus. »Ich hätte für dich da sein müssen.«

»Was ich meinem Körper antue, liegt nicht in deiner Verantwortung.«

»Nein, aber du bist die Frau, die ich liebe. Und zu wissen, dass du so fertig warst, dass du darüber nachgedacht hast, während du auf meinen Anruf gewartet hast, beschämt mich.«

Meine Brust zieht sich so heftig zusammen, dass ich kaum noch Luft bekomme. »Du kannst dir Zeit nehmen, um dich zu beruhigen oder nachzudenken, aber mich zu ignorieren, ist nicht fair.«

»Du hast recht.«

»Ich will, nein, ich *muss* wissen, dass du für mich da bist, selbst in Situationen, in denen es schwer ist.« Wenn er sich jedes Mal zurückzieht, sobald er Angst bekommt oder von seiner Vergangenheit getriggert wird, werden wir nie eine Zukunft haben.

»Du kannst auf mich zählen, Elle. Es tut mir leid, dass ich dir wegen meiner eigenen Unsicherheiten Grund gegeben habe, daran zu zweifeln. Ich verspreche dir, dass ich diesen Fehler nie wieder machen werde.«

In den nächsten Tagen hält Rafael sein Versprechen, indem er zu mir steht, ganz egal, wie viele Fotos und Artikel von mir und Cole im Internet auftauchen. Er macht sogar ein paar Witze darüber, zum Beispiel, dass er mir gern einen Termin im Tattoostudio bucht, damit ich mir seinen Namen auf die Stirn tätowieren lassen kann.

Doch wenn ich mir ein Tattoo zulege, das für unsere Beziehung steht, würde ich etwas Diskreteres bevorzugen.

Die nächsten Reisetage sind aufgrund unserer frühmorgendlichen Zugfahrten durch Spanien lang. Zu dem Zeitpunkt, zu dem wir drei Tage nach meinem Gespräch mit Rafael in Frankreich ankommen, kann ich tagsüber kaum noch die Augen offen halten.

Als ich abends endlich mein Hotelzimmer betrete, entdecke ich eine schlichte Box auf meinem Nachttisch, zusammen mit einer getippten Notiz.

Rafaels Handbuch für Beziehungen

Regel Nummer 1:
Wenn deine Freundin keine echten Blumen will, musst du eine für sie machen.

Ich ziehe an der pinken Schleife und öffne die Box. Zwischen mehreren Schichten Papier befindet sich eine 3-D-gedruckte pink angemalte Hibiskusblüte, zusammen mit einer weiteren Nachricht:

Zumindest kannst du die in deinen Koffer packen.
- Dein Prom King

Grinsend lasse ich mich aufs Bett fallen und drücke mir die Blume an die Brust, bis ich aus Versehen einschlafe, ohne Rafael geschrieben zu haben, um mich zu bedanken.

Als ich am nächsten Abend in mein Hotelzimmer zurückkehre, finde ich eine weitere weiße Schachtel mit einer Notiz darauf vor. Ehe ich sie lese, schicke ich Rafael eine Nachricht.

Ich: *Du verwöhnst mich.*

Rafael: *Schreib mir, wenn du das Paket geöffnet hast.*

Vorsichtig entferne ich die Notiz von dem Band und lese sie.

Rafaels Handbuch für Beziehungen

Regel Nummer 2:
Lösche nie deinen Suchverlauf …

»O mein Gott.« Mit zitternden Fingern löse ich die Schleife, sodass ich den Deckel der Schachtel anheben kann. Mir bleibt der Mund offen stehen, als ich einen u-förmigen Silikonvibrator mit einem Zettel daraus hervorziehe.

Ruf mich an.
– Dein Prom King

Mein Herz rast, als ich Rafaels Nummer wähle.

»Du hast es geöffnet?«

Ich drehe das Spielzeug in alle Richtungen, finde aber keine Taste.

»Das ist nicht der Vibrator aus dem Suchverlauf.«

Er lacht. »Nein, er ist noch besser.«

»Inwiefern?«

»Soll ich es dir zeigen?«

Mein Herz schlägt mir bis zum Hals. »Klar«, erwidere ich mit piepsiger Stimme.

»Stell mich auf Laut und zieh dich aus.«

Ich gehorche und entledige mich meiner Hose.

»Alles«, fordert er.

Eine Gänsehaut breitet sich auf meinem Körper aus. »Woher wusstest du das?«

»Ich weiß es einfach.«

Den Blick auf mein Handy gerichtet, ziehe ich T-Shirt, BH und Slip aus und werfe alles in eine Ecke. »Zufrieden?«

»Noch nicht.«

Ich greife nach dem Vibrator. »Und wie soll ich jetzt …« Ein leises Vibrieren lässt mich mitten im Satz innehalten, als das Spielzeug in meiner Hand zu pulsieren beginnt. »Du kannst es bedienen?«

Sein tiefes Lachen lässt meine Wirbelsäule prickeln. »Du hast doch nicht etwa gedacht, den Spaß lasse ich mir entgehen, oder?«

So schnell, wie mir das Herz in der Brust hämmert, ist es gut möglich, dass ich sterbe, bevor ich zum Orgasmus komme.

»Leg dich hin«, sagt er, ehe ich höre, wie er eine Tür schließt und sich dann, nach dem knirschenden Geräusch zu urteilen, anscheinend auf der Ledercouch in seinem Büro niederlässt.

Ich gehorche und mache es mir auf dem Bett bequem.

»Berühr dich zuerst selbst.«

Als der Vibrator aufhört, sich in meiner Hand zu bewegen, lege ich ihn neben mir ab. Dann atme ich tief ein und bahne mir mit der Hand einen Pfad von meinen Nippeln bis zu meiner feuchten Mitte. Als Rafael mich darum bittet, beschreibe ich ihm, was ich tue.

Während er lauscht, wird seine Atmung schwerer. Ich höre das Öffnen einer Gürtelschnalle und einen dumpfen Laut, als würde seine Hose auf dem Boden landen.

»Ich wünschte, *du* würdest mich stattdessen berühren«, flüstere ich, während ich mit dem Zeigefinger durch meine Erregung gleite und anschließend über meine Klitoris streiche.

»Ich kann am Wochenende da sein.«

Mein Lachen geht in ein Stöhnen über, als er mich anweist, mit einem einzelnen Finger in mich einzudringen. Ich schließe die Augen und stelle mir vor, dass es Rafaels Hand ist, die erst in mich hineingleitet, um sich mir dann zu entziehen und meine Klitoris zu streicheln. Er ist derjenige, der seine Hand durch den Vibrator ersetzt, genauso wie er derjenige ist, der die Silikonspitze in mich eindringen lässt und das andere Ende an meine Klitoris drückt.

Ich schnappe nach Luft, als ich die sanften Vibrationen in meiner unteren Körperhälfte spüre, was eine so heftige Welle der Erregung durch mich hindurchlaufen lässt, dass ich den Rücken durchdrücke.

»Ja, genau so.« Rafaels Stimme wird tiefer.

Um mehr bettelnd werde ich mit einem weiteren Pulsieren belohnt, das anders ist als das letzte. Als mir ein Stöhnen über die Lippen kommt, knurrt Rafael leise etwas vor sich hin.

Es dauert nicht lange, bis er herausgefunden hat, welche Vibrationen mir am besten gefallen, sodass ich mich schon nach wenigen Minuten verschwitzt auf der Matratze winde.

Dass er sich zur gleichen Zeit auch befriedigt, verstärkt den sich aufbauenden Druck in meiner Mitte nur noch. Sein leises Fluchen und gedämpftes Stöhnen steigern meine Begierde so sehr, dass ich ihn anflehe, mich kommen zu lassen.

Nun verändert er die Vibrationen an meiner Klitoris erneut. Der Unterschied zwischen diesen und dem Pulsieren an meinem G-Punkt lässt mir Tränen in die Augen schießen, und zehn Sekunden später komme ich. Ich schließe fest die Augen, während mich eine Welle nach der anderen ergreift, bis ich keinen klaren Gedanken mehr fassen kann. Als Nächstes höre ich Rafael stöhnen, und kurz darauf lässt ein Aufschrei den Lautsprecher knacken. Eine neue Welle der Lust überkommt mich, bei der ich mich um den Vibrator herum verenge und zucke, denn die Vibrationen haben nicht aufgehört, obwohl wir beide bereits einen Orgasmus hatten.

Trotz der großen Entfernung lässt Rafael nicht zu, dass ich ihn vergesse – keine einzige Sekunde an keinem einzigen Tag. Und dadurch weiß ich seine Liebe noch mehr wertzuschätzen.

Die nächsten Tage vergehen wie im Flug, denn Cole, sein Team und ich reisen zwischen unterschiedlichen Städten in Frankreich umher. Während die ersten zwei Wochen spannend und aufregend waren, bekomme ich langsam Heimweh. Nicht einmal Rafaels drittes und viertes Geschenk – Erdbeer-Zitronen-Wasser und ein Paar Kuschelsocken, das Nico für mich ausgesucht hat – konnten mich aufheitern. Als ich dies Rafael gestern Abend gestanden habe, hat er alles dafür getan, meine Stimmung zu heben, aber das hat mich trotzdem nicht davon abgehalten, nach Flügen zu suchen, nachdem wir aufgelegt hatten.

Als ich nach einem langen Tag in der Konzert-Location, wo Cole und ich an neuen Songs gearbeitet haben, zurück ins Hotelzimmer komme, will ich nur duschen, mich ins Bett kuscheln und Rafael anrufen. Eine große weiße Box mit der üblichen rosa Schleife lässt mich jedoch innehalten. Sie ist beinahe so groß wie Nico, jedoch nicht sonderlich schwer.

»Was um alles in der Welt kann das sein?« Ich greife nach der Notiz, die am Band befestigt ist.

Rafaels Handbuch für Beziehungen

Regel Nummer 5:
~~Zuhause ist dort, wo das Herz ist.~~
Zuhause ist dort, wo DEIN Herz ist.

Ich öffne die Schleife und lasse sie auf den Teppich fallen, um ungeduldig das Papier zu entfernen, worunter ein neutraler brauner

Karton zum Vorschein kommt. Diesen lege ich auf mein Bett und öffne das Klebeband mit dem scharfen Ende meiner Pinzette, was viel zu lange dauert. Als ich es endlich geschafft habe, traue ich meinen Augen kaum.

»Das kann nicht sein.« Ich ziehe eine weiße Gitarre hervor, die genauso aussieht wie die von Astrid von den Treble Makers; ich habe sie einmal Rafael gegenüber erwähnt. Nur das Band ist anders. Dieses ziert ein einzigartiges Muster aus Hibiskusblüten, deren Stängel die Form von Noten haben.

Es ist vielleicht das schönste Geschenk, das ich jemals bekommen habe.

Ich bin so auf die kleinen Details fokussiert, dass mir Rafaels Notiz zwischen den Saiten und dem Griffbrett fast nicht auffällt.

Spielst du heute Abend für mich?
– Dein Prom King

Das Papier gleitet mir aus den Fingern und fällt auf den Boden, als ein lautes Klopfen an der Tür erklingt.

Ich schaue nicht durch den Spion, bevor ich aufmache.

»Überraschung!« Nico schlingt die Arme um meine Taille, während meine Mom, Burt, Willow und Rafael hinter ihm im Flur stehen bleiben.

Mir schießen Tränen in die Augen. »Ihr seid wirklich hier!« Ich schließe Mom und Willow in eine Gruppenumarmung.

»Uns ist zu Ohren gekommen, dass du uns vermisst.« Burt legt Rafael einen Arm um die Schultern, obwohl er kaum heranreicht, und zieht ihn an seine Seite.

Rafaels Wangen röten sich, was ich so bezaubernd finde, dass ich von meiner Mom und Willow ablasse, um meine Arme um ihn zu schlingen.

»Danke.«

Er küsst mich auf den Kopf. »Vielleicht kannst du noch nicht nach Hause zurück, aber das heißt noch lange nicht, dass ich dein Zuhause nicht zu dir bringen kann.«

Eines Tages werde ich diesen Mann heiraten, und niemand kann mich davon abhalten.

Nicht einmal er selbst.

KAPITEL DREIUNDSECHZIG
ELLIE

Coles Griff um das Mikrofon festigt sich. »Ich möchte heute einen neuen Song für euch spielen.«

Die Leute in der ersten Reihe vor der Bühne hüpfen auf und ab, genau wie mein Herz. Nachdem ich schon einen Monat lang mit ihm unterwegs bin, sollte ich mich mittlerweile daran gewöhnt haben, wie er die Menge verzaubert, dennoch stehe ich wieder einmal hinter der Bühne und bin unglaublich beeindruckt.

»Wisst ihr, ich habe diesen Sommer eine neue gute Freundin gefunden«, fährt er fort. Ein paar Mädels rufen ihm zu, dass sie ihn lieben, was ihnen ein tiefes, heiseres Lachen einbringt. »Und zusammen mit ihr habe ich an einem wundervollen Album gearbeitet.«

Durch Europa zu reisen und Musik zu komponieren, war eines der besten Erlebnisse meines Lebens. Obwohl ich nicht so viel Zeit für Sightseeing hatte wie gedacht, hatte ich eine Menge Spaß mit Cole und seinem Team.

Sie sind professionell, kreativ und bringen mich dazu, aus meiner musikalischen Komfortzone herauszutreten und neue Dinge auszuprobieren. Ich habe sogar gelernt, Banjo und Mandoline zu spielen, sehr zu Nicos Freude und zu Burts Überraschung.

Wenn es Nico nicht gäbe, wäre ich wahrscheinlich nie in diese Situation gekommen. Seine Nanny und Musiklehrerin zu sein, hat mir nicht nur einen neuen Sinn im Leben gegeben, sondern auch den Mut, wieder meine Träume zu verfolgen. Zusammen mit Nico habe ich mich aufs Neue in die Musik verliebt, wobei ich eine ganz besondere Bindung zu ihm aufgebaut habe. Es vergeht kein Tag, an dem ich ihn nicht vermisse. Er ruft mich oft an, um sich die neuesten Geschichten meines europäischen Abenteuers berichten zu lassen, und ich sorge dafür, dass ich mindestens ein paar Minuten an jedem Tag für ihn freiräume. Ganz egal, ob ich unterwegs bin oder mich gerade in meinem Hotelzimmer verkrieche und traurig bin, weil ich ihn und seinen Dad so sehr vermisse.

Auch mit Rafael spreche ich jeden Tag, was mich glücklich macht, aber auch Heimweh in mir hervorruft. Wenn er mich vor zwei Wochen nicht überrascht hätte, hätte ich die vollen fünf Wochen vielleicht nicht ausgehalten, ohne nach Hause zu fliegen. Obwohl mir Rafael ständig versichert, dass ich es geschafft hätte.

»Ist sie deine Freundin?«, ruft eine Person in der zweiten Reihe.

»Oh nein, definitiv nicht. Sie ist in einer glücklichen Beziehung mit einem anständigen Kerl, der nicht zögern würde, mir in den Hintern zu treten.«

Ich schlage mir eine Hand vor den Mund, um ein Lachen zu unterdrücken. Mittlerweile hat Rafael nichts mehr gegen Cole, hauptsächlich weil er merkt, wie viel mir diese Tour bedeutet. Aber das heißt noch lange nicht, dass sie gute Freunde sind.

»Ich würde gern wissen, was ihr von dem Lied haltet. Vielleicht können wir sogar die Songwriterin dazu überreden, auf die Bühne zu kommen und sich vorzustellen.« Er schaut rüber zu der Stelle, an der ich stehe.

Hastig weiche ich einen Schritt zurück, als könnte mich das Scheinwerferlicht treffen, wenn er mich nur lange genug ansieht.

Gestern hat Cole mich gefragt, ob er einen der neuen Songs spielen dürfe, die wir zusammen geschrieben haben, weil er sehen wolle, wie die Menge darauf reagiert. Ich war überrascht, vor allem, weil er noch nicht einmal etwas im Studio aufgenommen hat, aber er hat mich gebeten, ihm zu vertrauen.

Und nun stehe ich hier und warte darauf, dass er mein Lied live für das Publikum spielt.

Cole verändert seinen Griff am Gitarrenhals. »Der Song heißt *Shades of Blue*, geschrieben von meiner Wenigkeit und der wunderbaren Ellie Sinclair.«

Der Lärm der Menge steigert sich um ungefähr zwanzig Dezibel.

Ich ziehe scharf die Luft ein. »O mein Gott. Er hat meinen Namen gesagt. Auf der Bühne.«

Ein Mitglied der Crew lacht hinter mir. »Gewöhn dich besser dran, denn morgen werden alle deinen Namen kennen.«

Ich hätte nicht gedacht, dass das Publikum noch lauter werden kann, aber irgendwie passiert es doch.

Cole setzt zu den ersten Akkorden des Liedes an, das *ich* geschrieben habe – und zwar vor Tausenden Menschen. Ich wusste, dass es mich emotional machen würde, aber ich hätte nicht damit gerechnet, schon nach zehn Sekunden loszuheulen.

Picturing a future without you
was like looking through a lens tinted blue.
Shades of navy bled to black
until I could no longer remember
what my life was like before you came back and
threw it off-center.

Ich habe Ausschnitte von Avas Live-Konzerten gesehen, habe gehört, wie sie *meinen* Song gespielt hat, nachdem sie den Album-of-the-Year-Award gewonnen hatte, den ich zusammen mit ihr hätte entgegennehmen sollen. Ich habe tatenlos zugeschaut, wie all meine Errungenschaften von einer anderen Person gestohlen wurden – und wie meine Träume davon, jemals wieder Musik zu komponieren, in tausend Stücke zersprangen –, nur um am Ende etwas viel Besseres zu bekommen.

Ich wische mir über die Wangen, woraufhin mir Coles Assistent ein Taschentuch reicht, was mich noch mehr zum Weinen bringt. Er schließt mich in eine seitliche Umarmung, die in mir den Wunsch weckt, Rafael wäre hier, um diesen Moment mit mir zu teilen. Um mich zu sehen, wie ich in meinem Versteck hinter der Bühne strahle, während die Welt mein Lied hört.

Doch ich verdränge den Gedanken und genieße den Augenblick, der viel zu schnell vorüber ist. Auf einmal wünschte ich, wir hätten noch eine Strophe hinzugefügt, nur damit ich noch ein wenig länger in dem Gefühl baden könnte. Ich verliere mich so in dem Rausch, dass ich die plötzliche Stille im Publikum nicht einmal bemerke, bis Cole sich grinsend in meine Richtung dreht.

»Hey, Ellie. Ich glaub, die lieben deinen Song.«

Mein Herz hüpft, als ihm das gesamte Stadion lautstark zustimmt.

»Willst du auf die Bühne kommen und es dir persönlich von ihnen bestätigen lassen?«

Cole weiß wirklich, wie man ein Publikum zum Toben bringt. Zum Lachen. Zum Schreien. Zum *Weinen.* Der Mann ist ein geborener Star, weshalb es mich nicht überrascht, dass seine Konzerte immer ausverkauft sind.

Der Lärm der Menge, die sich heute Abend versammelt hat, löst einen Adrenalinschub in mir aus, und ehe sich die Stimme in meinem Hinterkopf zu Wort melden kann, trete ich auf die Bühne und winke.

Cole bedeutet mir, zu ihm nach vorn zu kommen, und hält mir dann das Mikrofon hin. »Sag Hi.«

»Hi«, krächze ich heiser.

Als die Leute in der ersten Reihe in Gelächter ausbrechen, werden meine Wangen heiß – teils von den Lichtern und teils vor Scham.

Cole wendet sich dem Publikum zu. »Also, was halten wir alle von Ellies Lied?«

Es ist ein elektrisierendes Gefühl, als Cole der Menge das Mikrofon hinhält und es im Kreis dreht. In dem Moment macht sich ein Grinsen auf meinem Gesicht breit, und ich lasse all den Groll los, an dem ich wegen Ava und Darius mehr als ein Jahr festgehalten habe. Was sie getan haben, spielt keine Rolle mehr, weil ich beschließe, nach vorn zu blicken und meinen eigenen Weg zu gehen. Song für Song, Tag für Tag werde ich mir selbst einen Namen machen.

Und heute werde ich damit beginnen.

»Ich weiß, dass Sie wahrscheinlich auf eine bessere Alternative gehofft haben …« Meine Anwältin lässt den Satz in der Luft hängen.

Da ich noch so viel packen muss, bevor ich nach Lake Wisteria zurückkehre, habe ich eigentlich keine Zeit für den Videocall mit meiner Anwältin und Rafael, aber Ms. Copper hat darauf bestanden, es sei dringend.

Laut ihrem Team wollen sich Avas Anwälte bis Ende der Woche außergerichtlich einigen, weswegen ich eine unmögliche Entscheidung treffen muss: Entweder nehme ich Avas Abfindung an und unterzeichne eine Schweigepflichtserklärung. Oder ich bringe den Fall vor Gericht und riskiere, dass ich am Ende leer ausgehe.

»In dem Fall würde also niemand erfahren, was wirklich passiert ist?«

Ms. Copper schüttelt den Kopf. »Nein.«

»Aber Ellie würde als Komponistin der Lieder genannt?«, fragt Rafael.

Ich schaue sein Bild auf dem Display an und wünschte, er wäre hier, um mir die Hand zu halten.

Ms. Coppers Assistentin sieht etwas auf ihrem Tablet nach. »Ms. Sinclair wird unter jedem Lied, an dem sie mitgearbeitet hat, als Co-Writerin aufgelistet werden.«

»Aber Avas Ruf wird nicht geschädigt.« Rafael runzelt die Stirn.

»Es gibt die andere Alternative.« Ms. Copper räuspert sich. »Wir treten vor einen Richter.«

»Und der könnte Ava glauben.«

»Genauso gut könnte er *dir* glauben«, gibt Rafael mit hochgezogener Augenbraue zu bedenken.

Ich schnaube. »Alles klar.«

»Sie müssen die Entscheidung bezüglich der Abfindung wie gesagt nicht heute treffen.« Das ist wirklich eine Erleichterung. »Aber Avas Anwälte wollen bis Ende der Woche eine Antwort haben.«

»Warum?«, fragt Rafael.

»Vermutlich wollen sie alles geregelt haben, bevor Avas neues Album erscheint.«

»Gott bewahre, wenn America's Sweetheart schlechte Presse bekäme«, murmele ich, woraufhin mir Rafael einen finsteren Blick zuwirft.

Ms. Coppers Lippen werden schmal. »Im Moment rotiert ihr Rechtsteam, nach allem, was mit Darius passiert ist.«

Rafael sieht mit einem Mal ziemlich selbstzufrieden aus.

»Würden Sie mir empfehlen, das Geld anzunehmen?«, frage ich. Wenn ich es tun würde, hätte ich finanziell ausgesorgt, müsste niemals vor einen Richter treten, und mein Name würde als Komponistin genannt, aber niemand würde jemals erfahren, was tatsächlich zwischen Ava und mir vorgefallen ist. Was würde sie also davon abhalten, das Gleiche noch einmal jemandem anzutun?

Ms. Copper schaut direkt in die Kamera und sieht mich eindringlich an. »Ich spreche ungern Empfehlungen aus.«

»Okay, aber wenn Sie in meiner Lage wären …«

Ihre Lippen zucken. »Netter Versuch.«

Ich seufze.

»Was ich Ihnen definitiv sagen kann, ist, dass ich mir dieses Fachgebiet nicht ausgesucht habe, um mich hinter Abfindungspapierkram und Schweigepflichtserklärungen zu verstecken.«

Am Anfang klang es verlockend, mich außergerichtlich mit Ava zu einigen, besonders weil sich so jegliche Art von Konfrontation vermeiden ließe. Aber nun, da ich die Chance auf eine Abfindung habe, fühlt es sich … feige an. Ein Richter könnte zu Avas Gunsten entscheiden, und ich würde niemals einen Penny für meine Arbeit sehen, aber zumindest würden die Leute dann meine Version der Geschichte kennen. Selbst wenn ich am Ende als die Böse dastehen sollte.

»Sie können mir Ihre Entscheidung bis Freitag um 17:00 Uhr mitteilen.«

Ich schüttele den Kopf. »Nein, so lange möchte ich nicht warten.«

»Bist du dir sicher?«, fragt Rafael mit hochgezogenen Augenbrauen.

Ms. Copper stützt sich auf die Ellbogen, sodass ihr Designer-Tweed-Blazer leicht verrutscht. »Dann wollen Sie also die Abfindung?«

»Nein, ich will vor Gericht ziehen.«

Weniger als vierundzwanzig Stunden, nachdem meine Anwältin beim kalifornischen Gericht beantragt hat, dass der Fall angehört wird, bricht die Hölle los. In allen Nachrichten ist die Rede von Ava und mir, und auch wenn die Presse kaum Fakten kennt, hält es die Leute nicht davon ab, über unseren Fall zu spekulieren. Im Internet nehmen Hobbydetektivinnen und -detektive mein gesamtes Leben auseinander, sodass ich all meine Social-Media-Accounts auf Privat stellen musste, damit man nicht noch mehr über mich in Erfahrung bringen kann.

Wenn es Rafael und Willow nicht gäbe, hätte ich die Idee, Ava vor Gericht zu bringen, längst wieder verworfen. Meine beste Freundin verbringt Stunden damit, meine PR zu managen und Journalistinnen zu kontaktieren, um ihnen meine Seite der Geschichte darzulegen; während Rafael alles in seiner Macht Stehende tut, um mich zu beruhigen, wozu auch zählt, mir ab und zu den Zugang zum Internet und zu meinem Handy zu verwehren. Zu seinen Strategien, mich abzulenken, gehören außerdem berauschender Sex, die Tiere zu füttern und sogar Penelopes Mähne zu flechten.

Mitzuerleben, wie er sich nicht nur um die Katzen kümmert, sondern um all seine anderen Tiere, erfüllt mich mit Wärme. Willow hat die Theorie, dass Männer mit Tieren mein persönlicher Kink sind, und das ist ganz allein seine Schuld.

»Warum siehst du mich so an?« Rafael betrachtet die Schleife, die er gerade in Penelopes Mähne gebunden hat, bevor er sich dem nächsten Zopf widmet.

»Du wärst ein toller Vater für ein Mädchen.«

Er schmunzelt. »Meinst du?«

»Das weiß ich sogar.« Ich betrachte sein Werk. Für jemanden, der selbst kurzes Haar hat, weiß er erstaunlich gut mit langem umzugehen. »Wo hast du gelernt, Zöpfe zu flechten?«

»Dahlia und Lily haben mich oft dazu gezwungen, mit ihren Puppen zu spielen.« Seine Wangen röten sich.

»Nun, es hat sich gelohnt, denn du bist besser darin als ich.«

Er macht sich an der nächsten Schleife zu schaffen. »Das bezweifele ich.«

»Ich meine es ernst. Gut, dass du einen Sohn hast. Einer Tochter müsstest du jeden Tag die Haare machen.«

Er räuspert sich. »Würdest du das wollen?«

»Was?«

»Eine Tochter.«

Seine Frage trifft mich unerwartet. »Äh …« Ich überlege, ob ich ihm die Wahrheit sagen soll, immerhin weiß ich, dass Rafael vielleicht niemals weitere Kinder haben möchte.

»Ein Mädchen zu haben, würde mich vielleicht umbringen, aber ich hätte gerne eine Tochter … irgendwann, in der Zukunft.«

Mein Herz macht einen Satz.

»Und ich wäre ihr der beste Vater aller Zeiten, nur damit mich niemals ein anderer übertrumpfen kann.«

Ich lache und ziehe ihn zu einem Kuss heran. »Soll das heißen, dass du dich vielleicht doch mit der Idee anfreunden kannst, zu adoptieren?«

»Eines Tages, ja. Aber für den Moment will ich dich ganz für mich allein.«

Genau wie ich dich.

KAPITEL VIERUNDSECHZIG
RAFAEL

Ich strecke meine Hand nach der Türklingel aus, aber halte dann inne. Als ich mich bereit erklärt habe, Ellie zum Sonntags-Lunch bei den Muñoz mitzubringen, klang es in der Theorie nett. Meine Familie möchte die Tatsache feiern, dass *meine Freundin* nach Lake Wisteria zurückgekehrt ist, wahrscheinlich weil sie sich so darüber freuen, dass ich meine Griesgrämigkeit abgelegt habe.

»Wenn sie anfangen, dich mit ihren Fragen zu nerven, sag mir Bescheid.«

Ellie lacht. »Ich glaube, damit komme ich zurecht, aber danke für das Angebot.«

»Lily und Dahlia werden wahrscheinlich versuchen, Informationen über uns aus dir herauszubekommen.«

»Wer sagt, dass sie das nicht schon längst getan haben?«

Ich starre sie an.

Sie zieht ihr Handy heraus und zeigt mir einen Gruppenchat mit dem Namen *The Silver Vixens*, vermutlich von Dahlia nach ihrer Lieblingsserie benannt.

Ich stöhne auf. »Es hat schon angefangen.«

»Jepp.« Sie lacht. »Aber keine Sorge. Als sie gefragt haben, ob wir über eine kirchliche Trauung nachdenken, hab ich ihnen die Illusion direkt geraubt und gesagt, dass meine Familie nicht religiös ist.«

Ich reiße die Augen auf. »Du hast was getan?«

»War nur ein Witz.«

Ich atme aus. »Gott sei Dank. Ich glaube, meine Tante und Rosa würden auf der Stelle in Ohnmacht fallen.«

»Ich meine, ich bin als Kind nie in die Kirche gegangen, aber ich würde den Kompromiss wahrscheinlich eingehen, wenn es an der Zeit für uns ist, zu …«

Ich bekomme kaum noch Luft.

Lachend klopft sie mir auf die Schulter. »Entspann dich endlich. Mich hat noch niemand irgendwas zum Thema Babys oder Ehe oder sonstigen Themen gefragt, die einen Bindungsphobiker wie dich nervös machen.«

»Ich hab keine Bindungsphobie.«

»Ach nein?« Ihre Augen funkeln.

»Nein, ich hab nur kein Interesse daran, mit irgendjemandem darüber zu reden, außer mit dir.«

Sie grinst. »Dann stehst du der Idee zu heiraten also offen gegenüber?«

»Nicht, wenn ich wegen dir vorher einen Herzinfarkt bekomme.«

Ihr Grinsen wird breiter. »Das ist zumindest kein Nein.«

»Da hast du recht.« Ich küsse sie sanft, ehe ich endlich die Klingel betätige.

Rosa öffnet uns die Tür zu ihrem Haus mit dem strahlenden Lächeln, das beide Muñoz-Schwestern geerbt haben. »Ellie! Du bist hier!« Sie ignoriert mich vollkommen und schließt Ellie in die Arme. »Es ist so schön, dich wiederzusehen.« Dann zieht sie meine Freundin ins Haus.

»Ich freue mich auch, dich zu sehen«, rufe ich ihr hinterher.

»Mach die Tür zu, die Klimaanlage läuft.« Sie schiebt Ellie durch den Flur in Richtung Küche.

»*¡Papi!*« Nico rennt mir entgegen.

»Zumindest einer, der begeistert ist, dass ich auch da bin.« Ich umarme ihn. »Hat es Spaß gemacht, bei Julian zu übernachten?«

Nico erzählt mir alles von seinem Abend, während ich ihm weiter ins Haus folge. Die anderen sind zu angetan von Ellie, um mir Beachtung zu schenken. Damit habe ich zwar schon gerechnet, als ich ihnen Bescheid gegeben habe, dass sie mich begleiten würde, aber es nun tatsächlich zu erleben, ist eine ganz andere Geschichte. Ich weiß, dass meine Familie Ellie immer schon mochte, als sie noch Nicos Nanny war, aber nun, wo sie meine Freundin ist, möchte ich, dass sie sie *lieben*, denn meine Verwandten sind mir genauso wichtig wie sie. Nachdem sie es Lorenzo nicht leicht gemacht haben, als er vor zwei Wochen als Lilys Verlobter vorgestellt wurde, bin ich ein bisschen aufgeregt, obwohl ich nach zwanzig Minuten erkenne, dass meine Nervosität unbegründet war.

Ellie geht es gut – mehr als gut sogar. Sie bleibt an der Seite meiner Tante, während die ihre geliebten *espagueti verde* zubereitet, wobei die beiden Tipps für Nicos Leibgerichte austauschen. Ich sitze auch in der Küche und tippe gehorsam Rezepte auf Ellies Handy mit. Normalerweise würde ich im Wohnzimmer das Spiel schauen, aber im Moment möchte ich mich ungern zu Lorenzo, Lily und Julian gesellen, der meiner Cousine und ihrem neuen Verlobten keine Ruhe lässt.

»Deine Geheimzutat ist Spinat?« Ellie starrt meine Tante mit großen Augen an.

»Wie soll ich Nico sonst dazu bekommen, Gemüse zu essen?«

»O mein Gott.« Ellie schaut zu mir. »Wusstest du davon?«

Mit einer pantomimischen Geste verschließe ich meine Lippen

und werfe mir den imaginären Schlüssel über die Schulter, was mir ein Lachen von Dahlia und ihrer Mutter einbringt.

»Warum hast du nichts gesagt?« Ellie stemmt die Hände in die Hüften und funkelt mich finster an.

Ich zucke mit den Schultern. »Das ist streng geheim.«

»Bedeutet das, du musst mich umbringen, wenn ich es jemandem erzähle?«

Tía stößt Ellie mit der Hüfte an. »Er nicht, aber bei mir selbst kann ich für nichts garantieren. Julian sagt immer, er kennt den perfekten Ort, um eine Leiche zu vergraben, wenn es mal notwendig sein sollte.«

»Hast du das gehört?«, fragt Julian aus dem Wohnzimmer, woraufhin Dahlia die Augen verdreht und Ellie lacht.

Tía seufzt. »Ich hab ihm gesagt, dass er sich anständig benehmen soll.«

Nachdem meine Tante und Ellie mit dem Kochen fertig sind, decken Rosa und Dahlia den Tisch. Ellie scheint wie ein verlorenes Puzzlestück in unsere Familie zur passen, so als sei sie schon immer ein Teil davon gewesen. Bisher habe ich anscheinend nie darauf geachtet, was für eine gute Beziehung sie abgesehen von Nico zu meinen Verwandten hat. Bei jeder Frage, die sie ihr erstellen, spüre ich, dass ihr Respekt für sie wächst, besonders als Ellie mir ihren Teller reicht, auf dem noch ein paar letzte Bissen grüne Spaghetti übrig geblieben sind.

Dahlia hebt die Augenbrauen, meiner Tante steigen Tränen in die Augen, und Lily verbirgt ihr Schmunzeln hinter ihrer Hand.

Lorenzo dagegen schaut angewidert zwischen Lilys Lächeln und meinem Teller hin und her.

Ein paar Tricks, wie man eine echte Beziehung führt, kannst du dir noch abschauen, Arschloch.

Selbst Julian mit seinem perfekten Pokerface wirkt überrascht.

Derweil scheint Ellie nichts davon zu bemerken, denn sie fährt ungerührt mit irgendeiner Geschichte über ihre Mom und den Musikladen fort.

Als den anderen auffällt, dass ich ihre Blicke registriert habe, schauen sie schnell wieder weg.

Ellie wendet sich mir zu und lächelt, und es fühlt sich an, als würde ich mich noch einmal in sie verlieben.

Später am Abend, als Nico und ich Ellie zu Hause absetzen, bitten uns ihre Eltern noch auf ein paar selbst gebackene Cookies und einen Drink herein.

Nico ist zunächst zögerlich, aber als ich beruhigend seine Schulter drücke und ihm versichere, dass wir gehen können, wann immer er möchte, betreten wir das Haus. Nico zeigt sich verschlossen, da er immer noch Probleme damit hat, Leute, die er nicht gut kennt, an sich heranzulassen. Burt gibt jedoch nicht auf, sodass es nicht lange dauert, bis mein Sohn Interesse an seinen Geschichten über Ellie als Musikschülerin entwickelt.

»Und jetzt hat sie für immer kostenlosen Musikunterricht?«, fragt Nico.

»Jepp. Diese Schmarotzerin.« Burt zwinkert ihm zu.

Ich lächele, doch Ellie verdreht die Augen. »Ich hab dich doch gar nicht darum gebeten, mein Lehrer zu werden.« Mit diesen Worten entschuldigt sie sich und steuert das Bad am Ende des Flures an.

Burts Augen leuchten. »Ich hab versucht, ihre Mom zu beeindrucken, indem ich mehr Zeit mit ihr verbringe.« Dann erzählt er von Ellies Zeit als Trommlerin in der Highschool, woraufhin sich ihre Mutter auf die Suche nach einem alten Video von einem Auftritt macht.

Nico blickt kurz zu mir auf. »Kann Ellie mir auch für immer Unterricht geben?«

Burt grinst. »Falls Ellie Nein sagt, werde ich sie für dich überreden.«

»Wozu soll ich Nein sagen?«, erkundigt sich Ellie, die gerade wieder reinkommt.

»Burt hat gesagt, du kannst mir für immer Musikunterricht geben.«

Ellie tut so, als müsste sie ein paar Sekunden darüber nachdenken. »Na klar, du bist doch mein Lieblingsschüler.«

Nico lacht. »Ich bin dein einziger Schüler.«

Darauf sieht Ellie mit einem verschwörerischen Lächeln zu mir. »Nicht mehr.«

Seit letzter Woche ist Ellie offiziell auch meine Musiklehrerin, denn sie hat mich dabei erwischt, wie ich eine von Nicos Gitarren ausprobiert habe. Seitdem behauptet sie, sie würde meinen Ohren einen Gefallen tun, indem sie mir ein paar einfache Akkorde beibringt. Aber ich glaube, sie möchte nur eine weitere Ausrede haben, um mich berühren zu können.

Nico schnappt nach Luft. »Du hast noch einen Schüler? Wen?«

Ellie zuckt mit den Schultern. »Darüber musst du dir keine Gedanken machen, denn ich glaube nicht, dass er lange durchhalten wird.«

Nico rennt zu ihr und schlingt die Arme um ihre Taille. »Lass mich nicht für einen anderen sitzen.«

Ich schnaube, was mir einen finsteren Blick von meinem Sohn einbringt.

»Das ist nicht witzig.«

»*Ich* bin der andere Schüler, *mijo*.«

Mit großen Augen schaut er zwischen Ellie und mir hin und her. »Du unterrichtest meinen Dad?«

»Er kann jede Hilfe gebrauchen.«

Ich kratze mir das Kinn mit dem Mittelfinger, woraufhin Burt und Ellie lachen.

In dem Moment kommt Ellies Mutter zurück. »Ich hab's gefunden!«

Ellie macht ein verlegenes Gesicht, doch Nico rammt seine Faust in die Luft. »Yippie!«

Burt hilft seiner Frau, den alten Videorekorder zu bedienen, und bald erscheint ein verwackelter Film auf dem Fernsehbildschirm.

Zwischen den anderen Schülerinnen und Schülern ist Ellie, hochgewachsen und blond, auf dem Spielfeld gut zu erkennen. Während sie trommelt, schaut sie konzentriert in die Menge. In der Uniform sieht sie bezaubernd aus. Ich kann nicht glauben, dass sie mir nie aufgefallen ist, aber im Grunde bin ich froh darüber, denn damals hätte ich einen besonderen Menschen wie sie nicht richtig zu schätzen gewusst. Das Leben hat uns zu einem Zeitpunkt zusammengeführt, zu dem wir einander am meisten brauchten, und dafür bin ich dankbar.

»Wie kannst du mir das antun?« Ellie bedeckt ihre Augen mit den Händen.

»Schaut euch mal diese Uniform an!« Nico kichert.

»Das muss dir nicht peinlich sein, Ellie – du warst die beste Trommlerin, die die Schule je gesehen hat.« Stolz deutet Burt zum Fernseher.

Nico strafft die Schultern. »Wenn ich auf die Highschool komme, mache ich auch bei den Trommlern mit.«

»Daran habe ich keinen Zweifel.« Ich ziehe Nico an meine Seite.

»Ellie hat es geliebt, in der Band zu spielen«, berichtet ihre Mom. »Sie hat sogar eine Petition gestartet, damit sie auch bei den Fußballspielen auftreten können, aber dazu ist es nie gekommen.« Sie zwinkert mir zu.

Ächzend lässt sich Ellie tiefer in die Polster sinken.

»So wichtig war es dir also, ja?« Ich ziehe ihr die Hände von ihrem roten Gesicht.

»Mom, wenn du mich liebst, dann hör bitte auf zu reden. *Sofort.*«

»Was ist denn? Weiß Rafael etwa nichts davon, dass du früher in ihn verknallt warst?« Burt zwinkert mir zu.

Ich wusste es.

»Ich hatte den Verdacht«, erwidere ich und werfe Ellie einen bedeutsamen Blick zu. »Aber sie wollte ihn nicht bestätigen.«

»Oh.« Ihre Mom schlägt sich eine Hand vor den Mund.

»Dann vermute ich, du wusstest auch nichts von der Sache mit dem Prom King?« Burt grinst.

Ellie springt von der Couch auf. »Das war's – ich werde mich offiziell selbst enterben und mir einen anderen Nachnamen zulegen.«

»Gut, dass du schon in der Highschool geübt hast, mit Ellie Lopez zu unterschreiben«, erwidert Burt.

Wir brechen alle in Gelächter aus, außer Ellie, die aussieht, als sei sie bereit, auf der Stelle im Erdboden zu versinken. Sie murmelt irgendetwas davon, dass sie zur Toilette muss, und eilt davon.

Ich folge ihr in den Flur und finde sie dort an die Wand gelehnt, das Gesicht erneut in den Händen vergraben.

Ich ziehe sie an meine Brust und zwinge sie dazu, mich anzusehen. »Du musst dich nicht schämen. Ich finde es niedlich, dass du in mich verknallt warst.«

»Lass uns einfach so tun, als hätte dieses Gespräch niemals stattgefunden, okay?« Sie wartet nicht auf meine Zustimmung. »Okay«, sagt sie noch einmal.

Ich lache. »Ich glaube nicht, dass ich das kann.«

»Warum nicht?«

»Weil du schon dein halbes Leben von mir träumst.«

Sie funkelt mich an. »Das ist nicht wahr.«

»Bist du dir sicher, Ellie *Lopez*?« Ich streichele ihre Wange.

Zitternd schließt sie die Augen. »Sag das nie wieder.«

»Das kann ich nicht versprechen.«

Sie öffnet abrupt die Augen. »Warum nicht?«

»Weil ich vorhabe, deinen Highschool-Traum eines Tages wahr werden zu lassen.« Ich streife ihre Lippen mit meinen und besiegele mein Versprechen mit einem Kuss.

KAPITEL FÜNFUNDSECHZIG
ELLIE

SECHS MONATE SPÄTER

Am Tag meiner Anhörung vor Gericht bin ich fürchterlich nervös. Wenn Rafael nicht so dicht hinter mir sitzen würde, dass er ab und zu meine Schulter drücken kann, würde ich unter dem strengen Blick der Richterin vollständig in mich zusammensinken.

Ava wirkt selbstsicher und elegant in ihrem Designerkostüm. Sie hat mich nicht begrüßt, schaut nicht einmal in meine Richtung. So ist es mir zwar ohnehin lieber, aber mein Herz zieht sich dennoch schmerzhaft zusammen, als sich unsere Blicke versehentlich treffen, während sie den Zeugenstand betritt.

Kurze Zeit später muss ich es ihr gleichtun.

Darauf folgen ein paar weitere Zeugen, auch Darius. Während seiner Aussage wirft Rafael ihm tödliche Blicke zu, obwohl er sich leicht zu entspannen scheint, als Darius zugibt, dass ich in großen Teilen zum Entstehen von Avas Songs beigetragen habe.

Als Nächstes rufen Avas Anwälte Cole in den Zeugenstand, doch ihr Plan geht nach hinten los. Sie haben darauf gehofft, dass ich in einen weiteren Betrugsskandal verwickelt bin, doch Cole erklärt ihnen den wahren Grund für seine Trennung von Phoebe.

Der letzte Zeuge – der Bilanzbuchhalter des Plattenlabels – besiegelt meine Zukunft als Millionärin. Ava hat offenbar mehr Profit aus den gestohlenen Songs geschlagen, als ich mir je hätte träumen lassen. Ihr ursprüngliches Abfindungsangebot war nur ein geringer Teil der Summe, besonders wenn man die Tantiemen bedenkt, die mir auch in Zukunft durch Streamingplattformen und Tourneen zustehen.

Zwar überrascht es mich nicht, als die Richterin am Ende zu meinen Gunsten entscheidet, trotzdem finde ich es schwer zu glauben, dass nun alles vorbei ist.

»Herzlichen Glückwunsch, Ms. Sinclair.« Meine Anwältin hält mir ihre Hand hin. Meine zittert, als ich danach greife.

Nach diesem erfolgreichen Fall wird sich Ms. Copper noch viele Designer-Kleidungsstücke leisten können, so viel steht fest.

»Ich bin so verdammt stolz auf dich.« Rafael zieht mich in eine Umarmung.

Ich blinzele ein paarmal. »Ich hab doch gar nichts gemacht.«

»Das stimmt nicht. Schließlich hättest du dich auch mit der Abfindung zufriedengeben und eine Gerichtsverhandlung vermeiden können.«

»Das konnte ich nicht.«

Er legt eine Hand an meine Wange. »Ich weiß.«

Willow zieht mich von Rafael weg, umarmt mich und flüstert mir ins Ohr: »Du hast gewonnen.«

Mein Gesicht wird vor Freude ganz warm. »Sieht so aus.«

»Wie fühlt es sich an?«

»Millionärin zu sein?«, frage ich.

»Nein. Die Wicked Witch of West Hollywood zu besiegen.«

»So wird sie genannt?«

Willow zwinkert mir zu. »Gefällt es dir? Das war mein Einfall.«

Ich lache, doch halte abrupt inne, als ein Stuhl lautstark über den Marmorfußboden schabt.

Ava erhebt sich auf ihren Stilettos. Keiner von uns schaut in ihre Richtung, was sie zu ärgern scheint, denn nun kommt sie auf meine Seite des Gerichtssaals und räuspert sich.

»Ava.« Cole tritt vor den Tisch und versperrt mir die Sicht auf sie. »Ich würde ja sagen, es ist schön, dich zu sehen, aber meine Grandma hat immer gesagt, ich soll nicht lügen.«

»Oh, war deine Mom zu beschäftigt damit, ihren Bodyguard zu vögeln, um es dir selbst beizubringen?«

In Hollywood scheint tatsächlich jeder jeden zu kennen, bisher hatte ich keine Ahnung, dass die beiden so vertraut miteinander sind.

Coles Lachen klingt kalt, was vollkommen untypisch für ihn ist. »Vielleicht solltest du dir die bissigen Worte für deine neuen Songs aufsparen.«

»Ich sag dir Bescheid, wenn ich Ratschläge von jemandem will, der noch keinen einzigen Award für seine Songs gewonnen hat«, kontert Ava.

»Apropos Award: Du schuldest Ellie noch deinen Grammy.« Willow tritt neben ihn.

Einen Moment lang zieht Cole die Augenbrauen zusammen, ehe er grinst.

Ava stößt ein dramatisches Seufzen aus. »Ellie?«

Ich versteife mich. Nach mehr als einem Jahr, in dem ich mir gewünscht habe, Ava meine Seite der Geschichte darzulegen, habe ich nun keine Lust mehr darauf, denn ich bin bereit, nach vorn zu blicken.

Rafael wendet ihr abrupt den Kopf zu. »Sie will eindeutig nicht mit dir sprechen, also tu uns allen einen Gefallen und verschwinde.«

Sie funkelt ihn aus schmalen Augen an. »Und du bist?«

»Dein schlimmster Albtraum, wenn du nicht schnellstens den nächsten Ausgang suchst.«

Sie zieht scharf die Luft ein. »Moment. Bist du nicht Rafael Lopez?«

Er ignoriert sie.

Cole deutet zur Tür. »Tschüs, Ava. Richte Darius aus, dass wir uns in der Hölle sehen.«

Während sie sich entfernt, klackern ihre Absätze auf dem Marmorboden.

»Was meintest du damit?«, frage ich Cole.

Er zuckt mit den Schultern. »Ich kann ihren Freund wirklich nicht ausstehen.«

»Wem sagst du das?«, pflichtet Rafael ihm bei.

Cole und er wechseln einen Blick. Seit meiner Reise nach Europa verstehen sich die beiden besser, besonders weil Cole mittlerweile öfter in Lake Wisteria ist, um ein weiteres Album mit mir zu schreiben.

Ich werde Cole niemals danach fragen, warum er Darius hasst, aber ich habe im Gefühl, dass es etwas Persönliches ist, genau wie der Groll, den er gegen Ava hegt. Ich bin mir nicht sicher, was in dem Jahr, nachdem ich Los Angeles verlassen habe, passiert ist, aber ich bezweifele, dass ich von Cole jemals eine Antwort bekommen würde, also werde ich keinen weiteren Gedanken daran verschwenden.

»Hat jemand Lust auf Drinks?« Cole zeigt sein übliches Grinsen, obwohl der Ausdruck in seinen Augen weiterhin schwermütig wirkt.

»Auf jeden Fall.« Willow wirft sich das Haar über die Schulter.

Rafael schaut mich an, und ich nicke.

»Nur einen.«

Während Willow und Cole nach Lake Wisteria zurückkehren, bleiben Rafael und ich in Los Angeles, um in den nächsten Tagen den Papierkram zu erledigen und alles, was mit Ava zu tun hat, endgültig hinter uns zu bringen. Als es endlich soweit ist, uns mit Ms. Copper zu treffen, um ein paar Dokumente zu unterschreiben und meinen ersten Scheck in Empfang zu nehmen, kann ich es kaum erwarten, nach Hause zu kommen. Da ein paar Paparazzi Wind von unserer Geschichte und dem Urteil der Richterin gekriegt haben, trendet mein Name auf Social Media. Eigentlich hatte ich damit gerechnet, dass es mich freuen würde, wenn die Öffentlichkeit endlich Avas wahres Gesicht sieht, doch der ganze Trubel macht mich nur benommen – was eindeutig zeigt, dass ich bereit bin, die Sache hinter mir zu lassen.

»Das war's?« Mein Blick huscht zwischen dem Scheck, Rafael und der Anwältin, die auf der anderen Seite des Konferenztisches steht, hin und her.

Ms. Copper legt den Kopf schief. »Hatten Sie mehr erwartet?«

Ich betrachte den Scheck. »Nein, aber …« Ich habe gehofft, ich würde mich besser fühlen, jetzt, wo Ava endlich für alles bezahlen muss. Selbst eine Nachricht von meiner Mom, mit der sie Rafael, Nico und mich eingeladen hat, am Wochenende zum Dinner zu kommen, hat mehr Emotionen in mir hervorgerufen, obwohl wir schon seit sechs Monaten an jedem zweiten Sonntag zusammen zu Abend essen.

»Aber was?«

»Ich habe gedacht, es würde mir mehr bedeuten.«

Ms. Coppers Miene wird weich, was nur selten bei ihr vorkommt. In den Monaten, seit ich sie kenne, habe ich festgestellt, dass sie genauso gnadenlos wie clever ist.

»Ich verstehe«, sagt sie.

»Nachdem ich so lange darauf gewartet habe, die Sache zu einem Abschluss zu bringen, bin ich einfach …«

»Enttäuscht?«

»Ja.«

Rafael ergreift meine Hand.

»Fälle wie diese können widersprüchliche Emotionen in Menschen hervorrufen. Auf der einen Seite bekommt man seine rechtmäßige Kompensation, auf der anderen Seite kann man nicht so mit der Sache abschließen, wie man es sich gewünscht hat. Es sei denn, man bemüht sich selbst darum.«

»Muss ich das Geld annehmen?« Die Anwältin hat ihren Anteil bereits erhalten, also vermute ich, dass ich keine weiteren Schritte einleiten muss.

Sie schürzt die Lippen. »Streng genommen müssen Sie die Schecks offiziell annehmen, aber was Sie damit machen, bleibt natürlich Ihnen überlassen. Das Gleiche gilt für zukünftige Tantiemen.«

»Also muss ich mir das Geld nicht auszahlen lassen, wenn ich nicht will?«

Rafaels Lippen zucken.

»Nicht, wenn Sie nicht möchten.«

Einst wollte ich nichts lieber, als für meine Arbeit bezahlt zu werden, aber nun wird mir bei dem Gedanken sogar regelrecht übel. Obwohl ich Rafaels Abfindungszahlung nach der Kündigung nicht angenommen habe, verdiene ich dank meiner Arbeit mit Cole so viel, dass ich Avas Schecks nicht brauche. Im Grunde möchte ich nichts mit ihrer gestohlenen Arbeit zu tun haben, denn ich weiß, dass es mich sonst immer begleiten würde. Ich bin ganz einfach fertig mit der Sache, denn ich habe mir einen Namen gemacht, der nichts mit Ava zu tun hat, und so soll es auch bleiben.

Nachdem ich mich bei Ms. Copper für alles, was sie für mich getan hat, bedankt habe, nehme ich den Scheck vom Tisch und verlasse erhobenen Hauptes an der Seite meines Freundes den Konferenzraum.

Auf meine Bitte hin fährt mich Rafael zur Bank, wo ich meinen Scheck einlöse. Noch nie zuvor hatte ich so viel Geld auf meinem Konto. Doch dort bleibt es nur zehn Minuten, ehe ich es an eine gemeinnützige Organisation spende, die Kindern hilft, die ähnliche Probleme haben wie ich früher. Den Namen muss ich nicht einmal nachsehen, denn es ist die gleiche NGO, die es meiner Mom ermöglicht hat, für psychologische Dienstleistungen zu zahlen, nachdem sich mein Vater geweigert hatte. Dank der finanziellen Unterstützung konnte Mom mir einen Therapeuten suchen, der mir geholfen hat; und ich hoffe, dass meine anonyme Spende anderen Menschen Ähnliches ermöglichen wird.

Zum ersten Mal am heutigen Tag lächele ich.

»Ich bin stolz auf dich.« Rafael legt mir einen Arm um die Schultern und drückt mir einen Kuss auf den Kopf, als wir die Bank verlassen. »Du hättest das Geld auch behalten können.«

Ich rümpfe die Nase. »Aber ich will es nicht haben.« Aus diesem Grund werde ich auch alle zukünftigen Einnahmen durch Avas Songs spenden.

Seine Augen funkeln. »Das weiß ich, aber viele Leute hätten es trotzdem behalten.«

»Na ja, die meisten anderen Leute werden ja auch nicht dafür bezahlt, Songs für Cole Griffin zu schreiben.« Ich zwinkere ihm zu.

Er lacht – mein zweitliebster Klang, direkt nach Nicos Lachen.

Als wir in Detroit landen, fragt mich Rafael, wie ich den Abschluss der Gerichtsverhandlung feiern möchte, und ich antworte, dass ich einfach nach Hause will. Nicht zum Haus meiner Eltern, sondern in *unser* Zuhause.

Während der gesamten Fahrt zu *unserem* Haus auf dem Hügel lächelt er.

Schon seit einem Monat drängt Rafael darauf, dass ich wieder zu ihm ziehe. Bisher habe ich jedes Mal abgelehnt, weil ich ganz sicher sein wollte, dass wir beide bereit für den nächsten Schritt sind. Um ehrlich zu sein, bin ich immer noch überrascht, dass er derjenige war, der den Vorschlag gemacht hat, wenn man bedenkt, was für eine Bindungsangst er noch vor sechs Monaten hatte. Zuerst hat er behauptet, unsere Katzen bräuchten beide Elternteile, dann hat er Nico auf mich angesetzt. Doch ich bin – zu Rafaels Verwunderung – trotzdem hart geblieben. Erst letzte Woche, als er mir ein paar Goldohrringe in der Form von Hibiskusblüten geschenkt hat, wusste ich, dass wir beide bereit sind.

Für Tage, an denen ich dir keine Blüte ins Haar stecken kann, stand auf der Notiz, als ich die Schatulle geöffnet habe.

In dem Moment ist mir klar geworden, wie sehr ich mir wünsche, dass er mir jeden Morgen eine Blume für mein Haar pflückt. Eine der Blumen, um die er sich stundenlang in seinem neuen Gewächshaus kümmert, nur damit ich keinen einzigen Tag ohne auskommen muss.

Ich will keinen einzigen Tag ohne *ihn* auskommen müssen, denn er ist derjenige, der mich zum besten ungeschriebenen Liebeslied aller Zeiten inspiriert hat.

Unserem.

EPILOG
ELLIE

EIN JAHR SPÄTER

Lächelnd greife ich nach Rafaels neuester Nachricht, die auf einem Umschlag klebt. Es ist schon mehr als achtzehn Monate her, seitdem er begonnen hat, mir diese Zettel zu schreiben, und ich bewahre jeden einzelnen in einem Karton in unserem Kleiderschrank auf. Die kleinen Notizen schaffen es jedes Mal, mir ein Lächeln zu entlocken, ganz egal, ob ein Geschenk dabei ist oder nicht.

Nun falte ich den kleinen Zettel auf und lese die handgeschriebene Nachricht.

Rafaels Handbuch für Beziehungen

Regel Nummer 228:
Wenn deine Freundin sagt, sie will ein neues Tattoo, dann buche ihr einen Termin.

Mit offenem Mund reiße ich den versiegelten Umschlag auf, der eine Terminkarte des örtlichen Tattoo-Studios enthält, auf dem eine Uhrzeit und das heutige Datum stehen.

An einem der vergangenen Abende habe ich am Rande erwähnt, dass ich mir ein neues Tattoo wünsche, allerdings war das kurz bevor Rafael eingeschlafen ist, daher habe ich vermutet, dass er es vergessen hat. Ich hätte es allerdings besser wissen müssen, denn in den achtzehn Monaten, seit wir zusammen sind, hat Rafael bewiesen, dass er immer zuhört und sich Notizen für sein Handbuch macht.

Beschwingten Schrittes eile ich zu seinem Büro im Haus und öffne die Tür. »Du hast einen Termin für mich gebucht?«, quietsche ich aufgeregt.

Schmunzelnd hebt er einen Finger. »Wir können in einer Woche noch einmal darüber sprechen«, sagt er mit Blick auf den Bildschirm.

Meine Wangen beginnen zu brennen, als mir klar wird, dass ich Rafael bei einem Videocall gestört habe. »Sorry.« Ich verziehe entschuldigend das Gesicht.

Er rollt auf seinem Stuhl vom Schreibtisch weg, sodass ich zu ihm gehen und mich auf seinen Schoß setzen kann.

Ich schlinge die Arme um seinen Nacken und küsse ihn, doch ehe ich die Chance habe, den Kuss zu vertiefen, zieht er sich zurück. »Dann gefällt dir die Überraschung also?«

Ich pike ihm in die Brust. »Wer hätte gedacht, dass du *so* romantisch bist?«

Er zuckt gelassen mit den Schultern. »Ich hab meine Momente.«

»Begleitest du mich?«

Seine Augen leuchten. »Gerne.«

Ich drücke ihm einen schnellen Kuss auf die Wange, ehe ich von seinem Schoß aufspringe. »Jetzt muss ich mir nur noch überlegen, welches Motiv ich haben will.«

Seine Augenbrauen ziehen sich zusammen. »Das weißt du noch nicht?«

»Nein.« Ich habe mindestens hundert verschiedene Ideen auf meinem Handy abgespeichert.

Grinsend versetzt er mir einen Klaps auf den Hintern. »Dir bleiben nur noch ein paar Stunden, also beeil dich.«

Wir bringen Nico zu Josefina, bevor wir in den Ort fahren. Anika, die Besitzerin des Ladens, kenne ich schon, seitdem ich mir hier die erste Tätowierung habe stechen lassen. Da mein Leben mittlerweile so hektisch ist, ist es allerdings eine Weile her, seit ich sie zuletzt gesehen habe.

Als ich meine Ideen auf dem Handy durchgesehen habe, hat mich keine davon ausreichend angesprochen, weswegen ich ihr eine Nachricht geschickt und ein besonderes Design erbeten habe.

Während Anika ihr Equipment vorbereitet, geht Rafael in dem kleinen Raum auf und ab und beschwert sich darüber, dass ich ihm das Tattoo nicht zeigen will, bevor es fertig ist.

Da ich die Überraschung nicht ruinieren will, bleibe ich dennoch hart. »Du kannst auch draußen warten.«

Er wirft mir einen ernsten Blick zu. »Nein.«

»Dann hör auf rumzuzappeln und halt meine Hand.« Ich tätschele den leeren Hocker neben mir.

Er murmelt leise etwas vor sich hin und nimmt Platz.

Anika sitzt auf der anderen Seite und beugt sich vor, um die Nadel an der Innenseite meines Handgelenks anzusetzen.

Mittlerweile bin ich an den temporären Schmerz gewöhnt, den ein neues Tattoo mit sich bringt, also zucke ich nicht einmal, während Anika ihr Werk vollbringt.

Rafael lenkt mich mit ein paar Geschichten ab, unter anderem über die sechs Katzen, die mittlerweile offiziell in unserer Scheune zu Hause sind.

Ich verliere jegliches Zeitgefühl, doch irgendwann verkündet Anika, dass sie fertig ist.

Genau wie Rafael habe auch ich bis zu diesem Moment keinen einzigen Blick auf das Tattoo geworfen, worüber ich jetzt froh bin. Sofort schießen mir Tränen in die Augen, als ich die drei Hibiskusblüten betrachte – zwei große und eine kleine, die aus einem einzigen Stängel in Form eines Notenschlüssels sprießen.

Anikas detaillierte Arbeit ist umwerfend, aber die Bedeutung hinter dem Tattoo ist das, was am wichtigsten ist. Genau wie das Noten-Tattoo an meinem anderen Handgelenk, das für meine Beziehung zu meiner Mom und Burt steht, haben nun auch Nico und Rafael einen Platz auf meiner Haut, so wie sie ihn längst in meinem Herzen haben.

Als Rafael sich räuspert, schaue ich ihn an. »Kann ich es sehen?« Das aufgeregte Funkeln in seinen Augen erinnert mich so sehr an seinen Sohn.

»Klar.« Ich halte ihm mein Handgelenk hin.

Verschiedene Emotionen huschen über seine Züge – Freude, Verwirrung. *Erstaunen.*

Da ich die Stille nicht mehr länger ertrage, reiße ich einen Witz. »Wird es langsam zu ernst für dich?«

»Nicht einmal annähernd.« In seinen Augen blitzt etwas auf, das ich nicht deuten kann.

»Was soll das denn heißen?«

Auf seinem Hals bilden sich rote Flecken. »Nichts.«

Eilig wechselt er das Thema und fragt Anika nach dem Preis, aber ich kenne Rafael gut genug, um zu wissen, dass er gerade genau das getan hat, was er mir versprochen hat, nie zu tun.

Lügen.

»Wir müssen Nico abholen«, erinnere ich Rafael, als er nicht in die Straße einbiegt, die zum Seehaus seiner Tante führt.

»Er übernachtet heute bei *Tía*.«

»Wirklich? Warum?« Unter der Woche schläft Nico normalerweise nie bei Josefina, damit seine feste Routine nicht durcheinandergerät.

»Sie hat angeboten, ihn morgen früh zur Schule zu bringen.«

»Oh, wie nett.«

Rafael beginnt, mit den Fingern aufs Lenkrad zu trommeln, jedoch nicht im Rhythmus der Musik, die aus den Lautsprechern dringt. Normalerweise fühlt sich Stille zwischen uns niemals unangenehm an, aber heute Abend spüre ich, dass eine Anspannung von ihm ausgeht, die ich nicht einordnen kann.

»Geht es dir gut?«, frage ich, als er in unserer Einfahrt parkt.

»Jepp.«

»Sicher?«

»Ja.« Er wirft mir einen schnellen Blick zu, ehe er aus dem Truck steigt und um den Wagen herumkommt, um mir die Tür zu öffnen.

»Du verhältst dich aber merkwürdig«, gebe ich zu bedenken, als er die Tür hinter mir schließt.

»Ich … denke nur nach.«

O Gott. Vielleicht war das Tattoo doch eine schlechte Idee, auch wenn meine Mom nicht der Ansicht war. Klar, wir führen eine feste Beziehung, aber vielleicht hat er erst jetzt erkannt, wie ernst sie ist.

»Bist du dir sicher, dass dir das Tattoo nicht zu viel ist?« Ich versuche, meine Sorge mit einem leichtherzigen Tonfall zu tarnen.

»Vollkommen sicher.« Er klingt ernst und aufrichtig.

»Was ist dann …«

Er lässt mich den Satz nicht beenden. »Elle, ich verspreche dir, dass ich keine kalten Füße bekommen habe und keine Angst vor festen Bindungen habe oder was du dir sonst gerade ausmalst.« Er verschränkt unsere Finger miteinander und führt mich um das Haus herum.

»Nein?«

»Nein. Ganz im Gegenteil.«

Auf einmal rast mein Herz.

Als wir im Garten hinter dem Haus ankommen, funkeln unzählige Sterne über uns, und der Mond erleuchtet die vielen Reihen aus Hibiskussträuchern im gläsernen Gewächshaus, die er letzte Woche gepflanzt hat.

»Ich hatte eigentlich vor, dich nächsten Monat mit einer Reise nach Hawaii zu überraschen.« Er lächelt seufzend. »Aber dann hast du dir heute Abend das Tattoo stechen lassen, und ich konnte nur noch daran denken, wie sehr ich dich liebe. Und dass ich eines Tages eine weitere Blüte zu dem Tattoo hinzufügen möchte.«

Meine Sicht verschwimmt. »Ich wusste, dass Nico dich irgendwann überreden würde, ein Kind zu adoptieren.«

Grinsend sinkt er auf ein Knie. »Ich will alles mit dir haben, Elle. Kinder, Ehe, eine Scheune voller Tiere.«

»Vergiss den Hühnerstall nicht«, erinnere ich ihn.

»Und einen Stall voller Hühner mit Eiern, die ich jeden Morgen für dich einsammeln muss.«

»Tu nicht so, als müsste ich dich dazu zwingen. Du kümmerst dich gerne um die Tiere.«

»Ich kümmere mich gerne um *dich*. Und ich hoffe, dass ich dies so lange tun darf, wie du willst.«

»Ich glaube, für immer wäre mir ganz recht. Dir auch?«

Sein Grinsen wird breiter. »Perfekt.«

Die Blume, die er in seiner Hand hält, zittert. »Willst du mich heiraten? Ich hab noch keinen Ring …«

»Ja! Ja, ich will dich heiraten!« Mit diesen Worten ziehe ich ihn hoch und presse meine Lippen auf seine, um das Versprechen zu besiegeln, ihn genauso zu lieben, wie er mich liebt.

Für den Rest unserer Tage.

Nach Rafaels spontanem Heiratsantrag hat er mich mit einem Verlobungsring in Roségold, den er extra für mich hat anfertigen lassen, einer schwarzen Kreditkarte ohne Limit und der Bitte überrascht, die Hochzeit klein und intim zu halten.

Nun, zehn Monate später, haben wir uns mit Familie und Freunden in unserer renovierten Scheune versammelt, um den Bund fürs Leben zu schließen. Dank Lilys Auge für Blumenarrangements, Josefinas Planung und der Liebe meiner Mutter für Details hätte ich mir kein besseres Team von Frauen wünschen können, die mir dabei helfen, meine Hochzeit von einem Traum in die Realität zu verwandeln.

»Du zitterst.« Willow, meine Trauzeugin, reicht mir meinen Brautstrauß, während sich meine Mom und Josefina an meinem Schleier zu schaffen machen.

Mein Kleid sieht aus, als wäre es einem Märchen entsprungen. Es besteht aus feiner Spitze und teurem Chiffon, hat einen herzförmigen Ausschnitt, kunstvolle Verzierungen an Mieder und Rock und eine Schleppe, die sich nach der Zeremonie entfernen lässt.

»Ich bin einfach aufgeregt.« Schon seit ich heute Morgen aufgewacht bin, habe ich Schmetterlinge im Bauch.

Heute Nacht hat Rafael nicht neben mir geschlafen, sondern zusammen mit Nico bei Julian und Dahlia übernachtet, während ich im Haus geblieben bin, um mich auf unseren großen Tag vorzubereiten. Dahlias Haar-Make-up-Crew von *Dahlia Redesigned* ist um acht Uhr eingetroffen, bewaffnet mit Mimosas, Lockenstäben und genügend Schminke, um eine ganze Sephora-Filiale zu bestücken.

Dahlia und Lily kamen wenig später. Sie sind zwar keine offiziellen Brautjungfern, da Rafael und ich uns auf eine kleine Feier mit nur einer Trauzeugin und einem Trauzeugen geeinigt haben, aber sie gehören zur Familie.

Meiner Familie.

Josefina drückt meine Schulter. »Julian hat mir erzählt, dass Rafael schon den ganzen Morgen nervös im Haus herumläuft.« Sie lacht. »Er hat sogar gefragt, ob er sich kurz zu dir hereinstehlen kann, bevor du dich stylst. Julian musste ihn davon abhalten.«

Ich unterdrücke ein Lachen. »Es lohnt sich für ihn zu warten.«

»Apropos warten.« Willow sieht auf ihr Handy. »Die Fotografin ist bereit, und Rafael ist eingetroffen.«

Mein Herz schlägt schneller. »O Gott, es ist tatsächlich so weit.«

Meine Mom geht hinter mir her, um meine Schleppe zu halten, und Willow achtet darauf, dass mein Schleier nicht verrutscht. So bahnen wir uns vorsichtig unseren Weg nach unten zu den Glasschiebetüren, die nach draußen führen. Wo ich abrupt stehen bleibe, als ich Rafaels Kreation sehe, die er mir bis heute nicht zeigen wollte. Nun verstehe ich, warum er das Projekt geheim halten wollte.

Hinter dem temporären Bauzaun auf dem Grundstück hat sich also die ganze Zeit ein Alkoven aus Hibiskusblüten verborgen. Nachdem wir unsere privaten Gelübde ausgetauscht und Fotos gemacht haben, werden wir mit Familie und Freunden eine formelle Zeremonie begehen.

Rafael hat mir den Rücken zugekehrt und macht sich an einem Manschettenknopf zu schaffen. In der Stille ist nur das Klicken von Kameras zu hören, während ich ihn lächelnd beobachte.

»Bis gleich.« Meine Mom wirft mir einen Handkuss zu, ehe Willow sie von mir wegzieht.

Ich nähere mich meinem zukünftigen Ehemann und bleibe ein Stück von ihm entfernt stehen, um mich zu räuspern. »Willst du dich nicht umdrehen?«

»Einen Moment.«

»Was machst …«

Er pflückt eine Blume und wendet sich mir endlich zu. Im gleichen

Augenblick werden seine Augen groß, und er blinzelt ein paarmal. »Du siehst …« Er bricht ab und flucht auf Spanisch.

Mein Grinsen wird so breit, dass meine Wangen schmerzen. »So gut, hm?«

»*Mi estrella.*« Sein Blick verdunkelt sich, und kurz huscht ein Ausdruck purer Lust über seine Züge.

Eine Gänsehaut breitet sich auf meinem Körper aus, als ich ihn von oben bis unten betrachte. Ich habe Rafael zwar schon in Anzügen gesehen, aber der Smoking weckt ein paar ganz neue Fantasien in mir.

»Du siehst auch nicht schlecht aus, Prom King.«

Seine Augen funkeln. »Ich kann es kaum erwarten, einen neuen Spitznamen zu bekommen.«

»Und welchen?«

»*Ehemann.*«

Mein Herz rast angesichts des strahlenden Lächelns, das auf seinem Gesicht liegt, als er auf mich zukommt, mir die Blume ins Haar schiebt und mir einen Kuss gibt, der Verlangen in mir weckt.

BONUS-EPILOG
RAFAEL

ZWEI JAHRE SPÄTER

Schhh.« Nico funkelt mich über die Schulter an.

»Ich hab doch gar nichts gesagt«, flüstere ich.

Sein Blick wandert von meinem Gesicht zu meinen Stiefeln. »Du stampfst herum wie ein Elefant.«

Ich verenge die Augen. »Ich hab halt große Füße.«

»Was jetzt auch alle im Umkreis von einem Kilometer wissen.«

Als ich lache, bringt mir das einen weiteren strengen Blick von meinem Sohn ein.

Resigniert hebe ich die Hände. »Ich bin ja schon leise.«

Er verdreht die Augen hinter seiner Brille und steuert Ellies und mein Schlafzimmer an.

Mit bemüht leisen Schritten folge ich Nico, das Tablett in den Händen. Die Idee, im Bett zu frühstücken, war ganz allein seine Idee. Dafür war er nicht nur mit mir einkaufen, sondern hat mir heute Morgen auch bei der Zubereitung geholfen.

Als wir vor der Doppeltür stehen bleiben, wischt Nico nervös ein wenig verschütteten Orangensaft auf und behauptet, dass meine Balance schlechter sei als seine.

»Jetzt ist doch alles in Ordnung«, versichere ich ihm, während er das Glas mit dem Ärmel seines Langarm-Shirts poliert.

»Fast, nur noch …« Er zieht einen Umschlag aus seiner Tasche und schiebt ihn unter die Blume, die er im Garten gepflückt hat »So. *Jetzt* ist alles perfekt.«

Mein Herz zieht sich zusammen, als ich das handgeschriebene *Mom* darauf lese.

Dass Nico Ellie so sehr liebt, dass er sie Mom nennt, freut mich sehr, auch wenn es mich gleichzeitig traurig macht, dass er nie ein gutes Verhältnis zu seiner leiblichen Mutter haben wird. Obwohl Hillary Nico mittlerweile ein paarmal im Jahr sieht, ohne in der letzten Minute abzusagen, nimmt sie kaum an seinem Leben teil. Trotz meiner Bemühungen, die beiden miteinander in Kontakt zu bringen, werde ich Hillary niemals dazu zwingen können, die Mutter zu sein, die Nico verdient hat, aber zum Glück muss ich das auch nicht. Diese Rolle hat Ellie bereits lange vor unserer Hochzeit eingenommen, und seitdem hat sie wieder und wieder bewiesen, dass mein Sohn für sie an erster Stelle steht. Nico hat sich langsam mit dem angespannten Verhältnis zu seiner leiblichen Mutter abgefunden, denn wir haben zusammen eine Familientherapie gemacht. Trotz meiner wiederholten Bitten hat Hillary nicht daran teilgenommen, was zwar keine Überraschung war, Nico aber trotzdem enttäuscht hat. Ich glaube, diese Absage war der Grund dafür, dass er eingesehen hat, dass sein Verhältnis zu ihr niemals so sein wird wie sein Verhältnis zu mir … und auch zu Ellie. Hillary hatte immer eine neue Ausrede parat, warum sie nicht zur Therapie dazukommen konnte – entweder hatte sie zu viel mit den Hochzeitsvorbereitungen zu tun, oder sie begleitete ihren Ehemann auf eine Geschäftsreise. Ich kenne jedoch die Wahrheit. Sie ist zu stolz und zu eifersüchtig auf

Ellies Bindung zu Nico. Und wie ich bereits geahnt habe, hat Nico irgendwann ganz aufgehört, sie von selbst zu kontaktieren.

Nun holt mich seine Stimme ins Hier und Jetzt zurück. »Bereit?«

Ich räuspere mich. »Jepp.«

Grinsend öffnet er die Tür. »Herzlichen Glückwunsch zum Muttertag!«

Ellie schreckt aus dem Schlaf und wirkt verwirrt, als sie sich gegen das Kopfende des Bettes lehnt und sich mit den Fingern durch das zerzauste Haar fährt. »Muttertag?«

Nicos Grinsen wird breiter. »Hast du das vergessen?«

Sie blinzelt.

Lachend schüttele ich den Kopf und gehe zu ihr, um das Tablett auf ihrem Schoß abzustellen. »Alles Liebe zum Muttertag.« Ich küsse sie auf den Kopf, doch Nico stößt mich aus dem Weg und schlingt seine Arme um Ellie.

»Ich liebe dich!«, ruft er laut.

Lächelnd zieht sie ihn an sich. »Ich liebe dich auch.«

»Mehr als meinen Dad?«

Sie lacht leise. »Es ist kein Wettbewerb.«

Aber falls es einer wäre, würde es mir nichts ausmachen, gegen meinen Sohn zu verlieren. Wenn es irgendjemanden gibt, der Ellies Liebe verdient hat, dann ist er es.

Nico wackelt mit den Augenbrauen. »Nein, aber mich hast du zuerst geliebt. Richtig?«

Ellie schaut zu mir auf. »Da hat er recht.«

»Sie kann uns beide lieben.« Ich nehme meinen Sohn in den Schwitzkasten und zerzause sein perfekt gestyltes Haar. *»¡Para!«* Ächzend stößt er mich weg.

Ellies Augen funkeln, als sie zwischen uns hin und her schaut, ehe ihr Blick auf dem Frühstücks-Tablett landet. Schließlich greift sie nach dem Glas Orangensaft, trinkt einen Schluck und spießt anschließend ein Obststück mit der Gabel auf, um es sich in den Mund zu schieben. Erst da sieht sie, was neben dem Teller liegt, und im nächsten Moment werden ihre Augen groß. Eilig legt sie die Gabel zurück auf das Tablett, um nach dem rosa Umschlag zu greifen und den Sticker zu entfernen, mit dem er zugeklebt ist. Die Karte zittert in ihren Händen, als sie sie herauszieht. Sie schluckt sichtlich, während sie Nicos Worte liest, und als sie fertig ist, glänzen ihre Augen feucht. Schließlich klappt sie die Karte zu und stellt sie auf ihren Nachttisch neben das Foto von uns dreien, das vor einem Jahr auf der Hochzeit aufgenommen wurde.

»Bist du dir sicher?«

Er nickt.

»Du musst das nicht tun.«

Verwirrt ziehe ich die Augenbrauen zusammen, traue mich aber nicht, ihren Austausch zu unterbrechen.

Nico hebt das Kinn und nickt. »Ich will aber.«

Vorsichtig schiebt Ellie das Holztablett zur Seite und zieht Nico in eine Umarmung. »Du wirst so oder so immer mein Sohn sein, auf jede Art, die zählt.«

»Und du wirst immer meine Mom sein.«

Mein Herz zieht sich bei seinen Worten zusammen. Was Nico und Ellie auf unserer Hochzeit in ihren persönlichen Gelübden zueinander gesagt haben, hat mich bereits tief berührt, aber dieser Moment übertrifft alles.

Ellie begegnet meinem Blick, und wieder einmal wird mir bewusst, dass ich alles dafür tun würde, um sie und meinen Sohn zu beschützen.

Sie greift nach meiner Hand und zieht mich heran, woraufhin ich meine Arme um die beiden schlinge.

Nico stöhnt übertrieben auf, während Ellie in mein Ohr lacht, was mein Grinsen noch breiter macht.

Ich weiß nicht, was die Zukunft für unsere kleine dreiköpfige Familie bereit hält, aber einer Sache bin ich mir ganz sicher: Diese beiden Menschen bilden den Mittelpunkt meines Universums, und ich habe vor, es ihnen, solange ich lebe, an jedem einzelnen Tag zu beweisen.

DANKSAGUNG

Nach neun Büchern wird mir bewusst, dass die Danksagung mit jedem Mal länger wird, was wirklich ein Segen ist, denn es sind so viele tolle Menschen in mein Leben getreten. Dennoch werde ich versuchen, mich möglichst kurz zu halten (sagt die Autorin, die ihr Schreibziel um zwanzigtausend Wörter überschritten hat).

Als Erstes möchte ich mich bei all meinen Leser*innen bedanken. Eure Unterstützung bei jedem Roman bedeutet mir unendlich viel, denn nur dank euch ist es mir möglich, weiterhin Geschichten zu schreiben, die nicht nur eure Herzen berühren, sondern auch meines.

Kimberly Brower: Du hast einen so großen Teil zu meiner Reise als Autorin beigetragen, dass ich nicht weiß, wo ich ohne deine Ratschläge, deine Unterstützung und deine Bereitschaft, stets mehr zu geben als nötig, heute wäre.

An den Rest des Teams von Brower Literary, inklusive Aimee und Joy: Ihr seid absolute Superstars. Dank eurer harten Arbeit ist *Love Unwritten* die beste Version seiner selbst geworden.

Christa und das restliche Team von Bloom: Ich kann mir nicht vorstellen, jemals mit einem anderen Verlagsteam zu arbeiten, denn ihr seid einfach die Besten. Ich freue mich schon darauf, zu erleben, was der Rest der *Lakefront-Billionaire*-Reihe mit sich bringt.

An Ellie und das Team von Piatkus: Ich kann nicht glauben, dass dies schon unser fünftes gemeinsames Buchprojekt ist. Danke für eure harte Arbeit an jedem einzelnen Roman. Ich bin unendlich dankbar, Teil der Hachette-Familie zu sein.

Nina, Kim, Ratula und alle von Valentine PR: Danke, dass ihr mich bei Verstand haltet.

Erica: Ich liebe dich mehr als Reesees' Peecees (Laurens Version).

Becca: Ob wir uns über endloses Scrollen auf Zillow unterhalten oder über Buchcharaktere und ihre Konflikte – ich kann immer darauf zählen, dass du mich zum Lachen bringst. Danke, dass du nicht nur eine grandiose Lektorin, sondern auch eine tolle Freundin bist.

Sarah: Ich weiß all die Liebe und Mühe zu schätzen, die du in jedes Buch steckst, an dem wir zusammen arbeiten. Ich bin unglaublich dankbar dafür, dass du mir jedes Mal dabei hilfst, mein volles Potenzial auszuschöpfen.

Mary, mein »Ride or Die«-Mensch: Ich habe immer den größten Spaß meines Lebens, wenn ich mit dir zusammen gegen Drachen kämpfe. Danke, dass du mit mir deine »pinke Ära« feierst, denn das Cover ist wirklich eins meiner Favoriten.

Jos: Mit das Beste daran, ein neues Buch zu schreiben, sind die Erinnerungen, die ich mit dir erschaffe. Ich bin jedes Mal aufgeregt, wenn ich dir die ersten Kapitel zusende, und ich könnte mir niemals vorstellen, diese Reise (und deine Tränen) mit irgendjemand anderem zu teilen.

Nura: Kapitel mit dir zu teilen, ist für mich mittlerweile eines der besten Dinge des Schreibprozesses geworden. Deine Freude und dein ähnlicher Geschmack in Sachen Book-Boyfriends machen jeden Roman so viel besser.

An meine Testleser*innen: Es ist wirklich eine Ehre, so viele begeisterte Menschen wie euch an Bord zu haben, die mir dabei helfen, meine Romane zu optimieren. Niemals hätte ich mir träumen lassen, einmal ein so grandioses Team an meiner Seite zu haben. Ich bin euch unendlich dankbar dafür, dass ihr euch die Zeit genommen habt, mir dabei zu helfen, *Love Unwritten* zu etwas Besonderem zu machen.

Leticia: Danke, dass du mich als Testleserin und Lektorin unterstützt hast. Dein Auge für Kleinigkeiten, die ich übersehen habe, ist unglaublich, und ich freue mich schon darauf, wieder mit dir zusammenzuarbeiten!

An meinen Golden Retriever: Ich liebe dich wie keinen anderen.